付建卿 著

陕西新华出版传媒集团
太白文艺出版社

图书在版编目（CIP）数据

同官县 / 付建卿著. —2版. —西安：太白文艺
出版社，2017.9（2023.3重印）
ISBN 978-7-5513-1238-7

Ⅰ．①同… Ⅱ．①付… Ⅲ．①长篇小说—中国—当代
Ⅳ．①I247.5

中国版本图书馆CIP数据核字（2017）第180108号

同官县
TONGGUANXIAN

作　　者	付建卿
责任编辑	史　婷　汤　阳
封面设计	张　栋
版式设计	新纪元文化传播
出版发行	陕西新华出版传媒集团
	太白文艺出版社
经　　销	新华书店
印　　刷	三河市腾飞印务有限公司
开　　本	710mm×1040mm　1/16
字　　数	620千字
印　　张	35.5
版　　次	2016年6月第1版
	2017年9月第2版
印　　次	2022年3月第2次印刷
书　　号	ISBN 978-7-5513-1238-7
定　　价	98.90元

第一章

屈鸿图，同官县新任县长。他体态适中，面容清癯，表情谦和，眼神忧郁。上身穿白色丝绸短袖衬衫，下身着深蓝色裤子，脚上是一双黑皮鞋。一道清晰的侧分线把头发向两边分开，鼻梁上架着一副黑边眼镜，衣袋里别着一支在秋阳下笔柄闪着银色光泽的钢笔。背略微有些驼，走起路来身子稍显前倾。下巴有点尖，颧骨有点高，原本整齐的头发被风吹得有些凌乱。他反背着两手，踏着被雨水冲洗、被岁月磨砺、泛着青灰色显得坑坑洼洼的石条街路，在政务科科长刘子良的陪同下，迈着悠闲的步子行走在同官县县城的街道上。

这是初秋的一个下午，蓝天上飘着疏散而慵懒的白云，悠然自在，缓动中舒展着纤巧的柔姿；山坳间氤氲着淡淡的青雾，渲染出飘逸迷蒙的景致；川道里飞渡着无声的秋气，秋阳旖旎，辉映出老县城的独特魅力。

今天的同官县县城不集不会，街道上往来的人不多，两旁店铺的门都开着，门前高高挑起的幌子，随着丝丝秋风舒卷有致地飘摇着。

刘子良紧随屈鸿图之后，他个头和屈鸿图差不多，身架比屈鸿图要瘦些，溜肩、窄脸、阔嘴、薄唇、高鼻梁，两只眼睛转动得很快，显露着精明的神态。他的衣着装束和屈鸿图不一样，着一身青灰色的便衣，脚踏一双圆口黑布鞋，衣服穿在他的身上显得空荡荡的。虽说时节已进入秋季，但他手里仍攥着

一把合在一起的折扇。县城里熟悉他的人和历任县长对他是不称名不道姓的，都叫他"刘师爷"，屈鸿图也入乡随俗称他为刘师爷。刘子良在县府里已有十多年的资历，在这座县城里也是一个不同凡响的人物。不同凡响之处是他有着伺候三任县长的荣耀背景，用他的话说他已是"三朝元老"。

刘子良伺候的第一任县长叫余汉民，是一个三十出头的年轻人。让刘子良百思不得其解的是，这个人放着别人艳羡不已的县长不当，在任仅仅两年零三个月时间，竟在一天夜里神不知鬼不觉地突然消失得无影无踪。那一天，一支二十多人的队伍从县城路过北上。队伍里有一个年轻女人，二十来岁的年纪，剪发头，穿一身瓦灰色军服，腰间扎着一条皮带，打着绑腿，脚上穿着一双和时节不合拍的厚皮鞋，一步跨上了有三级石台阶的县府大门。余县长和那个女人在他的办公室关门谈了两个多小时，然后把她送出来，这支队伍就顺着川道过了金锁关向北走了。又过了两天，余县长就神秘地消失了。他怎样消失的，为什么消失，消失后又去了哪里，在很长一段时间成了人们茶余饭后谈论的话题。有人说余县长去追那个女人了，那个女人是他的老婆，有人到陕北贩羊时在延安还看到了他。也有人说那个女人在余县长的办公室对他进行了威胁，把他吓跑了，他是她的仇家。实际情况怎样，谁也说不清，但有一点是确切的，余县长从此以后就像泥牛入海再没了音信。为这事，省政府来了调查组调查了四五天时间，刘子良还被调查组的人像审贼似的审问了三次，最终也没有得出什么结论。

刘子良伺候的第二任县长叫单东平。单县长的任期更短，只有一年零九个月。他是到同官县来镀金的，在任期满一年零九个月时，就升迁到别处任职了。

刘子良伺候的第三任县长叫赵明理。赵县长是个工作很认真的人，经常到川道里或塬上的村庄里察看民情，催款收粮，派丁遣夫，铲除烟苗，开导放足。夏天收麦子的时节，赵县长带了一队人到塬上催收粮食，暑热催得他和骡子都昏昏欲睡。骡子耷拉着眼皮，抻着长脖颈，迈着疲惫的步子朝前走。赵县长骑在骡子背上，放松着缰绳，眯缝着眼睛，打着瞌睡不住地摇晃着。道路两边是一片连着一片望不到头的麦田，麦田上流动着暑热，凝滞着寂静。突然，后面拖拖沓沓的队伍里不知谁惊叫了一声："嗨，兔子！"

一只肥墩墩的灰毛兔子在人们的吵嚷声中，竖起两只尖耳朵慌不择路地乱蹿，正撞在赵县长骑的骡子腿上。骡子受到惊吓，一声长嘶，前腿腾空，使得赵县长两臂一张，像要飞起来似的翻进了土道旁的干沟里。当人们手忙脚乱、慌慌张张地把他从沟底抬上来时，发现他摔断了左腿和右胳膊，还掉了两颗门牙。人们把赵县长抬回县城，正巧在县府门前碰到了一位打着"接骨世家"幌子的游医，刘子良赶忙把他请进县府为赵县长治伤。游医一边忙着为赵县长接骨，一边不失时机地炫耀自己接骨世家的深邃奥妙的医术和许多有案可稽的成功案例。他用竹板夹住赵县长摔断的腿和胳膊，用布带子一圈又一圈地固定结实。最后，他手抓着袖口擦去额头上的汗珠子和嘴角的白沫子，说："好啦，二十天下床，三十天拆掉夹板，两个月恢复原状。俗话说，伤筋动骨一百天，我不需要！我只需要六十天就让你恢复得完好如初。我给你开二十服药，一天两服；再留下一瓶药膏，每隔五天用温水擦去老药膏，换上新药膏，包你不留一丝一毫的后遗症。"

"现在感觉咋样？"刘子良小心翼翼地问着，一副忧心忡忡、愧疚自责的样子。

赵县长叹了口气，哭丧着脸："刚才还疼得钻心，现在好多了。"

"那是，"游医接话说，"我这可是八代祖传的秘方，君药是东北长白山的虎骨，还有三十味臣药都是名贵药材，再加上相得益彰的配伍……"他伸出两只粗糙的手，继续说："还有我这两只回春妙手……"

刘子良打断了他喋喋不休的话语，问："你是哪里人？我咋在同官县没有见过你？"

"嗨，你没见过我，我可见过你。你是大名鼎鼎的刘师爷，是贵人，咋能把我这个串乡走村的游医看到眼里？俗话说，求神不如撞神。赵县长今天出了事，正好碰到我，这是小人的福分，也是赵县长的运气。"游医巧妙地避开了刘子良问他是哪里人的问题。

结果赵县长的胳膊和腿都没有接好，出现了错位，胳膊向内拐，腿向外撇，说话时忍不住嘴角往外流口水，后来就不得不退职了。

刘子良伺候的第四任县长就是眼前的这位接替赵县长职位的屈鸿图屈县长。

刘子良是一个很会处事的人，知道怎样才能博得上司的喜欢，脸上总是堆着亲切而不失分寸的笑。他在新县长面前再次展现出这方面的才能。

刘子良脸上的笑从昨天见到新县长的一刹那，就好像凝固在脸上一样，一直没有消退。他侧着身子，紧紧跟随在屈鸿图的身边详细地介绍着同官县的情况。

屈鸿图两眼望着前方，边走边听，不时地扭动着患颈椎病的脖颈，审视着这座对他来说还很陌生的县城。他是昨天下午才踏上这里的土地到同官县来任职的。在此之前，他在省政府政研室任职，一干就是十年，好像屁股被焊在那个位置上一样，多年没有挪窝。直到这次同官县的前任县长退职，才碰到对他来说可遇不可求的机会。到同官县来当县长他是喜忧参半，喜的是苦守多年终于盼来了一个晋职升位的机会，忧的是同官县这块地方并不是他理想的落脚之地。同官县是国民政府管辖的最北边的县域，再往北走不远就到了共产党的地盘。在这个时局动荡的年代，一旦国共开战，这里就成了前沿阵地。再者，同官县是个穷县，财政极为拮据。基于这些原因，凡是有门路的人都不愿意来这里。然而县长这个职位对他还是有很强的诱惑力的，毕竟实现了从"牛后"到"鸡头"的进步，于是，在带有缺憾感的情况下他还是来了。

县城的街道并不长，主要的铺面就集中在这一路段，比起省城简直有着天壤之别。他心中不免泛起一股难言的凄楚，思忖道："屈鸿图呀屈鸿图，真是命途多舛！在这两山夹一川的穷山沟里，还有什么'鸿图'可言？"

刘子良和屈鸿图的心境却截然不一样。老县长卸任新县长履职，在这新旧县长交替之际，他心里着实紧张了一阵子，不知道他这"师爷"的位置还能不能保住。在新县长还没有到任之前，他就千方百计地通过不同渠道了解新县长的秉性，综合分析研究新县长的喜怒哀乐爱恶欲。根据他多年总结出来的官场经验，得出个结论：只要把新上司的七情六欲琢磨清、研究透，顺毛搔痒，做起事来就不会有闪失。

刘子良问："屈县长，您对这个县城感受如何呀？第一印象，这第一印象很重要……"他手里握着折扇，半侧着脸，注视着眼前这位手握生杀予夺之权、随时都可以给他带来希望或者失望的人的表情。

屈鸿图咧嘴笑了笑，下意识地用白净的食指尖顶了一下鼻梁上的眼镜，撇了撇嘴不屑地说："小县城，小县城呀。我屈某真不明白，在这里设个县干什么，设个镇就可以了嘛。"

刘子良心想，哼，小县城，还小县城呢，不是县城你当屁县长，设个镇你不就成镇长了吗？蠢蛋！他把折扇在手掌心有节奏地拍击着，徐徐说道："这座县城嘛，说大是不算大，可说小也不算小。在卑职看来，这大与小是相对而言的，关键在于它的地理位置，重要的是它所起到的作用。就拿同官县来说吧，在您眼里是个小县城，这您一定是拿它和省城相比较。您多年待在省城，高瞻远瞩，胸怀辽阔，志向非常。可省城是个人才济济的地方，要想显山露水很不容易。您能毅然决然来到这里，以卑职之见是非常英明的决定。古人云，天将降大任于斯人也，必先苦其心志，劳其筋骨，饿其体肤……"

屈鸿图停下脚步，询问道："你是想说什么？"

刘子良说："哦，卑职是姑妄言之，对与否请不必介意。我是对您说的'小县城'的印象不敢完全苟同。同官县县城即便是小，但我觉得它有着非凡的意义，是一个有鸿图大志的人成就一番事业的绝好地方。"他有意识地加重了"鸿图大志"这几个字的语气，因为"鸿图"紧扣着屈县长的名字。

刘子良的话也确实使屈鸿图的心情舒畅起来。他饶有兴趣地说："嗯，你继续说。"

刘子良说："从历史上看，很多仁人志士成就一番伟业都是以小县城为根本，励精图治，埋头苦干，最终飞黄腾达，光宗耀祖，扬名青史。这个……比如，刘邦发迹于沛县，朱元璋作于于凤阳。沛县和凤阳都是小县城，这些人都是从小县城做起。这小县城可是有大作为的地方呀，说不定这同官县就是您发迹的地方。"他睃了一眼屈鸿图，看他在认真地听，就继续说："再说这同官县吧，县城小是受它的地理位置所限，您看这川道两旁是绵延不绝的高山和连续不断的沟壑，也正因为这里的山高沟深，才形成了独特的地理风貌，历来堪称北鄙重镇……"

"呵呵，还北鄙重镇呢。"屈鸿图边走边说，"你说说，它重在什么地方？"

"这可多啦。"刘子良扳着指头说，"这其一吧，它历史悠久。根据历史记载，它于汉时建县，距今有两千多年的历史。您看，这街两旁的房屋瓦舍大多是飞檐凌空、雕梁画栋，非是秦砖，便是汉瓦。还有咱脚下的这青条石磨损的程度，没有漫长岁月的磨砺是不可能的。这是哪个朝代铺的，又有谁能说得清楚，它要承载起多么厚重的历史呀！其二，这里历代都是军事重镇。县城向北就是金锁雄关，高山夹谷，绝壁千尺，关隘险峻，扼咽锁喉，大有'一夫当关，万夫莫开'之势。这其三嘛，是交通要道。县城这条道路，往南去，可直达八百里秦川腹地和省城毗连；向北走，可贯通陕北、甘肃、宁夏和内蒙古，实为榆塞秦关，襟喉要地。这其四嘛，这里又是个商贾云集的地方。每年都有数不尽的西北商品运往省城，又有数不尽的省城商品运向西北，商客们多数要在这里吃住歇息。您可以看，咱这里最盛的商号是客店和饭店。这其五是土地广袤，民风淳厚。这两边山上，虽说是旱塬，但人少地多，一旦遇到风调雨顺的好年景，一年粮满仓，五年有吃穿。哎呀，您能被委派到这里任县长，不知是哪辈子修来的福。不但是您的福，也是全县百姓的福。"

"我的福？全县百姓的福？"屈鸿图鼻子哼着，轻松地说着，"刘师爷，你

可真能吹呀。有这么一个笑话，想必你也听过。"

"愿闻其详。"刘子良侧着耳朵听着。

屈鸿图说："为什么天上这么黑？原来是牛在飞。为什么天上有牛飞？是你刘师爷在地上吹。你就吹吧！同官县的牛都让你吹死完了，牛肉便宜了。等收完苞谷就该种麦子了，我看农民用什么拉犁耕地，到时候就把你套上拉犁去。"他这么说着，但心情舒畅了许多。

刘子良听出来这是屈鸿图在调侃他，话语之间并无恶意，便嘿嘿笑着说："不不不，屈县长，我说的这可是真话，是实话，确实没有吹嘘的成分……"他还要接着说，屈鸿图进到一家店铺里。这是一家当铺，下午生意淡，掌柜正靠在柜台上打盹，见有人进来马上打起精神，两臂撑在柜台上，笑脸相迎："刘师爷，您今天哪来的闲工夫到敝店来呀？这位是……"

刘子良咂了一下嘴，正色道："这位是同官县新任县长——屈鸿图屈县长。屈县长下车伊始便来体察民情。屈县长，这是当铺的赵掌柜，做典当生意有多年了。"

"啊呀，县长大驾光临，蓬荜生辉，有失远迎，罪过，罪过。"赵掌柜说道。他急急绕出柜台，忙不迭地搬过一把椅子，放在屈鸿图跟前，用衣袖在椅面上拂了几下，殷勤地说："县长请坐，我这就去泡茶。"

屈鸿图摆了摆手，说："不必了，我这是随便转一转，看一看。你的典当生意做得有年头了吧？看这店铺也是陈年老店了。"

"生意确实做得有些年头了，"赵掌柜说着，用左手的食指不停地在右边有些松弛下垂的腮帮子上搔着痒，"只是，这些年世道不太平，生意淡……不赚钱……"

刘子良说："赵掌柜，别哭穷了，屈县长又不是来向你借钱的。你生意的情况我是清楚的，不说别的，这南来北往的客商，有多少人为了应急，把货物十钱不值仁钱地典给你？你把财发大啦，整个县城谁不知道，哭什么穷呀？"

赵掌柜显出一副委屈相，挓挲着手说："哪有这事，哪有这事。人家有急有难，想变现几个应急钱……咱做的可是诚实买卖，公平交易……这……"

"好啦，好啦，交易就是双方自愿，有人愿打，有人愿挨嘛。"屈鸿图打着圆场说。

"还是县长大人说得在理。屈县长这才是明察秋毫，公平正义，是青天大老爷。"赵掌柜极力恭维着，不满地斜了刘子良一眼。

刘子良陪着屈鸿图出了当铺，继续在街上走着看着。他继续介绍着："这同官县县城有南关和北关之分，咱们处的是北关，各类商号也主要集中在北关。您看，前面那个有戏楼的地方是集贸市场，牲口交易、粮食买卖、唱戏杂耍、军队训练都在那里。每月阴历逢五逢十是集市，到这一天，这周边四塬八乡的百姓都会来这里赶集。"

屈鸿图站在原地，朝那边眺望着，空旷的场地上有一队军人在操练队形。场地的边缘长着几棵枝叶茂盛的槐树和桐树，挨着旧城墙的地方是一座戏楼，戏楼的屋脊高高耸起，屋顶的瓦面上几束细茎的毛草在微风中抖动着，翘起的檐角下的风铃发出清脆的声响。

"这里的驻军是……"

"是西北军第四十六团，主要任务是把守金锁关的关口。"

"军营在哪里？"

"喏，烟囱冒烟的地方就是军营。"

"他们这个团长叫张……张什么？"

"张震山。哦，虽说四十六团是团的建制，可张震山的军职却是旅长。我们这里不称旅长称司令，叫张司令。"

"张司令？好，这样的称呼威风气派。这个人怎么样？"

"这个人嘛，"刘子良歪着脑袋斟酌着说，"以在下看，这个人方脸大额，秉性耿直，有冲锋陷阵之勇，乏运筹帷幄之才，实乃一介武夫。这个人最佩服的人是李逵和鲁智深，性格也像李逵、鲁智深。"

"水浒看多喽。他的祖籍是……"

"山东。"

屈鸿图笑了笑说："山东人，也难怪。山东人就是以豪爽著称，性格豪爽的人好交往嘛，是吧？"

"是是，屈县长真是一语中的。"刘师爷指着一个敞院说，"这就是军营。"

透过院墙的一个豁口可以看到院子里有四排青砖瓦房，近墙处有一眼水井，偶尔有伙夫端着盆子进进出出。伙房的灶烟从烟囱里很有力地冲出去，在半空弥漫开来，形成一团雾，笼罩在军营的上空，散发着呛人的柴草气味。

屈鸿图摘下眼镜，从口袋里掏出叠得很方正的手帕，把镜片仔细地擦拭了一下又重新戴上，指着北边的山脉说："那边就是你所说的'一夫当关，万夫莫开'的金锁关吧？"

"是，那边就是金锁关，关隘十分险要，历来为兵家必争之地。"刘子良比画着说，"以同官县为中心，北边有金锁雄关，西边有香山寺院，东南有陈炉

镇，西北还有玉华宫。哦，对了，这里还有一个美丽动人的孟姜女传说。"

"噢，"屈鸿图若有所思地说，"对一个新地方的人文地理、古今变迁都有必要了解了解，这很有意思。你慢慢道来，一个一个说。就先说说玉什么宫吧。"

"玉华宫。"

"对，玉华宫。为什么叫玉华宫？"

"这个玉华宫的来历是这样的：那座山叫玉华山，玉华山绵延百十里，山势宏伟，沟深谷幽。玉华宫就在玉华山里一个很大的葫芦谷里。到了夏季，谷外暑热袭人，谷内却是凉爽如秋，十分惬意。唐朝的时候，唐高祖李渊发现了这个地方，派人在谷里谷外依山傍崖大兴土木，修建了一座避暑山庄。每年夏天当长安城里热得受不了的时候，这个皇帝老儿就会辞楼下殿，不顾舟车劳顿，奔波遥遥数百里，到这里避暑消夏。"

屈鸿图说："既然是皇帝看上的地方，景致一定不错。"

刘子良说："您说得太对了，景致非常不错。这谷内是飞瀑腾雾，碧潭清流，岩崖壁立，怪石嶙峋，林木森森，流水潺潺，藤缠蔓绕，曲径通幽，气候清爽宜人，别有一番洞天。正所谓：崖顶飞瀑晴亦雨，碎珠拂面夏如秋。谷外原野平旷，阡陌交错，河流清幽，村舍俨然，真有世外桃源的情调。还有，《西游记》里讲的那个西天取经的玄奘法师，取回经书后就是在玉华宫翻译的，玄奘法师最终也是在那里圆寂的。"

屈鸿图问："现在情况怎么样？你说是唐高祖李渊年间的事情，距离现在大概……大概有一千三四百年的历史，是吧？历经这么漫长的岁月，还能留存什么遗迹？恐怕早就烟消云散、灰飞烟灭了。"

刘子良两掌一拍，跷起大拇指夸赞道："屈县长，您真是才高八斗，学富五车，几千年的历史您是了然于胸，佩服，五体投地地佩服。您说得对，历经这一千多年的风销雨蚀，再坚固的建筑也会被销蚀殆尽。建筑是没有了，可谷内崖壁上开凿的一排石窟洞依然存在。这排窑洞几乎绕谷一周，各窑洞间由一道廊庑相连。虽然经过千余年的风剥雨蚀已经破败不堪，但仍然能看出当年的古韵遗风。"

"是了。看历史古迹，就是要看它经过岁月磨砺后的沧桑，从沧桑中品味它当年的辉煌，这样才能引发感触。"屈鸿图悠然地说。

"是的，是的。"

"你说的陈……炉镇，是干什么的？"屈鸿图侧目问道。

"陈炉镇是烧瓷器的……"刘子良赶忙答道。

屈鸿图点了点头:"多长时间了,有什么特点?说说。"

"好的。"刘子良抖擞了一下精神,说,"陈炉镇在咱同官县东南边的半山上,这个镇子和景德镇一样都是以烧瓷器而闻名于世。这个陈炉镇可是年岁悠久,日月流长。据县志记载,历史可上溯到唐代,最盛时期是宋代。那时候,半面山坡上,窑场是鳞次栉比,窑火是通年不灭,可谓是家家开窑场、户户出瓷匠,热闹得很嘞。瓷的釉色是色彩纷呈,有青釉、黑釉、白釉、茶色釉、姜黄釉、酱色釉、铁锈红色釉……瓷的品种是不胜枚举,有瓷缸、瓷盆、瓷罐、瓷碗、瓷壶、瓷瓮……这样说吧,品类繁多,不一而足。凡是百姓居家过日子的用具一应俱全。"

屈鸿图停下脚步,目视着陈炉镇的方向,沉吟着说:"这么说都是些民用瓷了。有没有观赏瓷?景德镇可大多是观赏瓷。"

"也有,但是不多。据县志记载,五代时期是官窑,出了不少宫廷用瓷,大多是观赏瓷。比如当时出了一个叫'倒装壶'的瓷器就很有名,据记载这个壶底心有一孔通腹,倒置可灌水,正置滴水不漏,设计巧妙,匠心独具,可惜这个工艺失传了。"

"金锁关你去过吧?"

"去过,当然去过。"刘子良自豪地说。

"常去?"

"小时候常去,这些年没有再去过。"

"详细说说。"

"金锁关是一座关隘,而且是一座险关要隘。有位古人到了金锁关,被它的险要气势所震撼,喟然慨叹道:'金锁险关,鹞鹰难飞。'"

"哪个古人?"

"这个……时代久远,已经无从考证,只是县志上有记载。不过,'金锁险关,鹞鹰难飞'绝对不是虚夸,而是对金锁关山形地势的真实描写。出了县城向北行,举目观望,可见蓝天白云之下两峰突兀,拔地通霄。登上峰巅,俯身鸟瞰,只见巉岩嶙峋,怪木峥嵘,人到此处惊心,鸟飞此处胆寒,大有'一夫当关,万夫莫开'之势呀。据说宋时的杨六郎为抵御辽兵南犯长安,曾驻军在这里,杨六郎在山上修的点将台、瞭望塔、校兵场,虽经漫漫岁月的剥蚀,但其陈迹依然尚存。待屈县长忙完公务,有闲暇之时,可去登高一望。一来是对本县的地理人文有个了解;二来可解案牍之劳顿;三来也可登高望远,抒怀表志。"

屈鸿图点头说："是的，是的，抽时间我一定去看看。你不是说还有个香山寺吗？"

"对，香山寺在县城的西边。三峰突兀，西峰、中峰、东峰依次排列，形成一座笔架，故又名三石山。清代《重修香山寺碑记》赞道：'三峰耸翠，巍焕射入云间；碧色秀气，隐若寓于群芳。'中峰的峰顶有一个天然石穴，人称崎峰洞，即香山正洞。洞里供奉着千手千眼菩萨，也称香山菩萨。说来这香山寺也是历史悠久。据史料记载，在符秦时期就创建了寺院。这个香山寺很有灵气，抽签打卦灵验得很，香火非常旺盛。屈县长有空闲时，由在下前面引路到寺院一游，佛前敬奉三炷香，再叩三个虔诚头，保您官运亨通，前程无量，逢凶化吉，福如东海，寿比南山。"

屈鸿图点头连声说："好，好，借你吉言，等忙过这一阵子，一定抽时间去看看。"他接着把话锋一转，问道："孟姜女的故事你也清楚？"

刘子良把折扇在手中重重一击，兴致勃勃地说："太清楚啦，这可是一个很凄美的爱情故事，同官县是老幼皆知，无人不晓。"

"嗬，说来听听。"

刘子良觉察到屈鸿图对他讲的事情充满了兴趣，便抓住时机展现本事，绘声绘色地讲起了孟姜女的故事：

相传在秦朝的时候，同官县县城有一户姓孟的殷实人家，种了一粒葫芦籽，葫芦秧顺着墙爬到一墙相隔的邻居姜家结了葫芦。葫芦熟了，孟家说这葫芦应当是他家的，姜家说这葫芦应当是他家的，结果两家说好把这个葫芦分开一家一半。打开葫芦一看，从里面跳出一个又白又胖的小姑娘，两家人都惊得目瞪口呆。于是孟家和姜家就给这个小姑娘起了个名字叫孟姜女，由孟家来抚养。孟姜女长大后出落成一个亭亭玉立、聪明伶俐、十分漂亮的大姑娘，能弹琴，会作诗，文章写得也非常出色。

那时候秦始皇的长城已经修到甘肃，同官县也是忙着抓丁拉夫送去修长城。塬上有一个叫万喜良的年轻人，是个书生，为躲徭役从家里跑到了县城。他跑得精疲力竭，口干舌燥，刚想歇脚找点水喝，忽然听到一阵人喊马叫的声音。原来这里也正在抓壮丁哩！他来不及跑了，就翻进了旁边的一个院子。这院子正是孟家的后花园。这时候，恰巧孟姜女和丫鬟出来逛花园，冷不丁看见葡萄架下藏着一个人。她和丫鬟刚要叫喊，万喜良赶忙钻了出来，上前打躬施礼哀求道："小姐，小姐，别喊，别喊。我是逃难的，快救我一命吧！"

孟姜女一看，原来是个白面书生，长得挺俊秀，就让丫鬟回去报告孟老爷子。老爷子在后花园盘问万喜良家在哪里,姓甚名谁,何以翻墙入院。万喜良一五一十作了答。老爷子见他挺老实,知书达礼,就答应把他暂时藏在家中。万喜良在孟家藏了些日子,老两口见他一表人才,举止大方,就商量着招他为婿。跟女儿一商量,女儿同意。跟万喜良一提,他也乐意。这门亲事就这样定了。

那年月,兵荒马乱,三天两头抓丁拉夫,定了的亲事,也不敢总撂着。老两口一商量,择了个良辰吉日,请来了亲戚朋友,摆了两桌酒席,欢欢喜喜地闹了一天,两人就拜堂成亲了。谁知道小两口成亲还不到三天,突然闯来了一伙衙役,不由分说,生拉硬扯把万喜良给抓走了。

这一去明明是凶多吉少,孟姜女成天哭啊,盼啊!可眼巴巴地盼了一年,不光人没有盼到,口信也没有盼来。孟姜女放心不下,要去寻找丈夫。她爹娘看她那执拗的样子,拦也拦不住,就答应了。孟姜女整理了行装,辞别了二老,踏上了行程。这个苦命的女人一路向北去,穿过一道道的山,越过一道道的水。饿了,啃口锅盔;渴了,喝口泉水;累了,坐在路边歇歇脚。

孟姜女就这样走啊走啊,终于到了修长城的地方。她四处打听,终于找到了和万喜良一块儿修长城的民夫。

孟姜女问:"各位大哥,你们是和万喜良一块儿修长城的吗?"

大伙说:"是。"

"万喜良呢?"

大伙你瞅瞅我,我瞅瞅你,谁也不吭声。孟姜女一见这情景,急切地追问:"我丈夫万喜良呢?"大伙见瞒不过,只能说出真相——万喜良上个月就因累饿而死了!

"尸首呢?"

大伙说,死的人太多,埋不过来,监工的都叫填到长城里头了!

大伙话音未落,孟姜女手拍着长城失声痛哭起来。她哭啊,哭啊,直哭得天昏地暗,日月无光,秋风悲号,山岳呜咽。她正哭着,忽然哗啦啦一声巨响,长城像天崩地裂似的倒塌了一大段,露出了一堆堆白骨。那么多的白骨,哪一个是自己丈夫的呢?她忽然想起了听到的一个故事:亲人的骨头能渗进亲人的鲜血。她咬破中指,滴血认骨,最终找到了丈夫的尸骨。孟姜女背着丈夫的骸骨归来,到了金锁关前面的北高山,又累又饿又渴,想起了命运的苦难,不禁又大哭起来。忽然地下涌出泉水来了,后人就把这股泉水叫作"哭泉"。泉水清澈见底,甘甜爽口,常喝能滋阴补阳,延年益寿。

刘子良在讲述的过程中，注意到屈鸿图一直认真听着，偶尔翻起眼皮觑他一眼，表情肃穆，似乎故事感染了他。听完，屈鸿图紧抿了一阵子嘴，又长吁了一口气，说："是个很凄美的爱情故事。"他突然又高兴地伸出指头点着刘子良："刘师爷，我说你呀，应当去说书，要不真屈了你的才啦。"

刘子良说："嘿，屈县长您是明察秋毫，洞若观火，能掐会算，真是诸葛亮再生，刘伯温现世，一切都在您的把握之中。我爷爷就是说书的，他说了一辈子的书，说'三国'、说'水浒'、说'西游'，临咽气的时候，嘴里还嘟嘟囔囔着《三国演义》中'草船借箭'那一段。我爸也说书，可是他就没有我爷爷那种执着劲了。在我爷爷那辈，我们家还是相当富有的，有地，有牲口，还有两挂马车。可是我爷爷说书着迷，从不务农事，成年跟着剧社走乡串村去说书。剧社没有钱粮，他就变卖家中的牲口和土地给剧社贴补，家道就败落在他的手里。我爸还是比较顾家的，农闲的时候说书唱戏挣些零钱补贴家用，农忙的时候就在家里务农。这样业余爱好没有丢，家里的生活也有了保证。我从小受到他们的熏陶，看了不少的书，听了不少的戏文，讲起话来总带着说书的腔调……"

两人边说边走。街道的一块空地上围了一群人，人头攒动，不时发出热闹的喊声。

屈鸿图问："这是干什么的，这么热闹？"

刘子良一路小跑过去，踮着脚朝人堆里看了看又跑了回来，说："一群人闲着没事，赌博呢。"

屈鸿图皱起眉头："赌博？竟敢有人在光天化日之下聚众赌博？咄咄怪事！"

"不不不，"刘子良赶忙摆手比画着说，"言之有误，言之有误。是这样的，他们玩的是一个小游戏'套圈'，就是掏钱买几个圈，然后在一定的距离外投摆好的小玩意，套住了就是自己的，套不住买圈的钱就白花了。闲开心，闲开心。"

刘子良正在给屈鸿图解说着，人群中传来恶言恶语的吵骂声。

"怎么又吵起来啦？"屈鸿图引颈朝那边看去。

"不……知道。"刘子良也莫名其妙地说。

屈鸿图和刘子良一同向人群走去。

"喊什么喊！吵什么吵！"刘子良赶到前面，向人群喝道。县城里的人都认得刘子良，人们知趣地为他闪开了一条道。

刘子良一声喝，吵骂声戛然而止，但是人群中间的一个中年汉子和一个老头还扯着一件衣服互不相让。双方都拉得很紧，害怕衣服被对方拉跑了。

刘子良在手掌中敲击着折扇，迈着步子走到两个人跟前，厉声地问："咋回事，咋回事？在大街上吵吵闹闹，成何体统！"

中年汉子抢先说："您评评理，他半下午赊了我五十个圈，说如果没钱就用他的猪顶账，这五十个圈输完了，他却赖账。"

中年汉子看来是外乡人。这老头刘子良认识，是北街的高占魁。高占魁红脖子涨脸地争辩说："刘师爷，我欠他五十个圈不假，他说我赖账可是胡说八道，冤枉好人。我说这就给他牵猪去，他死活不肯，非要让我把衣服押在这儿，这不是侮辱我赖账是啥？"他转而冲着中年汉子嚷道："你真他娘的有眼无珠，我高占魁在这县城头顶天脚踏地几十年，从来都是清清白白磊磊落落地活人，啥时候赖过别人，啊？"他继续说："想当年，我在北伐军里当排长，打起仗来枪林弹雨都过来了，还能赖你的账？老子这条腿就是在打仗中负的伤，到现在遇到天阴下雨还疼呢，不信你问问这些乡亲们。真是狗眼看人低！"他一只手紧紧地扯着衣服，一只手不停地在空中挥舞着，嘴巴里喷着唾沫星子。

那中年汉子也不回话，只是牢牢地扯着衣服的另一端不放。他扯的是一件旧单衣，肯定不值一头猪钱。

"你的猪呢？"屈县长站在刘子良的身后，听清了原委，问了一句。

"猪？你是谁？管得宽。"高占魁怒气冲冲地嚷道。

刘子良眼睛一瞪，把折扇在手里使劲敲了两下，喝道："放肆，你跟谁说话呢？这是新任同官县的父母官——屈鸿图屈县长，知道吗？"

高占魁闻言立刻胆怯下来，眼中的怒气像突然被风刮走了似的，斜看了一眼屈鸿图，耷拉下眼皮嘟囔着："我也没有见过，他脸上又没刻字。"

"嘿，你这个老高头，怎么人来疯呀，一点好歹都不识！我……"刘子良还要发作，屈鸿图做了个手势阻止了他，仍然问高占魁："你的猪呢？"

高占魁可怜兮兮地说："猪在徐一刀那儿，让他骟呢。"

屈鸿图问刘子良："徐一刀是谁？"

刘子良回答说："徐一刀是咱同官县手艺最好的骟猪匠，家在前头住。"

屈鸿图说："打赌服输。既然输了，就要信守诺言，这是做人的基本准则。本县初来乍到，人地两生，既不认识他，也不熟悉你，对事不对人，当着众人的面秉公断案。你去把猪牵来，当着本县的面现场交割。大家说这样行不行？"

围观的人跟着嚷嚷着"行"。

"好……"

屈鸿图又问高占魁:"本县这样断你服不服?"

刘子良问:"是呀,服不服?屈县长这可是明镜高悬,秉公而断。"

高占魁梗了梗脖子,瞪了一眼刘子良:"服啥服?我根本就没有赖账,我只是让他给我去赶猪的时间……"

正说着,一个少妇风摆杨柳般从前面走来,上身着蓝花布衫子,下身着淡青色裤子,脚上穿着一双绣花鞋。头发在脑后绾起一个发结用簪子别着,簪子上吊着一个彩坠,轻盈地摆动着。她两手绞着花手帕,老远就喊:"爸,爸哟,我妈把饭做熟了,等你回家吃饭呢。你在这儿干啥呢?"

旁边一个看热闹的喊道:"快来看,你爸把你家的猪输啦,耍赖呢。"

高占魁尴尬地喊道:"放你妈的屁,老子清清白白做人,赖谁啦,啊?唉!"

少妇走过来问明了情况,抿嘴一笑:"我当是啥事呢,不就一头小猪嘛,值得这样?我爸就是把我家的大骡子大马输了又有啥了不起。猪不是不在这儿嘛,大兄弟把这钱拿上,咱就两清了。"她说着从衣兜里摸出一卷钱塞到中年汉子手里。那汉子展开一看,不满意地说:"就这一点,连买条猪腿都不够,不行!"

少妇嫣然一笑,说:"大兄弟,这就是你的不对了。常言说得好,得饶人处且饶人,你那五十个圈能值一头猪钱吗?再说啦,和气生财,不义之财不可取,我给你五十个圈,换你一头猪,你换吗?"

"这不是我和你的事,这是我和你爸的事。我们一个愿打,一个愿挨。"汉子不服气地辩解着。

"话可不能这样说。人说话做事要讲理、要公道。一个愿打,一个愿挨,说白了就是不讲理、不公道,只有占便宜的人才这样说,吃亏的人不会这样说。看你站在这儿也是一条汉子,汉子家做事不能总想自己占便宜把别人都亏死。你说是不是?"少妇慢条斯理地说。

"这……"那汉子语塞了,挥着手,"算啦,算啦,不说啦,我认倒霉。"

事情就这样平息了,围观的人在嘻嘻哈哈中散去了。少妇拾起地上的拐杖递给公公,高占魁接过拐杖一瘸一拐地随着少妇走了。

屈鸿图望着少妇和高占魁走去的背影,有些恍惚地问:"这女人是谁呀,伶牙俐齿的。"

刘子良说:"这是高占魁的大儿媳妇,名叫娇艳。人如其名,真是又娇又艳,可惜一朵鲜花插在牛粪上了。"

"噢,怎么回事?"

刘子良说:"这个娇艳是高占魁的大儿媳妇,他的大儿子是咱县保安队的副队长,叫高大贵。别看这媳妇模样标致,像是仙女下凡,这个高大贵长得可不咋样,就像《水浒传》里写的武大郎的那副尿样……"

屈鸿图托着下巴,眯缝着眼看着娇艳远去的背影,感叹着说:"你说他男人像武大郎?世上这事就奇了怪啦,丑夫娶这么个俊俏媳妇。真像人们说的'好汉无好妻,懒汉娶仙女'。昨天怎么没见他?"

"塬上出了个案子,他带了几个人办案子去了。等他一回来我就叫他去见您。叫他把媳妇也带上,两人往一块儿一站,很有看头,女的更显漂亮像潘金莲,男的更显丑陋像武大郎。"

"是吗?"屈鸿图感叹道,"说真的,看了《水浒传》,我还真同情潘金莲。一个如花似玉的美人,出身低微,先是委身于张大户,继而又屈就于武大郎,最后又被武二郎剖腹剜心死于非命。更悲惨的是,死后还要背负着淫妇荡女的恶名遗臭于世。刘师爷,如果你是潘金莲你能忍受命运的摆布吗?如果有命运的话。"

刘子良认真听着屈鸿图的每一句话,分析着每一句话的含意,调整着自己的思路。他马上回答说:"坚决不能。我要是潘金莲我就不会屈服于命运的安排,我要同命运抗争。我要……"

"你怎么办?"屈鸿图笑眯眯地停下了脚步,斜目而视,等着刘子良的回答。

刘子良也停下了脚步,思索着说:"我要是潘金莲我不会下毒害死武大郎,我会效仿西汉的卓文君,和如意郎君司马相如私奔,留下一出感人的爱情故事在人间。"

屈鸿图点头称赞道:"说得好!看来你还是接受了不少新思想,对婚姻有着新的认识和见解。中国几千年的封建史主要就体现在家庭的封建和婚姻的封建,体现在对女性的歧视和贬低。施耐庵在他的《水浒传》里可以说把对女性的歧视和贬低演绎到了极致。"

刘子良谦逊地说:"属下也看过《水浒传》,可惜头脑愚钝,领悟不深,还望屈县长不吝赐教。"

屈鸿图挥了一下手,说:"什么赐教不赐教,我也是随口谈一些见解罢了。"

"不不不,"刘子良不放过任何恭维的机会,谦恭地说,"您太客气了,我伺候过三任县长,没有像您这样和气待人的。昨天见您第一面就感觉到您身上有一股吸引人的亲和力和浓厚的儒雅气息,真真正正让我折服。今后您要多多不

吝赐教，让属下多多长些见识。您继续说，您的教诲我一定铭记不忘。"

在这个人地两生的地方，有这样一个忠实的听众听他对《水浒传》做出不同寻常的剖析，并且和他有着相同的认识，屈鸿图感到很是欣慰。

"我读了《水浒传》，觉得施耐庵这个人对女性有着很深的成见。我就想，会不会在他的感情世界里曾经被哪个女人挫伤过，所以就在作品中表露出自己对女人的怨恨？从这本书里你可以看到只要有几分姿色的女性，命运都不光彩，不是为财而死，就是为淫而亡。阎婆惜花容袅娜，玉质娉婷，被宋江所杀，死于贪财好色；潘金莲眉似初春柳叶，脸如三月桃花，是一个美人坏子，被武松剖腹剜心，死于贪财好色；潘巧云被杨雄、石秀所杀，也是色欲所致。还有那清风寨刘高的老婆，不施脂粉，自然体态妖娆，懒染铅华，生定天资秀丽，虽然有一副好皮囊，但心术不正，对宋江恩将仇报，死于非命。卢俊义的老婆贾氏和管家李固私通最终毙命于卢俊义的刀下。再有，天生美貌似海棠花的一丈青扈三娘本有一门门当户对的好姻缘，虽然没有死于财色，却嫁给了相貌丑陋、性情粗鲁、又矮又好色的矮脚虎王英。你看，是不是这样？"

"啊呀，"刘子良茅塞顿开般地感慨道，"我听过看过《水浒传》多少遍已经记不清楚了，但是从来没有这样想过。我一直感觉是潘金莲、阎婆惜、潘巧云这几个女人不守妇道，非常可恨，可从来没有想到施耐庵是带着个人恩怨去写女人的，经您这么一分析还真是这么回事，分析得精辟、透彻。正所谓'听君一席话，胜读十年书'。长见识喽，真真正正长见识喽。"

屈鸿图继续说："现在是民国了，妇女的社会地位有了明显的提高，如果潘金莲生于现在，她就可以同武大郎解除婚约改嫁他人，如果武大郎生于现在，也不会惨遭横祸。他们两人都是封建社会的牺牲品，是时代的悲剧。刘师爷，你说是不是？"

刘子良热情洋溢地附和着说："是是是，您说得太对了。"

"你们这儿的妇女还缠足吗？"屈鸿图盯着一个拄着拐杖、颤颤巍巍走过去的老女人问道。她缠着像粽子一样的小脚。

刘子良说："不缠啦，早就不让缠了。县城里和县城周边查得很严，基本禁绝了。偏僻的地方还不行，塬上还有不少的人家偷偷在缠。"

"真是执迷不悟！"屈鸿图说，"我就想不来这缠足有什么好处，把两只好端端的脚给毁了，还能干什么？真是对妇女的摧残！对那些抗命不遵的人家怎么办？"

刘子良说："办法多啦。其一是罚款，放足，再揪住就加倍罚款。其二是规定学校的男学生不得与小脚女子结婚。其三是规定小脚女子不得入校上学。他们原来担心的是女子不缠足嫁不出去，现在要让他们知道缠了足更嫁不出去。这样一来，除了个别榆木疙瘩不开窍的以外，对大多数人家收效还是不错的。"

屈鸿图赞同地点着头。他又用下巴指了一下，笑着说："刚才过去的那个女人……怎么办？"

刘子良撇着嘴摇了摇头说："没有办法了，脚已经缠得掰都掰不开了，不让她缠脚只有等下一辈子了。这一辈子只能这样了。"

屈鸿图突然问："你媳妇缠脚了没有？"

"缠了，但是没有成功。"刘子良说得很坦率。

屈鸿图饶有兴趣地问："嗬，为什么？"

刘子良介绍着说："我媳妇她妈，也就是我丈母娘在我媳妇小的时候，也就是五六岁的时候非要给她缠脚，说是女孩子不缠脚长大就嫁不出去。每一次缠脚我媳妇就疼得杀猪一样叫。我媳妇性子犟，这边刚一缠上，一转眼她就把缠脚布放开，把她妈气得骂道：'死女子，你不缠脚长大嫁不出去，没人要。'我媳妇边跑边顶嘴：'不嫁不嫁就不嫁，反正我就是不缠脚！'现在是两只大脚片子。我家和我媳妇家是隔墙邻居。我爸就很开通，他在我小时候就跟我媳妇她妈说：'嫂子，不要难为娃了。你女子不缠脚肯定能嫁出去，嫁给我儿子当媳妇。我家不嫌你女子脚大，少要些彩礼就行。'我爸又做我爷的思想工作：'爸，大脚媳妇好，干活能使上劲，上山下沟行得端走得正。你看那小脚媳妇，站着不稳，走着摇晃，一辈子只能干两件事——站起吃饭，躺下生娃，地里活一点都帮不上忙，这也太苦了我儿子了。'结果长大以后我还真和那个大脚女人成夫妻了。"

屈鸿图赞叹着说："好好，你父亲还是开通、明理。给女人缠脚确实是封建恶习，一定要根除。"

刘子良点头附和着："是是，一定要根除。"

屈鸿图和刘子良边走边聊着。文书小曹从远处跑过来，气喘吁吁地说："屈县长，张司令到县府了，他说要见您……"

"噢……这么快，走。"屈鸿图说着，三人一同向县政府的方向走去。

第二章

县政府坐落在县城南关和北关中间的宽敞的地段上。翘檐斗拱门楼上的彩绘经风剥雨蚀虽说已经看不出本来的色彩，但从遗存的图案上依稀能辨别出飞禽走兽的形象来。两根檐柱顺着纹理开着深刻的裂隙，大大小小的黑蚂蚁红蚂蚁在裂隙间欢快地爬进爬出。悬在门楣上的"同官县政府"的匾额和门楼两侧厝着的两只环目圆睁、高鼻阔嘴的青石狮子，显示着县政府的庄严与威仪。院内几株挺拔耸立、遒劲扭曲的古柏诉说着县政府的古拙与沧桑。一株柏树顶端的枝丫间隐藏着一个老鸹窝，几只暮霭中归巢的老鸹在夕阳余晖的辉映下，有的在树间展翅盘旋，有的在树枝上用猩红的长喙梳理着油黑的羽毛。

屈鸿图他们进了门楼，绕过前殿，来到他的办公室。在这之前他吩咐文书小曹到厨房里安排做几个菜，他要招待张震山。

张震山分开两腿坐在茶桌旁，品着小曹给他泡的茶。他一身戎装，方脸大额，脸膛黑中泛红，眯缝着眼看着进来的屈鸿图。刘子良赶忙介绍："屈县长，这位就是同官县的驻军长官——张震山张司令。张司令，这位就是屈鸿图屈县长。"

张震山狠狠地吸了一口烟，把烟蒂扔到烟灰缸里，忙起身握住屈鸿图的手，热情地说："哈哈，你就是屈鸿图呀。听说啦，听说啦。"

屈鸿图软绵无力的手被张震山铁钳似的大手握得发疼，但是他忍住了，把另一只手搭在张震山的手背上说："是的，鄙人就是屈鸿图。张司令，久闻大名，如雷贯耳，今日一见，果然气度不凡。有您在同官县横刀立马，我屈某就可以高枕无忧了。"

张震山喜眉笑眼地摘下大檐帽扣在桌子上，手掌来回搓着圆圆的脑袋："哈哈哈，哪里哪里，兄弟我是个粗人，说话办事从来都是直来直去。听说你到任了，就赶紧过来看看，先拜见一下父母官嘛。来，请坐！卫兵，给县长大人上茶，上好茶。"他喧宾夺主地喊着，以为是在他的军营。

挎枪站在门口的卫兵应声跳进屋子。张震山猛然醒悟过来："嗨，不用不用，我把这儿当成我的司令部啦。出去吧，这可是人家屈县令的衙门。"

刘子良把泡好的茶水端上来，恭恭敬敬地放在茶桌上屈鸿图的一侧，悄悄地站在一旁。

两人分别在茶桌的两侧坐下。屈鸿图侧着身子说："刚才我和刘师爷在街面上转了一圈，还站在你的军营外围看了看，原本等明天备份礼物去拜访张司令，没想到张司令先……真是有失情礼呀。"

张震山呷了一口茶，把吸进嘴里的茶叶嚼了嚼吐在地上，摆着手说："哪里哪里，我比你早到同官县，应当尽一下地主之谊嘛，只是不知道你来的确切日子。我也是刚从外面回来，听说你来了，就赶过来。你下午去，我也不在。昨天没事，我带了几个弟兄到玉华山里打猎去啦。"

屈鸿图顺着他的话题问道："有收获吗？"

张震山高兴地说："有有，打了一只羊鹿子、八只兔子，不错吧！他娘的，一头野猪被打伤了，可让它个龟孙子跑掉啦。这只羊鹿子猴精，它和一只母的带着一只小家伙让俺老张碰上了，母的带上那只小家伙直往树林里钻，它却顺着山路跑，跑一跑，停一停，啃上两口草，撒上两下欢，逗俺老张玩。那山路真难走，净是些七转八弯的羊肠小道，跑得俺是上气不接下气，出了一身的臭汗。可它终归玩不过俺老张，让俺一枪打了个四蹄朝天。我已经吩咐过了，让弟兄们再杀一头猪，羊鹿子肉要和猪肉在一锅用文火慢慢炖才好吃。"

屈鸿图饶有兴趣地问："这还有讲究？"

张震山说："有讲究，可有讲究。羊鹿子肉粗，炖出来太柴，不香，和猪肉一锅煮，猪油浸进去，咬一口，满嘴生香回味无穷，再配上二两小酒，妙不可言。明天煮好以后，我让弟兄们给你送过来一只腿，尝尝鲜，也算俺老张给你的见面礼。"

屈鸿图谦让道："张司令太客气了，屈某感激不尽呀。"

张震山挥了一下手说："有啥感激的，俺老张讲义气，爱交朋友，以后咱俩就成一条船上的人啦，多交心交肺，有用着俺老张的地方，只管说。咱手里有枪，想吃的话再去打嘛。"

刘子良在一旁插嘴说："听人说，玉华山里还有豹子。"

张震山高兴地说："是吗？有老虎才好嘞。打只老虎，剥张虎皮做褥子，既保暖又御寒，虎骨还能泡酒。有老虎吗？"

刘子良遗憾地摇了摇头："老虎……没听说过。豹子或许是真有，说的人多啦。"

张震山感慨地说:"这玉华山,可真他娘的大!放马跑几十里,还看不到边际。要是屈县长有兴趣,哪一天俺老张带你到山里转一转。"

屈鸿图兴致勃勃地应道:"好啊,好啊。今天下午我和刘师爷在街面上走,刘师爷跟我讲了好一通同官县的天文地理、风土人情、历史典故、物产农耕。什么玉华山的玉华宫呀,什么鹞鹰难飞过的金锁关呀,还有香山上的香山寺呀,陈炉镇的千年窑炉呀,抽时间我要把这些地方都看一看。"

张震山哈哈大笑起来,说:"你说的这些都是你们识文断字读书人感兴趣的事,游山看景,吟诗颂赋。俺老张行伍出身,就爱干那些提枪绰刀跑马射箭的事。听说屈县长来同官县之前在省府高就,那可是个大衙门,咋想起来到同官县屈就了?"

屈鸿图欠了欠身,说:"张司令言之差矣。屈某在省府供职,不过是个小小的副主任,人微言轻,无所建树。今得上司眷顾,位居县长之职,施令一方,深感荣幸,何来屈就之说呀?"

张震山又哈哈笑了起来:"说得是,说得是。虽说屈县长是个文人,说话倒也爽快,和俺老张投脾气。我初来乍到时,对这个地方也很不习惯。可是待了一段时间,习惯了,也觉得这个地方挺好,山高皇帝远,倒也清净。"他话头一转:"屈县令就一个人来这儿,没带老婆孩子?"

屈鸿图沉吟了一下说:"家眷还顾不上,等这里安顿好了,再带他们来不迟。"

说话间酒菜端上了桌。酒过三巡,菜过五味,两个人的情绪在酒精的刺激下变得亢奋起来。

张震山敞开衣襟,身子向前探着,筷子在屈鸿图面前的桌面上戳着,嘴里嚼着菜,口齿不清地说:"俺的大太太住在省城,现在跟我来的是二太太,叫翠柳,过几天让她来见见县长大人,长得……可漂亮。"

屈鸿图说:"张司令真是好福气,还有两房太太。"他伸出一根指头在眼前比画着:"我不如你,只有一房太太,是父母之命……这父母之命不可违呀。"

张震山抓住屈鸿图的手说:"都一样,我原来也只有一房太太,后来才有的这二太太,是大太太非让我娶的,我就娶啦。大太太是个好人哪……对俺张家有恩呀。"

"一定是个很浪漫的故事,说来听听。"

张震山像是要把眼前的什么东西驱走似的一摆手,说:"什么很浪漫的故事,你……笑话我。"

020

屈鸿图忙说："岂敢，岂敢，我们说说闲话，叙叙家常，助助酒兴嘛。"

"只要你……不笑话我，我就给你讲讲听。"

"讲吧，一定有意思。"

两个人碰杯一饮而尽后，张震山沉下头整理了一下脑子里的记忆片断，讲述起他的经历。

张震山，祖籍山东，家境贫寒，幼时喜习拳脚，性情豪侠仗义，常以《水浒传》中的李逵、武松、鲁智深自比。十八岁那年，在家乡的年关庙会上碰到一个邻村的潘姓恶少欺负他们村上教书武先生的女儿武玉巧。武先生和潘恶少理论，被潘恶少一拳打翻在地，武玉巧上来争辩，也被潘恶少一脚踹到了路边的水渠里。潘恶少脚踏在武先生的脊背上戏谑道："武先生，你不是说你们家是武松的后人吗？你不是常给你的学生讲武松咋样怒杀潘金莲的吗？我今天没别的意思，就是想让大家伙看看，潘家人不尽是孬种，还有我这样能把武家人踩在脚下的英雄！"

张震山看到趴在地上羞惭不已、试图挣扎着爬起来又没能爬起来的武先生和从水渠里正往岸上爬的武玉巧，一时间怒从心头起，冲过去三拳两脚把潘恶少打翻在地。事过之后，武先生托人到张震山家说媒，情愿不要彩礼把女儿武玉巧许配给他为妻。武先生说，在这兵荒马乱、恶人横世的年代，像他这样的文弱书生是无力保全家人的。嫁了女儿后，武先生又极力撺掇女婿从军。他认为好男儿不能身屈乡里争强斗勇，应当敢于接受安邦定国的洗礼。在张震山从军的前一天，武先生在女婿眼前伸出了两根手指头，意味深长地说："一个人要想安邦定国就要抓住两点：一是文韬，二是武略。两者之间的关系是文韬在前，武略济之。就像我和你一样，我是文有余而武不足，连家人都保护不了，更说不上安邦了，一个胸无点墨的恶少就可以把我打翻在地并踏上一只脚。武有余而文不足，亦不足以定国。你就是武略有余，文韬不足。所以你以后要多读书，以文济武，这样才能成就大事。我送你两本书，一本是《孙子兵法》，一本是《论语》，有这两本书在身边就如同神助。只要你好好读，认真学，老夫我保你不出十年定能平步青云，光宗耀祖。"

从军以后的张震山不失为一条硬汉，冲锋陷阵，屡建战功。台儿庄战役开战时为营长，战斗打到最激烈的时候，奉师长池峰城命令组建敢死队，身为队长，挥舞着大刀冲入鬼子的阵中，一连砍死十多个鬼子，迫使鬼子退却，而自己身受五处枪伤，七处刺伤。他冲入敌阵中的情形，被掩体里的前线指挥官孙连仲在望远镜中看了个清清楚楚。他被从阵地上抬下来时已是奄奄一息，孙连

仲拦住担架，含着眼泪向他行了个军礼，使在场的官兵为之动容。台儿庄战役后论功行赏，张震山被破格擢升为团长，调往西北军胡宗南部下为将，后又升为副旅长。由于在胡军派系里他不是嫡系，所以多次受到排挤，一年前以加强同官县防务为由，被遣到同官县驻防。有人为他抱不平，说这明显是排挤他，他却哈哈一笑说："俺老张本身就是个兵娃子，他让俺当兵俺也不嫌。"为了照顾他的情绪，军阶由副旅长提升为旅长。

至于他岳父武先生送给他的《孙子兵法》和《论语》，早就不知丢到什么地方去了，不要说读了，就是字也没认识几个。他所知道的李逵、武松、鲁智深这些《水浒传》中的英雄豪杰的事迹都是从说书人和戏文中得来的。

"你的岳父是个很有远见卓识的人。"屈鸿图感叹着说，"来，张司令，为你有远见卓识的岳父身体健康干杯。"

"干什么杯呀，前三年都不食人间烟火了。"

"那……那就为你父亲张老爷子身体健康干杯。"

"健什么康呀，前五年都驾鹤西去了。"

"这……"屈鸿图尴尬地举着酒杯，想了一下，说，"那就为你远见卓识的岳父和养儿有方的张老爷子在天之灵保佑你升官发财干杯！"

"读书人真会说话，这话我爱听。来，干杯！"张震山放下酒杯，用手抹了一下嘴，"屈县令，我这七七八八说了一大堆了，下面该说说你的事了吧。"

屈鸿图醉眼蒙眬地看着张震山，说："让我说什么呀？我不能和你比，你有军功，肩负着守卫重任。我只是一个文职官员，七品芝麻县令，以后还要多多仰仗你的帮助。我喝多了，不胜酒力啦。"他把头一偏，打起了呼噜。

张震山使劲抬起沉重的大脑袋，指着屈鸿图笑着说："你……你不行，不是俺老张的对手，下一次俺老张请你。"他用力摁着桌面，摇摇晃晃地站起来，向门口走去。刘子良赶忙上前扶住他，张震山推开刘子良的手，由卫兵扶着，迈着步子向县政府外走去。

听到脚步声消失了，县政府的大木门吱吱呀呀关上了，屈鸿图抬起了头，眨着眼看着刘子良，问："他走啦？"

刘子良抻着脖子直瞪着眼，看着不显醉意的屈鸿图，大感不解地说："屈，屈县长……您，您没醉？"

屈鸿图站起身拧了拧腰，又握着拳头在腰眼上捶了两下。

"醉？醉什么？"他指着桌子上的酒和菜说，"来，刘师爷，咱俩再喝几杯。"

第三章

高占魁跟着大儿媳妇娇艳离开了吵架的地方，拐到徐一刀家牵回骗过的小黑猪。体态滚圆的小黑猪挨了一刀后神情萎靡不振，走路趔趔趄趄，像个醉汉，完全没有去时那种疯跑狂蹿的野性了。它走走停停，伤口疼得直哼哼，在高占魁拐杖的催促下，磨磨蹭蹭地溜着墙根往回走。

郑记杂货铺掌柜郑胖子趴在柜台上正埋头拨拉着算盘算账，听到高占魁驱赶猪的吆喝声，抬起眼皮，视线从老花镜的上方向外看着，紧闭着的嘴笑开了："嘻，老高头，你给猪喂酒啦？"

高占魁回他说："你给你家的猪喂酒呀？"

"嘿，没喂酒你家的猪咋走起路来摇摇晃晃的像个醉汉？"

"我让徐一刀把它骗了，现在它已经是猪太监啦。有老鼠药吗？给我拿两包。"

郑掌柜在递老鼠药给高占魁的间隙瞥了一眼站在门外的娇艳叹息着说："这个徐一刀真不是什么好东西，净干这种断子绝孙的缺德事。"

娇艳接过公公递给她的药包，在手里晃了晃，说："你呀，比徐一刀更缺德，徐一刀只是断子绝孙，你这是杀生害命。"

郑掌柜抻着脖颈睁圆了眼，看着高占魁和娇艳的背影，嘟囔着："老公公跟在儿媳妇屁股后面满街转，真是世风日下。"他摇了摇头，又算起账来。

高占魁赶着小猪回到院子，在过门槛时，小猪费了好大的劲才翻过去。它穿过院子便一头扎到猪圈一个潮湿的角落里，蜷缩着身子，伏在那里不动弹了。

堂屋里饭桌已经摆好了。高占魁的老伴高孙氏，一个胖墩墩的老太婆，正在盛饭往桌子上端。二儿媳妇水秀侧身躺在炕上揽着四岁的女儿英英哄她睡觉。

老太婆用围裙擦着手埋怨地嚷嚷道："死老头子，一出去就不知道回家了，我还以为把你给丢了。艳儿惦记着去找你，我说不用找啦，等肚子饿得咕咕叫

的时候，他自然就回来了。艳儿，你在哪儿找到你爸的？"

高占魁害怕大儿媳妇把他在街上和人吵架的事说出来再遭到老太婆无休止的啰唆，就赶忙插嘴说："吃饭，吃饭。人呢？这人不是还没有回来全嘛，急着吃啥饭呀……"

老太婆说："还有谁没回来？二贵在他屋里钻着呢，大贵现在是三天五天不回家，不用等他。巧云去给她陈婶家送酵面了，一会儿就回来。艳儿，去叫二贵过来吃饭……"

娇艳在门框边倚着，双臂抱在胸前，蹙着眉，撇了撇嘴说："又叫我去，他有老婆呀。"

"她不是在哄孩子吗？你又不是没看见，这两步路能把你这当嫂子的腿跑细……"

"妈，我去。"水秀抻着衣服说。

"孩子睡啦？"

"睡啦……"水秀应着，从娇艳的身边迈过门槛出去了。

高占魁看着水秀出了门又埋怨起女儿巧云来："还没过门呢，天天挖空心思往人家家跑，也不嫌街坊邻居笑话。真是女大不可留，选个日子赶快把她嫁了，别在这儿丢人现眼，哼！"

高二贵斜躺在炕上，双腿悬在炕沿，两手枕在脑后，两眼盯着房顶的一片水印，忧虑地想着心事。上午在学校门口碰到了以前的老师许子凌，许子凌把他拉到一个偏巷子里，说："二贵，我正要找你。"

"什么事，许老师？"

许子凌扶了扶鼻梁上的眼镜，四下里瞅了一下，说："是这样的，我得到了一个消息，四十六团准备扩充部队，招一批新兵，我想叫你去应征当兵。你到里边我们就可以随时掌握他们的军事动向，这对我们会有帮助。你看呢？"

事情来得有些突然，高二贵没有丝毫准备，皱着眉头说："让我到四十六团当兵？这……这不是让我投靠国民党反动派吗？许老师，我早就跟您说过我要到延安去参加革命队伍，您不同意。现在可好，革命队伍不让我参加，却让我参加反革命队伍。到时候一声令下，我扛着枪去和我们的同志打仗，这……是不是太不可思议了？我不去，我要去延安。"

许子凌开导他说："二贵，话不能这么说。你现在不是普通百姓，你是一名党员。作为党员最重要的一点就是要遵守党的纪律，服从组织安排。同官县现在是敌人进攻延安的前沿阵地，他们的一切军事行动都会在这里得到反映。你进入他们的阵营，随时可以掌握他们的动向，我们及时把这些情况报告给延安，延安的党中央就能及时采取应对措施，准确回击敌人。二贵呀，这可是一项非常重要的工作，你可不能小看它。"

高二贵气哼哼地说："我看见这帮家伙一天张牙舞爪、横行霸道、鱼肉百姓就气不打一处来。让我穿上他们那身黄皮和他们沆瀣一气、狼狈为奸，我真受不了。许老师，你能不能再……"

许子凌摇头说："这是组织的决定。"

高二贵见许子凌的态度坚决，也就不再坚持自己的态度了，但他仍有些犯愁地说："以前我对我哥在保安队做事很是不满，没少在他面前说风凉话。现在我提出要到四十六团当兵，这转变也太突然了些。这……这咋跟我家人说呀？还有，我现在在砖场当会计，干得好好的，有什么理由说不干就不干了？总要找一个合适的理由吧！"

许子凌笑着说："二贵，你还是心里想不通呀，说了这么多的困难。你现在明确告诉我你对到四十六团当兵的事是什么态度，别绕着弯子说话。"

高二贵搔了搔后脑勺，紧抿着嘴想了想说："既然您这样说了，我就照办呗。"

许子凌拍了拍他的肩膀："二贵，这不是我说不说的事，是组织决定。你我都是组织的一员，既然我们加入了组织，就要信仰组织，对组织忠诚，决不能信马由缰。四十六团的事还需要些日子，你可以在这些日子里转变一下态度，想一些办法为说服家里人做一些铺垫。进去以后在不暴露自己身份的前提下，做一些工作。这些当兵的大多都是和我们一样的农家子弟，他们并不是恶魔转世，专门来世上干坏事来的。关键的时候能够反戈一击为我们做事，这也是对革命的贡献嘛。对革命的贡献可以表现在许多方面，不能只局限在到延安去，要明白这个道理。"

许子凌公开的身份是同官县中学的教务长，隐蔽的身份是中共同官县地下党县委书记。在高二贵上中学时，许子凌就看上了爱学习、求进步的高二贵，时常给他讲一些革命道理，引导他在革命的道路上进步。两年前，高二贵由许子凌介绍加入了中国共产党，成为一名党员。

高二贵和许子凌分开以后，在回家的路上，便犯了愁，一个问题摆在他的面前。他心想，我回去咋跟家里人说呢？家里人会怎样理解呢？

高二贵这样犯愁不是没有缘由的。他时常在家里发表一些对国民党政府不满的言论，不满政府腐败，不满四十六团那群兵痞欺压百姓。哥哥高大贵参加

保安队的时候他就坚决反对。当高大贵穿一身黑制服回家时,他说是黑狗子回来啦,气得父亲和嫂子没少斥责他。

嫂子撇嘴道:"哟,开裆裤才缝上几天哪,就敢骂你哥了。常言道,大哥比父,长嫂比母,你这等于是骂谁呢?你哥没进保安队的时候,钱麻子仗着有四个儿子,每年为沟里的那片地和咱家吵架。你在学校上学,他家老二老三没少欺负你吧?没少欺负你妹子吧?自从你哥进了保安队,钱麻子再没有为沟里的地找过事,他家那四个半吊子见了咱家的人都躲着走。还有,去年你在砖场给塬上那个叫黑虎的二屄少记了一天工,人家叫了三五个人围着你打,你哥一去,他们跑得比狗还快。真是一点好歹不识!"

大儿子进保安队是高占魁撺掇的,老头子当然向着老大说话,附和着大儿媳妇,嚷道:"对对,你嫂子说得对。你大哥就是给高家撑了门面。制服一穿,盒子枪一挎,呵呵,骑在高头大马上多威武,县城的人谁不啧啧赞叹。"

高二贵不服气地说:"是,高家人不受人欺负了,高家人可去欺负别人了……"

"放屁!你哥可是个本分人,他才不会去干那种伤天害理的缺德事。"高占魁气咻咻地喷着涎沫星子嚷道。

高二贵说:"你还说没有?我哥前一阵子拉回来两只羊,后来又提回来五只鸡。他们保安队既不养羊又不养鸡,这些东西都是哪儿来的?都是在集市上勒索来的。还有我嫂子耳朵上戴的金耳环,哪儿来的?那是塬上一家人的儿子参加了八路军,他们就说人家通共匪敲诈来的。"

高大贵拿回家那些东西的来路,高占魁是心知肚明的。他赶忙为大儿子打遮掩,愤愤地说道:"你他娘的别瞎说!你哥他多顾家,给家里是牵羊拎鸡、扛面提米。你再看看你嫂子,戴金挂银,鲜亮衣服是一件接一件。他错啦?他没错!我不管这些东西是咋来的,只要进到我们高家门就是我们高家的。你没听人家把共产党叫共匪吗?匪还能干出啥光彩事,也就是杀人放火抢东西呗;那金耳环说不准也是从别人家抢来的。"

"你……"高二贵梗着脖子还想和父亲争辩下去。

水秀在一旁忙说:"快别说了,看你把爸气的……"

这样的态度已经表明他和哥哥还有父亲在对四十六团和保安队的认识上是有明显分歧的。这样的态度已经在家里人的思想上打上了深刻的烙印——他高二贵是绝对不会去参加保安队或者四十六团的。那么,有什么办法让家里人接受他这突然的思想转变呢?一时半会儿他还真想不出一个合适的办法,不由得长长叹了口气。

"咋啦，一个人躺在这里长吁短叹的?"水秀进来侧身坐在丈夫的身边，摸着他的额头，关切地问，"病了?"

高二贵拨开她的手："没有。"

"妈叫你吃饭。"

高二贵跟着媳妇到了堂屋，高占魁已经开始吃起来了。

吃饭间，高大贵回来了，矮墩墩的个子，圆头粗脖子，说起话来瓮声瓮气。

娇艳看到丈夫进屋，赶忙放下手中的碗筷，起身要去给丈夫盛饭。高大贵做了个阻挡的手势，说："不用了，我吃过饭才回来的。"他在媳妇让开的凳子上坐下，打着饱嗝，把手里拎的包裹放在桌面上。

"这是啥东西? 又拿回来啥好东西啦?"高占魁用手抹着嘴角挂着的饭渣子，充满欣喜的眼睛盯着包裹问道。

高大贵打开包裹，漫不经心地说："没有啥，弟兄们孝敬我的两瓶好酒，我拿回来孝敬您老的。"

高占魁把抹嘴后沾着饭渣子的手在大腿侧蹭了两下，接过酒瓶子抱在胸前，喜滋滋地抚摸着圆鼓鼓的瓶肚，夸赞道："老大现在当官了，每次回来总会给家里带些让我们意想不到的好东西。这可是好酒，我可要把它放好，过年的时候喝。"

高大贵劝说道："爸，不用珍藏，以后咱不缺这个，我会时常给您带回来酒的。您现在打开喝吧。"

"真的?"高占魁两眼放光地问。

"真的，喝吧。"高大贵鼓励着父亲。

"那是啥东西呀?"高占魁眼睛又盯住包里面的东西问。

"一身军服。"

高占魁高兴地喊道："老婆子，给我抓一把花生米，让我喝两口，品品味。"

老太婆不情愿地说："刚放下碗筷，就又想着喝酒，狗窝子里放不住热蒸馍。你就不能放起来，等过年过节的时候再拿出来?"

高占魁赔着笑脸说："老大说啦，以后咱不缺这个，快去快去。忙吧? 三天五天也不说回家看看，快把你爸妈还有你媳妇忘记啦。塬上的案子咋样? 是啥案子?"

高大贵把帽子递给媳妇，用手指拢了一下被帽子压得贴在头皮上的头发，

说:"命案。兄弟俩闹分家,为了一个樟木箱子打起来啦。弟弟抡起镢头把哥哥的头打开花了,哥哥家的那条狗把弟弟的喉咙咬断了。兄弟俩都死了。狗呢,畏罪潜逃下落不明。就这样,阴间多了一对亲兄弟,阳间多了两个活寡妇。"

娇艳锁着眉头,说:"真热闹。"

老太婆咂着嘴说:"为一个箱子打出人命,真是作孽。"

高占魁对这事不感兴趣,说:"这闹分家出人命是常有的事情。"他又恳切地说:"你现在当副队长了,是官呀,咋能事事躬亲呢?可以让手下的人去干,当官要有当官的架子嘛。我就喜欢看你骑着高头大马威风凛凛的样子,县城的人都啧啧称赞呢,我这老脸上也有光呀!今天在家住一夜吧,家里人可都想你啦。"二两酒下肚,高占魁的脸上染了酡色,话也多了起来。

高大贵说:"不走啦。"他看了一眼自己的媳妇,接着说:"今天我回来还有一件事。"

高占魁往嘴里扔了一粒花生米,眯起眼睛说:"啥事,一定是好事吧。"当他眼角扫到二儿子放下的碗里还有饭底子,就嚷了起来:"饭要刮净。老辈人说过,一顿省一口,一年省一斗,你这样一顿浪费一口,一年要毁掉多少粮食?这可不是持家过日子人干的事。咳,你啥时候才能变得像你哥一样有出息!"

水秀和气地说:"爸,别埋怨啦,我吃净就是了。"她说着端起丈夫的碗,把剩下的一点饭底子刮着吃了,还故意用勺子把瓷碗刮得吱吱响。

高占魁看着二儿媳妇刮净了饭碗,气消了些,又转向高大贵说:"你说吧,啥事?"

高大贵说:"我听到一个消息,四十六团要招一批新兵。四十六团可是正规军……"

在高占魁看来,这是一个不值得高兴的消息。他失望地说:"这与我们家有关系吗?"

高大贵用手指头在桌面上画着:"有呀,我想让二贵去应征当兵,四十六团里有不少人我都熟,我和他们一说准没问题。"

老太婆首先表示反对,说:"不去,不去。这兵荒马乱的,当兵就要打仗,子弹不长眼,你还是让我睡上几天安稳觉吧。不去!"

高大贵开导着说:"妈,你不知道,也就是这兵荒马乱的时候,才能干出点事来。你没听人说乱世出英雄?二贵聪明,脑瓜子灵,又念过书,到军队里很吃香的,我敢保证很快就会升个一官半职。在那小砖场里当个账房先生,会有啥出息?"

老太婆固执己见地说："升个啥一官半职，我不稀罕。再说啦，你们高家祖坟上啥时候还能冒出那股子青烟来？还是让我省点心吧。有一个提刀拿枪的就行了，我就这两个儿子，不能都去提刀拿枪让我过提心吊胆的日子。"

娇艳听婆婆说的这番话，心里很不舒服，她觉得婆婆这是明显在偏爱二儿子。她刚想插话，高占魁说话了："说的什么话呀。我高家祖坟上不是已经冒青烟了吗，老大现在不是当官了吗？老二去当兵我赞成。这老大在保安队干事，老二到正规军里干事，我老高头走在同官县县城脸上就更有光彩了……"

娇艳帮腔说："就是的，爸说得在理，好男儿志在四方。你看戏上演的那些顶天立地的男儿有几个不是提刀绰枪干出来的？又有几个是在媳妇的石榴裙边转出来的？你说是不是呀，二贵？嫂子是一介女流，要是嫂子生个男儿身，我早就提起关公的青龙偃月刀、跨上赤兔马去纵横驰骋打天下了。"

老太婆不满意地瞪了她一眼，嘟起满是皱褶的嘴不说话了。

水秀用胳膊肘碰了碰丈夫，悄声说："你说话呀，咋想的，去不去？"

高二贵听到哥哥说的话，心里一下高兴起来，心想，真是瞌睡来枕头，可是帮了我的忙了，我还正愁怎么向家里人说这事呢。他嘴上却支吾着："我在砖场干得好好的，掌柜说只要我好好干，过些日子还要给我加工钱……这要是走了……这事来得也太突然了。"

高占魁一挥手说："加什么工钱，能加几个子儿？就你哥拿回来的这酒，你一个月的工钱能买几瓶？我说还是去吧，出息点，啊！再说了，这也不突然，你哥不是说了嘛，现在才是听说。等你们弟兄俩都当上官，一个是保安团的官，一个是四十六团的官，那我老高家可真是祖上显灵啦。"

高二贵还是显得很不情愿，吞吞吐吐地说："爸和哥都这样想了，那就……行吧。妈，您不用担心，要不行我就跑回来，腿在我身上长着呢。"

高占魁张开缺了两颗门牙的嘴嘿嘿笑着说："还是老二机灵，说得对，不行咱就跑回来。"

高大贵说："你看，我把军服都给你带回来了。人家这是正规军，无论从哪方面讲都比我们保安队高出一等。我一听到这个消息，就到四十六团找到熟人，约莫你的个子借了一套军服，你先试试。"最后他又强调道："以前，我叫你参加保安队，你不去也就算了。再者，你是我弟弟，在那里惹出点事，我不说你于理不通，说你吧于情不合。不过这次机会可不能放过。"

高占魁兴高采烈地说："啥时候都是同胞兄弟亲，你哥他真有当哥的样子，啥时候都能替你这当弟弟的着想。来，你喝茶。"他殷勤地给大儿子面前的茶

碗掬着茶水。

娇艳收拾着锅灶，回过头来说："爸，你把好听的话别说完了，留些等他的官做得再大些的时候再说吧。"

高占魁绕着有些僵硬的舌头，说："不愁，不愁，爸肚子里有很多好听的话呢，憋得肚子都直发疼。大贵，赶快再升官吧，给爸一个把话说出来的机会，到那时候肚子就不疼了。"

水秀在油灯下给孩子缝衣服，不小心被针扎了一下手指头，很快冒出了个殷红色的血珠子，疼得她直吸凉气。

老太婆探着头，眯着花眼怜爱地说："算了吧，等白天日头好的时候再缝吧。唉，我这双眼睛就是年轻的时候在灯下做活做得太多熬坏的，你们年轻人可要珍惜身子。"她拿过军服坐在水秀跟前说："这针线做得可真细密又匀称，我做了一辈子针线活了，到头来也做不了这么细致。这做活的女人手该有多巧。"

娇艳不大会做针线活，听老太婆这么说，心里有些别扭，以为是说给她听的，撇着嘴纠正道："这不是手工做的，您仔细瞧瞧，这针脚都一个样，就是七仙女下凡也做不出这样的针脚。人家那是机器做的，那种机器叫缝纫机，下面脚一踏，上面手一推，哗啦啦的就过去了。可快啦。"

水秀从婆婆手里接过军服，递给丈夫，说："穿上试试合不合身，不合身让哥再拿去换换。可以换吧，哥?"

高大贵回答说："可以，当然可以，你先试试。"

高二贵穿上军服，水秀围着丈夫转着圈，一会儿用手指头拈掉衣服上的碎线头，一会儿把褶子往展的抻一抻。

"上衣刚合适，裤子稍微有点短。"她评论道。

高占魁喝了一口酒，笑眯眯地审视着二儿子，说："好，真好，看上去比你哥还有派头。你爸当年当排长的时候，也是很有派头的……"

娇艳在他身后不满地说："爸，你也太偏心眼了吧！刚才还说看到老大骑着高头大马走在县城里让你感到无上荣耀的，这一会儿咋就没派头了呢?"

高占魁赔笑道："我这不是随便说说嘛，他个子是有那么一丁点低。就那个……"

"个子低也是你生养的呀，怨谁呢?"娇艳不依不饶地说。

……

饭吃完了，话也说够了，一家人各回自己的屋中睡觉了。高占魁今天高兴，喝了不少的酒，躺在炕上，仰脸朝天，大张着嘴，喉咙里发出忽长忽短忽缓忽急的呼噜声，还不时把牙咬得咯吱咯吱响，好像是谁欠他的钱不还，惹得他发狠。老太婆在油灯下把一些做衣服剩下的碎布头剪成不同的形状，细心地往一起拼凑，想给孙女做一块花裤子。

高大贵今天晚上没有回保安队，留在家里住，这使娇艳很激动。一钻进被窝，她就像蛇一样在丈夫身上狂躁地缠来缠去。高大贵尽力迎合着，折腾得浑身上下冒出了大雨淋过般的汗水，最后仍然是心有余而力不足，丧气地叹了口气。

"咋回事呀，咋回事呀，啊？你是不是在塬上找别的女人啦？"娇艳立眉瞪眼地叫着，一跃身子，在男人肉乎乎的肩头上狠狠地咬了一口。

高大贵疼得龇牙咧嘴，但他不敢放声叫喊。

"哎哟哟，哎哟哟，我的妈哟，疼死我啦，疼死我啦。你是狗托生的吗？哎哟哟，出血啦！"他从牙缝里挤着声音嚷嚷道。

娇艳光着身子坐起来，使劲把被子甩到一边，急促地喘着粗气，恼怒地质问道："说！是不是在外面有人啦？今天你不说清楚，姑奶奶我就死给你看！"

高大贵捂着肩头跪在炕上，可怜兮兮地说："我的好姑奶奶，我哪儿有别的人呀？你就是再借给我一百个胆我也不敢哪。你……是知道的，这也不是头一回啦。我也不知道是咋回事。我有的是劲，一次能扛二百斤麦子，浑身有使不完的力气，咋就到不了那……那地方呢？你饶了我吧，啊？"

"我饶了你，我饶你什么？我就该这样熬活寡吗？作孽呀，我上辈子亏了谁啦，这辈子让我过这种窝心的日子，找了这么个男人。是不是徐一刀把你骗啦？滚！"她恼恨着抢起枕头向高大贵砸去。

高大贵两臂一张，把枕头接到怀里，一手揉着肩头，垂头丧气地说："你现在让我滚到哪儿去呀？这半夜三更的……"他在黑暗中摸索到衣服，从衣袋里掏出一叠钱，爬到娇艳跟前，讨好道："我的好姑奶奶，算我这辈子亏欠你的，是我的不对。这钱你拿上，明天买身好衣服，行吧？"

娇艳躺在那里，一只胳膊枕在头下，眼望着房顶，无声地流着眼泪，没吱声。高大贵把钱放在她枕头的一侧，爬到炕的另一头睡去了。

高二贵先上了炕，钻进被窝。水秀很仔细地把军服按着原来的折痕认真地叠着，叠了几次都叠得不满意。

"不要叠啦，放起来吧，明天让哥还给人家。"高二贵劝说着。

"叠好吧，要不咋还人家？卷成一团人家会笑话你媳妇是个懒女人的。"她

低着头叠着衣服，执意地说。

"赶快睡吧，当兵走了就没有回家睡觉的机会了……多长时间啦？我都快过上和尚的生活了。有一个月了吧，你总说你身体不舒服，你不想想我舒服吗？来吧。"高二贵耐着性子说。

水秀轻声地叹了口气，把没有叠好的军服放在一边，爬到了炕上。

"你咋凉得像一块冰？永远没有一点热情，真无聊，没意思。"过了一会儿，高二贵不顺心地埋怨着，卷着被子，转过身去睡了。

巧云躺在自己的屋里，两只眼睛精神地睁着，没有一丝睡意，想着不久前发生的事情，禁不住发出咯咯的甜蜜的笑声。下午她顾不上吃饭，向母亲撒了个谎拿了块酵面跑到别人家坐了一会儿。傍晚，她和未婚夫——陈铁匠的儿子陈金柱，像老鼠一样避开所有的人，溜到麦场的后面，坐在麦秸垛下散乱的麦秸上，嗅着晚风送来的遥远的清凉气息，望着天幕上点点星光，听着不知名的小虫子在草丛中低声吟唱，说着他们两个感兴趣的悄悄话。

"金柱，你下午吃的啥饭？"巧云两臂揽着双腿，闪动着眼睛问。

"面条。"金柱诚实地回答说。

"我们家也吃的面条，是我二嫂擀的。我二嫂手可巧啦，擀的面条又薄又细又长，可好吃啦。你们家的面条是谁擀的？肯定没我二嫂擀得好。"她想象着某一次吃面条的情景，忍着饥饿，享受着和恋人在一起的快乐，两条细辫子像两只壁虎在肩头上下滑动着。

"我妈擀的，也好吃。哎，巧云，你现在好好跟二嫂学擀面，等你嫁到我们家，我就可以吃上你擀的面条了。"

"去，想得美。谁说嫁给你啦。"巧云假装不屑地说。

"哎，你咋能说话不算数呢？那一天我们在苞谷地里的时候是你亲口说的。"

"哪一天？我忘啦。"巧云仰头看着天上初升的月亮说。

"真是的，我们家都托媒人到你们家提亲了，你们家都同意了，你可不能反悔。"金柱赌气地胡乱抓了一把麦秸在手里使劲地揉搓着。

"你生气啦？"

"哼，没……有。"

"小心眼，我逗你玩的，说话咋能不算数呢。今天晚上的月亮真好看，星星都没啦。"

"巧云。"

"嗯?"

"我……"

"怎么?"

"我想……"

"啥?"

"亲你的嘴。"

"你敢!"巧云闻说,吓得浑身一哆嗦,惊叫起来。

"别喊,把人招来了。"

"你……你离我远点!"她说着,紧张地缩着脖子,两手撑着地往后挪身子。

不容她不从,金柱把她挤到麦秸垛上,把哆嗦的嘴压在她的嘴唇上,憋得她半天喘不过气来。

她狠命地推着金柱的胸脯把他推开,大口喘着气,嗔怪道:"死金柱,你疯啦,这样会怀孩子的……"

"不会的,书上说不会的。"金柱用舌头舔着少女留在嘴唇上的津液,仿佛吞了一口蜂蜜,甜丝丝地笑着说。

"你……坏——蛋!"

巧云在深夜的第一遍鸡鸣声中,怀揣着情窦初开少女恋爱的甜蜜,带着一脸笑意和惴惴不安的心绪,迷迷糊糊地进入了梦乡。

第四章

半晌午,高二贵拎着一只獾的两条后腿向大药房走去。獾的身子伸得长长的,两只前爪无力地耷拉着有一下没一下地探着地面,圆圆的脑袋,尖尖的嘴夹在两只前爪中间。邻居黄河燕在后面喊他。

"二贵,二贵……"

高二贵停住脚步等她来到跟前,问:"啥事?"

"你提的是啥东西,打远看毛烘烘的?"

高二贵拎起手中的獾，在她眼前晃悠着说："獾。"

黄河燕瞅了瞅说："哦，獾呀，我见过。你这是拎着上哪儿去？"

"给药房送去。葛先生给我说过，啥时候逮住獾了他要。"

"他要这干啥？"

"熬獾油。獾油是药材，治烫伤特别灵。"

"你说得对，"黄河燕边走边说，"我也听说过。前些日子我家家骏也说过，他们窑场的窑工烫着了，到处找獾油，说獾油可以治烫伤。"

"找着了吗？"

"没有呀，没有找着，那是夏天的事啦。"

"这样吧，等葛先生熬出獾油来，我送你些，放起来，用的时候方便。你这是去哪儿呀？"

黄河燕说："我也到药房。刚才到地里看庄稼去了，今年的苞谷长得真喜人，个儿那么高，穗子那么大，秋庄稼成啦。"她比画着，脸上洋溢着喜色。

"是啊，长得是好。"高二贵说，"你去药房干啥？"

黄河燕叹了口气，说："不小心摔了一跤，手腕扭了。有些肿，还疼得很，让葛先生给捏一捏。你看，是不是肿啦？"她用左手托着右手腕子让高二贵看。

高二贵看了一眼，手腕子是有些肿。

"气死人啦！那么好的苞谷，不知是谁家的孩子跑到里面又折又啃，毁了十几棵。让我逮住非美美揍他一顿不可！"

"逮住了吗？"

"没有呀，不知道是谁家的孩子。"

高二贵想起什么似的停下脚步，看着她说："会不会是獾？"他拎起手中的死獾晃了晃，又说："这东西特别爱吃苞谷。苞谷秆是咋样倒的？"

"齐茬断。"

"没问题，一定是獾造的孽。"高二贵肯定地说。

"那可咋办？"黄河燕有些焦急地问，"你帮我把獾逮住吧，要不这畜生会把我家的苞谷糟蹋完的。那这几个月的工夫就白费啦。"

高二贵对捕猎充满了兴趣，听了这话立刻就来了精神。然而他并没有立即答应，他想逗一逗这个邻居，说："你家男人呢？让他去嘛，我还忙着呢。"

"他不是到陈炉镇窑场干活了吗？你就去吧，啊！"

"那很危险的，遇到狼就麻烦大了。"

黄河燕闪身截在高二贵的面前："我陪你一起去，狼来了你先跑，我等着喂狼，你不就不危险啦。这样总可以吧！"

高二贵想了想答应道："好吧，今天晚上我去。"

黄河燕不同意："哎呀，你真啰唆，不要等晚上了，咱们现在就去。"

高二贵解释说："不行，必须晚上。这貛和人不一样，人是夜里睡觉，白天活动。貛是白天睡觉，夜里活动。现在这时候，貛正蜷缩在洞里睡大觉呢。"

"是真的？你不会骗我吧。"

"是真的，我不骗你。不信你可以去问问别人。"

黄河燕一摆手说："我不去问别人，我相信你。今天晚上去吧，你叫我一声，我和你一块儿去。"

高二贵歪着头，翻着眼看着对面的山想了想，说："好吧，就今天晚上。"

夜幕降临了，县城里安静下来了。下午，水秀带着孩子回娘家去了。高二贵到放农具的屋子里摸索着把两个网子和两只铁夹子装进一个布袋子里挎到肩上，提着一把两齿叉出来。

娇艳屋子的灯还亮着，灯苗不停地跳动着，灯焰上飘着一缕轻柔如丝的烟，清晰地在白色的窗户纸上印出一个摇曳不定的剪影。高大贵今天没有回家，屋子里静悄悄的。高二贵在窗棂上轻轻地敲了两下，压低声音叫道："嫂子，嫂子。"

屋子里一阵窸窸窣窣后，屋门轻轻地打开了。娇艳穿着一身白色的内衣，头发蓬松着出现在门口。她一手扒着门框，一手挠痒痒似的搔着头皮，眯眼看着高二贵："咋，一个人睡不着觉啦？"

"嫂子，还没睡？"

娇艳用手轻轻地在嘴上拍了两下，无声地打了个哈欠，说："你哥不在家，被窝太冷，嫂子身上没火气，暖不热也睡不着。"她又把两臂抄在胸前，托着沉甸甸的乳房，探着脖颈，诡秘地向高二贵住的房间看了一眼，逗趣地说："媳妇不在家，寂寞啦？进来吧，嫂子伺候你，嫂子今天刚换的新被子……"

"别瞎说！"高二贵狠狠地说道。

娇艳在黑暗中撇了一下薄嘴唇，露出了整齐的洁白的牙齿："啥事？"

高二贵缓和口气说："我去地里套貛，我出去后你把院门上上。"

"你就知道心疼媳妇，叫我这少人疼缺人爱的半夜三更起来帮你关门开门……"

"我这是为你好，要不院门大开着，跑进来一只大灰狼把你叼走咋办？"

"滚吧，滚吧。你夜里回来咋办？这一次就是叫破天我也不会起来给你开

门的。"

"不用，不用，我翻墙进来。"

高二贵出了院门，听到在他身后响亮的关门声和娇艳急促回屋细碎的脚步声。他来到黄河燕家的院门前，轻轻地推了一下门，虚掩着的门在静夜中发出清晰而微弱的吱扭声开了。他到亮灯的屋前敲了敲窗子。

"河燕，河燕。"

"哎，来啦。"

黄河燕把屋门打开："还进不进来？"

"不进啦，走吧。"

两个人从一道巷子穿过，蹚着地畔的草丛到了河边。河水泛着柔和的银色亮光，在石头上拍打着细碎的浪花，和着秋意柔和的夜色，浅吟低唱。高二贵在前，黄河燕随后，借着微弱的光亮，小心翼翼踩着石头过到河对岸。河对岸的树林里有一条小径，顺着小径往川道里走，绕过一个山峁，就到了黄河燕家的苞谷地里。苞谷地的苞谷黑油油一片，打眼一看茂盛而密实。

"在这儿。"黄河燕跳下土坎，顺着地垄向前走了几步指给高二贵看。

在茂盛密实的苞谷地中间，有一小片苞谷凌乱不堪，秸秆几乎在同一个高度齐刷刷被折断，散落在地上的苞谷穗子的外皮被撕碎，灌满浆汁的苞谷粒上留下参差不齐啃咬的齿痕。高二贵察看了一下，肯定地说："就是獾。"

"这该咋办呀？"黄河燕用焦虑的口气问。

"这好办。你到路边那棵树下等我，我把套子下上，咱们就在那儿等。你把叉也拿过去。"

高二贵把两齿叉交给黄河燕，黄河燕朝路边的树下走去。他把周边打量了一下，分了几个地方把套子和夹子下上，然后和黄河燕坐在山脚下树林边一棵大树盘曲的树根上，侧耳谛听着苞谷地里的动静。

同官县县城已经进入夜的梦乡，山峦一片寂静，川道阒然无声，清水河的流水漾着碎银般的幽光发出潺潺的声音依着长满秋草的河岸向川外流去。

深蓝色的天空点点星光闪烁，月亮隐在虚虚的白云后面。挟裹着凉意的夜风悄悄地掠过树梢，拂过茂盛的庄稼地。苞谷叶子在月光下泛着朦胧柔和的青光，发出浅浅的沙沙声。

在沉沉的夜幕下，黄河燕两臂揽着双膝，耸着肩膀，缩着脖颈，感到周身有些发冷。她眨着眼睛问："獾啥时候来呀？"

高二贵用指甲挖了一下有些发痒的耳孔，说："谁知道呢，它又不听我的话，我们只能在这儿守株待兔。"

"什么呀，应该叫'守株待獾'。"黄河燕纠正道。

"对，守株待獾。"高二贵附和着说。

树林里栖息过夜的鸟在睡梦中被什么东西惊醒了，扇动着翅膀发出惊惧尖细刺耳的叫声，在树林的上空展翅滑翔，月光把它滑动的身影投到地面上。

"二贵。"黄河燕的声音中充满着紧张，她伸手紧紧地抓住了高二贵的胳膊。

"怎么啦?"高二贵正在谛听着庄稼地里的声音。

"我……我有些害怕。"黄河燕往他身边靠了靠说。

高二贵不在乎地说:"这有啥可害怕的? 我在山上套獾，背后就是一块坟地，风一刮，坟上的招魂幡还哗啦哗啦地响，像鬼在吵架……还有，坟地柏树上的猫头鹰咕呱咕呱咕咕咕呱呱呱，像小孩在哭……还有狼，两只绿色的眼睛，一闪一闪像鬼火。你别说，我还真看到过鬼火。鬼火从坟头上的草窝子里蹿出来，是蓝色的火苗，一会儿是个火团，一会儿变成长絮，一会儿散开，一会儿又聚在一起。两团鬼火聚在一起，还叽叽咕咕说话……是鬼话，我听不懂。不过，我能听出来，一团是男鬼火，一团是女鬼火……"

"别……别说啦!"黄河燕紧张地摇着他的胳膊。

惊飞的鸟盘旋了一阵，不知落在什么地方了，四周又恢复了平静。浓浓的夜气中没有一点声息，两个人可以听到彼此的呼吸声。过了一会儿，黄河燕咂咂嘴说:"二贵，讲个故事吧，太静了……可不要讲吓人的。"

高二贵想了想说:"我给你讲一个……讲一个打猎的故事吧。"

"好啊，"黄河燕高兴地说，"打猎的故事有意思，我哥就爱打猎，在塬上的时候他经常下到沟里打猎，打兔子，打黄羊，打野鸡……还有，我记不清啦。"她欢快地回忆着往事。

"你还有个哥哥? 我咋没听你说过。"

"他……他早出去给人家干活去了，几年都没有回来过，也不知道他现在在哪儿。"黄河燕的语调变得忧郁起来，但她很快转移了话题，"讲你的故事吧。"

高二贵讲起了故事:"好吧，我给你讲一个我亲身经历的故事。那一年冬天，下着小雪，我去打猎。就在金锁关前面那条沟里的雪地上发现了一只梅花鹿的蹄印，我高兴极了，因为这种机会是很难遇到的……"

黄河燕打断话头，说:"你等等，咱同官县有梅花鹿吗? 我咋没见过。"

　　高二贵顿了一下，说："你没见过的东西太多了。《同官县志》记载，咱这里原来还有老虎豹子呢，你见过吗？"

　　黄河燕和气地说："好好，梅花鹿就梅花鹿吧，你继续说。"

　　高二贵接着讲道："我就提着猎枪顺着梅花鹿的蹄印往沟里找，我想这一次我一定能打到一只梅花鹿。梅花鹿全身都是宝，鹿角、鹿皮都是名贵药材，鹿血是滋补品。我紧紧盯着蹄印向前走，蹄印进到草丛里，我就钻进草丛里；蹄印进到树林里，我就跟到树林里；蹄印进到岔沟里，我就撵进岔沟里。我走得浑身都是汗，就靠在一棵大树上喘气，突然看到前面不远的地方有一只梅花鹿的影子闪了一下，头顶着干树枝一样的鹿角，棕色的皮上有雪一样白色的斑点，晃动着灵巧的小尾巴。我赶忙端起枪瞄向那只梅花鹿，可就在这一眨眼的工夫，梅花鹿不见了。我想，它一定是躲在灌木丛后面了，我就慢慢地慢慢地往那堆灌木丛靠近。雪花在我脚下发出沙沙的响声，我紧张得手掌心和额头上都沁出了汗，汗珠流进我的眼里，蜇得可疼啦。可我顾不上这些，继续向灌木丛靠近。我心里还在想，我这一枪是打它的头呢，还是打它的肚子？要是打它的肚子，这张皮就不值钱了，于是我就决定打它的头。到了灌木丛跟前我猛然向前一转……"他长出了一口气，摇着头顿了一阵，轻拍着胸口说："吓死我啦！你猜，我碰到什么啦？"

　　"碰到什么啦？"黄河燕紧张地问，她不知道发生了什么恐怖的事情。

　　"碰到鬼啦！我的枪口正好对在一个老头的头上。这个老头一头的白发，白胡子有这么长，到腰这儿。紫脸膛，红眼睛还唰唰地向外喷着光。他盯着我悠悠地说：'小伙子，你跑这儿干啥来了？'我说：'我撵一只梅花鹿，看见它跑到这儿了，你看到它了吗？'老头捋着白胡子说：'我没看到什么梅花鹿，我在这儿等我女儿，你看她来了。'我回头一看，果然看到老头的女儿从树林子里走出来。"

　　"后来呢？"

　　"后来嘛……让我想想。"

　　"你是在编故事蒙我吧？"

　　高二贵保证道："不是的，绝对不是的，这可是一件真实的事情。"

　　"那，后来呢？"

　　"后来我看着老头和他的女儿绕过一个山坡就不见了。"

　　"哎，你说，那老头和他的女儿会不会就是梅花鹿变的？以前听我妈讲，很多稀奇古怪的动物经过多年的修炼成精以后都能变出人形。"

高二贵同意地说："我猜想一定是。要不我亲眼看到的梅花鹿咋会突然之间就变成人呢？"

"后来咋样？继续说。"

"那时候天也黑了，我就在那个山坡上走了一夜，一直走到天亮我才发现我迷路了。听人说，人走夜路最容易遇到鬼打墙，我这一定是遇到鬼打墙了。"

"啥是鬼打墙？"

"鬼打墙就是有一个鬼看上你了，于是就缠住你，于是就……"

"胡说，鬼咋能看上你呢？"黄河燕在高二贵的胳膊上打了一下说道。

高二贵逗她说："就是的，我说的是一个男鬼，男鬼咋会看上我呢？男鬼只能看上女的，所以说这个男鬼看上你啦……"

"那你就说个女鬼吧，女鬼看上你了，接着讲吧。"黄河燕抿嘴笑着说。

"好吧，我就讲个女鬼。有一个女鬼看上我了，可是这个女鬼却恨上你了。她恨得咬牙切齿，挣破了棺材，从坟墓里钻出来，瞪着两只绿眼睛，张着血盆大口，龇着这么长的黑牙看着你。然后伸出两只只有骨头没有肉的手，她的手骨节间还滴着黑血，像墨汁……"

"别说啦！"

高二贵侧过脸说："你就这么胆小？上学时你一个人上塬回家，我觉得你很胆大呀。"

"什么呀，那不是没有办法嘛。有几次我正走着，从路边的草窝子里突然蹿出一只兔子或者飞出一只小鸟，都快把我吓死啦。"黄河燕说。

突然，高二贵紧紧抓住黄河燕的手："别动，有声音。"他说着把钢叉紧紧地攥在手里。

黄河燕紧紧地挨着高二贵的肩，一动不动，呼吸急促，两只眼睛紧紧地盯着前面的苞谷地。

声音是从苞谷地和山林搭界的地畔上传来的，呼哧呼哧咔嚓咔嚓的声音搅和着，在静悄悄的夜空中显得格外清晰。声音所到之处，能看到苞谷秆纷纷倒伏。

"是獾来了吗？怎么这么大的声音呀？"黄河燕牙齿打着战说。

高二贵张大眼睛循声看着，判断道："坏啦！不像是獾，獾没有这么大的动静。快走，咱们可能碰上野猪了。这家伙特别厉害，咱俩斗不过它。"他说着，拉起黄河燕顺着来时的山径往回跑。

他们真是碰到野猪了，一头大野猪和一头小野猪。两头野猪在夜色的掩饰

下，正毫无顾忌地啃着新鲜的甜丝丝的苞谷穗子。听到了动静，大野猪龇着长长的獠牙，循着声音从苞谷地里疯狂地蹿了出来，站在他俩刚才待过的地方，伸着长嘴抖动着猪拱在空中辨别着气息，判断面临的境况。

高二贵拉着黄河燕气喘吁吁地跑过山峁，停了下来。黄河燕惊魂未定地偎在高二贵的肩上，说："累死我啦，累死我啦，咱们歇会儿吧。"

高二贵喘着气劝说道："不行，快走，停在这里太危险。"

黄河燕跟跟跄跄紧跟着高二贵向前继续跑去。他俩刚跑了没几步，就一头撞在一张网子上。随着一声呐喊，他俩被网子兜起悬到了半空中。

"快！把绳头拴到树干上，多绕几圈。"有人喊道。

"他奶奶的，咋这么重呀，肯定是头大野猪。"

"我敢肯定，不下二百斤。"

"哈，明天有肉吃喽。"

黑黢黢的树林里影影绰绰跳出几个人。他们手里绰着镢头、棍棒和猎枪，谨慎而兴奋地向网兜跟前靠近，摆出一副随时进攻的架势。

"哎！这是咋回事？"高二贵晕头转向了一阵后喊道。

"哟，网住人啦。"有人吃惊地说道。

"快放下来吧，就是网住人了。"

"别急，会不会是野猪精？野猪精也会说人话的。"

"什么野猪精，我是人。"高二贵喊道。高二贵和黄河燕被绷直的绳扣紧紧地箍在一起，一动也不能动，难受得厉害，说话的声音都变了调。

人们赶快把网兜放下来，扯开网兜的扣环。高二贵先钻出来，然后又把黄河燕拉出来。

"嗨，还是两个人，怪不得这么重。"

"是高二贵呀！哟，还有个女的。"

"嘻嘻……有意思。"

"二贵，这是谁？河燕！深更半夜你俩跑这里干啥？"说话的这个人叫石头，是县城跟前村子里的人，他们经常见面。

高二贵见碰到的是熟人，松了口气，说："我和河燕去她家的苞谷地里套獾，獾把苞谷糟蹋惨啦。你们这是干啥？"

"套獾？嗨，带一个女人套獾，深更半夜的……真有意思。"名叫大魁的端着猎枪摇晃着身子，阴阳怪气地说。

其他几个人也不怀好意地低声笑了起来。

"你俩跑啥？碰见玃撑啦，还是鬼追啦？"石头问。

"不是，碰见野猪啦。"缓过神来的黄河燕说。

"是只公野猪吧，见女人就撑……"有人调侃着说。

"你——"黄河燕有些生气。

"真的是野猪，不信你们去看看，注意听声音啊。"高二贵说。

"没伤着吧？"有人问。

高二贵转了转身子，伸了伸胳膊，说："没伤着。河燕，你呢？"

黄河燕低声说："没有。"

那几个人笑着闪开了一条路，高二贵和黄河燕往回走。过河的时候，黄河燕一不小心滑了一下，过了河，她发现脚脖子给崴了。高二贵一直把她搀扶着送到家里。

"脚崴得严重吗？"高二贵关切地问。

"不重吧，有点疼。这两天咋这么倒霉，昨天扭了手腕子，今天又崴了脚脖子。"黄河燕沮丧地说。

"我说吧，一定是有个男鬼看上你了，扯手拽脚的。"

"你还说，都是你胡说八道给我招来了晦气。"黄河燕斜眼嗔怪着。

高二贵端来油灯，说："来，看看脚崴得咋样了，肿了没有。"

黄河燕脱掉湿漉漉的鞋子，剥去袜子，揉搓着脚脖疼痛的地方："就是这儿，有点肿，都发亮啦。"

高二贵出主意说："用热水泡一泡，用热毛巾敷一敷，最好再用酒擦一擦就好啦。"

黄河燕说："知道了，你赶快回家吧，时候不早了。"

高二贵说："不行，你脚疼干啥都不方便。有热水吗？没有我去烧些。"

"不用啦，我自己可以做。"黄河燕执拗着说。

高二贵拿起盆子到了灶房，灶台的锅里还有热水。他打了半盆子热水放在黄河燕的脚边，说："烫烫吧。"

黄河燕不再说什么，顺从地把脚往热水盆子里放，脚掌刚触到水面，马上缩了回来放在了盆沿上。"太烫啦。"她说。

高二贵蹲下身子一只手托住她受伤的脚，一只手往脚面上轻轻地撩着热水，说："要用热水好好烫一下，这样才可以活血，要不到明天就会肿得更厉害。"

黄河燕有些不知所措。在她的记忆里只有自己给别人洗脚：父亲有病的那

几年，她常常给父亲洗脚，后来母亲有病，她又给母亲洗脚。出嫁以后，给病婆婆的洗脚任务又落在了她的身上，她经常还要给丈夫洗脚。她的这双脚都是她自己洗，即使生孩子后一段时间腿脚出现了浮肿，也是她自己强拖着疲惫的身子去洗。丈夫说，男人不能给女人洗脚，那样会带来晦气。

在昏黄的灯光下，她俯视着眼前这个蹲身低头正在专心为她洗脚的男人，看着笼罩在热腾腾水雾间那白净细腻的脚面和脚面上像叶脉一样蜿蜿蜒蜒的青筋，她在心里深深地叹息着，她的这双脚可从来没有接受过任何男人壮实有力的手掌的揉搓。不知道怎么回事，当高二贵的手轻轻地往她脚面上撩着热水，手掌缓缓地滑过她的脚踝和脚面时，所到之处都有一种难以名状的麻麻酥酥的感觉，这种感觉像电流一样迅速流过她的全身。这是一种非常奇特的感觉，是她平生从来没有过的感觉，心里像有一根柔软温热的鸡毛在撩拨，使她产生一种莫名其妙的慌乱，脸颊发热，心跳加快，胸腔膨胀，浑身有一种无法抑制的战栗。

高二贵揉搓着她的脚踝和脚面，也感觉到了她的异样变化。他抬头看着她的脸，疑惑地问："咋啦，冷？"

"冷？不不，不冷。"

"不冷？不冷你哆嗦啥？"

"也许……也许是冷吧。"她结结巴巴地说。

高二贵起身，甩掉手上的水珠，从炕头上拿起一件外衣披在黄河燕的肩上。"不冷了吧？"他关切地问。

"是……不冷了，好多啦。"她牙齿打着战说。

第五章

中午，高二贵在砖场的窑洞里整理账簿。他已经到四十六团报过名了，再过不了多少日子就要开始军队生活，需要把这近一年的所有账务核对一遍，整理好以后好向掌柜交代，也为别人接手做好准备。

正在他埋头核对账务时，感到窗前有个人影闪了一下，抬头一看，是许子凌。他忙站起身来迎接，看着许子凌进来。他猜想许子凌一定是来询问他报名当兵的事，从墙角拉了一把椅子，让许子凌坐下。许子凌望着桌面上的一沓沓的账簿，问道："忙什么呢？"

高二贵搓着手说："我把今年的账核对一下。这不马上就要走了嘛，总要把账向掌柜交代清楚吧。"

"你跟掌柜说了吗，你当兵的事？"

"我已经报名了，只是还没有跟掌柜说。听我哥说这才是摸底，省里的正式公文还没有到，到跟前说也不迟，来得及。"

许子凌说："你报名的事我已经知道了。听说陈铁匠的儿子陈金柱也报名了。他和你妹子的亲事定了吧？定了就好。俗话说，打虎亲兄弟，上阵父子兵，在一起也能有个照应。"他又说："不过，你还是要提早跟掌柜说一下，也好让人家物色人选。你干的这是知识活，不像挖土出窑随便找一个能出力的就行。"

高二贵应承道："是是，我今天下午，最迟明天就跟掌柜说。"

许子凌摆了一下手，低声说："这两天你恐怕没有时间，有件重要的事情需要你办。等回来再说吧。"

"啥事？"

这时候，看护砖场的赵老憨进来了。赵老憨是砖场平日里值班守夜的人，敦敦实实的，圆脑袋有点秃顶，脸膛油光发亮，是个四十出头的光棍。他干活踏实，为人厚道，少言寡语，据说小时候他的父母给他起的小名叫"憨憨"，后来年龄大了，人们就改口叫他"老憨"。他手里端着个瓷缸子，粗布衣襟敞开着，袒露着黝黑结实的胸膛。他边擦着额头上的汗水边说："喂，二贵，你这儿有水吧？哟，许先生来啦，你可是难得一见呀。"

高二贵指了指墙角："有，你倒吧。你这满头大汗的干啥去了？"

赵老憨给瓷缸子倒上水，说："出窑的人手不够，我闲着没事，搭把手帮着出窑。我这人就是贱命，不干活难受，干活累出一身透汗还舒畅。白天一出力，夜里睡觉也舒坦。"

高二贵开玩笑说："我说老憨叔，夜间守场子挣一份工钱，白天帮着出窑再挣一份工钱。你一个光棍挣那么多钱干什么？"

许子凌笑着说："老憨现在干活出力有劲头，多挣点钱准备娶媳妇呗。"

赵老憨听到这话，汗津津的黑脸膛变成紫红色，说："许先生可真会开玩笑。我这穷光棍一个，谁会瞧上我呀？算了吧！我觉得现在这日子过得挺自在，一人吃饱，全家不饥，想上哪儿去没羁绊，多好。"

许子凌用手指点着他，说："老憨，这俗话说得好，若要人不知，除非己莫为，只要你做过的事情就会留下蛛丝马迹。我可知道人家朱彩凤在家忙着准备嫁妆，日思夜盼等着你去娶人家呢。你还给我装腔作势斗心眼，嗯？"

赵老憨拍了一下蓬乱着头发的后脑勺，叫道："哎呀，我忘了，她离你家不远。你都知道啦？"

许子凌说："你还能瞒过我的法眼？前几天你帮人家干活，扛着一袋子粮食上坡还一路小跑，你都不怕闪了腰？我就在那儿想，知道的说是老憨给人家干活呢，不知道的还以为你抢了人家的东西，朱彩凤在后面撵贼呢。"

赵老憨既高兴又不好意思地说："这秘密是藏不住了，你全都知道了。你们这些识文断字的人就是不得了，啥事都瞒不住，看得那么透彻。"

高二贵说："老憨叔，你真不够义气，今天不是许老师说，我还被蒙在鼓里呢。你说，啥时候办喜事？我可等着吃喜糖、喝喜酒呢。"

赵老憨的脸上一瞬间愁云密布，方才的喜悦与羞赧像被风突然刮跑了，叹息了一声："不瞒许老师和二贵侄子，这几天我还正为这事犯愁呢。你们看，这头发都愁白了一层。人家一直不吐口，不给个准信，我真不知道人家嫌弃我啥呢，还是有别的什么缘故……"

高二贵说："这我知道。人家一定是嫌你太抠门儿。你把挣的钱都穿到肋子缝上，一个子儿也不舍得给人家花，那哪儿行？你没听说'嫁汉嫁汉，穿衣吃饭'吗？听我的，你今天就到街上去，给人家扯上几块好布料做衣服，再买上两副好一点的首饰。今天晚上送过去，她要不高兴地把你往炕上拽才怪呢。"

高二贵出的主意并没有吊起赵老憨的情绪，他咧了咧嘴苦笑着说："二贵侄子，你还真说错了。我的为人你还不知道？我还真不是小气人。我打光棍这么多年了，和我同龄人的孩子都在学校念中学了。我把钱当啥看？说句不怕你和许先生见笑的话，我现在只想有个家。在外面干一天活，再苦再累都不怕，只要一踏进家门就有碗热汤热饭吃就满足啦。碰上头疼脑热的时候，跟前有个人嘘寒问暖那该多好呀！这光棍汉的日子我是一天都不想过了。"他咂了咂嘴，眯缝着眼思索什么似的，接着说："我几次三番叫她跟我上街，我跟人家说，你看上喜欢的布料只管扯，你相中的首饰只管买，可人家死活就是不去。这……这真叫人没办法。我……真不是那种抠屁股眼嘬指头的人。"最后一句话，他是拍着胸脯说的。

许子凌说："老憨师傅，这样吧，我和这个朱彩凤还算熟。你不是不知道她心里到底是怎么想的吗？这不难，我帮你打听打听，然后我给你个消息。对你的人品我也可以向她担保。我想我说的话会消除她的顾虑。你就等着好消息吧。"他又说："她可是一个勤快、善良、会过日子的好女人。要是事成了，你可要善待人家。"

赵老憨喜出望外地叫道："哎呀，真的？我今天可是遇到菩萨了。由你许先生出马，一定能成。"他又保证道："你尽管放宽心，要是这事成了，我一定不会亏待人家，我把她当菩萨供起来。我可咋感谢你呀！"

许子凌说："不用谢，成亲的时候你们两口子多敬我两杯酒就行了。"

"不行不行，两杯肯定不行。"赵老憨伸出了手指头，"四杯吧，四杯也不行，我看得八杯。咱就说定九杯，三六九，向上走，咱取个吉利数。您可一定要赏脸啊！"他的情绪很是激动，两眼发光，说话的嗓音有些发颤。这个多年的光棍，此时仿佛看到了新生活的曙光。

许子凌说："没问题，咱们一言为定。"

看着赵老憨的身影消失在一排排砖坯的后面，高二贵问："许老师，你去跟朱彩凤说，她会不会愿意？"

许子凌诡秘地一笑，说："她会愿意的，你嫂子已经知道底细了。她只想看老憨有没有诚意，有没有耐心。"他又解释道："朱彩凤原来的男人是一个不务正业的东西，赌博、酗酒、抽大烟、打老婆是他的看家本事。前几年跟塬上一个女人好上了，一起跑出去做生意，死在外面了。朱彩凤一个人带着孩子过日子，日子过得挺艰难，早想成个家了。这女人是'一朝被蛇咬，十年怕井绳'，她是担心再找一个不称心的男人。"

许子凌往门外看了看，外面天朗气清，秋日的阳光映照在砖场上，显得明媚而宁静。砖窑的出口处有几个出砖的工人灰头土脸地坐在窑口前的一块平地上吃着饭，还不时手舞足蹈地戏闹着嚷着什么，不过，声音传来已经微弱得听不清了。

许子凌回过头，说："二贵，我今天来找你，不是说你当兵的事。上级给我们下达了一项新的任务，要求我们完成。"他看到近处没人，说话的声音也稍微高了一些。

高二贵听说有新任务，情绪陡然高涨起来，说："许老师，什么任务？"

许子凌把椅子移到桌子旁，招呼高二贵在桌子边坐下来，说："上级通知我们，有一位从大别山来的新四军的首长要到延安去，途经咱们这里，要求咱们掩护首长安全通过。咱们负责从耀县县城接人，安全护送到宜君县县城。根据行程安排，明天下午、最迟后天中午这位首长到耀县县城。你和我明天上午去趟耀县，就在耀县县城南街的金华客店等这位首长，然后把他护送到宜君县县城，那里有下一站的同志负责接送。我考虑了一下，在咱们护送的这个区段有两个危险的地方，一个是耀县县城，另一个就是金锁关。耀县县城里最近有胡宗南的部队集结，对过往的外地人员严格盘查，稍有疑点的就会被抓起来。那里的情况既复杂又危险，所以在耀县县城要尽量少停留，离开得越快越好，要确保首长的安全，不能出一丝一毫的纰漏。再就是金锁关，金锁关由四十六团把守，而且两边山上还有流动哨巡逻，送一个外地人过去不是一件容易的事情。所以，咱们一定要考虑一个万全之策，顺利送首长通过。我觉得咱们应当先把第一步走好，把首长从耀县县城安全接到这里，咱们毕竟对这里的情况熟悉，回旋的余地比较大。回来以后，先把首长安顿在同官客店，然后再详细了解金锁关关卡的情况，再想过金锁关的办法。"他用指关节在桌面上叩着，总结道："总之，一句话，咱们一定要在咱们护送的这个区段保证首长的安全！你看还有什么问题？"

高二贵看着许子凌严肃的面孔，摇着头说："没有什么问题。"他又说："咱们怎么接，是不是需要找辆车？"

许子凌点着头说："是需要找辆车，我一会儿就去找。"

高二贵说："把我们家的车赶上吧。"

许子凌说："不用，你没有合适的理由。这事我来办。"他继续说："我们护送的这位首长的公开身份是商人，是进北山采购山货的，有完整的证件。接头暗号是……"

许子凌正说着，赵老憨一头闯了进来。他看来是急匆匆赶来的，脸上淌着汗水，左手拎着一个纸包，右手握着一瓶酒。他一进门就高兴地叫起来："嗨嗨，真好，许老师还没走。我可是一路小跑着去，一路小跑着回来，生怕许老师走了。你看我头上的汗都顾不上擦。"

许子凌不解地问："你这是干什么？"

"干什么？"赵老憨擎起手中的东西说，"干这个。许老师应承给我做媒人，我高兴呀。请你们二位喝杯酒，赏我个脸吧。"

高二贵叫起来："嘻，老憨叔这只铁公鸡终于出血了。"

"去你的，我这个人大方着呢。"赵老憨说着把东西放在椅子上，推开桌面上的账簿，腾出一块地方，依次打开叠在一起的三个纸包：一包油炸花生米，一包酱牛肉，一包卤猪蹄。他用牙咬开酒瓶盖，从床头的木箱旁拿出三个黑瓷碗，用衣角擦去瓷碗里的浮尘，给每个碗里倒进半碗酒。他拉着许子凌在椅子上坐下，说："许老师坐上席。"又拉着高二贵在桌子的一侧坐下来，说："二贵也算半个媒人，坐陪席。我自然坐下席。"三人坐定，赵老憨显得很诚恳地说："我赵老憨没啥本事，可是个厚道实在人。说句不怕你二位见笑的话，这些天哪，我常常夜里睡不着觉，就想着那个……那个事……"

高二贵故意皱起眉，佯装糊涂逗他说："哎，老憨叔，你的'那个，那个'是啥事呀？噢，我想起来了。你说的是洪升媳妇骂你的那个事吧。那不是你的错，明明是她的错嘛……"

赵老憨挥舞着手打断高二贵的话："去去去，你是哪壶不开提哪壶。那事我早忘啦，我说的不是那事。"

"哈哈……"高二贵高兴得笑出眼泪，"我一想起那事就想笑，太有意思啦，哈哈……"

许子凌看高二贵笑得那么开心，赵老憨又在遮遮掩掩，勾起了他的好奇心，问："什么事？把你笑成这个样子，一定有趣吧？说来听听，助助酒兴。"

高二贵擦着眼泪止住笑说："老憨叔不让我说，我不敢说。"他又对着赵老憨说："老憨叔，你让我说不让？你不让我说我绝对不说，许老师想听我也不说。太有意思了，哈哈……"他一只手拍着膝盖又大笑起来。

高二贵说的事偏离了赵老憨的思路，他心里有些不畅快。可事已至此，他也只好故作大度地说："说吧，说吧，当时她骂我我也怪生气的，后来一想也觉得好笑。"

高二贵说："好，你让我说，我真说啦。"

赵老憨鼓励着说："说吧，说吧，当玩笑一听。"他说着用手指头撮起几粒花生米扔进嘴里，嘎巴嘎巴地嚼起来。

高二贵对许子凌说："是这么回事。砖场有个窑工叫洪升，洪升的媳妇叫春花，才娶回家时间不长。春花每天中午到砖场给洪升送饭。大前天的中午，她照常又来送饭。可能是屎尿憋得急了，她把饭递给洪升就往茅房跑。结果是急不择路，一头钻进男茅房里去了，这时候老憨叔就在茅房里蹲着。那女人真是让屎尿憋晕了头，进到茅房也顾不上看，就蹲在老憨叔旁边又拉又尿又放屁。完了事从口袋里掏纸发现没带擦屁股纸，看到老憨叔手里有纸，就问老憨叔要，还客气地说：'老哥，把你的纸给我点吧，我忘带纸啦。'老憨叔从她进去就没敢抬头，听她说话，就把准备擦屁股的纸递给她。那女人就在接纸的那一瞬间突然灵醒过来，发现身边蹲了个大男人，便像看到鬼一样惊叫起来，提起裤子就往外跑，边跑边喊：'不要脸，流氓！不要脸，流氓！'喊叫的声音都变了调。这边洪升正吃着饭，突然听见媳妇鬼掐似的大喊大叫，把碗往地上一丢就赶忙跑过去，我也跟着跑了过去。洪升碰见惊慌失措跑得跌跌撞撞的媳妇就忙问：'咋咧，咋咧？'媳妇一手提着裤子，一手指着茅房说：'流氓，一个男人跑到女茅房里去了，狗日的不要脸。'洪升一听怒气冲冲，不管三七二十一，揎拳捋袖就冲进女茅房去了。谁知他刚一进去，里面一个女人杀猪一样叫起来。"高二贵站起身，弓着腰捏着嗓子，模仿着女人叫的声音："'流氓，你狗日的不要脸，跑到女茅房想喝老娘的尿，还是想吃老娘的屎？'洪升吓得抱头跑了出来，气急败坏地冲到媳妇面前挥手就抢了她一个耳光，骂道：'你狗眼瞎咧，茅房里明明是个女人，哪有男人，男人女人你都认不清，头让驴踢了，啊？唉！'这一巴掌把洪升媳妇扇明白了，她仔细一看，原来是自己一时急迫钻进了男茅房，却又稀里糊涂地把自己的男人指进了女茅房，羞得捂着脸就跑了，这几天再也没有来送饭。当时我们就觉得奇怪，进到男茅房一看，老憨叔还在里面脸朝土墙蹲着呢。洪升干生气也没办法。"

许子凌听完也呵呵地笑了起来，说："有意思，有意思。真是天下之大，啥怪事都有。"

高二贵说："老憨叔出来，大家都问他看见啥了，他说他啥都没有看见。老憨叔，今天就咱三个人，你说句老实话，到底看见啥了？"

赵老憨一脸委屈地说："天地良心，啥都没看见。知道进来个人，我连头都没抬，谁知道那阵子在想啥呢。听见哼哧的声音不对，眼睛一瞥是个女人，当时都快把我吓傻了。哎呀，我的妈呀，心怦怦乱跳。我这几十年来从没有做过亏心事，让一个跑到男茅房的女人骂咱是流氓，这不是天大的冤枉是啥？不说了，不说了，来来，咱喝酒。"

在旁人看来是难得一遇笑破肚子的笑话，可在赵老憨心里却是难以启齿的窝囊和委屈。说笑了一阵，许子凌有意把话扯开，他还有比笑话更重要的事情要考虑。

"明天我还得去耀县一趟，这一天还忙得不行。我少喝一点酒。"许子凌喝了一口酒，随意地说着。

高二贵佯装什么也不知道，眨着眼睛问道："去耀县？干啥去？"

许子凌淡淡地说："去接一个亲戚，从省城来的。他先到耀县看他的亲戚，然后再到咱这儿来看我。"

赵老憨一听高兴起来，说："真巧，掌柜去了省城看他妹子，临走吩咐我这两天给他耀县县城的姑家送两车子砖。我明天和你一同去，顺车把你拉到耀县，回来时再顺车把你和你亲戚一起拉回来。"

许子凌高兴地说："好好，正愁没车，这多好。老憨，麻烦你了。"

赵老憨说："不麻烦，不麻烦，我的事还要让你多操心。"

高二贵笑道："哈，我说老憨叔是个铁公鸡吧，许老师要是不给你当媒人，今天的酒是喝不上的，明天的车也肯定是坐不上的。你看，我没给老憨叔当媒人他就不让我坐他的车。"

赵老憨嘴里噙着一口酒，挥着指头点着高二贵，口齿不清地说："你小子没良心，总和我作对。你明天要是不去耀县就是王八，我非让你坐我的车不可，不坐都不行。"

许子凌在一旁撺掇着："这可好，想将老憨的军，反被老憨将了。怎么样，姜还是老的辣吧？不服不行。明天有事情没有，没有就陪我们一同去，路上有人说话不寂寞。"

高二贵佯装思索，想了一下爽快地答应了。

第六章

耀县和同官县是坐落在关中平原向黄土高原过渡带的两个毗邻县，两座县城相距三十多里。在同官县县城刚被薄雾迷蒙的晨曦笼罩的时候，赵老憨吆着一辆两匹马拉的大车，车上装着大半车青砖就出发了。赵老憨坐在驾车的位子上，许子凌坐在另一侧，高二贵坐在他俩中间的砖块上。两匹马经过一夜的歇息，精神饱满，劲头十足，一声长嘶，拉着车在坑坑洼洼的土路上东摇西摆地奔跑着，车尾卷起一团团的黄尘，黄尘中飞扬着干枯的树叶和细碎的草芥。三个人东拉西扯地说着闲话，在太阳接近中天的时候到了耀县县城。当马车一进县城的街道，许子凌像是自言自语，又像是跟两个同伴说："今天是集市。"

赵老憨用手在眼前掐算着，肯定地说："许老师说得对，今天就是集市，而且是大集。这个地方分大集和小集，小集一天，大集两天。"

在熙熙攘攘的集市上，有不少军人列队过往。穿黑制服的保安提着警棍在

来来往往的人群中溜达。

街道上一街两旁都是卖东西和买东西的人，还有既不买东西也不卖东西看热闹的人，熙熙攘攘，穿梭往来。吆喝声、叫卖声、讨价还价声响成一片。羊咩声、牛哞声、鸡叫声、马嘶声、狗吠声、骡子的喷鼻声和叮当作响的铁器撞击声此起彼伏。

一个中年汉子头上顶着一只大白鹅，白鹅紧抿着长长的扁嘴，勾着细长的脖颈，睁着两只圆圆的红眼睛，轻蔑地俯视着下面的一切。

"卖了，卖了，大肥鹅，便宜卖了。"

"咦，这个鹅这么大！"

"将心比心，我这价已经要得很低了，市场上不会有更低的啦。"

"听说又要和共产党打仗了，你看那边的军队一队一队的。你这烟不错，香料放得刚好。"

"都是些好小伙，不打仗让他们回家种地比牲口好使。再吸一锅吧，这可是我精心炮制的。"

"看得出来，色泽鲜亮，烟丝柔绵，味道醇厚不燥。今年的烟叶长势不错……"

"咳，咳，老头，你们家的鸡飞了。哟，上房顶啦。"

赵老憨的马车被前面一辆马车挡住了去路，只好停下来。辕马把长脸伸进前面马车尾部一个没有盖的旧箱子里，从里面扯出一件衣服摆弄着。吆车的汉子看见回手甩了一鞭子，鞭梢头正好打在马脸上，发出一声脆响，马被打得狂跳起来。

赵老憨从驾座上跳下来，冲到前面那辆马车前，跳起来一把揪住吆车人的衣领把他拽下来，瞪着眼睛叫道："你这个浑蛋，为啥打我的马？"

那汉子虽说瘦小也不示弱，反手也抓住了赵老憨的衣领，嚷道："你眼瞎咧，没看见它把我箱子里的衣服扯出来？"

赵老憨回嘴道："它是个畜生不懂事，你也不懂事？"

"你骂谁？"

"我就骂你。"

两个人扭打起来，周围很快围了一圈子人看热闹。许子凌和高二贵从车上跳下来，赶紧把两个人扯开。

许子凌劝说道："算啦，算啦，都是乡里乡亲的，犯不上为这点小事打架。"

一个穿黑色制服的保安手提警棍，拨开人群进来，喊道："让开让开，谁让你们在这里闹事，嗯?"

赵老憨抱着马的脸，心疼地抚摸着，叫道:"他拿鞭子抽我的马。"

"他的马咬我的衣服。"那汉子抹着受伤的嘴喊道。

保安挥舞着手里的警棍训斥说:"你这两个赶车的，不知道多干点活多挣点钱，竟敢在这里打架滋事。饭吃多撑得啦?"他走到箱子前用两个手指头拈起那件破衣服，厌恶地看了看扔回箱子:"就你这件破衣裳，马啃一下能咋样? 我跟你说，让我啃我都不啃。快走，再敢在这里打架滋事我把你们拉到局子里，每人五十大棍伺候，哼!"

马车到了十字街口，许子凌和高二贵从马车上跳下来。许子凌跟赵老憨说:"我和二贵去接人，你送过砖以后在前面马车店里等我们。一来喂喂马，二来在街上转一转，给你媳妇捎带点啥东西。太阳挨山时如果我们还不到，你就回去，咱们明天再见。"

赵老憨不好意思地嘿嘿笑着，赶着马车顺着北街的方向去送砖了。

许子凌和高二贵混在赶集的人群中，穿过十字街口向南街的金华客店方向走去。在南街，他俩很容易找到了金华客店。许子凌上了台阶进到门里，被两个士兵拦住。

"喂，干什么的?"一个士兵问。

许子凌愣了一下，忙说:"我们是住店的。"

另一个士兵说:"去去去，到别的店里住。这个店我们包了，外人一概不许入内。"

柜台内一个上了年纪戴着黑缎子瓜皮帽、看起来像是掌柜的人冲着许子凌拱手说:"先生，抱歉，客店让军队包了五天，这五天不对外营业。你要住店请到别家看看。"

许子凌只好从客店里退出来，用眼神招呼一下高二贵，高二贵跟在他身后来到一个没人的墙脚处。

"啥情况?"高二贵问。

许子凌说:"麻烦了，客店让军队给包了，不让外人住，咱们没办法和他们接头了。"

高二贵揣测道:"会不会咱们的行动被他们发现了?"

许子凌肯定地说:"不会，要是被发现你我就走不脱了。再说，这是正规军，一般不管这事，他们可能是有另外的军事行动。"

高二贵问:"来人你不认识?"

许子凌回答道:"不认识。"

高二贵又问:"不认识怎么接他们?"

许子凌介绍道:"他们来就住在这个客店里。他们到了以后会在客房门的左上角用粉笔画一个十字,我们就可以进去和他们对暗号。"

"对暗号?"

"是。"许子凌用眼角扫视了一下四周,继续说,"暗号是咱们说'九月石榴红',他们回答'我家太太只要甜的,不要酸的',这样暗号就对上了,来护送的人就会把咱们要接的首长交给咱们。现在情况发生了意外……咋办呢?"

两个人默默地看着对面的客店。台阶下是摆摊卖东西的商贩,有青菜、红枣、核桃、石榴,还有鸡、鸡蛋,过往的人不时停下来买东西,买家和卖家讨还着价钱。

高二贵灵机一动,说:"许老师,有办法了。"

"什么办法?"

高二贵诡秘地一笑,说:"你等着。"说完就向街中间商贩集聚的地方走去。过了一阵,许子凌看到高二贵挎着一篮子石榴过来,篮子沿上还搭着一杆秤。他走到金华客店台阶下的商贩群里,放下篮子吆喝起来:

"哎,石榴,甜石榴,这可是九月的红石榴,是同官县的好石榴。红石榴,石榴红,石榴不红不要钱,石榴不甜不要钱。先尝后买嘞。"

许子凌看着高二贵的举动,会心地笑了。他心里夸赞道:"这小子真行,利用这种办法传递暗号。"

他在客店斜对面的一个小饭店里挨近门口的一张桌子前坐下,要了一碟子花生米和一小碗白酒,装模作样地品着酒,两只眼睛紧紧地注视着客店附近的行人,细细地判断着谁可能是他们要接的人。

高二贵不停地吆喝着。有人蹲在他的篮子前挑拣着石榴放到秤上让他称,不大一会儿还真卖出去了两秤石榴。高二贵心里暗暗发急,直埋怨这些买他石榴的人。但是人家要买,他也找不出合适的理由拒绝。他仍然喊着:"哎——石榴,甜石榴,九月的石榴红,九月的红石榴。同官县的甜石榴,不甜不要钱,先尝后买嘞。"

从金华客店里出来一个军官模样的年轻军人,腰间的武装带上别着一把精巧的小手枪,身后跟着两个士兵。他们走下台阶,军官在卖石榴的货摊前边走边看,最后停在高二贵跟前。一个操着外地口音的士兵说:"参谋长,这篮子石榴不孬,个儿大,颜色鲜亮,夫人瞅见一定高兴。"他又弯腰用手在篮子里翻了翻，最后说："上下个儿一样大，不孬。"

军官看着，紧紧地抿着像用镰刀割开似的薄嘴唇，思索了片刻，一摆手说："就它啦，提上去吧。"说完就跨上台阶，头也不回，进到客店里。

另一个士兵兴奋地喊道："哈，老乡，你走好运啦！你这篮子石榴我们参谋长全包了。走，提进去，过秤，给你付钱。"

高二贵蹲在地上不起身，两手紧紧抓着篮子的提梁，好像怕被抢走似的，说："这，我这……"

操外地口音的士兵叫道："咦——你咋？怕俺长官不给你钱是不是？老子可不是土匪，不会抢你的。快走！"

跟前几个卖石榴的赶忙提着自己的石榴凑过来，嚷嚷道："长官，买我的吧。"

士兵说："去去去，谁喊得欢，俺们就买谁的。快走！"

高二贵不情愿地站起身，提起篮子随着士兵进了客店。过了一会儿，他拎着空篮子出来了。他站在台阶上，向许子凌这边看了一眼。许子凌看到高二贵投来的眼神，轻轻地摇了摇头，高二贵明白他们要接的人还没有出现。

高二贵下了台阶向街北走去。过了一阵，他又拎了一篮子石榴过来放在刚才的位置上，开始叫卖起来。

"哎——九月的红石榴，九月的石榴红，同官县的红石榴。甜石榴，红石榴，不甜不要钱嘞。"

一个摊贩对另一个摊贩说："这家伙神经不正常吧，喊得什么乱七八糟的。"

另一个摊贩回道："咱们在这儿摆摊时间长了，从来没有见过这个人。他是从哪儿钻出来的？"

"喂，"一个摊贩嚷道，"我说这伙计，你喊的什么乱七八糟的，'九月的红石榴，九月的石榴红'，这是狗都知道的事，还用你喊呀，啊？"他的话引得周边的人都笑了起来。

高二贵非但不生气，反而笑嘻嘻地说："卖东西就是要吆喝，一吆喝就能引起过路人的注意。你看，我刚一吆喝，人家就把我一篮子石榴买完了。"

摊贩撺掇他说："你再吆喝，你再吆喝。我就不信，你再吆喝当兵的还能出来把你这一筐子也买走，你吆喝吧。"

听摊贩一说，高二贵兴奋起来。他想，既然你这样说，我就给你破着嗓门喊，也不会引起别人的多疑。于是他把袖子向上一捋，说："兄弟，你还不信？我再喊上几嗓子，这一篮子石榴就又卖出去了。"他扯起嗓门吆喝起来：

"哎——九月的红石榴，九月的石榴红，甜石榴，便宜卖咧。"

"神经病……"

"可能是疯子吧。"

"哈哈，有意思，还是第一次见到这样卖东西的。"

高二贵边喊边不断用眼睛向周边巡视着。太阳已经西斜了，再过不了多长时间集市就要散了，可要接的人还没有踪影，他不免有些着急。现在除了用这种方式引起接头人的注意外，他想不到更好的办法了。他憋足了劲，准备再吆喝一嗓子，说不准能出现什么奇迹。

一个年轻女子出现在他的面前，这个年轻女子确实是被他的吆喝声召来的。她蹲下身拿起一个石榴，用手掌把石榴表皮擦拭干净，像欣赏一件艺术品似的看着，而后，朝站在别的摊贩前看石榴的一个中年妇女喊道："秦妈，过来。"

秦妈应声走过来。年轻女子说："秦妈，我看这一篮子石榴就挺好，个儿大色鲜，就要它吧。"

高二贵赶忙探询着说："就是好，是九月的红石榴，同官县的。"

年轻女子说："什么九月十月的，我们就看上这石榴了。"

高二贵意识到眼前这两个女人和接头的人根本联系不上，就犹豫着说："我这石榴好是好，价钱也贵……"

秦妈撩起手帕在嘴角边摁了两下，乜斜了高二贵一眼，不屑地说："哟，怎么说话呢？有多贵呀，总不能石榴卖出金子价吧？这是钱家大小姐，在省城念书。这是特地回来给父亲过寿诞的。大小姐孝顺，专门和我一块儿出来给老爷明天的寿诞宴上挑石榴，能看上你这一份是你的福气，还能少了你这几个小钱？提上，跟我走吧。"

高二贵无计可施，瞅了一眼许子凌，许子凌也眨着眼睛看着他，眼神里分明蕴含着让他去的意思。高二贵只好提起篮子，跟在秦妈和钱小姐身后朝前走去。

"嘻——"一个小贩盯着高二贵的背影十分不解地叫道，"他奶奶的！这事邪怪呀，这小子一吆喝就有人来买。"

"是啊，一卖就是一篮子，咱们咋碰不上这么好的运气？"

"他喊的啥？是'九月红石榴'，还有'九月石榴红'？"

"嗯，这句话有魔力吧？可以勾人的魂。"

高二贵再回到金华客店的时候，街面上已是人迹寥落。夕阳斜照，风扫着破烂的纸片和散乱的草芥悄无声息地在半空旋转着，时起时落。金华客店门里那两个士兵坐在一条长凳上抽着烟，叽叽咕咕说着话。许子凌仍然坐在饭店的桌子前守着一盘花生米和一小碗酒。高二贵进到饭店，在许子凌一侧坐下来。许子凌招呼他说："饿了吧，吃点东西。"

高二贵要了一碗面条，悄声问："没有发现他们吧？"

许子凌说："没有。说不定还没有来，也说不定已经来了，或许是这个地方住不成住在别的什么地方了。"他顿了一下，又说："无论怎样，他们一定会到这个地方来找咱们。吃饭吧，今天住下，明天咱俩还守在这里。你小子真能想出办法，你吆喝了那么一通，他们一定能意识到你是在传递暗号。你的石榴是从哪儿来的？"

高二贵说："在北街买的，一个老头的。我把篮子、石榴和秤一起买了，把老头弄糊涂了，看着我直眨眼睛，我把钱塞给他时他还直发呆。气人的是两篮子石榴都卖完了，这要是在平时我也会高兴得直发晕，今天却觉得很晦气。"

许子凌说："我看着都想笑，也许是你吆喝得太热闹了，才引起人家注意了。明天上午继续过来卖石榴。"

吃完饭，许子凌和高二贵离开了饭店，他俩商量晚上就在赵老憨停放马车的店里过夜。

在路上，他们碰上了正四处寻找他们的赵老憨。赵老憨一看到他俩就急切地问："亲戚接到了吗？"

许子凌说："没有，恐怕要等明天才能到。"他指着赵老憨胳肢窝里夹着的纸包问："老憨，你买的啥东西，包得那么严实？"

赵老憨不好意思地笑着说："没啥，没啥，给她买了块衣料，还不知人家喜欢不喜欢。"

许子凌接过纸包打开一看，这是一块蓝底碎花的布料，纹路细密，质感柔软，颜色纯正，花色亮丽，便夸赞道："老憨，看着你这人老实巴交的，想不到你满肚子的花花肠子，很有讨女人喜欢的招数嘛。眼力不错，我敢肯定，彩凤一定会喜欢。"

赵老憨搓着粗黑的巴掌："她……她在街上看过，可一问价钱嫌太贵，舍不得买。我……今天碰上就给她买啦。"

高二贵在一旁问："买了几尺呀，够做衣服不够？"

赵老憨说："够，一定够，我听她说过尺寸。"

他们三人说着到了马车店，安顿着住了下来。

第二天上午，街面上人多起来的时候，高二贵又去买了一篮子石榴和许子凌一前一后来到金华客店前。许子凌缓步踱进昨天的饭店又要了一盘花生米，打了一小黑瓷碗白酒，坐在昨天坐过的那张桌子前，若无其事地呷着酒。店小二见老顾主进店，在端上花生米时不失时机殷勤地推销着。

"先生，谢谢您照顾生意，咱店里的红油耳片很地道，是自家的秘制老汤卤的，很有特色。不妨尝尝?"

许子凌爽快地应道："来一盘。"

高二贵挎着石榴到了客店的台阶前，突然发现这里卖石榴的摊贩比昨天多了好几个，他们不似昨天那样低声推销石榴，而是比赛似的吆喝着。

"红石榴，石榴红，九月的红石榴，吃一口甜掉牙。哎，好石榴。"他们一看到高二贵到来，吆喝的声浪更加高涨。这让高二贵目瞪口呆，他左瞧瞧右看看，茫然不知所措。这把他精心设计的对暗号的办法打乱了。许子凌也看到对面发生的情况，他表面冷静地以旁观者看热闹的神情注视着，心里却在紧张地盘算着下一步该怎么办。正在这时，许子凌看到客店的门里突然跳出三个士兵，排开站在台阶上，手里端着盒子枪，大声呵斥道："别喊，别喊，喊什么喊!"

台阶下正吆喝得起劲的小贩们闻声戛然而止。跟着从客店门里走出昨天买石榴的那个军官。他双手背在身后，目光冷峻地朝台阶下的人们扫视了一下，缓慢说道："各位乡亲，本——客——店，这几天用于军务，事关重大，所以要求各位乡亲从即时起，不得大声喧哗。如有不从者……"他用命令的眼神看了看两旁的士兵："依军法从事，决不宽饶!"说完，他转身跨进客店的门槛。

"红石榴，石榴红。"一个卖石榴的小贩双臂挽在胸前，满脸不在乎地看着军官的背影，扯开喉咙喊了一嗓子。

刚跨进客店门槛的军官像被弹簧弹了一下似的从门里跳了出来，恼羞成怒地喝道："谁喊的? 谁喊的? 抓起来!"

三个士兵敏捷地跳下台阶，向那个小贩扑了过去。小贩见势不好，赶忙挤出人群向街对面跑去。三个士兵在街当心把他摁倒，反剪着胳膊押到军官站着的台阶下面。小贩上仰着脖颈，看着军官，脸上凝滞着怪模怪样的笑。军官眯缝着眼，直直地盯着小贩，步伐沉稳地从台阶上一步一步迈下来，打开腰间的手枪套，从里面拔出小手枪，缓慢地由上而下把枪口抵在小贩的额头上，眼睛里透出令人心惊胆战的杀气。

"为什么喊? 你是共——匪?"军官一字一顿地说。

当冰冷的枪口触及小贩的额头时，他的脸色瞬间变得纸一样煞白，汗毛眼里变戏法似的冒出黄豆粒一样的汗珠，并顺着脸膛滚下来。

"长……长官，我不……是共匪，饶了我吧。"小贩的牙齿磕得咯咯直响，"昨天那个人……一喊，你就买他的石榴，我也想让你买我的石榴，挣……几个钱。"

"挣钱？你还想挣钱？"军官冷笑了一声，咬着牙说，"我送你去阎王殿挣钱。"

"长……官……我……"小贩眼睛大睁，嘴巴张圆，模样恐怖得好像看到了死神。

一股浓重的臭气蹿进提小贩衣领的那个士兵的鼻腔，钻进肺腑，呛得他差一点呕吐。他皱着眉头朝地上看了一下，厌恶地说："妈的，这狗日的尿包，屙裤子里啦。"

军官也闻到了臭味，冷笑了一下，把枪收回到枪套里，鄙夷地说："软蛋，说你是共匪真他娘的高抬你。滚！"

小贩好像死囚听到了特赦，连滚带爬地钻出人群，顾不上拾滚落一地的石榴，提起篮子顺街跑了，屁股后面是一坨沉甸甸的湿印，顺着裤筒滑了下来，在地上拖出斑斑污迹。

那个军官的目光追逐着小贩的背影，直到他消失在一条巷子口。他微微地舒了一口气，缓缓地用严厉的目光扫视着鸦雀无声的小贩和看热闹的人群，顿了一下，然后挥手对士兵命令道："这边从这儿，那边从那儿，让所有的人向后退十米，如再有敢乱喊乱叫惹是生非者，给我狠狠地打，抓起来吊到后院的马棚里。"

士兵听从军官的命令，把人群驱散开去，军官转身进到客店里。高二贵提着一个也没有卖出去的石榴来到饭馆里，在许子凌一侧坐下，说："许老师，咋办？"

许子凌端起酒碗呷了一口酒，沉思了一下说："看起来在这里接头是不行了，我们得想其他办法。先吃饭吧。"

"想啥办法？"高二贵愁容满面地问。在他看来真是无计可施了。

许子凌正要说什么，一个陌生人跨进店里，在许子凌对面大咧咧地坐下来。店小二忙跑过来，满脸堆着笑问："客官，想要点什么？"

那人看了一眼店小二，粗大的手指头在桌面上叩着，慢悠悠地说："打一碗酒，看着来两盘小菜。饭嘛，待会儿再说。"

店小二探询着说:"两盘小菜,一荤一素怎么样?"

"可以。"

店小二转身吆喝道:"好咧。一碗烧酒,两盘小菜一荤一素,量要足,手要快。"

不大一会儿,酒菜都端上来了。那人看了看许子凌和高二贵,眯缝着眼睛偏着头盯住了石榴:"这石榴不错嘛,多少钱一斤?"

高二贵扒着碗里的饭,腮帮子鼓囊囊地说:"自家的,不卖。"

那人用筷子头剔着牙缝:"我刚才看到你在卖石榴的嘛,怎么又不卖了?"

许子凌一直在注意着这个人。他的衣着虽然朴素,但和当地的人相比还是有区别,说话的口音也不是当地人的口音。他对高二贵说:"这伙计一看就不是咱当地人,一定是到咱这儿办事的,看石榴好,就卖些给他吧。"

那人说:"这位先生好眼力,我是省城来的,到这里看个亲戚,和我一同来的还有几个人。这是同官县的石榴吧?"

许子凌试探着说:"是同官县的石榴,九月的红石榴。"

那人眼里透出亮光来,喝了一口酒说:"我的亲戚只吃甜石榴,不吃酸石榴。"

许子凌心中一喜,把身子往前探了探,压低声音说:"九月石榴红。"

那人向四周看了看,微微一笑:"我家太太只要甜的,不要酸的。"

三个人心领神会,暗号对上了。

三个人出了饭店,往前没走几步,许子凌就急切地问:"首长到了吗?"

那人两手插在上衣口袋里,边走边说:"到了,我们昨天就到了,发现情况有变化心里也很着急,但是我们确信你们一定就在附近。这位老弟卖石榴的吆喝声就引起了我们的注意。哎,这位老弟怎么称呼?叫高二贵?那您就是许子凌许老师喽。我叫张大全,就叫我大全吧。听到二贵卖石榴的吆喝声,我们就特别注意。但是我们不敢肯定,就在一旁细心观察。二贵第二次去买石榴的时候,我们的一个同志就跟踪他。他从前面那条街上买来了一篮子石榴回来叫卖,吆喝声中又含着接头的暗号,我们就越发相信你们就是我们接头的人。我们一直跟踪你们到马车店,就住在马车店,注意着你们的行动。今天早上看到二贵又去买了一篮子石榴过来叫卖,就断定你俩一定是我们要找的接头人,所以才敢与你们联系。"

高二贵叫道:"哟,你们已经注意我们这么长时间了,我们可一点没有察觉到。"

许子凌说："确实是这样。你们来了几个人?"

张大全说："我们一共三个人,我和另外一个同志护送,再就是首长。另外的同志叫方和民,首长叫谷木林。"

他们说着来到北街的马车店,见到了谷木林和方和民。张大全给彼此做了介绍。谷木林中等偏高的个子,四十多岁,方脸膛,浓眉,大鼻子,厚嘴唇,眼神沉稳,身板硬朗,头戴黑色礼帽,一身青灰色的衣服,上衣襟挂着银色的怀表链子,一副商人打扮。方和民是个二十几岁的年轻人,神情欢快,穿一身黑土布衣裤,一副小伙计装束。

许子凌握住谷木林的手歉意地说:"首长,让你们受累了,住在马车店……"

谷木林笑着说:"没什么,荒郊野地里都经常住,这儿比那些地方好多了。关键是要和你们接上头,否则下一步我们真不知道怎么走。在这地方我们可真是举目无亲,两眼一抹黑哟。"接着他就安排道:"大全、和民同志,你们的任务完成得很好,感谢你们二位。咱们就此别过,后会有期。"

张大全握住许子凌的手说:"子凌同志,我们的任务就结束了,首长就交给你们二位了,多操心,多保重,一路平安。"

送走张大全和方和民,许子凌他们收拾好东西,赵老憨赶着马车就离开了耀县县城。一路上挺顺利,太阳西斜的时候,他们回到了同官县县城,谷木林住进了同官客店。

第七章

同官客店是一座砖木结构的二层楼房,窗临街面,面对着宽敞的大院,大院北边土墙下停着几辆马车,西边的棚子下是拴骡马放草料的地方。谷木林住在二楼北边尽头的一间屋子里。

为了不引人注意,下了马车后谷木林执意不让许子凌和高二贵送他进客店。现在他简单地洗漱了一下后,推开了临街的窗子。

谷木林是安徽淮南人,第一次到黄土高原上来,对黄土高原上这座古老的

县城充满了好奇。这座县城对他来说并不陌生，他所在的那支部队里就有北方的将士。在他的印象里，这座县城的特色，就是北方将士跟他说的陕西"八大怪"的顺口溜：家家房子半边盖，油泼辣子一道菜，板凳不坐蹲起来，面条宽得像裤带，锅盔大得赛锅盖，姑娘一般不对外，老婆帕帕头上戴，秦腔大戏吼起来。

他站在窗前观望着外面的景致，看了一会儿，不由自主地笑了，陕西"八大怪"中所描述的地域特征和人文气息在这座县城里都得到了印证：鳞次栉比的房屋都是房脊高高隆起，屋檐低低下垂，一溜溜青灰色的瓦片像鱼鳞一样排列有致，错落有形，形成独具匠心的陡斜屋面。屋檐下挂着一串串的红辣椒，红艳似火，给朴实简洁的庭院平添几分喜庆火热的气氛，表明这里的人是多么的爱吃辣子，可见"油泼辣子一道菜"也是名副其实。

谷木林把视线移到街道上。街对面店铺前的青石台阶上蹲着两个老汉，每人手里端着一根长烟袋。一个面孔清癯，下巴颏上一缕花白胡须，一使劲吸烟胡须就不停地抖动起来；另一个脸型微胖，像是刚剃过头，头皮亮得泛出青光，吸着烟还不时地用巴掌摩挲几下光光的头皮，仿佛可以从中体会到什么不一般的享受。他们的蹲相很特别，两腿并拢，蜷缩着的身子微微前倾，左手端着烟袋，右手撑扶着左胳膊肘子，嘬着嘴吧嗒吧嗒吸着烟，吸完一锅就在身边的青石上磕去烟锅里的烟灰，然后再把烟锅插进烟包拧上一锅烟继续吸。

街面上走过上些年纪的女人，头上各顶着一块颜色不同的方布帕帕，前两角掭于耳郭后，后两角随风飘动悠然起舞，形成一道别具一格的民俗风景线。

就在谷木林很有兴趣地看着这些景致的时候，许子凌和高二贵进来了。一路上由于赵老憨在，他们没有做过多的交谈。现在都是自己人了，说起话来也就方便了许多。

谷木林伸出两只手，一只手握住许子凌，一只手握住高二贵，诚恳地说："子凌同志，二贵同志，辛苦你们了。"

许子凌忙说："辛苦的是首长，我们这是应该做的。"

谷木林感叹道："这一路上麻烦了不少同志，感谢的话我就不说了，我会记在心里的。"他又说："我现在的身份是做生意的商人，是到北边做棉花生意。从现在起你们就叫我谷老板，我有完整的证件。"

他们坐下之后，谷木林燃起一支烟抽了一口，说："介绍一下情况吧，后面怎样安排？"

许子凌说："后面的安排是这样的，后天鸿瑞饭店金老板要进山里收山货，这个人我很熟，他是个热心人，经常在这山里进进出出，和金锁关卡子上的守军也很熟。咱们到时候就随他的车一块儿过金锁关。"

谷木林沉思着问："他是我们的人吗？"

许子凌说："不是。这个人和我有交往，他儿子原来是我的学生，是个实在人，祖辈都在咱同官县，知根知底，靠得住。"

谷木林又问："从别的地方能绕过金锁关吗？"

许子凌说："不可以。一来山高沟深不好走。二来那些官兵经常在周边的山上打猎，碰上生人他们就会盘查。三来山上还有巡逻哨和铁夹子。"

"你们平时怎样过金锁关？"

许子凌说："我们有通关证，平时做个登记就行了。没有通关证就必须有人担保。对有外地口音的人、学生模样的人尤其盘查得严。对做生意的人也盘查得很严，只要有疑点，就会被扣下。"

谷木林笑了笑说："我这一去不回来了怎么办？对你们会有影响吗？"

许子凌说："这事就交给金老板去办，他有办法。"

谷木林觉得该了解的情况都了解了，说道："好吧，你们来安排，我就不说什么了，入乡随俗嘛。你们怎样安排我照办就是了。"

许子凌站起身说："那咱们就去吃饭吧。谷老板想吃点什么？"

谷木林说："吃饭的事情你们就不要管了，你们突然和我这个外乡人坐在一起，容易引起别人的注意。我自己解决好啦。"

许子凌说："这不行，您一个人出去我们不放心。这样吧，由二贵陪着您，他在这里人熟地熟，能方便许多。我再到金老板那里去看一下情况，明天我来见您，事成的把握就会更大一些。"他对高二贵嘱咐说："一定要注意安全，说话时要注意。"

许子凌先走了。高二贵问谷木林："您刚才在窗前看啥呢？"

谷木林笑了笑说："我呀，我在看你们陕西的'八大怪'。"

"陕西的'八大怪'？"高二贵惊奇地问，"您怎么知道我们陕西的'八大怪'？"

谷木林说："我们部队里也有你们陕西人，扯闲天的时候他们跟我讲了许多家乡的民俗风情，说得多了，就记住了。"他感慨道："中国从南疆到北国，地域广袤，民俗差异确实很大，走一段路，就能看到不同的民俗风情，很有意思的。"他抿起嘴顿了一下，又说："我们部队有个连长就是你们同官县人，和我是好朋友，我出发之前专门和他聊了聊你们同官县的情况。他告诉我，你们同

官县是一个好地方，山清水秀，有好多好看的景致，像金锁关、香山寺，还有唐朝皇帝避暑的山庄，叫……"

高二贵说："玉华宫，对吧？"

"对，玉华宫。我就想啊，这个连皇帝都能跑去避暑消夏的地方，景致一定不错。你看，"谷木林用眼神往外一指，"那半山的塔，在夕阳余晖的映照下，背面又有黄土高坡的衬托，显得古朴、肃穆、灵秀、神秘，真是别有一番韵致啊！说真的，在我们淮南水乡是难得看到的。"

高二贵搓着手感叹地说："经您这么一说，我们这里还是这么好的地方。我从小在这里长大，看惯了，确实没有觉得有什么可爱的。"

谷木林看着高二贵说："这就不对了，家乡永远是美好的。我们部队的那个连长，他离开家乡已经五六年了。他跟我说过，他经常做梦都梦到家乡的山山水水沟沟壑壑，梦到那一望无际起伏跌宕的黄土高坡，梦到长流不息碧水荡漾的清水河，梦到他的妈妈在村头大槐树下等他放羊回家的情景。他跟我说，他有时候思念家乡思念得很苦很苦，要是有一天回到家乡，他要吃上一口黄土地上的黄土，喝上一口清水河的河水，他说那样他一定会感到心里很甜很甜的。你说，家乡不好他心里会这样深刻地思念吗？"

谷木林的这番话触动了高二贵的心绪。看着窗外夕阳斜照下安详耸立的青塔、茂草覆盖的土坡、野风吹动的老树都是那样的舒心、亲切。他问道："您说的那个连长是我们同官县人，他家住在哪儿？叫什么名字？"

谷木林说："他叫瞿万财，家住在你们同官县的瞿家寨。瞿万财同志在我出发的半个月前，和我一起带领十五个战士插入敌后袭击了鬼子的一个弹药库。那次袭击非常成功。没想到的是，在撤退的途中走到一个山沟里意外和一队鬼子碰上了。我们人少，鬼子人多，瞿万财为了掩护我和同志们不幸牺牲了……"

谷木林望着窗外的山坡，心绪泛起微澜，那次战斗的场景清晰地浮现在他的脑海……和遇到的鬼子打了一阵子后，谷木林很快就发现这队鬼子无论在人数上还是武器装备上都远远强于他们，他决定尽快撤离，然而鬼子却死死地咬住他们不放。瞿万财端着一挺机枪殿后，边打边撤。突然，紧跟在谷木林身后的瞿万财像被一股力量在背后猛推了一把，跌撞着往前跑了两步就扑在他的身上。一颗子弹从后背射入从前胸钻出，温热的散发着腥味的鲜血从伤口泉涌似的向外冒。急救药棉已经止不住血了，按上一块很快就被涌出的血浸透。他的喉咙里发出咕噜咕噜的声音，嘴角也淌出血来，每咳一下都会导致伤口涌出更多的血。

谷木林把瞿万财托在怀里。瞿万财有气无力地说:"这样能好一些,不过……我恐怕不行啦……你们赶快走吧!这里太危险……不能停留。"接着,他咧嘴笑了笑,喘息着说:"谷旅长,你这次去延安一定会路过我的家乡同官县,我的家乡是西安到延安的必经之路。我们那个县城的羊肉泡馍确实很好吃……确实很好吃,我真想它呀!你到了同官县替我吃一碗羊肉泡馍吧。"

谷木林极度痛苦地看着瞿万财躺在他的怀里咽下最后一口气。大别山的深夜凉风袭人,他握着瞿万财的手,感到他的身体由温热渐渐变凉……这位战友就长眠在大别山一个不知名的山坳里。

痛苦的回忆使谷木林眼泛泪花,他用手在眼睛上抹了一下,声音哽咽地说:"瞿万财同志紧跟在我的身后,就是为了掩护我,要不,那颗子弹就会打在我的身上。是他救了我的命。"他长长地叹了一口气:"瞿家寨在什么地方?"

高二贵说:"瞿家寨就在这座山的背后。"

"去一趟需要多长时间?"

"个把钟头就到了。"

谷木林说:"现在天还早,我想利用这段时间到瞿万财家里看一看,也尽一尽我的心意。据他说,家里还有父亲、母亲和一个妹妹。"

"这……"

"有困难吗?"

高二贵担心地说:"这里的驻军和保安队对外来人盘查得很严。这瞿家寨是个小寨子,寨小人稀,生人一进去,很容易引起人们的注意,危险太大。我要为您的安全负责。"

谷木林想了一下说:"你的心情我能理解,我应当接受地方护送同志的安排。"他沉吟着:"只是一想到瞿万财同志已经牺牲了,他再也不能回来在生他养他的父母双亲面前尽孝了,我走到他家门口,不去看看,这感情上实在觉得难以忍受……"

高二贵感到十分为难,一方面是要确保谷木林的安全,另一方面又为谷木林对牺牲战友的至诚情感所打动,最后说:"好吧,咱们去一趟吧。"

他们出了客店,顺着崎岖的山路上到山顶向下俯瞰就可以看到瞿家寨的全貌。这是一座历史无从考证的坐落在半山坳的寨子,能表明其为寨子的依据是寨子四周仍然残留着已经坍塌的寨墙。墙垣里房前屋后的树木郁郁葱葱,屋顶烟囱上冒着袅袅炊烟,显示着寨子的生机。寨墙的残垣断壁下有几只羊和一头牛悠闲

自在地啃着草，放牧的老头坐在坍塌的墙垣上垂头打着瞌睡，涎水顺着嘴角吊起一条细长而透亮的水线，长一声、短一声、高一声、低一声地发着鼾声。

"大伯，大伯……"高二贵唤醒了他，想问一下去瞿万财家的路。

老头从酣睡中猛然惊醒，他用困顿迷惑的眼神打量着面前这两个不知什么时候出现的陌生人。

"大伯，打扰一下，我们是问路的。"高二贵尽量把话说得温和一些。

老头明白了两个陌生人的来意，他张大嘴长长地打了一个哈欠，用粗糙的手抹去嘴角的涎水又揉搓着花发凌乱的头，眯缝着眼漫不经心地问："问啥路？"

"打听个人。"

"谁？"

"瞿万财。"

"瞿万财？"老头那眯缝着的眼睛猛然张得大大的，看着高二贵的脸，"你咋认识他的？他几年都不在家啦。"

"我们很早认识的，想到他家里看看。他家住在哪儿？"高二贵有些焦急，他很不愿意在这里多耽搁时间。

老头从身边抓起吆牛的干柴棒，转身朝寨子里指着："顺着这条路向前走，前面有个涝池，绕过涝池，有一棵槐树，直对的门户就是他家。"

高二贵和谷木林跨过坍塌的墙垣，顺着老头指点的路朝前走。谷木林小声对高二贵说："我看这个老头可能就是瞿万财的父亲。"

高二贵说："你怎么知道？你又没见过他父亲。"

谷木林说："瞿万财告诉过我，他父亲左耳边有个'拴马桩'。这老头左耳边就有个'拴马桩'。不会是巧合吧。"话音没落，老头就在后面唤他们回来。

"你们去也是白去，他们家里没人。"他说。

高二贵问："他们家里的人去哪儿了？"

老头没有直接回答高二贵的问话，指着谷木林问："这人是谁？"。

高二贵随口说："哦，这是我的伙计。"

"你的伙计？他是干啥的？"

"是个教书先生。"

"他不是教书先生。"老头盯着谷木林审视了一番，肯定地对着高二贵说，"看你的相貌听你的口音就知道你是当地人，而这个人一看就不是陕西地界上的人，也不是什么教书先生。"

高二贵和谷木林在土台上坐下来。高二贵问："老伯，你咋看他不是教书先生?"

老头捋了一下散乱的花白胡须,说:"这人呀都各有特点。你说他是个教书先生,穿衣打扮却像个生意人,我老汉断定他既不是教书先生也不是生意人,应该是个……军人。"

高二贵说:"嗬,老人家会看相,说说看。"

老头分析说:"生意人脸上总是一团和气,见人笑脸相迎,笑里取财,圆滑世故;教书先生书卷气十足,刚毅不足,优柔有余。你这个伙计……眉宇间凝着一股英气,他应该是个行伍之人。这一阵子就你一个人说话,他连一声都没有吭,我就断定他一定是从外地来的。我跟你们明说吧,我就是瞿万财他爸,叫瞿忠衡,有什么话就跟我说吧。找我儿子干啥?"

谷木林一看自己的身份被识破了,也就没有什么可隐瞒了,于是说:"老人家,您真是好眼力。我是和瞿万财一个部队上的,这次到北边去路过同官县,受万财的托付,特地来看望您老人家。"

瞿忠衡高兴地说:"看看看,我老汉的眼不拙吧。万财他在哪儿?啥时候回来?他离家已经五年零八个月了,只寄回来过两封信。"他又改口说:"应该说是三封信吧。那年暑假从学校回来,在家里只住了十天。第十天的中午来了三个他的同学,四个人在我们家嘀咕了半天,下午他就和人家一起走了。回到西安的学校里寄回来了一封信,说是不上学了,参军打日本鬼子去了。从那以后一直没有回来。大前年捎回来的信上说他在安徽的大别山。他现在咋样?"

谷木林说:"万财……他很好。"他赶紧转移话题说:"万财不是还有母亲和一个妹妹吗?她们都不在家?"

瞿忠衡说:"他母亲年初过世了,妹子出嫁了。"他又高兴地说:"大早上一开门,喜鹊就在我家对面的老槐树上喳喳地叫。常言说得好,喜鹊喳喳叫,必有贵客到。偏晌,我就把牛和羊赶到这儿,喜鹊又在这棵老槐树上喳喳叫。我想会有啥贵客呀,是不是我女儿女婿要回来?可他们都是家里的常客了,平时回来也没有喜鹊喳喳叫。没想到是你二位。走,回家去。"

高二贵说:"老伯,我们就不到家里去了,我们还有别的事情要办。"

瞿忠衡坚持道:"走到家门口了,说啥也得吃顿饭喝口水吧。这样让你们走,万财知道了会埋怨我的,我自己也过意不去的。走!"

谷木林说:"老人家,实在抱歉,我们确实还有其他事情要办,今天就不打搅了。见到您老人家我就很高兴了。我回去就可以对万财说:我见到你父亲了,你父亲身体很健康,养的有牛、有羊……"

瞿忠衡点点头:"就这样说,就这样说。他妈过世的事先不要跟他说,免得他伤心。你跟他说家里一切都很好,不要让他惦记。万财有媳妇了吗?"谷木林说:"没有。"他遗憾地说:"我想着就没有。这孩子啥都好,就是见了女娃娃就害羞。他离开家那年,我和他妈就给他张罗着娶媳妇,村头老王家的三女子可愿意啦,就是他不愿意。看看,这五六年过去了还没媳妇。人家老王家三女子的孩子都会放羊啦。这可是他妈的一块心病呀,临死前还放心不下。你给他捎话,仗一打完就快回来。我在去见他妈之前一定要看着他把媳妇娶回家。"

谷木林感到对眼前这位善良的老人说的话已经无言以对了。他从口袋里掏出五个银圆放在瞿忠衡粗糙的手掌里,说:"老伯,这是万财省下的五个银圆,托我给您老人家带来。他说他在那里很好,不让您老人家惦记。"他是带着一种复杂的感情说着安慰的话,脸上的笑容也是强装出来的。战友已经牺牲了,他还要在他的亲人面前报平安,谷木林感到有一种负疚感。

瞿忠衡推辞着说:"不用,不用,我在家里有吃有穿,日子过得去。你到北边去,路上用得着,你带上用吧。"

谷木林说:"老伯,这不是我的钱,这是您儿子孝敬您的,您一定要拿上,要不我回去没法给万财交代。您拿上,万财还托付我一件事。"

瞿忠衡这才接过银圆:"好好,我拿上。还有啥事?"

谷木林扶着瞿忠衡在土坎上坐下。瞿忠衡一坐下,谷木林跪在他脚下磕了三个头,惊得瞿忠衡慌不迭地扶起谷木林:"哎哎,使不得,可使不得。"

谷木林说:"老伯,这是万财托我给您老人家磕的头,您老人家一定要保重身体……"他的嗓音有些哽咽,说不下去了。

瞿忠衡抹着眼泪说:"好好,去年这个时候他来信说他当上连长了,儿子有出息了,我和他妈很高兴。我猜你的官一定比他大,你多管教他。万财性格犟,那年说走就走了……他今年二十四,是本命年,你回去跟他说让他系根红裤带,保平安。一定记住!"

谷木林说:"老人家放心,我一定记住。"

谷木林和高二贵挥手告辞了。瞿忠衡望着他们走向山顶越来越小的身影,心境一下子好了起来。他这些天一直被一个不祥的梦折磨得心绪不宁,情绪沮丧。

半个多月前一个雨天的夜里,他躺在炕上真切地看到儿子悄无声息地推门进来,身上的军衣湿漉漉的往下淌着水滴,水滴是黑色的,沉重地落在脚下,打出一个个小小的水窝,溅起一簇簇细碎的水花。水花是晶莹透亮的,像水银粒。儿子的脚下像踩着一团雾气,轻飘飘地来到他的炕前跪了下来,左边的胸脯上有一个黑色的窟窿，向外流着黏稠的黑血。他面色苍白凄怆地说道："爸，我走了，再也不回来了，不能孝敬您老人家了。"他跪下磕了三个头，沉闷的咚咚声震得房梁上的灰絮一串一串向下落，而后起身飘忽着消失在黑黢黢的门外。

瞿忠衡从噩梦中惊醒，渗出了一身的冷汗。他回忆着梦里的情景，是那样历历在目。房屋中空旷、冷寂、漆黑。他在黑暗中颤颤巍巍地摸索出枕边的火柴点起油灯，惊愕地看到炕下有一团湿漉漉的水迹，潮湿的空气中飘浮着刺鼻的灰絮气息。他披上衣服，趿拉着鞋子打开房门，遥望夜空，夜空里天地混沌一团，锅底一样漆黑。山风呼啸盘旋，发出凄厉怪异的啸叫，雨淅淅沥沥不断线地下着，屋檐的落水滴答有声。从那天起，这个噩梦就像一块沉甸甸的石头压在他的心上，折磨得他坐卧不宁、心烦意乱、神思恍惚、苦不堪言。他确信儿子已经死了，是在打仗时死的。今天，这两个人带来意想不到的消息使他惊喜万分，儿子不但活着，而且活得很好。他长出了一口气，嘟囔着："这个狗日的梦，可把老子害苦咧。"

谷木林和高二贵上到了山梁上，回头望，看到瞿忠衡站在高一点的墙垣上佝偻着腰向他们招手。

高二贵不解地问："瞿万财牺牲的消息，怎么不告诉他父亲？"

谷木林沉着脸说："现在不是时候，也不是这次的任务，组织上会通过一定的方式告诉他的。咱们赶紧走吧，我还要完成瞿万财同志交给我的吃羊肉泡的任务呢。"

第八章

张震山的姨太太何翠柳站在屋子的侧窗前向军营里盯着，她的神情很专注。军营里的马棚外，唐少骏正给拴在马桩上的那匹枣红色的高头大马洗刷皮毛，马驯顺地站在柔和的阳光里，偶尔甩一下尾巴，踢一下四蹄，享受着唐少骏的服侍，显得格外地舒适安逸。

其他人都出外训练了，军营里显得安静空寂，只有伙房里的伙夫出出进进，为中午的饭食忙碌着。

昨天下午，张震山到省里长官部参加军事联席会议，时间是五天。张震山临走时给唐少骏安排了其他事情，他没有随他去省城。何翠柳伫立窗前，就是等待唐少骏的出现。

唐少骏往马身上撩着水，专心地干着自己的活。他擦了马的长脸，又擦粗壮的脖颈，接着又擦屋梁一样结实的脊背和圆滚的肚皮，一直擦到马的蹄子。他背过身时，何翠柳看到唐少骏背上靠肩胛骨的地方，土黄色衬衫上有个新撕破的口子，布缕随风飘着，闪露出一块黝黑的三角形的皮肤。何翠柳用眼睛亲切地亲吻着这一小块她曾经占有的可爱的皮肤，嘴角泛起一丝浅浅的笑意。她心里想，真是个粗心的人，对马的关爱胜过关爱自己，等他来了给他缝补缝补。

唐少骏给张震山当卫兵已经五年了，在省城的时候他就给张震山当卫兵。小伙子人长得精神，反应机敏，干活利落，而且练了一手好枪法，很受张震山的赏识。

张震山的原配媳妇武玉巧在张震山离开家乡当兵以后一直生活在乡下，在张家勤勤恳恳任劳任怨地操持家务侍奉公婆。公婆过世后，随张震山来到陕西省城。这个女人长年生活在乡下，深受乡下世俗观念的影响，到了省城仍然保持着乡下的生活习惯——每天认真地裹着粽子一样的小脚，勤俭持家，自己做鞋做衣服，衣服破了自己缝补，在自家的院子里养鸡、晒干菜，而且从来不参加任何社交活动。

她家住的是一座宽敞的四合院，原来的房主是一个商人。由于偷卖情报给日本人被发现，商人匆忙带着家眷逃往香港，房宅被军方没收分给了张震山。院子里有片花圃，里面种着牡丹、芍药、菊花、月季等。武玉巧看到这片虽说面积不大，但平坦、油黑、松软的土地没有种上庄稼，而是种了这些饿了不能充饥、渴了不能解渴的花花草草很是可惜，多次要把花圃里的花铲掉。在被张震山制止后，她便在花圃的空隙处撒上菜籽，春季种韭菜、小葱，夏季种青菜，秋季种萝卜。在她眼里，这些时令蔬菜要比那些花花草草好看得多，实用得多。

官职在不断升高，张震山对这个土生土长的乡下女人依然是不离不弃，虽然她身上有许多不如人意的地方，但是从没有产生过休她的念头。那年，张震山的父亲病重，捎信让他回家，张震山得信离开部队骑马星夜兼程赶回了老家。那一夜，他父亲在弥留之际，拉着他的手说："震儿，你媳妇厚道、善良，为咱张家劳心劳力了十几年。我和你娘不知是哪辈子修来的福气，这辈子遇到这么一个好媳妇。我和你娘只养了你们兄妹俩，你妹子她走得早，你又走得远，全靠她孝敬了。即便是你妹子活到现在，也不一定有这么孝顺。震儿，咱张家亏欠人家太多，我和你娘无以回报，就由你来替我们回报吧。你要是辜负了她，那咱张家人就白披了一张人皮。今后，不管你的官升得有多高都不能嫌弃她，咱张家可是糟糠之妻不下堂，咱张家绝不能出陈世美……"张震山的父亲就在这声声叮咛中咽下了最后一口气。

张震山铭记父亲的嘱托，一直对这个乡下妻子敬重有加，即使周边许多人在军职提升以后很快就让糟糠之妻下了堂，而张震山始终没有改变。这也成了大家茶余饭后谈论的笑话。但是，这也给张震山带来了运气，胡宗南听到这事后，对张震山大加赞许，不久之后张震山的军职便由团长升为副旅长，别人又羡慕地说张震山的老婆有旺夫相。

张震山娶何翠柳做姨太太是武玉巧撺掇成的。武玉巧后来得了结核病，身体日渐消瘦羸弱。她跟张震山说她已经没有力气照顾他了，他一天东奔西跑忙忙碌碌的，身边确实需要一个女人照顾。有一天，武玉巧到街上买菜，在街头碰到一个跪在地上哭哭啼啼的姑娘向路人求助，身旁躺着一个白发苍苍的老太婆，已经病得奄奄一息。这个姑娘说她们母女是安徽人，遇到淮河河堤决口，村庄被夷为平地，父亲死于水患，哥哥下落不明。她和母亲一路风餐露宿逃难到这个地方，路费已经花完，母亲又得了重病，眼下真是处在艰难困苦叫天天不应叫地地不灵的时候。武玉巧看这娘儿俩可怜，就把她们收留了。老太婆长途奔波，饥病交加，请来的大夫也没能医治过来，过了几天就撒手人寰了。母亲死后，姑娘在这个陌生的地方已经举目无亲了，武玉巧就把她留在家中帮着料理家务，也让自己有个伴。这个姑娘就是何翠柳。看到换上一身合体衣服的何翠柳，武玉巧惊奇地发现这还是一个很秀气漂亮的姑娘，白净的脸蛋上泛着红润，眉目中总是笑意盈盈的，走起路来娉娉婷婷，稳重中透着妩媚，成熟中显着娇柔。她身上保持了农村姑娘的许多优点，善良、勤快、朴实。武玉巧的身体不好，何翠柳把家中的活都干了，洗衣、做饭、干杂务。尤其是何翠柳的手很巧，烧得一手好菜。何翠柳告诉武玉巧，她父亲就是个厨子，年轻时在外面开过饭店，还给有钱人家当过家厨，后来回到家乡，四邻八村的乡亲过红白事都要请他去当主厨。有钱人家的山珍海味猴头燕窝他做得出来，没钱人家的白菜豆腐萝卜粉条他也能做得有滋有味。何翠柳常跟着父亲去帮厨，耳濡目染，使她的厨艺也很出色。武玉巧一直没有生养孩子，这一直是她的一块心病，当她看到何翠柳细腰大屁股的身段，她坚信这个女人一定是个生养孩子的好手，就有了撮合何翠柳跟张震山的想法。

"姑娘，今年多大啦？"她拉着何翠柳的手怜爱地问。

"二十。"何翠柳回答说。

"找婆家了没有呀？"

何翠柳羞怯地一笑，随即又面带忧色地说："找……啦。"

武玉巧心里一沉，继续问道："婆家是哪儿的人呀？"

何翠柳说："是表哥。"随后她叹了一口气又说："还没过门。表哥比我大三岁，五年前家乡过军队，他去当兵了，再没音讯。后来……打听到表哥在陕西当兵，娘就领着我到陕西来找表哥……娘说，只要找到表哥，把我交给表哥，我有了依靠，她就放心了。谁知……表哥没找见，我娘她……就……"说着，这个身处异地他乡、孤苦伶仃、无依无靠的姑娘便禁不住抽泣起来。

"你有表哥的地址吗？"

何翠柳摇了摇头："没……有。"

"唉，"武玉巧叹息道，"这就难了。陕西这么大，上哪儿找呀？这兵荒马乱的世事，一个大姑娘家无依无靠总不是个事呀。你年纪不小了，可别耽误了终身大事。你娘临终前把你托付给我，我给你找个主吧。"在武玉巧的撮合下，何翠柳嫁给了张震山做了姨太太。

时间过去了三个月。有一天张震山从军营回来，他把马缰绳扔给了卫兵，到屋里和何翠柳打了个招呼，就进武玉巧的房间里去了。这是他的老习惯，和何翠柳成亲后，不管什么时候回到家中，总是先到武玉巧的房间去坐一会儿，陪着她说会儿话。

何翠柳对这种事已经习以为常。在此之前，她也听了张震山向她讲述过武玉巧以前的事情，理解他们结发夫妻的深厚感情。她端着洗脸盆到院子里给张震山打洗脸水，随意瞥了一眼那个牵着马正往后院马厩里去的卫兵。她突然觉得他的背影是那么熟悉，又定睛看了看，感到心头一阵战栗，简直不敢相信自己的眼睛。她把洗脸水打好放在屋子里的盆架上，就匆匆忙忙向后院走去。站在月亮门旁，她看到了那个卫兵，正是她多年日思夜盼的表哥唐少骏。那一天，唐少骏给她的也是一个背影。他把两匹马拴在马槽前，用一条毛巾擦着马的毛皮，马舒心地甩着尾巴，伸着长脑袋在石槽里贪婪地吃着草料。

何翠柳像得了癔症似的，脚下软绵绵地走到唐少骏的身后，眼里噙着热泪，嗓音呜咽着喊道："少骏……哥。"

她分明看到唐少骏的身子像被谁打了似的抖动了一下，他稳了稳，回过头来冲她惨然一笑："姨……太太，你来啦。"

"你……"何翠柳吃了一惊，她怎么也不敢相信这么一句称呼竟是出自他的口中。

唐少骏显得很平静，继续用毛巾擦着马的身子，说："姨太太，你看这马多壮实。旅长这匹马可是有名的蒙古草原马，日行千里，夜行八百，快如旋风，所以，旅长给它起了个很好听的名字叫'千里旋风'。"

"你！"何翠柳的心里像是被毒蜂蜇了一下似的疼痛，她真想扑过去拧他的嘴。

唐少骏咂了咂嘴，脸偏向一边，神情十分沮丧地说："翠柳，你上次到军营给旅长送衣服我就认出你来啦。可我听弟兄们说……你已经是旅长的姨太太了，就没敢和你相认。"他叹息了一下，继续说："事情已经这样了，以前的事情就忘了吧。我不责怪你，也没资格责怪你，只怪咱俩没缘分。从现在起，咱俩是刚认识的，以前的事情不要再提了。要是被旅长知道了，你我恐怕都没有好过的日子……你回去吧。"

"少骏哥，我和娘一路从老家逃荒出来，就是为了找你。我娘撑着最后一口气，就是要把我交给你……可她老人家的愿望至死也没有实现……我……你……"何翠柳说着掩着嘴嘤嘤地哭起来，身子像风摆柳枝一样抖动着。

唐少骏见状急切地说："翠柳，你……忍住，有话咱们以后说，咱俩的事要是被旅长知道了，一定惹麻烦……"

何翠柳狠狠地抹了一把脸颊上的泪水，坚定地说："我不怕，只要你不嫌弃妹子，咱俩就走，走得远远的。即使到天涯海角吃糠咽菜，我也心甘情愿。"

唐少骏安慰她："你别哭，沉住气，过两天我来找你。"他低声说了一句："他来啦。"

张震山敞开着上衣，用毛巾擦着黑黝黝的脖颈和古铜色的脸膛，穿过月亮门向他们走来。

"我说翠柳呀，咋一眨眼就找不着你啦，跑到这儿干啥来啦？哟嘿，你咋哭了？咋回事？"他沉着脸看了看何翠柳，又看了看唐少骏，用疑惑的眼神看着他们。

唐少骏搔着头皮笑着说："怪我，怪我不小心。姨太太来看马，我说这是匹好马，日行千里，快如旋风。姨太太好奇，就用手摸马屁股，结果这马认生，尾巴甩了一下扫到她的眼睛啦。"

张震山心疼地拨开何翠柳抹眼睛的手，用毛巾爱怜地擦着她的脸："哟，眼睛都红啦。你呀，太不小心啦。这马认生，没尥蹶子踢你就不错啦。要是踢你一下，非把你这小妮子从后院踢到前院不可。唐少骏，用马鞭抽它二十下，给姨太太出出气。要狠狠抽，别心疼。你要是心疼，老子就抽你！"

唐少骏答应道："是，旅长，一定狠狠抽！"

张震山拥着何翠柳的肩膀，柔声地说："走吧，走吧，小妮子，今天我给你带好玩意来了，你可得好好伺候伺候我呀。出去这么多天，俺可真想你啦。英雄难过美人关，俺老张也他娘的脱不了俗呀……哈哈。"

何翠柳在转身的那一瞬间，用幽怨、哀怜、凄迷的眼神恨恨地戳了唐少骏一眼。

唐少骏怔怔地看着张震山那强壮宽厚的身躯拥着何翠柳那娇柔苗条的身姿消失在月亮门外。他愤愤地把毛巾摔在地上，抬脚在马的后腿上踹了一下，把正在专心吃草料的马踹了一个趔趄，差点蹲坐在地上。马慌乱地站直身子，头在半空中狂躁地狠狠地摇晃了几下。

唐少骏蹲在地上，叉着腿，低垂着头，狠狠地撕扯着头发，胸腔里发出野兽被猎人困在绝境时的呜呜声。

平静的日子一天天过去，唐少骏尽量避免到张震山家的四合院里去，但是他无论如何也抹不去那天何翠柳临走时看他的那个眼神。那个眼神常常出现在他的梦中，半夜醒来，那个眼神就在他的眼前浮现，使他无法入睡。他就在这种苦难的煎熬中度过每一天每一夜，这也使他白天干起活来丢三落四、无精打采、神情萎靡，遭到同伴们异样的眼光和不解的责问。

"喂，走呀，你咋站着不走了？"

"嗨，唐少骏，你把马嚼子挂到马鼻子上了，这是怎么回事呀？"

"你的枪呢？你挎了个空枪套……"

"他娘的，你小子中邪啦，八成叫鬼给缠住啦……"

9月的一天，武玉巧的结核病严重起来，住进了医院。张震山吩咐唐少骏这些日子多到医院走走，帮助照看一下病人。他磨磨蹭蹭地向医院走去，想着在那里一定能见到何翠柳，又要在那里看到她那让他揪心难受的眼神，心里充满了惧怕。他到医院后，并没有看到何翠柳的身影。武玉巧静静地躺在病床上，面色憔悴，神情黯然地看着白色的天花板，不知在想什么。

"婶，好些了吗？"

武玉巧轻轻地挪动了一下身子，有气无力地说："老毛病了，也治不好，就这样熬着吧。"

唐少骏说："您喝点水吧。"

武玉巧点了点头。唐少骏倒了一杯水，用碗和杯子倒了几下弄凉了，把武玉巧扶着靠在床头，用一个小勺子给她喂起水来。武玉巧喝了几口就不喝了。唐少骏把水碗放在床头的柜子上，轻声地问："谁陪您呀？就您一个人？"

武玉巧说："夜里翠柳来陪我，白天这里安排的有护士。护士到药房取药去了，一会儿就来啦。"她突然想起什么似的说道："少骏呀，你回家去一趟吧，看看翠柳把鸡窝放开没有，她一忙说不定就给忘啦。要是没放开就坏事啦，鸡在窝里憋上一天会死的，那只芦花鸡该下蛋了……"

唐少骏刚才听说何翠柳晚上才来医院，心里轻松了许多，没想到武玉巧又让他回家去看鸡，心绪又烦乱起来。不去是不行的，他无可奈何地答应着，等取药的护士到来，他就告辞离开了医院。

唐少骏来到四合院，院门虚掩着。他推门进去，何翠柳正在院子里晾晒洗出来的衣服，看到他进来，感到有些意外，也显得格外喜悦。

"你咋来啦？"她喜盈盈地问道。

"我到医院去，婶让我来家里看一下鸡窝里的鸡放出来没有。她担心你忙，忘了。"他显得有些拘谨地说。

何翠柳爽朗地一笑，说："哟，太太也真够操心的。我早就放出来啦，都在后院跑着呢。"

院子里静悄悄的，一切都显得那么安静、清爽。昨天下过一场细雨，空气中散发着一丝老宅子才有的霉湿气息。青石阶的阴隙处长出一片片绿茵茵的苔藓，花圃里的花绿叶婆娑花朵艳丽，细雨润过的灰瓦也显得色泽清爽。两人站着，四目相对。何翠柳穿着一件淡青色的旗袍，绲着粉色的花边，围拢着顾长脖颈的领口缀着银色的盘扣，左胸上绣着一支艳红色的梅花，梅枝、花萼和花瓣生动逼真。短短窄窄的袖子箍在圆润的胳膊上，腕子上戴着一个晶莹碧绿的翡翠手镯。优裕的生活使她的脸颊鲜亮丰腴，乌黑油亮的头发在脑后绾了个髻，鬓角边一缕散发悠闲自然地下垂着，更显得风姿绰约。

而他，脸膛被太阳晒出透着成熟男人味的黑红色。几年过去了，脸上的稚气已经褪尽，上唇长出细密的泛着黑色的茸毛，细脖子上鼓起的喉结在快速上下滑动着，嘴唇不知什么原因不住地哆嗦着。骨架显得健壮有力，只是那种害羞、腼腆的性格特征还依然停留在他的眉宇间。

"快进屋坐吧，喝口水。"何翠柳捋了一下衣袖，以主人的身份热情地招呼着他。

唐少骏脸上凝结着拘谨的笑意，两眼迷离地看着她，像木雕泥塑一般站在

原地一动没动。

何翠柳莞尔一笑,从他身边走过关上了院门,回身扯了他一下朝屋子里走去。他跟着她刚跨进门槛,何翠柳回身展开双臂紧紧勾住了他的脖颈。他感到她的胸脯起伏得很厉害,贴在他脖颈上的脸颊热辣辣的,就像当年送他当兵的前一天黄昏在村头的麦秸垛后面会面时的样子。那时候的她胆怯、羞涩、扭捏、拘谨,当他拥抱她的时候,她惊慌失措地用双臂死死地抵住他的胸膛,脖颈使劲向后扬着。他把她抱在怀里,感到她的胸脯紧张剧烈地跳动着,像一只受到惊吓的麻雀。

"少骏哥,你可来啦,想死妹子啦。"何翠柳梦呓般呢喃着。

感情的波澜汹涌澎湃,瞬间冲破了理性的堤坝,在这对青梅竹马结成生死与共恋情男女的胸臆间奔放。羞赧、畏葸的情绪一扫而光,唐少骏紧紧地把何翠柳揽在怀里。

后来,他们就是带着一种战战兢兢、甜蜜激荡、如履薄冰、生死不惧、苦忧欢快相互交织在一起,复杂矛盾,前途难卜的感情来到了同官县。

不期而遇的回忆,使何翠柳脸上泛起浅浅的笑意。院子里传来马嘶的声音,使她的思绪又回到现实中来。她凭窗看到唐少骏已经洗完了马,正骑在马背上在院子里兜圈子。唐少骏在马背上看到了她,她冲他抿嘴一笑,抬手慢慢地拉上了窗帘。何翠柳的身影也缓缓地在唐少骏的视线里消失了。唐少骏感到心在胸膛里加速跳动,这是何翠柳向他传递出的信号——他们今天夜里可以幽会了。

第九章

高二贵和黄河燕三更半夜在野地里被当成野猪套了的事像风一样传遍了整个县城的角角落落,引起了那些闲来无事就翻嘴嚼舌娘儿们的浓厚兴趣。她们聚在一起,心里充满了难以排遣的羡慕嫉妒情绪,怎样也理解不清楚,这么充满浪漫、充满激情、充满惊险,足以在清醒时、在梦境里反复咀嚼、无限回味的事情为什么没有落在自己的身上。但是她们仍然掩饰起真实的心情,用充满想象力的思维和带着邪念的逻辑,对这件事做着猜测和评判。

"哟，深更半夜呀，那可是在深更半夜呀！一个孤男，一个寡女，在荒草野地里，嘻嘻……肯定不会干出啥好事。"

"哎呀，咋能干出啥好事嘛，都是二十来岁的年纪，刚尝到男女风情的甜头。干柴碰到烈火，不烧个昏天黑地才怪呢。"

"就是的。你看河燕那细腰大屁股，就不是一个安分的女人。"

"哼哼，老高家的那个儿子也不是啥好东西，那双眼睛能勾人的魂。"

"这块布的花色好看。胡掌柜，你听说这事了吗？"

布店的胡掌柜十分有兴趣地听着几个娘儿们的说笑，也参与其中，并对事情做出判断："我就想不明白，两个人咋能双双钻进野猪套里？一定是受到了惊吓，慌不择路，慌不择路……一定是这样。"

"就是的。他们天当被子地当炕正在干那事，来了一头野猪，野猪很是纳闷，不知道他们在干啥。因为人和猪在干那事上不一样。他俩看到野猪就提起裤子赶紧跑，慌不择路，撞进野猪套子里啦。"

"哈哈，你真能想象！笑死我了……哎哟，哎哟，我肚子疼。"

"啥事呀，笑得这么热闹？"娇艳跨进店铺，看到热闹的场面，问道。她的身后跟着水秀，水秀手里扯着英英。

胡掌柜赶忙解释说："没……没啥，大家聚在一起说说笑话。哟，水秀也来了，是想要点啥吧？我这里刚进的花布，颜色鲜亮，给你的小丫头做件衣服吧。这小姑娘越长越水灵啦。"

在胡掌柜和娇艳、水秀说话的当间，那几个说嘴的娘儿们咂着嘴，带着意犹未尽的遗憾悄无声息地溜走了。

娇艳和水秀把胡掌柜拿出的布料看了看，在英英的身上比试比试。娇艳两臂盘在胸前，端详着说："就是挺好看的，给孩子扯件褂子吧。"

水秀也同意："扯件吧，今年还没给孩子添新衣服呢。"

娇艳问英英："给大妈说，喜欢不喜欢新衣服？"

英英扬着头，眨着亮晶晶、睫毛很长的眼睛，稚声稚气地说："喜——欢。"

胡掌柜拿出尺子，问水秀："扯多少？"

水秀想了一下说："扯二尺吧。"

娇艳思忖着说："二尺，有点多了吧？"

水秀说："孩子正长个子，做得大一点，明年还能穿。"

胡掌柜附和着说："就是，就是，一看水秀就是一个会过日子的好媳妇，能掐会算，过着今年还想着明年。"

娇艳不满地白了他一眼，没吱声。胡掌柜赶忙赔笑说："娇艳呀，你看上哪块布料也扯上一件。你可是咱同官县顶尖的美人坯子，啥样的衣服穿到你身上都让人羡慕。你那男人又是咱县城有头有脸的人物，真是夫妻尊贵，夫妻尊贵。"

胡掌柜的这番话使娇艳的心理得到极大的满足，她却不屑地撇了一下嘴，说："有啥呀，不过就是一个副队长嘛，跑腿吃饭的料，有啥稀罕的。"

胡掌柜做出一副十分夸张的惊讶模样："咦，你说得多轻巧。昨天我看见他和屈县长从门口过，两个人肩并着肩，有说有笑，那个亲密劲就像一对亲兄弟，啧啧。"

英英听不懂大人之间说话的意思，用小手拉着娇艳的衣袖："大妈，新衣服。"

娇艳领会了孩子的意思，赶忙说："对对，新衣服，快扯布吧。"

胡掌柜拉着长腔道："好——嘞，扯布二尺。"他利落地展开布卷，用尺子量足二尺，用剪刀剪了一个豁口，双手扯着豁口使劲一撕，随着一声响亮的刺啦声，一块布从布卷上撕了下来。他把布叠好递给了水秀，水秀付了钱，娇艳抱起英英，三个人出了店铺的门。胡掌柜在身后吆喝着："慢走，多来光顾。"

娇艳抱着英英顺着街道往前走，进到糖果铺里给她买了一颗糖，剥去糖纸，递到英英手中，英英高兴地放在嘴里吮着。

娇艳把孩子交给水秀，说："你们娘儿俩先走，我忘了件事，去去就来。"

娇艳折身又来到布店。胡掌柜正忙着给顾客扯布料，抬眼看到她跨过门槛进来，满脸掬着笑打招呼："再扯块布？你看这块布料的颜色、花样多好。这可是上等的杭绸，以前只有皇宫娘娘才能穿得上，是宫廷的专供货。要说这皇帝倒了咱老百姓还沾点福气，要不活上几十年连见都见不上，更别说上身穿了。"

娇艳往柜台上一靠，说："忙你的，忙完了我有话问你。"

"好嘞。"胡掌柜打发走顾客，回转身还是满脸堆笑，伸着手指头，指了一下娇艳，又回指一下自己，"你……是说……有话问我？"

娇艳看着他凉凉地说："我说胡掌柜，在这县城咱们也算低头不见抬头见的老熟人了吧。我思来想去也没得罪过你呀，没有烧你家的房子砸你家的锅吧？你为啥和我过不去？"

胡掌柜一头雾水，两只厚实的手掌摁在柜台上，身子朝前探着，浑圆的脑袋后面掬起一坨肥嘟嘟的肉，眨着眼球很凸的圆眼睛，像一只做好跳跃准备的蛤蟆，迷惑地看着她。他吸溜着嘴，莫名其妙地说："娇艳，你这说的是哪一出呀？刚才还好好的，这说翻脸就翻脸？这就是上刑场砍头，也得让我明白我犯了哪条王法了吧？你说说到底是咋回事。"

娇艳撇着嘴说："你这是揣着明白装糊涂，我现在就把话给你挑明。我问你，前面我和我弟媳妇进来的时候，你和那一帮子人在议论我啥？"

胡掌柜拧着稀疏的眉头想了一下，挖掯起两手："没议论你啥呀，天地良心！"

娇艳脸色一凛："天地良心个屁，你以为老娘我是瞎子呀，啥都看不来？我没进门前，这里的几个娘儿们像发了情的母狗，有说有笑。我的脚一跨进门槛就立马变得鸦雀无声。我往柜台前一站，一个个像老鼠看到猫一样，溜着边哧哧溜溜都跑了。她们要是心里没鬼跑啥？你跟我说清楚。"

"嗨，"胡掌柜恍然大悟地笑了一下，"是这事呀。你多心了，真没有议论你，是是……"他用小拇指抠了一下鼻孔，响亮地打了一个喷嚏。

娇艳追问着："是啥？"

胡掌柜拧了拧肥胖的脖子，问："我说娇艳，姑奶奶，你是真糊涂还是跟我装糊涂？"他又说："她们确实在我这里说是非，可说的不是你，是你家的小叔子二贵。你想二贵的媳妇和嫂子突然出现了，她们还能说下去吗？肯定不能说了。"

"二贵咋啦？"

"你还不知道？二贵这个……"胡掌柜勾起两个大拇指在一起碰了碰，压低声音说，"出花花事了。和你家的邻居河燕，半夜三更跑到苞谷地里偷情去了，让人看到啦。一撵，他俩就跑，一头扎进野猪套子里，套子一提就把他俩吊到半空，放下来的时候裤子还没提妥呢。知道了吧，就这事。"

娇艳怀疑地问："有这种事情？"

胡掌柜一挥手，轻松地说："嗨，现在这世道，啥事情不会发生？再说啦，男人偷情，女人养汉，古代不少，现世更多。她们说得嘻嘻哈哈，我听来稀松平常。就这些，至此打住，我这人最不爱拨弄是非。我给你透露这么重要的秘密，费了这么多唾沫星子，你也该有所表示吧，嗯？"

"表示啥？"

"扯块布吧，照顾一下我这小铺子的生意。"

娇艳白了他一眼，没说话，扭着腰朝门口走去，刚跨出门槛，看到水秀在店门的一侧站着。她失魂落魄，脸色苍白，眼眶里噙满泪花。英英扯着妈妈的衣襟，眼神忧郁，手指头噙在嘴里。

娇艳怔了一下，说："你咋在这儿？都听见啦？别听他们瞎放屁，没有的事。"

水秀的嘴角抽搐了两下，仰起脸看着天空长出了一口气，竭力压制着内心的凄苦，抱起孩子，木然地顺着街道向回家的方向走去。

老太婆在灶房里忙活着和面蒸馍，碰得锅盆乱响。高占魁把准备放苞谷的棚子检查了一遍，看看棚子顶上苫的麦草会不会漏雨。要是漏雨就糟了，雨淋在苞谷上苞谷就会受潮发霉，起早贪黑的劳作就白费了。他检查过后觉得没有什么问题，便拿起一把镰刀，找出磨石，又从灶房里端出一碗水，把水淋在光光的磨石上，右手握住镰把，左手两个指头摁住镰刀的刃口，刺啦刺啦地磨了起来。正磨着，感觉到镰刀有些松动，手指捏着晃动了两下，镰刀就从铁夹子上脱落下来。

他叹了口气，扯过棚柱上的一块破布擦去了手上的脏水，拿起镰把和镰刀朝院子外走去。老太婆在灶房里喊道："快吃饭了，去哪儿？"

高占魁头也不回地说："去铁匠铺，镰刀掉了，去修一下。"

"吃过饭再去吧。"

"不要等我，回来再吃。"

老太婆又说了句什么，他没听清楚，也没有回答，就径直向外走去。在门口碰到了娇艳、水秀抱着孩子回来。英英高兴地叫爷爷。

高占魁问："你们去哪儿了？"

娇艳说："我和水秀领着孩子去扯了件衣服。"

高占魁看着孙女吮着手指头，埋怨道："也没说给孩子买块糖，老是吮手指头，手指头上有蜜，嗯？"

娇艳说："买了颗糖，刚吃完，手指头上还有糖味吧，是不是呀，英英？您这是上哪儿去？"

高占魁说："镰刀坏了，我去修修。"

到了铁匠铺，金柱和他爹陈铁匠都在。金柱看到未来的岳父来了，忙不迭地迎着。高占魁把手里的镰刀递过去，说："坏啦……该收秋了，还要用。"

陈铁匠看了看，说："小毛病，坐下抽口烟、喝口水就好了。"

金柱拉起风箱，陈铁匠把镰刀头塞进烟雾飞腾火星四溅的火炉里。一会儿，陈铁匠从火炉里抽出烧得红彤彤的镰刀头，放在铁砧子上叮叮当当地敲了一阵子，往水里一淬，说："好啦，保证用上三年五载没问题。"

"多少钱？"高占魁接过镰刀，在手里晃着问。

陈铁匠瞪起眼说:"咋的,你从门缝里看我呀……太外气了吧,啊?"

高占魁忙说:"好好,不说了。"

陈铁匠说:"一家人了,就不要外气了。家里有啥活只管拿来,不拿来就是你的不对了。"

"行行,那我走啦。"高占魁说着就向门外走去。

金柱搓着手站在一旁腼腆地说:"伯,慢走……"

陈铁匠埋怨儿子说:"这孩子傻了。"他拦住高占魁:"不能走,到家里坐坐。"

高占魁说:"我回去还有事,赶快把家具收拾收拾,过些天就要收秋了。"

陈铁匠边解皮围裙边说:"那算啥事,又不是火上房,到家里坐坐。金柱,你在这儿看住铺子,我和你伯回家坐坐,说说话。你伯是个大忙人,平时请都请不来。走!"他拉着高占魁从铺子的后门进到一个院落。院落里两排房子,就是陈铁匠的家。

"金柱妈,你看谁来啦。"一进院子,陈铁匠就嚷嚷起来。应声,一个收拾得干干净净、利利落落的女人出现在院子里:"哟,真是贵客临门,娃他伯来了,快进屋子里坐。"

陈铁匠两口子把高占魁让进屋子,铁匠媳妇把干净的桌子又擦拭了一遍,倒上茶水,就去忙别的事了。

陈铁匠和高占魁坐在桌前,喝着茶,扯着闲话。不一会儿就随风飘来了从灶房里弥漫出来的香味。

高占魁说:"忙啥呀,我可不吃饭,喝杯水就走。"

陈铁匠逗趣地说:"不吃饭,不吃饭,咱就喝点酒。"他说着从炕头的柜子里摸出了一瓶酒,蹾在了桌子的中间。

"你嫂子在家把饭做好了,我不回去就剩下了。"

陈铁匠往酒杯里斟着酒说:"没关系,下午回去再吃嘛。"高占魁抽了抽鼻子,夸赞道:"这酒不错……"

"放了几年了,就等你来喝呢。"

铁匠媳妇穿梭一样进进出出,不大一会儿,桌面上摆起了四盘子菜:一盘子黄澄澄的炒鸡蛋,一盘子绿莹莹的拌黄瓜,一盘子亮晃晃的油炸花生米,还有一盘子白生生的萝卜丝。

"做扯面,面要揉透。"陈铁匠给媳妇吩咐着,媳妇应答着出去了。陈铁匠炫耀道:"你弟妹的扯面扯得真好,待会儿尝尝你弟妹的手艺。来,咱喝酒。"

两个亲家公一杯接着一杯地碰酒，一口接着一口地吃菜。浓烈的酒精把他们的脸膛和脖颈都染成了酡红色，舌头发僵，精神亢奋。

"亲家，我说亲家，"陈铁匠屁股离开椅面，身子向前探着，用筷子戳着菜盘子，"孩子的事……该办了……呃……"

"你说啥？"

"我是说孩子的事——该办了。"

"这个我……知道。秋庄稼一收，我就给女子置办嫁妆。置办嫁妆你懂吗，啊？"

"懂——这个我懂。我还有一瓶好酒，和这瓶一模一样，走了带上。"

高占魁吃力地摇着手："不啦……不啦，我肯定不带，又吃又拿像啥样子。我肯定不带……"

"你，一定要带……"陈铁匠艰难地爬上炕去，打开柜子，把酒拿出来，放在高占魁的面前，"你一定要带走，你不带走就是看不起我。放心吧，亲家，女子嫁到陈家，我和弟妹一定像对待亲生女儿一样对待她，绝对不会让她受委屈，受委屈……"

高占魁怀里揣着一瓶酒，脚下像踩着棉花团一样飘飘然顺着街道往回家的方向走去。这顿饭吃得太多了，四盘子菜吃了个底朝天，最后又吃了半碗扯面。那碗扯面面条柔软光滑，青菜青翠碧绿，辣椒油鲜红透亮，看着就让人食欲大增，吃一口更是满嘴生香。可惜他的胃已经装满了，吃了半碗就实在吃不下去了。现在他感到酒劲往上涌，一直顶到喉咙眼上，他使着劲往下憋了憋，终于没有憋下去，扶着路边的一棵椿树狠狠地吐了起来。很快两条拖着尾巴的流浪狗不知从什么地方蹿了出来，畏葸而又焦躁地徘徊着不敢近前。

高占魁呕吐了一阵子，感到浑身轻松了许多。他用手抹着嘴，晃悠着身子，招呼那两条狗："过来，过来吃啊！"

黑狗夹着尾巴对着他汪汪叫了两声，黄狗蹲在地上伸着长长的紫红色舌头，左顾右盼不睬不理。

高占魁离开那棵他依靠了多时的椿树，没走几步回头看，那两条狗蹿了过去，争抢吞食他吐的那摊食物，吞食的声音很是响亮。

高占魁一步一歪斜地向后退着，手指头晃晃悠悠地指着那两条狗，心怀不满地嘟囔着："真他娘的狗不识人敬，叫你吃你不吃，老子一离开你就吃，有骨气你别吃。"他又转回身子趔趄着向前走，不由得唱起了秦腔：

适才间大嫂对我言，

五典坡来了一位长官。

叫列位大嫂等等我，

问讯一毕一同还。

昨夜晚做梦真稀罕，

我梦见平郎回窑院。

猛醒来原是南柯梦，

放大声哭奔五更天。

……

路过秦记杂货铺，秦老板正在货架前清点刚上的货物，看到步履蹒跚的高占魁，喊道："喂喂喂，老高头，做了个啥梦那么伤心，还'放大声哭奔五更天'？你这是去哪儿啦？嗬，满面红光，喝酒啦。进来坐会儿，喝杯茶解解酒。"

高占魁也感到口渴，就进到铺子里，在柜台前的椅子上坐下："你这是忙啥？"

秦掌柜倒了杯茶放在高占魁跟前，说："刚进了一批货，上到架子上。你这是去哪儿啦，喝酒啦，一定有喜事吧？"

高占魁喝了口茶，晃了晃手中的镰刀，说："镰刃脱了，找陈铁匠修了修。不是快收秋了嘛，这家具不能出问题。"

秦掌柜眉头一锁，拍了一下额头，自责地说："嗨，你瞧我这记性。知道啦，你家巧云许配给了陈铁匠家的儿子金柱是吧，听说都过了彩礼啦。你这是和亲家一块儿喝的酒？金柱那孩子不错，腼腆实在靠得住，家境也行。啥时候成亲？"他一直站在高占魁的面前，和蔼可亲地说着。

高占魁说："这就该忙着收秋了，等秋收忙完了吧。"

秦掌柜说："好呀，农忙干活，农闲办事，你安排得真周到。噢，你等等……"他说着绕过柜台，穿过门廊，到后面的院子去了。不一会儿，他手里拿了两把簇新的镰刀进来，放到高占魁的手里："拿上吧，这是从省城进的新镰刀，刃口可好啦，砍起苞谷嚓嚓的，一下一个。以后需要啥东西尽管来，和自家的一个样。"

高占魁迷惑地看着他，嗫嚅着说："你这是……"

秦掌柜拱着手，说："帮帮忙吧。"

"帮啥忙？我能帮你啥忙？"

秦掌柜说："是这样的，你家大贵不是在保安队管事嘛，他们保安队也要吃

喝拉撒用不是，以后让他从我这铺里进点货，照顾照顾我这里的生意，咋样？我在下面给他提点操心费，绝对不会亏待他。咱们可是住在县城几十年低头不见抬头见的老熟人呀。"

"是这事。我说，你弄错了吧，我家大贵是副队长，不是正队长，他说话不算数。"高占魁提醒着说。

秦掌柜着急地说："老哥，你就别装迷糊了，我都听到消息了，你能不知道？"

"啥消息？我真不知道。"

"你家大贵要当正队长了，要升官啦！"

这消息真让高占魁感到意外，他的酒全醒了，急切地问："你咋知道的，听谁说的？别糊弄我。"

"要是真的咋办？你帮不帮忙？"

高占魁表态说："如果是真的，我一定帮忙，绝不食言。你是从哪儿听到的消息？"

"我跟你说实话吧。"秦掌柜把嘴凑到高占魁的耳畔，神秘兮兮地说，"刘师爷刚从我这儿走，是他亲口对我说的，是屈县长亲口对他说的。消息绝对可靠。"

"我儿子知道这消息吗？原来那个李队长出啥事啦？"

秦掌柜想了想猜测着说："你儿子一定还不知道。李队长在塬上催粮让人家打了黑棍，人打成傻子了。屈县长打算让他回家养病。"他又说："以前李队长管事的时候，他们用的东西都是从前面郑家铺子里进，风水也该转一下了吧。"

"好吧，谢谢你告诉我这么重要的消息。如果真像你说的，我儿子当上队长，我一定在他面前替你说话。"高占魁说着站起身来就向外走。走到门口，他又回身叮嘱道："这事要保密，还没影的事闹得满县城都知道这样不好。"

秦掌柜附和着说："说得对，我一定守口如瓶。"他把新镰刀往高占魁怀里塞："拿上吧，自家的东西。"

高占魁推辞道："先放你这儿吧。你看我这手里又拿镰刀又拿酒，等我再过来了拿。"

秦掌柜说："行吧，我给你先寄存下。"

他目送着高占魁向前走去，猛然想起什么似的又喊了一声："孩子的事定了说一声，我要喝杯喜酒。"

高占魁挥了一下手，不知说了句什么，秦掌柜没有听清，转身回铺子里了。

高占魁往前走着，看见高大贵带着五个手下从对面过来，他停下了脚步。高大贵到了跟前，问："爸，你这是上哪儿去？"

高占魁晃着手里的镰刀，说："镰刀坏了，到铁匠铺拾掇了拾掇。你干啥去了？"

高大贵说："我到金锁关给卡子上送了些粮食和菜。"

"你下午回家不回？"高占魁在儿子走过去时，冲着他的背影喊了一声。

"不回，忙着呢。"

"你停停，你停一会儿。"高占魁撵着喊。

高大贵停下来，等着父亲到跟前："有啥事？"

高占魁没有吱声，两只眼睛在儿子的脸上仔细地端详着。高大贵莫名其妙，用手在脸上抹了一把："爸，你这是看啥呢？我脸上有啥？"

高占魁扯着儿子的衣袖，一直把他扯到没人的墙下，神秘兮兮地说："儿啊，你印堂发亮，我看你要走红运了。"

高大贵用手摸了一下额头，说："爸，你这是咋啦，啥时候学会看相了？"

"你印堂发亮，这是要发迹的征兆，爸不会看错的。不信你等着看，过不了五天一定会有验证。小子，老子是不会看走眼的。"

看着儿子远去的背影，高占魁开心地笑了，他为自己的突发奇想感到非常满意，因为一旦消息得到证实，他将在儿子面前展现出神奇的能力，那将是多么有意思的事情。一想到儿子就要高升了，老头子的心里生出难以名状的兴奋，父以子荣，这意味着他在同官县县城的身价倍增。他太愉快了，然而，他愉快的心情很快就被一件不愉快的事情扰乱了。

高占魁回到家，一家人都在堂屋里。老太婆盘着腿坐在炕上，瘪着嘴；娇艳坐在桌子的外侧，抠着手指甲；水秀坐在桌子的里侧，趴在桌面上；英英偎在姑姑跟前。孙女看到爷爷进来，就跑了过来，拉住爷爷的衣角，小脸忧郁着叫了声："爷爷。"

高占魁把所有的人挨个看了看，不知道发生了什么事情："这是咋啦，出啥事啦？"

大人都没吱声。英英怯怯地小声说："妈妈哭啦。"

"为啥？"

孙女摇了摇头，嘟着小嘴说："不知道。"

"咋回事？"高占魁把目光转向老太婆。

老太婆嚅动了两下干瘪的嘴唇，用尖下巴指着娇艳，叹着气说："问她吧。"

"咋回事吗？说呀，哑巴啦，嗯？"

娇艳两手比画着，像放鞭炮似的把发生在布店里的事情很快说了一遍。

"嘿，这个浑蛋！他人呢？几天都见不到他的影子！"高占魁气哼哼地问。

巧云说："我大嫂到砖场找我二哥了，没有找着。人家说他去宜君了。"

"是这样吗？"高占魁阴着脸问大儿媳妇，"他跑到宜君干啥去了？"

娇艳说："我去砖场找他，老憨说他几天前去宜君了，还说让老憨给咱家捎个话，结果他一忙就给忘了。究竟干啥去了没人知道。"

高占魁气咻咻地指着邻居家，说："哼，那个骚娘儿们也不是个好东西，要是有这事一定是她勾引的。他男人十天半月不回家，她就守不住窝了。我非得收拾收拾她不可！"

老太婆劝着老头子，说："等二贵回来问问，看看到底是咋回事，问清楚再说。"

高占魁说："问清楚？有必要吗？做这事他能承认吗？他肯定不会承认。有那么多人说，肯定不会错。"

第十章

谷木林到同官县县城的第三天上午，高二贵和他一起坐着鸿瑞饭店金老板的马车去了宜君县县城。

金老板名叫金得山，人高马大，性格爽直，说话喉咙粗嗓门大。他一年四季到山里为饭店收家禽家畜和其他山货，越是往偏远的山里去，那里的家禽家畜和山货越是便宜。去的时候还要带上一些山里人需要的食盐、酱醋、农具和其他杂货，这给他带来了很高的利润。金锁关是他进山的必经之路。关卡上有几个官兵偷着抽大烟，暗地里托他从山里给他们带大烟出来，他和关卡上的守军厮混得很熟。

金得山听完许子凌托他带一个人过金锁关的话后，很爽快地应承了下来："没问题，这事就交给我了，你的朋友就是我的朋友。"

许子凌却没有他那么轻松,提醒说:"我可是听说最近关卡上查得很严,前些天有几个外地的生意人就被扣下了,现在还没有放出来,不知道是什么原因。我这个朋友可是外地人,第一次到这里来做生意。"

金得山说:"你说的那事我知道。他们腰上缠着电线,行李里夹着电池,这都是不能带的违禁品。你的朋友不会带违禁品吧?没有就好。"他又说:"卡子上出了几次事都是生意人惹出来的。有些人就是假装成生意人蒙混过关,好像生意人就是一道护身符,其实一多就不灵了。我上个月进山,在卡子上就碰到三个生意人被扣下了。他们发誓说他们是生意人,可盘问起来连基本做生意的常识都没有,东拉西扯胡说八道,很快就露馅了。人家不抓他们才怪哩。卡子上那些家伙们精得很嘞!我给他们带回的大烟,人家用鼻子一闻就能准确说出纯度,就能说出掺假没掺假,还能说出是阳坡种的还是阴坡种的。我给他们带回来的羊皮,人家用手一摸,就能说出这羊皮的质量。不好糊弄,比猴还精!你的朋友是做生意的,哪儿的人?"

许子凌说:"安徽人。"

金得山奇怪地说:"你咋还有安徽的朋友?"

许子凌已经想好了应对的话,说:"塬上有家亲戚和安徽逃难来的结了亲,这是他们家的亲戚,现在托到我这儿了。"

金得山嗫着嘴想了一阵子,说:"许先生,咱都是熟人,我把话说透,咱把事情往好处办,往坏处想。如果你的朋友在卡子上被扣下了,查你说的那个塬上的亲戚会不会出现破绽?"他又笑了笑:"我好像觉得你没有跟我说实话,你不会是给延安那边送人吧……"

许子凌没有正面回答他的问话,说:"金老板,就这么个人,你帮我带过金锁关,你想想办法吧。"他又强调说:"决不能出现一丝麻烦。"

金得山点了点头说:"我明白啦。这个人很重要,是吧?"他思索了一下说:"要不这样吧,明天给我赶车的伙计就不去了,让你的朋友当个车夫吧,这样就比较好办。你朋友会赶车吗?"

许子凌说:"应该没问题,原来都是农村人。"他又想了一下说:"要不让我的朋友装成哑巴?这样就不会露出他的外地口音。"

金得山高兴地说:"你想得真周到,就按你说的办。你也一起去?"想了想,他摇手说:"不行不行,你一个教书先生和我这么个生意人跑到山里算干啥的?一去一回得五六天,你不管学校的事啦?"

许子凌说:"那就让二贵帮我送吧。"

第二天上午，金得山他们出发了。半路上看到路边停了一辆拉货的马车，车旁站着三个军人。

负责金锁关关卡事务的营长曹方兴老远就吆喝道："停下，停下！嗬，是金老板，你干什么去？"

金得山从车上跳下来，热情地说："曹营长啊，我到山里收些货。你这是咋回事？"

曹方兴指着马车说："车轴断了，车走不动了。我这车上拉了几箱子子弹要送到卡子上，你把我们捎过去吧。这车上坐的是谁呀？"

金得山爽快地应承着："行啊，曹营长的吩咐我一定办到。来，搬到我车上。交到卡子上就行了吧？这子弹没危险吧？"他不停地说着，是想回避曹方兴问他"这车上坐的是谁呀"的问话。

五箱子弹很快搬到了金得山的马车上。金得山跳上马车冲着谷木林喊："走。"

谷木林还没有把缰绳抖起来，曹方兴喊道："站住，急什么，我们还没上车呢。"

金得山说："曹营长，你就不用辛苦啦，我一定给你捎到。"

曹方兴坚决地说："不行！部队有规定，军用物资尤其是枪支弹药一定要有武装押送。"他对一个士兵吩咐说："你和我一块儿去。"又对另一个士兵吩咐说："你在这儿看着马和车子，等我俩回来。"他坐在子弹箱上，打量着高二贵说："这个人面熟，是高队长的弟弟。"他又指着谷木林问："这个吆车的是谁，我咋没有见过？"

金得山说："曹营长整天忙大事，哪能顾上操这闲心。这是我才雇的一个伙计，今天第一次跟我进山。二贵想给他爸做件皮袄，让我给他捎皮子。我说这个我不在行，让他跟我一块儿去看，我捎回来他看不上多麻烦。关键哪，这进山一趟得五六天，路上有个人说话就不寂寞。"

曹方兴说："吆车的伙计陪你说话还不行？"

金得山说："他……他是个哑巴。"

曹方兴说："好好好，金老板有想法，雇个哑巴当伙计，进到山里干点消遣解闷的事，他就是知道了也传不出去。有办法，想得周全。"

金得山哈哈笑起来："曹营长真会开玩笑，我可是个有贼心没贼胆的人。不过，曹营长啥时候想叼口野食，兄弟我带你去，一定包你满嘴生香。"又贴着他的耳朵悄声说："山里的女人狂浪得很！性子野，有嚼头，还便宜。"

曹营长说:"我猜着你就没少吃野食,上瘾啦?"

金得山笑着说:"保密,保密,看透不说透,才是好朋友。哎,这次我进山需要带点啥货?"

曹方兴说:"上一次带的快完了,再带点……回来算账。"

金得山说:"见外啦,咱俩谁跟谁呀?放心吧,我一定用最低的价钱买最好的货。山里种大烟的人是越来越多,一多价格就会下来。"

到了金锁关关卡,曹方兴首先跳下车,喊道:"伙计们,都下来,一人一箱,搬到那边的窑洞里。"车上的人都跳下来帮忙把子弹搬进窑洞里。当金得山准备上车的时候,曹方兴笑眯眯地叫住了他。

"金老板,过来一下,我有话跟你说。"他说完转身进到他的房间里,金得山随后跟着进去。

曹方兴在他的办公桌后面坐下,看着金得山诡秘地笑着问:"金老板,你跟我说实话,你这次进山是干什么去?"

金得山迷惑不解地说:"给饭店收点货呀,鸡呀、猪呀,还有黄羊、野猪呀……咋啦?"

曹方兴狞笑着从桌子后面绕过来,用食指有力地点着金得山的胸脯,说:"你雇的那个伙计是哪儿的人,姓什么叫什么?"

金得山说:"你说那个吆车的伙计?塬上人。今天带出来试试他的能耐,还不知道能用不能用。他是个哑巴。您这是……"

曹方兴说:"你说他是哑巴?我明白跟你说吧,你在骗我,他不是哑巴。你是想把兄弟我当猴耍,嗯?"

金得山吃了一惊,他不知道在什么地方出了纰漏,但他毕竟长年行走在生意场上,见多识广,不露声色地辩解道:"不不不,曹营长,您真会开玩笑,他真是个哑巴。"

曹方兴乜斜着眼说:"你还在骗我。刚才我说'伙计们,都下来,一人一箱,搬到那个窑洞里',你说的那个哑巴刺溜就从车上跳下来。还有,我们把子弹搬到车上的时候,你喊了一声'走',他吆着车就走了。这说明什么?这说明他能听见,他的听力很正常。人们常说'聋哑聋哑,聋了才哑,不聋不哑'。说吧,谁给你介绍的,是不是共党?"

金得山显出一脸惊讶,说:"曹营长,你越说让我越害怕啦,咋能和共党联系在一起?我可是个本分生意人,咱打交道这么长时间了,你是最清楚的。这个吧……是二贵介绍的,他知道情况,我把二贵叫进来你问问他吧。"

高二贵在外面等得非常焦急，这是最危险的地方，跟前就是荷枪实弹的士兵，在吆五喝六地检查着过往的人。他不知道曹方兴和金得山在屋子里说什么，担心问题出在谷木林身上。他大着胆子敲了敲房门推门进去。

"金老板，咱们啥时候走？天不早了。"

金得山见他进来，说："二贵，你介绍的这个人是哪儿的？姓啥叫啥？曹营长说他不是哑巴，还怀疑他是共党。你跟曹营长说清楚。"

高二贵笑着说："曹营长，您多虑啦。他是我家的一个远房亲戚，家在塬上李家村下边的赵家窝。从娘胎里出来就没有说过一句话，就是个哑巴，还是个光棍，我向您保证！就他那尿样还能是共党？这样吧，我把他叫进来，您再问问。"他说着就要往门外去，又止住脚步："可他是个哑巴，您啥也问不出来呀。"

看着高二贵言之凿凿的样子，曹方兴迟疑了，他挥了挥手说："算了吧，不过我告诉你俩，要敢沾共党的边就小心脑袋！金老板，回来记着给我带点货。走吧。"

金得山答应道："放心吧，我一定记住。"

高二贵把谷木林送到宜君县县城和当地接送的人接上了头，而后跟着金得山在山里收山货，在第六天天黑的时候回到家。他一进家门，就敏感地觉察到气氛有些异常。

"我回来啦。"他说。

高占魁坐在椅子上阴着脸吸烟。娇艳心不在焉地纳着鞋底子。水秀侧坐在炕沿上缝衣服，头也没回。高二贵迅速地在堂屋扫了一眼，眼光停在哥哥身上，从他脸上不安的神情可以看出，家里发生了什么异乎寻常的事情。

高二贵慢腾腾地脱着衣服，磨蹭着时间，脑子迅速地判断着可能发生的事情以及造成这种寂静和冷淡的原因。

母亲从外面进来，脸上也露出捉摸不透的矜持神情，问："吃饭了没有？"

"还没吃。"高二贵回答着。

老太婆吩咐娇艳说："给他盛饭去吧。"

娇艳放下手中的活，懒洋洋地站起身子，紧抿着薄嘴唇，挑了一下细长的眉，朝灶房走去。

高二贵喝着稀饭，不时瞅瞅妻子，但是看不见她的脸。他想，问题一定出在她身上。

高占魁头一个忍受不了这种沉默，吭吭哧哧，装模作样地咳嗽了一阵以后，说道："你……这几天去哪儿啦？"

高二贵停住吃饭，说："金老板去山里收山货，我托他给您捎几张羊皮做皮袄。他说他吃不准，我就和他一块儿去了。"

"为啥不跟家里人说一声？"

"我跟老憨叔说了，你们不知道？可能是他忘记了吧。"

"水秀要走啦。"

高二贵咂了一下嘴："为啥？"

"你说为啥？"父亲问道，下嘴唇很明显地抖动着，这是动怒前的征兆。他指着邻居的家："那个骚娘儿们有啥好，你们半夜三更跑到野地里……唉！你让我这张老脸往哪儿搁？"

"这是误会，别人在造谣。"高二贵眯缝起眼睛，推开饭碗，气吁吁地站起身来。

"别人造谣？哼！别人为啥给你造谣？说得有鼻子有眼……"父亲提高了嗓门。

"别吵，别吵——"老太婆插嘴说。

"好啦，好啦，用不着大喊大叫。"高大贵劝说着，"别人说是别人说，咱们也得问清楚，不能听风就是雨嘛。"

"问清楚个屁呀，我这张老脸都羞得没地方搁了，还有脸去问清楚，要问你去问。"高占魁指着靠在桌子上的二儿子骂道，"都是这个王八羔子造的孽……"

"我造啥孽啦？"

"你不知道自己造的啥孽……你不知道吗？王八蛋……"

"我不知道。"

高占魁跳了起来，把凳子也撞倒了，走到儿子跟前去。水秀的手抖了一下，针尖刺进指头肚里，她哆嗦着吸了一口冷气。

"我现在告诉你，"高占魁抑制着自己，一字一句地说道，"你要是不愿意和你媳妇过，你就给我从家里滚出去，随便你滚到哪儿去！这就是我的话。""随便你滚到哪儿去！"他又用往常平静的声调重复了一遍，就从儿子跟前走开，扶起了凳子。

英英躲在妈妈跟前，用惊骇的目光看着发生的一切。

"爸，我跟您说，我并不是要惹您生气。"高二贵颤抖着说，"我没有做出格的事，我也没有给您惹麻烦，我真是帮河燕家逮獾去了，獾把她家的苞谷糟蹋

了一大片。是水秀……"

"放屁！给我滚出去。"

"这时候你让他去哪儿呀？"老太婆担心地说。

"滚出去……"

"好，我走，我走！"高二贵扯着衣服，翕动着鼻孔，跟父亲的火气一样大，浑身直哆嗦。

"你上哪儿……哪儿去？"母亲抓住儿子的一只胳膊。但是他使劲推开母亲，飞快地把衣服披在肩上。

"叫他滚，叫他滚，忤逆不孝的东西！滚，滚，滚吧……"高占魁咆哮起来。

高二贵飞跑出院子，他最后听到的是水秀的大声哭号。

阴云笼罩着县城，黑暗的天空中飘洒着稀疏的雨星，大地散发出潮湿的土腥气息。

高二贵漫无目的地在街上徘徊，柔和、清凉的雨星飘洒在他由于愤怒而变得热烘烘的脸膛上，感到格外舒适。

"二贵……"水秀悲凉的喊声从院门口传来。

"该死的东西，臭娘儿们！"高二贵咬牙切齿地骂道，加快了脚步。他一步深一步浅地拐进了一道胡同，最后一次听到越来越远的凄切的呼唤声："二贵，你回来……"

他站在清水河的岸边，脑子里翻腾着伙伴们的名字，考虑着可以在谁家借宿过夜，直到听到黄河燕唤他的声音。

"你怎么来啦？"他诧异地问步履匆匆、气喘吁吁赶到他跟前的黄河燕。

"我听到你在家里的吵架声和水秀在院门口哭着呼喊的声音……就知道你跑出来了，我就撵过来啦。"黄河燕用急促不安的口气说道，"是因为我吧？"

"水秀听到一些谣言她就信了，我爸不依不饶，我怎么解释他们都不信。真拿他们没办法……"高二贵叹着气说。

他们静静地站了一会儿，天上的阴云散开了，露出了稀疏、黯淡、幽远的星光，月亮在虚虚的云中躲躲闪闪，迷离地窥视着山川。县城的上空还回荡着白昼忙碌生活喧嚣的余音。

"现在怎么办？"黄河燕用犹豫的口气问。

高二贵说："能怎么办？不管她，她非要相信，我也没办法。"他顿了一下："你回去吧，我去许老师家，找他有点事。"他原想吃过饭后去给许子凌汇报送谷木林的情况，现在正是时候。

黄河燕说："我跟你一块儿去。" 自从那天夜里高二贵关切地给她洗脚后，不知怎么回事，她心里总想起他，那天夜里的情景，不时在她的脑海里出现。听到她和他的流言蜚语，她感到一种惊惧的慌乱，又有一种模糊的企盼。

高二贵在黑暗里眨着眼睛，心里琢磨着黄河燕的话。

"你去干什么？找他有事？"

"嗯，有点事。"

许子凌住在半坡上的一个院落里。自从看着谷木林坐上马车，他的心一直悬着，总是担心出什么意外。敲门声一响，他就赶忙走出窑洞，穿过院落，打开院门。当看到高二贵的一张笑脸出现在他的面前时，他悬着的心归位了，这表明谷木林已经安全到达了宜君县。回到窑洞三个人坐下之后，许子凌还是想证实一下自己的判断，问："顺利吧？什么时候回来的？"

高二贵睃了一眼黄河燕，回答道："一切顺利。刚回来不大一会儿。"

许子凌的眼光在高二贵脸上停了一下，又移到黄河燕的脸上，疑惑地问："你们两个怎么碰到一块儿了？"

黄河燕看了高二贵一眼，难为情地不知道怎样开口，下意识地搓着手指头。

"我们遇到麻烦啦……" 她迟疑地说，眼睛在油灯和脚尖上游移，"有些误会……"

许子凌仔细听完她讲的那一天夜里发生的事情，哈哈笑了起来，说："这事呀，我也听说啦。其实，你说这是事吧，也不是什么事；你说它不是事吧，还真成个大事了。我刚听到的时候，就没把这当回事，谁知道让人们一渲染，还成了满城风雨的大事了。你们说怎么办？"

高二贵说："家里一吵架，把我气糊涂了，只顾生气啦，还真没想出啥办法。"

许子凌思考了一下，说："这样吧，我先把你们两个的情况说透，面对新情况，咱们来一起想办法。二贵在两年前已经成为一名党员，河燕呢，前不久也入了党。你们是同志，咱们都是同志。"

高二贵惊喜地看着黄河燕，说："刚才她说来您这里，我心里还琢磨她来干什么，原来是这样。"

黄河燕抿嘴笑了笑，说："不过，对你我早就意识到了。你跟许老师走得很近，我猜想你一定是党员。"

许子凌说："按说，在这儿我们都是在做地下工作，单线联系会更安全一些，但鉴于目前的情况，你们互相知道对方的身份，会更便于开展工作。你们是邻居，曾经又是同学，这么长时间相互间仍不知道对方的党员身份，这说明什么？这说明各自的保密工作都做得很好，都在恪守着组织原则，这是值得表扬的。"停了一下，他又用责备的口气说："二贵，我们做的这些工作是对自己理想和信念的追求。所以，在处理任何事情上都不能急躁，不能草率，不能因小失大。在处理你家的事情上，你就犯了急躁的错。家里人听了谣言产生了误解，你应当平心静气地跟他们好好讲一下，把事情解释清楚。比如说今天先不急于发脾气，到明天可以带上你媳妇叫上河燕到她家的地里看一看，把真相了解清楚，把矛盾化解，而不是进一步激化矛盾。现在矛盾激化了，后面你怎么办？这样就使自己被动了。我对你提出要求，回去以后找个机会给媳妇好好说一下，尽快把矛盾化解了。我们随时都会有任务，有些事情我们能办，有些事情还需要得到家里人的理解、支持和帮助。听到没有？"

高二贵静静地听着许子凌的话，回想晚上回家发生的事情，感觉自己确实太急躁了，应承着说："听到了，您说得对，我这两天给她解释解释。"

许子凌说："不行，两天太长了，明天就说，一定要心平气和地说。"

高二贵辩解道："许老师，你不知道我媳妇的脾气，执拗得很，她一生气你给她说啥她都听不进去。"

黄河燕说着自己的想法："水秀这个人我了解，是个很好的女人，只是性格凉，心眼小，遇事爱往心里去。就是把她领到苞谷地里看，也不会全部消除她的误解。再说，我和二贵以后少不了有事情上的联系，有了这次事情的存在，一定还会加深她的误解。我想，能不能把我们的真实情况告诉她，彻底消除她的误解，得到她的理解。感情这东西……"

许子凌摇头坚定地说："这是绝对不行的，我们一定要严格遵守组织原则，这是铁的纪律。水秀的误解是因为轻信了流言蜚语，而你们一旦把身份暴露，那就会招来杀身之祸，后果就太严重了。身份绝对不能暴露！至于流言蜚语嘛，别理它，时间会慢慢销蚀它的。"

黄河燕忧虑地说："水秀误解这么深，以后的日子怎么过？他们可是两口子，是夫妻呀，不像旁人，可以不理她，这怎么能行呢，我俩以后咋接触？"

许子凌说："误解可以通过其他途径去解决嘛。俗话说，天上下雨地上流，小两口打架不记仇，夫妻之间的矛盾好解决。你呢，也可以去串串门，坦诚地做一些解释。但是有一条，你们一定要守口如瓶，决不能泄露组织活动。"

他们说话的时候，高二贵脑子里曾冒出了想在许子凌家借宿的念头，然而不知道怎么回事，他很快就把这个念头打消了。走在路上，他想到今天夜里家是不能回了。父亲的怒气未消，水秀的醋劲正浓，自己又是气昂昂地出走，这样回家一定又是一场吵闹。正在他忧虑着不知今夜在哪儿栖身的时候，他俩到了黄河燕的家门口。

"回家吗？夜已深了，家里一定上门了吧。"黄河燕关切地说。

"唉……"高二贵犹豫不决地叹息着。

"到我家吧。"

"这……不合适吧。"

"有啥不合适，身正不怕影子斜，走吧。"黄河燕说着拉着高二贵进了院门，"两间屋子里都有炕，你睡这一间，我睡那一间。"

"哎呀，不行！"高二贵拍着额头懊悔地说。

"咋啦？"黄河燕弓着身子在炕上铺被子，扭过脸来问。

"我明天咋出去呀，碰到熟人热闹就更大了。"

"哼，有啥，不想从门走就从后墙跳出去，外面就是庄稼地，没人。"

第十一章

水秀早上醒来，感到浑身乏力，头也疼得厉害。她不知道昨天夜里是怎么回到家里的。丈夫负气出走以后，她随后便去寻找，在河边揪心地看到丈夫和黄河燕两个人在一起说话，而后又看到他们相跟着顺着河堤向她看不见的地方走去。她守候在他们回来的路上，看着他俩进到黄河燕的家里。她没有勇气在这深更半夜砸开眼前这扇随着吱呀声关闭的大门，晕晕沉沉，深一脚浅一脚回到家中和衣躺在炕上，随手扯了一床被子盖在身上。她迷迷糊糊刚要睡着，突然又挺身坐了起来，她想起了孩子。孩子不在身边，会不会在婆婆的屋子里？她溜下炕，趿拉着鞋子到了婆婆的窗前，深夜中屋子里静得没有一点声音。她在窗棂上敲了几下，婆婆在里面应声了。

"谁呀？"婆婆问。

"妈，是我，水秀。"

"你回来啦，我还想你怄气回娘家了呢。你这是从哪儿回来的？"

"我，我出去转了转……"

"二贵回来了吗？"

"没……有。"

"你是操心孩子吧？她和我睡着呢，你不用管了，快回屋睡去吧。"老太婆气哼哼地说，"别找他，那么大个人丢不了。"

知道女儿和婆婆在一起，水秀放下了心，回到自己房中睡去了。

早晨的阳光把房中映照得亮堂堂的，老太婆抱着孙女推开了一夜虚掩着的房门。她叹了口气，心想，这是多好的一个媳妇，即便和男人生气，还是操心给男人回家留着门。真是难为她啦。

老太婆在炕沿上坐下，女儿挓挲着两只小手喊："妈妈，妈妈。"

水秀醒来了，挣扎着身子坐起来，接过孩子抱在怀里，委屈的眼泪顺着脸颊淌了下来，也不说话。

老太婆咂了咂干瘪的嘴唇，宽慰她说："秀儿，别光生气，要爱惜自己的身子，起来吃饭吧……昨儿个夜里你出去，孩子哭闹着要妈妈，哭得真可怜。这大人闹别扭，让孩子也跟着遭罪。他们的那些事我也听说了，不是像别人播弄是非说得那么严重，邻里邻居的，谁不给谁帮个忙？你爸今天一大早专门跑到河燕家的地里去看了看，回来说那片地真是让獾糟蹋得不成样子。你不信起来吃过饭妈陪你一块儿去看看……"

水秀抹了一把眼泪，说："妈，你不知道，他们……"

"他们咋啦？你是不是又听说啥啦，啊？"

"他们……"水秀没有勇气把昨天夜里看到的情景说出来，掩着嘴只是哭。

女儿看到妈妈哭，咧开小嘴也跟着哭。老太婆把孩子抱过来，哄着，有些不高兴地说："秀儿，不是妈说你，你啥都好，勤快、孝顺、顾家，可就是心眼太小了点，听风就是雨，针尖大的事到你心里就成个磨盘样大。要不你再躺一会儿？饭在锅里盖着，起来自己吃，我抱孩子出去转一会儿。"

婆婆抱着孙女出去了，院子里静静的，偶尔传来鸡的咯咯声和猪的哼哼声。水秀在炕上独坐了一会儿，在孤寂中仍然想着自己的烦心事，不知以后的日子怎么过。她又哭了一会儿，拖着疲惫的身子下了炕。丈夫一夜没有回来，这一天的时间，她觉得和丈夫之间有了明显的隔膜，这个屋子、这个院子，还有这个家都让她感到从未有过的陌生。她茫然地看着屋里的一切，拖着身子坐到镜子前，打开梳妆盒从里面取出一把梳子，梳拢起头发来。她在镜子里看到一个陌生的自己，头发蓬乱枯槁，脸色焦黄无光，眼神困顿迷离，眼角上明显的鱼尾状细纹向额角扩散开去，不顺心的生活把她的青春煎熬提早销蚀掉了。她鼻子一酸，泪水止不住顺着脸颊淌了下来。她抹去眼泪，长长叹了一口气。昨天夜里的那一幕像蜘蛛网一样在她的眼前挥之不去。当看到那一幕时，她相信所有的谣言都是真实的。她不知道自己以后有什么脸面走出这个家门，有什么勇气穿过县城的那条街道。她将成为人们的笑柄，在她的背后会有数不清的指头对她指指点点。委屈、怨恨、悲辛、愁楚、惆怅的情绪一起涌上心头。这活着有啥意思？她脑子里突然闪出了死的念头，这个念头在一瞬间是那样牢固地攥住了她的心，顽强地盘桓在她的脑际，迅速地在她的胸间膨胀，完全控制住了她的思想。今天，"死"这个字眼是她有生以来在脑子里停留时间最长、想得最久的一次。以前一旦这个字眼出现在脑海，给她带来的感觉是恐惧，是厌恶，是想办法赶快把它驱走。而今她非但没有对它产生恐惧和厌恶的感觉，更没有把它驱走的想法，反而觉得它像水晶一样透明、清亮，她所有的思绪都很听话地继续跟着它走。她开始冷静思考怎样去死。她终于想起来了，几天前，她房子里发现了老鼠，公公在杂货店里给她捎回了几包老鼠药，她把它塞到墙缝里还没有用。她的视线移到了那道墙缝，黄草纸的纸包还在那里。吃老鼠药吧，吃了老鼠药静静地躺在自家的炕上，睡上一觉，就会悄无声息地离开这个让她苦不堪言的世界。她把纸包从墙缝间抠出来，打开纸包，浅棕色的粉末展现在她的眼前。这就是老鼠药，只要一口吞下去，就会一了百了了。她心一横，便把一包老鼠药倒进嘴里，奇怪地发现，老鼠药并不难吃，是那种甜甜的和着香油的味道。难怪贼精的老鼠都会上当受骗—— 一瞬间，她脑海里还电光石火般地闪过了这么一个想法。她赶忙端起桌子上的一碗凉水把药面冲了下去。

水秀感到浑身都瘫软了，没有了力气，扶着桌子的边沿爬到了炕上，扯过一件衣服盖在脸上——这样别人就不会看到难看的死相。她静静地仰躺在那里，等待着死神的降临。过了一会儿，肚子里开始难受，泛着咕噜咕噜搅动的声音，肠胃开始疼痛，一阵紧似一阵地痉挛，意识渐渐地进入到混沌模糊状态。

老太婆抱着孙女出外转了一圈回到灶房，锅里盖着的饭原样没动。老太婆很是心疼水秀这个媳妇，把孙女放在地上，从衣袋里摸出两个糖块，悄声交代说："你就在这儿玩，不要到你妈的屋里去，让她多睡一会儿，听话。"

孙女很懂事地点着头应道："奶奶，知道啦。"

老太婆回到堂屋里从瓷坛子里摸出几个鸡蛋，她想给水秀做一碗可口的饭，滋补滋补身子，帮她消消气。饭做成了，老头子回来了。老太婆把饭在饭桌上摆好，老头子看到饭菜，气哼哼地说："今天是啥节日，是过年吗？为啥又炒鸡蛋又炒肉的，这像是正常人家过日子吗？"

老太婆悻悻地说："我馋嘴了，想改改口味，不行吗？要吃你就吃，你不吃有人吃。"

高占魁不满地瞪了老伴一眼，说："老二家的呢？"

老太婆压着嗓音低声说："你嚷嚷啥？还在炕上躺着呢。"

高占魁在原地转着圈，继续表示着不满："一天忙忙碌碌的，还有时间生气？真是太闲啦，无事生非，哼！"他看到二贵进到院子里，眼睛直瞪着他走过来。

老太婆说："我这就去叫她。"她解下围裙，到了门前，轻轻推开虚掩着的房门。水秀在炕上平静地躺着，胳膊软塌塌地耷拉在炕沿上，脸上盖着一件衣服。老太婆心里说，还睡呢，真会享福。我老婆子整天累死累活，也不说帮个忙，这一生气还真好，能歇息。改天我也生气，让我这把老骨头也享两天清福。她走到炕前，轻声唤着："秀儿，秀儿，别生气啦，起来吃饭吧。你爸把他骂了一顿，他已经知道不是了。"

老太婆揭去水秀脸上盖着的衣服，只见她的脸色泛着青灰，嘴角挂着一串白色的泡沫，又看到桌面上包老鼠药的黄草纸。老太婆一下明白了，浑身战栗，惊了魂似的叫起来，话语都连不到一起："快……来人呀，死人啦，我的老天爷呀。"

高占魁正在训斥儿子，突然听到老伴魂飞魄散的叫声，吃了一惊，赶忙过去。

"咋啦，咋啦？"他急切地问道。

老太婆脸色苍白，浑身颤抖，指着屋里语无伦次地说："秀儿，秀儿，吃老鼠药，死……啦。"

高占魁和儿子冲进屋内。高二贵扑到炕前，抱着水秀的身子："水秀，水秀，你醒醒。"

高占魁喊道："快叫人来，快救人！"说着就跳过门槛，以惊人的速度冲出院门，一溜歪斜地跑到了大药房叫来了葛先生。

葛先生号了号脉，翻开眼皮看了看，说："命还没有绝，还有救，要把吃进去的老鼠药吐出来。"

高二贵哭丧着脸问:"咋样才能吐出来?"

葛先生说:"有两种办法。一种是手指头伸进她的嘴里,压住喉咙,就能吐出来。但现在她牙关紧咬指头根本塞不进去,这种办法看来是不行的。再一种办法是到茅房舀勺粪汤灌进嘴里,她一恶心,就把吃进去的鼠药带出来了。"

高占魁赶紧催促儿子说:"快,快,到茅房舀去。"

高二贵沮丧着脸,犹豫着。

葛先生喊道:"别犹豫了,救人要紧,再耽搁就没命啦。"

高二贵到茅房舀来一勺子粪汤,一股臊臭气味立刻在房间弥漫开。

高占魁叫道:"她咬牙不张嘴,没法灌。"

葛先生捋起衣袖,捏紧水秀的鼻翼,硬往嘴里灌。水秀的头来回摇摆着,挣扎着,胸腔剧烈地起伏着,喉咙里咕噜咕噜响了几声,一股黏稠的黑色液体从口腔喷了出来,吐了自己一脸,溅了葛先生一身。

一阵呕吐过后,水秀变得安静了一些。老太婆给她擦了擦嘴和脸,收拾了地上的脏物。高占魁和葛先生来到院子,等葛先生洗净手后,高占魁递上一条毛巾,忧心地问:"有事没事?"

葛先生擦着手望着房顶,说:"现在还说不准,不过看情况像是不太要紧。"他慢慢地说着,话语中含着许多不确定的成分。"这鼠药是在谁家买的?"他在把毛巾递给高占魁的时候问了这么一句。

高占魁说:"老郑家杂货铺。"

"这就怪了。我也在他家铺子里买过老鼠药,他家的老鼠药叫'三步倒',就是说只要老鼠吃下以后走不了三步就没命了,毒性特别烈。我见过吃老鼠药寻死的人,也有七八个,都没有救过来,不过两个时辰人就硬了。这一次还倒怪了,这过了都有小半天了吧?"

"我的老天爷,这天杀的贪嘴鸡,那能吃吗? 也要寻死呀,啊?"老太婆喊了起来。

老太婆把水秀呕吐出来的东西扫在簸箕里,放在墙根,两只鸡跑过去欢快地用尖尖的嘴在里面觅食。老太婆的尖叫声惊动了它们,鸡发着不满意的咯咯声散开去了。老太婆四下里寻了一把笤帚疙瘩挥舞着追打,葛先生灵机一动赶忙挡住了她,说:"等等,别打它,看看鸡吃了这些吐出来的东西有啥反应。鸡死不了,你儿媳妇的命就一定能保住。"

听葛先生一说,老太婆止住追赶的脚步,几个人聚在一起观察着鸡的变化。受到惊吓的鸡在院子里转悠了一圈,又回到簸箕跟前啄了起来。鸡啄了一

会儿就不啄了，看样子好像有些难受，又过了一会儿，走路便不稳当起来，有些打趔趄。

老太婆首先号哭起来。她一屁股坐在地上，手有节奏地拍着大腿："这下完啦！人也死了，又搭上两只鸡，这两只鸡可正下蛋的呀，这不是天塌地陷了是啥呀？啊，啊，啊……"已经散去的邻舍们听到她的号啕声又心情凝重地聚拢过来，有的劝说，有的跟着抹眼泪。

高占魁也顾不上老太婆了，神情颓丧地对葛先生说："这下子彻底完了，我看就准备后事吧。"

葛先生过去用脚驱了驱卧在地上的鸡，鸡咯咯叫了两声站起来，脖子一耸一耸地在院子里转起圈。

葛先生高兴地说："嗨，没事啦，鸡又还阳啦。"他赶紧回到屋子里，把了把水秀的脉搏，脉搏的跳动不但有了明显的力度，而且节奏感也强了起来。

葛先生对站在一旁的父子俩说："好啦，没事啦，人没事了，鸡也没事了。不幸中的万幸呀。吞了老鼠药，能从鬼门关回转头的，我行医几十年还是第一次见到。她的身子会受些影响，调养几天就好啦。"

老太婆擦拭着眼泪："真没事啦？这到底是咋回事呀，我这心里老是咚咚地乱跳。啊，咋回事呀？"

高占魁发脾气地说："别絮叨了行不行，只要没事就好啦。"

葛先生说："我想呀，这包老鼠药有一定的药性，但是不烈，可能是里面掺假了。"

高占魁突然兴奋起来，说："有道理，有道理。我还想着我给几个地方都撒上药了，咋就没见毒死的老鼠呢。这卖假药也积德啦，救我媳妇一命。我可得感谢感谢他！"

送走了葛先生，高占魁就跛着腿跑去找郑掌柜。他老远就喊："郑掌柜，郑掌柜……"

郑掌柜站在杂货铺门前，腆着肚子，一手托着擦得红光锃亮的红铜水烟壶，一手反背在背后，噘着嘴悠闲地咕噜咕噜吸着水烟。听到高占魁老远边跑边喊，他停住了吸烟，张着小眼睛，盯着他到了跟前。

"啥事？跑得慌里慌张，嗯？"

高占魁喘着气说："郑……郑掌柜，你可是个大好人哪，你可是我们家的救命恩人呀，我高占魁一定是上辈子烧了高香，积了大德，这辈子才碰上你呀。我给你磕头啦。"他说着，双膝一屈，就要下跪。

郑掌柜不知道发生了什么事情，被高占魁的举动着实吓了一跳，紧皱眉头，说："啊呀，这是咋回事？不过年不过节的行这么大礼，这不是折我的寿吗？"他赶忙扶住高占魁。过路的人都围拢过来看热闹。

"是这么回事。"高占魁手舞足蹈，仿佛在讲一件什么喜庆的事情，"前些天，我不是在你这铺子里买了几包老鼠药嘛，你记得吧？"

郑掌柜坦然地说："记得，当然记得，老熟人好记。"

"就这，我太感谢你了。我儿媳妇和儿子怄气，一时想不开，就吃了老鼠药，可把全家人都吓坏啦，葛先生都请去了。葛先生一看人一号脉，问我说，这老鼠药是在谁家买的？我说是在郑记杂货铺买的。他一听脸都吓白了，就像窗户纸一样，肯定地说人没救了，准备后事吧！郑记杂货铺卖的老鼠药毒性特别烈，叫'三步倒'，就是说老鼠吃了走不出三步必死无疑。结果咋样？我儿媳妇她没死，过了两个时辰，她又活过来啦。你想我们该多高兴，我那儿媳妇是个多好的媳妇，整个同官县也找不出几个来……你这老鼠药是多好的药呀……吃了人都死不了……"高占魁高兴糊涂了，他呜呜地哭了两声又笑了起来。"我……"他还要继续接着说。

围观的人开始听着弄不明白是怎么回事，儿媳妇吃了老鼠药老公公还高兴得手舞足蹈，后来听明白了，跟着哈哈大笑起来。

"老鼠药是多好的药呀，吃了人都死不了。哈哈……"

"假药呗。"

"有意思……"

高占魁把提前攒在手心里的一卷子钱硬往郑掌柜手里塞，满脸诚挚地说："钱不多，表表我们家的心意，收下吧。谢谢你啦！"

郑掌柜已经憋了一肚子的怒气也不好发作，慌乱地推脱道："你……你这是胡说啥呀！你啥时候在我这铺子里买过老鼠药？我啥时候卖过假药？咱们都是乡里乡亲的，你可不要胡说。"他又向围观起哄的人们辩白道："这人今天吃错药了，在这儿胡说八道。我家从不卖假货，我家的老鼠药是货真价实的。"

高占魁嚷嚷道："哎，郑掌柜，你可不能转眼不认账呀……"

郑掌柜一看这人钻牛角尖了，再这样下去麻烦就大了，他扯着高占魁的衣袖，憋着气，脸上挤着笑意，口气缓和地说："这不是说话的地方，走走，到铺子里说。"

郑掌柜使劲把高占魁扯到铺子的里屋，又气又恼又不便发作地说："老哥，你少说点行吧？你这样嚷嚷还让我咋开铺子？老鼠药是假的那也是我进别人

的，也不是我自己造的。进这东西我总不能事先吃上一包验验货吧？不就是几包老鼠药嘛，我把钱退给你，你说啥也不能砸我的招牌呀。"他说着，从口袋里掏出钱来，点了几张票子，塞到高占魁手里。

"嗨嗨，这可万万使不得。你看，我只顾自个儿高兴，坏了你的事，这咋办呢？"高占魁猛然醒悟才知道自己办错了事情。

郑掌柜垂头丧气地想了想说："现在也没有啥好办法。这样吧，出去谁要问你，你千万不要说老鼠药是在我这铺子里买的。"

"这到底是咋回事嘛！我前些天就是在你这里买的老鼠药嘛，你刚才不是也承认了吗？"

郑掌柜哭丧着脸说："老哥，我跟你说个实话，我们家铺子里从不卖假货。前些日子送货的一直没来，我看老鼠药不多啦，就想多支撑几天门面，给里面拌了些别的东西。不过呀，你也算烧了高香，保住了儿媳妇的命。我呢，虽然做了些手脚，也算积了阴德。求你啦，这事就不要再张扬了，我还要做生意呢……"

"那这咋办？我都说出去啦。"

郑掌柜拍着额头苦想了一阵子，说："这样吧，再有人问起，你就说你记错啦，不是在我这儿买的，是从一个走街串巷的货郎担子上买的。下次你再来我这里买东西，我一定给你最便宜的价钱。真的，我说话算数。"

第十二章

张震山在省城长官部开完了军事会议，带着两个卫兵策马连夜赶回了同官县县城。原定五天的会议，由于长官部临时收到要接待南京来的一个军事代表团的任务，就改变了会议议程，压缩了会议时间。张震山回到县城没有直接回军营，而是拐到了县政府，把带回来的几份文件送给屈鸿图。屈鸿图眯缝着眼正在悠闲自在地品着茶，听着一个朋友从上海带来的留声机里放出的戏曲。戏曲是《铡美案》中包公的唱段：

尊一声驸马爷细听端的。

曾记得端午日朝贺天子,

我与你在朝房曾把话提,

说起了招赘事你神色不定,

我料你在原郡定有前妻。

到如今他母子前来寻你,

为什么不相认反把她欺?

我劝你认香莲是正理,

祸到了临头悔不及。

……

门房的老张头一溜小跑进来,扰乱了屈鸿图的雅兴。他躬着身报告:"屈县长,张震山司令来拜访您来啦。"

"噢,"屈鸿图从躺椅上跳起来说,"快请,快请。"

张震山一步跨进房间说:"俺老张不用请就来啦。"

屈鸿图说:"来得好,来得好。"又问:"不对呀,你不是要开五天会吗,怎么四天就回来了?想老婆啦?老兄,太没出息了。"

张震山坐到椅子上,手在眼前摆了一下,说:"不是,不是,你可把俺老张看扁喽。"他把帽子摘下来,又开手指头朝脑后捋着头发,解释:"原本是五天会,说是南京要来一个什么军事代表团,他们得忙着接待,会就少开一天,就赶回来了。"

屈鸿图把一杯茶放到张震山的面前,说:"回省城一趟,开完会也得回家陪陪大太太。你可要一碗水端平哟,顾此失彼是要遭埋怨的。"

张震山呷了口茶,开脱着说:"开始俺也是这样想的,可这军务在身就身不由己了。长官部一开会就是布置任务,一件事比一件事急,说是过几天还要来咱这儿检查,俺得赶回来准备准备。我说长官部这群鳖羔子,活生生就是一群催命判官……"说着,他又对留声机产生了兴趣:"嗬,还听起洋玩意来啦,这东西俺老张见过,叫留声机。记得那一年,俺到胡长官的办公室,在门口听到里面一个娘儿们哼哼唧唧地唱戏,俺还以为胡长官在里面听堂会嘞,吓得俺在门口站了半天也不敢进去。后来他的副官过来问俺说:'老张,你咋还不进去嘞,胡长官都等你半天啦。'我说:'俺不敢进,胡长官正在里面听娘儿们唱戏,要是他们在那个……俺撞见了多不好看呀。'谁想到那个副官一听笑了,笑得眼泪都出来了,指着俺说:'老张呀老张,你说你见过啥,这哪是娘儿们在唱堂会,这是胡长官在听留声机。'俺一听更蒙啦,这个娘儿们咋叫留声机

101

嘞？正说着又出来个爷儿们开唱，咿咿呀呀地乱吼。俺进去以后东瞅瞅，西瞧瞧，既没看见娘儿们，也没看见爷儿们，原来就是这玩意发出的声音。胡长官听副官一说，笑得把喝到嘴里的水喷了一桌子。那个副官后来一见面就开俺的玩笑：'老张，胡长官听堂会嘞。'成了他娘个笑话，谁都知道啦。咳，真他娘的有意思！"

屈鸿图听张震山说完，也嘿嘿地笑起来。老张头使劲憋着气没敢笑出声，后来实在憋不住了，捂着嘴跑了出去，呛得蹲在房檐下一阵子咳嗽。

屈鸿图止住笑，说："长官部安排了什么任务，让你这么急三火四地赶回来？"

张震山向卫兵要过公文包，边打开边说："几件事嘞。这第一件事是带回来了你的嘉奖令，表彰你军粮征得好征得快，给你。这第二件事是征兵的正式命令下来了，过几天就开征。"

屈鸿图看完嘉奖令在手里抖了几下，感慨地说："为征收这些军粮，把我和弟兄们忙得是晕头转向，塬上塬下没少跑腿，可人家一张纸就把咱打发了。"嘴上虽然这么说着，但心里还是感到格外舒坦，立即吩咐老张头去叫厨子做两个菜，他要和张震山喝杯酒。酒菜很快就端上来了，喝酒间，屈鸿图对听留声机的兴致还没有减，说："这人就是能，做出这么个片片在上面一转，各样的名角就都出场了。名角唱得就是名角的水平。这《铡美案》是谁唱的？是裘盛戎，裘派艺术的创始人，著名京剧花脸。你听他唱得是字正腔圆，唱念并举，吐字饱满有力，让人听了既回肠荡气又回味无穷啊。"

张震山说："这《铡美案》俺也爱听，这黑老包不畏权贵，刚直不阿，连皇上的女婿都敢铡，是个爷儿们，像俺老张的脾气。"

"对，我屈某就佩服张司令，为人正直。"

张震山醉眼惺忪着说："哈哈，你佩服俺？俺大老粗一个，字不识一斗半升的，哪像你们这些咬文嚼字的，一肚子花花肠子，把俺卖了俺还帮你数钱嘞。"

"张司令此言差矣。本县对张司令的为人早有耳闻，你身居要职而糟糠之妻不下堂，对此胡长官都褒奖有加，你想我岂有不佩服之理？"

两个人一直喝到深夜，屈鸿图看着张震山在卫兵的搀扶下走远了，脚下像踩着一团棉花踅回房间。他边走边唱：

> 他欺君王瞒皇上，
> 悔婚男儿招东床。
> 他杀妻灭嗣良心丧，

他逼死韩琪在庙堂。

将状纸押至在爷的大堂上。

……

卫兵牵着马去了马厩，张震山摇摇晃晃上了楼，用力拍打着紧闭的房门。

拍门声惊醒了已经进入梦乡的何翠柳和唐少骏，黑暗中两人惊慌失措地坐起来。

"开门，开……门，翠柳，是俺……俺回来啦……"张震山翻卷着被酒精麻醉得不听使唤的舌头呜啦呜啦地嚷嚷着。

"哎呀，这下完了……"唐少骏懊丧地揪着头发嘟哝道。

"别怕！怕也没用，有我呢。快穿衣服，从窗子跳下去——谁呀？"何翠柳边穿衣服边问道。

张震山显得有些不耐烦地喊着："我……我回来了，快开门，咋回事？"

"哎，来啦，让我穿件衣服……"何翠柳尽量拖延着时间，等唐少骏越出窗子，她理了理头发，双手捂在胸口上深吸了两口气，把门打开。

"咋回事呀？这么长时间，在屋里干啥呢？他娘的，快给老子倒杯水。"张震山不满意地晃着僵硬的脖颈，大叉着两腿，坐在床沿上。

何翠柳边倒水边柔声解释着说："人家也得穿件衣服嘛！咋深更半夜跑回来啦，不是说五天的会吗？这半夜三更的在哪儿喝酒啦？"

"少……少啰唆，快给老子倒杯水，渴死人啦。这个屈……县令，就会说好听的，使劲让老子喝……酒。唉，这个刁狐狸……笑面虎。"张震山挥着手嘟囔着。

何翠柳紧张的心情这个时候已经平静了许多，她端水递给张震山，佯嗔道："是在屈县长那儿喝酒的吧？这个屈县令也太不像话，只管喝酒，不管喝水呀。等他哪一天来咱这儿，我也让他只能喝酒，不能喝水，渴死他。别急，慢点喝。"

张震山笑着说："你这娘儿们家呀，鸡肠小肚的，干不了啥大事。今天人家屈县令心里高兴，非要留我喝酒，他喝得不少，我也喝得不少。他……那点量根本不是我的对手，他恐怕早就醉……醉成一摊泥了。"

"不是说五天的会吗，咋四天就完了？来，把衣服脱了吧，一股子烟酒味。"

张震山顺从地扰挲起胳膊让何翠柳帮他脱着衣袖："原来说是五天的会，结果……"

院子里突然传来一声吆喝："谁？干什么的？"

"有贼！老子开枪啦！"

在寂静的夜里，喊声显得格外响亮。随即是一声沉重的物体坠地声和零乱的脚步声。

张震山愣了一下，起身跨步到窗前推开窗子，探出身子看到随他回来的两个卫兵追赶上一个一瘸一拐跑着的人，把那人摁倒在地。那个一瘸一拐跑着的人是唐少骏，他翻出窗子看到两个卫兵正在马厩里给马喂饲料，怕惊动他们，没敢直接往下跳，而是扒着窗台把身子吊在半空，想等卫兵离开以后再跳下去，没想到被他们发现大喊了起来。唐少骏一慌从窗台上掉了下去，摔伤了脚，被赶到的卫兵摁住。

"咋回事？"张震山问道。

下面的卫兵回答说："报告司令，我们抓了一个……是唐……少骏。"

"唐少骏？唐少骏咋啦？"

卫兵答道："报告司令，我俩从马厩出来，看见一个人在窗台上吊着。我俩以为是贼就喊了起来，结果他就掉下来啦，我们就把他抓住啦。结果……结果一看是唐少骏。"

"唐少骏吊在窗台上干啥？"

"不知道。"卫兵答道。

张震山脑子里突然闪出个念头，他疑惑地回身盯着何翠柳质问道："我敲门的时候唐少骏在屋里？怪不得你这么长时间不开门……"

何翠柳听到外面的动静，心都提到嗓子眼了。面对张震山的质问，她神情紧张地掩饰着说："别听他胡说，别听他胡说，怎么会呢？你……你敲门的时候……我……才醒，赶紧穿件衣服就起来了……"

张震山瞪着牛一样的眼睛扫视着房间。床上两个枕头并排放着，每一个枕头上都有一个被人枕过的窝子，被子大敞开着，一切迹象显示床上不是一个人在睡觉。他又看到床下一双男人的军鞋。张震山拎起军鞋，在何翠柳的鼻尖前摇晃起来："这是……谁的鞋，谁的？"

何翠柳畏葸地说："我……我不知道……"

张震山把鞋子往地上一掷，又把头探出窗外，厉声问道："唐少骏脚上穿鞋了没有？"

卫兵察看了一下回答道："报告司令，没……没有穿。"

张震山厉声命令道："把他押上来。"他转身一个跨步到何翠柳跟前，一巴掌把她打了一个趔趄摔倒在地,眼冒金星,口出鲜血,花容失色。

唐少骏被两个卫兵反剪着胳膊押着进来。一进门,张震山双手叉腰,两眼圆睁,腮上的肌肉团子不停地抖动,怒喝道:"好你个龟孙子,吃了熊心豹子胆了,敢在老子头上拉屎尿尿。跪下!"

唐少骏扭动着身子不想跪,一个卫兵在他的腿弯处端了一脚,他的膝盖往前一屈,被迫跪了下去。

张震山一挥手,命令两个卫兵:"到门口守着。"

两个卫兵退出去,紧闭上了房门。

唐少骏看了看双手捂着脸、蜷缩着身子、斜身躺在地上的何翠柳,对张震山说:"司令,我求您,要罚就罚我吧,别难为翠柳,她……"

张震山不容他分辩,抬起大脚一脚端在唐少骏的肩膀上,骂道:"扯你娘的蛋,偷了老子的老婆,还在老子面前逞英雄。罚?咋罚?老子一枪毙了你!"他说着从枪套里拔出了手枪。

躺在地上的何翠柳以为张震山真要动枪,一拧身子坐了起来,挡在唐少骏的前面。事情已经到了这个地步,她也不再惧怕什么,昂着头,冲张震山说:"不怪他,要枪毙就枪毙我吧,我不叫屈!"

张震山阴着脸冷笑道:"嗬!你们这一对狗男女,奸夫淫妇,还风流出感情来了。我实话告诉你们这对狗男女,一个西门庆,一个潘金莲,我谁也不会轻饶。我要把你们剖腹剜心,剖——腹——剜——心!"他气咻咻地拉过一把椅子,把一只脚踏在椅子上,用命令的口气说道:"给老子老实交代,你们这对狗男女、奸夫淫妇是啥时候鬼混到一块儿的?给老子戴了多长时间的绿帽子?说!"

唐少骏爬起身,心疼地拭去何翠柳嘴角的血迹,抚摸着她红肿的脸颊,眼泪不停地往下淌着,对张震山求情道:"司令,我求求您,放了她吧,她的身子弱,经不住拳打脚踢。一切都是我的错,我对不住您,要杀要剐您随便,我都认了。"

张震山哼着鼻子冷笑着:"你他娘的泥菩萨过河自身都难保,还护着这个淫妇。你越是护着这个淫妇,老子越是不饶她。他是老子的老婆,咋样处置你他娘的说了不算。"他眼眉一横,冲着门外喝道:"来人!"两个卫兵应声推门进来。

张震山用手枪点着两个卫兵吩咐道:"你们立即执行我的命令。这个淫妇爱和男人睡觉,老子成全她,就让她睡个够,让她过足男人瘾。你俩把她摁住

奸了。"

两个卫兵闻说惊得脸色突变，面面相觑，手足失措，扑通一声跪在地上："司令息怒，司令息怒。饶了我们吧，我们不敢，我们真不敢呀！"

张震山用手枪点着他俩的脑袋，瞪着眼，慢而有力地命令道："起——来，起来！"

两个卫兵哆哆嗦嗦站起身来，不时用手抹着惊恐万状的脸上渗出的冷汗珠子。

张震山接着说："你俩还以为她是老子的老婆吗？不是！她是淫妇，是该死的潘金莲，是该杀的阎婆惜。去！这是命——令！"

两个卫兵再不敢迟疑了，壮了壮胆，解下腰带扑过去，不顾唐少骏的阻拦和何翠柳的哭喊叫骂，把何翠柳推倒在地，撕扯起她的衣服。

唐少骏跪着挪到张震山的脚下，嘶哑着嗓子求道："司令，司令，行行好吧，行行好饶了她吧！"

张震山一言不发，阴沉着脸看着何翠柳和两个卫兵撕扯搏斗。何翠柳声嘶力竭地哭喊着，奋力拼搏着保护自己，一脚踹在一个卫兵的肚子上，把卫兵踹得往后紧退几步，一屁股蹾在墙角。他瞥了一眼张震山，把歪到眼睛上的帽子胡乱往后推了一把，迅速爬起来又向何翠柳身上扑了过去。何翠柳咬住另一个卫兵的手指头，死死地咬，咬得卫兵疼痛钻心、龇牙咧嘴、脸面扭曲地怪叫着，用另一只手连续扇她的脸，何翠柳只是不松口。唐少骏见张震山不理会他的求情，爬起身来就要去救自己的爱人。张震山用手枪抵在他的太阳穴上，恶狠狠地说："你他娘的识相些，敢动一动老子就让你的狗头开花。"

扑上来的卫兵双手卡住何翠柳的脖颈，何翠柳被迫张开了嘴，那个卫兵才抽出了鲜血淋漓的手指头，但他忍着疼痛又去撕扯她的裤子。何翠柳终于抵不过两个男人的折腾，嘶喊声越来越低，拼搏的力度越来越弱，躺在地上，再也没劲反抗了。她的上衣已经撕开，腰带已经扯断，一个卫兵压住她的双臂，对另一个卫兵说："快，你……先来。"

那个卫兵踟蹰着不敢向前，回头看了看张震山，张震山一脸阴沉，两眼射着威严而冷峻的光，显示着无声的命令。

那个卫兵不敢再迟疑了，他脱去上衣，解开腰带，褪去裤子，只剩下一个大裤衩。他又回头觑了一眼张震山，张震山举着手枪仍然抵在唐少骏的太阳穴上，一点也看不出有让他中止的意思。他蹲下身去摁住仍在不停扭动、两腿仍在竭力踢腾的何翠柳的双腿去褪她的裤子。唐少骏眼见何翠柳就要受辱，再也忍不住了，一挥手拨开张震山的胳膊，张震山的手枪飞了出去。他跨前一步飞起一脚正踹在褪何翠柳裤子的那个卫兵的腰上，那个卫兵的身子重重地撞在墙上。他又回身一拳打在压着何翠柳胳膊的卫兵的脸上，那个卫兵惨叫一声捂着脸蹲坐在地上。唐少骏把筋疲力尽身躯瘫软的何翠柳揽在怀里，用扯破的衣服遮掩她露出的肉体，抓起他脚边的张震山被打落的手枪，两眼喷着怒火，冲着张震山咬牙切齿着说道："张——司——令，我跟了你五年，这五年我对你是忠心耿耿没有二意，敬重你是一条堂堂正正的汉子。今天你却丝毫不顾念你们夫妻情分，让你手下的人这样糟践她，你咋忍下这心呢？你说你妹子就是让日本鬼子糟蹋死的，你恨日本鬼子，在台儿庄拼命杀鬼子就是为了给你死去的妹子报仇雪恨。可你，可你现在做的不正是日本鬼子做的没人性的事吗？你常说你平生最敬重梁山好汉。我问你，梁山好汉哪一个是这样糟践女人的？啊！今天你真让我小看你了！"

唐少骏这一番慷慨激昂声泪俱下的话并没有使张震山感到理屈。他吼道："够啦！还轮不到你个王八犊子教训老子，梁山好汉对奸夫淫妇是见一个杀一个，见两个杀一双……"

唐少骏也强硬地回答道："要杀就杀，何必这样糟践人，你这样做传出去让其他弟兄怎么看你。"

从墙根爬起来的那个卫兵，两手捂着被踹疼的腰，看到唐少骏手里攥着手枪，颤抖着说："唐少骏，你……你把枪放下，你……你不能对司令动粗。"

唐少骏指着说话的卫兵道："住口！你简直不是人，你家也有姐妹，你咋能这样对待她！"

两个卫兵平时和唐少骏的关系都很好，今天这样做他们也感到很是理亏，任凭唐少骏责骂，不再吱声。

张震山看到唐少骏手里攥着的手枪，尤其是那个黑洞洞的枪口，心里不由产生出畏怯。他知道这小子出枪很快，枪法又准，现在任何激怒他的举动都会给自己招来灾祸。他口气有些缓和地说："唐少骏，你他娘的别大姑娘做媒婆——有嘴说别人，没嘴说自己。你勾引长官的老婆，你也太色胆包天了。梁山好汉哪一个能容忍自己的老婆和别的男人勾搭成奸。宋江、杨雄，还有……还有那个卢俊义，哪一个不是把奸夫淫妇刀剁斧劈，砍头剜心？你还有理啦？"

唐少骏说："你张口一个奸夫淫妇，闭口一个西门庆潘金莲，你说错了！翠柳不是你说的那种水性杨花不守妇道的坏女人，她是一个重情知理感恩图报的好女人。她是我的未婚妻，你知道吗，啊？"

唐少骏的话使张震山一愣，他不相信自己的耳朵，斜着眼问："啥，你说啥？她是你的啥？"

何翠柳缓过劲了，费力地站起身，从柜子里扯出一件衣服裹在身上，回到唐少骏的身旁，说道："没错，我就是少骏没过门的媳妇。我俩从小一起长大，青梅竹马，我四岁他七岁那年爹娘给我们定了亲。后来他出来当兵。老家发了大水，我爹死于水灾，哥哥也没了踪影。我和娘日子过不下去了就出来找少骏哥。俺娘一路吃苦受罪病倒在街口，是好心的玉巧姐收留了俺和娘。俺娘死后，俺又寻不着少骏哥，俺一个姑娘家举目无亲，走投无路，在玉巧姐的劝说下跟了你。后来……后来在你家又碰上了俺少骏哥。这是千真万确的，绝没半点假话。俺也曾劝过少骏哥和俺一块儿逃走，少骏哥惦念着你对他的好，一直没答应。虽然说俺俩做了对不住你的事，可俺俩的夫妻名分在前，这也不能怪俺们呀。"

唐少骏把手枪递给了张震山，说："司令，事情你都知道了，咋样处置就随你的便吧。不过我还是求你不要难为翠柳了。"

张震山盯了他一眼，接过手枪塞进枪套里，对两个卫兵挥了一下手，余怒未消虎着脸说："把他们押到禁闭室里关起来。"

街面上传来值更的梆子声，已是三更时分了。张震山在房间里来回踱着步，苦思冥想着处置唐少骏和何翠柳的办法。杀了他们，确实能出口恶气，但他觉得确实也于心不忍。一来，何翠柳是他的姨太太，这个女人明理、懂事、心地善良，倘若不是这件事发生，他对这个女人还是充满爱怜的，这样的女人杀了心疼，但是，拱手相让成全他们更心疼。二来，唐少骏跟随他多年，平日里对他是鞍前马后唯命是从，这是上下都知道的事情。尤其是在他用手枪抵住他的头恐吓的时候，他敢于不顾死亡威胁去救自己未过门的媳妇，这表明他也是一个重情义的汉子，有梁山好汉的气概。如果把他杀了，消息传出，人们少不了骂他不讲义气，就会人心背离，军心涣散。恶气不出肺就要气炸，恶气要出心就要难受，张震山一时间不知道该怎么办，完全陷入两难境地。他气恼地抓起茶桌上的茶杯一连摔碎了三个。当听到五更的梆子声响起时，他终于做出了决定。他从柜子里拿出一瓶包裹严实的酒放在桌子上，到门口对卫兵说："去把他俩带上来。"

不大一会儿，唐少骏和何翠柳被卫兵押进来。张震山双手叉腰站在屋子中间，把他们两人直瞪瞪地看了一阵子，开口说："我本想杀了你们，让你们到阴曹地府去做夫妻，以解我心头之恨。后来想了想，一来杀妻显得我不仁，二来杀跟随我多年的随从显得我不义。"他挥着手在屋里踱着步，又说："现在我想通啦，决定放你们走。既然你二人有婚约在前，我也做个顺水人情成全你们。何翠柳，你的衣服首饰，只要你认为可以拿的都带走。唐少骏，你去收拾你的东西。你们连夜离开这里，走得越远越好。我……我不想再见到你们。"他又对卫兵吩咐道："明天有人问起，就说……何翠柳回老家探亲去了，唐少骏去办事了。谁敢走漏这件事的风声，定杀不饶！等他们收拾好了叫我。"说完，大步走出房门。

唐少骏和何翠柳从第一次沉湎于感情的缠绵中就知道会有暴露的那一天，只是迟早的事情。一旦暴露将会受到严厉的惩罚，死必定是他们感情缠绵的最后终结。但是他们还是欲罢不能地在这条极度危险的道路上滑行，并且越陷越深。死对他们来说并不可怕，在禁闭室的时候他们就商量好了，已经做好了赴死的准备。可眼前张震山向他们宣布的处理结果太出乎他们的意料。张震山出去以后，他们面面相觑还没有从紧张和不安中回过神来，真以为是在做梦。直到卫兵劝他们赶快收拾东西时，两人才恍然醒悟，赶忙收拾起东西来。何翠柳忙乱着把几件衣服叠起来。唐少骏回到宿舍，拿了几件衣物和何翠柳的衣服放在一起打了个简单的包袱，把手枪、子弹袋都放在桌子上。天有不测风云，人有旦夕祸福，世事难料，下午还在军营照管马匹的时候，怎么也不会想到几个时辰之后就要弃枪卸甲永远告别这个已经有了感情的军营，唐少骏不禁感叹不止。

一个卫兵问他俩是不是收拾好了。

唐少骏指了指包袱说："就这些，收拾好了。"何翠柳站在他身边朝卫兵点了点头。

卫兵出去向张震山报告了情况。张震山进到屋内看了看那个简单的包袱，打开柜子，把何翠柳的衣服和首饰都扔到床上，说："这都是你的东西，放在这里看着……心烦，你全拿走。"

何翠柳默默地又拣了几件放进包袱里，说："就这些啦，剩下的随便处理吧。有些衣服以后也不会再穿啦。"

张震山也不再勉强，从抽屉里拿出一沓钱放在那瓶酒的旁边，说："把这个带上，需要的话添置几亩地，买头牲口、置办点家当都用得着。还有这一瓶酒你俩也带上，成亲的时候把它喝了，算我给你们的新婚祝福吧。以后好好过日子，遇到困难过不去需要我帮忙的时候尽管来找我，毕竟还……"他说着嗓音有些哽咽，便打住不说了。

何翠柳受到凌辱的时候，她真恨死张震山了，那一刻即使让她把张震山千

刀万剐活剥生吞她也下得去手。这一刻，她觉得那一团怒气、怨气都像是被风刮跑了似的顿时消失得无影无踪。唐少骏此时此刻的心情也和何翠柳一样，张震山这些年对他有许多帮助，他的军旅生涯就是在张震山的帮助下顺利起来的。张震山不止一次地对他说："小鳖崽子，好好干，老子不会亏待你的。"他能听出来这话里的潜在意思，每当听到这样的话他都会感到脸热心跳、精神抖擞，对自己的前景充满了信心。所以后来他在和何翠柳幽会时，难免在心中泛起一丝对张震山的愧疚感觉。但爱情的诱惑力是无比强大的，当每一次何翠柳向他发出相约暗号时，他仍然毫不犹豫地去赴约。

唐少骏很快就要离开帮助他关怀他的长官和生活过多年的军营了。张震山现在所做的一切让他感动，非但没有对他的冒犯行为进行处罚，反而还周济他们钱财，为他和何翠柳今后的生活着想。男儿有泪不轻弹，只是未到伤心处。他禁不住呜咽起来，跪在张震山的脚下："司令……我……"

何翠柳也随唐少骏一同跪了下去："恩人……"

张震山眨了眨潮湿的眼睛，叹了口气，狠了狠心，对卫兵说："用马把他俩送出十里地。你们走吧！"

第十三章

陀螺一样旋转的台盘渐渐停止了转动，台盘上的陶坯闪着泥水泛出的光泽静止在马家骏的眼前。他挓挲着两只沾满泥浆的手，歪着头，用那双由于缺乏睡眠而变得发红的眼睛审视着那个陶坯。溅满泥点子的帽子歪在头的一边，再不推一下，就要掉下来了。

这是马家骏精心制作的一件陶坯，大腹、圆口、胎壁光洁。他已经记不得这是第几件了，反复的试验都没有达到他心中想象的那种程度，这一件还是让他比较满意的。他在思索着，对下一道工序进行着设计，是把它镂空，还是在上面雕刻出图案呢？如果做镂空处理，适合上什么样的釉色呢？白、姜黄、黑、青、茶、酱、铁锈这些釉色连续交替出现在他的脑海里，他想象着把这些釉色涂在镂空的陶坯上，并比较着、欣赏着效果。如果镌刻出图案，什么样的图案合适呢？花卉、飞鸟、人物……他把能想到的满意的图案在心里一个一个镌刻，比较着、欣赏着效果。

马家骏在他舅舅李德龙的这个窑场已经做了十三年工了。舅舅是一个很随和、很勤劳、也很容易满足的人，从先辈那里传承下来的技艺他是完全地接纳、完整地利用，做出的瓷器也完全是先辈的翻版。不同的是，他经手做出的瓷器比先辈做得更细致，更经久耐用，因此他也赢得了一个好名声。

马家骏的父亲生前是一个很好的泥瓦匠，他希望儿子能继承他的手艺。母亲却厌烦这个整天脏兮兮的手艺，但她做不了主。父亲去世后母亲成了一家之主，就把马家骏送到她哥哥这里让儿子跟着哥哥学瓷器手艺。

这十三年里，他从小工做起，打杂、夯土、碾泥、拉坯、雕刻、彩绘、上釉，一直到烧制成品，掌握了制瓷的全部工艺。

看到马家骏一天天地进步，舅舅和舅妈心里很高兴，常常夸他悟性好，心灵手巧。而他已经不满足停留在整天做碗、罐、缸这些日用品的水平上，忙里偷闲按照画册上看到的一些瓷器图案，摸索着学做一些工艺品。他把这个想法告诉了舅舅，舅舅并不反对他这样做。可是舅舅大半辈子就是只做家用器皿，对他的想法也帮不上什么忙，所能做的也就是讲一些自己多年制瓷的经验罢了。他的想法也只能靠舅舅经验的帮助和自己慢慢摸索试验了。

记得有一次到县城里卖瓷器，那是他刚到窑场当学徒不久的事情，他扛着一个装粮食用的粗瓷大瓮送进米先生的家里，米先生家是县城里的大户。他在主人的引导下，绕过照壁，穿过宽敞净洁的庭院，把粗瓷大瓮送到存放粮食的窑洞里。主人把他带到书房付钱时，他无意间看到了书柜旁边的一个木架子上摆着一个近两尺高的鼓腹、长颈、圆口、通体艳红的瓷器，鼓腹上的梅花枝条盘曲错节，金黄色的梅花在枝头相簇绽放，格外艳丽，给他留下了深刻的印象。

他接过钱没立刻离去，向主人请求着："我能看看这个吗？"他指着那个他说不上来名称的瓷器。

米先生很和气，没有拒绝他的要求，只是说："看看可以，但不能碰，很贵的。"

对米先生说的话，他并不介意。他是站在距离瓷器两尺远的地方，弓着腰，两手撑在膝盖骨上，探着身子，张大两眼端详那件瓷器的。

"这是瓷……的吗？"马家骏吃不准，犹犹豫豫地问。

米先生笑着说："是瓷的，不过不是陈炉镇的瓷，这是景德镇的瓷，叫釉里

红，是很名贵的瓷。"

"景德镇，在哪儿？远吗？"

"很远，在江西。"

景德镇、江西、釉里红这些概念对他来说都很陌生。

"有多贵呀？"

"值二十两银子。清末的时候我父亲托人捎回来的。"

二十两银子的价值把马家骏吓了一跳，他不由得缩了一下脖子，赶忙又后退了一步，像是看到了一件十分危险的东西。

"哎呀，可好看啦！"马家骏咂着嘴向他舅舅和舅妈描述当时的情景，"值二十两银子呢……"

舅妈撇了撇嘴，坚决不相信："放他娘的屁，一个瓷罐罐能值二十两银子？打死我也不信。二十两银子能买几头牛、几匹马、多大一群羊呀。谁疯啦，买那东西？既不能吃，又不能喝。他蒙你娃呢！"

李德龙蹲在椅子上，吸着旱烟锅子，徐缓地说："有可能，史书上说，皇帝在宫里用的饭碗就是瓷的，值上百两银子的都有。"

舅妈哼哼着说："瞎说，上百两银子的饭碗肯定不是瓷的，一定是金的或者是翡翠玛瑙的。"

李德龙说："嘻，你不要不信，史书上确有这样的记载……"

舅妈坚持自己的认识："你别瞎说了，要是土窑里能烧出那么金贵的瓷器，我敢说人都不种地了，都去开窑场烧瓷器去了。哎，老头子，你也好歹烧了几十年的瓷器了，烧出的瓷器也够车拉船载的，咋没见一样能卖出上百两银子呢，就是卖十两银子也行呀，啊？"

李德龙耐着性子说："你这个娘儿们，就会抬杠。能烧出那样瓷器的是官窑，不是民窑，咱这是民窑，民窑是烧不出那样瓷器的。"

舅妈笑了，说："我明白咧，官窑是翡翠玛瑙砌的，窑好，所以烧出的瓷器就好，就值钱；民窑是砖头瓦块砌的，窑不行，所以烧出的瓷器就不行，就不值钱。我说得没错吧？等咱这砖头瓦块砌的民窑换成翡翠玛瑙砌的官窑，你老李头就能烧出好瓷器了。我看这一辈子不是八成不行了，而是十成不行了，等下一辈子再做梦吧。"老太婆满脸讥笑着向门外走去。

李德龙无言以对，用目光把老伴送出门外，摇了摇头说："头发长见识短。"

马家骏继续刨根问底："舅，为啥人家烧出的瓷器那样光鲜亮丽，咱们烧出的瓷器就不行呢？原因在哪儿？"

　　李德龙沉吟着说："你问的这话真把舅难住了，舅烧了几十年的瓷一直守着老规矩，从来没有想过这个问题。我想烧出好瓷器也不像你舅妈说的非要翡翠玛瑙砌成的窑才行。窑嘛……应当都差不多，剩下的应当就是土质和工艺。我不清楚景德镇的工艺是啥样子，但我清楚咱们这里的工艺不行，咱们这里的工艺都很粗糙，原因是做坛坛罐罐盆盆瓮瓮根本不需要太细致的工艺，太细致的工艺做出的东西价太高也没人要，劳神费时也不多挣钱。"

　　马家骏说："舅，人家都说你做出来的东西细、品相好，价钱也不比别人高。你为啥要做那么细、品相那么好的呢？"

　　李德龙说："没有啥，舅就是觉得不论啥东西都往好的做，做个良心买卖。咱家拉出去的货就比别家卖得快，没有啥窍道，坯子做得细点，烧得认真点。就这。"

　　马家骏建议说："咱也做一些细致的东西，不光做这些粗糙的坛坛罐罐盆盆瓮瓮，也做一些摆在屋子里好看的瓷器，就像米先生家的那样……"

　　李德龙否定地摆了一下手，笑着说："根本不行。你想一下，咱同官县有几家能像米先生家，嗯？有几家舍得花二十两银子买个既不能吃又不能喝的瓷罐子像供先人一样供起来？别说咱烧不出那样的瓷器，就是累得七死八活烧出来，卖给谁呀？"

　　马家骏若有所思地说："也就是……"

　　李德龙叹了口气，说："唉，舅这人不求大福大贵，日子过得去就行啦。先辈人说了，咱这一行是土里火里求财，心不能太重。"

　　这件事说说也就过去了，只是在马家骏的心里留下了一个模糊的印象。不过这个模糊的印象在今年却变得清晰起来，他现在就是试图在这方面做些事情。

　　李德龙帮着窑工清理完窑以后来到工棚里，看见马家骏做的那个陶坯，仔细端详了一会儿，领首称赞道："好！有进步，很细致，比例协调，看着顺眼，这一窑就装进去烧。啥事情只要认真去做就会有好结果。"

　　马家骏听到舅舅一番赞扬的话，心里很高兴。然而过了不到两个时辰，他这种高兴的心情就被不好的消息搅碎了。

　　隔壁窑场一个和他很要好的叫福贵的走到他面前，挤了挤眼睛。

　　"家骏，我想和你说句话。"

　　"说吧。"

　　福贵看了一眼那边的李德龙，说："咱们到外面去吧。"

马家骏哼哼着，把手简单地洗了一下，跟福贵一同出来。外面的光线比工棚中的光线亮得多，刺得他眯缝起眼睛来。他跟着福贵绕着围墙来到窑场的背后。

"有啥话？说吧。"

"我老婆前两天去县城她姨家走亲戚了，昨天回来的……"

"啊。"

"回来说，别人都在议论你老婆……"

"议论些啥？"

"很不好听。"

"到底是咋回事？"

"你老婆跟邻居叫高二贵的勾搭在一起啦……而且明目张胆，成了全县城的新闻了。"

马家骏的脸色苍白，把围腰扯下来，像是怕冷似的把敞开的衣扣扣上，接着，又像是怕热似的，重新又把扣子解开……灰白色的嘴唇一刻也安静不下来，时而哆嗦，露出莫名其妙的傻笑，时而紧紧地抿起来，把腮鼓得像一个胀气的圆球……福贵觉得，马家骏好像是在用牙齿嚼着什么坚硬的、很难咬住的东西。渐渐地马家骏脸上重又有了血色，摘下帽子，用袖子擦着帽顶溅上的白色泥点子，喘着粗气说道："谢谢你告诉我这消息。"

"我是想叫你心里有个底……"福贵想说几句安慰的话，可一时又想不出合适的词，咂着嘴转身顺着另一条坡路走了。

马家骏眨着眼看着福贵走去的背影。站了一会儿，全神贯注地、严肃地打量着帽子上的泥点。一只飞蛾不识趣地落在他的额头上，他迅速地朝额头上重重地拍了一下，飞蛾折了翅膀飘落在他的脚下，挣扎着，翻动着。

舅妈送来的晌午饭马家骏也没心思吃。李德龙来到窑场一眼就发现了今天本来要干完的活明显没有干完。李德龙是个明白人，他并没有追问活耽搁的原因，闲扯几句题外话，看着外甥爱答不理的沮丧神情和没有吃的饭，就猜测到他一定遇到了什么不寻常的事情，扯着他回到自家的窑洞里。

"老婆子，家骏这几天累坏了，晌午饭都没有吃，你炒俩菜，我爷儿俩喝两杯酒，给娃放松放松。"

舅妈踏着细碎的步子过来，关切地问："为啥不吃饭，咋啦？我娃病啦，啊？"她用干瘦的手掌摸了摸他的额头。

李德龙笑着说："你这个老婆子，真是的。难道说只有病了才不舒服？干活累了照样不舒服。快些去炒两个菜，我爷儿俩喝两杯。快去。"

老太婆在灶房炒菜的时候，李德龙跟了过去，悄声说："一会儿说话要有分寸，这孩子恐怕碰到不顺心的事情了。喝酒的时候探一探，你少说话。"

老太婆翻着锅里的鸡蛋，说："能有啥心事？你不是说娃累着了吗？"

"我是那样说。人家娃把话没有说明，我只是瞎猜测。喝点酒，这酒劲一上头，他该说的会说，不该说的也会说。嘿嘿，酒这东西太神奇了。"

老婆子把做好的菜端上来以后，李德龙从板柜里拿出半瓶酒，倒进两人面前的瓷碗里。

"来，劳累一天啦，咱爷儿俩也该轻松轻松了，喝。"李德龙端起酒碗先喝了一大口。

马家骏神情萎靡地看着舅舅仰脖喝酒的神态，又看了看眼前的酒碗，一股浓烈刺鼻的酒气蹿进他的鼻孔，像鸡毛一样撩得他鼻孔直痒痒。他伸手端起酒碗又放下，大脑产生一种难以名状的眩晕感。他舔了两下干涩的嘴唇，像是和谁斗气似的又把酒碗端起来，一口气把半碗酒喝了下去。

"娃，不敢这样喝，慢慢喝，小心伤身子。"舅妈担心地劝说道。

李德龙却不介意地说："没事，没事，年轻人喝酒畅快，没事。"他又给马家骏的碗里倒酒。

马家骏把酒碗推到一边，说："舅，你喝吧，我不喝了。"

李德龙放下酒瓶子，顿了一会儿，慢条斯理地说："你是有啥心事吧？我看出来了，好好的，福贵把你叫出去了一阵子，回来我就看你的脸色不对头了。咋啦，他跟你说啥了，遇到啥难事啦？"

马家骏用粗手掌捂在脸上使劲搓了几下，长长地叹了口气。

舅妈说："看来真是有事了。啥事情吗？舅舅、舅妈都是你的亲人，有啥事情你说出来，看我们能帮上忙不能。"

马家骏叹了口气，把福贵跟他说的话向舅舅、舅妈说了一遍。

李德龙没有说话，拿起桌上的烟锅子哧溜哧溜地吸起来。

舅妈把干瘦的手抬得高高的在两个尖尖的膝盖上拍了一下，嚷嚷着说："咋出这事了！咋出这事了！河燕这娃平时看着好好的，咋可就不守规矩了，真丢死人啦！"

李德龙嫌老婆子说话太过夸张，斜瞪了她一眼。他问外甥说："你打算咋办？福贵说的话是真是假？咱也不能听风就是雨吧。"

"我这就回家去看看……"

舅妈哭丧着脸问："这要是真的咋办？"

李德龙把一锅烟抽完，沉思着说："回去看看也对，把事情弄清楚。即便是真的，也要好好想一想。日子以后还是要过的，不敢闹得不成样子，没办法收场。"

马家骏走了。入夜，李德龙和老伴睡在炕上，仍然操心着这件事。

"家骏这孩子是个好孩子，就是脾气倔些，嘴笨，不会哄媳妇，气不顺就动手打媳妇，打得媳妇都和他没情分了。"酒精还在李德龙的血管里涌动，使他没有丝毫的睡意，两手枕在脑后，两眼望着黑黢黢的窑顶喃喃地说着。

"河燕那女子精明能干，一看那面相就知道是个心里有主见的女人，不是个省油的灯。长得又漂亮，容易招惹人……"老伴跟着嘟囔着。

李德龙一翻身，背朝着老伴，不耐烦地说道："先不要急着下定论。道听途说的话大多不可信，这种花花事最容易被人捕风捉影，把芝麻夸张成西瓜。"

"也是。"老伴迷迷糊糊地说。

马家骏是在夜幕降临的时候进县城的，他选择这个时候进县城是经过精心考虑的：如果大白天进县城，福贵跟他传的话一旦是真的，碰到熟人就会很难堪。这时候进县城可以避开熟人那些看似友好、实际上充满讥笑的眼光和不怀好意的询问。他顺着一条小路绕到木桥上，过了木桥穿过一道巷子就能很快到家。刚过木桥走到一棵大槐树下，身后的一声呼喊把他惊得一哆嗦。

"家骏兄弟，家骏兄弟……"

马家骏回转身循声看去，一个胖墩墩身架的女人提着裤子从苞谷地里钻出来，拧成麻花形的裤腰带在两条粗壮的大腿间摆来摆去，头发上撒落着苞谷顶花。

女人讪笑着说："家骏兄弟，你……回来啦？"

马家骏认识这个女人，她是骟猪匠徐一刀的老婆叶香草。徐一刀是个很本分厚道的男人，她可是县城爱播弄是非出了名的女人，人们都叫她"活电报"。马家骏淡淡地回答道："回来啦。你这是……"

活电报跳过地垄，系着裤腰带来到他跟前："这是我家的地，到里面尿泡尿，肥水不流外人田嘛。你看这苞谷长得多壮实。你这回来……是看媳妇的吧？"

"是啊，咋啦？"马家骏含糊着回答，他厌恶见到这个女人，可还是停住脚步，想探听家里到底发生了什么事情。

活电报小心地向四周看了看，压低嗓音说："其实也没啥。大兄弟，嫂子我是为你好，你真的没听到啥闲话？真没有？这也难怪，这种事情吧，不要说别人啦，即便县城所有的老鼠都知道了，主家也不会知道。"她舔了一下往上翘着的厚嘴唇，抻脖颈咽下口腔中分泌的唾液："人家说你媳妇，嘻嘻……"

"你想说啥就说，你不说我走了。"

活电报是非没有播弄完，心里七上八下憋得难受。她一把抓住马家骏的衣袖："等等，等等！你可别怪嫂子多嘴。嫂子这人吧，你是知道的，从来不爱背后说人是非，嫂子最讨厌那些吃自家饭操心别人家闲事的人了。你说说，人家的事人家会操心，哪里需要那些整天无事生非的娘儿们操心？看见那些人我就像看到苍蝇一样恶心。嫂子呀，真的是为你好，满县城都传说你媳妇和你家隔壁的高二贵半夜三更在苞谷地里幽会、偷情，还在你家……千真万确的。"

事情终于得到了进一步的证实，虽然眼前这个搬弄是非的女人让马家骏讨厌，但还是更加促使他相信这件事情。他想，看来这是真的了，福贵的媳妇没有胡说，福贵也没有传播谣言。他不想使自己的恼怒情绪在这个女人面前显露，佯装出一副生气的样子，说："你少胡说，我家媳妇可不是你说的那种人。"

"啊呀，"活电报发出尖利的叫声，"大兄弟，你还蒙在鼓里呢，人家说得有鼻子有眼的，你咋还不相信呢？嫂子我还能骗你？"

马家骏踮起脚，探着头向苞谷地里张望。

活电报感到莫名其妙地问："大兄弟，你看啥？"

马家骏说："我看你刚才提着裤子从苞谷地里出来，你和谁在里面幽会、偷情呢？腰带还没有来得及系上。你要不说实话，我可满县城喊了，叫徐一刀也知道。"

活电报掩着嘴笑得弯下了腰，咳嗽着说："哎呀，大兄弟，你可真会耍笑嫂子。就嫂子这副尊容，要模样没模样，个儿不足四尺高，腰就三尺有余，哪能和你家河燕比呀。你家河燕年轻水灵，俊俏脸，水蛇腰，走起路来是风摆杨柳，说出话来是莺歌燕鸣，一笑两个酒窝，风情万种，那可是咱县城的一枝花呀，哪个男人看见不上心？说实话，嫂子不是男人，嫂子要是男人，即使她不进苞谷地我也要把她拽到苞谷地里去，嘻嘻……"她舔了舔嘴唇，接着说："有人可看见啦，天麻麻亮的时候高二贵才从你家出来。人家说得可仔细啦，说是你家河燕披着衣服，是披着衣服！衣服还没有穿齐整，就像你说嫂子裤腰带还没有系紧一样。先是从门缝里伸出头四下看了看，然后高二贵就像猫一样轻着手脚跳出来，溜着墙根跑回家了。大兄弟，你说这两个人，一个是孤男，一个是寡女，一个是干柴，一个是烈火，深更半夜同居一室，能干出啥事来？傻子

都能想出来！大兄弟，你又不傻，咋就不明白?”

马家骏狠狠地瞪了那女人一眼，使劲甩开了她的手朝前走去，感到一股怒气在胸中无声地膨胀着，离家的距离越近这股怒气就膨胀得越厉害。

黄河燕收拾完院落回到屋里，拿起丈夫的衣服在灯下缝补，这时，马家骏裹挟着一股冷飕飕的夜气撞进了屋子。

“你回来啦?”黄河燕看到丈夫回来，赶忙放下手中的活，“吃饭了吗？没吃我给你做去。我先给你倒水喝。”她倒了一碗水放在桌上。

“她一定是做了亏心事，才在我面前大献殷勤……”马家骏坐在椅子上，瞟了她一眼，心里这么想着，没有吱声。

黄河燕看丈夫满脸不高兴，不知发生了什么事情，仍然柔声说道：“咋啦，病啦?”用手去抚摸他的额头。

马家骏拨去妻子的手，霍地站起身，吼道：“你，你这个不要脸的女人，我不在家你就偷汉子，你干的好事。”说着，抡圆了胳膊，在她白皙的脸颊上狠狠甩了一个耳光。黄河燕猝不及防，重重地匍匐在地上。她艰难而又坚强地从地上爬起来，冷冷地看着脸面扭曲的丈夫，平静地拭去嘴角流出的血线。

“你敢瞪我?”马家骏抓住她的领口，一使劲，她的双脚离开了地面，随即他的手一松，她还没有来得及站稳，头顶便遭到一拳重击，她只觉得眼前金星乱飞。

“他下手真狠，是要把我往死里打呀。”她脑际闪过这个念头，求生的欲望驱使她不顾一切地跑到院子里哭叫起来。

高二贵正在牲口棚里给牲口槽里加饲料，听到隔壁黄河燕的哭叫声吃了一惊。他急忙跑了过来，撞开院门，看到马家骏背着双手，两只脚不停地像跳舞一样反复在倒在地上的黄河燕身上踢着，发出沉闷的扑哧扑哧的声音。他冲过去抓住背对着他的马家骏的后衣领使劲一甩，毫无防备的马家骏像飞起来似的斜身蹿到两米开外墙脚下的柴堆上，眨着眼睛，似乎还没有搞清楚这一瞬间发生了什么事情。过了一阵子，他艰难地爬了起来，伸出手指头指了指高二贵，含糊不清地嘟囔了一句，磕磕绊绊地朝灶房里走去。等他从灶房里出来时，手里紧握着一把菜刀，刀刃上闪着瘆人的寒光。他双手紧握着刀把叉着腿在空中飕飕地舞了两下，在场看热闹的人浑身哆嗦了一下，惊叫着夺门向外逃跑开了，高二贵也退到院门外。马家骏声嘶力竭地咆哮着喊道：“高二贵，你勾引我老婆，我要杀了你!”

高二贵也不示弱，向前扑着，回应道：“放屁！你说清楚，谁勾引你老婆，你有啥证据！啊？"

马家骏喊道："就是你高二贵。你勾引我老婆三更半夜跑到苞谷地去，还在我家……全县城人谁不知道！"

在场看热闹的人好不容易把他们劝开。当天夜里马家骏又打了妻子一顿，这一次黄河燕既没哭也没喊，只是用哀怨的眼神看着他。天蒙蒙亮的时候马家骏离开了家，回陈炉镇去了。

第十四章

唐少骏和何翠柳的事发生以后，张震山心里着实不舒服了一些日子。他每天喝着闷酒打发时光，屈鸿图来了他也是闭门不见。张震山愁眉苦脸地用他那粗糙的大手翻看着何翠柳留下的衣物，在衣物上仿佛还能嗅到她身上散发出的幽幽的熟悉的气息，凝滞着总也消失不去的往昔的印记。他一时爱不释手地摩挲着，回想着过去岁月中许多开心的事情，一时又恼怒地摔在地上，咆哮着用脚踩踏几下，宣泄着心中的愤怒。

夜里他做过两个梦，而且是两个截然不同的梦。一次他梦见唐少骏和何翠柳结婚的场景：这是在一个背景很模糊的地方，唐少骏穿着一身军装，何翠柳穿着一件亮丽的旗袍，在许多只有笑脸没有笑声人们的簇拥下，欢天喜地地向贴着红对联红窗花的洞房里走去。在洞房的门口，何翠柳回转身，向站在院门口的他挥手。一会儿，唐少骏和何翠柳一人端了一碗酒过来向他敬酒，他惊恐地看着酒碗里闪着亮光的酒，扯着干哑的喉咙喊了一声："我不喝！"挥手把酒碗打落在地上。落在地上的酒碗无声地碎了，碎片在脚下旋转翻飞，酒花飘然溅起，闪烁着水银的光泽，上下弹跳。唐少骏和何翠柳愕然地看着他，他扭头就跑，跑得非常吃力，接着从崖上翻着跟头向沟里坠去，沟深不见底，耳畔阴风呼啸。他两手乱抓，大声呼喊救命，醒了。

又一次，依然是唐少骏和何翠柳结婚的场面。他俩在一群庆贺的人的簇拥下，一人端着一碗酒让他喝，他两手挡着，紧抿着嘴不喝。唐少骏和何翠柳脸色苍白如纸，脸盘都像面盆一样大，表情阴冷而诡异。两只酒碗突然间变成一

个大碗，碗口抵在他的嘴上，两个人同时拖着瘆人的长腔："喝——吧，喝——吧！这是你给我们的喜酒，我们喝过了，你一定要喝。"酒从碗口倾泻下来，灌满了他的鼻子和眼睛。他浑身一哆嗦，醒了。

这两个梦都是后半夜做的，醒来以后他喘着粗气、拍着额头回忆着梦里的情景，不知道这些梦意味着什么。在做了第二个梦以后，他叫来了卫兵，问他们那天夜里把唐少骏和何翠柳送到什么地方去了。卫兵回答说送到川口唐少骏不让他们送了，他们就回来了。张震山给两个卫兵安排了任务，让他们穿上便衣，打听唐少骏和何翠柳的下落。卫兵出去跑了三五天，回来说下落不明。两个梦折磨得张震山心神恍惚，他猜想唐少骏和何翠柳一定死在了什么地方，阴魂不散，在夜里来袭扰他。他一个人来到清水河边，折了几根桃树枝塞进门缝里、压在床铺下，果然起到了镇邪的作用，后面再没有做过类似的梦。

这期间他回了一趟西安的家中，把发生的事情原原本本地向武玉巧说了一遍。武玉巧看着脸膛明显消瘦的丈夫，心里很是心疼。她先是愤愤不平地把何翠柳和唐少骏责怪了一番，埋怨他们忘恩负义，然后又把丈夫夸赞了一番，夸赞丈夫明大义、识大理。

"这就对了！"她给丈夫的酒杯里斟着酒，"你们张家呀，祖传的心地善良、善解人意。这样有啥不好呢？这是积德行善，会有好报的。咱是提前不知道，要是知道了，就你这性子，咋也不会半路上夺人家的媳妇。这也就是把人家的媳妇还给人家了呗，有啥想不开的。说到做梦吧，我想你这是一时半会儿还割舍不了人家。你要是害死他们，他们会阴魂不散来缠你，你成全了他们，他们只有感激你才对。要不是这件事，翠柳那姑娘还真是不错，你不是也常说人家不错吗？这是你太惦记人家啦。过后，我再给你张罗一个更好的。来，再喝一杯！"

张震山夹了一口菜塞进嘴里，用筷子头指点着老婆，说："你呀，就会给我宽心。行啦，这事我再不计较啦。以后再也不找了，太他娘的窝心。"

武玉巧又说："我想起一件事，听说同官县有一个香山寺，菩萨灵得很，你有空到寺里去替我拜拜菩萨，我这病也许会好的。"

这天上午，屈鸿图和刘子良来到军营，邀请张震山一同到金锁关去看景。

在路上屈鸿图和张震山的马并辔而行，屈鸿图突然想起什么似的问："张司令，这些日子怎么没见你的太太呢？"

张震山干咳了两下，纠正道："太太，啥太太？是姨太太吧。我说屈县令，你是读书人，这纲常伦理是啥时候都不能乱的，对吧？姨太太就是姨太太。"

最后敷衍道:"她老家有点事,回老家啦。"

屈鸿图埋怨道:"张司令,你这就不够意思了,姨太太回老家你也该给兄弟我通个气。一则我应该给姨太太饯个行;这二来我也应该备份礼物让姨太太带回去,也可表表兄弟的心意嘛。"

张震山轻描淡写地说:"事情急,走得也急,等回来你好好给她接个风就是了。"

屈鸿图认真地说:"说话算数哟,我一定做这个东,好好给姨太太接个风。你这个姨太太呀,真是个好女人,漂亮,聪明,贤惠,令我屈某羡慕啊。"

张震山听着心里别扭。这话放在以前说,他听着会眉开眼笑,现在听起来像吞了个苍蝇一样不舒服,但他也不能把不舒服表露在脸上,斜眼看着屈鸿图,打着哈哈说:"你把她说得跟朵花似的,咋,有想法?等她回来老子送给你。"

屈鸿图在马上摆着两手连忙说:"嗨,嗨,这玩笑可开不得,我屈某从来是不夺他人之爱的。你们是美人配英雄,天造一对,地设一双,无可企及呀。"

张震山心里窝火,看着屈鸿图,见他眼神之间并无恶意,想来他不会知道事情的实情,便笑着说:"把她送给你也是才子配佳人嘛。咱们就这样说定了,等她一回来我就给她香汤沐浴、绫罗缠身,再敲锣打鼓,用一乘花桥抬到你府上,归你喽。"他嘴上这么说,心里却恨恨地想,也不知道这对狗男女死在啥地方了。

屈鸿图笑着说:"张司令真会开玩笑。从古至今,这杀父之仇、夺妻之恨是不共戴天的。我这个小县令官不大却惜命,不敢和你争。哦,张司令,你回省城这些日子,我已经和刘师爷去了一趟金锁关。"

张震山问:"咋样?"

屈鸿图在马上挺了挺身子,赞叹说:"不错,确是一道雄关险隘,名不虚传。张司令,你到同官县时间也不短了,以前怎么没去看看?"

张震山说:"观风看景、望月吟诗是你们这些咬文嚼字的酸秀才干的事,我是行伍出身,对那东西没啥兴致。今天不是你屈县令大驾光临,我还是不会去的。"

屈鸿图说:"谢谢张司令给我这么大个面子。"

张震山说:"我说的是实话,它金锁关也罢银锁关也好,在我眼里它就是一座山嘛。俺老张走南闯北大大小小的山见得多啦。你说说,这金锁关都有啥看头,让俺也听听稀罕。"

屈鸿图说:"有看头,真有看头。张司令,你到过壶口吗?"

张震山说:"壶口?壶口去过。那年我在山西打仗,骑马从壶口路过,不就是水流到了一个石窝子里嘛。这金锁关和壶口有啥关系?"

屈鸿图肯定地说:"有啊,有异曲同工之妙。壶口能把奔腾咆哮挟石裹土一泻千里的黄河水一壶收尽,这才展现了它的磅礴气势和风采。而这金锁关在漫漫历史上能无数次把南图关中的北域兵马拒于关外,使同官县、关中、长安免于战火,这才使它名标青史,誉称天堑雄关。啊呀,金锁关这个名字不知是哪位高人所赐,真是太了不起了,名副其实啊!"

张震山撇了一下嘴,看着屈鸿图说:"屈县令,你把金锁关说得那么邪乎,如果敌人来了让你带上一彪人马去守关,结果会咋样?"

屈鸿图听出他话里的意思,坦率地说:"我不行。孟子云,天时不如地利,地利不如人和。也就是说,作战的时候,再好的天气时令也不如有一个有利于作战的地理地势,而再好的地理地势,也不如有一个英勇善战的骁将带领一支攻无不克、战无不胜的劲旅去把守。就拿金锁关来说吧,如果由我来守关,我肯定守不住。如果由您张司令来守关,那就是固若金汤、铁壁铜墙,才能真正彰显金锁关的作用。"

张震山心畅气顺地拧着脖子扫视着高远的天和苍翠的山,说:"哎哟,他奶奶的,我说你这个屈县令呀,你这张嘴真是能说,这死人都能让你说得活蹦乱跳。真行!"

一行人说说笑笑到了金锁关,只见一道石阶随形就势,逶迤而上。斜对面青石独峰的峭壁上镌刻着"雄关天堑"四个大字,在偏午阳光的辉映下显得十分壮观。

张震山叉着两腿,双手背在身后,腆着肚子,嘟着嘴眯缝着眼望着峭壁上的字,说:"'雄关天堑',这几个字真他娘的大呀。屈县令,你知道这几个字是谁写的?这像是新刻上去的。"

屈鸿图站在一旁说道:"是这样的,这四个字据说是清朝光绪年间,由陕西巡抚叶伯英所写,久经岁月的风剥雨浸日蚀尘染,字迹已显模糊。民国三十一年修咸榆公路的时候又新刻了一下。这个叶巡抚一生最喜爱柳公权的书法,学得是神形兼备,这几个字就可窥斑见豹。这字笔力俊健,古朴苍劲,入木三分。我也喜爱柳公权的书法,时而习之,只可惜功力欠佳,可望而不可即呀⋯⋯"

没等屈鸿图说完,张震山把马鞭挥了一下,说:"打住,打住,俺看不就是几个字嘛，你就他娘的啰里啰唆了一大堆。俺是军人，也是粗人，干啥事喜欢的就是快刀斩乱麻，干脆利落。要是好，就说一个字'好'，要是不好就说一个字'孬'。什么古朴苍劲，入木三分，俺听着身上都起鸡皮疙瘩。俺跟你说，俺这人在娘胎里就敬仰俺山东的好汉李逵、武松、鲁智深……"

刘子良插嘴说："张司令，据我所知，这鲁智深不是山东人氏，他是关西人……"

张震山又一挥马鞭，打断了刘子良的话："俺可不管他是关西人还是关北人，俺就敬佩他是英雄，知道不？平乱打天下，就是要有英雄，没有英雄怎么行？就靠你们咬文嚼字，舞文弄墨？肯定不行！走，咱上去瞧瞧。"

一行人顺着石台阶向关顶缓缓行走。半山处有一座石坊，石坊两侧的石柱上镌刻着"金锁天堑，鹞鹰难飞"八个篆字。张震山停下步子，用手中的马鞭把帽檐朝上顶了顶，问："屈县令，这几个是啥字，扭来扭去的？像蚯蚓，对！像他娘的蚯蚓。"

屈鸿图刚受到一顿奚落，憋在肚子里的气没处消，可还得赔着小心，说："张司令，这是篆体，是书法中的一种。这字写得好。这八个字是'金锁天堑，鹞鹰难飞'。"他不敢再咬文嚼字了。

张震山一字一顿地重复着"金锁天堑，鹞鹰难飞"，而后说："这可不能只用一个'好'字就行，应当说两个字'很好'。碰到这样的关口，防守容易，攻打艰难呀。意思我懂，我说的'很好'是意思，不是字。这字不但像蚯蚓，更像是麻花，弯过来绕过去，不像军人干的事，还是你们这帮子咬文嚼字的清闲文人干的事。这是啥人写的，是清朝人呀还是明朝人？"

屈鸿图咧嘴笑了笑，说："这字既不是清朝人写的，也不是明朝人写的，这是现代人写的，是咱胡长官写的。"

"咦——"张震山有些惊异地说，"想不到咱胡长官还有这两下子，能行，真能行，俺佩服！俺啥时候也得向胡长官学习学习。你别说，这麻花拧得还怪好看，能行，能行！"他说着背起手来，穿过石坊，继续朝关上走去，迷惑不解地问："我说屈县令，你才来几天，就知道这么多事，你比俺老张知道得还多嘞。"

屈鸿图说："哪里，哪里，这都是刘师爷讲给我的，我今天就热蒸现卖给张司令了，见笑啦。"

暮秋时节，关顶上树木森森，秋草萋萋。被秋霜打过的树叶和茂草泛着血红、古铜、铁锈和橘黄的色泽。站在关顶放目远眺：向北望，层峦叠嶂，沟壑纵横，苍鹰翔空，寥廓而高远；向西看，秋阳衔山，彩云弄巧，河水如练，瑰

丽而神奇。张震山探着身子朝关下俯瞰，只见山崖峭立，灰褐色的岩石错落不齐，罅缝中曲柏斜出，成簇的枣刺上挂满的酸枣在绿叶间泛着殷红色，像一个个血红的玛瑙。一道山溪在山间淙淙流淌，发出沉闷的回声。傍河依崖的道路平静地向山里延伸。两只鹞鹰在狭窄对峙的两峰间黑箭一样穿梭，发出尖利、短促的啸鸣，更为幽深的山谷增添几分冷寂。

一股遒劲的山风盘旋而来，将张震山敞着的上衣吹成一个大气包，他感到脚底有些虚空，整个身躯似乎要离开地面随风飘起来，不禁疾步朝后退去，赶忙披紧被风吹起的衣服。他惊叫道："俺的娘哎，这真是一个好关口呀！"

屈鸿图附和着说："是这样的。自古以来这里打过许多的仗，南犯中原的北地兵将到这里就会铩羽而归。传说宋时杨家将中的杨六郎就在这里阻挡住了辽军南侵。"

张震山说："胡长官真有远见卓识，说共军到了洛川县，我把军队扎在这里就能挡住他们，他们就是鹞鹰也难飞过去……"他说着拔出腰间的手枪，一甩手，一声清脆刺耳的枪声响起，利箭般穿梭在峡谷间的两只鹞鹰中的一只伴随着枪声连翻着跟头直线跌入谷底，几根散乱的羽毛在半空中随风悠悠地飘着。另一只鹞鹰惊叫一声，掉头向峡谷外飞去，可是随着又一声枪响，也坠入谷底。

一行人鼓掌叫好。

屈鸿图伸出大拇指称赞道："好枪法，好枪法。杨六郎的百步穿杨很有名，那只是耳闻，耳闻为虚嘛。您这可是我眼见，眼见为实呀。这可真让我开眼界喽。有您带兵把守金锁关，我辈幸甚，我辈幸甚。我夜里睡觉就安稳了。"

张震山吹去枪口冒出的淡淡青烟，自诩道："杨六郎算啥，他要是起死回生，也得拜俺为师。不是俺老张吹牛皮，这两只鹞子俺打的都是眼睛。"

屈鸿图恭维着说："那一定，那一定。"

深秋的白昼短促得很，太阳一偏西就显出夕阳的红晕。屈鸿图说："张司令，时候不早了，咱们早早下山，回去吃饭，已经下午了。"

张震山抬头眯缝着眼看了看天，天空是高远的，彩色的薄云在蓝天下缓缓地飘动。

"他娘的，你不说俺还感觉不到饿，你一说我这肚子感到空空的。走，咱们下山去。"

下到山下，张震山停住了脚步，仰头眯眼看着两旁的峭壁，用马鞭击打着手掌心，又一次感叹道："真是个险关峻隘呀，名不虚传，名不虚传！"他忽而想起什么，对卫兵说："我打的鹞子呢？去找回来。俺跟屈县令说过，两只俺都打到眼睛上了，找回来给屈县令瞧瞧，看俺老张说得是真是假，别让屈县令觉得俺老张吹牛。"

卫兵应了一声，转身跑步去找击落的鹞子。

张震山在布满鹅卵石的红沙路上踱着步子说："屈县令，回家干啥呀？"

屈鸿图说："吃饭，吃过饭处理公务。司令有安排？"

张震山一摆手，说："没啥安排。俺回去，要好好泡上一壶茶，躺在躺椅上喝茶抽烟，那可真叫舒服。"

屈鸿图说："张司令，说起这喝茶倒使我想起一件事。这好茶呀，一定要有好水泡。咱这儿的井水泡出来的茶还是不行，把茶叶那股特有的香味泡不出来。"

"哦，屈县令对茶还有研究？"

"研究谈不上，略知一二。"

"嗬，屈县令谦虚有余呀，说来听听。"

"到同官县时间不长，我就发现这里的井水泡出来的茶喝着口感不够醇正。我到杭州去，杭州上等的龙井就是龙泉水泡出来的，品起来有一种妙不可言的感觉，柔中泛甜，甜中溢香，和脾、养胃、安神。我带来的龙井用咱这里的河水、井水泡出来都不行。"

张震山搔着脖颈说："照你这么说，再好的茶到了你的治下，就泡不出好味啦？"

屈鸿图能听出张震山话语中揶揄的味道，但他不介意，说道："这倒不一定，我后来经过探访，发现一个地方的水泡出的茶味能和杭州龙泉水泡出的茶味相媲美。"

"就同官县这个地方？"张震山用马鞭点着脚下的地面，颇为不信地说。

"对。"屈鸿图肯定地点着头说，"不信，有刘师爷为证。"

张震山用询问的眼神看着刘子良，刘子良干咳着清了清嗓子，款款说道："屈县长所言不虚，句句为实。顺着脚下这条路往前，山坡上有一座祠叫姜女祠，祠内有一眼清泉叫哭泉。相传秦朝的时候，秦始皇为防范匈奴对中原的侵扰，要修长城，就在民间大征劳役。姜女新婚的丈夫也被征去修长城，结果死在那里。姜女姓孟，叫孟姜女。孟姜女为了寻夫，只身一人，千里迢迢到了长城，闻知丈夫已经死了并埋在城墙里，她就在城墙下不停地哭，结果哭倒了城墙。城墙里埋的都是役夫们的白骨，哪些是丈夫的呢？她就咬破手指滴血认

亲，最终找到了丈夫的遗骨。"

"你说的滴血认亲是咋回事——喂，你俩找的鹞子呢？"张震山对不知什么时候站在一旁听故事的卫兵喝道。

两个卫兵正津津有味地听着，突然听到问话，吓了一跳，急忙打了个立正："报告司令，没……没找到。"

"嗯？他娘的，咋能找不到！难道老子打的鹞子还能飞了不成？老子可都是打到眼睛上的。"

卫兵仍然挺直身子说："报告司令，打住眼睛我们都看到了，可是确实没找到，也许……可能让野猫叼跑了吧。"其中一个卫兵把捡到的几片羽毛展示出来，为自己的说法做证明。

张震山悻悻地说："蠢笨的家伙，这点小事都办不好，要你们有啥用？老子想让屈县令开开眼，见识见识俺老张说打鼻子不打眼的枪法，这岂不让屈县令怀疑俺老张吹牛？"

"不不不，"屈鸿图笑眯眯地打着圆场，"张司令多虑了，你的枪法屈某是丝毫不会怀疑的。你能命令他们去找，就足以说明问题了。要是没有打鼻子不打眼的枪法，敢叫他们去找吗？你给我一把枪，别说让我打穿飞的鹞子了，能打住对面的山头就很不错了。"

屈鸿图这几句话说得张震山心里很是舒服，火气也就消了。

两个卫兵遭到了一顿训斥，低着头不敢吱声。实际上，打下的两只鹞鹰他们都找到了，第一枪打的那只鹞鹰是打在肚子上，肚破膛开，死了；第二只惊慌逃奔的那只鹞鹰是打在翅膀上，这只鹞鹰在他们赶到时还拖着受伤的翅膀，忍受着伤痛，斜趴在浅草中，黑豆般的小眼睛骨碌着，脖子一耸一耸地用尖巧的小喙啄着近前草上的草籽。他们两个看着这只受了伤还不忘吃饱肚子的可爱小生灵的模样，忍不住哈哈大笑起来。要是真把这一死一伤的两只鹞鹰带回去，司令的脸面可要在屈鸿图的面前丢尽了。两个人一商量，用随身带的短刀，挖了个小土坑，把死了的那只鹞鹰掩埋起来。看着那只受了伤还不停吃嘴的鹞鹰可怜，不忍心把它活埋，手捧着放到远处的深草丛中随它听天由命了。两个人回来报告说，两只鹞鹰都找不到了，可能被野猫叼走了，虽说挨了司令一顿训斥，但司令的脸面保住了。

张震山说："哎，你继续说，滴血认亲是咋回事？"

刘子良继续讲着："滴血认亲是一种古老的认亲方法。如果是自己亲人的血滴到遗骨上，转眼就会渗进去，不是自己亲人的血就渗不进去。孟姜女就是用这种方法找到自己丈夫的遗骨的。她包裹着丈夫的遗骨在返回同官县的路上，走乏了，走困了，实在走不动了，就坐在一块石头上歇息。她想起自己苦难的身世，不禁悲痛起来。她不住地哭，忽然地下涌出泉水来了。后来人们把这泉称为哭泉，也叫姜女泉。这股泉水的泉眼不大，但长流不息。泉水是清澈见底，甘甜爽口，常喝能延年益寿，明目开胃。泡出的茶水是茶香醇厚，柔和平爽，回味无穷啊。"说到兴致处，他眯着眼睛，晃着脑袋，沉浸在回味之中。

张震山停住踱步，不相信地说："屈县令，他这是大白天说梦话吧，真有这事？"

屈鸿图一本正经地说："真有这事。您不信？刘师爷可是咱同官县的一部活县志。可以不夸张地这样说，无论是同官县的历史沿革、典籍掌故、野史秘闻、风土人情、山川地理、水脉气蕴他都能讲得清清楚楚，明明白白。用学富五车、才高八斗来夸赞他是毫不为过的。"

刘师爷连忙摇手谦虚地说："屈县长过誉啦，过誉啦……卑职哪有那本事，只不过略知皮毛而已。不过孟姜女的故事确有其事，本县的县志就有记载。"

张震山手掌搓着下巴上的硬胡茬，翻着眼皮望着两山的峭壁，嘿嘿笑着说："你这个刘师爷呀，别他娘的糊弄俺老张了。俺老张虽说是个粗人，但不糊涂。不是俺老张有意和你抬杠，是你讲得太离谱。俺问你，一个娘儿们家跑到长城下哭两声就能把长城哭倒？在路上哭两声就能哭出一个泉来？岂不是咄咄怪事！这不过是你们这些酸秀才们胡编乱诌出来蒙人的故事罢了。"

屈鸿图说："这里面是有些虚构的成分，当然这种虚构也表现出人们对她这种精神的赞许。"他又说："为了彰显这位忠贞烈女的事迹，后人在哭泉旁建造了一座祠，祠内供奉着孟姜女的塑像，香火是长年不断，以寄托人们对这位忠贞烈女的崇敬。如果张司令有闲暇，本县陪您去看看？"

张震山一挥手说："不看。打仗死人是再正常不过的事情。就说台儿庄之战吧，我们死了多少人？尸体是一堆连着一堆，我们都是踩着尸体向前冲的。那些弟兄们用命保卫了国家，死得值！要是娘儿们家都哭哭啼啼去找遗骨，还不乱套了？"他又说："只是你这个屈县令不够朋友，哭泉的水能泡出好茶，为啥不给俺老张送些来？"

屈鸿图忙说："本县早就安排好啦，现在恐怕已经给张司令送过去了。"

"好，够朋友！"张震山说，"上马，回去喝茶。"

一行人翻身上马，嘚嘚的马蹄声在寂静的山道上显得格外清脆有力。绕过一个山峁，张震山突然勒住了马，他侧耳谛听着："刘师爷，你啥都懂，你听听

这是啥鸟叫的声音?"

鸟叫声是从土坡上的草丛中传过来的,刘子良侧耳静听了一会儿,说:"这声音叫得凄楚、哀痛、低沉、孤寂,一定是一只受伤的鸟在呼唤救助。如果没有说错的话,一定是……"

两个卫兵吓得浑身一哆嗦,额头上的冷汗都渗出来了。他俩恨恨地瞪了刘子良一眼。

刘子良心领神会,赶忙改口说:"这是一只姜女鸟,在呼唤丈夫呢。"

"哈哈,刘师爷真会说笑话。"张震山扯了一下缰绳,两腿使劲一夹马肚子,马一声长嘶,斜刺着身绕过弯道,冲出山峰遮蔽的阴影,向县城奔驰而去。

第十五章

过惯了无拘无束生活的新兵们还不适应军营的生活。天不亮就得起床跑操,吃过早饭开始列队、射击、爬山、站岗。一天下来累得腰酸背疼,比干一天庄稼活还要难受。反反复复的单调训练很快消磨掉了开始时的新奇。

新兵们住在几间大屋子里,睡在靠墙搭起的木板床上。夜里,窗框上裂开的纸片就像在寒风中战栗的树叶一样,如泣如诉。高二贵在人们的鼾声中,倾听着窗外的风声和树叶脱离了树梗向下飘落坠地的声音。半个月前他穿起军装来到军营,仅过去了半个月的时间他已经对军营这种单调、拘束的生活感到厌烦,尤其对教官那种蛮横、刻薄的训练方式非常不满。新兵一共有三十八个人,单独编成一个连,教官是一个营长和一个连长。营长名叫郭城子,是一个身材中等、胸肌很厚、神情威严、嗓音粗重的外省人。他说起话来家乡口音很重,新兵们经常有听不懂的地方,出现了不少误会。一旦出现误会,郭城子就会挥舞着手里的马鞭威胁怒骂,稍微表现出不服气,他手中的鞭子便会劈头盖脸打下来。新兵们敢怒不敢言,只能在背后狠骂一通,发泄心中的不满,并给他起了个绰号叫"郭蛮子"。连长名叫吕志武,矮个子,半秃顶,罗圈腿。他精力充沛,喜欢惹是生非,一绺遮盖秃顶的长发时常滑落到耳边,他要不停地把落下来的长发撩上去,撩头发的样子十分滑稽。据说在一次打仗的时候他为郭蛮子挡住一颗射向他胸脯的子弹，郭蛮子非常感激他的救命之恩，事事都向着他。吕志武也常常依仗郭蛮子欺负老兵和新兵。

黎明到来，新兵们被唤醒去跑操。在起床和收拾东西的时候，大家便东拉西扯地说些闲话。

"伙计们，这鬼地方可真叫人烦！"

"烦死啦！"

"天还没亮就起床，在家现在还在被窝里做梦呢。"

"伙计们，夜里我做了一个梦，我梦见我和我爸在地里收麦子，麦子长得可好咧，金黄色的一片。麦穗就像谷穗那么粗那么长，喜死人啦。全村的人都拥到麦子地里来了，就像一群蚂蚱一样。"老实巴交的杜蛐蛐闪动着牛犊子似的眼睛说道，"我们割啊，割啊，麦子一片一片地躺下……简直把我美死啦……"

"哈，这家伙一做梦就尿床，肯定又尿床了……"

"胡说，我没尿，不信你来看看。"杜蛐蛐委屈地抖动着自己的被子。

袁机灵叹着气忧郁地说："我家的老婆一定是在说'我的机灵现在干啥呢'。"

"噢哟哟！你老婆呀，她大概正在跟公公蹭肚皮玩呢。"

"哼，你这个狗嘴里吐不出象牙的家伙……"

"世界上就没有几个娘儿们男人不在家的时候能忍住不偷吃点野食。"

"你们发啥愁呀？娘儿们又不是瓶子里的酒，喝完就没有啦，咱们回去，也有咱哥们儿享用的。"

新兵中出了名爱取笑逗乐、不说脏话就张不开嘴的谢玉柱也插嘴了，他挤弄着眼睛，猥亵地微笑着说道：

"这是明摆着的，你爸是肯定不会放过儿媳妇的。他是一只老馋猫。话说有一回……"他眨着眼睛，打量着听众，"一个爬灰成性的老家伙总去缠儿媳妇，缠得她不得安宁，可是儿子又碍手碍脚。你们猜猜，他想了一个什么坏主意？哈哈，猜不出来了吧，一群笨蛋！夜里，他跑到院子里去，故意把羊圈的门打开，羊都跑到外面去了。他敲开儿子的房门对儿子说：'你这个混账东西，你是咋关羊圈门的，啊？你瞧，羊全跑出去啦！快去找吧！'他想等儿子出去了，他就可以爬到儿媳妇床上去。可是，儿子是一个懒家伙，小声对老婆说：'快去找找。'女人就把男人的衣服一穿，帽子一戴出去啦。儿子躺着，听着。这时老家伙就溜进儿子的房子里，往炕边爬去。儿子也不是傻瓜，从炕头摸起一根烧火棍等着。老家伙爬到了炕边，刚把手伸进被窝，儿子就拿烧火棍照他

的秃头上打去，嘴里还骂着：'滚，该死的东西，嚼惯衣服啦……'原来他们家的一只小牛犊总喜欢跑进屋子咬人的衣服。儿子装得像打牛犊似的把他爸打了一顿，又躺下，一声不吭……老家伙爬到门口，揉着打起的疙瘩，已经肿得像鸡蛋一样大了。老家伙蹲在门口揉着肿起的疙瘩，忍不住说道：'喂，我说，你刚才打啥呀？'儿子说：'打牛犊啦。'于是老家伙眼泪汪汪地骂道：'滚你妈的蛋，你就是这样狠心打牛的，把牛打死你拉犁呀？'"

"哈哈……"

"你编得真有意思。"

"笑死我啦。"

"说的是你爸吧？"

"叽叽喳喳干什么？这是军营，不是集市。马上集合！"吕志武走过来喊叫道。新兵们说笑着、逗着，跑出去集合了。

军训开始后的第二十天发生了一件事，这不仅给高二贵，也给全体新兵们留下了一个痛苦的印象。

下午，野外军训的新兵们回到军营。刚一解散，那个生着牛犊一样的眼睛、一做梦就尿床的小伙子杜蛐蛐牵着一匹白马正在井台饮水，吕志武的黑马也挤了过来。白马狂躁地一转身，咆哮着尥起蹶子，把黑马踢了个趔趄，黑马惊慌失措地在院子狂奔起来。踢得并不重，只不过把马大腿踢破了一点皮。

吕志武扭着两条罗圈腿向杜蛐蛐冲去，劈头就照他脸上狠抽了一皮带，骂道："你他妈的是干什么吃的？为什么不照看好？我要给你这个狗东西点颜色看看！罚你给我站三天岗……"

杜蛐蛐缩起脖子，圈着两只胳膊护着头，侧着身子招架着。吕志武看着他的这个架势更来气了："你个狗操的，我让你躲，我让你躲，我抽死你，我抽死你！"

抡圆的皮带像一条欢快的蛇，在杜蛐蛐的脊背上飞舞着。高二贵跨着大步跑过去，伸手抓住吕志武抡皮带的手腕子，强压着怒气说："算啦，算啦，打两下教训教训就行了，别太伤了和气。"

吕志武使劲把手腕挣脱出来，提了提裤腰带，梗着脖颈问高二贵："你想干什么？行侠仗义？滚开，再不滚开老子连你一块儿抽！"他嚷嚷着，推开高二贵又要去打杜蛐蛐。高二贵又一次挡住他，紧紧地咬着牙狠狠地攥起拳头，怒目而视。

"好，好，你小子有种。咱们走着瞧！"吕志武咬着下嘴唇，从牙缝里挤出了这句话，挥舞了两下皮带转身走了。

不远处站着的郭蛮子看到这个场面，扭过身去，摸索着腰带，无聊地打了一个大哈欠。杜蛐蛐用衣袖擦了擦肿起的脸颊上渗出的一道血迹，嘴唇直哆嗦。

高二贵来到杜蛐蛐跟前，帮他整理了一下军装，安慰道："老弟，老兵欺负新兵是常有的事，别在意，以后做事小心点。"

几天后的下午，高二贵在井台上打水的时候，把水桶掉进了井里。他正探着身子试着用扁担钩子把半截子在水面上晃悠的水桶往上捞，吕志武突然在他弓着的后背上砸了一拳，把他打了一个趔趄，差点闪身落到井里去。吕志武领着的一条黑狗拖着绳索围着井台蹦跳，狂吠不已，在给自己的主人助威壮胆。

"别动我……"高二贵站在井台上，手里绰着扁担低声说，语气中隐藏着反抗的情绪。

"你说什么？浑蛋，跳下去，把桶捞上来！我要把你这个爱管闲事的家伙淹死在里面……"

"我捞，但是你别动我！"

面对高二贵强硬的态度，吕志武一时不知该怎样对待这事，但他不愿意显出怯懦，朝高二贵跟前贴着，翻着凶狠的眼睛，哑着嗓子说道：

"你敢对长官这么说话，啊？你是这样对长官说话的？没有教养的东西！"

"你别找不自在！"

"你敢威胁我？我把你揍死……"

"我告诉你，"高二贵下到井台下，指着井口，"如果你再敢打我一下，我就把你头朝下塞进井里去，不信你试试！"

吕志武大张着鲤鱼一样的方嘴，说不出话来。高二贵愤怒的脸不是什么好兆头，吕志武有些张皇失措。他从井边走开，在一片烂泥里跌跌撞撞地走着。已经走开老远了，他转过身来，像抡锤子似的挥舞着拳头，咬着牙说道：

"我去报告郭营长！我现在就去报告郭营长！"

高二贵没理他，转回身继续打捞井里的水桶，突然听到身后传来急促的声音，回头一看，那条被放开绳索的黑狗像一道黑色的闪电飞也似的蹿到他跟前。他一躲身没有躲开，黑狗纵身一跃，咬住了他的衣襟。吕志武站在远处抄着手，看景一样向这边看着。高二贵用铁钩似的手指头紧紧地钳住黑狗上下嘴间的缝隙，使劲把嘴掰开。狗被掰得疼痛难忍，嗓子眼里发出呜呜咽咽的哀鸣，悬空的四条腿慌乱地扑腾着，扑上来时凶狠恶毒的眼神已经变得畏惧而颓丧。高二贵能清晰地闻到狗嘴里散发出来的发酵的食物和血液混合在一起难闻的腥臭气味。他咬紧牙关，两腮的肌肉颤动着，双手又一使劲，听到狗的下颌骨发出清晰的折裂声。他把狗扔到地上，狗从地上趔趔趄趄地爬起来，折断的下颌像一块被风吹着的破布摆动着，醉汉一样摇晃着身子、弓着脊背在院子里胡跑乱撞。闻声狂吠着跑来的另外一条狗见状急忙刹住了奔跑的步子，惊恐地呜咽着夹着尾巴躲到远处去了。高二贵把手上的血迹在土墙上抹了一把，迈着步子走进了营房。吕志武在远处挥舞着拳头怒吼着什么，他没有听清。

这一天，天气晴朗，下午的阳光暖融融的。午休过后，士兵们集合起来离开军营外出训练了，留下五个人打扫军营里的卫生并帮着给灶房打水。五个人当中的吕志武、黄大山是老兵，谢玉柱、袁机灵、高二贵是新兵。

吕志武害牙疼，腮帮子上贴了一片膏药，他口齿不清地给四个人分派着活。

"袁机灵你给灶房打水，黄大山、谢玉柱你们两个打扫院子。"他斜着眼看着高二贵，"你，用车子把垃圾和煤灰推到河边倒了。下午吃饭之前必须干完，谁不干完不准吃饭。"

灶房炉坑旁边是一堆小山一样的煤灰，下午吃饭之前是很难干完的。高二贵知道这是吕志武有意刁难他，他没有吱声，顺从地推起独轮车，拿起一把铁锹干起活来。

袁机灵很快就给灶房挑满了水，黄大山、谢玉柱抢着两把扫帚把院子扫得是尘土飞扬，还有意把墙角的一堆黄土、破砖烂瓦和垃圾搅拌在一起，这就更增加了高二贵的劳动量。吕志武手掌托着腮帮子斜眼看着一车一车向外推煤灰的高二贵狞笑着。

隔墙那边是当铺赵掌柜家的后院，赵掌柜的女儿桂香时常到这边挑水。这是一个长相不难看的姑娘，挑水时扭动着苗条有力的腰肢和滚圆上翘的屁股，常常引得士兵们眼睛直勾勾地看。高二贵推车向外走的时候，碰见了来挑水的桂香，扁担上挂着两个空水桶叮叮当当地响着。她和高二贵很熟。

"二贵，当兵了？一穿军装认不出你了。咋，干活呢？"

"打扫卫生。"高二贵说着，继续推着车子向河边走去。

在他回到院子里的时候，发现四个人不知消失到什么地方了，铁锹、扫帚横七竖八地扔在地上。高二贵放下车子，疑惑地向四周寻找着。井台上有两个水桶，一个倒地，水流了一大片，扁担横在水里。他认出扁担和水桶是桂香挑水时用的，桂香也不知道到哪里去了，看样子，这里一定是发生了什么突然的事情。正在疑惑，他看到仓库的门随着吱呀一声慢慢开了一道缝，袁机灵神情鬼祟地探出半截身子，向两边小心地瞅了瞅，随后从里面出来。

"你这是在干啥？他们人呢？"高二贵问。

袁机灵扯住高二贵的袖口，嘻嘻笑着。

"他们，他们在里面。"他向仓库里指着。

"干啥？"高二贵就要进去。

"你不要去。"袁机灵拉着他的袖子不放。

高二贵挣脱他的手，把门推开。

仓库成了临时马棚，三匹马正有滋有味地咀嚼着草料。一匹白马斜眼看着他，把一撮干草往嘴里卷着并打着响鼻。仓库耳房的门紧闭着，里面有脚步声和低沉的喊声，他对这种不寻常的喧嚷声感到惊异。他一只手摸索着墙壁向里面走去，斑斑点点的阳光在正对门的墙壁上和马的身上闪烁跳动。

"快去吧！"紧跟着他的袁机灵把嘴里的臭气直喷到高二贵的脸上，耳语说，"里面……里面，妙极啦……弟兄们把那个女的抱到里面去了……把她摁在……"袁机灵刚刚笑了一声，就被高二贵用力一推，脊背咚的一声撞在仓库的墙壁上，笑声立刻咽了回去。高二贵向吵闹的地方跑去，他那两只大张着、刚刚习惯了黑暗的眼睛里充满了恐怖的神情。他撞开了耳房的门，在屋角堆草料的地方背朝他围着三个人。他推开围着的人，挤到前面去。桂香一动不动地躺在散落的草料上，拉起的上衣包着脑袋，内衣已被扯破撩到乳房以上，裤子被扯到膝下。黄大山刚从她身上下来，也不看同伴们，似笑非笑，提着裤子退到墙边去，把位置让给谢玉柱。高二贵推开挡着他的吕志武，往门口跑去。

"吕连长……"袁机灵喊了一声，挓挲着双臂挡在高二贵的面前，用身子堵住房门。

三个人在门口追上了他，捂住他的嘴，往回拖他。高二贵把吕志武的军服从领子一直撕到底，又朝袁机灵的肚子上踹了一脚，但是最后还是被他们打倒在地。他们像对付桂香一样，用一团破布把他的脑袋裹起来，绑住两手，一声不响地抬着把他扔到一个空马槽里。高二贵被破布上的臭味呛得喘不过气来，他试着喊叫，用脚踢马槽帮。他听见了耳房里的低语声和人们出出进进的关门声。二十分钟以后他被放开了。吕志武扯着他的衣服领口龇着牙笑着说：

"该你啦，这可是一个好机会……"

不等他说完，高二贵狠狠地在他的胸脯上推了一下，他踉跄着后退了几步，仰面倒在马槽下面的砖块上。

"妈的，敬酒不吃吃罚酒的东西！"吕志武从地上爬起来，弓着身子蹿过来，一头撞到他的胸口上，把他撞进马槽里。

"不准说出去！"吕志武捂着腮帮子说，不住地眨着眼，向耳房看着。

"别胡说，要不然……我们把你的头砍下来！"黄大山笑道。

高二贵看见谢玉柱和袁机灵抬着桂香，站到马槽上把她从破窗口扔出去。墙外是一片荒地，许多干枯腐烂的秸秆堆在墙根，五个人挤在窗口压低着喘息声向外看，看躺在秸秆堆上的桂香怎么办。她仰面躺着，手指头划拉着墙壁上松软的墙土，躺了半天，才爬起来，胳膊软弱无力，哆哆嗦嗦。高二贵清清楚楚地看到：她摇摇晃晃站起来，头发散乱，完全变成一个陌生的人了。她朝这个窗口凝视了好久，好久。

她一只手抓着一把干草，另一只手扶着墙壁，趔趔趄趄地走着……

高二贵从马槽上跳下来，用手掌揉着喉咙。他简直憋得喘不过气来。在门口吕志武挡住了他的去路，铁青色的脸似笑非笑，毫不含糊地对他说道：

"你要敢走漏一点风声……我对天发誓，我们就宰了你！听见了吗？"

吃饭的时候，排长一看见高二贵衣服上脱落了一颗扣子，就问道："扣子呢？这成什么样子？"

高二贵看了看脱落的扣子在布面上压出的圆痕，一想起那桩刺心的事，他简直要哭出来。

第十六章

黄昏的时候，赵掌柜的院子里传出高一声低一声凄厉、哀痛的哭泣声。桂香回家以后，母亲看到女儿失魂落魄、衣衫不整的样子，吃了一惊。在她的反复追问下，女儿说出了自己的悲惨遭遇。赵掌柜怒从心头起，跌跌撞撞地跑到县政府告状。

"屈县长呀，我女儿招谁惹谁了，惨遭这样的横祸，这帮子遭天杀的畜生就是这样祸害老百姓的，这日子可怎么过呀，呜呜呜……"

屈鸿图听完了赵掌柜的哭诉皱起了眉头。

"屈县长呀，您可得为我苦命的女儿做主啊，您是父母官哪，您可要做主啊……"赵掌柜老泪纵横地说着。

刘子良问："你女儿可认得那几个人？"

赵掌柜说："一定能认识的，她一定能认识……"

屈鸿图沉吟着说："这事难办呀，我是地方官，只能管地方上的事，军队的事我是管不上的。"

"那我女儿的冤就没处申了吗？这还有天理王法没有啊？青天白日的，我女儿就蒙受这样的灾难。"

随着一阵嘈杂声，高占魁拄着拐杖，身后跟着一群人拥进了屈鸿图的办公室。高占魁进门就喊道："屈县长，我们这都是您治下的百姓，您治下的百姓遭到祸害，县长理应做主。我高占魁也是当过兵扛过枪打过仗的人，那一年，部队在攻打西安城的前两天，我们连的一个士兵强奸了村子里的女人，人家告到部队上，部队上第二天就把那个士兵枪毙了。军队是保卫国家、保护老百姓的，决不允许这些害群之马坏了军队的声誉。屈县长，您要为百姓做主！"

"是啊，老高头说得对，您要为百姓做主呀！"

"这样的军队是保护百姓还是祸害百姓？"

正在吵嚷间，赵掌柜家对门的一个干瘦的老婆子慌慌张张地闯了进来，她脸面扭曲，眼神惶恐，扯着赵掌柜的衣袖叫起来："啊啊，快回去看看吧，孩子拿剪子把脖子戳破了，人恐怕不行啦。"

赵掌柜磕磕绊绊地跑回家，屈鸿图和刘子良也随后跟着到了。

赵掌柜的老婆披头散发坐在女儿尸体旁边，两手拍打着冰冷的地面，哭叫着："老天爷呀，这是咋回事呀？我女儿就这样叫畜生们害死了，啊啊……"她一看到屈鸿图就爬到他的脚下，"屈县长，您可得为我女儿做主呀，她死得惨啊。她受不了屈辱，自尽了呀，剪子戳破脖子，腿蹬了几下就没气了呀……"

刘子良在桂香的手腕上号了一下脉，并着两根指头感觉一下鼻息，翻开眼睑看了一下瞳仁，叹了口气，对屈鸿图说："没救了。"

高占魁用拐杖戳着地面愤愤地说："作孽，作孽呀，好端端的一个孩子就这样让畜生给糟蹋死啦！"他抖动着胡须向左右看了看："街坊邻居们，咱们不能让孩子这么糊里糊涂地死了，咱们要给孩子讨回一个公道。走，到兵营里找那几个畜生去。"

"对，找那几个畜生去。"

"好，我们一块儿去。"

"走走走。"

屈鸿图随着人们朝前走了一段路，他停下脚步，看着向军营方向走去的人群，有些不知该怎么办。

"这，这……他们……咱们……"

刘子良干咳了一下，说："屈县长，别着急，等他们过去喊叫一阵，咱们再过去。"

"我非要去吗？"

刘子良沉吟了一下，说："您一定要过去，您如果不过去，同官县老百姓以后该怎么议论您？您这个父母官的颜面怎么搁呀？"

经过这么些日子的琢磨，他已经摸透了眼前这位上级的脾性。这是一个既爱摆谱，内心又胆小怕事的人，在他跟前说些过头的话，他也不会有过多的计较。

屈鸿图在原地转着圈，嘴里嘟嘟囔囔着："这他娘的会是谁呢？竟敢在光天化日之下强奸民女，这也太无法无天了。"

这时候，前面的黑暗中有人吵嚷着向这边走来。他们说话的声音很大，屈鸿图和刘子良听得很清楚。刘子良赶忙把屈鸿图扯到一个墙角的后面，几个人匆匆忙忙地向县政府方向走去。

"这个屈鸿图是啥东西，见事就缩王八头了，今天咱们一定要把他拽过去。"

"那个刘师爷也是个拉稀屎的家伙，平时就能油嘴滑舌，一到正事上就脚下抹油，溜得比兔子还快。"

"没有金刚钻就别揽这瓷器活，干脆卷铺盖卷滚蛋吧！"

"我说，咱们五个人谁要跑了谁就是畜生，别现在说得英雄一到县衙就害怕了。"

刘子良仍侧耳听着，回头一看，屈鸿图已经走到街心。他赶忙撵了过去，看到屈鸿图阴着脸，赔着小心说："这些人，真不知天高地厚，说话没个深浅。"

屈鸿图拧着眉头，长叹一声说："他们说得没错，是可忍，孰不可忍。我想好啦，我必须为赵掌柜家申这个冤。否则，我屈某人怎么觍着脸在同官县县城露面。"

"可是……"

"不要再说了，"屈鸿图打断了刘子良的话头，"想得越多越窝囊，现在你就和我走，一同去找张震山，看张震山怎么讲。"

"问题是……"

"是什么？"

刘子良向屈鸿图跟前凑了凑，说："赵掌柜的女儿死了，现在有谁能说清祸害他女儿的罪犯是谁呢？没人承认怎么办？张震山一句话就能堵住你的嘴。他要说'你跟我说是谁呀'，你怎么回答？俗话说，捉贼捉赃，捉奸捉双，这都讲的是证据，咱们的证据在哪里？"

屈鸿图深思着说："赵掌柜的女儿如不遭受这突如其来的灾祸，好端端的绝不会自尽吧。他张震山要是查不出来只能说是他无能，我就不信那几个作孽的畜生是铁板一块。"

"他们如果私下定了攻守同盟，都不承认咋办？"

"先别想那么多，跟我走……"

军营里围了许多人。赵掌柜的老婆由于过度悲伤哭昏过去几次了，邻居们正在安慰她。她一见屈鸿图到了，就又号哭起来，干涩刺耳的哭声使人难受。

张震山站在桌子边抽烟，一见到屈鸿图就拧起眉埋怨道："我说，屈县令你咋现在才来，你看看这军营成啥了，这和菜市场有啥两样？"

"情况是……"

张震山阻住他说话："你别说了，情况我都知道了。"他指着赵掌柜："他说他闺女被几个当兵的强奸了，闺女性子烈，用剪子戳了脖子，人也死了。我一听就怒火万丈，我他娘的带兵几十年还没有出过这丢人的事，我立即就命令乔参谋长去抓人。可乔参谋长问：'司令，你叫我去抓谁呀，是去抓张三、李四，还是王二麻子？'这不会是编故事逗俺老张玩的吧？死了人往俺老张头上扣屎盆子，嗯？"

赵掌柜和他老婆又跪在张震山的面前，一把鼻涕一把泪地哭道："长官，我们说的是实话，是实话呀！"

张震山说："是实话？你咋能让我相信你们说的是实话。我要说你闺女是让过路的坏蛋强奸了行不行，嗯？我要说是因为你们家里闹别扭，她一时想不开自杀了行不行，嗯？我这军队几百号人，你说的是谁呀，嗯？"

屈鸿图和刘子良面面相觑，面对这样的状况，虽说已经有所预料，但到事上，没有证据，也不知该怎么办。

赵掌柜的老婆又开始哭哭啼啼。赵掌柜哭丧着脸，挼挲着手说："小女回到家确实说是担水的时候被当兵的糟蹋的呀，这话我可是亲耳听到的，小女不会撒谎。"

屈鸿图说："张司令，事关人命，赵掌柜的话绝不会没有根据。"

张震山显得不耐烦地说："只要有证据，只要这人有名有姓，我抓住一定严惩，决不姑息。但是我现在去抓谁，我该去抓谁？屈县令，你说我去抓谁？我总不能就凭这一面之词，把这几百号人都抓起来吧！"

乔参谋长打着圆场，说："这样吧，你们先回去，我们追查一下，一旦调查属实，我们执行司令的命令决不姑息。"

高二贵从人群里挤了进来，打了个立正："报告司令，我知道是谁干的。"

屈鸿图急切地问："谁？"

张震山拧过脖颈，愣着眉睨着他："谁？说！老子一枪崩了他。"

高二贵说："一共四个人。吕志武、袁机灵、谢玉柱、黄大山。"接着，高二贵把上午发生的事情经过说了一遍。

郭蛮子恨恨地咬着腮帮子，说："你说的是实话吗？这可是人命关天的大事，不能有一丝一毫的虚假。做假证是要受军法处置的！"

高二贵坚定地说："我说的是实话。"

张震山向站在一旁的乔参谋长发着命令："乔参谋长，你去，马上带人把这几个孬种抓起来，别让他们跑了。奶奶的，老子的队伍啥时候出过这种丢人事。"

没过多大一会儿，乔参谋长进来报告说，四个人全部抓到，都押过来了，请司令发落。

张震山擂着桌子吼道："把他们带进来。"

四个人全部被捆绑着，被几个士兵推搡着进来，在屋子里一排站好。张震山在他们面前踱着步，声音低沉而冷峻："是你们几个干的事，嗯？还有别人没有，嗯？"

"没有啦。"回答的是吕志武，他不时用眼睛斜盯着高二贵。

张震山讥讽道："没有啦？哼，有种。敢做敢当啊！"

赵掌柜颤抖着手指着他们说："你们这几个丧尽天良的畜生，把我女儿害死。我和你们拼啦！"说着就朝吕志武的身上撞去，士兵赶忙把他拉住。

赵掌柜的老婆像疯了似的，咒骂着扑了过去，在他们的脸上抓挠着："没人性的畜生呀，丧尽天良呀，我好端端的一个女儿就这样让你们糟蹋死了，天打五雷轰的龟孙子。我命苦的孩子，呜呜呜……"

"拉下去，先关禁闭，不给饭吃，要严惩……不贷！"张震山拍着桌子吼道。

第十七章

　　徐一刀是张震山派卫兵把他叫来的。低矮的个子，圆圆的脑袋，光亮的脸膛上两只小眼睛灵活地转动着。下巴上一撮黑胡须随着不停张合的嘴抖动着。这一切都表明他正在认真地思考、判断着可能出现的情况。

　　这个军营他几乎每年都要来几次，每次都是进了军营直奔猪圈，不是骟猪就是杀猪，进到张震山的办公室还是第一次。他眨着眼看了看张震山，又看了看屈鸿图，再看了看郭蛮子，最后看了看威严站立的卫兵。这种不寻常的场面他从来没有经过，不知道发生了什么事情，不知道会有什么样的厄运要降临到他的头上，他感到两条腿肚子抽筋，很难继续支撑起肥胖的躯体，心在胸腔里咚咚直跳，声响剧烈，仿佛要从喉咙里蹦出来。

　　张震山坐在太师椅上，咕噜咕噜抽着水烟，轻抬眼皮，打量了他好一阵子，慢悠悠地问："你，就是徐一刀？"

　　徐一刀缩着肉嘟嘟的脖子，两臂顺从地耷拉着，谨慎地回答道："是，大人。"他没称张司令而是称大人，他相信这样更能博取眼前这个武夫的好感。

　　"骟猪？"

　　徐一刀哈着腰说："是，大人。小人是个屠户，靠骟猪、杀猪持家度日，从没有做过犯法违禁的事情……"

　　"扯淡，我又没问你犯没犯法。"张震山嚼了嚼牙花子，啐了一口，"哪方面是特长？"

　　"特——长？"

　　"就是说骟猪是你的拿手戏，还是杀猪是你的拿手戏？"

　　听话听声，锣鼓听音。从张震山的态度和说话的语气，徐一刀粗略判断事情并没有想象的严重，但仍然小心翼翼地说："回大人的话，都是拿手戏，骟猪、杀猪都是祖上传下来的手艺。"

　　张震山饶有兴趣地问："骟猪、杀猪还有祖传这一说吗？骟猪的手艺咋样？"

　　徐一刀说："有呀，有呀，要是追根溯源的话，我们徐家骟猪、杀猪可以追

溯到我高祖父那一辈。他那一辈就是屠户，杀猪是一刀毙命，骟猪是一刀断根，人送绰号'徐一刀'。大人问我骟猪的手艺咋样是吧？我跟大人您说吧，我干这一行已经几十年了，同官县的塬上塬下方圆几十里无人不知，无人不晓。经我手骟的猪，刀口出血少，没感染。多少年来没有骟死过一头。"

"嘻——他娘的，你还有这本事？你是咋做的？"

徐一刀轻松地说："这可是得益于我们家的祖传秘方。我骟过的猪，只要把我们家祖传的药粉往上一撒，一天伤口不疼，三天伤口结疤，七天脱疤，就好啦。"

"有意思，这骟猪还有祖传秘方？"

"有有，这三百六十行，是行行出状元，各行状元都有他的妙方。"

"我问你，你会不会骗人？"张震山突然转了话题，眼睛盯着他问。

"骗人？"徐一刀一头雾水地眨着眼睛。

"对，骗人。"

徐一刀咧嘴笑着说："大人可真会开玩笑，现在又没有皇上，咱这同官县又不是皇宫大内，没有皇宫就不需要太监。骗人干啥？"

张震山把水烟壶放到桌子上，扭了扭脖颈说："我现在问你会还是不会。"

"骗人？"

"对，骗人！"

徐一刀怔了怔，突然一抖精神，右手刷了一下左臂，左手刷了一下右臂，左臂拧到背后，右臂前撑，单腿脆地，向张震山行了个清朝皇宫大礼，朗声说："回大人的话，小人会骗人。"

张震山乐了："哟哟哟，还大人小人的。这么说，你会骗人？"

"是，小人有祖传的骟人技法。"

"你骟猪是祖传，骟人也是祖传，你徐家可真有意思呀。"

徐一刀说："大人有所不知，小人的父亲的父亲的父亲，也就是我的曾祖父，原本是京城皇宫大内的净身师。因为他的手法好，活做得干净利落，不留病根，人送绰号'徐一刀'。'徐一刀'也就成了我们徐家几辈子的招牌。不同的是，小人的高祖父是骟猪的'徐一刀'，曾祖父是阉人的'徐一刀'。"

"哟，有意思，太有意思了。你说的话可当真？"

"千真万确，句句真话，不敢有半点谎言。"

"起来说话。"

一个卫兵搬来一张椅子让徐一刀坐下。

屈鸿图皱皱眉头，疑惑地问："既然你说你父亲的父亲的父亲，也就是你的曾祖父是皇宫大内的净身师，你咋能到这里来？同官县离京城可是远隔千山万水的。"

徐一刀叹了口气，说："唉，小孩没娘，说来话长。我曾祖父的父亲，也就是我高祖父是个屠户，他的儿子，也就是我曾祖父从小体弱多病，家里就把他送去学医，后来成了刮骨疗伤的好手，手法十分精到，后来又研制出止痛止血敛伤合一体的秘方。有一年皇宫贴出皇榜招净身师，京城里的官家为了讨好皇宫，就把我曾祖父表荐上去，结果被宫里点了这个差。他本来是不想去的，给皇宫干事得特别小心，但又得罪不起官家，再者待遇也不错，就这样他进宫去了。"

"后来呢？"张震山抻着脖子问。

徐一刀抹了一下嘴，继续说："由于我曾祖父刮骨疗伤的技术好，加之有止痛止血敛伤合一体的秘方，很快就在净身方面显出了本事。到我爷爷这辈，自然就继承了我曾祖父的衣钵继续干这一行，而且干得比我曾祖父还出色。那年，八国联军进京，慈禧老佛爷西逃，我爷爷也就随着这支逃难的队伍向西走。路上，慈禧老佛爷不小心崴了脚，那脚肿得明晃晃的，像个大蒸馍。那些随行的太医上路匆忙，备的药不全，未带治脚伤的药，被老佛爷骂得狗血淋头，趴在地上浑身颤抖，头磕得直冒血。我爷爷这次有露脸的机会了，他自荐上去，给慈禧老佛爷内服了一剂祖传的秘药，又用外敷的秘药在脚伤处涂抹了两次。下午上的药，第二天一早慈禧老佛爷起床后脚就不疼了，肿消了，能下床走路了。"

这一番绘声绘色的描述，使张震山兴趣盎然，他摸着头急切地问："再后来呢？"

徐一刀接着说："后来慈禧老佛爷一高兴，封我爷爷为正五品御医，我爷爷跟着他们逃难经山西到陕西的西安住了下来。后来八国联军退兵了，慈禧老佛爷又要回北京。我爷爷厌烦了这种兵荒马乱和受制于人、一天担惊受怕的日子。我爷爷说了，虽然他治好了慈禧老佛爷的脚伤，但肯定得罪了那群太医，一旦回到京城，太医们难免给他找罪受，其结果肯定是很麻烦的。他觉得陕西这个地方不错，历史上很少有大的战乱，住在这里生活安定，不用再过颠沛流离和受制于人的生活了，就悄悄逃到同官县了。"

"为什么要跑到这里？"屈鸿图问。

"这里山高皇帝远，不好找呀。要是让官府逮住了可是杀头的死罪，不但

杀头，还要诛灭九族呢！"徐一刀边说边横着手掌放在脖子上做了个杀头的动作，"这叫隐姓埋名，只要保住性命就算祖宗显灵了。所以又重操旧业干起杀猪骟猪的活养家糊口了。"

张震山有力地点着头说："你爷爷是好样的，慈禧老佛爷封的官都不要了，是条汉子。俺山东梁山泊就有许多这样的好汉，朝廷给官都不当。"他又偏着头瞅着徐一刀慢条斯理地说："这一阵你说得怪热闹，可你有啥东西能证明你说的是真的呢？"

郭蛮子插嘴说："对呀，你是在瞎胡蒙吧？"

徐一刀急忙摆着手辩解道："我说的是千真万确，没有半点虚言。我的手艺同官县没人不知。"

屈鸿图说："那只能说你手艺好。有什么能证明'徐一刀'是在宫廷干过事的人？"

"这……"徐一刀低头皱眉想了一下，"大人，有一样东西可以证明我不是瞎说。"他犹豫了一下又说："不过，这东西是传家之宝，我受父亲的嘱咐，是秘不示人的。我今天就破个例拿来给您看。"

张震山说："去吧。"

过了一阵子，徐一刀腋下夹了个布包来了。他把布包放到桌案上，跪在地上郑重其事地磕了三个头，嘟囔着："先人，我知道家传的规矩，家传的宝物是秘不示人的。可是今天为了向张司令和屈县长证明我不是胡说，我斗胆做主请张大人、屈大人开开眼。敬请各位先人多多包涵。"

说完，他从地上爬起来，小心翼翼地解开布包。里面是彩绫包裹，一层层打开，里面是个漆黑的条状木匣子。这木匣子纹理清晰，色泽光亮，十分精致。他轻手打开木匣子，从里面取出一个小盒子，盖子上有雕刻的花饰。打开盒盖，盒子里分格放着黑色的刀子、银色的剪子、镊子和一根黑色的细皮绳。他打开盒子的过程中，张震山、屈鸿图和郭蛮子都围拢过来引颈瞠目、屏息敛气凝视着，他们不知道将要看到的是什么稀罕玩意。等结果出来了，大家好奇的气息泄了，有些大失所望。

张震山不屑地咻了一声，说："他娘的，俺以为是啥吸引人的景致呢，原来就是这几样破玩意，这是干啥用的？是骟猪的物件吧？"

徐一刀说："大人，这不是骟猪的，这是给人净身用的，就是专门'制作'太监用的。"

张震山从盒子里用两根指头拈出黑色的刀子，这刀子通体乌黑乌黑的，刀面上显现着清晰可见的自然纹理，拈在手中有着沉甸甸的感觉。他翻过来看刀的刃口，刃口在灯下泛起一线很细很匀的青光，青光虽细，却刺得眼睛发眩发寒。他不禁吸了一口冷气，迅速将脸和刃口之间拉开距离。张震山行伍出身，戎马倥偬大半生，见过无数的刀光剑影，如此寒气逼人的刀光还是第一次见到。

"哟嗨，俺娘哎，看着这玩意叫人直冒冷汗哪。"

徐一刀说："大人，是这样的，这刀可是有来历的呀。"

张震山说："说说，让俺听听。"

"这把刀是谁给的知道不？"

"别卖关子了，直说，俺听着呢。"

徐一刀神秘兮兮地压低嗓音："这东西来历可不凡哪！这可是当年太后老佛爷身边的大红人李莲英赠给我祖爷爷的。"

"啥，啥……"张震山把一口吸到嘴里还没有来得及咽下去的烟喷了出来，呛得他剧烈地咳了两下，急切地问，"你说这是清朝那个有名的大太监李莲英赠给你祖爷爷的？"

"正是。"徐一刀又问，"您知道这把刀是啥东西做的？"

张震山摇头表示不知道，他冲卫兵喊道："上茶来，把屈县令送来的好茶打开泡上。今天俺要好好听听，这个'说书的'一会儿给俺卖一个关子。"

卫兵也听上了瘾，不愿意失去饱耳福的机会，一会儿就把沏好的茶水端了上来。

张震山端起茶杯，就着杯口嗅了嗅飘上来的热气，又呷了一口，说："茶不错，味道挺好。你，继续说。"

徐一刀喝了一口茶，用衣袖抹了一下顺嘴角流下来的水线，继续说道："听我爷爷说，我祖爷爷在没进宫以前，有些二脚毛子为了混口饭吃到皇宫里当净身师。由于技法不精，刀法不准，加上消毒消炎的药不好，经常把人给阉死，或者留下折磨一生的残疾。那可都是些活蹦乱跳的孩子呀！有的是家里养不下去了，有的是想让孩子通过走这条路奔出个光宗耀祖的前程。多可惜！自从我祖爷爷进宫干这个行当，在他手里从来就没有出过闪失。我祖爷爷的名声越来越大，许多想进宫当太监的人都提着重礼送到我祖爷爷那里，求他做活。我祖爷爷同情他们，一次只收十两白银，有人实在没钱，就先做活，等进宫发迹以后再还。可有些命运不济的太监进宫几十年连皇上的面都见不上，混得糟糕透顶，更不要说还钱了。还不上，我祖爷爷也不在乎，但是在做活上从来没有出

现过差池，在京城这个行当里有很好的口碑。后来，李莲英听说我祖爷爷的善行，差人把我祖爷爷叫去。那时的李莲英可是太后老佛爷身边的大红人，位高权重，朝中的王公大臣、各省的封疆大吏想见他一面都难。他要叫你响午富，等不到下午；他要叫你三更死，等不到五更。我祖爷爷心里害怕极了，不知道自己做错了什么事。见到李莲英，李莲英很是客气，说他也是穷人家的孩子，没办法才到宫中当太监。李莲英是八岁去势，九岁入宫。当时家人劝他不要去，说闹不好要死人的。和他一起受阉的五个人，四个都相继感染死掉了，只有他命大福大造化大。他说我祖爷爷能每次把活做得不失手，是行了大善，积了大德，是走他们那条路的人的恩人。他说为了感谢我祖爷爷，专门让京城里的一个西域僧人磨出这把刀。这个西域僧人是一个磨刀高手。您知道这把刀是用什么材料做的吗？"

张震山摆了摆手，说："他娘的，说吧，说吧，我猜不着。"他又问屈鸿图："屈县令，你该知道吧？你读书多。"

屈鸿图想了想，说："我也不知道。"

张震山调侃道："看来你读书多也有不行的时候。咱还是听徐一刀给咱讲故事吧——你继续说。"

徐一刀继续说："这把刀原来是一个印度人用天上不多、人间少有的八面体陨铁磨出来的一把剑，是印度的使者到京中朝觐皇上时送的礼物。皇上很是喜爱这把剑，作为爱物转赐给了李莲英。李莲英让那个西域僧人把这把剑磨成了这把刀赠给我祖爷爷。这刀的特点是越浸血越锋利。您不信？您再看看，这刀面上的点点像什么？像不像珍珠？这就叫珍珠合纹石，是天然形成，非常罕见，非常稀少，是陨铁中的珍品。李莲英说他最不愿听到的是想当太监的人在被阉的过程中死掉或者留下残疾，最后送我祖爷爷走时还封给我祖爷爷五十两雪花银。"

屈鸿图感叹道："真是物伤其类啊！"

郭蛮子撇了一下嘴，不屑地说："一个骟猪的还有这么多的故事？"

徐一刀心里气忿，脸上却堆着笑说："骟猪的故事可多了，皇帝还专门给骟猪的题过对联呢。"

屈鸿图说："有这事？说来听听。"

徐一刀说："说是明太祖朱元璋登基以后，不喜欢跑马射箭，喜欢上了对对子，对子对得可好啦。一年除夕，朱皇帝走街串巷去看谁家的对联对得好，对得工整。他看到家家户户的门上都贴上了对联，唯独一家没有。一问，这是一家骗猪的。这一家人说，正在忙事情，对联还没来得及贴。朱皇帝说就不要贴你们家的了，我给你们家写上一副贴上。这朱皇帝大笔一挥，就写了一副对联。上联是：双手劈开生死路，下联是：一刀斩断是非根。怎么样，这对联不错吧！"

屈鸿图嘟囔着重复了一遍，点头说："不错，是不错，对仗工整，内容贴切。这可真是针对骗猪的人家写的。"

张震山对对联的事情不感兴趣，他摩挲着头说："有意思，有意思。哎，你说这把刀子割那玩意不出血是咋回事？"

徐一刀一气说了这么长的故事，心情是格外好。多年来他恪守祖训，从没有把这个秘密说出去，在心里憋得太久了，今天终于敞开心扉毫无顾忌地说了出来。他端起水杯痛快地喝了一气，用袖口一抹嘴接着说："大人，您看。"他从盒子里拿出一个小瓷瓶，托在掌心："这就是我家祖传的秘方配置的药，把这药用老酒化开，把这把刀放进去浸泡三天，然后用这把刀干活，伤口就不会出血。"

屈鸿图拈起小瓷瓶看着，这是一个细颈圆肚葫芦状的青花小瓷瓶，瓶口用软木塞封着。他拔出木塞，把瓶口放到鼻孔前嗅了一下，一股浓重的药味刺得他鼻孔发痒，重重地打了一个喷嚏。他赶忙把瓷瓶盖好，递给了徐一刀。

"这是什么东西配的？这么大的劲。"

徐一刀支吾着不肯说。

张震山挥着手说道："我说屈县令，这事你就别难为人家小民了，小家小户人家就靠这点小秘密持家度日子。你屈县令总不会想学这手艺骗猪去吧？"

"哈哈……"屈鸿图笑着说，"张司令真会开玩笑。"

张震山又说："我说徐一刀，你今天回家用药把刀子泡上，做好准备，随时到我这里听令。"

徐一刀疑惑地眨着眼睛问："大人这是……要骗……猪？"

"不！"张震山恨恨地说，"骗——人！"

"骗人？"徐一刀吓了一跳，脖子往回一缩，脊背上渗出了冷汗。

第十八章

徐一刀垂头丧气地回到家，两个孩子已经睡觉。老婆叶香草坐在油灯下纳鞋底子，一看到男人回来，就赶忙把麻线绳缠在鞋底子上放到炕台上。

"回来啦？"她问。

"啊。"徐一刀应着，坐在炕沿上把鞋脱掉，顺势躺在了炕上，圆脑袋枕在胳膊上，对着屋顶发愣。

"他们叫你做啥呀？是不是又要杀猪啦？到时候别忘揣块肉回来。你倒是说话呀！"叶香草看着男人心事重重，不吱声，她很想知道发生了什么事情，好奇心没能得到满足，嘟囔了一句："像被骗了的猪，蔫不唧的。"

徐一刀一挺身坐了起来，两臂支在炕沿上，气急败坏地骂道："说的是你娘的狗屁！老子都快烦死了，你还像个苍蝇嗡嗡叫个不停。烦死人啦！"

叶香草并没有因为男人的责骂而生气，反而从桌子底下的纸盒里抓出一把葵花子，用两个胖指尖拈起一个放在牙缝间磕着，笑着说："杀猪的，这兵营里走了一趟长胆识了啊，敢和老娘顶嘴啦。跟老娘说说看，遇到啥麻烦了，让老娘给你支支招。"

徐一刀有着杀猪宰羊抹牛脖子的胆量，但在这个女人跟前还真是像被骗了的猪，胆气不足，懦气有余。如果说他是一块坚冰，这个女人就是一锅热水；他是一根铁杵，这个女人就是一堆炭火；他是一锅豆浆，这个女人就是一碗卤汁，总是能把他降得服服帖帖。今天也一样，他在说了几句硬话之后便愁眉苦脸地向叶香草诉说起事情的经过。

"啥？"叶香草被男人说的话吓了一跳，"他……他们叫你去骗人？"

徐一刀两手拍着炕沿叹着气说："咋办？这一关可咋过呀，啊？"

叶香草把手里的葵花子扣在桌面上，搓着手在屋子里像陀螺一样团团转："那几个糟蹋人家闺女的畜生真该千刀万剐下油锅，可咋也不能把你拉进去呀。这狗娘养的张震山也真会想法子，想出了这么一招。"

徐一刀拍着炕沿恨恨地叫道："臭娘儿们，别转了，转得我头晕。"

叶香草果然不再转了，问："咱要是就不去呢？"

徐一刀说："不去咋办，咱能惹得起那些人吗？他们手里有枪有炮，掐死咱还不像掐死一只鸡娃？"

"啊呀，"叶香草叫道，"那可是四个人呀，可不是四头猪。咱要是把他们的根断了，他们还不恨死咱，咱家这日子还能安生着过吗？这个挨千刀的张震山，你要是恨他们就一人一枪把他们崩了算啦，咋能想出这整治人的法子呢？我家是骟猪的，咋能想起让他去骟人呢？那猪和人一样吗？咱……咱带上孩子逃吧，啊？离开同官县，远走高飞，还像你爷一样找个偏僻的地方隐名埋姓。我就不信他张震山能一辈子待在同官县。等他走了咱再回来。你有手艺到哪儿都能用上，总是饿不死。"

徐一刀说："逃？往哪儿逃呀？这兵荒马乱的世道。再说了，咱这房子还有地又带不走。要是再让他们抓回来，那还不知道是个啥下场呢。"

叶香草说："走是个死，不走也是个死，这可咋办？"

两个人正在屋子里绞尽脑汁想对策的时候，外面传来了敲门声。

徐一刀一怔："这么晚了，谁敲门？"

叶香草带着哭腔说："不知道。咋办？"

徐一刀溜下炕，趿拉着鞋向院子走去。

"谁呀？"他问。

"开门，四十六团的。"门外的人回答道。

"又是四十六团的人。肯定是来抓你的。"叶香草跟出来，紧紧地抓着男人的胳膊。

门打开后，门外站着一个军人，徐一刀认出他是郭蛮子。

郭蛮子跨过门槛，转身把门插好："徐师傅还没睡？这位是嫂夫人吧？"他的客气更让徐一刀心里忐忑不安。

徐一刀战战兢兢地问："您这是……"

郭蛮子打了个手势，说："徐师傅，别害怕，咱们到屋里说。"

徐一刀两口子跟在郭蛮子的后面进到屋子里。郭蛮子在椅子上坐下，看了一眼紧张的徐一刀和偎依在他身边的女人，笑了笑说："你俩别怕。我这么晚来找你们是想和你们商量一件事情。坐下嘛，我说过了，不用害怕。"

徐一刀把屁股挪到炕沿上，叶香草像胶一样贴在他身边，心里怦怦直跳，不知道要发生什么事情。

郭蛮子把帽子摘掉，放在桌面上，用一只手整理着头发，口气和缓地问徐

一刀:"今天晚上张司令跟你说的事情,你打算怎么办?都准备好了吗?刀子用药酒泡上了吗?"

叶香草没等男人回话,疾步走到郭蛮子跟前,双膝一屈,跪在他的脚下,可怜兮兮地说:"长官,您开开恩放过我们吧。那几个伤天害理的东西是该死,可我男人只敢骗畜生,不敢骗人哪。你们拿枪把他们几个崩了吧。俺可真不敢骗他们呀!"

郭蛮子说:"你说这话我就想不通了,你祖上不是专门干这事的吗?现在不过是秉承祖业,有啥子不敢的?"

徐一刀说:"长官,这不一样。祖上干这一行那是积德行善。世道不一样了,现在让我干这个,那我……就是伤天害理啦。真的!"

郭蛮子抬了抬眼皮,侧着脸说:"这话怎么讲?你祖上干这事是积德行善,你现在干这事就是伤天害理啦?"他笑了笑,挪动了一下屁股:"这同样一件事,只是人不同罢了,怎么结果就不一样了?"

徐一刀倒了一碗水放在郭蛮子跟前,讨好着说:"长官,是这样的,我祖上干这事的时候,朝廷认这。多少穷人家的孩子为了谋一条生路,或者说为了出人头地才进宫当太监,他们愿意这么做,我祖上是成全人家。如今是民国了,民国政府不兴这个,没有人愿意把自己整成太监。咱这是强迫人家去势,岂不是伤天害理?郭营长,您这个人心地善良,办事公道,斯斯文文的,一看就是个饱读诗书的人。要是在大清年间,您要是进京参加科举考试,一定能中得头名状元。一旦中得头名状元,就要披红戴花,骑高头大马,前面鸣锣开道,后面仪仗排列,在京城游行三天,北京城那可是万人空巷,都拥到十里长街目睹状元的风采去了。那气势,那排场……"

"得得得……"郭蛮子撇着嘴,客气的耐性也没有了,"少他娘的给老子灌迷魂汤。我还不知道我他娘的是什么玩意。老子是大字不识一升,祖坟上压根就没长这棵草,还中啥子状元,还饱读啥子狗屁诗书。老子能混到这个份上已经是祖宗显灵了。"他点着指头:"徐一刀,老子今天半夜来找你,不瞒你说,是有一事相求。"

徐一刀抻直脖子,紧张地眨巴了几下眼睛盯着郭蛮子,不知他嘴里又要说出什么让他魂飞魄散无法招架的事情。

"啥事?"他牙齿磕碰着问。

郭蛮子一只手在跷起的大腿上有节奏地拍着,说:"这四个人里面有一个人是和我换过帖子的把兄弟,和我是患难之交,曾经救过我的命,他叫吕志武。

我今天就是为他的事情来找你，求你在行刑的那一天高抬贵手放他一马，也就是说不能把他整成太监，其他三个人我不管。这十块大洋你先拿着，吕志武如果没事，我再给你二十块大洋。你看怎么样？"

徐一刀摊着手难为情地说："这……这我咋办呀？"

郭蛮子说："咋办？我给你说吧，我想了一路都没有想出一个像样的办法来，只能由你想办法喽。"他反戳着自己的胸脯："我呢，只向你要一个完整的人。现在我跟你说，你能办到要办到，办不到也要办到。出了问题不但我和你过不去，吕志武可是个杀人不眨眼的主，你断了他的根……"他把脸向前探着，冷眼盯着徐一刀，一字一顿地说："他会绝了你的户！"

"我的妈呀！"徐一刀拍着额头苦不堪言地嘟囔着。突然他想出了一个主意："郭营长您是张司令的红人，您出面跟张司令求个情放过这个吕……吕志武不就行了。训斥一顿，打几鞭子，以后不犯不就行了。"

郭蛮子愤愤地说："你这是个屁主意。要是这样能行我他娘的早就去找张司令了。张司令如果放过吕志武，其他三个人怎么处置？只追究其他三个人的罪，你让张司令怎样服众？要是都放了不追究，同官县的民众闹腾起来又怎么收场，嗯？赵掌柜一旦跑到省城喊冤叫屈，军法处的人一旦下来，那可是要枪毙人的！"他说着站起身把帽子胡乱往头上一扣："好啦，我的话说完了，后面的事情就交给你了。"

"这钱您拿上，我不要您的钱……"徐一刀双手捧着银圆畏葸地递到郭蛮子面前。

"怎么，你不办？"郭蛮子咬着腮帮子横着眼问。

"我……我真不知道咋办。"

郭蛮子伸出粗壮的手指头戳着徐一刀肥厚的胸脯，咬着牙一字一顿地说："今天夜里别睡觉，想——办——法！我郭某人只看结果。"

送走了郭蛮子，徐一刀插好院门回到屋里。叶香草手里抓着一条毛巾正在擦眼泪，一见他进来，便放开嗓门号啕起来。

"我的天哪，这日子咋过呀，啊……"

徐一刀跺着脚焦躁地叫道："号号号，号丧呢！"

叶香草不敢再号了，哭丧着脸，哽咽着说："当家的，这咋办呀？你得想个主意呀。"

徐一刀叫道："我想主意？我他娘的有上吊的主意，有投井的主意，有喝老鼠药的主意，有拿刀抹脖子的主意，有跳油锅的主意……"他又愤愤地骂道：

"郭蛮子这个龟孙子，惹不起阎王就会来欺负小鬼。让我咋去保他？张震山这个狗娘养的，咋他娘的想出这个主意，这不是逼我跳井吗？这几个畜生真他娘的该千刀万剐，一枪一个打死多利落。这狗日的张震山……"他气急败坏地挨着骂了一遍，坐在椅子上直喘粗气。

叶香草站在他跟前，六神无主地说："你光骂也不行呀，总得想个办法呀……"

徐一刀起身从墙角的柜子里摸出一瓶酒打开，厚嘴唇抵住酒瓶口，仰面朝天咕嘟咕嘟一口气喝下去了大半瓶，叶香草赶忙从他手中夺过酒瓶。

"喝喝，喝死你……"她尖声叫道。

"喝死算啦！我有啥办法呀！呜呜呜……"徐一刀趴在炕上哭了起来，不大一会儿吐着粗气睡着了。

三更天的时候，他醒过来，酒精的麻醉并没有使他忘记前半夜的事情。他用尚且木呆的脑袋迟钝地想着，不知是上天暗示还是祖宗显灵，终于想出了一个主意。他拍醒和衣睡在他旁边的媳妇。

"有办法啦，有办法啦！"

叶香草被惊坐起来，睡眼惺忪，迷迷瞪瞪地问："啥办法？"

徐一刀起身溜下炕，跪在地上，接连磕了几个头："感谢老天爷保佑，感谢祖宗显灵，感谢老天爷保佑，感谢祖宗显灵……"

叶香草坐在炕上，惊愕地看着男人，以为他是急火攻心犯了魔怔，害怕地又哭叫起来。

"老天爷，这咋办呀？当家的疯了，这日子可咋过呀？逼死人啦……"

徐一刀从地上爬起来，骂道："臭娘儿们，哭屁呀哭，老子我想出办法啦。你还哭！"

叶香草的哭声像被刀斩断似的停住了，破涕为笑："当家的，你……你……没疯？"

"放屁，你看老子像疯了吗？"

叶香草哧溜下炕，光着脚扯着男人的胳膊，上下打量着："你真没有疯？看着你刚才的样子我还以为你疯了呢。想出啥办法啦？"

徐一刀坐到椅子上，长吁了一口气，徐缓地说："可想出办法了，可想出办法了，祖宗真的显灵啦！"

女人在他的膀子上亲昵地拍了一掌："快说呀，想出啥办法了？急死人啦！说出来老娘帮你参谋参谋。"

徐一刀吩咐道:"去,把剩下的酒给我拿来,听老子慢慢跟你道来。"

叶香草翕动着鼻翼哼了一声:"屄样子……还不知道是个啥狗屁办法。"说着,扭动着胖身子把剩下的半瓶酒塞到他的怀里。她又讨好着说:"我给你抓把花生米吧,办法行不行不要紧,先不要把咱的嘴亏了,是吧?"

徐一刀对着瓶子抿了一口酒,说:"再炒两个鸡蛋。我想的这办法太好了,有道是'山重水复疑无路,柳暗花明又一村'啊。"

不大一会儿,女人把一小碟炒鸡蛋和一小碟花生米端来放到桌子上:"别急着喝,你先说说,让我听听。"

徐一刀扭着脖子说:"我不喝!先让我感谢老天爷保佑喝一杯,再感谢祖宗显灵喝一杯。"喝完两杯酒,他夹了一筷子炒鸡蛋塞进嘴里,神秘兮兮地说:"我呀,在梦里突然想起爷爷跟我讲的一件事。这件事从爷爷跟我讲过以后,从来没有在梦中出现过,今天出现了,一定是祖宗显灵啦。"

"嗯,快说。"女人盯着男人那张被炒鸡蛋的油浸润得亮晃晃的嘴唇,急不可耐地催促着,不知道从这张嘴里能吐出什么让这个家摆脱困境的锦囊妙计。

"爷爷跟我讲呀,历朝历代皇宫里的太监不完全都是真的,也有赝品。"

"啥叫赝品?"

"就是假冒的,假冒的太监。"

"这是咋回事?假太监干啥用?"女人对这个话题很糊涂,很想弄清楚。

徐一刀用筷子头点着女人说:"傻婆娘,这都不懂。假太监就是真男人,真男人干啥用你还不知道?榆木疙瘩不开窍,真是的!"

叶香草和气地说:"好好好,我榆木疙瘩不开窍,你开窍。说吧,让我听听。"

徐一刀哼哼着清了清嗓子,继续说:"按宫里的规定,宫里所有伺候皇上和娘娘的男人都必须在进宫前把他阉了,这些被阉的男人就是太监。为啥要阉他们呢?就是因为皇帝要保证皇家血脉的纯正。也就是说,皇宫大内只能由皇帝一个人撒种,其他杂种都不能在这里生根开花,更不能结果。也就是说,不能让其他男人在这里秽乱后宫。为了防止他们秽乱后宫,就要把他们秽乱后宫的能力给除掉。可是这皇宫内院里不说宫女,光妃嫔媵嫱何止百千,这些人都像旱地的庄稼祈盼着沐浴皇上的龙恩。皇上就那么一个皇上,就是把他的骨头都化成水能浇几亩地?这些妃嫔媵嫱正值青春年少,情火正旺,对男人的渴望该是个啥样子?就拿你说吧,三天两头都要我把你那片地浇一下,不浇你就噘嘴吊脸跟我怄气……"

女人在徐一刀的胸脯上推了一把，笑着说："去你娘的吧，哪个女人不是这样？要是老娘这片地让别的男人浇你愿意？快，继续说。"

"你这话就说对啦。不管我浇还是别人浇，总得要有人浇。可宫里的这些女人，除了皇帝浇以外是绝不允许其他男人来浇的。可皇帝根本浇不过来，皇帝浇不过来，就不会有孩子，没孩子的娘娘就不值钱，就更不要说那些妃嫔媵嫱了。怎么办？"徐一刀看着女人问。

叶香草说："我咋知道怎么办？太监是男人又都不能用，能用的男人又进不来。嗨，说呀，怎么办？"

"办法都是人想出来的，人最聪明了！去，把我的烟袋拿过来，让我抽口烟，说得口干舌燥的。"徐一刀晃悠着腿吩咐着媳妇。

"蹬着鼻子上脸，看把你美的，又是喝酒又是吸烟。"叶香草说着，在男人肉乎乎的耳朵上拧了一下，扭着胖乎乎的身子到炕头上把烟袋拿过来。

徐一刀啞啞地吸了两口烟，继续说："后宫的女人实在熬不住了，就想出了制作假太监的办法，把没有阉过的男人当阉过的男人弄进宫去供她们解心焦。"

"那容易吗？"

"当然不容易。"徐一刀用手有节奏地拍着大腿，"这正常的男人变成太监要经过好多程序：首先要有太监介绍，当然一般是有名望的老太监介绍。老太监把人领来介绍给管太监的人，就是总管。总管看这人齐整，就会问一些家住哪里、多大啦、是不是自己愿意当太监之类的话。如果愿意，总管就会和他立下一道生死文书，生死文书上写明如果出现伤残甚至死人的后果自己承担。然后交给净身师去净身，就是阉。人叫阉，畜生叫骟，实际上是一回事，咱就说骟吧。到骟的时候，宫里就会派人来监督。宫里有专门的净身房，咱就叫它骟房吧。把这人领进骟房，先是给他喝一碗麻醉汤把他麻翻，这和骟猪不一样。然后就开始动刀子，这和骟猪一个样。把两个蛋取出来，血糊糊地端到监督的官员跟前让他一看，他等于见证了过程是真实的，就在生死文书上签字画押，这事就算完成了……"

女人撇着嘴说："说了一大摊，还不等于放了个屁。蛋割了还不是完蛋啦，还是不能用……"

徐一刀用大拇指头在铜烟锅上摁了两下："你别急嘛，我说的这是正常的办法。下面我再跟你说不正常的办法，就是咋样做假太监。做假太监的办法是，哪个娘娘或者妃子想要一个不是太监的太监，第一步是用金银珠宝贿赂总管，说我这宫里人手不够需要再添一个人，当然也要把真实意思说清楚。总管得了金银珠宝就开始物色人。这个人很难物色，一定是模样好的，身体健壮的，就像选种猪种马一个样。更关键的是这个人还要踏实，口风要严。像你就不行，嘴像个拉稀屎的屁股，一点都管不住，有啥说啥，听风是雨，难怪人家叫你'活电报'。"

"去去去，说到哪儿去啦。老娘没遇见那种事，要是遇见那种事嘴严得很着呢。说正经的，做假太监咋过关？"叶香草不服气地说。

"面上的程序是一个样，签上一道生死文书。当然总管和净身师都收了贿赂，只是把来见证过程的官员蒙在鼓里。净身师在来之前，把两个猪蛋或是狗蛋提前取出来，用油纸包好藏起来，净身的时候就在那人的大腿根上划上一刀子。爷爷说人这大腿根上有一根血管，让它流出小半碗血，把猪蛋或者狗蛋往血里一浸，端给见证的官员看。见证的官员一看净身师手上是血，盘子里是血，两个猪蛋或是狗蛋也是血糊糊的，他们肯定就信了。把字一签，这事就算完了。嗨，后来娘娘妃子生的孩子就是皇帝的孩子喽。皇帝不知道戴了多少绿帽子还蒙在鼓里呢。"

"哟，还有这事？"叶香草笑着说，"要是哪个男人遇到这事可是有福气呀，搂着皇帝的老婆，住着皇帝的宫殿，享受着荣华富贵。哎，你想不想这事？哼，你肯定想。我要是男人做梦都想。"

徐一刀乜斜着眼说："你懂个屁，风险大得很着呢。这就好比老鼠陪着猫睡觉，绵羊陪着狼睡觉，鸡陪着黄鼠狼睡觉。只要有一丝一毫的泄露，就会死无葬身之地。假太监要死，做这事的娘娘妃子要死，生的孩子要死，所有和这事有关联的人都要死，说不定还要株连九族。事情败露是这样，事情没有败露是啥样的结果，你知道吗？"

女人摇了摇头说："不知道。"

"想知道吗？"

"嗯，想知道。"

"去给我倒碗水。"

"死样。"女人娇嗔地瞥了他一眼，倒了一碗水端过来，"说吧。"

徐一刀喝了口水，清了清嗓子："一旦事情暴露，所有有干系的人只有死路一条。事情没有暴露，假太监有两种结局：一种结局是碰到心地善良只想要个孩子好在皇帝跟前邀宠的娘娘或妃子，只要一怀上孕，就会给假太监一笔钱，打发他离开皇宫远走高飞隐姓埋名绝口不能再提这事情，给他一条活路。当然，这是非常幸运的，也是很不容易碰到的。另一种结局是遇到心地不善的娘

娘或妃子，她一旦怀孕，为了自保，为了这件事情永远不被外人知道，就会想个办法把假太监弄死，以绝后患。死人的嘴是绝不会把任何秘密泄露出去的。弄死的办法就很多了，用毒药毒死，或者用酒灌醉后用绳子勒死，或者在他睡着的时候用棍棒打死。趁着夜深人静月黑风高的时候抬到后花园挖个坑一埋了事。你，还想去吗？"

叶香草摇着头紧张地说："我不去了。"她又说："哎，说了半天，你是想咋……办？"

徐一刀喝了一口酒，说："我就按爷爷说的办法造出四个假太监。明天咱买上四头猪，到那一天去之前把四头猪的蛋取出来揣好，到时候咱给他演上一出狸猫换太子，不就行啦。"

"也就是，"女人高兴地说，"你真有本事。不，是你爷爷有本事。你爷爷干过这事没有？我猜，一定干过。"

徐一刀说："可惜你猜错啦，我爷爷他没干过。他说过，他不敢干这事，他胆小。他说在金银珠宝和性命之间权衡，他还是想活命，他还想维持这个家的生活。他说他见过干那事的人在事情败露以后，背后插个犯由牌，五花大绑推到刑场上被砍头的情景。太可怕了！"

女人在他油光光的额头上点了一下，讥诮地说："你爷爷躺在棺材里恐怕也想不到，他不敢干的事，他的孙子却敢干。"

徐一刀叹了口气说："这也是没有办法的办法嘛。咱要是把这四个畜生骗了，他们会饶过咱们？咱家的日子就没法过了。"

叶香草也跟着叹息道："只是这样做太便宜了那四个畜生，也太亏欠赵掌柜的女儿了。如花似玉正值青春年少，死得太冤。"

"也是，"徐一刀心事重重地吸着烟说道，"可又有啥好办法呢？"

沉默了一阵子，叶香草突然高兴地说："要不这样吧，你明天去找赵掌柜，把话跟他挑明了，人死不能复生，那四个畜生让咱骗了，肯定会来找咱家的事，咱做手脚放他们一马，让他们每人赔给赵掌柜家一笔钱算是补偿吧。让他说个数，让这四个畜生摊。你看行不行？"

徐一刀眯缝起眼睛想了一阵子，徐徐地说："这也是一个办法。"

"那你明天去吧。"

"行，咱们赶快睡一觉吧。"

上到炕上，徐一刀又犹豫起来，说："要是赵掌柜不同意，咱这狸猫换太子的主意就露馅了。要是赵掌柜同意，那四个畜生到时候不拿钱出来，咱咋办？

不是又亏欠了人家赵掌柜家？赵掌柜一喊叫，事情还得露馅。"

叶香草听男人这么一说，刚平静的心情又不平静起来，说："也是，这可咋办呀？"猛然，她扳着男人的肩头惊叫起来："我想出办法来了，你看这样行不行？郭蛮子不是说要是赵掌柜一旦跑到省城喊冤叫屈，啥处的人一旦下来，那可是要枪毙人的。这个啥处的人一定能管住他们，他们现在一定是瞒着那个啥处。我想，咱要是给那个啥处报个信，让他们来人管，不就脱了咱的干系了？你说对吧？"

徐一刀愣怔着眨了几下眼，回忆道："是……军——法——处，是军法处。"他使劲拍着叶香草胖乎乎的屁股叫道："我的媳妇哎，你真是一语惊醒梦中人哪，你真是救苦救难的活菩萨哟，你可给咱家解了大难了。明天一早就写信，我到省城寄出去。媳妇，来，咱们好好浇地。"

窗外不知什么时候淅淅沥沥地下起雨来，夜风扫着树叶发出哗啦哗啦的响声，同官县县城在黎明前泛起了躁动。

第十九章

农历二十是同官县县城的集市，同官县县城的集市在方圆十几里是规模最大的。十里八乡的人们都要在这个集市上出售农产品，购回需要的物品。一大早，川道里的大道上，山腰间的小道上，可以看到老老少少男男女女赶集的身影。他们赶着羊、牵着驴、拽着牛、挑着担、吆着猪向县城汇集。县城里的店铺早早开门，把所经营的物品摆放出来。饭铺子的炊烟顺着烟囱朝外喷着，在半空中散开，像雾一样弥漫在天空上。

赶集的人们很快就发现了不同寻常的情况，戏楼的中间摆了一张桌子，桌子后面还有一把椅子，几个士兵在戏楼的上下忙碌着。当太阳爬上山顶的时候，一队肩上扛着枪的士兵来到广场，在戏楼两侧排开。这让赶集的人们大为惊异，不知道发生了什么事情，有些做生意的人提起自己的东西就要躲开。这时，四十六团的乔参谋长站在戏楼中央，朗声喊道："各位父老乡亲，大家不要惊慌，安心做你们的生意。现在呢，大家先暂时停一下，都朝戏台前聚拢一

下，咱们开个会。"看到人们在好奇心的驱使下聚拢过来，他继续说："今天，我们开的这个会是个安民心的会，是个除恶压邪扶正的会。前些天，我们四十六团出现了四个严重违反军纪的败类。为了严肃军纪，还百姓一个公道，我们要让这四个祸害百姓的败类受到应有的惩罚。"他目光扫视着人群，提高了声调："现在，我们请张司令给大家讲话。"他退到一边，带头鼓掌欢迎。

张震山一身齐整的军装，迈着大步走到戏楼的中央。他干咳了两声，瓮声瓮气地说："各位父老乡亲，俺张震山受胡长官派遣到同官县驻防，就是为了确保一方平安，要让同官县的父老乡亲过上安稳的日子。"他接着愤怒地说："但是，就是有那几个孬种不听话，不守军纪，祸害百姓。俺就不信治不了他们！"他顿了一下，看到台下的人们安静地引颈张目听他讲话，提高嗓门说："今天，俺要把那四个祸害百姓的孬种当着父老乡亲的面严肃处置。"

赶集的人们一听开会的内容都兴奋起来，吵吵嚷嚷地议论着。

等人们安静下来，张震山朝乔参谋长一挥手，说："乔参谋长，把那四个孬种带上来！"

乔参谋长两腿一并，胸脯一挺，大声应道："是，司令！"而后他一个标准的向后转，威严地喊道："把犯人押上来！"

随着乔参谋长的一声喊，每两个士兵押着一个犯人，把四个犯人从戏楼后面押到戏楼前，一字排开。

张震山在台上说："各位父老乡亲，这四个孬种败坏军纪，伤天害理，祸害百姓，没他娘的人性。这个……这个，前七八天，是这个……"

乔参谋长在旁提醒说："阴历十二。"

"噢，对，是阴历十二，这四个孬种、畜生，大白天，光天化日之下，把人家一个黄花闺女给糟蹋了，是在马棚里糟蹋的。人家这闺女性子烈，咽不下这口气，用剪子戳了脖子自尽了。"他指头点着台下的犯人说："你们这四个孬种，就这样把人家一个闺女给害死了，你们就是畜生！"他缓了口气，继续说："俺老张是山东人，梁山好汉就是俺老家那一块的。梁山好汉打富济贫，惩恶扬善，俺就佩服。那好汉李逵听说宋江把人家刘太公家的闺女抢到山上做压寨夫人，他就生气啦，提着两把大板斧冲上梁山，把'替天行道'的杏黄旗给砍倒了，还一把揪住宋江就要砍。当然，那是假宋江干的事，诬赖了真宋江。李逵是好样的，梁山的好汉都是好样的，俺就佩服他们，俺就恨那些祸害百姓的孬种。"他提高嗓门继续说："这几个孬种祸害百姓，糟蹋了人家的闺女。这是我张震山治军不严，我在这里向同官县的各位父老乡亲磕头谢罪。"他说着走到戏楼前沿，就要下跪。乔参谋长紧赶一步扯住他，说："司令，慢！"

张震山斜眼看着乔参谋长："干啥？"

乔参谋长不回他的话，双膝一屈，直挺挺地跪在地上，说："各位父老乡亲，我代表张司令在这里向大家叩头谢罪。"他说着，在地上磕了三个头。

张震山下意识地用手搔了一下耳朵根，说："行，行，乔参谋长代表我向父老乡亲谢罪。但是，这事没完。"他说着走到桌子前，用拳头在桌子上愤怒地擂了一下，喊道："乔参谋长，听令！你去问这四个孬种，服罪不服？"

"是！"乔参谋长从戏台上跳下来，神情冷峻、步伐坚定地从左至右一个挨着一个用手托起那四个人的下巴，厉声地问："服罪不服？"

四个犯人被关押了八天，已经被消磨得精疲力竭半死不活了，在乔参谋长的厉声质问下，都老老实实地认罪。

乔参谋长问完报告说："司令，他们都认罪了。"

"好，只要认罪就好办。郭营长，我现在命令你，把这四个孬种拉到河边就地枪决。"

"是，司令。"郭蛮子转身向押解犯人的士兵命令道，"把犯人押到河滩。行刑队，出发。"

黄大山毫无顾忌地咧着嘴哭起来，还嘟嘟囔囔着别人听不清的话。

谢玉柱使尽力气摆脱了押他的士兵，转身朝戏台冲去，想跪下为自己求情，由于使劲太大，冲得太猛，一头撞在台基的砖头上，碰得头破血流。

袁机灵身架瘦小，脖颈仿佛被打断了似的前摇后摆着，那张爱说俏皮话的嘴奇怪地向前噘着，抽筋似的颤动着，眼睛半睁半闭，很是滑稽。

吕志武强梗着脖子朝台上喊："张司令，饶了其他弟兄吧，是我领的头，就枪毙我吧。我顶罪，我不喊冤。"他已经从郭蛮子嘴里得知了处置的办法，所以摆出一副慷慨激昂、视死如归的架势。

押解的士兵把四个犯人推搡着、拖曳着带到河滩上，让他们在已经挖好的四个土坑前站好。正面七八米处站着一排行刑的士兵，在郭蛮子一声"预备"命令下达后，都拉动枪栓，顶上子弹，枪托抵在肩头上，食指扣在扳机上，眯缝起一只眼，瞄准了射击的对象。

市场上、街道上和周边村子的人们潮水一样迅速涌到河滩上。整个场地静悄悄的，能听到的声音就是犯人少气无力的干号声、哭诉声，还有河水冲撞岩石发出的哗哗声。

郭蛮子把手缓慢抬过头顶，停了片刻，猛然往下一挥，命令道："开枪！"

刺耳的枪声响起，子弹呼啸着飞到河对面的树林里，打折的树枝发着折断的脆响纷纷坠落到草地上，在树林栖息的鸟惊叫着四散而去。四名犯人中的三个人应着枪声栽进面前的土坑里。只有吕志武叉着腿站在坑沿上，脸色虽然灰白，但身子仍然坚持挺立着，愣愣地站在那里，神情木然。

栽进土坑里的三个人缓慢地蠕动起来，黄大山翘着屁股，头拱着地，两手费力地从土坑爬了出来，没有站起身，跪在坑沿上，探着头，很滑稽地咧着嘴看着前面行刑的人。谢玉柱好不容易爬了起来，还没有完全站直，摇晃了几下，又一头栽到了地上。袁机灵爬出土坑以后，颤抖着身子，继续在碎石上胡乱爬动着，像是在寻找什么东西。

郭蛮子一招手，两个士兵过去把四个人察看了一下，回来报告说："报告，经检查，一个没事，两个尿裤子，一个尿裤子屙裤子。报告完毕。"

人群里有人说："假枪毙呀，吓死我啦。"

四个人又被拖到戏楼前，张震山瞪眼说："为了一个娘儿们，把你们四个龟孙子都毙了，量刑过重。"他又把话锋一转斥责道："你们这几个孬种去糟蹋女人是胆大包天，听到枪响又是尿裤子又是屙裤子，是胆小如鼠。你们还算是军人吗？你们这是丢军人的人，给军人脸上抹黑。军人是什么？军人就是听到命令敢冒着枪林弹雨往前冲、不怕死、视死如归的人！军人就是要好好看看《水浒传》那本书，看梁山好汉们打方腊的那股子劲，学学人家顶着蝗虫一样的箭还敢往上冲的英雄气概！你们这里只有一个还算是有胆量的，就是吕志武。人家爹妈给人家起的名字多响亮，志武就是有志尚武，人家才是条汉子，这样的人当军人才合格！"他用舌尖舔了舔干涩的嘴唇问："你们四个孬种以后还敢不敢去糟蹋女人了？"

"不敢了，再也不敢啦。"

"再也不敢了……"

张震山恨恨地哼了一声，说："不敢了，再也不敢了？看你们这副尿样！告诉你们，放着老子前些年的性格，老子非亲自把你们一个一个都枪毙不可。今天当着这么多的父老乡亲开会处罚你们以肃军纪，死罪可免，活罪不饶，以儆效尤。来人，把吕志武抽一百马鞭，狠狠地抽！"

士兵把吕志武摁在一条长凳子上扯下裤子，露出屁股蛋子，抡起马鞭噼里啪啦抽了起来，白光光的屁股蛋子一会儿就皮开肉绽，黑红的血不断线地向下淌。每下去一鞭，吕志武就咬着牙关哼一声，脸上滚动着明晃晃的汗珠，一直坚持到最后一鞭子打完。

死里逃生的其余三个人，在枪响的同时魂魄已经被吓得出了窍。现在，面对鞭刑他们已经没有太大的畏惧，毕竟还留下了一条命，然而他们等来的却是和吕志武不一样的、更让他们胆寒的刑罚。

张震山叉着腿，抔着腰，酱紫色的脸膛上两道浓眉蹙着，两只眼睛冒着狠光，一脸的杀气。把吕志武拖走后，他说："你们三个都是他娘的怕死鬼，是狗熊，是软蛋，不配当军人，老子的部队不要你们这号人。但是如果这样放走你们就是姑息养奸，纵容邪恶，太便宜你们，我就对不起同官县的父老乡亲，对不起被你们糟蹋的女人。现在我要用另一种刑罚处置你们。徐一刀，把这三个龟孙子给老子骗了，让这三个龟孙子一辈子都不能糟蹋人。去！把活给老子干利落点。从这边开始，一个一个来。"

徐一刀听到张震山唤他，赶忙提着工具箱过来。他是昨天晚上接到今天上午处置犯人的通知的。郭蛮子去他家的第二天他就跑到省城，在钟楼邮局的门口找到一个头戴黑缎子瓜皮帽、鼻梁上架着圆镜片、小脸上的皱褶像核桃皮一样多的代写书信的老先生，让老先生把他说的情况写成一封不署名的信，并问明了西北军军法处的地址把信发了出去。信发出去以后，他又不放心地跑到西北军军法处的所在地和信上写的地址对照了一下，觉得万无一失了，第二天返回了同官城，在家和叶香草心绪不宁地等待着消息。一天天过去了，他每天都到军营前打探消息，然而每次都是满怀着希望去却带着失望回来。为了应对最坏情况发生，他买了四头小猪养在家里。昨天上灯的时候郭蛮子又跨进了他的家门，告诉他明天上午就要处置那四个人，让他做好准备，并问他想出了什么办法可以保住吕志武不受刀刑。

徐一刀和叶香草苦苦哀告："郭营长，行行好吧！我们真不敢做那事呀……我们的两个孩子还小，我们害怕人家报复呀，我们没法在同官县过日子啦……"

"去去去，"郭蛮子不耐烦地挥着手说，"别跟我说这些没用的扯淡话，我他娘的也说了不算，有本事你们找张司令说去。我只关心我那把兄弟吕志武的事，别人的死活我不管。"

徐一刀可怜巴巴地说："我也不认识你说的……吕志武啊，到时候骗错了不就麻烦了。"

郭蛮子说："这个你放心，到时候你得一个一个地骗，我一个一个地给你报名字，这样就不会错。记住，叫吕——志——武。"他又出主意说："你把骗出来的东西放到一个小盆里，最后由我来查数，我虚报个数不就过关了。我安排

吕志武最后一个进去，别人咋喊他咋喊，别人咋叫他咋叫，装得要像，这些我都跟他交代过了。"到了门口，他又愣着眼撂下一句话："记住我说的话，我只看结果，咱们看结果算——账！"

今天一大早，徐一刀和老婆叶香草看着实在没有办法了，把猪拎出来给骗了。

叶香草提醒说："骗三头就行了吧，郭蛮子不是说他可以虚报一个数嘛。"

徐一刀叹了口气，说："都骗了吧，要是碰到别人查数也好蒙混过关。"

骗过猪以后，徐一刀用油纸包住带着温热气息血肉模糊的猪蛋去了会场。

两个士兵应声走过去，拖着浑身瘫软的黄大山往戏楼旁边的一间空房子里去。徐一刀拎着工具箱一脸沮丧地跟在后边。

传令官夹着一个文件夹急匆匆地绕过人群到了戏台上，他在上戏台之前碰到正拖着黄大山走的两个士兵，向他们低声嘀咕了一句，那两个士兵便停下了脚步。他到了张震山跟前，立正，行了个军礼。

"报告司令，军法处来电。"他打开文件夹，把一份电报递给张震山。

张震山斜睨了一眼传令官："啥东西？"他把电报拿在手里一看："咦，这群龟孙子消息怪灵通嘞，他们咋知道了？念给大家伙听吧。"

传令官接过电报，冲着台下大声念道：

张震山司令：

悉闻你部有四名不法之徒，于光天化日之下轮奸民女，此乃重大犯罪事件，必须严惩。现令你部将不法之徒及审讯材料一并着专人押运军法处审讯处置。

此令

西北军军法处

×年×月×日

张震山在戏台子上踱着步子，听到台子下面聚集的人们交头接耳嗡嗡嘤嘤的议论声，喊道："各位父老乡亲，这是西北军军法处的命令，俺老张还真不知道他们是咋知道这件事情的。但是军法处在电报上说得很清楚，必须严惩。既然军法处插手了，就让他们处理好啦。过后我一定会把军法处的处理结果通报同官县的父老乡亲。郭营长，我命令你带一个班的弟兄连夜把这四个孬种押送到军法处，敢让跑一个，我就让徐一刀把你骗了。听到没有？"

"报告司令，保证完成任务。"郭蛮子答应着，心里却恨恨地骂道，"狗娘养的军法处。"

昨天夜里，郭蛮子从徐一刀家回到军营，张震山就派卫兵把他叫到办公室，劈头就问："你那个把兄弟吕志武咋处理?"

郭蛮子说："听司令的。"转念一想，张震山的问话好像有宽容的意思，就问："司令的意思是……"

张震山说："我这个人也是讲情面的人，但是吕志武这个浑蛋的情面讲不成，他是领头的，不处理他别人就没有办法处理。我想啦，明天咱先来个假枪毙，吓唬吓唬这几个孬种。凡是没有吓趴下的，打一百马鞭惩罚，军队里缺不了有胆量的战士。如果吓趴下了，就把他骗了赶出军营，这样的尿包不能要，这样的尿包上到战场也没用。"

在上午押解的时候，郭蛮子悄悄地把这个消息告诉了吕志武。郭蛮子怎么也没有想到军法处半路插手了这件事，让吕志武白白多挨了一百马鞭。

第二十章

马家骏回家打了妻子一顿，第二天天蒙蒙亮的时候起来，看到妻子和衣蜷缩在炕的一角熟睡着。他没和她说话，简单地收拾了几件衣服就回陈炉镇窑场去了。

马家骏回到窑场，那件事情像鬼魅一样白天黑夜纠缠着他，折磨得他心烦意乱，整天蜷伏在窑洞的床上唉声叹气，拼命地吸自家地里种的叶子烟。在陈炉镇的每一天，他心里都安宁不下来，总是疑神疑鬼地感觉到妻子每天都会和高二贵私会。麦场的麦秸垛子后面闪动着他们幽灵般的身影，河对面的树林里他们嘀嘀咕咕说着悄悄话，家里他们搂搂抱抱头抵着头嬉笑耍闹。这些幻想出来的情景把马家骏折磨得头晕目眩，即便夜里也会梦见黄河燕和高二贵在他说不上的一个什么地方嬉笑着，那眼神和那笑颜充满着让他揪心难受的暧昧。他不再去舅舅家吃饭，每天只在窑工的灶上吃一顿饭。

舅舅和舅妈来看过他几次，舅妈看到他那散乱得像秋草一样的头发和明显消瘦的脸颊，心疼地拍着手叫道："娃哟，娃哟，咋把你煎熬成这个样子了！这女人不守规矩简直让男人没法活咧。算了，要是过不成咱就不和她过了，舅妈

再给你找一个守规矩的媳妇。"

李德龙拉了老婆子一把，不满地说："说的啥话，说的啥话？宁拆十座庙，不毁一桩婚，劝和不劝离，你咋能说这话呢？真是个糊涂的女人。"他又对外甥说："家骏，不要听你舅妈胡说八道。舅还是要说你，媳妇不能动不动就抡拳头打，我觉得河燕不是一个不守规矩的女人，她还是很通情达理的。你的耳朵根子太软，听风就是雨，这不行。一个男人不能光轻信别人的话，不信自己媳妇的话。听了闲话先要掂量掂量，看这种事情自己的媳妇能做出来不能。退一百步讲，即便认为她能做出那种丑事，也要有个真凭实据。你一进门不问青红皂白就把人家摁到炕上打一顿，那还能行？"

舅妈在一旁不顺气地说："就你能！你咋知道家骏一进门不问青红皂白就把媳妇摁到炕上打一顿？你见啦？你的真凭实据是啥？我看你这才是胡说八道。"

李德龙说："没问题，我猜得不会错。头天夜里回去，第二天一早就来，没有打架才出了怪事情。"

舅妈拔掉外甥指缝里夹的烟："不要抽了，你看这窑洞里烟雾腾腾的，老鼠苍蝇都能让你给熏死。你跟舅妈说，你回去是不是打媳妇了？打了没有？"

马家骏两手揉搓着疲惫的脸颊和蓬乱的头发，坦率承认说："打了。"接着又为自己辩解："我问她，她不跟我说实话，我一生气就打她。唉，过后我也后悔了。"

舅妈埋怨道："你就是不听你舅妈的话，我早就跟你说过，不能动不动就打媳妇，打得多了媳妇对你就没有感情了。你舅说得对，男人家耳朵根子不能太软，不能听风就是雨。走，回家吃饭去。"

这一天，听说福贵要到县城送瓷器，他才主动走出了窑洞。他眯缝着泪汪汪的由于失眠而红肿的眼睛，打量了一下摇曳着的树上乱蓬蓬的、鲜艳夺目的叶子，看了看被风吹得快速流动的云彩，听了听树林子窸窸窣窣的风声，就走进坡下的一个院落去找福贵。当着众人的面他什么话也没有说，而是把福贵叫到一边，央告道："到县城后去我家一趟吧，把我的话告诉我老婆，叫她来看我。就说我浑身长满了虱子，衣服都没有洗，顺便告诉她……"他沉默了一会儿，眉宇间隐藏着难为情的笑意，说道："就说我……非常想她，盼她快点来。"

福贵到县城办完要办的事情，就去了马家骏家。他把马家骏的话转达了，但是为了加重话的分量，他自己又加上了几句，说马家骏讲啦，倘若黄河燕不到陈炉镇去，他就要辞工回家来啦。

黄河燕听完男人捎来的口信，她的心就像被什么东西揪了一下似的，眼泪

162

涌出了眼眶，隐约感觉到自己还是割舍不了，就收拾准备起来，跟着福贵坐着马车到陈炉镇看望丈夫来了。

马家骏暗自高兴地迎接了妻子。他用探索的目光仔细观察着她那瘦削的脸，小心翼翼地问她一些话，但是一句也没有问及她是否仍和高二贵来往，仿佛那件引起他们之间不愉快的事情就没有发生过。

"等秋收的时候我回去，今年再不让你一个人收了。"马家骏低着头说着，他知道妻子的目光正在看着他。他绞着手指头小心斟酌着话语："我再把灶房收拾一下，再用石灰把屋子刷一遍。我……听了闲话，不该回去打……你……"他抬起头，看到妻子正用平静的目光看着他，又问："你不会生我的气吧？"

黄河燕长吁了一口气，感到胸中一股热气往上涌，有一种想哭的冲动。她终于抑制住了这种冲动，把目光移到了别处。嫁给眼前的这个男人以后，她憧憬的是相亲相爱、平和温馨的家庭生活，然而事与愿违，男人那蒜白子一样的拳头不知道多少次砸在她的身上，也记不清过后有多少次向她表示歉疚悔过，她已经对这种暴打过后跟着的道歉情景没有心劲感动了。

"好了吧，别说啦，我都知道了。"黄河燕强颜欢笑起来。既然来了，她不想使这种尴尬的场面持续下去，便拿起笤帚为丈夫打扫起床铺来："单子该洗了，枕巾也该洗了。下次回去把被子背回去吧，给你拆洗一下，换床新的拿来吧。"

马家骏答应着，把话题转到家务事上去，开始询问她在离家以前，把家里的东西都放好了没有，鸡是怎样安置的，门锁好了没有。

黄河燕解开包袱，拿出从家里带的麻花和酥叶给丈夫吃。

"这是我急急忙忙炸的，没有炸好，不是很脆，你吃吧。"她笑着不好意思地说。

马家骏对这意外的收获已经感到非常心满意足了，他捏起一片酥叶，满脸欣喜地看着妻子，欢快地吃起来。

"好吃，好吃。"他咀嚼着口齿不清地说。

他们坐在窑洞里说话，总是有工友来打扰，忽而这个进来出去了，忽而那个又进来出去了。同窑洞住着的工友走进来，躺在自己的铺上休息。马家骏看出要想单独跟妻子说说话是不行的，就很不情愿地停止了谈话。

躺着的工友坐起身来，喋喋不休地和马家骏说着话，而马家骏躺在床板上，默默地抽着烟，根本不想搭理工友。

"哎，你说，这一窑能烧成啥样子？会不会像咱们想得那么好？你不说话？

哼，你就不说话好啦。不过我认为我做的那几件一定能烧好，我可是下了大功夫的。哎，我有个秘密，谁也没有告诉过，我觉得北沟的坩子土比南沟的好。他们都说北沟的坩子土不如南沟的，这只能说他们是笨蛋。镇上有个老窑工，他跟我说了一个方法，北沟的坩子土经过过滤、沉淀以后，再和上……哎，你不听我说话吗？这个秘密除了老窑工一个人知道外，就是我知道啦。我告诉你是看在咱们两个人处得好的分上，你可一定得守住这个秘密。要知道，这可是绝活。他说，再和上……你想不想知道呀？像个傻瓜一样躺在那里。"

马家骏一下子跳起来，激动地回答道："你没完没了地瞎扯啥呀？啥秘密我现在也不想知道。让你的秘密在你的肚子里沤成粪吧。真是个怪物！好不容易老婆来看我来啦，可咋也甩不开你们……死缠着我，说一些乱七八糟的狗屁话，不让人家和媳妇说句话！"

"倒了大霉了，找了你这样的人说话……"工友扫兴地站起身，一甩手朝外走，脑袋撞在门框上，疼得够呛。

"没法在这儿说话了，走，咱们到树林子里去转一转。"马家骏提议说。

他不等妻子同意，就朝门口走去。黄河燕温顺地跟着他走了出去。

马家骏回头望了望，住地的窑洞已被茂盛的树林遮挡得看不见了。他急切而又有些鲁莽地张开双臂一下子把妻子揽到怀里，妻子的脸离他很近，在这静谧的环境里，他可以感到她急促的气息，可以感到她心胸的搏动，妻子还是那样美丽、漂亮、迷人，有一种男人难以抗拒的诱惑力。

黄河燕平静、顺从地接受着丈夫的拥抱，接受着丈夫的亲吻和爱抚，却显不出过热的激情。

"马家骏，出窑了。"树林外有人扯着嗓门喊道。

马家骏悻悻地松开了妻子，骂道："真他娘的会凑热闹，和自己的老婆亲热一下都不行。"

树林外，马家骏碰到了来找他的工友，那人急匆匆地说："家骏，等你过去出窑呢。"

马家骏冷冷地应了一声，顺着路往回走去。几个工友在窑洞前做着出窑的准备，一看到他们，都停下手里的活，一声不响，会意地互相挤眉弄眼，窃笑，故意唉声叹气。

黄河燕很不高兴地撇着嘴，从他们面前走过，一面走一面整理着身上被揉皱的衣服。工友们一声不响地看着她从身边走过，但是等跟在后面的马家骏走到跟前，一个工友羡慕地咧着嘴对马家骏大声嚷道："恭喜你……开荤啦！"

马家骏高兴地笑了。工友们看见他和妻子一同从树林里出来，这使他很高兴，因为这可以在一定程度上使那些说他们夫妻不合的流言蜚语不攻自破。他甚至还很潇洒地抖抖肩膀，得意地显摆着背上被汗浸湿的衬衣。

直到这个时候，受到鼓舞的工友们才哈哈大笑着，热闹地大声谈论起来：

"呵呵，这个娘儿们可真够有劲啊！你们看，家骏的衬衣像从水里捞出来的……全部都贴在脊背上啦！"

"她已经把他弄得筋疲力尽、浑身冒汗……"

一个年轻小伙子用模糊、赞赏的眼神一直把黄河燕目送进窑洞，失魂落魄地嘟哝道："找到这么漂亮的媳妇，真是福气，像仙女一样，真的！"

黄河燕听到这些下流话，脸色微微发白，想起刚才和丈夫亲热的事，再听到丈夫工友的说笑，生气地皱起眉头，走进窑洞。马家骏一眼看透了她的心思，就宽慰道："河燕，你别生这些人的气，他们没什么恶意，都是因为太寂寞啦。"

"我生谁的气啊。"黄河燕在自己带的包袱里翻腾着，闷声回答说。她急急忙忙地把带给丈夫的东西都掏出来，然后，声音更低地说："我应该生我自个儿的气，可是，没有心气啦……"他们话不投机，马家骏跟着喊他的人出窑去了。

黄河燕从马家骏床铺下的一个破纸箱里拿出脏衣服，走出窑洞，到坡下的山溪里去洗。

午后的寂静笼罩在树林上空。青蛙在溪水的草丛里哇哇乱叫。浓密的槐树林后面，有只野鸡在短促沙哑地鸣叫。

黄河燕穿过树丛。从树顶到深藏在茂密的野草里的树干上，都结满了蜘蛛网。野鸡一时不叫了，可是过了短暂的时刻又叫了起来，对面山腰的峭壁上一只不知名的鸟在愉快地回答着它的鸣叫。

黄河燕挽起衣袖和裤腿，走进清凉的溪水里，洗起衣服来。蠓虫在她头上飞舞，蚊子嗡嗡叫着。她不住地弯起白净的手臂在脸上抹抹，驱赶着蚊虫。洗完衣服，她没有回去的意思，把衣服搭在一蓬蓬的荆棘上晾晒，然后盘腿坐在草坪上，静静地望着对面的山峦，叹了口气，又想起她的身世。

黄河燕是同官县北塬李家村人，这是黄土高原上不显眼的一个村落。虽然名叫李家村，实际上姓李的人家只有几户，村里人多是杂姓，谁也说不清他们村子形成的历史渊源。她一家四口人，父亲、母亲、哥哥和她。父亲黄泽玉是个木匠，农闲时背着木匠家具四处打些零工挣钱补贴家里，日子倒也过得温馨。那一年村上另一个会木匠手艺的人有亲戚在黄河边捎信请他去做活，他便约上黄泽玉一同前往。在回来的时候走得困乏了，他们就在一棵大槐树下歇息，不一会儿两个人都睡着了。睡梦中一阵嘈杂的燕子唧啾声把他们吵醒，就在他们睡眼惺忪恼恨燕子搅扰了他们好梦的时候，黄泽玉心惊肉跳地发现了另外一种动物——蛇。一条青灰色的镢头把粗的蛇，高高地昂着三角形的头，阴鸷的眼里射着令人浑身起鸡皮疙瘩的凶光，深红色的芯子光电般地闪动着，向他们跟前爬来。黄泽玉惊叫了一声跳起来，本能地抓起镢在空中挥舞了几下。那条蛇和他对峙了一会儿，思忖着操持家伙的对手会对它的进攻造成极大的威胁，最终知趣地爬走了。

回到家，黄泽玉心有余悸地向正在坐月子的妻子讲述了那可怕的一幕，并且做了相当大的夸张。

"有碗口那么粗，有小树那么长，离我顶多有三尺远，我一镢就把它抡出了两丈远。"他比画着说。

妻子给他生了个女儿。为感激黄河畔那几只燕子的救命之恩，他给女儿起名叫黄河燕。黄河燕长到八岁那年，黄泽玉在夏天染上了伤寒，挨到秋天，药石无灵，抛下妻儿，死了。父亲的去世，给这个家庭造成了天塌地陷的苦难，单靠几亩靠天吃饭的薄地是难以生存的。哥哥黄天槐便跟着一个外地的窑工当徒弟，学烧砖烧瓦，挣钱补贴家用。这个外地窑工为人厚道，不但砖瓦烧得好，还有一身拳脚本领，刀枪剑戟舞得虎虎生威。他看黄天槐是个吃苦耐劳的孩子，就在闲暇时把自己的拳脚本领悉数教给了黄天槐。黄河燕十六岁已经出落成亭亭玉立的大姑娘了。那一年的秋天，她在离村三里的沟里收苞谷，顺着无人的崎岖小路往家里背苞谷秆的时候，被村里一个五十多岁的无赖汉拖到一个废弃的土窑洞里，摁到苞谷秆上强奸了。

"你要是敢说一句，我就宰了你。你要是不说出去，我改天到集上卖两只羊，给你买一身好衣服。你要给我记住，要是走漏半点风声，我就宰了你……"他边系着裤子边威吓她说。

黄河燕强忍着身子的疼痛回到家里，扑到卧病在炕的母亲身上，上气不接下气地哭着诉说。母亲和哥哥听完了事情的经过怒不可遏。已经长成大小伙子的哥哥劝母亲和妹妹，这事不要声张，由他来处理。过了几天那个无赖汉就莫名其妙地失踪了。又过了些日子，村子里的两条狗围着村外的一眼枯井转着，猹猹地叫着。狗的叫声引起了人们的注意，人们从枯井里发现了那个无赖汉的尸体。县上的警察到现场勘查，发现无赖汉的后脑勺被钝器砸得深深地陷了下

166

去，下手之狠，力度之重，判断一定是个年轻人所为。黄天槐看到两个警察和三个保安队员住在村上进行排查，看样子非要把案子查个水落石出不可的时候，他向母亲和妹妹说出了用镢头砸死无赖汉抛尸枯井的经过。当天的后半夜，母亲拖着有病的身体和黄河燕给黄天槐打了一个简单的包裹，让他离开了家。第二年，黄河燕出嫁了。婚后的第二天，因病魔缠身瘦得皮包骨头的寡妇婆婆一大早就叫醒了黄河燕，把她领到灶房里，毫无目的地把火钳东放放、西摆摆，说道："我要告诉你，河燕，我们娶你来，可不是为了叫你享清福和睡懒觉的，眼里要有活，要学会操持家务。去吧，先把猪、鸡喂一喂，然后就到灶房做饭。我是个老太婆了，从进了马家的门就干这些活，干了几十年了，现在没有力气做了，你就当起家来吧，这副担子从今以后就由你来担了。"

婆婆交代过家务蹒跚着一摇一晃地走了，走时把放在灶房的几个鸡蛋也端到她住的房子去了。

黄河燕望着她消失的背影，抚摸着肚子上、屁股上和大腿上仍疼痛的伤痕，心里难过委屈得直想掉眼泪。新婚夜里，当客人离去后，喝得醉醺醺的丈夫跌跌撞撞地进到洋溢着喜庆气氛的新房，张着一双发红的眼睛在她脸上凝视了好一阵，突然笑着说："县城的人都说我娶了一个像仙女一样的漂亮媳妇，还就是漂亮！"而后喷着浓重的酒气把她抱上了炕。她也不做任何反抗，面对她决心与其厮守一辈子的丈夫，她顺其自然。马家骏粗鲁地扒去了她的衣服，自己也脱得赤裸裸的爬上了炕。突然，他想起什么似的，从褥子底下抽出了一块白布单子，在半空挥着，说："我妈让我验证你是不是黄花闺女。"说着就把白布单子垫到了她的身子下面。见这情景她惊吓得浑身颤抖起来，有一种大祸临头的感觉，惊恐得没有一丝勇气拒绝。马家骏做完了事，喘着粗气从黄河燕身上下来，仍没有忘记那块白布单子。他张大眼睛在白布单子上找寻着，没有见到任何红色的东西。

"你……你不是黄花闺女，你……"他气急败坏地把那块白布单子在新婚妻子眼前抖动着。黄河燕张着惊恐的眼睛，蜷缩着身子，在炕角不住地哆嗦着，辩白道："我……没有和别人做过。"

"放……屁，你……骗我！"

"我，我没有骗你……"

任何辩白都无济于事，马家骏把她拎小鸡似的在炕上拎来拎去，挥起他那强而有力的拳头在她身上砸了起来，发出扑扑的响声。黄河燕无力反抗，也不敢放声哭喊，只能默默地忍受。最后实在挨不住了，便坦白出被无赖汉强奸的

事。从那时候起，马家骏就开始冷落她，住在陈炉镇窑场经常不回家，把黄河燕一个人留在家里独守空房。

没有生孩子以前，马家骏始终不能原谅她使自己蒙受的耻辱。怀了孩子以后，他和她亲近了一些，但是爱抚还是很少。

养猪喂鸡，操持家务，侍候越来越羸弱而神经质的婆婆，杂七杂八繁重的家务把黄河燕累坏了。

婆婆的病越来越重，身体一天不如一天，整天躺在炕上，把枯黄的嘴唇抿成一条缝，张着被疼痛折磨而变得凶狠的眼睛瞅着屋顶，哼哼着，缩成一团。在这时候，她那长满了难看的大块黑斑的脸上，就会大汗淋漓，眼睛里满含着混浊的眼泪，而且一滴一滴地流下来。黄河燕不敢正视婆婆的惨相，设法躲到婆婆的嘟囔声达不到的地方。一年半以后，婆婆死了。就在婆婆死去的那天下午，忙着处理婆婆后事的她感到肚子一阵紧似一阵地疼痛。马家骏跑去叫来了接生婆。掌灯时分，孩子伴着院子里如泣如诉的哀乐声呱呱坠地了。生了孩子以后，黄河燕和丈夫亲近了些，但是对他并没有感情，只不过是怀着一种女人的怜悯心过着已经习以为常的夫妻生活而已。孩子没活到一周岁就害病死了，生活又恢复了原样。

生活中的许多事情是说不清道不明的，感情更是微妙得让人无法琢磨和掌控它。就在那天夜里崴了脚高二贵为她烫脚的时候，在那一瞬间，她感到怦然心动，脸红耳热。在过后的很长时间里，那个情景和那个感觉总是像斩不断的流水一样萦绕在她的心间，无法释怀。她说不清什么叫幸福，但在那一瞬间她感到自己是幸福的，而这种幸福又让她铭心刻骨。她本想把这种幸福埋藏心底，在需要的时候细心品味。然而，不胫而走的谣言却把一切都搅乱了，搅得高二贵和妻子产生了误解，搅得她和丈夫在感情上出现了更深的裂隙。这也使她感到亏欠了高二贵。在这之前，黄河燕从没有想过自己的感情能和丈夫以外的另一个男人联系在一起，虽然她对丈夫的感情已经很是淡漠。真是命运捉弄人。她开始觉得高二贵在她心中所占的空间越来越大，大得将要把丈夫挤出她的胸怀。高二贵的音容笑貌总是在她脑际浮现，总是在她眼前晃过来晃过去，挥之不去。这种充满她整个心胸的新奇情感使她惊骇，觉得自己仿佛是走在阳春三月河道里开始融化的薄冰上，战战兢兢，小心翼翼。但她仍然固执地感觉到现在更想见的人是高二贵，她决定今天一定要回县城去。

在收衣服的时候，她痴痴地笑着想，也许，他现在正在思念我呢。又低声自言自语道："该死的东西，你附到我身上了，恐怕一辈子也甩不开你啦！"

第二十一章

熄灯号响过之后，高二贵躺在床上迷迷糊糊睡着了。不大一会儿，他就进入到一个梦境里。在梦里，他和黄河燕顺着山道使劲地跑着，树林和庄稼像风刮着一样向后闪过，一头野猪一蹿一蹿地追着他们，眼看就要咬到黄河燕的脚后跟了，他急忙拉着黄河燕的手向上一纵，两个人便飞了起来，野猪也跟着飞了起来，不过没他俩飞得高。野猪仰着头，张合着嘴，煞白的獠牙和鲜红的舌头一直在接近着他们，黄河燕的脚跟在野猪的鼻拱上一碰一碰。她感到很有意思，不停地笑着。高二贵急得满头冒汗。

一个声音在他耳畔呼唤着，热乎乎的鼻息使他的耳朵有种痒酥酥的感觉，梦境中断了。他睁开眼睛，借着外面透进来的微弱亮光看到了陈金柱的脸。

"啥事？你还不睡觉？"

"你咋睡着还笑呢？"

"我做梦啦……"

"快别做梦了，你穿好衣服出来，我有特别急的事情要跟你说。慢些，别碰出声响来，我在河边的路上等你。"

高二贵穿好衣服，悄声来到河边的路上，陈金柱在一棵槐树下等他。

"啥事？"高二贵问。

"我们营房的那个小个子……眼睛跟牛犊子似的，老实巴交的，现在给郭蛮子当勤务兵，叫杜蛐蛐……"陈金柱比画着。

"嗯，咋啦？"

"他刚跑去找我，说郭蛮子在张司令那里告你的状啦，说你是共产党，要把你抓起来除掉。他还说郭蛮子跟张司令说吕志武他们四个人的事情是你给军法处写信告发的。军法处为这事情还训斥了张司令。他还说吕志武这次被判了无期徒刑，不是活动得紧就是死刑了。郭蛮子恨上你啦，说是明天上操的时候就要把你抓起来。你不能在这里待了，快逃命去吧！"陈金柱由于急迫，语速很快地把要说的话说完，喘息未定地看着未来的二舅哥。

月亮在云层里时隐时现，初冬的寒风吹着树枝发出尖利的啸叫，生命走向

169

终结的树叶猝然脱离树枝纷纷洒洒向下坠落。在军营里发生的一些事情使高二贵一直感到很苦恼，他早就想离开这个地方，但是在没有得到许子凌的同意前还不能离开这里。

"现在上哪儿去呢，回家?"高二贵思忖着说。

"不行，回家是要当逃兵对待的，被抓回来打不死也要脱层皮。"

"那我到哪儿去呢?"

"快走吧，他们不会饶过你的。"陈金柱催促着说，"我得回去了，遇到他们查夜又要遭殃了。"

陈金柱走后，高二贵一个人站在那里想了一会儿去向。他想现在只能去找许子凌了，要赶快把情况向他说明，然后再想办法。他顺着沿河的小路绕过军营，避开容易出现人的地方。许子凌家的院门虚掩着，他进到院子向许子凌住的屋子走去。他从门缝向里窥探，看到许子凌和黄河燕正在说着什么，便在门上轻叩了几下。

"谁?"许子凌在屋子里警觉地问道。

"我，二贵。"

许子凌打开门把高二贵让了进去，疑惑地打量着身穿军服的他，说:"现在跑出来干什么? 出什么事情了?"

"我遇到麻烦事了……"

"什么事?"

高二贵把在军营里发生的事情说了一遍。

许子凌说:"由于你的揭发，赵掌柜的女儿才得以瞑目。听说那个郭营长和吕志武是把兄弟，我就料到这一定会给你带来麻烦，可没想到这么快。"他接着问:"下一步你打算怎么办，上哪儿去? 同官县你是待不成了，抓回去处罚是很厉害的，他们再挟嫌报复就会要你的命。"

"事发突然，我还没想好出路。这不，找您商量来啦。"

许子凌沉思了一会儿，说:"我已经给你想好出路了，到延安去吧。你不是早就想去延安了吗? 连夜就走，只有到那里你才能逃出他们的魔掌。"

"好啊，"高二贵高兴地说，"这正中我的意，我怎么去? 延安那边能相信我吗?"

"这不要紧。"许子凌一摆手说，"我写封信你带上，到延安后，你到安保处去找一个叫董兆平的，他会安排你的。"

"我还得回家一趟，换身衣服，带些路上吃的。"

"那你赶快去。"许子凌又担心地说,"他们夜里查房会发现你不见的。怎么办?"

高二贵说:"前半夜已经查过房了,后半夜查房就快到天亮了。这段时间够用了。"

"好,"许子凌说,"你现在就回家,我写完信在你家门口等你。你手脚要快,不敢耽误时间,以防节外生枝。"

在一旁的黄河燕说:"许老师,我也该回去了。"

黄河燕跟着步履匆匆的高二贵向回家的方向走去。在路上他问:"你到许老师那儿有事?"

黄河燕说:"也没有啥事,就是一个人在家里烦,找他聊聊。你这就要去延安?"

高二贵说:"事情已经到这一步了,不去不行。"

"你……"

"怎么了?"

黄河燕犹豫着说:"二贵,你带上我一块儿去吧。我的日子过得实在没意思。"

高二贵说:"这怎么行,你能说走就走?"

黄河燕说:"你不是说走就走了吗?"

高二贵叹着气说:"我这是被逼的,和你不一样。"

和高二贵分开后,黄河燕进到屋子里,急忙打开柜子,从里面抽出一块布单子,铺在炕上,把几件衣服和一双鞋卷起来放到布单子上,又跑到灶房拿了几个馍和衣服包在一起。她扫了一眼屋子,吹灭油灯,锁好院门,把钥匙放在门楣上,轻手轻脚地来到高二贵家的院门前,从门缝向里窥探着。里面堂屋的门开着,摇曳着昏黄的灯光,不时有人匆匆走过。她断定高二贵还在家里,于是夹着包袱顺着街道急急向前走去。她早就有要离开这个对她来说没有感情的家的念头,这一次机会终于来了。她不但可以离开这个家,而且可以和心仪的人一同去延安。

夜很黑,风很冷,月亮隐没在一团浓云里,疏散的星星眨着困顿的眼睛,闪着柔弱的光。黄河燕用头巾遮住嘴和鼻子,挡住刺脸的夜风,步履匆匆地向金锁关的方向走去。她要在金锁关神水峡的桥跟前等着高二贵。

神水峡的桥是一座石桥,站在桥上可以看到前面不远处关卡上的灯光,在黑暗的山谷里显得格外明亮。夜里的关卡静悄悄的。黄河燕站在石桥上向来的

方向焦急地眺望，那边茫茫黑夜，一片混沌，死一般寂静。她顺着桥头的小径摸索着下到石桥下钻进桥洞里，躲避着金锁关关口吹来的夜风，屏息敛气地谛听着桥上的动静。

不知过了多长时间，她终于听到由远及近的脚步声，在深沉的夜里显得清晰而急促。黄河燕把包袱紧紧地揽在胸前，兴奋使她感到心跳得厉害，浑身哆嗦着。她不知道高二贵看到她的出现会是一种怎样的反应，是高兴，是埋怨，还是生气？是带她一起走，还是把她甩在这里？

"不管怎样，反正一定要跟他走，无论他怎样说都不能改变我的主意。"黄河燕心里下着这样的决心从桥洞里出来，当看到一个模糊的人影时，她压低声音喊道："二贵……"

那个模糊的人影突然止住了脚步，问道："谁？"

"二贵，是我，河燕……"

模糊的人影就是高二贵，他顿了一下，突然跑了过来。当他看清确实是她时，惊异地说话都不利索了："河……燕，真是你？你，你在这儿干啥？"

黄河燕长舒了一口气："我等你呗，可急死我了……"她带着埋怨的口气说："你咋现在才来？"

"有事？"

"我要和你一起去延安。"

"这……这咋能行？"他的视线越过她的头顶，朝关卡的方向看了看，担心地说，"这儿不是说话的地方，要是被卡子上的人发现就坏啦。"他拉着黄河燕又下到石桥下的桥洞里。

"冷吧？今夜的风真大。"

"走得急，也没感到冷。"高二贵搓着手，想着怎样解决眼前出现的新问题。黄河燕的举动使他感到非常意外，也使他感到难以抑制的高兴。

"我今天一定要跟你走。"黄河燕张开胳膊揽在高二贵的腰上，就像藤枝缠住树干一样，"就是上刀山下火海跳油锅，我也跟着你。二贵，只要跟你在一块儿就行。"

两个人站在那里，互相感受着对方身体的温暖。高二贵简直不想走开，他扭过头，闭上眼睛翕动着鼻翼。黄河燕把脑袋扎在他的腋下，吸着他那令人陶醉的、诱人的汗气。她那温热、多情的嘴唇瞒着他，露出渴望的幸福终于盼来的笑容。

"你真要去延安？"两个人静静地站了一会儿，高二贵用怀疑的口气问。

"嗯，真的!"黄河燕的口气很坚决，能听出她是经过深思熟虑的，"你不要不相信我，我不会后悔的。真的!"

"去延安好几百里路，一路上会很辛苦的。"

"我不怕! 我说过啦，就是上刀山下火海跳油锅我也要去。"她抬起头，两眼热辣辣地看着他。

"好吧。"高二贵答应了。他把她的包袱裹在自己的包袱里一起背在肩上，然后说:"不能再耽搁时间了，在天亮以前一定要过金锁关。我打猎的时候知道这里有一条很隐蔽的小路，可以绕过关卡。"

他俩过了石桥，在夜色和疾风的帮助下钻进树林子里。高二贵凭着记忆领着黄河燕踏着干枯的树叶，拨着树枝杂草，寻找着上山崖的路径。

半轮冷月悬在金锁关关山的峰巅，清幽而迷蒙，冷峻而深远，无声无息地俯瞰着这座古老的关山，徐徐地抛洒着银色的光辉，为夜行人照亮着路径。

高二贵拉着黄河燕的手顺着岩崖上的小径往上攀爬着。黄河燕是平生第一次走在这么难走的山径上，她不但不感到恐惧，反而有一种欣喜的感觉。她喘着气紧跟着高二贵，不时地撩开落在脸上的头发和挖掌的树枝。

"还有多远才能绕过这座山?"黄河燕抹着额头的热汗问。

高二贵停下脚步，说:"快啦，绕过这个山嘴再走不远就到大路上了。前面有一个石洞，咱们到那里歇息一会儿。"

"你咋对这里这么熟呀?"

"我不是跟你说过嘛，我在这儿打过猎。梅花鹿就是在那边的山沟里碰到的，我撵呀撵的，最后梅花鹿变成红脸白发的老头啦。"

"你就瞎扯吧，反正也没人看见……"

黄河燕突然不说话了，刚刚还闪在嘴边的笑容就像被风刮走了似的消失了，像只被追逐的小野兽一样，两只大睁的眼睛里充满了忧虑。她觉得肚子里一阵刺心的疼痛，赶忙抓住一棵小树。疼痛停止了，可是在肋部的什么地方，有一个活东西还在折腾，一连愤怒、猛烈地跳动了几次。这是胎儿在动。她心里清楚现在决不能把自己怀孕的事告诉高二贵，如果他知道她怀孕了，他就一定会把她送下山，让她回家。

"怎么啦?"高二贵关切地问。

黄河燕喘了口气，掩饰着说:"没事，肚子突然有点疼，过去了，走吧。"

他们继续向前攀去，来到高二贵说的石洞前。石洞的洞口很小，弯腰进去，里面却很大，洞高可容他们站起身来，有两丈多的洞深。洞里洞外有着明

显的温差，这里十分温暖，地上有许多燃烧过的灰烬和几块有人坐过的石块。

高二贵介绍说："这是打猎的人歇脚避风避雨的地方。我打猎的时候就在这里待过。咱们歇一会儿吧。"

他俩刚在石块上坐下不大一会儿，黄河燕紧张地抓住高二贵的胳膊，小声说："外面有动静。"

两人凝神屏气注视着洞口，月光在洞口投下了一片扇面形的光影，沙啦沙啦的声音由远及近，由模糊变清晰，还有人的低语声。一个黑影挡在洞口，扇面形的月影消失了，洞里面愈加黑暗。高二贵和黄河燕谁也看不清谁的面孔，只能听到对方轻微而急促的呼吸声。他们仔细听着外面两个人说话。这是金锁关守卡子的士兵，听得出是一个老兵和一个新兵。

"你耳朵听错了吧，哪儿有声音？这么静。"一个稚气未消的新兵说。

"不会的，我听得清清楚楚。我这耳朵灵得很，蚂蚁叫的声音我都能听到。咋能听错呢？"粗嗓音老兵肯定地说。

"现在还有没有？"

"听不到啦。"

"不会是鬼吧！现在正是鬼出来找替身的时候，一旦缠住咱就坏了。"新兵哆哆嗦嗦地说。

"闭住你的臭嘴，少说这些不吉利的话。"老兵顿了一下，又疑惑着说，"我确实听到有声音，咋突然就没有了？"

"你说会是野猪、野鹿，还是黄羊？"

"说不准，但肯定是个大家伙。我在这面山坡上下了五个铁夹子。真奇了怪啦，它一个都没有碰上，只要一碰上它肯定跑不了。"老兵用不可思议的口气说着自己的判断。

"我说呀，它肯定能掐会算，绕着你的夹子走。要么成精啦，要么就是鬼。我听说过，打猎的人要是被成精的野兽迷惑住，要么踩自己下的夹子，要么跳自己挖的陷阱，要么晕晕乎乎从山崖上跳下去，可可怕啦……"

"呸呸呸，你今天是吃屎啦还是喝尿啦？尽他娘的胡说八道，早知道就不带你来了。"

新兵固执地说："你别生气嘛，我说的是真的。"

"真个屁！"

"好好，屁就屁吧，你不信算啦，反正我信。"新兵和气地说，不停地跺着脚，"抽支烟吧，天太冷啦。咱俩站在这儿干啥？要不回去吧，咱们屋子里多暖和。"

"暖和？暖和又不能当肉吃。要是能打上一头野猪或者黄羊、野鹿什么的该多好，美美地吃上一顿，那简直美极啦！"老兵想象着说道。他吸了一口烟，仍然表示不理解地说："千真万确，我刚才确实听到这边有声音，这一阵子咋就没有了呢？"

"我不是说过嘛……"

"闭住你的臭嘴！"

"好好好，我不说行了吧。"新兵顺从着，但他又说，"咱们两个总不能在这儿站到天亮吧，你不是说哪儿有个洞可以歇一会儿吗？洞在哪儿？"

"就在你的屁股后面。"

新兵转身一看，惊奇地叫道："咦，真的。"他弯腰向里面看了看，里面黑漆漆的一片。

"你进去睡上一觉，里面暖和着呢。我到前面看看，待会儿过来叫你。"老兵说着向前面走去。

"我……不敢，我得跟着你。"新兵一缩脖颈走开了，月光又在洞口投下了一个清幽的扇影。

从洞外的两个人出现在石洞口时，黄河燕就紧紧地攥着高二贵的手，一动都不敢动。两个人的心里都清楚，只要稍微闹出点动静，外面的人就会举枪向洞里射击，那样他们必死无疑。高二贵已经做好了随时拼搏的准备，一旦被他们发现，当他们的枪口还没有掉转过来的时候，他就会迅速冲出去，拥着他们一起滚下山坡。外面的两个人终于离开了，高二贵和黄河燕长长吁了一口气。

高二贵拉着黄河燕的手说："快走！脚下轻点，不敢出声。"他们离开石洞，向那两个士兵离开的反方向走去。

第二十二章

高二贵和黄河燕终于绕过了金锁关的关卡回到大路上。经过大半夜的爬峭壁攀岩石穿树林过羊肠小道，劳累、惊悸使两个人都感到精疲力竭。黄河燕脸色苍白、眼睑泛青、眼窝深陷，额头上直冒虚汗，走路十分吃力。

"你这是怎么啦?"高二贵拧起眉头关切地问。

黄河燕无力地笑了笑,说:"爬山的时候出了一身的汗,到洞里很快就凉下来了;那两个龟孙子在洞口一出现又惊出了一身汗,出来的时候又凉下来了。一热一凉可能是受了风寒。没事,我没那么娇气,皮实着呢,不耽误赶路。"

然而说归说,病来如山倒,进到宜君县县城,黄河燕再也支撑不住了。她感到全身的每一个骨节都酸痛难忍,浑身犯软,不时地想呕吐,脸颊上泛起了一层病态的红晕。她苦笑着说:"我这是怎么啦,难受得要命。"

高二贵摸了一下她的额头,说:"你额头烫得厉害,烧得不轻。这可咋办哪?"他向四周看了看。

这是一条一眼可以望到头的街道,寒风把街道刮得寥无人迹,一条瘦狗追逐着飞鸟一般的枯叶汪汪直叫,店铺里蹿出的煤烟横飞。一头毛驴拉着一辆架子车从街尽头向这边走来,赶车的跟在车旁掩着衣襟、压着帽子,顶着劲风向后倒退着走。

高二贵挡住他问道:"老乡,这儿有看病的地方没有?"

"有……"赶车的刚一说话,就被迎面的风呛了一下。他抻着脖子咳了几声,憋红着脸说:"那个门,那个挂着棉门帘的就是。"

"先生姓啥?"

"姓苟。"

"姓啥?"高二贵没听清,他又问了一句。

赶车的指了指从身边跑过去的瘦狗说:"就姓它——苟!"

高二贵向赶车人道过谢,扶着黄河燕朝棉门帘的方向走去。黄河燕现在由体热变为体冷,两臂紧紧地揽在胸前,身子哆嗦得像风中的树叶,牙齿止不住地磕着。

掀开棉门帘,高二贵扶着黄河燕进到屋子里,屋子里炉火烧得很旺,一股热气扑面而来。戴着瓜皮帽、脸面精瘦、蓄着山羊胡子的苟先生正坐在炉火边熬着茶吸溜吸溜地喝着。

"啥事?有病咧?"他问。

"有病啦,请您看看。"高二贵回答道。

"这边坐下。"苟先生绕过桌子坐下来,把一个布垫子推到桌子中间,"把手伸过来,让我给你号号脉。"

他并齐三根指头切在黄河燕手腕的脉搏上,眯着眼,敛神屏息了一会儿,看着高二贵埋怨道:"小伙子,你这是咋回事嘛,嗯?你媳妇有三四个月的身孕了，也不知道心疼，还让她干活。她这是劳累过度又染上了风寒，脉象很不好，要不是她身子骨结实，这孩子就保不住了。"

"这……"高二贵惊讶得刚要说话，就被黄河燕的眼神挡住了。暖和的屋子使她的精神好了许多，她说："老叔，这不怪他，我怀孕的事他不知道。"

苟先生抖动着山羊胡子说："傻女子！这么大的事你都不跟你男人说，这是咋回事吗？这闹不好就要出大事呢，知道不？"

"现在咋办？"高二贵急切地问道。

苟先生似乎对高二贵的成见还没有消除，他翻着眼皮说："不心疼媳妇，惹出麻烦才问咋办。我跟你说实话，这不好办！"他喝了一口茶，接着说："女人怀孕，药就不能乱吃，是药三分毒，吃啥样的药对胎儿都会有影响。我跟你说，我先给你开几服保胎药，先把胎保住，略微加些除虚症寒症的药，慢慢调理，调理个半个月二十天就会好起来。你家在哪儿住？我在宜君县咋没有见过你俩呢？"

高二贵看了一眼黄河燕踌躇着说："我俩是从同官县过来的，我媳妇和家里闹别扭了，想投奔她在陕北的姐家，走了一夜的路，这就……"

苟先生翘着下巴，捋着山羊胡子听完高二贵说的话，以长辈教训晚辈的口气说："小伙子，女子，没有你肚子里的娃，啥都好办，大人吃点苦没有啥，说啥都不能亏欠了还没有出世的小娃娃。你俩如果不听我老汉的话继续赶路，在半道上小产，大人和小娃都保不住。你看你们是斗气还是顾命？"

"要不……我找辆车送你回家去吧。"听了苟先生的话，高二贵用商量的口吻对黄河燕说。

黄河燕眼睛直直地看着他，声音不高，但语气很坚决地从唇齿间迸出了两个字："不行！"然后眼泪溢满了眼眶："就是要饭我也要去。"

高二贵急了，疲惫的脸膛一时间憋得通红，脑门上的青筋一根根清晰可见："这不是要饭不要饭的事，一路上翻山过岭，出现意外那可是人命关天。连自己的命都保不住，你说其他还有啥用？太危险，不行！"他不忍看她眼泪汪汪的样子，把脸别到一边去。

门帘挑起，随着一股寒气进来一个二十出头的年轻人，这是苟先生的儿子苟平顺。他两手托着一个黑瓷罐，一进门就叫道："爸，吃饭啦，我妈今天包的羊肉饺子。"

他把瓷罐放在桌子上，回身看到了高二贵。

"这……这不是二贵嘛！"

苟先生用手擦着筷子："咋，你俩认识？"

苟平顺高兴地说："认识，认识，何止是认识。爸，这就是我跟你说过的同官县的高二贵。"

"你跟我说过？我咋不记得了，跟我说过啥？"苟先生在记忆中搜寻着。

苟平顺埋怨而又急切地说："爸，看你这记性吧。前年冬天，也是这个时候，我到省城买药材路过同官县的时候，骑的那匹马受惊了，把我的腿摔脱臼了，就是我这哥帮我找的先生治好的，还是我这哥把我送过了金锁关。那次可没少麻烦人家，我还没有谢我这哥呢。"他又问高二贵："你今天咋跑到这儿来了，看病？哪儿病了？"

高二贵说："不是我有病，是她有病。你爸看过了，说是受了风寒，不要紧。"

"胡说！"苟先生不高兴地说，"谁说不要紧？要紧得很！我刚不是跟你说了嘛，你媳妇不但受了风寒，身子还虚得很，更重要的是胎象很不稳。你们要是继续赶路，肚子里的娃娃肯定保不住。要是在路上滑了胎，前不着村后不挨店，你说你咋办？到那时你就是哭天叫地都没有办法。"

苟平顺看了看黄河燕对高二贵说："这就是嫂子吧，你们这是要到哪儿去？"

"去陕北，到她亲戚家去。赶路赶得有些急受了些风寒，就病了。"高二贵简单地解释着说。

苟平顺说："要是这样就不难。你俩就在我家住上几天，让我爸开上几服药，好好调理一下，把嫂子的身子养好了，你们再去投亲戚也不迟。爸，你看这样行不？"

苟先生连声说："行嘛，行嘛。你遇到难时人家帮过你的忙，咱这就要好好报答人家。我这就开上几服药，你回家赶紧熬，先把身子调养好了再说以后的事情。"

事已至此，高二贵也没有别的办法，就搀扶着黄河燕随着苟平顺到了他家。苟平顺他家不远，顺着街道向前走，斜着穿过一条胡同，下一段坡路就到了。这是一个简单而又整齐的院子，跨进门楼绕过照壁迎面是两孔窑洞，两旁各有两间厢房。苟平顺介绍说，他们一家有五口人，父亲、母亲、媳妇和他，一个妹妹已经出嫁。他母亲是一个身子瘦小的老太婆，一只得了白内障的眼睛近乎失明，用一只眼睛看人总给人一种斜视的错觉，但她的热情弥补了这种容易造成误解的缺陷。苟平顺的媳妇是个小脚女人，身子有些胖，走起路来摇晃的幅度很大，给人一种两只小脚不堪重负的感觉。这一老一少两个女人听了苟平顺的介绍立刻表现出让人感到温暖的热情。

"哟，这可是贵客临门了。"老太婆用一只眼斜视着高二贵和黄河燕满脸堆笑着说，"安心住下吧，就像到了自己的家一样。快，进窑里去，外面风大，别吹着了。"

进到窑洞里以后，老太婆吩咐儿媳妇："秀梅，你去把你妹子的那间屋子收拾出来，再把炕烧热，就让他们两口子住到那间屋子里。平顺，你去帮你媳妇把柴火抱进去。"

苟平顺和媳妇应承着出去了。老太婆盯着黄河燕的肚子关切地问："女子，几个月啦？"

黄河燕说："四个月了。"

老太婆羡慕地看着她说："哟，都四个月了，一点都看不出来，说你没有怀孕我都信，啧啧。"她两手搭在腹前，叹了口气说："我一看见人家的媳妇怀孩子，就有一种说不出来的眼红。我和平顺他爸四十岁上才有了平顺，他媳妇也怀过两次孩子，可都是没出两个月就小产了。别嫌弃婶子没出息，我半夜做梦都想抱孙子。你可不敢有闪失，这怀个孩子太不容易了。你脸色不好，别老坐着。二贵，扶你媳妇到炕上躺着吧，我这就去熬药。"她提起药包放到鼻子前闻了闻："这就是保胎的药。女子，你放心，苟家的保胎药可是祖传的，吃上十服八服，保你的胎儿健健康康。"

看着老太婆迈出门槛，黄河燕忍不住笑了起来："笑死我啦，她还夸她们家的保胎药呢，自己儿媳妇两次小产，他们的保胎药咋没保住。刚才我实在憋不住了，太有意思啦！"

"你还有心思笑，我都快愁死了。要提前知道你是这样，我说啥也不带你走。"高二贵皱着眉头坐到炕沿上，弓着身子，两手支着下巴嘟囔着。

黄河燕嘴一噘扮了个鬼脸："我知道你后悔啦，一听说我怀孕了你的脸一下就变白啦，外人能看出你多不情愿你媳妇怀孕。我告诉你高二贵，现在这一家人都知道我是你媳妇，我肚子里怀的是你的孩子，你就是孩子他爸。你要好好对待我，把我照顾好。你要是对我不好，你看这一家人咋说你。"她咯咯一笑："你呀，现在是跳进黄河也洗不清喽。我劝你，顺天应命吧。"

高二贵咬着牙，压低嗓门说："我认命？我认个屁命！这样一来，这家人到了同官县一说，我可真是跳进黄河也洗不清了。这再传到同官县，以前所有的谣言都变成真的啦。你呀，害死我啦！还笑？"

黄河燕说："现在已经变成真的啦。咱俩一夜之间同时消失，同官县县城的

人都会猜到是咱俩一块儿私奔的，别说跳进黄河洗不清，就是跳进长江你也洗不清了。反正已经是这样了，你就安心给我当男人，给孩子当爸吧。到时候孩子出生了，一定让你给他当干爸，补偿一下你蒙受的不白之冤。这样可以吧？"

高二贵说："河燕，我想好了，你不想回同官县也行，你就住在他们家安心养身子，养好身子再回同官县。你总不能抱着个孩子去延安吧？我跟他们家把咱俩的关系说清楚，我明天就走。"

黄河燕把眉头一拧，说："你敢！你要是这样，我就抱着孩子去延安找你，我就说这孩子是你的。"

"你，你这是不讲理。"高二贵有些生气地说。

黄河燕和气地说："二贵，不是我不讲理，我的日子确实没有办法过下去了，你都看见了。我既然跑出来了就不会再回去，我要是再回去八成就活不成了。你放心，我不会缠着你，到了延安我找个事情做就可以。刚才的话我是说着逗你玩呢。说实在的，我已经觉得拖累你了，你就好人做到底吧。"

苟平顺端着一碗冒着热气的药汤进来了，老太婆在后面紧紧地跟着。

"女子，趁热赶紧把药喝了，早喝病早好，身子结实，胎就坐稳了。"

一天就这样过去了。喝了两次药汤，又经过歇息，黄河燕感到精神好多了。吃过晚饭，他们在窑洞里说了一阵子话，老太婆就催促着他俩赶快休息。

"劳累了一天啦，你们赶快休息吧。"老太婆把他们送到收拾得干干净净暖烘烘的屋子里，嘱咐着说。在出门的时候她又转回身子，用一只眼斜视着黄河燕和高二贵咂了两下嘴欲言又止。

"婶子，您还有话要说？"黄河燕问。

老太婆一摆手说："没有啦，没有啦，你们早早歇着吧。需要啥尽管说，这就是你们的家，千万别见外，见外就是你们的不对了。"

黄河燕感激地说："婶子，我们不见外。"

"不见外就好，不见外就好。"老太婆说着转回身子跨出门槛，到门外她又折回身，趋到黄河燕跟前，下决心似的说："听婶子一句话，婶子是过来人。怀娃期间可不能过房事，过房事可就不好了，明白不？明白就好。好啦，睡吧，睡吧。"她说完，放心地走了。

送走了老太婆，黄河燕关上了门，冲着高二贵抿嘴一笑，说："听见没有？"

高二贵翻了一下眼，坐到椅子上没吱声。

黄河燕爬到炕上，拉开被子，把两个枕头并排放好。

"这，这样睡？"高二贵窘迫地说。

黄河燕回过头说:"不这样睡咋睡,你不会想睡到地上吧?"

高二贵说:"咋样睡都行,就是这样睡不行,这样睡会乱套的。"

黄河燕嘲讽地说:"乱什么套?你别想歪了。"她反转手捶着腰背说:"我还真以为你是坐怀不乱的柳下惠呢,还能想到'乱套'!一人一床被子,我睡这头,你睡那头。我原本想着我睡地上,你睡炕上,我想你肯定不愿意的,天太冷身子也受不了,只能这样了。"她脱了外衣,扯开里面的被子裹在身上。"睡吧。"她说。

高二贵无论怎样也不适应眼下的情景,他磨蹭着刚坐到炕沿上,黄河燕噘着嘴指着桌子上的油灯对他说:"把灯吹灭吧,亮着灯我睡不着。"

高二贵趿拉着鞋把桌子上的油灯吹灭,然后回到炕上和衣钻进了被窝,头枕着双臂,躺在那里。

"二贵……"

"嗯?"

"不习惯吧?"

高二贵无声地笑了笑:"太不习惯啦。"

"我也是。"黄河燕说,"这家婶子幸好放了两床被子,要是放一床被子咋办?"

"那我只能坐到天亮了。"

接着是一阵沉寂,偶尔出现一下抽动鼻翼或咂嘴的声音。院子里风吹动树梢上的枯树叶的声音和鸡在窝里偶尔抖动翅膀的声音不时传进来。

"二贵。"

"嗯?"

"你先别急睡,我想跟你说个事。"

"你说吧。"

"你别生我的气。"顿了一会儿,黄河燕又说,"不是我有意哄骗你,我也是没有办法,我真的和家骏过不下去了。"她叹息了一下接着说:"我不会拖累你的。我想好了,这个孩子我不要了,明天我就向苟先生要一服打胎药把孩子打掉,过上两三天咱们就可以离开这里。你看这样行吧?"

高二贵一下坐起身来:"不行,不行,无论如何都不行。好好一个孩子打掉多可惜。"

黄河燕说:"这个你说了不算,我已经铁了心啦。你说得对,抱个孩子去延安算咋回事?唉,这个孩子来得真不是时候,真是个苦命的孩子。"

第二天早上吃过饭，苟先生起身要到药房去，临走时他对正在收拾锅灶的老伴说："你把这事干完以后，赶紧把药熬上，用小火多熬一会儿。一天三服药一定要按时熬，让她按时吃。听明白了没有？"

老伴说："不用你唠叨，我明白得很。跟你过了大半辈子了，这点事还用你说。"

苟先生又对黄河燕说："女子，你在这屋里啥活都不要干，就安下心养身子，怀个孩子不容易。听明白了没有？"他又对高二贵交代："二贵侄子，把你媳妇看住，不能干活，听明白了没有？好，听明白了就好。"

苟平顺和媳妇听了这话不由自主地低下了头。

黄河燕鼓了鼓勇气说："叔，我求您一件事。"

"啥事？说！"苟先生把瓜皮帽扣在了头上。

黄河燕说："这个孩子我不想要了，您给我开一服打胎药，我要把他打掉。"

苟先生张大眼睛，仿佛自己听错了："啥，你说啥？这孩子你不想要了？唉，傻女子，你咋能这样想呢？"他看着高二贵指着黄河燕说："二贵，你媳妇这是咋啦，吃错药咧？"

黄河燕说："叔，婶子，我实话跟您二老说吧，我和二贵不是夫妻。我不是他媳妇，他也不是我男人。他是在同官县把人惹了待不下去了，我是和男人过不下去了，他要到延安去我就缠着他带我一块儿去。我怀娃的事他不知道，我提前没有跟他说。要不是夜里偷着过金锁关遭了风寒，他现在还不知道我有孩子的事。现在我们等着赶路，不能生孩子了。我没有胡说，不信问二贵。"

苟先生问高二贵："这到底是咋回事？"

高二贵让苟先生坐下，把几天来发生的事情细细地向他说了一遍，最后说："不管咋样，我不同意她把孩子打掉。"

黄河燕坚持道："叔，这事与他没有关系，我的事我做主，您就给我开上一服打胎药吧。"

苟先生坐在那里，两只手在膝盖上来回摩挲着想了一阵子，说："女子，听叔一句话，这孩子不能打，你就是说破天我也不会给你开打胎的药。叔这大半辈子行医开出去了多少服保胎的药我记不清了，但是从来没有开出一服打胎的药，我不能做那伤天害理的事情。十月怀胎一朝分娩，很不容易。你就是和男人过不下去，那是过不下去的事情，我不管，也管不了，不能因为这就把孩子打掉。送子娘娘把孩子送给你是老天爷的恩赐，做人要对得起天！听明白了没有？你要生孩子，可以在我家住下，尽我家所有，让你婶子好吃好喝伺候你，但是打胎这事我不能做。听明白了没有？你自己想去吧。"说完他站起来径直走了。

在苟先生走出门后，苟平顺向媳妇使了个眼色，他们也跟着一块儿出去了。

老太婆诚恳地说："女子，听你叔的话，这孩子不能打。苟家三代单传，人丁不旺，我四十岁的时候才有了我儿子平顺，过了两年又生了女儿。平顺他十八岁上结婚到现在五年过去了，媳妇怀了两次孕都没有成，把我老两口急得是吃饭饭不香，喝茶茶不甜，睡觉睡不到天亮。苟家五代行医，有一手好医道，保胎是最拿手的，却保不了自家的胎。虽然说我们的家境也不是大富大贵，但也算吃喝不愁，到现在连个绵延香火的人都没有。唉，愁死人了。平顺的媳妇为这事也没少哭鼻子抹眼泪，好像亏欠了我们苟家似的。唉，谁知道是哪炷香没烧好，得罪了送子娘娘，遭这样的罪。"她手抓着袖口抹了抹眼泪，打起笑脸："你看，我只顾在这里啰唆絮叨，忘记熬药了。二贵，扶你媳妇到屋里歇着去。你看，我又说是你媳妇。扶河燕去屋子里歇着，怀娃婆娘可要爱惜身子，久站伤腿，久坐伤腰，久劳伤胎，最好到炕上躺着。快去！"

快到晌午，苟平顺和他媳妇回来了，两个人扭扭捏捏地进到黄河燕住的屋子里。苟平顺犹犹豫豫地对高二贵说："二贵哥，你……你先到前面窑里坐一会儿，我俩想和河燕姐说几句话。"

待高二贵出去后，苟平顺扯着媳妇的衣袖，说："你说。"媳妇红着脸蹙着眉扭动着身子用肩膀蹭着男人的胳膊："你说，你说嘛。"

黄河燕笑着问："啥事？看你俩扭扭捏捏推推搡搡的。有话只管说，需要姐办啥事？"

苟平顺说："河燕姐，我们说了你可不要生气。你真不想要这个孩子？"

黄河燕叹了一口气，说："不是不想要，现在是要不成。早上我把啥话都说了，叔就是不同意，真让我没有办法。你们跟你爸再说说好不好，我这也是万般无奈呀。好不好？"

苟平顺媳妇坐在炕沿上，握住黄河燕的手说："不用说，肯定不行。记得我过门那一年，药房来了五六个从西安过来的男女青年，穿戴得可洋气了，也说是到延安去。其中一个女的怀了孩子，让我公公给她打胎，我公公说啥也不给人家打。那一群人还说我公公是土老帽，不支持他们革命，不理解他们的志向，结果让我公公把他们骂跑了。"

"你咋又说起这啦？"苟平顺推搡着媳妇的肩膀，"说正事。"

黄河燕说："啥正事？吞吞吐吐的让我心急。"

苟平顺扯着媳妇一起跪在地上，黄河燕吓了一跳："这……你们这是咋啦？快起来，快起来，有话说话。"

苟平顺急得满脸通红，嘴唇直哆嗦，说话都不利索了："河燕姐，求求你啦，不要把这孩子打掉，你把孩子生下来吧！我们养。不管男孩女孩，我俩一定会像亲生的孩子一样对待他，绝对不让他受罪；不打他，不骂他，不亏待他。行吧？还有，还有……"窘迫使他把后面要说的话给忘记了，但他很快又想起来了："还有，你就是孩子的干妈，这一辈子都是他的干妈，逢年过节我俩一定带着孩子去看你。你从延安回来的时候就来看孩子，我们一定把孩子养大，让他成家立业……"

"真的，我俩一定做到！"苟平顺媳妇发誓般随着男人的话说，看着黄河燕的脸，祈盼着她能答应。

黄河燕的眼泪流了下来。她的双手搭在腹部，刚才她明显地感到那个鲜活的小生命在她的腹中蠕动，碰撞着她的心房，撩拨着她的感情。一股母亲特有的触电般的麻酥酥的感觉使她浑身不由自主地战栗起来，两天来好不容易鼓足勇气下的那么大的决心在一瞬间土崩瓦解了。

"好，我把孩子生下来。"她说。

第二十三章

高二贵离开家后，老太婆发现水秀的容貌发生了令她吃惊的变化，整个人形都变了。脸色变得灰暗，失去了少妇应有的光泽，眼圈下的青晕让她看着心疼。情绪也变得异常抑郁消沉，总是蹙着眉头。除过和孩子在一起，难得听到她说话，更难看到她有笑容流露。走路轻手轻脚，说话低声细气，仿佛一大声说话或重步走路就会惊动院子里的什么东西。

"唉，"老太婆叹着气跟老头子说，"这是咋回事呀，这孩子一定是有啥心事吧！总是心事重重的，整天不见个笑脸。"

高占魁说："难为她了。"他吩咐老太婆："你多操点心，闲了多陪她说说

184

话，多开导开导她。这孩子心事重，有事总憋在心里，不像娇艳说话没遮没拦。上次喝老鼠药都快把人吓死啦，可别再惹出个啥事情来。"

老太婆跟娇艳说："你是嫂子，多开导开导水秀，她这些天可瘦多了，吃饭总是那么一点点，像猫一样。"

娇艳翘着薄嘴唇，拉着长音，不屑地说："有什么呀，不就是男人不在跟前嘛。和孩子过多好，我要是有个孩子，男人爱去哪儿去哪儿，我才不会拉他绊他呢。可惜哟，我没有孩子，我的心里比她还苦。这人什么时候才能知足呢？"

老太婆一听话不投机，不吱声，咕嘟着嘴走了。

晌午，水秀简单地收拾了一个包裹，手扯着女儿来向公公婆婆告别。

"爸、妈，我想回娘家看看，这有些日子没回去了。"她强颜欢笑着说。

看到水秀脸上露出了久违的笑意，高占魁和老太婆也跟着高兴起来。

"行啊，行啊，回去看看吧。回去问你爸妈都好。"高占魁鼓励道。

老太婆帮着给孙女抻了抻衣服，抚摸着她的小脸说："想爷爷奶奶了就回来，啊！爷爷奶奶会想你的。"她又提醒水秀："秀儿，二贵是得罪了人才出去躲难的，你不要太担心他，一个大男人家在外面会照看好自己的。你也要照看好自己，照看好孩子，不要替他操心。回去那些窝心的话就不要给你爸妈说了。"她又斥骂道："这个王八羔子，出去就没个影，不知道给媳妇捎个信，也不想想家里人该有多惦记！"

水秀明白婆婆话里的意思，说："放心吧，我不会说的。"她领着孩子到了大门口，正好碰上娇艳从外面回来。"哟，这是去哪儿呀？英英，你和你妈这是去哪儿呀？"娇艳问。

英英喜笑颜开地说："大妈，我和妈回姥姥家，看姥姥姥爷去。"

"真的？那我送送你娘儿俩。"娇艳热情地说道。

走在路上，英英显得很高兴，仿佛回姥姥家是她盼望已久的事情，不停地问这问那。

"妈，姥姥家的那只小羊长大了吧？"

"一定长大了，回去你就可以看到了。"

"小羊的妈妈长那么长的胡子，你是妈妈咋不长胡子呢？我可爱揪它的胡子啦，我一揪它的胡子，它就伸出舌头舔我的手指头，可痒痒啦。"她看着自己的小手指头，仿佛在欣赏一个很有意思的东西，"到姥姥家我就去揪它的胡子，还让它舔我的手指头。"

水秀逗女儿说："小心它咬你，把你的手指头当胡萝卜吃，咔嚓咔嚓，一会

儿就吃得没有了，一会儿就剩下四个手指头了，咋办呀？嗯，英英咋办呀？"

英英说："它不咬我，它真的不咬我。姥爷这样说的，它只吃草。"她又说："我快过生日了，我让姥姥给我煮一个红鸡蛋。不是一个，是两个，你一个我一个。对吧，妈？"

娇艳点着英英的额头说："你真是个喂不熟的白眼狼，知道有你一个、你妈一个，就不知道给大妈一个。大妈真是白疼你了。"

水秀说："就是，大妈没少疼你，给大妈带回来两个。"

"好吧。"英英答应着。

听着这母女俩欢快的对话，娇艳很不舒服，心里隐隐泛起既羡慕又嫉妒的感觉。她心里想，她有男人，有孩子，还有可惦记的父亲和母亲，生活的快乐都享受到了。我有什么呢？有一个能看不能用的男人，也没有了父亲和母亲，更没有孩子。我这是得罪谁了，日子过得这么苦。不行，我也得让她难受一下。

到了街口，娇艳止住了步，说："我就不送你娘儿俩了。"她逗着英英，用不经意的口吻问："妹子，二贵到现在真没有给你捎信？你不会诳嫂子吧？"

水秀摇了摇头说："真没有，我诳你干啥？"

娇艳说："你说他出去这么多天了，也不说给家里捎个信。他走的时候说得好好的，一到延安就给家里捎信，到现在连个信的影子也没见。唉，这些男人呀，你不惦记他吧他是人，你惦记他吧，他可把咱女人没有当回事。"她察看着水秀的脸色，神秘地说："你可别嫌嫂子多嘴说闲话，我可听人家说二贵不是去延安，他是和河燕一块儿私奔的……有人看到那婊子在前面走，二贵在后面走。在这之前那婊子路过咱家门口的时候还从门缝向里望了好一会儿呢。"

水秀脸上的表情出现了戏剧性的变化，笑容在她的脸上凝滞了一会儿，倏然间便消失了。脸颊上的红晕也随之消退，变得蜡白，嘴角急剧地抽搐了几下，眼泪跟着就下来了。这是她最担心的事情，现在终于有人当面说给她了。

"你……你别哭呀，我这也是听人家说的。我想……他们是胡说八道的吧，你不要当真。"看到水秀苦凄凄的样子，娇艳有些慌了，不知所措、结结巴巴地解释着。

水秀抹了把眼泪，说："你没有说错，人家也没有胡说，我早就想到这些了。"她说完，抱起女儿就走了。

娇艳走在回家的路上，突然懊悔着埋怨起自己来："我咋能跟她说这些呢？她的心里已经够苦了，我这不是给她的伤口上撒盐吗？谁要是给我的伤口上撒盐，我会骂死他祖宗十八辈的。"她突然又高兴起来，心想，看来家家都有一本难念的经，并不是我一个人日子过得不顺心。

水秀在娘家住了些日子，白天忙碌着帮母亲干些家务活，又给父亲和妹妹一人做了一身衣服。在父母和妹妹面前她竭力装出一副高兴的样子，向他们表明她在婆家的日子过得很舒心。

妹妹水花已经长成大姑娘了，然而仍然是稚气未消，不停地逗外甥女玩，在姐姐面前无拘无束。夜里非要和姐姐睡在一个炕上，跟姐姐讲一些她感兴趣的事情。

天黑的时候，水秀和两个一块儿长大的姐妹赵喜鹊、肖云霞聚在邻居车兰花家里聊天，她们都是有两个以上孩子的母亲。车兰花的丈夫在外地做生意，家境富裕，屋子里的炉火烧得很旺。她已经生了三个孩子，现在又怀上了第四个，挺着大肚子，向姐妹们兴高采烈地述说着自己的痛苦。

"唉，我那死鬼男人就不能回来，只要他一挨我身子，就会怀上。这不，老三刚过一岁，这老四就踩着他的脚后跟来了，真烦死人啦。"

炕上的三个孩子还在戏耍打闹乱成一团，打扰了她们说话。车兰花呵斥起来，三个孩子刚钻进被窝安静了一小会儿，五岁的老大就叫了起来。

"妈，我要尿尿。"他说着从被窝里赤条条地钻了出来。

"妈，我也要尿尿。"老二也跟着喊叫了起来。

老三一骨碌爬起来，用小拳头揉着眼睛："妈，我也要尿尿。"

车兰花挺着大肚子，哼哧着依次端着三个孩子撒了尿，暖烘烘的屋子里很快弥漫起尿臊味。

赵喜鹊用手在鼻子前扇着："臊死人了。"

车兰花骂骂咧咧地把孩子们的被子掖好，讥笑着说："别假干净尿刷锅了。你没养过孩子？没闻过尿臊味？快嗑瓜子，把嘴堵上。"

车兰花看了看正在低头织毛衣的水秀，又继续着前面的谈话："水秀，你从生了英英就再没有动静了，这不正常呀，是咋回事？"

肖云霞是个快嘴快舌的女人，她嘴唇上沾着瓜子皮，抢着说："她男人和别的女人好上了，她就一定受冷落了呗。"她鼻子哼着继续说："他奶奶的，我要是有那么个男人，我就是到香山寺出家也不和他过了。"

赵喜鹊也跟着说："真是的，我们都听说了，高二贵和相好的私奔了。现在这个时候，两个人一定钻在被窝干那事呢。"

车兰花看到水秀的头低得更低了，织毛衣的手指头变得迟缓起来，知道她

内心一定忍受着巨大的痛苦，就赶忙说："别说人家了，把自己的男人搂好，别让他跑了。"

赵喜鹊仍不知深浅地说着："你放一百个心，我男人一天像狗皮膏药一样贴着我，今天他不在家，要在家，我根本出不来。那一天我说，你要是对我不好，我就到香山寺出家当尼姑去。他一听脸都吓白了，搂着我使劲说好话，听着可舒心啦，嘻嘻……"

岁月像清水河的流水一样，日复一日无波无澜地向前流淌着，不论你过得好也罢，不好也罢，都不会改变它的流向。

阳春三月，高家发生了一明一暗两件事。明事是喜事，巧云出嫁了。巧云出嫁的这件喜事办得异常热闹，陈铁匠家倾尽全力要把陈家独苗的婚事办得风风光光，高家也想把唯一女儿的婚事办得红红火火。四十六团给陈金柱放了五天假，让他回家娶亲。结婚那天，来接巧云的是一乘八人抬的花轿，二十多人的鼓乐队，唢呐声声，锣鼓锵锵，鞭炮噼啪作响，热闹得很。巧云打扮得花枝招展，在娇艳给她往头上盖红盖头的时候还哭哭啼啼地抱怨二哥不回来送妹妹出嫁。迎亲的队伍绕着同官县县城兜了一个大圈，才进了陈铁匠的家门。

另一件是暗事，高大贵意外地发了一笔横财。巧云出嫁时间不长的一个夜里，高大贵正在家中睡觉，突然被石子击打窗棂的声音从梦中惊醒。他披上一件衣服打开房门来到院子，又有一块土块从院墙外投了进来。

"谁?"高大贵压低嗓门问道。

"我，高队长。我是韩山宝。"

韩山宝是县城有名的闲人，经常跟高大贵套近乎，提供一些道听途说的案件线索，挣点零花钱。这样深更半夜来找他一定又带来什么消息了，于是高大贵打开院门。

"哎呀，大哥，可找到您啦，都快急死我啦。我到保安队找您，人家说您回家了，我就赶快来家找您，跑得我一头都是汗……"在院门口，韩山宝一看到高大贵就嚷嚷开了，还用手抹了一把额头，向地上甩了一下，表明自己确实出了许多的汗。

"啥事?这么晚啦。"

韩山宝往高大贵跟前凑了凑说："我得到一个重要消息。"

"嗯?"

"二妮夜里回来跟我说，同官客店里住下三个贩山货的人，其中一个和二妮那个的时候说，他们贩山货是幌子，实际上是贩大烟。还说，这一次贩完大烟就会赚一大笔钱，还要二妮跟他好，等再来的时候把二妮带走。我想这一定是一条大鱼，就赶快过来给您报信。"

韩山宝说的二妮是从外省和老父亲逃难过来的，举目无亲，就住在山坡上废弃的窑洞里。后来老父亲病死了，二妮白天在县城的饭馆里打零工，晚上就跑到客店做暗娼。一个柔弱女子时常受人欺负，她就找韩山宝做靠山。韩山宝虽说是个游手好闲的懒汉，但骨子里还有着路见不平行侠仗义的豪杰气。二妮跟他一说烟贩子想把她带走，韩山宝的肚子里就生出一股子无名火，哄着二妮睡觉后就跑出来向高大贵报告情况。

"你说的可是真的？"这个消息对高大贵来说太重要了。昨天屈县长还不满地对他说："高队长，从你管稽查大烟这件事以来，没有取得像样的成绩，就捉过几个小蟊贼，这样可不行。你要严查过往客商，一两大烟也不能从同官县县城溜过去……"他觉得立功的机会来了，但不能确定韩山宝提供的消息是否准确。

韩山宝指着天发誓道："高队长，大哥，我对您可是忠心耿耿，赴汤蹈火都愿意。我对天发誓，我韩山宝要是胡说，就让我头生疔疮脚流脓……"

"好啦，好啦，我信你。"高大贵说，"他们能带多少货呢？要是三钱五两的就不值了。"

韩山宝肯定地说："不会的。二妮说那人说话的口气很大，出手很大方，不但给了钱，还送给她一个袁大头。"

高大贵说："袁大头？这东西现在市面上可不多见了。好吧，你回吧。二妮没说他们啥时候走？"

"说啦，说是天一亮就走，过十天八天回来，就带二妮走。还说让她准备好。"

高大贵打发走了韩山宝，回到屋子里穿好衣服，别上手枪。

"啥时候了？"娇艳醒了，迷糊着看了看窗外，窗外一团漆黑，"天还没亮，你要干啥去？"

"你睡你的，还早着呢。我有点急事……"

这天夜里的雾很大，整个县城被浓重的白色雾气笼罩着。高大贵顶着凉丝丝的雾气走在空寂幽暗的街道上。街道上非常静，他走路的脚步在前后传着清晰的回声，仿佛前面有人在走动，身后有人在跟踪。白雾涌动着，团团簇簇缕缕，在树枝间穿梭，在飞檐尖撩拨，在斗拱上碰撞，在屋脊顶盘旋，使两旁的房屋、树木不时改变着形态，若隐若现，灵动而诡异。这条街道高大贵不知走

过多少次，从来没有心生过畏怯，而今天夜里他总是感到脊背上一阵阵地渗出冷汗，头皮一阵阵地冒出凉气。为了壮胆，他从腰间拔出手枪，顶上子弹，紧紧地攥在手中。到了同官客店，他看到一间屋子里透出朦胧的光亮，正是韩山宝说的第四间屋子。

高大贵改变了去保安队叫人的打算，绕到客店一处低矮的墙下，把手枪别在枪套里，扒着墙头翻到院子里，溜着墙根来到楼梯口。他担心皮鞋发出的声音引起房中人的警觉，把皮鞋脱下来放在楼梯口的一侧，蹑手蹑脚地潜到亮灯房间的窗下，从窗缝向里面窥视。房子里有一个中年人，刚好面朝着门，坐在床沿，整理着六个纸包，高大贵断定那纸包里包的一定是大烟。他敲响了门。

"谁?"里面的人紧张地问。

"开门，是我。"高大贵把手枪握在手里。

过了一会儿，门打开了一道缝，高大贵挤了进去，用手枪逼住那人。

"别……别，长官有话好说，有话好说。我可是守规矩的生意人。"

高大贵鼻子哼了一声，说:"你还是守规矩的生意人? 骗鬼去吧! 你涉嫌违反民国法令私贩大烟，我们弟兄盯你多时了。识相些，乖乖地把大烟交出来，否则，死罪难逃。"

烟贩子看事情已经败露，没做过多的狡辩就把大烟从床下的一个皮箱子里拿了出来。高大贵察看了一下，这是纯度很高的大烟膏，一共六包，每包一斤。他用枪点着烟贩子说:"大烟没收，如敢再犯，小心狗命!"

烟贩子跪下挡住了他的去路，可怜巴巴地说:"长官，行行好吧，这可是我们三个人的全部家当啊，您要是都拿走，我们就完蛋啦。您等等……"他说着跑出去把隔壁的两个同伙叫了过来。

三个人一同跪在高大贵的脚下求情:"长官，行行好吧，我们这也是为了生计呀，您要是都拿走，我们这三家二十几口的日子真的就没法过了。我们以后再也不敢做这事情了。您高抬贵手放我们一次吧，您的大恩大德我们永世不会忘的。"

高大贵问:"你们是做啥生意的?"

三个人回答:"做皮货生意，还有山货生意。这些生意利太薄，所以我们就……我们可真是第一次，饶了我们吧。"

高大贵故作为难地说:"你们这三个人我一看就是老实人，不是那些奸刁之徒。但是不管你们有多难，违法是不行的。下面还有我几个弟兄，放了你们我咋向他们交代? 你给我说个办法。"

其中一个听出了他的弦外之音，忙说："长官，您行行好，我们分一半给您，您就说查到了三斤，您有功劳，我们也能绝路逢生。以后我们每过同官县一趟，给您孝敬半斤大烟。苍天在上，绝不食言！"

高大贵沉吟着，勉强答应了下来。第二天，他把这三斤大烟装进一个瓷罐子里，埋在他办公室的床下，等待机会出手，这样就可以赚不小一笔钱。就要发财了，高大贵的心情特别好。

第二十四章

一场春雨过后，老太婆叫上水秀到山坡的麦地里锄草。被风吹散的白云在蓝天上飘荡，太阳暖融融地照在山坡的土地上，茂盛的草丛里和绿油油的麦地里飞着一群忽起忽落叽叽喳喳觅食的麻雀。

老太婆直起身，捶了几下有些酸痛僵硬的脊背，看了一眼水秀。

"歇会儿吧，活要慢慢干，别累着了。"

婆媳俩坐在水罐旁，用瓷碗喝着水。水秀端着碗喝了两口水，眼神迷惘地瞅着地畔上的一棵榆树发呆。

老太婆咂着嘴说："孩子，遇事要想开些。原来想着他当兵还能有点啥出息，谁知道这孩子的直脾气就是改不了，爱管旁人的事，结果把自己也给缠进去了。他也不知道咱们要操多大的心。你别担心他啦，他也是个大人了，等这边平静下来他就会回来的。"

水秀长时间无言地嚅动着嘴唇，眯缝起眼睛，瞧着山的对面。云彩投下的阴影在山坡上缓慢地移动。一群大雁在天空"咿啊，咿啊"着飞过。她用手遮在眼眉上，默然地目送着雁群的远去，嗅着太阳蒸晒着的青草气味。

过了好一阵子，水秀被风吹得干裂的嘴唇可怜地哆嗦起来，终于说出憋在心里好长时间的话。

"他……他是和那个女人一起跑的。"

"胡说！你这是从哪儿听到的？"

"那个女人在他前面走了，路过咱家的门口还在门缝向里看了一阵子。他

也向川里去了。他们是说好的。"

老太婆惊愕地说:"不可能,这绝不可能。孩子,你这是气糊涂了吧,咋能大白天说胡话呀,啊?"

水秀咧着嘴苦笑了一下,说:"这是真的,有人亲眼看见的,我没有说胡话。"

老太婆若有所思地沉默了一会儿,脸上的皱纹仿佛更多了。

"这个浑蛋,他咋这么糊涂呀,嗯?我本想别人都是在捕风捉影瞎说,现在看来……你应当好好地看住他……"老太婆小心翼翼地说。

"这难道能看住吗?他是个大活人呀。我是相信他的良心的……难道我真能把他拴在我的裤腰带上吗?"水秀苦笑着,无可奈何地说。

老太婆行动迟缓地把碗里的水倒掉,把碗扣在水罐子上,直到这时候才问:"那你打算咋办?"

"我还有啥好打算的,我不能跟他过下去啦。让他把那个女人领到家里来,跟她一起过吧……我受的苦已经够多啦。"

水秀心里积压了很久的苦恼突然爆发了,她呻吟着扯下头上的头巾,趴在泛着潮湿气息的土地上,大哭不止。

老太婆愁眉苦脸地坐在她的身边,也不劝阻她。老太婆知道她的心里一定很苦,任何的安慰都是苍白无力的。

水秀就这样趴在地上,把哭肿的、泪汪汪的眼睛紧贴在揉皱的头巾上,痛哭着。

等水秀的哭声止住了,老太婆抚着她的肩膀,徐缓地说:"孩子,你傻呀。这总是一个家呀,咋能说不过就不过了呢?不过咋办?咱总不能出家当尼姑吧?"

老太婆本来用于安慰的话,却在水秀的心中荡起了波澜。在娘家的日子里,肖云霞和赵喜鹊说到出家当尼姑的话就在她的心里引起过波动。既然在这个家里过得不顺心,还不如到香山削发为尼,这个想法这些日子已经在她的心里萌芽。今天婆婆也说到这件事上,仿佛为萌发的芽添了水施了肥,催促着它快速成长。

水秀抓着头巾从地上爬起来,长叹了一口气,嘟哝着说:"那就出家当尼姑吧。"

过了两天,水秀早上起来简单梳洗了一下,吃过饭她对婆婆说想回娘家看看。

婆婆用疑惑的眼神看着她："你不是才回过娘家吗？今天……"

婆婆的问话水秀已经想到了，她镇静地说："妹妹让我帮她裁一身衣服，我回去那几天没顾上。这两天没啥事，过去帮她裁一下。"

"行啊，行啊。"老太婆欢快地说，"给你妹子做好，让妹子穿上高兴高兴，谁问起来你脸上也有光。带英英不带？我看就不要带了，这样可以静下心做活。"

"不带啦，"水秀用笑脸掩饰着内心的忧伤，"让她多睡一会儿……我走了。"她不敢在婆婆面前多停留，一说起女儿，她的心像被揪了似的难受，担心再说下去，脸上就会遮掩不住内心的痛苦了。女儿是她的心肝宝贝，在决定今天就去香山寺出家以后，昨天夜里几乎一夜未眠，这样一走，就意味着女儿失去了母爱。失去母爱的孩子该有多可怜，她是知道的。北街口卖菜韩老大的老婆死了，两个没娘的孩子整天脏兮兮的满街跑，看到谁吃东西都会嘬着手指头眼馋地看着人家，到了冬天还穿着单衣服和露着脚指头的鞋子。当然，英英有爷爷奶奶、姥爷姥姥的呵护总不至于到那个地步，但是她仍然觉得这样做亏欠了孩子。昨天夜里她几次点亮油灯，细细地看着女儿那张可爱的小脸：她睡得很安静，小巧的鼻翼轻轻地翕动着，红润的小嘴时而咂几下，仿佛在回味着什么好吃的东西。水秀看着女儿，不知道一觉醒来发现妈妈不在身边，她会有什么样的反应，是哭，是闹？然而，她的决心已下，不会再改变主意了。

水秀回到房中，拿起早已准备好的包袱走出了院门。她穿过街道，顺着县府旁边的一条小径向山上走去。走到山半腰，她伫立在那里，回头望着山脚下这座处在两山之间的县城。她能清楚地看到婆婆家和娘家的房院。婆婆家灶房上的烟囱冒着袅袅轻烟，婆婆一定在忙着干家务，她为不能帮着年迈的婆婆分担家务而心存内疚。娘家的院里平平静静的，院子里窑洞前的两棵桐树已经高过了屋脊，形成繁茂的树冠。天热的时候父亲就会坐在树冠的阴凉下打瞌睡。她不知道父亲和母亲现在在干什么，他们把她养育这么大，她为不能为爸妈多尽孝心而感到难过。她不知道这样一走，他们知道了该有多么着急。她觉得喉咙里有一股突然涌上来的要想尽情地哭一场的热气。她想，等把事情安顿好以后，就给他们捎信，向他们报个平安。

水秀还是姑娘的时候，曾在母亲的带领下去香山寺赶过一年一度最热闹的香山庙会，对去香山的路是熟悉的。她顺着逶迤崎岖的山径翻过一座山进入一

道长长的山沟——香山就在这条山沟的尽头。她轻松地走在山沟中空寂的小径上，潮湿松软的黄土地使她走得很舒服，风儿用到处乱伸的温热的热嘴唇亲吻着她那憔悴的脸颊和裸露的脖颈。

在一片开阔的林间空地上，她在一丛野蔷薇旁坐下来休息。野蔷薇的蓓蕾绽放出了艳红的花朵，挂在柔韧的枝头随着微风摇曳，在绿意盎然的草木间显得格外耀眼。她采撷了一朵蔷薇花细细地看着。这是一朵十分红艳的花，重重叠叠的花瓣上沾着晶莹的露水，显得格外妩媚，放在鼻前一嗅，透着沁人心脾的幽香。

一个充满着神秘声音的世界展现在她的眼前：白杨树叶子和橡树叶子被风吹得哆哆嗦嗦地沙沙作响，从小槐树林里飘来混杂的嗡嗡声，野鸡在溪间的芦苇丛里不住声地咕咕叫，远处有一只布谷鸟正在不知疲倦地叫着。距离水秀只有两步远，一只灰色的小鸟在喝路边溪流里的水，它仰着小脑袋，甜蜜地眯缝着眼睛。黄蜂嗡嗡地在草地的花上飞舞。树丛里透出阵阵腐烂的陈年树叶的辛辣气味。

路途上自然清新的景致，使她暂且忘记了生活的辛酸，她一动不动地坐在那里，贪婪地呼吸着树林中的多种气味，怀里抱着包袱靠在一棵枝繁叶茂的核桃树上睡着了。还做了一个梦，梦见她腰系围裙，在院子里朝地上撒着金黄的苞谷粒，几只大大小小的鸡聚在她跟前，争先恐后地啄着。高二贵推开了院门，笑盈盈地进来，朝她走过来。他走路的脚步轻极了，好像没有挨着地，越来越近，越来越近，啄食的鸡被惊得咕咕地叫着四散逃逸。他伸手拉她的胳膊，拉得很紧。她一个激灵醒了过来。梦境消失了，脱离梦境的她确实意识到有人在抓她的胳膊，惊悸中本能地把胳膊甩了一下，跳了起来。她定睛看清面前站着一个人，这人身穿黄色的长衣，头戴尼姑帽，神态安详地看着她。

"你，你是谁？"她把包袱紧紧地揽在胸前，脊背靠在树干上。

尼姑说："妹子，你咋一个人在这荒郊野外睡觉呀？太胆大了，要是遇到歹人怎么办？"

"你是谁？"水秀神情慌乱地打量着眼前的尼姑。

尼姑安然地说："我这身装束你还看不出来吗？我是香山寺的尼姑，外出化缘回来路过这里。"

水秀长舒了一口气："你是香山寺的尼姑呀，这太好啦！"

尼姑问："妹子，你这是上哪儿去？是走亲戚还是回娘家？"

水秀神情凄婉地摇了摇头，说："我不走亲戚，也不回娘家。"

"那……你这是上哪儿？"

水秀踌躇着说："我去香山寺。"

"去香山寺？"尼姑疑惑地说，"你现在一个人去香山寺干什么？又不是朝山进香的日子。哦，是去还愿的吧？"

水秀又摇了摇头。

尼姑用开玩笑的口吻说："那你干什么，总不会是出家当尼姑吧？"

水秀使劲点了点头，低声肯定地说："是想当尼姑。"

"这……"尼姑皱了皱眉头，"为什么？"

"我……我男人不要我啦，我实在过不下去了。"水秀嘴唇哆嗦着，眼眶里溢满了泪水。

尼姑意识到自己的问话触动了眼前这个女子的伤痛之处，于是就不再问下去了。她看了看天色，太阳已经偏西，山谷里弥漫起凉气，前面还有一段路要走，恻隐之心使她决定先把眼前这个女子带回山上暂时安顿下来，便说："你跟我走吧，先到山上再说。"

水秀心里轻松多了，随着尼姑顺着山径朝香山寺的方向走去。

尼姑显然在这崎岖的路上走习惯了，她的步履轻松、自然，水秀走起来却显得吃力。尼姑看她气喘吁吁、额上细汗津津的样子，便接过她的包袱背在自己的肩上，放慢了脚步和她一同走。

"妹子，你叫什么名字？"

"我叫水秀，井水的水，秀丽的秀。"

"多清爽的名字。姓什么？"

"姓关。"

"家住在什么地方？"

"县城。我咋称呼您？"

"我呀，法号妙义。皈依佛门就不称俗名了，只称法号。你就叫我妙义姐吧。"

转过几座山峁，云缠雾绕间看见了香山的山峰。山峰在叠嶂的山峦间突兀而起，拔地通霄，气势恢宏。她们离开川道朝山上走去，到了寺院已是夕阳衔山时分，橘红色的晚霞映得山山谷谷、草草木木泛着璀璨而迷离的光晕。

进到寺院，一个提水的小尼姑迎了上来。

"住持，您回来啦？"

"回来啦。"妙义回答着，把包袱递给了小尼姑。

水秀心里一喜，说："妙义姐，你是寺院的住持？"她随母亲来香山赶庙会时听母亲说过，住持是寺院里主事的人。她想，只要妙义答应她留下，她就能如愿以偿。

妙义把水秀领到自己的房中，招呼小尼姑送来了饭菜。

吃过饭后，妙义问水秀："妹子，说说你的事吧，为什么要出家？"

水秀想起自己心酸的生活，嘴一撇便抽泣起来。

"别哭，别哭，慢慢说。"妙义劝解着。

水秀在悲悲切切、凄凄楚楚中诉说了自己的不幸遭遇。

妙义心里叹道，唉，又是一个为情所困的女子。于是说道："妹子，你丈夫或许是一时误入迷途，等他清醒过来就会回到你的身边。你也是出于一时激愤，才迈出这一步。听姐一声劝，在这里住上几天，平平心气，回去好好过日子。人生苦短，切不可为一时的激愤而铸成大错，到那时后悔晚矣！"

水秀用手抹去眼泪，恳求道："妙义姐，你就收留我吧，我确实和他过不下去了，再也不抱任何希望了。"

妙义劝说道："妹子，你不要觉得出家为尼就可以和尘缘一了百了，不是你想象得那么简单。你有丈夫，有孩子，有父母，你能说割舍就割舍得了吗？"

水秀哀怨地说："姐姐，你不要再劝我了，我既然这样做了，就下了决心，我不会回头的！"

妙义原想经过一番劝解，就可以改变水秀的主意，没想到眼前这个貌似柔弱的女子，竟是如此这般地坚定。既然这样，就先遂她的心愿，留她在山上住几天，待心境好转了再打发她回家。妙义以前也时不时地碰到过这种情况，一些男女遇到些不顺心的事情就跑到山上来苦求死缠，信誓旦旦地要出家为僧为尼。然而，过不了多少日子，就忍受不了寺院日复一日守清灯、伴孤影、诵佛经的寂寞生活而悄然下山。她恐怕也是这些人中间的一个吧。

妙义抚摸着水秀一头乌黑发亮的秀发说："妹子呀，当尼姑可不是一件容易的事，是要剃度的。你这么秀丽的头发剃掉舍得吗？"

水秀丝毫不犹豫地说："这些我都想过了，我舍得！"

妙义觉得再也没有什么言辞可以劝解这个心念已定的女子了，于是吩咐寺院的执事给水秀拿来了一身僧衣并安排住处。

一会儿，执事进来报告说，还有一间空房子，里面放了许多杂物，他这就差人去收拾。

妙义想了想说："今晚就不要收拾了，水秀今夜就和我住在一起。明天把房子调整一下。她初来乍到，环境不熟，山上夜风一起，松涛震耳，她刚上山，独居一室会害怕的。"

执事走后，妙义铺好了地铺，吩咐水秀睡在床上，自己睡地铺。水秀执意要睡地铺，让妙义睡床上。

妙义说："好妹子，就不要争了。姐的身子骨比你结实，地气太凉，你会受不了的。早早睡吧，我还有事要做。"

水秀问道："有啥事？我帮你做吧。"

妙义笑了笑，从墙上取下悬挂着的长剑，说："我去练习一会儿剑，活动活动筋骨。"

水秀也不瞌睡，说："我陪姐姐去，现在睡觉太早，我也睡不着。"

两人出了房门，转过墙角，下了一段石阶，来到藏经阁前一片平阔的场地上。

天幕上月朗星稀，高远而深邃，空旷而辽阔。清幽的月光水一般地洒在寺院的殿宇、房屋、树木上，显得静谧而肃穆，朦胧而疏朗。夜风在山间盘旋，时隐时现时断时续的松涛声不时传来，更增加了夜的深沉。

妙义在平地上站定，屏息提剑，轻喝一声，身如春燕展翅，剑似电光闪烁，忽而高走，忽而低伏，忽而辗转腾挪，忽而翻空跳跃，忽而就地盘旋，忽而挺身屹立。剑锋所指，流光夺目，金铁之声铮鸣；拳脚到处，重锤击壁，破风之音不绝，直看得水秀头晕目眩、目不暇接。长这么大，没出阁前，在父母面前只想做一个孝顺的好女儿；出嫁后，只想做一个孝敬公婆、妇随夫唱的好媳妇；有了孩子，只想做一个温情善良的好母亲。水秀从未见到过这样的阵势。白天见到的妙义给她留下的是温婉和善、文静贤淑、很有亲和力的印象，而现在展现在眼前的却是一个飞拳舞剑、英姿飒爽的英豪女侠，心中油然升起对她的敬佩之情。

待妙义收住剑后，水秀羡慕地赞叹道："妙义姐，真看不出你还有这样的本事。你碰上我时说'要是碰上坏人怎么办'，我当时心里还想，你一个人在荒山野沟里走路都不怕碰到坏人，我怕什么。原来你有一身的本事，不要说一个坏人，就是一群坏人也会被你打得落花流水，哭爹喊娘，跪地求饶。"

　　妙义轻轻一笑，不无自豪地说："你算说对了。前年我到县城去化缘，你知道县衙旁边有一条巷子，巷子很偏僻。对，就是那条巷子。正碰上三个浑蛋在巷子里欺侮一个小媳妇。我上前制止他们，嗬，他们仗着人多势众，欺负我是一个出家人，又是女辈，对我动手动脚，嘴里还不干不净说些下流话。我一恼火，三拳两脚，就把他们打得鬼哭狼嚎。我一声喝：滚！那三个浑蛋只恨爹娘少生两条腿，连滚带爬，抱头鼠窜。"

　　水秀一怔，问："前年，前年啥时候？"

　　妙义思索了一下，说："大概是春上吧。对，是春上，棉衣都脱啦。"

　　"那天是个集，对吧？"

　　"对呀，你怎么知道？"

　　"姐，你救的就是我呀。"

　　"真的？当时我急着有事，连人都没认清。"

　　水秀拉住妙义的手，感激得不得了，说："当时可把我吓坏了，只顾赶快离开那儿，过后还后悔没有记住救我的恩人是谁呢。"

　　黎明时分，妙义起床漱洗的声音惊醒了水秀。水秀揉着惺忪的睡眼，拢着散在脸颊上的头发，问："姐，啥时候了？天还没有亮呢，你就起床啦。"

　　桌案上放的一盏油灯，灯光如豆，这是妙义担心扰醒水秀故意把灯光压得小些。

　　妙义擦着脸说："妹子，你醒啦？天就要亮了，你昨天走了那么远的山路一定累啦，今天好好休息一下。我还要做早课呢。"

　　窗外虽说天黑地暗，但可以听到有人匆匆走路和说话的声音。水秀赶忙穿衣起床，说："我不累，我也要跟你去做早课，既然来这里就要守规矩。啥是早课？"

　　妙义解释说："就是大家在一起诵读经文，就是念经。"

　　在妙义的帮助下，水秀认认真真地穿起僧衣，在脑后打起一个发髻。眼前的镜子里映出一个面庞俊俏、清丽，眉宇间难掩哀愁怨绪的尼姑形象。

　　妙义在背后抚着她瘦削的肩胛，凝视着镜子里映出的脸庞，叹息道："唉，妹子，你心里郁结的愁苦太深，即便是笑，眉宇也舒展不开。真有佛缘的话，你就随姐姐好好念念经吧，这样你的心境慢慢就会好起来。只要你潜心向佛，佛法无边，会化解你尘缘中的所有苦难。"

　　水秀随着妙义出了房子，顶着还没有消退的夜气拾级而上，进到大殿里。

这座大殿是一壁石山形成的天然洞府，洞内地面平坦如砥，青色的石灰岩被无数虔诚的香客匍匐得亮光光的。拱顶高大，久经烟熏火燎像涂了一层黑色的油漆。

僧尼们已经排列整齐地坐在蒲团上。水秀被执事安排在左侧后排一个空着的蒲团上坐下。妙义走到前台，朗声说道："各位，今天我们一道温习《心经》。"

妙义开了个头，众人异口同声诵读经文，声音清亮，整齐划一，大殿里产生好听的回声。

《心经》很短，总共只有二百六十个字，没用多少时间就诵读完了。妙义清了一下嗓子开始对经文进行解说："《心经》的全名是《般若波罗蜜多心经》，简称《心经》，是字数最少的一本经文。就这二百六十个字，把佛教的要义，把宇宙人生的真理讲得极为透彻。《心经》是打开佛法大门的钥匙，是我们学习佛法的纲领，也是我们观照宇宙人生的大智慧。《心经》这二百六十个字，包括了佛教的核心内容，它主要是教导我们怎样观照当下的精神生活境界和物质生活境界，教导我们在圣凡迷悟之间怎样处理修行者所面对的真理世界和世俗世界……"

水秀不熟悉《心经》的经文，在妙义讲解经文时，她环视着大殿。大殿里两根朱红楹柱立于地擎于顶，八根碗口粗的红蜡烛哗哗燃烧，交相辉映，把大殿映照得通明敞亮。千叶莲台上一尊观音菩萨，呈金色，头戴宝冠，左手托着一只羊脂白玉净瓶，右手的拇指和食指拈着柳枝，神态雍容端庄，慈眉善目，眼睑低垂，处高俯下，关注着凡界。

水秀凝视着观音菩萨，她惊奇地发现观音菩萨也在注视着她。她在心里虔诚地默念道："大慈大悲的观音菩萨，我现在已经皈依佛门，成了您虔诚的弟子了。求您救救我吧，我的心里太苦啦……"当她默默地祷告完时，发现大殿里的人已经走了。她回身，看到妙义站在身后。

"妹子，你在想什么？"

"我在和观音菩萨说话呢。"

"哦，是这样。"

走出大殿，天已大亮。妙义和水秀缓步蹀过大殿前平阔的石板地，站在汉白玉构筑的护栏前。脚下是百丈危崖，石峰壁立，巉岩嶙峋，古木葱郁，百草铺陈。放眼远眺，秦川大地的阔天白云、高山长河尽收眼底。太阳从东边天际的山峦里探出了半个红艳艳的脸来，多彩的朝霞像瑰丽的轻纱一般笼罩在起伏

跌宕的秀美山川上，笼罩在炊烟氤氲的同官县县城的上空。

香山上的晨风中蕴含着朝露的湿气，空气显得湿润而清爽。水秀深深地吸了一口清爽的空气，拢起拂在脸面上的散发，忧郁的脸庞上露出了微微笑意："这里的空气真新鲜，景致真好看。"

妙义赞同道："是的，这里的空气好，景致也好。你以前来过香山吗？"

"来过。"水秀说，"八九岁那年和我妈来过，时间长了，记忆已经模糊了。"

妙义解释道："香山又叫三石山，酷似一个巨大的香炉。山势东西走向，主峰分东峰、中峰、西峰，依次排列，从远处望，犹如三根顶天香插入炉中。这山的周围万顷林海青翠欲滴，崇山峻岭云雾缭绕，山中有泉溪瀑潭湖，还有河。在这里，春天可以观赏山花，山花是赤橙黄绿青蓝紫，色彩斑斓，漫山遍野，香气袭人；夏天可以听松涛，你看山脚下、山腰处、山顶上大片的松林，山风一吹，如万马奔腾，似千军呼啸；秋天的时候来这里看红叶，树叶经浓霜一染，一夜之间，变得艳红一片，非常好看……"

水秀想着冬天的萧瑟景象说："冬天呢？冬天有啥好看的？树叶全落啦，花也没有啦，就连松树也干枯啦。"

妙义对冬天却有着一番独特的感受，说："冬天有冬天的景致。冬天就是看雪景。下雪的时候，我就常常站在这里看雪景。高山大川河流曲径，枯树败草黄土乱石都被白雪覆盖，一片银装素裹，非常好看。最好看的景致是雪后天晴，蓝天和白雪相映，朝霞像彩纱一样铺在雪面上，亦真亦幻，奇妙无比。这时候的山是静的，水是静的，树林是静的，一切都显得静悄悄的。即便偶尔有一只黄羊或者兔子在雪地里奔跑，也显得静静的。它们疾速奔跑，身后撩起一团团银色的雪雾，这时只能看到它们腾跃奔蹿的身影和渐渐消失的雪雾，却听不到一点点的声音。那种静真是美极了，难以言表。"她接着说："去年冬天一个大雪过后的晴天，天格外的寒冷，太阳明媚却没有一点热量。我就站在这里看雪景，感受雪天的寒冷和寂静。突然看到一只大黄羊，一定是羊妈妈，带着两只小黄羊从那边的树林里连蹦带跳跑了出来。不大一会儿，一只狼随着黄羊的踪迹也从树林里蹿了出来。羊妈妈带着小羊跑到那片平地以后，两只小羊顺着旁边的那条小径跑掉了。羊妈妈没有再继续跑，而是停下来，低着头在雪地里寻找埋在雪下面的干草，那个悠闲自在的样子急得我心都提到嗓子眼啦。后面那只狼，张着大嘴，紫红色的舌头在一边奔拉着，喷出的热气化成白雾一团一团向后飘着。狼奔跑的速度特别快，快到羊妈妈跟前时，一蹬，跃到半空就冲着羊妈妈猛扑了过去。就在那一瞬间，羊妈妈身子一旋，那只狼扑了个空，一头扎在雪地里连着翻了几个跟头，爬起来时就像一个白雪球。它四爪撑着地，使劲晃掉身上的雪，把腰弓了两下，又向羊妈妈扑去，结果羊妈妈又在原地打了个旋，狼又扑了个空。两次没有扑住羊妈妈，狼已经没有先前的凶猛劲了，它从雪地里再次晕头晕脑地爬起来，围着羊妈妈转了两个圈，寻找着进攻的机会。突然羊妈妈向前奔跑了起来，一直跑到地边。"妙义指着对面的一片地继续说："你看到了吧，就是那棵斜长着的棠梨树的地边。妹子，你看那崖有多高？"

"少说也有两丈高吧。"水秀猜测着。

妙义认可道："说得对，一定有两丈高。那只黄羊很快向前跑，那只狼拼命在后追。我当时想，那只狼一定快要气疯了，今天不吃掉这只黄羊是绝不罢休的。黄羊跑到崖边猛然转身顺着地边跑了，狼却刹不住步子冲出地边四爪在半空乱刨着飞到了崖下，砸在雪地里，雪花飞得都有半丈高。"

"狼一定摔死了吧？"水秀高兴地问，她一直为那只羊妈妈操心。

"没有。"妙义说，"那场雪下得特别大，地上的雪特别厚，狼没有摔死，我想一定摔得特别重。过了好一阵子它才从雪窝子里爬起来，像个醉汉，摇摇晃晃走几步又倒下去，再爬起来，再摇摇晃晃走几步，再摔倒，最后慢腾腾地向山那边去了。"

"那只羊妈妈呢？"水秀担心地问。

"太有意思了。当那只狼坠到崖下的时候，那只羊妈妈又顺着崖边转回来，站在狼坠下去的地方，伸头向下看了一会儿，像庆祝胜利似的叫着顺着小径跑了，一定是去找它的孩子了。"顿了一下，妙义继续说，"过后我想，这只羊妈妈太勇敢了，为了保护自己的孩子竟敢和恶狼斗智。为什么在对待儿女的事情上动物和人竟有着如此相同的共性。阿弥陀佛，善哉，善哉。"

好一阵子两人都不说话，静静地望着远方。太阳已经离开了天边的山峦，高高地俯瞰着大地，毫不吝啬地把温暖洒向被一夜凉意侵蚀得颤颤巍巍的花草树木上。

水秀心里并不宁静，她揣摩不出妙义是触景生情随口讲一个亲眼看见的真实事情，还是有意杜撰一个母子情深的故事来感化她。她不由得联想到了女儿。在她离家的这些天，女儿是在一种怎样的状况下生活？是在院子里无忧无虑地欢快玩耍，还是咧着小嘴不停地哭泣着找妈妈？她感到眼眶里有些湿润，喉咙里涌着一股子想哭的热气。她使着劲把这股子热气咽了回去，她不能在妙义面前显露出对女儿的思念，如果是那样，她出家的希望就会化作泡影。

"这里的景色真美，真好看。"她故作高兴地说。

第二十五章

水秀的失踪使高家和关家方寸大乱。

水秀的母亲有多天没有见到女儿和外孙女了，大早起来，把原本想给自家蒸的馍改蒸成走亲家的花馍。快晌午，她提着白鲜鲜、虚腾腾的花馍喜盈盈地朝亲家走去。临出门时，她嘱咐水花不要乱跑，在家看好门。老关头一大早去浇川里的地了，临走时对着老妻赌气地嚷道："别去看那没良心的东西。养女子真是没用，嫁出去就变心啦，就彻底和娘家断绝关系啦，就一门心思顾婆家了。"

水花一脚门槛里一脚门槛外嘟着嘴不满地说："爸，你不要诬赖好人，我姐不是那种人。"

老关头正在气头上，有气没处撒，听小女儿这么一说，就冲她吼道："你懂个屁！你姐不是那种人是哪种人，嗯？一出嫁就把爸妈忘掉啦。如果哪一天遇上不顺心的事就想起爸妈来了，哭哭啼啼地跑回来诉苦。一旦过上顺心日子就又忘记我们了，就一心一意在公婆家当长工了。你别跟我翻白眼，到时候你也一样。哼！"

水花一看父亲不但埋怨姐姐，又把不满的情绪转移到她身上，再说下去，说不定还会受到更严厉的呵斥，于是嘴一噘，负气地哼了一声，转身出去了。

老妻却开导他："你这老糊涂，尽冤枉孩子。我就听到水秀对水花说：'姐姐出嫁了，不能天天照顾爸妈了，你在家要多听爸妈的话，替姐姐孝敬爸妈，等年跟前姐姐给你扯件花衣服。'去年，水花过年时穿的花棉袄就是水秀给她做的。我说呀，有这样的好闺女是你关家祖上积下的阴德，你还不满意啥？这些日子没回来，一定是有事情拖住了，我今天过去看看就知道是咋回事啦。"

老关头被老妻说服了，不再争辩，拎着镬头出门去了。

高占魁打扫净猪圈，又从院子外的土崖下刨了两车新鲜的黄土撒在猪圈里。回到堂屋，看到老太婆正给孙女洗着两只胖乎乎的小手，他边向烟锅子里拧着烟丝边生气地说："孩子快成没妈的孩子啦，她回娘家也不说带上孩子，牲口还知道关照自己的孩子。咱这媳妇心坏啦,不说侍候公婆,连自己的孩子都不管啦。"

老太婆边用毛巾擦着孙女脸上夜里想妈妈哭出来的泪痕,边唉声叹气地说:"真是的,一回娘家就啥也不顾了,连自己的孩子也不要了,这都有五六天了吧。她可从来没有这样过呀。"

英英听着他们说妈妈的事,小嘴一撇哭了起来:"妈妈,我要妈妈,呜呜……"

高占魁心烦意乱地把没有抽完的烟锅子在鞋底子上磕了几下,又使劲地踩灭了没燃尽的烟灰,生气地说:"我这就去找她,要当面问问她,还知道孝敬公婆不知道,还知道自己是有孩子的母亲不知道。"他说着,拎起一件衣服披在肩上就跨出了堂屋,正好和进院子的亲家母碰了个照面,这对他来说有些意外,一时不知道说什么好。

水秀妈一看到亲家公,便热情地说道:"哟,亲家,你这急急忙忙是要上哪儿去呀?"

高占魁说:"呃……猪跑出去了,我去找它。你屋里坐,英英和她奶奶在屋里。"就在擦身而过的时候,他止住了脚步,随意地问道:"水秀呢?"

"水秀?我见这些日子水秀和孩子都没有回家,想啦,过来看看。"水秀妈看着亲家公怪模怪样的神情,一时不知道出了什么事。

英英的耳朵尖,听到姥姥的说话声,一路小跑出来,喊道:"姥姥。"张着两臂奔过去抱住姥姥的腿。

老太婆闻声也迎了出来,笑眯眯地说:"亲家母,你来啦,想英英了吧?"

"想啦,想啦,可想啦,夜里做梦都想。"水秀妈放下提篮,抱起外孙女,在她红苹果似的小脸蛋上亲着,"英英,想姥姥不想,嗯?说实话。"

"想,可想啦。想姥姥,想妈妈。"英英两只小手调皮地掬着姥姥满是皱纹的脸说。

"想妈妈?妈妈不在家吗?上哪儿去啦?"姥姥不解地问英英。

英英摇着头,回头望着奶奶。

"咦——"老太婆惊奇地拍着手叫道,"亲家,秀儿不是回家去看你去了吗?"

"看我,啥时候?"

"有五六天了吧。刚才他爸还发牢骚呢,说这回去五六天了,也不捎个信,孩子也不管。这到底是咋回事呀?"

水秀妈心急火燎地叫起来："啥时候回去过呀？我还想是你家里事多缠身走不开呢。多少日子啦，也不说回家看看我们老两口。这到底发生啥事了？"

高占魁压着声劝道："别嚷嚷，和吵架一样。快进屋里说，这到底是出啥事情了？"

一进屋，水秀妈也顾不上客套，迫不及待地问："亲家，这到底是咋回事呀？你快跟我说说，这活生生的一个人咋能说不见就不见了。"

老太婆扳着指头计算着时间，说："那一天早上，是阴历初十，对，是阴历初十。秀儿说是要回家看看你们，还说要给她妹子做件衣服，走的时候捂了个花布包袱。"她边回忆边比画着："她走得早，孩子还没有醒，还嘱托我把孩子看好，说很快就回来。谁知这……"

"还有啥？"水秀妈两眼直直地盯着亲家母的脸，倾听着她说出的每一句话。

"没啦。"老太婆苦着脸，摊着两手说。

"真没啦？"水秀妈眨着眼不相信地看着她。

"真没啦。我的好亲家，我总不能把一个大活人藏起来骗你吧。"老太婆显得很委屈地说，抓起袖口拭着浑浊的在布满皱纹的脸颊上缓缓滑动的泪水。

水秀妈怔怔地自言自语："这不可能，这不可能。一个大活人说没了踪影就没了踪影，这太让人想不通了，就是一块冰化了还要有一摊水呀！"她突然想起什么似的叫道："和你们家谁吵架啦？你们……欺负她啦？"

一直在桌旁椅子上坐着、弓着身子、两肘支在膝盖上闷头抽烟的高占魁闻声跳了起来，急忙辩白道："亲家，可不敢这样说话。我们两口子的为人，你又不是不知道，我们咋能欺负她呀。"

水秀妈不依不饶地问："和你们家的人吵架了没有？是不是你儿子又和那个骚女人好上了，我女儿气不过寻了短见？"

老太婆惊叫起来："寻短见！亲家，你咋越说越叫人六神无主了，咋又扯到寻短见上去啦？"

水秀妈是在气头上话跟话信口说出来的，又经水秀婆婆一重复，突然产生了一种心惊肉跳的感觉，好像女儿真的寻了短见，便声泪俱下，悲怆地哭号起来："我的孩子呀，你在哪儿呀，你到底受了多大的委屈，你给妈说一声，就是托个梦也行呀。我苦命的孩子，噢……噢……"

水秀妈的哭声有着很强的感染力，英英小嘴一撇，眼眉一皱，泪眼婆婆地也跟着哭了起来："妈妈呀，妈妈呀，我要妈妈，呜……呜……"她的哭声一声比一声高。

尖利清亮的哭声和粗闷苍老的哭声相互追逐着冲出堂屋,回响在院子的上空。

正在水秀的公婆一筹莫展的时候,巧云旋风般地跑进院子,伴着喊声冲到门口:"爸,妈……"

高占魁紧拧着眉毛,瞪着风风火火气喘吁吁的女儿,呵斥道:"都出嫁当媳妇了,没有一点稳重样,还像在家一样冒失……"

巧云的到来,使水秀妈的哭声顿时止住,哭丧着脸,用询问的眼神看着她。

巧云感到屋子里气氛不正常,扶着门框诧异地问:"你们这是咋啦,啊?"

英英瞅着姑姑,小嘴又一撇,摆出了欲哭的样子,巧云把她揽到怀里,边哄着边给她擦眼泪。

老太婆问:"你疯疯癫癫地喊啥?"

"家里出啥事啦?"巧云没有正面回答母亲的问话,而是循着自己的思路问道。

"你二嫂那一天走后没有回她娘家,这都几天啦,人不知道上哪儿去了,唉——"老太婆忧愁地向女儿诉说着。

"啊!"巧云一惊,"我嫂子能去哪儿呀?"

"我们要是知道还说啥!你咋咋呼呼干什么,天塌啦还是地陷啦?"高占魁悻悻地问。

巧云不满地白了他一眼,说:"我在街上和别人说闲话,过来一个尼姑,说是要找高占魁家。我觉得很奇怪,一个尼姑找我爸干什么呀。我就说我就是高占魁的女儿,你找我爸有啥事?她说她找我爸有事情要说,要当面说。我就把她领到家里来啦。"

"尼姑?人呢?"老太婆问着,向门外望去。

一个身穿黄色袍服、头戴尼姑帽的尼姑进到院子。她面带微笑,款步走到迎出来的一家人面前,两掌合于胸前,额首低眉:"施主,贫尼打扰,这厢有礼了。"

老太婆疑惑地问:"你这是……找我们家?"

尼姑问:"哪位施主是高占魁?"

"啊——是,是,我就是高占魁。"高占魁答道。

尼姑说:"这就好,这就好。贫尼乃是香山寺的住持,法号妙义。请问施主

家可有个儿媳妇名叫水秀?"

"她是我嫂子……"巧云嘴快。

"她在哪儿?她是我女儿。"水秀妈拉住妙义的袍袖,急切地问道。

妙义说:"这么说你就是水秀的母亲喽。"

"是是是。这是她公公,这是她婆婆,这是她小姑子,这是她女儿……"听到女儿有了消息,水秀妈高兴起来,喋喋不休地说着。

妙义说:"这就好,这就好。我是来告诉你们水秀消息的,你们都在,我也可以少跑路了。原本想先给她婆婆家传个消息,再到她娘家。这就好,这就好。阿弥陀佛,善哉,善哉。"

"啊呀,我女儿有消息啦,真是谢天谢地,谢天谢地!"水秀妈欢喜地说着,抓着衣袖沾着眼泪。

所有人一扫刚才的愁眉苦脸,欢喜起来,客气地把妙义让进堂屋里坐下。

老太婆倒了一碗水递给妙义,拿了个凳子坐在她对面,急切地问:"仙姑,说说吧!水秀现在在哪儿?"

妙义喝了一口水,便在众人的屏息谛听中,把她见到水秀的情况以及水秀到香山寺的情况细致地述说了一遍。但是,她在述说中明智地剔除了水秀是因为丈夫有了外遇,感情受到挫伤才出家的内容。

"啊呀!"水秀妈听完后第一个叫起来,"咋会这样子?咋会这样子?她这是吃错了哪味药啦,啊?好好的日子不过,跑到寺里当尼姑去了?"

"这是咋回事呀。她不要男人、孩子和亲爸亲妈了吗?她这是唱的那一出呀,把我们都搞糊涂了。仙姑,她都跟你说了些啥,她为啥要出家当尼姑?你一定知道的,别瞒我们了,一家人都快急死了。"老太婆恳求道。

妙义微微一笑:"她为什么要出家为尼,我确实不清楚,我想肯定是有原因的。我问她了,但她没有跟我说。"

高占魁有些赌气地说:"你就不要收留她,不给她吃住,她没有地方吃住就会回家。"

妙义施礼道:"阿弥陀佛,善哉,善哉。在这兵荒马乱的年月,一个独身弱女子置身荒山野岭,如遇不测,悔之晚矣。我们出家人慈悲为怀,见人遇难不施援手有悖于佛法,还望施主海涵。"

"仙姑说得是,仙姑说得是。"老太婆忙不迭地夸赞道。水秀妈在当面,她对老头子说这种不近情理的话很是不满,赶忙掩饰着:"老头子,仙姑打老远来,告诉咱们水秀的消息,这可是大慈大悲的活菩萨。"

水秀妈说:"仙姑,我女儿啥时候能回来呀,你来这里她知道吗?亲家,赶快去寺里把她找回来吧,就说孩子天天哭着想她,水秀性善,一说孩子她就会心软,就会回来的……"

妙义回道:"施主,我来这里她不知道,我是专程来告诉你们的,是想让家里人放心,知道她的下落。她目前心窍迷惑,等过一段时间幡然醒悟,就会迷途知返回到家来与亲人团聚。她正在气头上,如果你们现在贸然上山,实为不妥。"

高占魁着急地说:"有啥不妥呀,她是有家室的人,哪能谁都不顾呢?"

妙义说:"善哉,善哉。常言道,心病还须心药治。你们好好想一想,看她的心病在哪里,对症下药才是正道。出家人无外乎两种情况:一种是痴迷佛法,前世结下佛缘,今生心存佛义,无怨无悔,甘心皈依佛门,此乃情缘所致,非为世情所迫。这种人一心向佛,自有因果。第二种是为世情所困,诸事不顺,因而怨天尤人,怀愤遁入空门。这种人佛根不实,世缘难断,只是把佛门当作消怨泯愁的净心场所,是不会持久的。依贫尼看,水秀就是后一种人,待她过些日子心气顺畅了,就会回心转意,回到家中与亲人团聚。"

水秀妈拍着巴掌叹气说:"唉,这孩子的脾性我知道,遇事容易上心,认死理,不好回头呀!前些日子和她男人闹别扭,搁到心里去啦,肯定是这事闹的。"

妙义说:"善哉,善哉。心病还须心药治,解铃还须系铃人,你们商量去吧。我回山以后,一定好好规劝水秀,让她尽快回心转意,迷途知返。贫尼告辞了。"

妙义婉言谢绝了高家留她吃饭的邀请,出门飘然而去。

高占魁不满地嘟囔着:"出家当尼姑,出家当尼姑,她哪儿不顺心,非要出家当尼姑!好像我们高家人欺负她啦,嗯?"

水秀妈不高兴地说:"我女儿在你家顺心吗?你儿子和那个骚女人勾搭来勾搭去,谁能忍受这事呀!这还咋让她在这县城抬头做人呀!解铃还须系铃人,你们看着办吧。我苦命的孩子,你咋能这样呢?"她又掩着脸哭了起来。

高占魁咆哮起来,嚷道:"乱啦,乱啦!儿子跑了,媳妇出家了,这过的是啥日子!"说着气咻咻地甩着瘸腿出去了。

第二十六章

短暂的冬季随着日月的交替飘逝而去，明媚的春天迈着轻盈的步履在人们的不经意间款款而至。延安的 5 月春意盎然，裸露的黄土地披上了绿装，起伏的山峦绵延到遥远的天际，棉絮一样的白云舒卷有致地在蓝天下缓缓飘舞。高二贵到延安已经半年多了，初到延安时冬天的萧瑟气息紧紧地笼罩着大地，残雪覆盖着山峦，坚冰遮掩着水流，风卷着黄尘在天地间弥漫。

高二贵到延安的那一天，正赶上从遥远的西伯利亚刮来了一股强寒流，为延安城平添了几分浓重的寒气。他顶着凛冽的寒风，裹紧棉衣，怀揣着许子凌写给董兆平的信找到了安保处。董兆平已经是安保处的处长，他热情地接待了高二贵，并亲自领着他到组织部报到。

董兆平是一个个头不高、墩胖结实、脸膛方阔、说话嗓门很大的中年人。他高兴地向组织部的同志介绍着高二贵："哈，这是我的老朋友许子凌介绍来的人，名叫高二贵。许子凌介绍来的人我担保。"他又高兴地说着和许子凌的过往交情："这个许子凌哪，真是个热心又实在的人。1937 年我们一行人从同官县路过就是他接待我们的。那一天，我没吃早饭就从西安出发了，路太难走，坑坑洼洼，上坡下沟，下午 3 点才到同官县，那个肚子饿得是咕噜咕噜叫。许子凌在县城招待了我们一顿羊肉泡，真香啊！这'人是铁，饭是钢，一顿不吃心里慌'一点不假。"

有了董兆平的介绍，过了两天组织部就把高二贵分配到安塞的军马场去当了个马倌。在那里，他和三十多匹桀骜不驯的新疆马、蒙古马共度了六个月的时光。在这六个月里他学会养马驯马，骑马的技艺自然也得到了进步。

教他骑马的是一个蒙古族老兵，也是军马场的场长，名叫萨木腾。在这里没有人叫他场长，也没有人叫他萨木腾，而是叫他"老黑"。老黑名如其人，是名副其实的黑，黑脸膛，黑胸脯，黑臂膀，身上能看到的地方除了牙齿和眼白以外都是一色的黑。他体格壮实，性格豪爽耿直，骑马驯马的技术更是一流，再性烈的马到了他手里都会变得服服帖帖的。有许多认为自己马术很高的战士来找他比赛，结果都输得口服心服，甘拜下风。烈马飞奔，长鬃飘逸，老黑可以忽而很潇洒地直立马背，忽而变戏法似的钻到马的肚子下面，还能从容地在马背上翻跟头，拾地上的东西如探囊取物般容易，更让人叹服的是他在做每一个动作时还能持枪射击，并且每发必中。

"你的马骑得真好！"高二贵啧啧赞叹道。

老黑对自己高超的骑技丝毫不加掩饰，用扇面般的巴掌拍着一匹白马的脖颈，自诩道："这算什么。延安这个地方不行，山高沟深，路也太烂。我的家乡在蒙古的呼伦贝尔大草原，那草原和天一样大，绿油油的一片，一望无际，和天连成一线。那里没有高山也没有深沟，只有很少的丘陵，坡很缓，放马驰骋，风驰电掣一般，跑得是大汗淋漓，美极啦，舒服极啦，过瘾极啦！"他眯缝着眼，视线越过高二贵的头顶，看着不远处阻隔住视线的山峦，回味着呼伦贝尔大草原旖旎的风光，咂着嘴，碎玉一样的白牙在两片黑唇间一闪一闪。他带着遗憾的口气说："这里的山太多，路不平，马跑不开，可惜这些马啦。"

4月的一天，高二贵和老黑正在马棚里铡秸秆，许子凌突然出现在他的面前，这使他十分惊奇和意外。

"许老师，你……你怎么来了？"

许子凌说："我已经到延安十多天了，听说你在这里，今天就坐着给你们马场送草料的车来看你。怎么样，还好吧？看来人黑了，但壮实了不少。"

高二贵乐呵呵地说："黑？我没有觉得黑，和老黑待在一起一直觉得自己挺白的嘛。许老师，这是我们的场长。"他又对老黑说："老黑，这是我的老师，许子凌许老师，我跟你说过的。"

"呀呀呀，"老黑叫着跳起来，握住许子凌的手，"许老师，二贵跟我说了多少次了，我这耳朵都听出茧子了，久闻大名哪，今天总算看到真人了！你别说，还真像个老师，戴着眼镜斯斯文文的。"

高二贵说："老黑，你晕了头啦。什么叫像个老师，他就是老师，不是像。"

许子凌推了一下眼镜，笑了笑说："黑场长，你好。"他又用责备的口气说："二贵，要尊重领导，黑场长是你的领导，不能'老黑老黑'地叫。"

高二贵又笑了，纠正道："错啦，许老师。老黑是同志们给他起的绰号，他不姓黑，他叫萨木腾，是蒙古族人。因为他长得黑，大家都叫他老黑。"

许子凌闻听不由得大笑起来："哈哈，原来是这样，是我误会了。对不起呀，萨木腾同志。"

老黑摆着手说："没有关系的，没有关系的。同志们都叫惯啦，我也听惯啦。你现在叫我萨木腾同志，我反而不习惯啦，就叫我老黑好啦，我爱听。走，到我房子里去坐坐，喝我做的马奶。"

许子凌说："那我以后也叫你老黑吧。今天就不打扰你了。"他指了指院子里正在卸草料的马车："车一卸完我们就要往回赶，他们还要往回拉东西，下一次来了我就住两天。"

高二贵陪着许子凌从马棚里出来，走过运送草料的车子的时候，许子凌跟赶车的老乡说他在前面的路上等他，卸完草料来撵他就行。

老乡拍打着身上的乱草说："好的，好的。你在前面等我就是了，我一会儿就能赶上你。"

道路边、山坡上已经冒出了浓浓的青草，为黄土高原上的沟沟壑壑披上了一层绿茵。粉红色的野桃花缀满了枝头，苦苣菜茎上的黄色花朵在微风中摇曳，蜜蜂忙忙碌碌地采集着花粉，发出嗡嗡嘤嘤的声音，一只松鼠翘着毛茸茸的尾巴敏捷地在河边的土崖上攀爬。空气中弥漫着好闻的花香，明媚的阳光送来了暖融融的春意。

许子凌眯着眼睛看着偏午的太阳，扭动着因坐车而疲惫的腰身说："时间过得真快，一转眼你到延安就半年多了。来的时候还是冬天，现在已是春光明媚、万物复苏的时节了。怎么样，还适应吧？"

"适应，很适应。"高二贵踢着脚下的卵石说，"最大的收获是在马场学会了骑马，是跟老黑学的，他的马骑得可好啦。"

许子凌说："是要学。到延安你就是一名战士了，战士就是要学会骑马、射击。枪打得怎么样？"

高二贵回答道："还行，不过比老黑差远了。老黑真是个奇才，他能蒙住眼睛把三把不同型号的手枪拆开，把零件混在一起然后再装起来，真神了。而且他的枪打得特别好，我一有时间就跟他练习射击。"

许子凌夸赞道："这样很好。我到延安以后听到不少对你的赞扬，说你对组织分配的工作从不挑肥拣瘦。在你前面安排了五个同志到马场来当马倌，他们一听说当马倌就不愿意来。没想到组织上跟你一说，你很爽快地就答应了。这样很好嘛，作为一名战士服从命令应当是天职。"他又说："哦，我差点忘了，河燕也到延安了。"

"她来啦？"高二贵高兴地问，"分配到哪儿了？"

"在医院当护士。"许子凌说，"听说我来你这里她也想来，可医院的工作太忙，抽不出时间。"

　　高二贵想问黄河燕的情况，但话到嘴边他又没问，而是问："你怎么到延安来了？"

　　许子凌说："我在同官县的身份已经暴露，组织上考虑可能会出危险，就通知我撤离。我现在在组织部工作。"这个时候送草料的车来了。

　　上车的时候许子凌从口袋里掏出一支钢笔递给高二贵，说："这是一个从前线回来的同志送给我的，是战利品，德国造的派克，很不错的钢笔。你拿上吧，有时间多读些书，提高一下文化知识，会有用的。"

　　许子凌坐着马车走了，在通往延安的那条沐浴着春光的川道里只有这一辆马车在蜿蜒起伏的道路上行走着，高二贵目送着他们消失在前方的光晕里。

　　4月末，组织部来了一纸调令，调老黑和高二贵一起到抗大学习，高二贵很高兴，老黑却拒绝了。

　　"我不去。"他耿直地对送调令的组织部的同志说，"我这个人天生不是念书的料，我看见书上那一行行黑不溜秋的字就头昏脑涨。整天圈在房子里上课我更受不了，非把我憋死不可。我就爱马，天天让我放马比干什么都舒服，闻着马汗味比什么都香。让二贵去吧，他才是念书的料，我离开马场会生病的。"

　　就这样高二贵告别了老黑，告别了和他相伴了半年的马群来到抗大学习。

　　从安塞到延安是老黑送他来的。老黑把他送到抗大的校门口就停住了，还是用他那扇面般的巴掌像拍马一样拍着高二贵的肩膀，说："老弟，我就不进去了，你去吧。等以后有机会我带你到我们蒙古的呼伦贝尔大草原上骑马。那个地方太美啦，你张大眼睛使劲地望都望不到边际，绿的是草原，白的是羊群，蓝的是天空，还有好看的蒙古包和漂亮的姑娘。姑娘唱起歌像百灵鸟一样好听，会让你入迷的，再给你献上一条雪白的哈达，敬上一碗青稞酒，哈，保准你都不想回来了。"他喜笑颜开地说着从腰上取下一把刀鞘装饰得很好看的蒙古刀，两手托着递到高二贵面前："没有什么东西送你，这一把蒙古刀送给你。这把刀好得很，我随身带了多年啦，做个纪念吧！"

　　高二贵没有想到老黑送他这样的礼物，这个意外使他不知道该怎么办，他推辞道："别别别，这么好的东西还是你留着用吧，你在马场用得着。"

　　"收下嘛，收下嘛。"老黑热情又执拗地说，"好东西才要送好朋友的，收下嘛。"

　　盛情难却，高二贵接过蒙古刀，脑子里急速地想着该送老黑什么东西才可以表达心意。他想起了许子凌送他的那支钢笔，他从上衣袋里取出了钢笔，说："老黑，我也没有什么好送你的，这支钢笔送给你吧。"

"哎哎哎，不……不行。"老黑像是看到了什么烫手的东西似的两眼直盯着那支钢笔，两只手在胯上挠痒痒似的不停挠着，"这不行，你读书要用的。这可是好东西呀!"

高二贵说:"对呀，好东西才要送好朋友嘛。拿着吧，做个纪念。你看到钢笔就想起我了，我看到刀子就想起你了，多好啊。"

"那……那我就拿着?"老黑说，"好朋友送的礼物是不能拒绝的。"他仿佛要把手掌上的什么东西搓掉似的，两个手掌合在一起搓了好一阵子才接过钢笔，笑呵呵地放进口袋里，然后说:"等我有了娃娃，我一定让他像你一样好好念书，多认识些字。念书真好，我真的很羡慕，可惜我不是念书的料。"

早晨，旭日升起，高二贵骑着抗大的一匹枣红马在河边宁静的土道上遛马。清幽的河面和树林的梢头飘着一层轻柔的白雾，可以感觉到空气中凝结的细碎的水珠拂在脸上，有一种凉丝丝的感觉。马蹄踏在松软的沙土地上，他骑在马背上能感觉到那种舒适和轻松。他在这条道上来回跑了两趟，感到马的身上有了热气，就在河边的石头上坐了下来，向河对岸望去。河对岸的槐树林里，鲁艺的学员在咿咿呀呀地吊嗓子，半山坡上那片枣树林背后的山坳里就是黄河燕所在的医院。当朝阳有了热度的时候，河面上和树梢头的白雾消失了，河道里显得清亮起来，好看的霞光在水面上一闪一闪的。枣红马低头饮水，前蹄不时地刨着浅水里的鹅卵石，一会儿仰起头，咀嚼着，一道水线从嘴里淌下来，闪着晶亮的光。河对岸走来了五个女战士，提着包袱端着木盆在河里准备洗东西，叽叽喳喳的像一群麻雀。高二贵一眼就看到其中一个女战士是黄河燕，便站起身来喊道:"喂——河——燕。"

黄河燕停了一下，向这边张望着。高二贵又喊了一声，向她招手。

"哎——"黄河燕认出了喊她的人是谁。她向同事说了些什么，张着两臂，闪晃着身子，踩着河里的石头跳着过来。"你咋跑到这儿来了?"她喘息着问，脸上漾着喜悦的光。

"这是抗大的马。首长知道我在马场待过，就把遛马的任务交给我了。我正在这儿望你们医院呢，没想到就碰见你了。"

"继续当马倌?"

"是呀，边学习边当马倌。你们这是干什么?"

"洗东西呀。伤员的衣服、单子、被里被面，还有绷带什么的。"黄河燕看着马说，"这匹马不错。哎，骑得怎么样，摔不下来吧?"

高二贵不屑地说:"你小瞧我? 我现在是抗大的马术教练，很多同志向我拜师学艺呢。我的师傅可是地道的蒙古族战士。我的水平怎样你应该想象得出来。来，我骑给你看，让你见识见识优秀的骑手是什么样的。"

高二贵翻身上马，一抖缰绳，枣红马顺着土道飞奔了起来，在前面很远的地方折了回来。他跳下马一脸自豪地问："怎——么——样？"

黄河燕口吻平淡地说："还可以。"

"嘻，你口气够大的。这么优秀的骑手，在你眼里只得到'还可以'的评价，好像你比我的水平高似的。你怎么样，要不试试？让我开开眼界。"高二贵用挑衅的口气说着，他坚信黄河燕绝不敢往马跟前迈一步。

出乎他的意料，黄河燕扯过马缰绳，脚踏马镫，一手抓住马鬃，骑到了马背上，两腿一夹马的肚子，马蹄翻飞，向前奔驰而去。

"哎……快下来，快下来。站住！站住！"高二贵目瞪口呆地看着这一幕，惊慌失措地高喊起来，两只手在空中使劲地摇晃着，做着制止的动作，眼睁睁地看着枣红马驮着黄河燕向他刚跑过的地方驰骋而去。

"放心吧！没事——"远处飘来黄河燕的像雾一样轻柔微弱的声音，他听到已经很模糊了。

高二贵感到心都提到嗓子眼上了，他往前跑了几步，焦急地向那条路的尽头望去，直到看到一团黑影像雾一样飘了过来，越来越清晰，越来越近，到了他的跟前。

黄河燕一挽缰绳，枣红马两蹄腾空，高仰长脸，咴儿咴儿嘶叫了两声。她从马上跳下来，吐了一口长气："咋样？不比你差吧。"她骄傲地说着，把缰绳扔到他手里。

高二贵接过马缰绳，一脸茫然地问："你……你会骑马？"

黄河燕撇嘴笑着说："你也太小看本娘子了。告诉你吧，我不但会骑马，还会骑牛、骑驴、骑骡子。"她在河边洗了手，甩着手上的水珠，继续说："我呀，小时候就爱和男孩子在一起淘气。他们下沟我下沟，他们爬树我爬树，他们骑马、骑牛、骑驴、骑骡子我也跟着骑。对啦，他们骑猪我也跟着骑。你别看猪平时呆头呆脑，哼哼唧唧的，你只要往它身上一骑，它那刁钻劲就出来了，一个劲地往前跑，边跑边往墙上蹭，往树上蹭，顾头不顾腚地往苞谷秆堆里钻，非要把你甩下来才肯罢休。最温顺的就是羊了。那时候我们家养了只大山羊，那么大，像头小牛犊。我哥领我去放羊的时候，就让我骑在羊背上，让羊驮着我。羊温顺、听话，走路不急不慢，只是羊的脊背又尖又硬，硌得屁股疼，猪的脊背圆滚滚的……嗨，那一天我在咱那儿戏楼前看那伙当兵的骑马，哎呀……他们是怎样骑马的呀！坐在鞍子上，前一蹿，后一仰，后一仰，前一蹿……笑死我啦。"

黄河燕挽起裤腿下到水里，幽静的河水清澈见底，鹅卵石圆润滑腻，脚掌踩在上面十分舒适。身条细小、暗灰色的叫不上名字的小鱼逆着水势，摆动着灵巧的身躯奋力向上游游去，一只小鱼碰到她白净的脚踝停了下来，张着圆圆的小嘴在她的脚踝上一触一触地嬉戏着。她俯下身子，小心翼翼地把手探进水里，合拢两掌把小鱼轻轻地掬了起来，小鱼受到了惊吓，慌乱地在她手掌间四下乱窜，形态很是逗人。

"二贵，快来看，我逮住了一条小鱼，太可爱啦！"她喊着，蹚着河水向岸边走来。

高二贵看了看，说："哟，这么小呀，真好玩。手轻一点，不要伤了它。"

"不会的，我小心着呢。"

"放了它吧。手上的温度一会儿就把水暖热啦，它会受不了的。"

"是吗？那我这就把它放了。"

她把掬着的两掌放进河水里摊开，小鱼一旋身，很快便游进了一丛绿色的水草下面。

黄河燕意犹未尽，欣喜地向四周观望着："咦，哪是啥？是槐花吧？"

高二贵顺着她手指的方向望了过去，半山坡上有一片槐树林，槐树枝上挂着一串串雪一样白的槐花，被周围的绿色衬托着，格外耀眼。

"是槐花。"高二贵肯定地说。

黄河燕用手抹掉脚上的水珠，勾上鞋子，边跑边说："你等着，我去摘些槐花，槐花可好吃啦，甜甜的。"

对岸的那几个女战士一边洗着衣物，一边撩着水花嬉戏。鲁艺的学员吊过嗓子后开始唱起歌来，唱的是《赶牲灵》，歌声悠扬、婉转清亮，回荡在山水之间。

> 走头头的那个骡子哟，
>
> 三盏盏的那个灯，
>
> 哎哟戴上了的那个铃子哟噢，
>
> 哇哇的那个声。
>
> 白脖子的那个哈巴哟，
>
> 朝南了的那个咬，
>
> 哎哟赶牲灵的那人儿哟噢，
>
> 过来的那个了。

你若是我的哥哥/妹妹哟，

招一招你的那个手，

你不是我那哥哥/妹妹哟，

走你的那个路。

……

高二贵正静静地听着对岸树林里飘过来的歌声，忽然听到背后有说话的声音传来，回头循声看去，一群人从山峁那边绕过来。又近一些，高二贵看到走在左侧的是许子凌，走在右侧的是董兆平，中间是一位身材高大的首长，边走边打着手势说着什么。后面离他们几步远跟随着两个挎着枪的战士。待他们到了跟前，高二贵抻了一下军装，敬礼道："首长好。"

几个人停住了脚步，许子凌问："二贵，你在这儿干什么？"

高二贵回答道："许老师，我在遛马。"

"子凌，这是你的学生？"那位身材高大的首长笑吟吟地说道，"一听口音和你的一样，同官县的口音嘛。我说得不错吧？"

"是我的学生。"许子凌介绍道，"二贵，这位是我们的首长。"继而又要介绍董兆平。

董兆平摆了一下手，说："我就不用介绍了，我们也算是老熟人了。他到延安第一个认识的就是我。"

许子凌向首长介绍着高二贵："这就是高二贵。来延安后分配到马场当了半年多的马倌，上个月进抗大学习。"

首长扬了扬眉，笑着说："噢，这就是高二贵。听子凌同志讲，他给我们的队伍送来了两个战士，一个叫高二贵，还有一个女同志叫……她的名字很好记，叫黄——河——燕，黄河上飞的燕子嘛。高二贵当了马倌，不但马养得好，骑马也骑得好。黄河燕呢，在医院当护士，针打得好，都说她打针不疼。有很多同志，还有小孩子都点名要她打针。我就不明白了，她是一双什么样子的手，怎么打针就不疼呢？"

高二贵听到首长的表扬，心里特别激动，脱口说道："黄河燕也在这儿，在树林里摘槐花哪。"他指说着，喊了起来："河——燕，快——下——来。"

"哎——"黄河燕答应了一声，她的声音很近，是从灌木丛里发出来的。"喊啥喊，也不说过来帮个忙。"她用嗔怪的口气说着，从灌木丛里钻了出来，上衣兜着一包槐花。她一眼看到了许子凌："咦，许老师，你也到这儿来啦？看，我摘了这么多槐花，中午送到灶上，让大师傅拌上面一蒸再一炒，大家一

定喜欢吃。"

首长看着她笑着说:"闻声如见人。一听声音就知道是个泼辣能干的同志。"

黄河燕问:"许老师,他是谁呀?"

"谁呀?"许子凌说,"我给你引见一下。你不是说你到延安还没有见过首长嘛,今天首长来见你来啦。"

"这……"黄河燕一下拘谨起来,心目中的首长以这种邂逅的方式突然出现在她的面前,她一时不知说什么好。她看着首长,慢慢把衣包放在脚下,两手在裤腿上抹着:"您是首长?"

首长笑着说:"怎么,不信?你不认识我,我可知道你,你就是同官县来的黄河燕,在医院当护士,针打得好,大人小孩都找你打针,你的名气比我还大嘛。怎么样?从同官县来到延安习惯吗?"

黄河燕忙不迭地回答道:"习惯,习惯。"

许子凌说:"首长刚才还表扬你,说你到延安的时间不长,打针就出了名。说说,你是怎么做的?"

黄河燕绞着手指头说:"其实……也没有啥。我刚来的时候许多事情都不会干,心里很着急,但是我特别喜欢当护士。我嘛,就开始学,学呀学呀,就会啦。常院长和曲护士长说我扎针有天赋。对啦,我小时候跟我妈学过绣花。我妈说绣花是个细心活、认真活,只要细心认真就能学会学好。到后来,我的花在我们村子姑娘们中间是绣得最好的。"

首长高兴地说:"是了是了。小黄同志工作很有悟性,很讲哲理,能抓住事物的主要矛盾——这就是干什么事情都讲究个细心和认真。在我们的队伍里,无论做什么事情,只要细心和认真,就一定能做好。扎针、绣花是这样,其他工作也是这样,万事无道一理通嘛。"他又说:"小黄同志,等我病了,我一定点名叫你给我扎针。不过,我可害怕疼哟。"

黄河燕慌忙说:"不不不,首长不会得病的。同志们都说首长是神仙下凡,神仙是不会得病的。"

首长大笑起来:"瞎说哟!我是什么神仙?我也和大家一样是肉身凡胎的人,说我是神仙的人那是瞎扯。我每天也要吃饭睡觉,一顿不吃饭肚子就饿得咕噜咕噜直叫,今天早晨没有吃饭,肚子现在就提意见喽。小黄同志,我拜托你,以后再有人说我是神仙,你就纠正他说我不是神仙,我也是一个肉身凡胎的人,和大家是一样的。"

黄河燕这时候已经没有刚才的那种紧张了,高兴地说:"是。我一定!"

首长又转脸问董兆平:"你是哪一年途经同官县的?是三七年吧?你对同官县是什么样子的印象?"

董兆平说:"首长记得真清楚。我是三七年六月从西安来延安时途经的同官县。当时是子凌同志在县城接送我们的,我对这个县城的印象还是很深刻的。县城不大,两旁青山对峙,清水河绕城而过,民风很是淳朴。我们到的时候子凌同志请我们一行吃的羊肉泡馍,大青瓷碗,快抵上小脸盆了。"他张开两手比画着:"我从没有见过用那么大的碗招待客人的,很实在,就这一点就能窥见当地民风的特点。汤鲜肉肥,香气扑鼻,很是好吃。"

首长又笑起来:"听你说得这么热闹,我都想来一碗喽。还有什么典故可资一闻哪?"

董兆平想了想说:"我记得子凌同志讲过,唐朝诗人杜甫曾到过同官县,颇有感触,写下一首诗,有两句我印象很深,是'县古槐根出,官清马骨高'。欧阳修在他著的《六一诗话》中给予了很高的评价。"

首长眯着眼,眺望着河对岸的原野和苍翠的山峦,喃喃道:"'县古槐根出,官清马骨高',从韵致上看确实有杜甫的诗文风范。杜甫的诗风既淳厚洒脱,又古朴苍凉,一扫盛唐以来吟风弄月的萎靡之风,真切地展示了衰败王朝的社会气象。'县古槐根出'道出了这座县城的古老沧桑,'官清马骨高'又尽显县城的贫瘠与萧瑟。这座县城有多少年历史了?"

许子凌说:"据史料记载,同官县建于汉朝。"

首长说:"建于汉,距今已有两千多年的历史喽。在我们看来已是岁月悠悠,但放在人类发展史的长河中却是弹指一挥间的事。具体说到贫瘠嘛,何尝只是一个同官县。百余年来,外强入侵,内乱不断,搞得整个国家都破败不堪,民族陷于水火,人民沦于倒悬。也正是由于贫穷、落后,我们才起来革命。革命就是要打碎这个贫穷、落后的旧世界,建立新中国,穷则思变嘛。"他又说:"我好像还听你说,同官县还有一个关隘,叫……我一时想不起名字了。"

董兆平说:"叫金锁关。"

首长夸赞道:"金锁关,好响亮的名字。我们有许多同志从那里过来都说过金锁关这个名字,这个名字很形象地道出了关隘的重要,像把锁一样锁住了关口要道,而且还是一把金锁。"他又说:"大凡这样的关隘,除过军事作用外,还是风景最优美的地方。无限风光在险峰嘛。金锁关怎么样?"

董兆平说:"首长说得对。金锁关就是一个风景很优美的地方。两旁青峰对

峙，直薄云天，峰下河流咆哮，如雷贯耳，气势雄伟，十分险峻。置身关顶迎劲风看夕阳，有一种特别的意境。"

首长点着头，意味深长地说："我也是一个很爱看风景的人，有机会一定要领略一下金锁关的风光。子凌，你又要破费请吃羊肉泡馍喽。"

高二贵和黄河燕目送他们走远。高二贵说："河燕，你行啊！才来延安几个月首长都知道你的大名了，真了不起！你是怎么学扎针的，进步那么快？"

黄河燕自豪地说："这有啥。就是我们常院长和曲护士长说得那样，聪明、悟性好、有天赋呗。"

高二贵说："你就吹吧，反正吹死牛也不偿命。你别跟我装腔作势了，你是怎么做的，跟我讲讲。"

黄河燕点着他的鼻子说："你这人真有意思，我刚才说的时候你为什么不注意听？"

高二贵说："你说什么啦？"

黄河燕说："我给首长汇报了，首长都听明白了，你为什么不明白？就四个字：细心认真。"

高二贵一摆手说："这不行，太笼统。你讲具体一点嘛。"

"想听？"

"嗯，想听。"

"真想听？"

"真想听！"

"好吧，"黄河燕说，"看你这么虚心的态度，本娘子就讲给你听。你可要好好学习哟。"

"是是是。我一定要虚心地、细心地、认真地、一丝不苟地、彻头彻尾地、破釜沉舟地、坚定不移地、顽强不屈地、废寝忘食地、焚膏继晷地、夜以继日地向你学习。怎么样？这态度够诚恳了吧？"

"贫嘴。"黄河燕笑着在一块石头上盘腿坐下，"我第一天到医院报到就碰到了一个瞧我不顺眼的女人，她姓曲，是我们的护士长……"

思绪欢快地把她引向了记忆的小道上并不止步地向前走去。

黄河燕到延安的第三天组织上就把她分配到医院做护士，到医院她见到的第一个人就是曲护士长。护士长在办公室里看过黄河燕的介绍信以后，用一种职业医生审视病人的眼光打量着她，这使她感到十分拘谨。

"从哪儿来的？"

"同官县。"

"什么同官县,我问的是你原来在哪个部队。"

"部队?我没有在部队待过,我是从同官县直接来的。"

"懂医吗?有救护伤病员的常识吗?知道护士怎么干吗?"

黄河燕惭愧地摇了摇头,两手下意识地绞着衣角。

"怎么搞的,来医院工作的人不懂医,连基本常识都没有,这怎么能行?这工作怎么开展?"曲护士长毫不掩饰自己的情绪,皱着眉头嘟囔着。

面对曲护士长的不满情绪,黄河燕有些慌了,要是人家不要她,那该有多丢人呀。她赶忙说:"大姐,不……首长,我可以学,我学得很快的。原来我跟我妈学做针线,像绣花、绱鞋底子……一学就会,我妈夸我……心灵手巧。"

曲护士长忍不住扑哧一声笑了:"乱弹琴。做针线和护理伤病员一样吗?不一样,完全是两码事!这是医学,是科学!会扎针吗?会处理伤口吗?会上药吗?会包扎吗?同志,这不是闹着玩的。"她突然表情严肃起来,指头敲着桌面:"伤病员同志的皮肉能让你像绱鞋底子那样乱扎吗?这些同志在前线受了伤、遭了罪,到了我们医院怎么忍心再让他们受罪呀!"

"我开始也不敢来,说我不懂。可……那位首长说……说我……看着挺聪明利落的,又有文化,相信我能干好这个工作。所以……所以我就来了。原来……这么难。"黄河燕有些失望地说。

"什么文化程度?"

"中学。"

"中学?成绩怎么样,是毕业还是肄业?"

黄河燕高兴地说:"成绩可好啦,门门课都是优秀。我们家在塬上住,离学校很远,家里也没什么钱,供我上学不容易。所以,我想我要对得起父母,学习很刻苦的。"上学时有一个好的学习成绩,这为她在这个话题上带来了说话的底气和信心。

"哦,文化程度还说得过去。"曲护士长的口气明显缓和了一些。她离开椅子,绕过陈旧的已经看不出本来颜色的办公桌,背着手在一旁踱着步子说:"有中学文化做底子,学起护理知识来就会快许多。黄河燕同志,护理是一门很专业很严谨的工作,不是仅靠一腔热情就能干好的,必须有良好的专业知识做基础。以前介绍来的不少人都说自己能干好,可在实际工作中就出现了问题,都被我赶走啦。为这,我落下了一个难说话的坏名声。"她又说:"行不行,光用嘴说不算数,得看工作中的实际表现,以后就看你的工作表现了。这一呢,是

要认真学习专业的护理知识。你有文化，我给你找本专业书好好看看。这二呢，光有知识还不行，要把知识在具体工作中充分使用，这就是理论和实践相结合的道理。这三呢，要有不怕脏、不怕苦的精神。我们医院住的同志，都是为中国革命、为解放劳苦大众英勇战斗而受伤的同志，我们一定要为他们做好护理工作。他们在前线流血牺牲，我们在后方吃点苦、受点累、受点委屈又算得了什么呢？他们到我们医院来医治伤病，是我们莫大的光荣。这四呢，干工作不能有急躁情绪，不能毛手毛脚。有些同志在战斗中失去了胳膊，少了腿，难免会情绪不好、发些牢骚，甚至要些脾气都是可以理解的。我们要用诚挚的态度去安抚他们，用温暖的心去关怀他们。毛泽东同志的《纪念白求恩》和《为人民服务》这两篇文章你读过没有，嗯？"

"没有……"

曲护士长很有力地打了个手势，说："一定要读，一定要认真地读。这是两篇很好的文章。《纪念白求恩》介绍的是白求恩同志的事迹，《为人民服务》介绍的是张思德同志的事迹。白求恩同志是加拿大共产党员，不远万里来到中国，帮助中国的革命事业，他是一个国际主义战士，是一个共产主义战士，是一个毫不利己、专门利人的人。白求恩同志毫不利己专门利人的精神，表现在他对工作极端的负责任，对同志对人民极端的热忱，是我们医务工作者的榜样、楷模。他的事迹很感人的，我们一定要向他学习！"她转过身，指着窑壁上贴着的两幅画："你认识这两个人吗？"

黄河燕注视着画摇了摇头说："不认识。是你的亲人吗？"

曲护士长说："不是我的亲人，可他们比我的亲人还要亲。这一位就是白求恩同志，这一位就是张思德同志。刚才我给你讲了白求恩同志，现在我再给你讲讲张思德同志。张思德同志是中央警卫团的战士，经历过长征，负过伤，是一个忠实为人民利益服务的共产党员，他虽然牺牲了，但他的死比泰山还重，他为人民服务的精神永存。"讲完，她吁了一口气，又说："最后，咱们把丑话说在前面，还按老规矩办，你也不能例外。"她伸出三根指头，加重着语气："试用期三个月，行，就留下；不行，从哪儿来，回哪儿去。在我跟前，没有通融的余地。"

黄河燕非常热爱这份护士工作，对这份工作倾注了极大的热情。曲护士长借给她了一本护理专业的书，她视这本书为全宝，把里面重点的地方抄在一个小本子上，利用一切空闲时间去背去记，有不懂或不理解的地方就去求教曲护士长。书本上的知识黄河燕是学一点用一点，她在自己身上学包扎，学扎针。

刚开始的时候，为了学会扎针，她拿着针管在萝卜上练习，后来她觉得力度不够，又缠了一个棉线球，在棉线球上练习。最后觉得有把握了，就在自己的胳膊上、手腕子上和手背上实习。天道酬勤，在三个多月的时间里，她把心灵手巧的天赋淋漓尽致地发挥了出来。给伤员的伤口上换药时手法轻重掌握得恰到好处，扎针扎得干净利落。给伤病员喂药总是要先尝一下水温，像呵护婴孩一样。伤病员对她的亲切感倍增，就连不苟言笑、工作要求严格的曲护士长也多次当着众人的面夸奖她，要大家向她学习。

"好啦，我说完啦。"黄河燕说道，"怎么样，事迹能不能感动你呀？能不能成为你的学习榜样，嗯？"

高二贵感叹道："是这样呀，怪不得首长都夸奖你哪！佩服，真的佩服！"

黄河燕撩着河水，说："佩服什么呀？当时心里就是憋了一口气，要是三个月让曲护士长把我撵走那就丢死人了。"她又高兴地说："哎，二贵，说真的，我还真喜欢护士这份工作，不是我吹牛，一开始我就觉得我一定比别人干得要好。有时候呀笑死我啦。记得我扎针的第一个病人就是一个战士，这个战士可难说话了，别人一扎针他就喊疼，他说他不怕死就怕疼，老是跑到曲护士长和常院长跟前告护士的状，护士们一见他来就躲。我在自己身上扎针的时候手都不抖，结果一看到他的屁股，我紧张得不但手抖，额头上的汗都冒出来了。后来一咬牙，一狠心就扎下去了。等我拔出针头，他喊起来了：'喂，扎呀，咋回事吗？'我说：'同志，扎完了。'他瞪着眼说我骗他，说我根本就没扎。幸好我扎针的时候曲护士长在跟前。曲护士长说：'没感觉是吧？那就再来一针。'就这样我扎针不疼的名声就传开了。嘻，没想到都传到首长的耳朵里了，真有意思。嗨，你在想啥呢？一副傻呆呆的样子。"

高二贵说："没想啥，我在认真听你说话呢。"

黄河燕说："你骗我吧。是不是想家了？想孩子啦？还是想老婆啦？"

高二贵问："哦，你……的孩子咋样？是男孩还是女孩？"

听到高二贵这么一问，黄河燕脸上兴高采烈的表情倏然间消失了，她一只手托着另一只胳膊肘，手掌支着下巴，迷茫地看着河水，说："男孩。"

"想不想？"

"也想也不想。给人家了，想也没用。"黄河燕叮嘱道，"这事至此为止，以后不要再提了，也不要告诉别人，无论在谁面前都不要说。"她顿了一下，叹了口气，站起身来，又说道："就当这事没有发生过。"

第二十七章

谷木林到延安有两项任务：一项任务是向中央汇报大别山区新四军的作战情况，并接受中央新的指示；第二项任务是延安方面为大别山区新四军面对新的形势制定了一套保密程度更高的无线电码，由他带回大别山。为了确保电码不被泄密，安保处将电码分为两部分，一部分通过无线电传输到大别山区新四军总部，一部分由谷木林背熟记在心里带回大别山。两部分电码合用的方法等谷木林回到大别山部队以后，由安保处再另行安排。

"听明白了吗？"安保处的董兆平处长摸着他胡子拉碴的下巴颏问。

谷木林说道："听明白了。"

"好。"董兆平从腰间扯出一串大大小小的钥匙，在里面找出一个铜钥匙打开柜子上的锁，从柜子里的一个铁匣子里取出一个小本子。他两手托着，像是托着一件很沉重的物件，神情郑重地说："谷木林同志，这套电码是在首长的亲自主持下，由许多同志费了近三个月的时间分头编制的。我把它合在一起并校对就用了二十多天。也就是说只有我一个人知道它的完整内容，它的保密程度是我们现在各战区使用的电码中最高的，是利用了摩斯电码的原理，并加上了我们自己的独创加密编制出来的。目的只有一个，就是为了不被敌方破译，确保我们传输内容的绝对安全。一旦出现意外，造成的损失将是巨大的，不可想象的。你要视它比生命还要重要。这里面的内容是你必须背过的，要背得像刀子刻在石头上一样深刻。给你二十天时间，时间从明天算起，二十天后经我验收，一旦达到倒背如流的程度，随时做好出发的准备。怎么样？"

谷木林口气坚定地说："请转告首长，谷木林保证完成组织交给的任务。"

"好，我一定转告。首长听到你这句话一定会很高兴。交给你啦！"董兆平把电码本递到谷木林手里，拍了拍他的肩膀说，"你记住时间。第二十天过后，也就是到了第二十一天上你来找我，由我检查你背的情况，然后我把情况向首长汇报。"随后，他把口吻变得轻缓一些说："记住，我可是要严格检查的哟。"

谷木林说："放心吧，我一定很好地完成任务。"

"好吧，我相信你的话，更重要的是要看结果。你的任务不轻哪！"

谷木林回到住地，就全身心地投入到背电码上。他除过吃饭和睡觉的时间以外，就像和尚念经一样嘴里嘟囔着一串串的数字和符号。夜里，只要睡醒一觉他就不再睡了，爬起来在窑洞里微弱的灯光下背，待窗外泛起朦胧的晨曦时，他就顺着窑洞背后的山道，带上一瓶水和两个馍，独自一人到山崖后面的山沟里去背。山沟里十分幽静，沟坡上长着几棵老槐树，他坐在老槐树下，沐浴着清晨的阳光，伴随着清凉的山风，反复地背着那些枯燥无味、零星散乱的电码。等日到中天，老槐树繁茂的树冠在地上投下一片闪烁着细碎光亮阴影的时候，他就把带来的两个馍吃掉，喝上几口凉水，再继续背。他每天来到老槐树下的第一件事，就是用一块石片在老槐树的躯干上划上一道印痕，这是在记着已经度过的天数。日子像山风一样匆匆而过，他在这片山坡上已经度过了第十五天时光了。槐树下的蒿草被他踩倒了一大片，干硬的黄土块在他的脚下变成了细细的黄粉末。他抓起一把，攥在手里，然后让它们在指缝间流出去，黄粉末在下落时化成淡淡的烟尘，随着山风飘散，他可以嗅到一种细微的只有黄土高原的土里散发出来的干燥温热的土香。这种气息在他的家乡是嗅不到的，那里的土里蕴含着很重的水气，泛出的气味总是有着很重的潮湿的腐质气息。他想起了家乡，他向家乡的方向望去，可在这黄土高原腹地的一个山坳里，四周都是起伏的山峦，他找不到家乡的方向。

太阳已经落在远山的背后，山沟里氤氲起雾一般的夜气，远处的山巅上还飘动着一抹轻纱般的夕阳余晖。他向着空旷寂静的山沟，高扯着嗓门呐喊了一声："收——工——啦。"

喊声在山沟里泛着清晰地回响，像一粒石子投进平静的水池里，迅速泛起层层涟漪，向远处扩散开去，渐渐地被沟沟壑壑梁梁峁峁吞噬。

从沟里上到山顶。苍莽的山脊在夕阳余晖的掩映下，形成犬牙交错的剪影，山峦西边残阳如血明丽而惨淡，东侧则晦暗而迷蒙，薄雾在川道的河面上、树梢头上盘桓。山坳里传来两声清脆的鞭响，孤独的牧羊老汉驱赶着回家的羊群，扯起干涩的嗓门唱着信天游。

在山沟里待了一整天，谷木林感到实在有些疲惫，到了山顶被风一吹疲惫感消除了许多。经过十五天，电码本的大部分内容已经被他记住，还有五天的时间，他已经胸有成竹地感觉到按时完成任务是没有问题的，这也使他刚开始感到压力很大的心情舒缓了许多。四周的景物已经变得一片模糊，他把电码本装进口袋里，顺着地畔的小径向住地的方向走去，嘴里仍在默默地叨念着电码。一串数字忘记了，他努力地在记忆中搜寻，可怎样也搜寻不到，但他仍然不想放弃。他仰头凝视着深邃的天空中一颗明亮的星星，那颗星星向他眨着眼睛，仿佛有着唤醒记忆的魔力。他走路的脚步没有停止，踏在了崖畔的边缘，身子一个趔趄，顺着陡坡滚下了崖畔。

董兆平吃过晚饭后，在他的窑洞里一直看文件。他猛然想起了谷木林和电码的事，掐指一算，谷木林离开他这里已经是第十五天了。他拍了一下额头，埋怨起自己，嘟囔着："嗨，真是忙晕头了，怎么把这件事给忘得没踪影了。"他放下手中的工作，披上衣服，吹灭油灯，走出了窑洞。外面已经是夜色深沉，星光闪烁，凉风袭人，一片寂静。他顺着窑洞前的土坡走下去又转过一个山峁，拐到一条小路上来到谷木林住的窑洞前。窑洞前黑魆魆的一片，他开始还以为谷木林已经睡觉了，着实有些不高兴，心想，这家伙简直不把事当事干，组织交给他这么重要的任务，还不抓紧时间完成，这么早就睡觉了，非得批评他不可。他抬手推门，这才发现门仍然锁着。董兆平站在门前的平地上向四周望了望，除过周边有几孔窑洞的窗子上泛出昏黄的灯光外，所有白天能看到的景物都被黑暗包裹着。

"已经深夜了，他能去哪儿呢?"董兆平皱着眉头在心里嘀咕着。职业的敏感和电码的重要性使他很快警觉起来，意识到谷木林一定是出了什么意外。"必须马上找到他。"他心里想着，迅速把披在肩上的衣服穿好，急急火火深一脚浅一脚地跑到亮灯和不亮灯的窑洞前响亮地拍起门来。

"喂喂喂，有紧急任务。快出来! 快出来!"董兆平站在门外扯着嗓门使劲喊着。

门很快打开了，人们纷纷跑了出来，询问声、惊诧声、牢骚声、质问声、埋怨声、喷嚏声、咳嗽声、吆喝声响成一片。

"怎么回事?"

"咋啦，咋啦，发生啥事情了?"

"阿……嚏，他娘的，谁喊的，疯啦?"

"干么子事哟，半夜三更乱砸门。"

董兆平跳到一个土台上，挥着手喊道："喂喂喂，大家静一静，我是安保处的董兆平，实在对不起，半夜三更打搅大家了。"

人们一听是安保处处长的声音，吵嚷声戛然而止，大家清楚安保处处长半夜三更突然急急火火打扰他们，一定是发生了什么意想不到的严重事情。

董兆平说："同志们，今天谁见到谷木林了? 谷木林就在那边的窑洞里住。"

224

"谷木林，哪个谷木林？"人群里有人问道。

"就是从大别山来的那个谷旅长。"董兆平回答道。

"啊哟，我以为发生了什么天崩地陷的大事喽，找个人嘛，搞得鸡犬不宁。没看到！"

"谷木林，谷旅长，就是在大礼堂唱凤阳花鼓的那个人吧？安徽口音？"

董兆平心里一喜，赶忙说道："就是他，就是他。你今天看到他了吗？"

"十多天前看到了，这些天没看到。"

"我前几天还问别人，以为他走了呢。"

董兆平懊恼地说："屁话。我说的是今天，或者昨天，前天也行。"

人群里静静的，没人回答他的问话。大家的沉默使董兆平更着急了，这表明几天来站在他面前的这些人都没有见到谷木林。

"事情严重了，必须赶快向上级领导汇报。"董兆平心里很快跳出了这个念头。于是，他对围拢着的人们说："好啦，没事了，大家回去休息吧。"说完就匆匆离开了这排窑洞。

董兆平是一口气跑到枣园的。离老远他就看到首长窑洞的灯光还亮着。他更加快了脚步三步并作两步跑。突然他感到脚踝处被什么东西绊了一下，惯性使他向前奔了几步便重重地匍匐在地上。没等他爬起来，路两侧蹿出来两个人，一人拧着他一只胳膊把他摁在地上，那两个人行动敏捷，手法精准而出手很重。

"不许动，再动打死你！"其中一个声音低沉冷峻，厉声威吓道。

董兆平的两臂被反剪着，脖颈被掐得钻心地疼，半边脸抵在冰冷的土地上，尘土涌进口腔里，呛得他喘不过气，差一点窒息过去。

"是……是我。哎哟，轻一点。他娘的，掐死老子呀。"董兆平竭力喊道。

"你是谁，干什么的？"摁他的人丝毫没有松懈的意思，质问道。

"我……是董兆平，安保处的。"

"董处长？哟，真是董处长。这是怎么回事呀？"那两个人赶忙把董兆平扶起来，"这，这怎么是您呢？这不是大水冲了龙王庙。这深更半夜的，没认出来。"两个人急忙赔着不是。这是两个警卫人员。

董兆平拍打几下身上的尘土，懊丧地说："去去去，没时间跟你们啰唆，我有要事找首长。"他连那两个人看都没看一眼，赶忙一瘸一拐地向前跑去。

一个警卫员在背后叫住他："董处长，你不要去了，首长正在他的窑洞里开会。"

225

董兆平停下了脚步，问："开会？什么时候能开完？"

警卫员说："这就不清楚了。下午吃过饭就开，一直到现在。开到天亮都说不定。"

董兆平焦急地在原地转着圈，拳头不停地在掌心砸着，嘟囔着："这怎么办，这怎么办？"

警卫员问："什么事，把你急成这样？"

董兆平咂着嘴说："急事，大事！"过了一阵，他突然顿悟出什么，拍了一下脑门："嘻，你看我这脑子，问一下灶上的炊事员不就行了，他总要吃饭吧。这样就可以大致判断出他失踪的时间了。"他对警卫员摆着手说："没事了，没事了，我想出办法啦。"

警卫员看着董兆平跑走的背影，眨着眼，莫名其妙地对视着："他这是中什么邪了？"

董兆平跑回谷木林的窑洞前，看到窑洞门仍然锁着。他敲开邻近的一个窑洞，窑洞里的战士打开窑门，打着哈欠迷迷糊糊地问："你……又要干什么？还让人睡觉不？我明天还有任务呢。"

董兆平抱歉地说："对不起，对不起，打扰啦。你们这一片的炊事员是谁呀，在哪儿住，我找他有急事。"

那个战士步子趔趄着走到床边坐下，挥了挥手不耐烦地说："老孙，老孙头。下了坡斜对面那个院子就是伙房，他就在伙房住。什么事呀，你真能折腾人，出去把门带上。"说着就仰面躺在了床上。

董兆平出了窑洞把门带上，直奔伙房把老孙头叫醒。老孙头并不老，是个四十出头的中年人。

"老孙，这几天谷旅长来吃过饭吗？"

董兆平的话使老孙感到莫名其妙，他嘟哝着说："这几天？他天天都吃饭。"

"他人呢？"

老孙眨着眼不理解地说："人？怎么啦？我……我没看见呀。"

董兆平有些急火攻心地喊道："这是怎么回事？他天天来吃饭你怎么没见人呢？"

"哦，是这样。"老孙回忆道，"在十来天前吧。大概是……具体哪天我记不清了。谷旅长来找过我，说他最近有一项很重要的事情要做，不能按时来吃饭。要我头一天下午开过饭后，把第二天的饭包起来塞到门口的柴火堆里，他晚上过来取。他还跟我说，每天放五六个馍和一些咸菜就行。结果过了两天，他又来找我，问我怎么忘记往柴火堆里放饭了。我说放了呀，我确实放了。他说他晚上来取啥都没见，饿得一夜翻来覆去睡不着觉。我说不可能，我记得清清楚楚，我把六个馍用毛巾包好，放到柴火堆里，怎么会没有呢？我俩一起去把柴火堆扒开一看，嘿，啥都没有啦。那条毛巾也跑到墙后面去了，被咬得是稀巴烂。这下子明白了，可能是让狗或什么野兽叼出来吃掉了。后来，他就找了一个瓦罐，让我把馍放到瓦罐里。"

董兆平问道："昨天晚上放了没有？"

"放了呀！我记着呢。同志有任务，我要保证他吃饱饭嘛。"

"瓦罐在哪儿放着？带我去看看。"

老孙把董兆平领到土墙外。土墙外的墙根下堆着一堆干柴火。他在挨着墙角的地方拨开几根干树枝，把一个瓦罐拎了出来。

"咦——"老孙叫道，"昨天晚上他咋没有来取呢？你看这馍还在里面放着，这是咋回事？董处长，出什么事啦？"

董兆平说："昨天晚上我有事找谷旅长，结果发现他的窑门锁着。我向其他同志打听他的去向，他们都说有成十天没见他的人了……"

老孙否定道："不会的，绝对不会的。我每天下午开完饭后都记着往瓦罐里放六个馍，这是他第二天一天的饭，他每天肯定都要来取，怎么能成十天不见人？这样看来，昨天晚上没有来取馍，充其量也就是一天不见人。"他想了想又说："哦，对了。前些天，天麻麻亮的时候，我出来抱柴火，看到他顺着那条路往山坡上去了，我还注意看了看。他好像手里拿着个什么东西边走边看，走得很慢不像有什么急事的样子。我心里还在犯嘀咕，他这一天都在忙什么，连饭都顾不上吃……"

"是对面那条路吗？"

"就是的。"

董兆平心里感到清楚了许多，他猜想谷木林一定是废寝忘食地在背电码，山上地方僻静，没有什么干扰，在那里便于记忆。要出意外肯定是在对面山上。

董兆平说："老孙，你也不要睡了，咱俩一块儿到对面山上去找谷木林，他一定在上面出事了。"

老孙也感觉到事情严重，忙不迭地说："行，咱这就去。"他转身进到灶房绰了把镢头出来。

"拿这干什么？"董兆平不解地问。

"武器呀！这山上可有狼和野猪的。"

董兆平闻说心里咯噔了一下，心想，谷木林一定是出意外了。他心里想的没有说出口，只是把手狠狠地在半空挥了一下，懊丧地说："真是的。咱们快走！"

夜风，清凉。星星，稀疏。山峦，迷蒙。天幕，高远。

谷木林是在感到大腿的一阵阵撕裂疼痛的时候从混沌的意识中苏醒过来的。他下意识地抖动了一下那条疼痛而不听使唤的腿，模糊地感到裤腿被什么东西撕扯着，脸颊被什么温润的带着黏液质的东西舔吮着，发出吧唧吧唧的声音，一股热烘烘腥臭的气息扑在他的脸面上，钻进他的鼻孔里。他努力睁开被血液粘连在一起的眼皮，看到一团黑乎乎毛茸茸的东西在他脸面上晃动，两颗泛着幽蓝色光亮的东西不停地闪动着。狼！他的意识里电光石火般地闪出了这个念头。

正是谷木林身上散发出的血腥味招来了一老一小两只狼。老狼用笨拙的牙齿撕扯着他的裤腿，咬住大腿上的皮肉用力向后拖，四条腿站不稳，身子不住地打着趔趄。小狼正贪婪地伸着稚嫩的带着柔软肉刺的舌头舔吮着他额头上伤口里流出的血液，欢快地沉浸在饱食美餐的喜悦中。历经多年的战场拼杀，谷木林练就了一套紧急避险的能力，他顾不得疼痛，摆起另一条腿，打在撕扯他裤腿的老狼头上，胳膊奋力一抡，打在小狼的脖颈上，顺势向一旁打了两个滚，两腿蜷起，双手伏地，在草丛中寻找可以自卫的东西，但是抓到手里的只是些乱草茎和碎土屑。那两只狼被他突如其来的动作惊得魂飞魄散、惊慌失措，跃起前爪，腾起后爪，一前一后蹿出老远。感觉脱离险境后，回过身来恋恋不舍地凝视着谷木林，踌躇着向前逼近，四只幽光闪烁的狼眼在空旷冷寂的暗夜里显得格外的恐怖瘆人，令谷木林毛发倒竖，汗湿衣衫。

谷木林现在的意识里考虑的是怎样赶快离开这个充满危险的境地。两只生性凶残的狼给手无寸铁的他造成了极大的危险，一旦狼调整好情绪，再度向他发起攻击，他将无力与它们抗争。他额头上惊出的冷汗和着血液顺着脸膛像蚯蚓一样向下流淌，仿佛可以听到血液流淌的丝丝缕缕的微弱声音。谷木林观察了一下地形，左侧是他失足滚下来近乎直立的陡坡，他现在处的这块地方是一道宽窄不足三米的平台，平台下仍然是陡坡的延续，黑洞洞的看不见底。两只狼又向他逼近了一些，而且分开了距离，形成了从两侧夹击的阵势。突然，老狼向空旷的山野发出了一声悠长的嗥叫，苍凉而暗哑；小狼随之也发出一声嗥叫，稚气而清亮。两只狼的嗥叫声此起彼落，一高一低，一长一短，一苍哑一稚气，在夜空里相互追逐着，在旷野里恣意回荡着，在沟壑间渐次消逝着。

听到狼的嗥声，谷木林的心里更加恐惧，他知道这是狼在召唤它们的同伴，如果周边再蹿出几只凶猛的恶狼来，今天夜里葬身狼腹肯定是他的必然结果。

现在他摆脱危险的路有两条：一条是双手抱头顺势向山坡下滚去，幸运的话不再受伤顺利逃生，不幸的话摔个半死不活，等着狼寻踪而至，把身子撕烂咬碎饱餐一顿；另一条就是顺着滚下来的山坡，在这两只狼的其他同伴到来之前爬上去顺路逃生。经过权衡，谷木林选择了顺着山坡爬上去逃生的方法。然而，在他开始动作的时候，才感觉到浑身到处都迸发出了撕心裂肺的疼痛，这疼痛折磨得他寸步难行。

谷木林心想，无论如何也不能眼睁睁地待在这里等着喂狼，那也死得太窝囊了。他深深地吸了两口气，咬紧牙关，强忍疼痛的折磨，手脚并用开始向陡坡上爬去。陡坡上的那只狼腾挪闪跳，跃跃欲试地摆出随时俯冲下来的架势，但它始终没敢冲下来。在谷木林逼近它的时候，它弓着脊背，缩着脖子，竖着小耳朵，拖着尾巴躲闪到一边去了，显得畏怯似的发出呜呜的低沉的嗥叫，这是那只小狼。那只老狼在陡坡下徘徊着，谨慎地向谷木林接近，当意识到谷木林往上爬着要逃走的时候，它突然鼓足了劲，蹿起来向谷木林扑去，牙齿准确地咬住了他的鞋后跟。谷木林随着狼的重力向下滑，黑暗中抓住了一棵枣刺的枝干，用另外的一只脚向后踹着，踹在狼的鼻骨上。老狼用力过猛，咬着那只撕脱的鞋底子滚到坡下。

坐在地畔上，谷木林感到全身已经筋疲力尽，一丝移动的力气也没有了，身上冒出的热汗浸湿了衣服，经夜风一吹冷得彻骨。为了不给两只狼留下腹背攻击的机会，他用手掌摁着地把身体挪到土台下，把脊背靠在土台上。他不停地告诫自己，千万不能睡过去，睡过去恐怕就再醒不过来了。他摸了一下口袋，电码本还在口袋里，这使他放心了许多。摸了一下太阳穴，太阳穴的伤口跳动着疼痛，血液将头发凝结在头皮上。每动一下，左侧的肋骨也疼得难以忍受。右腿的裤腿被撕开了一个大口子，腿上的皮肉也被扯开，分不清是狼的咬伤还是摔伤，已经有明显的肿胀感。他现在唯一的祈盼就是希望天赶快亮起来。启明星悬挂在深蓝色的天幕上，四周疏散着许多颗光色暗弱的小星星，遥远的天幕和广袤的山峦融合在一起，没有明显的边际线，看来离黎明的到来还需要很长时间。寒冷和疼痛都无法抵御睡意的侵袭，睡意融进血液里，顺着血管把它输送到身体的每一个地方，强烈地摧残着他的信念和意志，他的意识难

以抗拒地变得模糊起来。

就在谷木林的神智进入模糊的状态时，沉闷的哈欠声把他惊得一哆嗦。他张开沉重的眼皮，看到那两只狼在离他两三米远的地方犹犹豫豫地向前逼近，它们已经清晰地嗅到眼前这个猎物的生命气息正在一分一秒地衰减，等待发起进攻的最佳时机。谷木林赶忙振作起精神，做好反击的准备。左侧的胳膊抬不起来了，他用右手在身边摸索到一个土块，向前面掷去，两只狼惊悸地跳开了。

一道电光在山道上闪烁了一下，转瞬间又消失了。两只狼不约而同地向山坡上蹿了一下，但很快又停住了，掉回头来发出瘆人的呜咽声，再一次向谷木林逼来。谷木林也看到了那束转瞬即逝的电光，他判断出那是手电筒射出的光束。

"有人来了。"他惊喜地想。他憋足了劲，扯着嗓门喊了起来："噢……噢……"

"谷——木——林……"

"谷——旅——长……"

当他的喊声发出去的余音还没有完全消失在夜空时，便有了清晰急促的回应，手电光也向他待的地方探过来。

"我在这里……"谷木林又喊了一声。

急促的脚步声伴着喊声从山坡下传了上来。过了一会儿，董兆平和老孙喘着粗重的气息奔到了谷木林跟前。

董兆平急切地问："老谷啊，你怎么在这里？哎呀，你受伤了，怎么回事？"

谷木林喘了口气，说："不小心从崖上摔下去了，走不动了。"

一声犀利、高亢的狼嗥，引起了一串声律不齐、短促、悠长的狼嗥声，狼的队伍扩大了。

老孙浑身激灵了一下，叫道："有狼！"

山坡上、土崖畔闪烁着鬼火一般的狼眼。

谷木林苦笑着说："跟我好一会儿啦，它们想吃我。要不是你们赶来，今天夜里我非喂狼不可。"

"一、二、三、四、五……我的妈呀，五只狼呀！"董兆平数完以后，惊讶地叫道。

老孙抡起镢头，在地上使劲砸了几下，发出沉闷有力的咚咚声，威胁着喊道："你来，你来，你过来一个我砸死一个！你来！"

五只狼没有被老孙的威胁吓跑，而是拖着毛茸茸的尾巴，弓着脊背，探着脑袋，在土坡上、沟崖边不停地跳跃徘徊。没有捕到猎物，它们有些悻悻然。

董兆平说："老孙，这是一个狼群。再有更多的狼聚拢过来危险会很大的，我们赶快走吧。我背上谷旅长在前面走，你拿着镢头断后。快走！"

董兆平在老孙的帮助下，把谷木林背到背上，用手电筒探着路。老孙抡着镢头紧随其后，不停地咋呼着为自己壮胆。

"你来，你来！看老子不一镢头刨死你，明天吃狼肉，喝狼血，用狼皮做褥子。你来，你敢来吗？"

五只狼并没有退缩，而是形成一个扇形，紧随在他们的后面，不时发出嗥叫。

远处的村庄传来雄鸡的啼鸣，尖利、悠长、高亢。东方的天际泛出一抹柔光，山峦的剪影清晰地印在天幕上。

第二十八章

谷木林胸左侧的三根肋骨骨折了，是封闭性的，太阳穴上划开了两寸长的口子，可以看到里面白生生的骨头。右大腿外侧的皮肉被狼牙撕开了，但没有伤到骨头。

常院长拎着被撕烂的裤子看了半天，又察看了伤口，感叹道："老谷啊，你命大呀，你可要好好感谢上帝的保佑呀！"

谷木林躺在窑洞里的床上，右手垫在脑后，不解地问："为什么？"

常院长很有经验地说："我认真看了你这条被狼撕烂的裤子，并察看了伤口。我敢断定，咬你的那只狼是一只老狼，而且害了牙髓炎，它撕你的裤子和腿肉的时候显得很笨拙，也很吃力。你太幸运了！如果碰到的是一只牙齿健康又年轻有力的狼的话，情况绝对不会是这个样子。年轻狼的咬合力、撕扯力、咀嚼力，包括攻击力都是很强的。在你被摔昏，神志不清的情况下，它很快就会置你于死地。舔你额头上血的一定是一只初出茅庐缺乏实战经验的小狼。如果是一只具有实战经验的年轻狼，它不会热衷于舔你头皮上的那点血。它只要

在你脖颈上狠狠咬上一口，只一口，你知道那会是什么样的情况吗？"他继续说："那就会导致你的喉管和动脉血管在一刹那间断裂，就会热血喷溅，气息消散，香消玉殒，呜呼哀哉！"

"哈哈……"董兆平笑了起来，"还香消玉殒呢，老谷又不是一个回头一笑百媚生的闺房小姐。"

"嗨，要是闺房小姐就好了，像我们的小黄护士。"曲护士长说道，"狼一看是个美女呀，狼也有怜香惜玉之心，这不能吃。要一看是个男人，吃了吧！"

黄河燕站在常院长旁边轻声说道："常院长，您说得太恐怖了，会把谷旅长吓坏的。"

常院长轻松地说："嗬，你把谷旅长看成什么了。谷旅长是军人，打了多年的仗，枪林弹雨里摸爬滚打，出生入死什么没见过。我说的这些话，只能把你俩这见了老鼠都会惊叫的女人吓得头皮发麻，手脚冰凉。对谷旅长来说，只能算是个消愁解闷的小幽默罢了。"

谷木林说："还是常院长了解我，这点伤算什么。只是如果稀里糊涂喂了狼可就有点太窝囊了。是吧，董处长？"

"那有什么呢？俗话说，天生我才必有用。你老谷的存在就是为了喂狼嘛。"董兆平说着又问，"常院长你在想什么呢？"

常院长拳头支着下巴颏，一副深思熟虑、苦思冥想的样子，说："如果谷旅长遇到的是一只青壮年狼，这只狼剽悍凶猛，牙口好，咬合力强，大家设想一下谷旅长现在该是个什么样子，我们现在又该做些什么？我想呀，谷旅长现在大概……不，不是大概是一定，一定正在狼肚子里发酵呢。我们呢？同志们，我们该干什么呢？我们还能在这里谈笑风生吗？一定不会的。我想我们一定正在把狼咬不碎嚼不烂的谷旅长的……诸如大腿骨或者吃不净的碎肉渣子收拾收拾，包起来开个追悼会，寄托我们的哀思。这个悼词怎么写呢？让我想想……对啦，就这样写：谷木林同志，中共党员，为了革命事业，不远千里从大别山区来到延安。谷木林同志在工作中兢兢业业，精益求精，一丝不苟，于某年某月某日外出执行任务，晚上返回驻地时，失足坠崖，不幸葬身狼腹。谷木林同志的一生是革命的一生，是伟大的一生，他的死比泰山还重。谷木林同志永垂不朽！怎么样，评价还可以吧？"

常院长说完随即哈哈大笑起来。

董兆平也跟着笑了起来："老常，真有你的……"

曲护士长笑了两声赶忙用手掩住嘴不停地笑着。黄河燕紧闭着嘴，想笑的气流从两唇间向外冲着，致使她的整个身子都有些颤抖。

谷木林笑着说："也真是。如果按常院长的说法，我就和同志们永别了。不过我这个人命大福大造化大，遇难呈祥，逢凶化吉。现在让我揪心的是我这伤什么时候能好呢？"

常院长搓了搓手，思索了一下说："伤嘛……你的情况特殊，医院给你用了云南白药，而且是内服外敷一起用。还用了盘尼西林消炎。这些药可都是十分稀缺的药。但考虑你情况的特殊性，组织上要求我们一定要让你尽早康复。伤口有十几到二十天就会好起来，骨折的地方要慢一些，二十天到一个月才能见效。要想恢复好嘛，伤筋动骨一百天，得三个多月。"

"哎哟，"谷木林不无苦恼地叫道，"怎么需要这么长时间！"

常院长安慰道："要好好休息，好好吃饭。伤口都需要一个自然生长期，心急是不行的。只有好好休息，增加营养，才能缩短伤口弥合的时间。"

曲护士长拉过黄河燕对谷木林说："谷旅长，这位是小黄同志，名叫黄河燕，是一位很优秀的同志。医院决定由她来担任您的护理工作。"她又强调道："专对您一个人的护理。您要多对她的工作提出要求，有不周到的地方多批评指导。"她又对黄河燕说："小黄呀，组织上也不瞒你。谷旅长现在肩负着一项重要任务，组织上需要他的身体尽早康复。所以嘛，你的护理工作十分重要，要做好做踏实，不能有一丝一毫的马虎。知道吗？"

"是。护士长，我一定做好。"黄河燕说。

"好，你这样的态度组织上就放心了。"曲护士长把病房打量了一下又说，"医院决定了，这间病房只住谷木林同志一个人。因为我刚才说了，他肩负一项特殊的、重要的任务，以后你慢慢就会知道的。从今天起，你就住在那一张床上，这样便于照顾。"

黄河燕嘴角抽搐了一下，脸上的笑容凝在那里，显得十分不自然："这……"

曲护士长的表情严肃起来："有问题吗？"

黄河燕手指头下意识地卷着衣角，犹豫地说："这……这不太方便吧？"

曲护士长的表情又显得丰富起来，笑着轻松地说："这有什么不方便？我们当医生护士的，就是研究人的，什么我们没有见过呀。就这样决定了！"

谷木林闻说，从脑后取出手来摇摆着："不行，不行……"他试图坐起来，但剧烈的疼痛又使他龇牙咧嘴地躺了下去，困难地喘息着说："这，这样……确实不行。"

曲护士长赶紧说:"别动,别动。你现在一点也不能动,骨折一旦错位,就更麻烦了。医院这样的决定也是在执行着上级的指示,为了更好地照顾你。"

谷木林脸面扭曲着说:"谢谢你们的关心。决定可以改嘛,这样做我首先接受不了。跟前睡一个陌生女人,我根本就睡不着。"

常院长、曲护士长和董兆平听了这话都笑了。曲护士长叫了起来:"哎哟,谷旅长你也太封建了吧。我们做医生的什么没见过,你还把自己看得神神秘秘的。白天的一切事情都好说,我问你,夜里怎么办?夜里要大小便怎么办?你是不能动的,怎么办?你知道你躺在手术台上是什么样子吗?全身一丝不挂,我们这些医生护士围着你。有什么嘛!"

谷木林无可奈何地咧了咧嘴,说:"那是我昏迷的时候,没有意识。现在就不一样了,现在我是一个清醒的人。这样吧,小黄还睡在她的宿舍,半夜醒了过来看我一下,有什么需要帮助的我跟她说,没有事,她就回去继续睡觉。这样可以吧?"

曲护士长坚决地说:"不行。小黄是个年轻人瞌睡多,没人叫她一觉就睡到大天亮了。这样吧,咱们折中一下,小黄现在住过来照顾你,等你可以自理了,小黄就搬回宿舍去住。这样总可以了吧?你是伤员,是需要有人照顾的。"

曲护士长边说服着谷木林边给黄河燕使眼色,意思是让她赶快按组织的要求表态。

黄河燕鼓了鼓劲,说:"谷旅长,护士长说得对,您现在不能动,是伤员,需要照顾。我这就去取我的东西。"她说着就跑了出去。

夜晚,这是西北黄土高原上一个幽静的夜晚。明媚的月光透过窗子上的窗棂隔成方格的玻璃和门的缝隙轻柔地流进来,洒在窑洞的地上、床上和中间一个没用的火炉上,显得柔和、缥缈而静谧。谷木林很想入睡,但怎么也睡不着,他能判断出对面床上的黄河燕已经睡着了。她那轻柔的像蚕丝一样细微、温润的鼻息穿过空气,透过月光,悠悠地飘入他的耳中。谷木林仿佛嗅到了黄河燕那鼻息中有一种淡淡的甜丝丝的芬芳气味。这是他长这么大,在离开母亲的怀抱后,第一次和一个年轻的尚且陌生的女人在静悄悄的月夜共宿在同一个窑洞里。这也使他联想到在大别山的生活。在大别山的营地里,夜晚他常年听到的都是男人们那如雷贯耳般粗犷有力的鼾声、尖利刺耳的磨牙声和各种腔调的梦呓声,嗅到的是浓重的、刺鼻的带着酸味的汗腥气。

天黑的时候,黄河燕把她的被子和洗漱用品都搬了过来。她先用毛巾给谷木林擦了擦脸擦了擦手,又换了一条毛巾擦了擦脚。毛巾上带着清爽怡人的香皂气息。在黄河燕给他擦脸、擦脚的时候他们说起了话。

谷木林问:"小黄,河燕……"

"嗯?"黄河燕回过头来,把头发向后拢了一下。

"听你的口音不是陕北这边的人,你是关中人吧?"

黄河燕回答道:"我是关中人,是同官县人。"

谷木林惊叫起来:"同官县人? 你是同官县人?"

"是啊,不信吗? 我是同官县人,家就住在同官县县城。"黄河燕眉毛一挑,莞尔一笑说。

"不不不,我信。我怎么能不信呢! 听你的口音就像是同官县人。"谷木林解释道。

"你到过同官县?"

谷木林叹息着说:"到过,到过。奇怪啦,我怎么和同官县……确切地说是和同官县的人有这么好的缘分呢?"

"嗯?"

谷木林接着说:"我是去年秋上来延安的时候路过同官县的,在那儿待了两天。许子凌、高二贵你认识吧?"

黄河燕高兴地说:"认识呀,不但认识而且是特别熟悉。"

"是他俩把我从耀县接到同官县的,又从同官县把我送过金锁关到宜君县的。"谷木林回忆着说。

"是这样呀。高二贵和许老师都来延安了。二贵在抗大学习,许老师在组织部工作。"黄河燕把毛巾整齐地摆放在木制的盆架上。

"是真的吗?"谷木林听到这个消息很高兴。他情绪一激动触动了伤口,咧着嘴叫了起来,直吸凉气,整个面部都扭曲了:"哟哟哟……"

有了同官县的情结,使他们相互之间减少了许多的生分而变得亲近起来,说话也随和了许多。

"小黄,你今年多大了?"

黄河燕为谷木林掖了掖被角,轻声回答道:"二十一。"

"有婆家了吗?"

黄河燕把油灯芯上焦结的灯花用发卡拨掉,抿嘴淡淡地一笑,说:"您猜呢?"

谷木林迟疑了一下,一时拿不准是说有婆家合适,还是说没有婆家合适。他也感到这句话在相识这么短的时间里问的有些唐突,黄河燕的回答也让他觉

得她似乎不愿谈及这个事情。灯花拨掉以后，灯苗跳动了几下，窑洞里亮堂了许多，黄河燕的脸颊在灯光的映衬下显得红扑扑的，眉毛更黑，眼睛更亮了。

"让我猜嘛，应该是有了。对不对？"谷木林不确定地猜测着。

"猜对啦。"黄河燕说着扭转身子，端起脸盆，打开门把盆子里的水泼在门口的地上。等她从外面进来，谷木林还想说什么，黄河燕说："谷旅长，常院长和曲护士长说了，您的伤很重，不能多说话，不能熬夜。来，把胳膊放进被窝里。哎，就这样。好啦，睡吧。有事叫我。"

黄河燕就是这样把谷木林安顿好以后，拉开她的被子和衣睡了。

外面好像起风了，窑背上传来风吹草动的沙沙声，窗户纸也发出了好听的窸窸窣窣的低语声，风涌动着窑洞里的月光像水波一样颤动，如烟、似雾。

谷木林闭上眼睛想入睡，可意识却像是用水洗过似的清晰、通透，没有一丝想睡的意思。萦绕在脑海里的都是才相识了不到一天的黄河燕的身影。她给他擦脸擦手时温柔的姿势，她跟他说话时柔婉的模样，她挑灯花时那灵巧的手法，她拢头发时那优雅的神情，她莞尔一笑时那触人心弦的俏容。不知怎么回事，他的情绪不由自主地兴奋起来，黄河燕的出现使他对这次意外的受伤非但没有感到难过，反而产生了一种幸运的感觉。如果没有这件事情的出现，他怎么能碰到她？这岂不是冥冥之中天意的安排。这样一想，伤口的疼痛也感觉舒缓了许多。

长夜难眠，心绪难平，拂晓雄鸡的啼鸣穿云破雾从村子里传来，月光黯淡下去后时间不久，晨曦又一次降临到了黄土高原千山万壑中的这个山坳里。在这个时刻，思绪欢快了一夜的谷木林感到黄河燕的音容笑貌变得越来越模糊，离他渐行渐远，在困倦的催促下终于睡着了。

他这一觉睡得可是又沉又香。黄河燕醒来后一会儿过来看一看他，一会儿过来再看一看他。谷木林两眼酣然地闭合着，眼眉很是浓密，鼻孔一张一吸，鼻息很重，发出哧哧的声音。线条轮廓明显的厚厚的嘴唇不时地咂几下，好像在咀嚼什么很好吃的东西。面部表情松弛而安详，只有在身体动弹的时候，也许是触动了伤口，脸上才显现出转瞬即逝的痛苦表情。

常院长和曲护士长过来看了一下，常院长问："怎么样，有什么异常情况没有？"

黄河燕摇着头轻声说："没有，睡得可香了。你看，一夜连身都没翻。"她又问："常院长，如果他夜里睡着翻身怎么办？"

常院长说："不要紧，人即便在睡眠中身体也有自我调节的能力。像他这样有伤，一动伤口就会疼痛，他就不动了，再一动，再疼痛，这样就会在神经系统形成一个记忆—— 一动伤口就会疼痛，他自然就不动了。好了，让他睡到自然醒吧，不用叫他。”

谷木林一直睡到黄河燕把中午饭端进来叫他才醒。

“谷旅长，谷旅长，吃饭喽。”黄河燕边收拾着小方桌上的东西边喊道。

谷木林张开惺忪的睡眼。明媚的阳光刺得他不由自主地眨巴了几下眼睛，睡意犹然地问:“啥时候啦?”

黄河燕说:“你真能睡。看啥时候了?”

“吃早饭？天这么亮了。”

黄河燕嘟着嘴说:“还吃早饭呢，早饭早就凉了。喏，那不是？这是中午饭啦，谷——旅——长。”

“嗨，我就觉得不对劲，光线这么刺眼。”谷木林挠着发痒的头皮说。

“来，擦把脸。”

“我来吧。”

“别——动。我是护士，您是病人。这是我干的活。”

“好吧。”谷木林顺从地躺在那里，闭上眼睛，感受着温热的毛巾在这个已经让他怦然心动的女人曼妙的手指下轻轻地从他的皮肤上滑过，宛若熏风拂过田野，春雨洒落树梢，秋阳沐浴芳草，冬暖映照庭院。擦拭过了脸，又擦拭了他的手。

黄河燕边擦洗着边说:“早上常院长和曲护士长来过两次，你睡得真香，一点都没有察觉。他们摸了摸你的头，说是体温基本正常，多睡一会儿有利于身体的恢复，所以我就没有叫醒你。”

几天后的下午，太阳偏西的时候，董兆平来看望谷木林。董兆平来之前先到常院长办公室向常院长和曲护士长询问了谷木林的情况，知道伤情很稳定，心情也就轻松了许多。

董兆平坐在床沿上，挓挲着手，表情夸张地逗趣说:“老谷呀，你命大呀！五只狼都没要了你的命，五只哪！我跟别人一说，别人都说这是个奇迹，一般人很难碰到的。你碰到了，你可不是一般人。祸福相倚，一定会有好事等着你。”他又说:“听常院长和曲护士长说你身体恢复得还不错，没有引起什么并发症，我听了真高兴。老孙这个火头军对你还是很关心的，前两天提了杆猎枪到山上去找那几只狼了，说是要给你报仇雪恨。他说，转了三道梁五道沟，结果跑到大半夜回来，连个狼毛也没有碰见。只有两只兔子运气不好撞到他的枪

口上，煮得香喷喷的，托我给你带一只，增加点营养。"说着从挎包里取出个纸包，放在鼻子跟前使劲嗅了两下。

"真香啊。"他笑着放在谷木林枕头边。

谷木林对黄河燕说："河燕，你把兔子拿去撕开，咱们大家一块儿吃。我闻着味了，就是香喷喷的。"

黄河燕应了一声，还没有来得及动手，董兆平就阻住了她。"别动，别动，别——动。这是人家老孙专门慰劳伤员的，我们又不是伤员，没资格吃。是吧，常院长、曲护士长。"

常院长和曲护士长随声附和着："对对，董处长说得对，还是留给你吃吧。"

几个人闲聊了一阵，董兆平站起身告辞道："好啦，不影响你的休息了。祝你早日康复！过几天再来看你。"

谷木林伸手招呼着说："别急嘛，再坐一会儿，我有件事想和你单独谈谈。"

常院长听了这话，就对董兆平说："那……我们三个先回避一下。"

董兆平打了个手势，说："不用。如果我没猜错的话，你是想说电码的事吧。"

谷木林说："就是。"

"那你就直说吧。常院长和曲护士长已经知道了，小黄同志也应该知道。也正是这个原因，组织上才给你用上了对我们边区来说十分紧张的云南白药和盘尼西林。这些药就连高层领导有病也是不能随便使用的。并且给你安排了专门照顾你的护理人员，一个人住一孔窑洞，这样做也是破例的。"

谷木林叹息了一声，不无内疚地说："我给组织添麻烦了。"

董兆平轻松地说："嗨，哪里的话呀。你也是工作太投入了嘛。首长听了我的汇报很是感动，还夸你呢。说你对工作认真负责，一丝不苟，给同志们起到了很好的模范作用，还让我们大家向你学习呢。首长他让我捎话给你，让你多保重，争取早日康复。哦，你有什么想法，说吧。"

谷木林说："首先感谢首长的关怀，我做得还很不够，辜负了组织的重托和希望。"

董兆平说："好，这个我一定代你向首长汇报。"

谷木林说："再者，我想从今天起开始继续我的工作。我已经把电码记得差不多了，受伤耽误了几天。如果组织上再多给我十天的时间，我保证完成任务。"

董兆平搓着两手，抿着嘴思索了一会儿，说："我这次来本不想和你谈这件事，虽然我心里也很着急。既然你提出来了我们就谈谈，多给你十天时间没有问题，我担心的是你现在投入工作会不会对你伤情的恢复带来什么不利影响，身体能不能吃得消。"

谷木林表态说："我的身体没问题，伤口让它慢慢长。记电码是用脑子干活，又不是让我去收庄稼。"

董兆平用探询的眼神征求常院长和曲护士长的意见。

常院长点了点头说："可以考虑。谷旅长受的是骨肉伤，身体的其他机能很正常。但是还要注意休息，不能乱动，小心骨折错位。"

董兆平说："对。工作听组织的，养伤听医生的，按常院长的嘱咐办。至于工作上的事情，常院长同意我也没有意见。这就又给小黄同志增加了工作内容，既要护理你的身体，还要帮助你工作。小黄同志，有什么困难吗？"

黄河燕爽快地说："没困难。只要需要我做的，我一定做好。"

董兆平高兴地说："这个丫头很爽快呀，你们医院安排得很好。但我强调一点，电码这项任务交给谷木林同志原来只有首长和我知道，属于高度机密。由于意外事件现在又多了你们三个人知道，你们一定要管住自己的嘴，绝对不能向任何人透露，这是组织纪律。"

第二十九章

"常院长真神呀！说二十天好，果然二十天就好了。"谷木林缓缓地把双臂举过头顶，在窑洞里一跛一跛地转着圈，高兴地对站在一旁看着他的黄河燕说着。

黄河燕抿嘴笑了笑，说："我咋没听常院长这么说。我记得常院长说是二十天到一个月会有明显的好转。说是好转，不是说好啦。"

谷木林辩解道："要是这样，常院长就不神了。"

"为什么？"

"这还用问为什么，你看不出来呀？我这是完全好了，根本不是什么明显好转，比他预测的要好得多。我刚到医院，这只胳膊一动，肋骨这地方就撕心

裂肺地疼，疼得头上汗都冒出来了。现在，胳膊可以轻松地举过头顶，不是完全好了是什么，嗯？小丫头。"

黄河燕逗趣道："胳膊好啦，腿呢，也好了？唉，就是地不平，竟敢让谷大旅长走起来像个瘸子一样一跛一瘸的。这是怎么回事呀？这烦人的地。"

谷木林转了几个圈，感到体力不支，坐在床沿直喘气，懊丧地说："唉，老天不长眼，让我遇到这么个窝囊事，把人丢到延安来了。"

黄河燕用湿毛巾帮他拭去额头上的汗，安慰他道："别怨天尤人了，没用。常言说，病来如山倒，病去如抽丝，养伤也是一样，急不得，要有耐性。"

谷木林焦虑地说："话是这么说。要不是我粗心大意出了这么个事，电码我早记完了，说不定现在已经回到部队开始启用新的电码了。要是在这中间出了什么问题，我岂不成了千古罪人！真是的……"

"可事情已经这样了，再急也没有用呀。歇歇，喝口水。"黄河燕看着他憔悴、瘦削的脸庞，理解他的心情。她能做的，也只有安慰了。

前两天，董兆平又来了一趟，谷木林向他报告了电码的记忆情况，并背了一遍给他听。董兆平盯着电码本听着他的背诵，他准确地背诵了全部内容。

"怎么样，有错的地方吗？"由于背得急促，谷木林的脸涨得通红，兴奋之情也难以掩饰。

"嗬，很好，没有一个错误。"董兆平赞许道，"谷旅长，难得呀。身负重伤，还坚持着完成组织交给的任务，真是好样的，真值得我向你学习。"

"别说啦，别说啦。再说我就感到无地自容了。"谷木林打断了董兆平的话，"我已经给组织添了很大的麻烦了。"

"没有，没有。"董兆平平静而坦然地说，"我跟你说实话吧。首长给你安排的时间是二十五天，到我这里给你施加了点压力，减到二十天。现在你受伤了，咱们就不考虑时间因素了。至于你什么时候离开延安，是没有具体时间安排的，这还要等条件成熟。你后面的时间一是巩固记忆，二是等伤好利落以后等候组织的安排。你就安心养伤吧，组织会把一切做综合考虑的。"

这一天，黄河燕向曲护士长请了一天假，她要到抗大去见一见高二贵。许多天了，她没有再见到高二贵，心里总有一种说不清道不明的思念之情在萦绕着。前些日子由于照顾谷木林走不开，现在谷木林可以下床了，许多事情也可以自理了，她也可以放心地走开了。早上她就离开了医院，顺着山道，沐浴着早晨的霞光，呼吸着河道里飘来的潮湿清新的空气，步履匆匆地向抗大的方向走去。

谷木林站在窑洞前沟畔的老槐树下，目送着黄河燕进到一片青丝飘飘的枣树林，她的身影在枣树林里若隐若现，边走边不时弯腰采撷路边的山花。到山峁上，她的手里已经有一大把山花了，山花像一团火焰在燃烧。她回过身来，擎起那束山花向他挥舞了几下，便消失在山峁的那边。

谷木林注意到今天黄河燕的情绪非常好，她哼着陕北的民间小调，换上了一件碎花蓝布斜襟上衣，青色的裤子，这是她从同官县来延安时带的衣服。她把头发在脑后扎了一个马尾辫，整个装束活脱脱像一个回娘家的小媳妇，又对着镜子端详了好一阵子。就在谷木林在院子转悠了两圈进到窑洞以后，发现黄河燕又换上了一身军装，她冲着进来的谷木林表情欢快地说："谷旅长，看我像不像个战士？"

谷木林眏了眏眼，眼前的这个黄河燕让他感到十分陌生，英姿飒爽，神采飞扬，妩媚的脸蛋上平添了几分英武之气，同穿着白大褂、戴着护士帽、端着药盘子、说话柔声细气的黄河燕判若两人。

就在这一瞬间，谷木林的心里涌起一股他自己也说不清的酸涩滋味。

"她这是去干什么呢？这么刻意打扮自己，像是去相亲。"迟疑了一下，他嘴角挤出了些许不自然的赞许笑意说，"像，太像了。"他又一摆手："哦，不对。不是像一个战士，你本来就是一个战士嘛。"

黄河燕噘着嘴顽皮地说："就是。要让我上战场，我一定奋勇杀敌，建功立业。就像花木兰，就像穆桂英，就像梁红玉。对吧！"

谷木林无情无绪地说："算了吧。打仗那是男同志的事，像你们这些女同志呀，干点后勤工作已经是为革命做贡献了。前线，枪炮一响，血肉横飞，尸横遍野，鬼哭狼嚎，惨烈得很嘞。像你呀，小丫头，还不吓得晕头转向，屁滚尿流，哭爹喊娘？战场，那可是最惨烈的地方！"

"哼！"黄河燕不服气地扬起细细的眉毛，说，"什么哭爹喊娘，屁滚尿流的，我就不信！你知道'巾帼英雄'这个成语是怎么来的吗？那就是我们女同志凭着英雄豪气打出来的。古代的花木兰、穆桂英、梁红玉，还有……嘿，谷旅长，你是小瞧我们女同志呀，男尊女卑的封建思想在你的头脑里太顽固了，你这是要深刻检讨的。"

"哟，生气啦？"谷木林讨好地说，"是！黄河燕同志，我说错了。我应当这样说，黄河燕同志是一名优秀的革命战士，在后方不怕苦不怕累认真工作，倘若到战场上也一定能冲锋陷阵，杀敌立功，把敌人打得哭爹喊娘、屁滚尿流。怎么样？"

"哼，这还差不多。要记住，作为一个军事指挥员、首长，歧视女同志是不对的。"黄河燕有些兴高采烈，"好了，不跟你说了，我要走了，我还要赶路呢。再见！"

谷木林终于憋不住问："喂，你等等，你这是干什么去？怎么也不告诉我呢？"

黄河燕走到门口又转过身，翘着鼻子冲他扮了个鬼脸，笑嘻嘻地说："这个呀，保——密。这样吧，我给你安排个任务，反正你在屋里闲着没事，猜猜吧。"

谷木林一直看到黄河燕走到大道上，变成了一个模糊不清的人影，才一瘸一拐地回到窑洞里。

窑洞里清静、整洁而空荡，就像谷木林的心情一样。他坐在床沿上，从枕头下面摸出电码本想温习一下，可今天的电码在他眼里显得干涩而枯燥，没有一点亲切感。他想凝聚心绪，但怎么也凝聚不起来。心绪是飘忽的，眼神是涣散的，电码本上的数码、字码像草丛中的萤火虫一样飞舞闪烁，极无定性。他长吁了一口气，把电码本又塞回枕头底下，毫无头绪地巡视着窑洞里的一切，想找点什么事情干干，转移一下思绪。他看到了黄河燕的床上放着她换下来的几件衣服，他的心情又疏朗了起来，他决定把她的衣服洗一下。这是多么好的一件事呀！他心里想。

谷木林把她的衣服收起来，放到盆子里，加上水，从床下拎出一个黑色的瓷罐子，罐子里是黄河燕用皂荚泡出来的专门用来洗衣服的水，这水泛着淡青色，十分滑腻。谷木林边往盆子里倾倒着皂荚水又想起了黄河燕坐在这里洗衣服的样子。在谷木林看来，她每一次洗衣服的样子都很认真，也很迷人，很耐看。洗衣服时总要咕嘟起嘴，好像只有咕嘟起嘴，她的两只手洗起衣服来才有力度。谷木林倒上皂荚水，笨拙地搓洗着衣服。衣服上他熟悉的女人的柔和气息和着皂荚清爽的芬芳气味扑进他的鼻子，他舒心地吸了一下。

那一天下午黄河燕出去了好一阵子，回来时抱了一包皂荚，往小桌子上一倒，干硬黑亮的皂荚发出哗啦啦的碰击声。

"看，这么多的皂荚。"她兴奋地像个孩子，拍打着衣襟上的浮尘。

"这干什么用？"

"洗衣服嘛。这东西洗衣服可干净了。"她从床下取出一个瓷罐，边往里面放砸碎了的皂荚边说，"把它用水泡上两天，就可以洗衣服，还可以洗头……"

她回忆道，她们老家的村子口，有一棵据老人们说有六七百年的皂荚树，树冠如云，占半亩多地，树干三个人合抱不住。每年端午节前后，皂荚树会开出米粒般大小的花，黄白色，香味极清淡。小花谢了就长出绿芽，再后来就长出一条一条的皂荚。到了秋天，也就是10月份吧，皂荚就成熟了，由绿色变成红棕色。这时候她就爬到树上把皂荚摘下来晾干放起来，用来洗衣服洗头。洗的衣服可干净，洗的头发乌黑柔顺。树上面还有十来个鸟窝，有的在树枝间架着，有的在树枝上吊着。树上总是落着好多种鸟，有麻雀、喜鹊、燕子、鹌鹑、呱呱鸡。春天、夏天、秋天的时候可热闹了，叽叽喳喳叫个不停，那声音真好听。

她说，她爷爷爱唱秦腔，到了下午太阳快落山的时候，暑热消散了，清风吹来了，塬上四周静悄悄的。她爷爷和村上的几个老戏迷就在树下用布拉个棚子，在棚子下吹拉弹唱。那些鸟就在树上叫着凑热闹。

"为什么要拉个棚子呢？"谷木林在一旁静静地听着，插嘴问。他不知从哪一天开始，就特别想听黄河燕说话，在黄河燕说话的时候一般情况下他是不打断她的话头的，只有在他确实搞不懂的事情上才问一下。

黄河燕瞥他一眼，把落下来的头发撩上去："不知道了吧？猜猜吧。"

谷木林眼睛转了几个圈，脑子里空荡荡的，什么也没猜出来，遗憾地说："猜不出来。"

"笨！"黄河燕继续搓揉着衣服，"有什么难的？树上的鸟老拉屎呀，就像下冰雹噼噼啪啪的。"她突然想起什么似的哈哈大笑起来，笑了两声赶忙用手背掩住了嘴。

"有什么好笑的？说一说。"谷木林说。

黄河燕止住了笑，说道："有一次，我爷爷和他的戏迷朋友在唱戏，我们一群人在旁边听。我们村上的那个老戏迷正唱《辕门斩子》那一段，那是一段黑头戏。那个老头唱得可有劲了，脸都唱得涨红，脖子上的青筋暴起，两只胳膊肘抖擞着。这时一只燕子穿过棚底，从老头的头上掠过，拉了一泡屎，正好糊在他的鼻梁上，白花花的一片，一下就把老头打愣了，张着嘴瞪着眼，突然就没声了。拉弦子的人还在那儿一个劲地拉。他那个样子呀……哎呀，笑死我啦。"

对那天场景的回忆又引得谷木林不由自主地笑起来。

"哟，谷旅长，你怎么干起活来了，这怎么行？"曲护士长突如其来的惊叫声把他吓了一跳。

谷木林赶忙遮掩着说："我，我闲着没事，找点活干心里踏实。"

曲护士长瞪着眼说:"你不干活心里就不踏实了?这怎么行!你现在需要的是静养,你马上放下,等黄河燕回来让她洗,这是她的工作。咦,你……你洗的是黄河燕的衣服。你,你怎么能给她洗衣服呢?这不是本末倒置了嘛,嗯?你必须马上放下。是她让你洗的吧?她怎么能这样,等她回来我一定要严肃批评她,还要给她处分!"

谷木林刚调整好的心绪,被曲护士长这一番喋喋不休的话语彻底搅乱了。他表情尴尬地说:"曲护士长,不能怨她。是我没事,河燕照顾我这么多天了,我心里过意不去,想做点事回报一下。"

曲护士长不听谷木林的解释,仍然一脸严肃地说:"回报一下?有什么可回报的?首长同志,你是伤员,你需要照顾。让她来照顾你是组织安排的工作,她责无旁贷,你没必要感到过意不去。等她回来我一定要严肃批评她,并把这件事向组织汇报,责令她写出深刻检查,调离工作岗位,给你换一个负责任的同志。这一次由你挑,你觉得我们医院里哪位同志合适就派哪位同志过来照顾你,我们现在就定。"

谷木林甩掉了手上的水,叹了口气,垂着头,默默地坐在床沿上。

曲护士长话说得急促,脸涨得通红。她停了一下,用缓和的口吻说:"首长,首先我做检查,是我平时对同志要求不严格,没有照顾好你……"

谷木林挥手打断了她的话,说:"曲护士长,你能不能听我说几句?"

曲护士长说:"可以呀。你说,我认真听,需要我们改正的地方我们一定改正。"

谷木林说:"你误解了。黄河燕同志确实是个好同志,她每时每刻都在履行着她的职责。在这二十多天的时间里,我躺在床上不能下床,是她给我端屎端尿,洗脸、洗头、洗脚、擦身子……"他的嗓音有些哽咽:"说句心里话,就是我亲娘在跟前又能怎么样?我娘能做到的河燕都做到了。可我娘做……她是我娘呀,是我的亲人,她为我做这些事是不会嫌弃的。河燕呢,她和我是素昧平生,是既不沾亲又不带故的陌生人,而且还是个年轻的女同志,却无怨无悔不嫌不弃地为我做这些事情。你说,还有什么可挑剔可指责的呢?"他用两手搓揉了一把脸,长长地吁了一口气:"我心里真是过意不去呀。她今天出去了,我就想干点事默默地表示表示我的感激之情,我的心情你能理解吗?"

谷木林说这番话的时候一直垂着头,从他哽咽的嗓音曲护士长能听出来,他哭了。他垂着头,是在竭力掩饰着他的感情,不想让她看到他眼睛里的泪水。

曲护士长的神情也随之默然了许多，低声说："首长，我能理解你的心情，可是……"

"不要再可是了，我知道你想说什么。"谷木林慢慢地抬起头来，接住曲护士长的话头，"你想说我是个伤员，一干活就会影响到伤口的复原。这你放心，我出意外已经给组织添了许多不必要的麻烦，我一定会注意的。再说了，活动活动可以疏通血脉，也应该有利于伤口的恢复嘛。我是一个战士，多次受伤，只有这一次享受了这么好的待遇。要是在大别山，我恐怕早已经上前线去了。"

曲护士长诚恳地说："我们也希望你的伤尽快恢复，尽早到前线去。我们知道你的心情很焦虑。"

谷木林又说："曲护士长，我求你一件事可以吗？"

曲护士长忙不迭地答应道："可以，可以，你说。"

"今天这件事就不要再提了，更不要责怪河燕了。她什么也没有做错，如果有错的话就错在我身上。"

曲护士长表态说："行，我答应你，不提这事了。就当什么都没有发生，这样可以吧。"

"谢谢你啦。"

曲护士长又说："不过这衣服你不能再洗了。这样吧，由我来洗，等河燕回来功劳归你，我就说是你洗的，人情落给你，这样行吧？"

谷木林难为情地说："这无功人情，我心里可真过意不去呀。"

事已至此，曲护士长笑了笑让步着说："行啦，你洗吧，满足你的心愿，但不要用力过度。"

下午，曲护士长收起在院子里晒干的衣服和常院长一同来到谷木林住的窑洞，推开虚掩着的门，窑洞里空空无人。

"嘿，人呢？"常院长问。

"前一阵子还在院子里转悠呢，怎么一转眼就不见人了。院子里也没有呀。"曲护士长在窑洞门口向四下里张望着说。

常院长也向四周张望着，他的视线越过了院墙。

"那是谷旅长吧？"常院长指着对面山峁上站着的一个人，那人给他们一个背影，正向远处眺望着。曲护士长顺着常院长手指的方向望去，她肯定地说："就是他。他怎么跑到那儿去了？"她张嘴正要喊，常院长阻住了她。

"咱们过去把他接回来吧。"他说。

两个人跌跌撞撞地下到坡底，爬到山峁上。谷木林就像一尊雕塑站在早上

黄河燕走过的山道上，向迷蒙的山川凝望着，全然不顾飞旋的山风撩拨着他的头发，吹拂着他的脸膛。如血的夕阳经天而过，向它命定的归宿地坠落。横亘在前方的山峦朦胧而迷离。谷木林的目光在朦胧迷离的山色中穿行，寻找着黄河燕的身影。

"谷旅长，你跑到这儿干什么？"常院长到他跟前关切地问着，口气中隐含着责备。

谷木林回转身子，淡淡地一笑，解释道："我随便走走，这些天憋得难受。你们怎么过来了？"

曲护士长说："我们到处找你呀，你不在窑洞可把我们急坏了。还是常院长眼尖，在窑洞门口看到了你。"

"嗨，你看我又犯自由主义了，忘记向你们请假了。我只是随便走走，走着走着就走到这里来了。这儿的风真大，吹的人快要飞起来了。"

"是啊，这儿的风就是大，你有伤，不能让风这么吹，我们回去吧。"曲护士长搀扶着谷木林的胳膊，碰到了鼓鼓囊囊的衣袋，"这是什么？鼓鼓囊囊的。"

"没什么，没什么……"谷木林急忙抽出胳膊夹住了衣袋，仿佛担心里面的东西会跳出来似的。

曲护士长笑着向常院长传送了一个诡秘的眼神，噘着嘴指了指谷木林紧夹着的衣袋。

常院长没明白她的意思，疑惑地问："什么？"

曲护士长开玩笑地说："你没看见，谷旅长拾了个大元宝在口袋里揣着。"

"是吗？让我们看看呀。"常院长说。

谷木林挠着额头，很不自然地说："听她瞎说吧。这荒山野岭上还能拾到元宝……咱们回去吧。"

三个人向回走去。在下山坡的时候，谷木林转过身向山口的地方望去。结果使他失望，山口处空荡荡的，轻雾氤氲，阒无人迹。

回到医院，常院长和曲护士长把谷木林送回窑洞里安顿好，便返回他们的办公室。

常院长打了盆水，洗了洗风尘仆仆的脸，沏了一杯蜂蜜水，呷了一口，甜丝丝的蜂蜜水沁入肺腑，很是清爽。他听到院子里有人说话的声音。

"曲护士长，常院长在吗？"这是董兆平的声音。

"在，刚回来。"曲护士长说道。

两人说着话，一前一后进到常院长的办公室。

董兆平问："刚回来？去哪儿啦？"

常院长站起身迎着董兆平说："来啦，坐吧。你最近可是我们医院的常客了，以前成几个月也难得见你一面。"

董兆平吟吟一笑，指着常院长对曲护士长说："老常这话听着怪怪的，话里有话呀。可我这人榆木疙瘩不开窍，听不出来是表扬呢还是批评呢。曲护士长你帮我分析分析。"

曲护士长说："这还用分析，一听就是表扬呗，表扬你经常到我们医院来检查工作。你没注意到我都注意到了，现在我们医院的值勤战士多认真呀！"

董兆平说："医院的值勤战士一直都很认真，这一点我是清楚的，要不去年怎么能得先进集体受表彰呢。要说认真，只能说今年比去年更认真，对吧。哎，曲护士长说你刚回来，到哪儿去了？"

常院长说："到对面的山峁上去了。谷旅长在医院里住了快一个月了，可能是憋得慌，独自一个人跑到对面的山峁上去散心了。也可能是想家了吧，站在山峁上像个木头人似的向远处张望。对面应该是大别山的方向，说不定是想部队啦。"他猜测着说。

"嘻。"曲护士长笑了起来，说，"什么观察力，还'想家了，想部队啦'？用一句成语形容你的话就是'差之毫厘，谬之千里'，想象力倒是挺丰富，就是没想到正道上，差得太远。"

常院长眯缝着眼睛看着曲护士长，疑惑地问："什么意思？那他一个人忍受着伤口的疼痛，爬到对面的山峁上，像木头人似的眺望着远方，风那么大都一动不动。咱俩到了跟前他都没发现，那全神贯注的样子，是在干什么？我能肯定，不是想部队，就是思念远方的亲人。"

董兆平问："有这事？"

曲护士长没有接董兆平的话，径直说道："这话还能沾点边。是有思念，但不是思念远方的亲人。"

常院长坐在椅子上，往前探着身子，用手托着下巴颏："这话怎么讲？"曲护士长的话引起了他浓厚的兴趣。

董兆平听不明白，目光交替看着常院长和曲护士长："你们在说什么嘛，云里来雾里去的。"

曲护士长更来精神了，说："你知道他口袋里鼓鼓囊囊装的什么东西？"

常院长摇了摇头说："不知道。什么东西？"

曲护士长瞥了一眼常院长，嘲讽着说："你呀，当个马夫还可以，当大夫不合格，太粗心大意。"她接着说："我就清楚他口袋里装的什么东西。告诉你吧，装的是一个馍。你们两个想一想，午饭吃得饱饱的，口袋里装着一个馍，爬到对面的山峁上怎么思念远方的亲人？我们女人是很敏感的，今天谷旅长的行为有些不正常。我敢断定，他不是像你说的思念远方的亲人，而是近处有人让他牵肠挂肚，寝食难安喽。"

常院长呷着嘴巴，眼珠子转过来转过去思索着曲护士长的话，突然手一拍桌子，惊叫道："嘿，你是说……是害相思……"

曲护士长一拍手掌，迎合着说："对，是害相思病了。你看他眺望川道那副神态，我们劝他回来时那恋恋不舍的样子，不是害相思病才怪呢。"

"嗨嗨嗨。"董兆平急不可耐地想搞清楚他俩说的那些让他不明就里的话语，嚷嚷道，"说清楚，说清楚。谁害相思病了，啊？"

曲护士长说："还有谁？谷旅长呗。相思上我们的黄河燕同志啦。"

董兆平惊奇地说："是吗？嗨，这是好事呀！谷木林同志几十年戎马倥偬，南北转战，现在仍然是光棍一条，在感情上也应当有个归宿才对。"

常院长摇着手说："对什么对？谷木林同志是单身好说，可据我所知，黄河燕可是有夫之妇，这怎么能行呢？"

曲护士长说："黄河燕的情况我比你了解。你说得不错，她是有夫之妇，可是她和丈夫感情不和。她丈夫脾气很倔很暴，经常打她，这才使她离家出走投奔到延安来。她的婚姻是典型的封建包办婚姻。再说了，又没有孩子。"

董兆平说："对，如果是封建包办婚姻就应当废除。"他话头一转又说："我想，现在有两个问题需要解决。一是要弄清楚谷木林是不是对黄河燕真动了感情，仅凭我们看到的表面现象臆测不行，要是谷旅长仅仅是停留在对同志的关心上，那我们的想法就多余了。二是黄河燕同志的婚姻状况到底怎样，她是不是对谷木林同志也有这个意思。谷木林同志今年四十五岁了，可黄河燕同志今年才二十一岁，年龄方面的悬殊能不能接受。当然，这主要取决于黄河燕的态度，毕竟是老夫少妻嘛，婚姻也是讲究双方自愿的。对吧？"

常院长说："只要双方都愿意，有情有义，年龄的差异应该不是什么障碍。老夫少妻的事情也很多嘛。"

董兆平想了想，又说："对这件事情我举双手赞成。这样吧，我们帮帮忙，尽力而为之。常院长，你负责了解一下谷木林同志的态度；曲护士长，你负责了解一下黄河燕的态度，先摸摸情况。当然，不能只了解态度，最重要的是还要做工作，通过我们的努力促成这件事。怎么样？"

常院长搓着手难为情地笑着说："让我干别的事情能行，可说媒这事我可真不在行。自古以来媒婆都是那些伶牙俐齿的女人的职业，我这样拙嘴笨舌的人根本干不了那事。"他指着曲护士长说："把这事全权委托给曲护士长吧。这里面毕竟有许多技术活和艺术活。比如，说话的方式方法呀，察言观色随机应变呀，相机行事见风使舵呀，挖好陷阱循循善诱呀，口心不一甜言蜜语呀，明修栈道暗度陈仓呀，还有，以静制动呀，以动制静呀。哎呀，可以说说媒这事比一部《孙子兵法》还要深奥。这些，曲护士长都能胜任。"

曲护士长佯嗔叫了起来："常院长，你这是褒我呢，还是贬我呢？怎么把我说成阴谋家了。我可没那水平！"

常院长笑着说："少安毋躁，少安毋躁。我说的这些都是手段，采用什么样的手段并不重要，重要的是目的。我们的目的就是要促成谷木林和黄河燕。祝你旗开得胜，马到成功！"

"好啦，不管你怎么说，这事交给我了。"曲护士长很爽快而又自信地说。

第三十章

夜幕降临之前，远山残阳的余晖还没有完全消尽，柔弱的橙黄色光晕把黄土高原的山梁沟壑轻描淡写地勾勒出一幅起伏跌宕、明暗交互、烟斜雾横、气蕴恢宏的山水泼墨画。

谷木林伫立在医院院墙外的那棵槐树下，痴痴地凝视着对面的山峁。当黄河燕的剪影一出现在山峁上，就被他的视线紧紧地攫住，迫不及待地喊道："河——燕——"

黄河燕的身影清晰地停了一下，回应声也随之传来："哎——是我——"

谷木林的视觉感觉到黄河燕加快了脚步，在山坡的枣树林里穿行。

"黑得很，慢点。"谷木林担心黄河燕在黑暗中摔跤，焦虑地嘱咐着。

"知——道——啦。"黄河燕回应道。

从回应的声音判断，黄河燕还没有到达他视线注视的地方，他调整了视线，直到黄河燕开始爬他脚下的坡路时，他又看到了她模糊的身影，听到她急

切的喘息声。

站在院墙内的常院长和曲护士长在黑暗中相视一笑。

曲护士长是个急性子的女人。第二天吃过早饭后，她就把谷木林请到她的办公室，没有迂回，单刀直入，开门见山。

"谷旅长，我今天和你说个事。我这个人呢，说话直来直去，不绕弯子，咱就直奔主题吧。我想给你介绍个对象。我是这样考虑的：你呢，年纪也不小了，天天忙着工作，生活呢也确实需要一个女人照料照料，享受一些天伦之乐。你看怎么样？"

这个话题让谷木林感到颇为突然。他看到曲护士长表情郑重，并没有开玩笑的意思，喝了一口水，盯着曲护士长看了片刻，反问道："你今天怎么想起和我谈这个事？"

"怎么，不妥吗？你以为我会和你谈什么事？你是不是觉得我们当医生的只会谈伤呀病呀、吃药呀打针呀之类的事情。"

"不是，不是。我只是觉得太突然了，我还没有考虑过这事情。"

曲护士长粲然一笑，说："你怎么不问我给你介绍的对象是谁呀？"

谷木林笑了笑说："也就是，谁呀？"

曲护士长满意地说："这样问就对了。你这样一问我们的目标就一致了，说话就在一条线上喽。"她用食指在面前画了一道直线，压低着嗓门，神秘兮兮的样子："我给你介绍的这个对象呀，远在天边，近在眼前。"

"哦。"谷木林也来了兴趣，"远在天边，近在眼前。这个我知道，远在天边是虚晃一枪，近在眼前才是真实的。你不就近在眼前嘛，是你？"

曲护士长一摆手说："瞎扯吧你。既然知道近在眼前，你就猜猜吧。但肯定不是我，别想打我的注意，我可是名花有主的人。"

谷木林手掌托着水杯，侧着脸凝视着门外院墙根一只正在悠闲觅食的公鸡，思索了一会儿，摇了摇头表示放弃："猜不着。在这事上我脑子反应迟钝得很。真猜不着，你说说吧，让我听听。"

曲护士长说："我再提示一下吧。就在我们医院，你看谁适合给你当老婆。"

谷木林蹙起眉头，说："你们医院？你们医院都是些二十岁上下的女娃娃，人家谁能瞧上我这个四十多岁的半老头子。你没看看我脸上的皱纹有多少，像个核桃皮，头发也白一半了。别拿我穷开心啦！"

曲护士长耐心地说："年龄的事情先放一边，你先说有你中意的没？"

谷木林说："你这怎么又搞反了。你给我介绍对象，你不说是谁，却问我看上谁。这不成了我挑对象了嘛，我能挑谁就是谁吗？你就直说吧，谁呀？"

"你看黄河燕怎么样？这可是一个好姑娘，勤快、善良、会体贴人，工作认真，人也长得俊俏，还有……"

谷木林像被什么东西震了一下，从椅子上跳起来，手急促地摇着，说道："这怎么行，这怎么行！人家可是有夫之妇，好端端的，我怎么能去拆散人家？我再想找老婆也不能这样做呀。再说了，我和她相差二十多岁，隔辈了，人家能同意吗？曲护士长，我可要批评你了，这事情做得可太不靠谱。"

曲护士长说："你别激动，什么我做得不靠谱？我已经做得非常靠谱了，是经过周全考虑的。"她背着手，在办公桌前踱着步，像背文章似的介绍着："黄河燕，陕西同官县人，家中四口人，父母去世，哥哥黄天槐外出打工多年下落不明。中学文化，现年二十一岁，十七岁出嫁，丈夫叫马家骏，独子，父母去世，在同官县陈炉镇做工，二人婚后无子女。她的丈夫封建意识很重，有很强的大男子主义。黄河燕在家中受尽虐待，饱受压迫。最后在同官县县委书记许子凌的引导下，走上了革命道路，加入了中国共产党。觉醒后的她认识到封建主义和封建包办婚姻的落后和愚昧，毅然决然地和封建包办婚姻一刀两断，投奔到延安这个革命的大熔炉里来，在革命的队伍里发挥着光和热。组织上对她的情况掌握得很清楚。"

谷木林怔怔地看着曲护士长，喃喃地说："是这样呀。怪不得那一天我问她有婆家没有，她说有，当问及婆家的情况时，她却回避了。"

曲护士长逗趣地问："怎么？早就相中啦？"

谷木林急忙否认道："不不不，没有动过这个心思。"他沉吟了一下又说："即便是这样，我们也不合适。你征求过她的意见吗？她知道这事吗？"

曲护士长坦率地说："没有，我还没有征求她的意见，现在是在征求你的意见。她还不知道这事。哦，另外我还要告诉你，她昨天不是请假出去了一天嘛，你知道她去干什么啦？"

谷木林摇了摇头说："不知道。她回来已经很晚了，我也没有问，再说了我也不能问，这是人家的私事。"

曲护士长说："我知道她去干什么了。她去抗大找她一个老乡，那个人叫高二贵。据我所知，她已经去了抗大几次，都是去找她的那个老乡。以前高二贵也来医院找过她，他们走得比较近。这个高二贵也是许子凌介绍来的，是个结过婚的人，在同官县原籍有老婆。我的意思是说，这青年男女接触得太紧密不是什么好事情。你要有这心，就要加大攻势，别让别人捷足先登了。"

听了曲护士长的一番话，谷木林的心里一时间感到乱糟糟的，不知道说什么好，最后坦白道："曲护士长，说心里话，在我和小黄同志接触的这段时间里，她确实给我留下了非常好的印象，就如你说的善良、勤快、会体贴人。尤其在近些日子，我在不知不觉中对她产生了……很深的依赖感，她一会儿不在我跟前，我就会觉得心里空荡荡的。她昨天走了一天，我一天是怅然若失。"他苦笑着说："我真不知道这是怎么回事，我还真有些离不开她的感觉。"

曲护士长两手一拍，叫道："嗨，我的傻旅长呀，什么叫恋爱，这就是恋爱，这说明你已经恋上她爱上她了。"

谷木林说："是不是恋爱，我不知道，但是我也要向你表明，我的伤正在好转，电码我已经记熟了，组织上会随时安排我离开延安回到大别山去。我的意思是说，在我离开延安之前，一定不要向她挑明这件事。一旦挑明，黄河燕同志如有不同意见，我们就很难相处了。我真心希望我和她之间的友谊、感情能维持到我离开延安。"他抿起嘴顿了一下，又继续说："我作为一名军人，一个战士，整天穿梭在枪林弹雨里，一旦被哪颗子弹撞上……会给别人造成难以弥补的痛苦的，这也是我没有信心面对婚姻的一个重要原因。"

"你错了，谷旅长。"曲护士长严肃地说，"恰恰相反，我认为你更应当直面这个问题，正视婚姻。我们都是军人，我们作为军人有事业，同时也要有婚姻，有家庭，更应当有我们革命的下一代。要是这样的话，我一会儿就去找黄河燕谈，对她晓之以理动之以情，我想她一定会理解和接受的。"

谷木林态度坚决地拒绝道："你绝对不能去和她谈。黄河燕是个个性很强的女同志，一旦她拒绝，我一定会很难受的。我很想把她留给我的美好印象永远铭记在心里，这样，什么时候回忆起来都是美好的、甜蜜的。这样吧，算我拜托你了，等我离开延安后，你再和她谈我们之间的事情。如果她愿意，捎话给我，让她等我。不瞒你说，我真心愿意。如果她不愿意，也就不要勉强了，我理解她。这样可以吧？"

"可以。"曲护士长表示赞同。

"谢谢你啦。"谷木林嘴角挂着一丝忧郁的笑意，说完就离开了。

又过了几天，董兆平又来看望谷木林了。他先到常院长的办公室和常院长一起听完了曲护士长关于和谷木林谈话的汇报。他不停地抽着烟，烟雾使他的面目变得迷离而多虑，仿佛有什么心事缠绕着他。最后，他又点起一支烟，把烟头扔在地上，用脚使劲踩了一下，说："好吧，就按老谷的要求办。他和小黄的事暂时搁一下，以后再说。咱们一块儿到他的窑洞去，上级有安排要我通知他。"

三个人来到谷木林的窑洞里。黄河燕正在给谷木林的伤口换药,伤口已经完全愈合,长出了粉红色的嫩肉。

"伤口长住了,没有一点感染。有什么感觉没有?"黄河燕弯着身子,侧着脸察看着伤口问。

"白天没有什么感觉,到晚上有时候痒痒得钻心,就像有一只毛毛虫在里面爬,光想挠,半夜把人能痒醒。"谷木林叙说着他对伤口的感受,同时他还在注视着黄河燕的情绪,从她那自然的神情上,他能判断出曲护士长没有给她透露那件事情,他的心里踏实了许多。

黄河燕边给他包扎着伤口,边说:"你说那只狼吧,该有多懊悔呀,这么好的一块肉,已经撕下一半了,却没有吃到嘴。这才叫煮熟的鸭子飞了呢,你说是不是?"

谷木林扭动着脖颈,撇着嘴说:"我听你这话里有幸灾乐祸的味道。"

"不是幸灾乐祸,只是觉得你的运气太好了,碰到一只笨嘴拙牙的狼。俗话说得好呀,大难不死,必有后福,看来你后半辈子还是个有福人。好啦!"黄河燕把绷带缠好,在末端用剪刀剪了个豁口,绕腿缠了一周,打起一个活结。

董兆平他们进来看着黄河燕干完手中的活。

"怎么样,老谷?"董兆平问。

谷木林伸了伸腿,说:"基本上好了。伤口都长住了,肋骨这块也不疼了,就是时不时地发痒。"

常院长说:"这好啊,发痒是伤口愈合的表现。"

董兆平说:"我每次来都能听到好消息,每次都能让我感到轻松许多。老谷这次真是劫后余生,五只狼、十只鬼火一样的蓝眼睛,我每次想起这事都惊出一身冷汗。"

谷木林说:"说真的,要不是董处长和老孙及时赶到,五只狼一块儿扑上来,别说反抗了,我连招架的能力都没有了。算到今天七七的祭日都该过去了吧。"他的幽默逗得大家都哈哈大笑起来。

谈笑间,曲护士长的眼神不时地在谷木林和黄河燕身上睃过来睃过去。谷木林的表情是矜持的,即使笑起来也有很强的自制力,显示出一个职业军人冷静、坚毅、沉稳的性格。黄河燕的表情是欢快的,笑起来无忧无虑,坦率而明朗。她想,这两个人一个性格内敛,老成持重,一个性格舒展,欢快活泼,具有很强的互补性，如果能走到一起应该是很好的一对夫妻。这更坚定她要成全他们的决心。

谷木林用手摩挲着下巴上的硬胡茬，看着董兆平说："董处长，你今天来像是有事吧？"

董兆平做出了一个古怪而夸张的表情，显出十分的诧异，问："怎么，来看看你还不行？"

谷木林摇头否认道："不是来看我这么简单吧？俗话说得好呀，进门休问吉凶事，一看表情便知晓。你今天进门来的表情和往常不一样，虽然有说有笑，但眉宇间难掩重重心事哟。说吧，什么事？"

董兆平咧嘴一笑，说："到底瞒不过你的法眼。你说对了，我今天就是带着任务来的。是这样的，上级来了个通知，明天有一个外国记者团到延安来采访，行程五天。也就是说从明天起到五天后这个记者团就离开延安。这些记者们没有到过西安，他们在回返的时候要在西安待两天，然后到潼关县做采访。这是一个很好的机会。上级的意思是在记者团离开延安的时候把你带到潼关县，你可以从风陵渡过黄河进河南，然后去大别山。现在国内的形势发生了逆转，大别山那边急需一套新的电码，但不知道你是否吃得消这长途跋涉……"

谷木林不假思索地说："董处长，请你向上级转达我的态度，我坚决执行上级的命令，做好一切准备，按上级的安排，随时离开延安。"

董兆平担心地说："伤没痊愈，这么远的路途吃得消吗？组织上也很犹豫，让我征求一下你的意见。"

谷木林说："我没有意见。请放心，我就是爬，也要爬回大别山，一定完成任务。"

"好，那你就做好准备吧。"董兆平停顿了一下，又说，"还有一件事，为了确保你路途的安全并照顾你的身体，组织决定派黄河燕同志护送你到大别山去。"

"我……去……大别山？"黄河燕张大眼睛，用手指着自己。事情来得太突然，她没有任何的思想准备，仿佛在进一步印证董兆平所说的话的真实性。

董兆平使劲地点了一下头，肯定地说："是。"他接着说："为了照顾好谷木林同志，同时也为了掩人耳目，组织上要求你们二人临时扮成夫妻。"

"这……"谷木林皱起眉头，欲言又止。

"行啊。"黄河燕大大方方地说，"我们在一个窑洞里吃住这么多天了，都自然了，扮夫妻就扮夫妻吧。常院长、曲护士长、董处长，你们放心吧，我一定完成任务，做一个好妻子，把我的丈夫送到大别山去。"

董兆平打量着她，满脸欣喜地说："小黄同志，谢谢你啦。你的话……真让我感动！"

常院长疑虑着说："外国记者团？他们坐人家的车方便吗？"

董兆平说："这个都安排好了。"他介绍道："这个记者团一共五个人，三男二女，一个英国人是女的，一个美国人、一个法国人，还有一个加拿大人是男的，一个女翻译是中国人。那个英国人和那个法国人热衷中国文化，正跟着女翻译学习汉语。另外那个美国人和加拿大人完全不懂汉语。这四个外国记者来自四个国家，都是同情咱们延安的国际友人，他们在国际上对咱们延安的事情做了不少的报道，给予了舆论支持。女翻译是我们的同志，她叫王亚琳，她会在路上照顾你们。外国记者不知道你俩的身份，王亚琳会跟他们说你们是夫妻，是这里的农民，肋骨摔折了，又让狼咬伤了，坐他们的顺车到西安看病。在西安停留的时候，再由王亚琳跟他们说那里没有合适的骨科医生，听说潼关县那里有医生，然后继续随他们的车去潼关县。情况就是这样。"最后，他问谷木林："你看还有什么问题吗？"

谷木林想了想，说："没有问题。"

"好。"董兆平说，"下来你们二人就着手准备离开的事情，要消除掉一切与部队有关系的痕迹，成为地地道道的陕北农民。老谷临走前记着把电码本交给我。"

一切都按预定的步骤顺利地进行着。董兆平来时，一是担心谷木林的伤势未完全愈合长途跋涉身体吃不消；二是担心黄河燕对假扮夫妻一时转不过弯来。现在一切问题都解决了，他有一种如释重负的感觉，轻松地笑着说："好啦。我提前预祝你们这一对夫妻顺利到达目的地，圆满完成组织交给的任务。"他说着伸手和谷木林握手，又和黄河燕握了握手。

"小黄同志，拜托啦！"董兆平高兴地盯着黄河燕的脸说。

黄河燕和董兆平握手的时候，转着眼珠嘟着嘴，突然俏皮地问："不过……我咋回来呀？"

董兆平一拍后脑勺，哈哈大笑起来："哈哈，这事我还真没有想过。是呀，小黄同志怎么回来呀？你们说说。"他用询问的眼神在常院长、曲护士长、谷木林的脸上扫视着。

曲护士长心直口快地说道："还回来干什么呀？你一路不辞劳苦作为妻子把谷旅长送到大别山，谷旅长不感激死才怪呢，咋能舍得让你回来。是吧，谷

旅长?"

谷木林心知肚明,清楚曲护士长话中的潜台词,红着脸把头转向一边。

常院长也不失时机地打趣道:"是啊,谷旅长,你要表个态呀。"

董兆平打着哈哈说:"我只考虑小黄同志去的问题,至于怎么回来的问题只能交给谷旅长考虑啦。小黄同志回来谷旅长要安排好,小黄同志不回来谷旅长更要安排好。其实不回来也好嘛,等我们有机会去大别山区,也有亲戚招待我们喽,多好的事呀!"他又话锋一转:"这样吧,我下面再和谷旅长、常院长谈一些具体的事,你俩先去忙吧。"

曲护士长心领神会,亲热地拉着黄河燕出去了。

董兆平用目光把她俩送出门外,关上了窑洞门,折身来到床前。

谷木林难掩为难的情绪,说:"这……怎么能这样安排?我自己能走。我不同意。"

董兆平把食指压在嘴唇上嘘了一声,说:"少安毋躁,听咱老董慢慢道来。上午开会通知我这事时,确实定的是你一个人走,但是考虑到你的身体状况,让我来征求常院长的意见和你的意见。我知道你的脾气,只要一说,你一定不会犹豫的,就像你说的,爬也要爬回大别山去,这种精神真是可嘉。但是,老谷啊,你想过没有,再强的精神没有一个硬朗的身体支撑肯定是不行的,你是有重任在身的。所以我考虑一定得有一个人在路途上照顾你。谁照顾你合适呢?我思来想去,小黄同志是最合适的人选,一是这个同志心细善良,工作认真负责;二是这个同志对你的伤情很了解,再加上你们相处了很长时间,彼此之间容易交流,互相不陌生;这三嘛,咱们都心知肚明,我就不说了。我向组织说了我的想法,提出派小黄同志照顾你,领导很理解地答应了。"他拍着谷木林的手:"老谷啊,这可是天赐良机呀,我能做的都做到家了,下一步就看你的本事了。我和常院长,还有曲护士长可是一心想喝这杯喜酒的,可别辜负我们的一片热心肠哪。这么好的姑娘,在咱的眼皮子底下让别人叼走太可惜了。你到大别山就把她留在那里,多在感情上下功夫,男同志多主动些。追求可爱的女人,说到天边都不丢人。常院长,我说得没错吧?"

"对对对。"常院长推波助澜地说,"女同志心容易软化,多说点甜言蜜语。干革命不光能冲锋陷阵打敌人,娶老婆养革命后代也是干革命的一部分,不能放松。对吧,董处长?"

董兆平说:"对。要加强攻势,把她当成一个碉堡攻下来,要用我们革命战士柔情的一面攻下来。哦,常院长,你负责准备一下谷旅长在路上用的药,把内服的西药做成中药丸子，外敷的西药做成膏药。这样在路上碰到卡子检查也好蒙混过关。"

常院长应道："这个没问题，你放心吧。我一定备足谷旅长路上用的药。"

董兆平叮嘱道："记者们在西安要待两天，你也顺便看一下西安的城墙、钟楼、大雁塔、小雁塔轻松一下，你不是没看过嘛。"他又开起玩笑："老谷呀，你这次回到大别山可有牛吹啦。不但看了城墙、钟楼、大雁塔、小雁塔这些陕西的名胜古迹，还有和群狼生死搏斗的险恶经历，这可比《水浒传》上武松景阳冈打虎热闹多了。"

常院长说："还有呢，临走还拐走我们医院的一个大美女。我可真心疼！"

董兆平说："可别心疼，你要是一心疼，咱们就没有喜酒喝了。人们都说'大难不死，必有后福'，这一次我可真信喽。你说，要是没有你受伤这件事，怎么能碰到这个艳福呢？"他又不无歉疚地叹了一口气："这是一个很好的机会，如果不是这个机会的话，组织上绝对不会让你带着伤匆忙启程的。"

第三十一章

黄河燕再有五天就要离开延安，离开这个她工作了半年多的医院。虽然在这里工作的时间不长，但是她已经从心里对这里产生了深深的依恋。上午，她取下了她床上的单子连同谷木林床上的单子和衣服到河里洗，她要在临走前把该洗的东西都洗一遍，把屋子收拾得干干净净的，回来这些东西她还要用的。

9月的朝阳已经有了秋的意韵，像涂了一层胭脂的少女的脸庞，泛着好看的红晕。河道里的流水明净而清爽，闪着耀眼的水光缓缓向东，岸边的垂柳犹如少女额前的缕缕青丝，飘飘荡荡。

黄河燕把用皂荚水泡过的单子和衣物在石板上搓着，不知怎么回事，思绪把她带到往昔的日子里。3月初，她在苟家顺利生下一个男孩，因为生在春天，就给孩子起名叫春生。春生的出生把苟家人高兴得晕头转向，然而，高兴之余又有着许多忧虑，担心黄河燕会反悔，食了对他们的承诺。每当黄河燕满脸柔情地给孩子喂奶、充满爱怜地逗孩子玩耍时，苟家人就紧张忧虑得不得了，这

种紧张忧虑的情绪一直持续到第二十天上才得到化解。

那天，黄河燕托着丰满白皙、皮肤下透着青色筋脉的乳房喂饱了孩子，孩子张着清澈的如同黑宝石般的小眼睛看了看周边的一切，咂着红润的小嘴打了个哈欠，便睡着了。黄河燕两手托着褓褓里熟睡的孩子递给了苟平顺的媳妇。

"妹子，把他放到炕上睡吧。"

苟平顺的媳妇慌忙接着，老太婆便压着嗓门埋怨开了："不能这样抱，这样抱会让孩子积食的。要这样抱，这只手放在这儿，那只手放在这儿。哎，这就对了。"

苟平顺的媳妇没有把孩子放到炕上去，而是揽在怀里看过来看过去，一副赏心悦目的样子。

黄河燕把衣扣扣好，说："婶子，妹子，我跟你们商量个事。孩子已经二十天了，在生孩子的前前后后，我也看出你们是一家很好的人家，孩子交给你们一定不会受委屈的，这我就放心了。我想好了，我明天就走，我不能在这里待下去，再待下去，我担心我离不开孩子了……"她的嗓音有些哽咽，眼圈发红，胸口涌动着一股想哭的热气。

老太婆叫道："这，这咋能行？你还在月子里……小心糟践了身子……"

黄河燕执拗着自己的主见，第二天便离开了苟家，晓行夜宿，过了七天她到了延安。七天里她明显见瘦，坐月子胖起来的身子又恢复到以前的样子。

"不知道孩子现在是个什么样子。"她心里想着，长长地叹了一口气。

知了在河对岸的柳树上拉着长音嘶哑地鸣叫着，叫声中充满了对已逝夏日的眷恋和对刚刚到来的秋日的忧虑。夏日的知了叫声高亢、短促而力度饱满。秋日的知了已经知道自己的生命正逐渐走向终结，叫出的声音悠长而微颤，掺和着浓郁的愁绪和感伤。

听着知了叫，看到那棵树，黄河燕又想起了那天和高二贵在树下见面的情景，仿佛他就站在树下，招手喊她。那匹枣红马把长脸探到水面，悠然喝着河水。她不知道高二贵现在在干什么。那天，她向曲护士长请假去抗大找他，他不在抗大。听门卫的同志说，他们那批学员到南泥湾参加劳动去了，她把给他做的一双鞋交给了门卫的班长，托他在高二贵回来后转交给他。

"看来在离开延安之前是见不到他了。"黄河燕边洗衣服边这样想着。

当黄河燕把洗净的单子和衣物端回来搭在医院窑洞前的绳子上晾晒时，曲护士长过来把她叫到她的办公室里，掩上了门，客气地叫黄河燕在凳子上坐下来，给她倒了一杯水，自己拉过一把椅子坐在她的近前。

曲护士长过分客气的举动使黄河燕觉得很不适应，她疑惑的目光始终随着曲护士长而移动着。

"河燕啊，洗了那么多东西，累了吧？先喝口水缓缓劲。噢，你看我这记性。"曲护士长起身回转到桌子前，拉开抽屉，从里面取出一个苹果，塞到她的手里，笑眯眯地说，"前两天一个朋友来看我，给我带了三个苹果，两个让常院长那个馋嘴猫给抢走了，就剩下这一个啦。我真舍不得吃，想起就拿出来闻闻，真香啊！一闻就心旷神怡。"

黄河燕不好意思地笑了笑说："护士长，您都舍不得吃，我咋舍得吃呢？我也闻一下就行了。"她放在鼻子前嗅了一下，说了声"真好闻"，就把苹果放在桌面上。

"要吃，要吃，大姐舍不得吃，你要吃。咋啦，不听大姐的话啦，再放就成苹果干喽。"她又把苹果塞到黄河燕的手里。

"曲护士长……有事吗？"黄河燕拿着苹果，忐忑地问。

"有事？哦，没什么事。"曲护士长脸上掬着难得的笑容说，"你这不是要走了嘛，说心里话，我挺舍不得的，咱们聊聊。"

"走不了多少天，我把谷旅长送到不就回来了。到时候咱就又见面啦。"

曲护士长又在黄河燕的面前坐了下来："河燕，你这一次的任务很重要，谷旅长是个伤员，你可得多操心呀……"

黄河燕顿了一下，似乎在想什么，实际上什么也没想。她平静地说："您放心吧，我一定会很好地完成任务的。"

"河燕呀，对于组织分派的任务，作为一个革命战士，不能有丝毫的迟疑和畏葸。"曲护士长脸上的笑容在短时间里被肃穆的表情所替代。她站起身来，颇有感叹地说："谷木林同志是位好同志，他的情况你大概还不清楚。他出生在淮南一个贫苦农民的家庭，父亲是个老实巴交的农民，由于还不上地主的阎王债，被迫跳崖身亡，母亲也忧愤而死，妹妹被卖给地主家当童养媳……唉，太惨了！他一怒之下，烧了地主家的房子，跑出来投身革命。"她用手掌在面前狠劲地劈了一下："《白毛女》这出戏你看过吧，他家中的情况比白毛女还要悲惨。这位同志对剥削阶级有着刻骨铭心的仇恨，而对党、对革命事业是一片赤诚之心。为了革命的大家，他顾不上建立自己的小家，四十多岁了，仍然孑然一身，多好的一位同志啊！这样好的同志，组织上有责任，你和我也有责任让他感受到革命大家庭的温暖。这个任务……河燕同志，我的好妹妹，你可要完成好啊！"

　　黄河燕细心地听着，她不知道在谷木林身上还有这么多她不知道的事情。看着曲护士长肃穆的表情，听着她推心置腹的话语，她仍然理解为曲护士长这一番苦口婆心的话是对她这次执行任务的嘱托，便站起身说："曲大姐，您放心，我一定完成您交给我的任务。"

　　曲护士长两眼直视着，两手抚在她的肩上，说："河燕同志，不是我交给你的任务，是组织，组织，懂吗？"

　　黄河燕又把苹果放在桌面上，说："曲大姐，我懂了。"

　　曲护士长缓了口气说："你坐下。我有些激动，你不要介意。另外，还有一件事，听说你和你的老乡高二贵来往比较紧密，除了你们是同乡以外，还有超出同乡关系的内容吗？有恋情关系吗？"

　　黄河燕摇了摇头，又点了点头，心里慌乱，不知该怎样回答。

　　"我听说高二贵在老家是有老婆的，是吧？这怎么能行呢？以前的事情我就不说了，那时候你的觉悟程度有限，现在是革命战士，就要有革命战士的思想境界，不能把革命战士的思想境界和以前的村妇相提并论。我希望你认真处理好革命和个人感情之间的关系，把握好自己感情的方向，决不能把个人感情凌驾于革命需要的基础之上。"她长出了一口气，接着说，"天涯何处无芳草。在我们革命队伍里，好男人有的是，谷木林同志就是一个很好的同志。你可要为自己的感情找到一个理想的归宿啊。我说的话你听明白了吗？"

　　黄河燕有些懵懵懂懂地说："听，听明白啦。那，那我咋回来呀？这有好远的路呢。"

　　曲护士长再次双手搭在黄河燕的肩上，语气温和地说："这你就不要操心啦，要相信组织，组织会把一切都安排好的。我的革命同志，我的好妹妹，这一次谷木林同志回到部队就提升为副师长了，这也是组织对他工作的肯定，跟着这样的同志在一起，会学到许多东西，进步也会很快的。一定要把握住这个机会，不能坐失良机哟。大姐等你的好消息！来，吃苹果。"

　　黄河燕从曲护士长的办公室里出来，看到谷木林在院墙外的沟边独自站着抽烟，便走了过去。

　　"咦，你咋抽上烟了？"她说。

　　谷木林看了看她笑着说："这伤一见好，烟瘾就上来了。我到河边没找着你，回来见衣服在绳子上搭着。你上哪儿去了？"

　　黄河燕说："刚才曲护士长叫我说话。你找我有事？"

　　谷木林说："再过几天就要离开这里了，心里挺舍不得的。这人呀真奇怪，刚来延安的时候，总想尽早离开这里回到部队上去，现在该离开了又觉得舍不得。"他长呼了口气："你没事吧？好，你没事陪我到这周边转一转，再看一看，再来就不知道到什么时候了。"

黄河燕陪着谷木林来到他受伤前住过的窑洞，窑洞前静悄悄的，门依然锁着。打开窑门，多天没住人的窑洞里显得没有生气，桌面上、窗台上、床上蒙了一层黄色的尘埃，裂开的窗户纸悄声地闪动着。

看着这些，谷木林心里泛起一种难言的失落情绪，说："这屋子就是要住人的。再好的屋子不住人，就会变得死气沉沉的，没有一点生气。"

黄河燕问："这些衣服都要带上吧？"

谷木林说："不能带。董兆平不是说了嘛，我们身上不能有一点军人的痕迹。这几件衣服都是我来时候穿的，都不能带喽。我们都要装扮成地地道道的陕北农民。"他用不准确的陕北地方口音，幽默地说着最后一句话。

顺着山路向山上走去，他停在了那天失足滚下山坡的地方，指点着说："那天我就是从这里摔下去的，醒来就躺在那片草地上，是狼把我咬醒的。我咬着牙从那里爬了上来，坐在那个土坎边。"他摇着头继续说："一点力气都没有了，两只狼就围在我跟前，随时都想冲上来饱餐一顿。要不是董兆平和老孙及时赶到，加上后来的三只狼，一共五只狼冲上来我肯定就没有今天了，想想真是有点后怕呀。你笑什么？"

黄河燕说："我笑你的运气太好了，那五只狼运气太差了呗。你这是大难不死必有后福，现在不是福气来了？"

"福气来了？什么福气？"

黄河燕睨了他一眼，拢着被风吹散的头发，说："装洋蒜，明知故问。曲护士长都跟我说了你还能不知道？"

谷木林张大眼睛，神情有些不自然地看着她问："什么？曲护士长都跟你说什么了？"

"曲护士长呀……"黄河燕紧抿着嘴，手掌合在一起反复搓着，灵活地转着眼珠子，"曲护士长说……她说……好啦，你就别装蒜了，你知道的，你跟我保密就继续保密吧。"她说着顺着地畔的小径向前走去。

谷木林跟在她身后，心紧张得怦怦直跳，猜测曲护士长一定是把他俩的事挑明了，他在心里暗自埋怨着曲护士长："真是一个心里藏不住事的女人，怎么能提前把这层窗户纸捅破呢？"但他很快觉察到黄河燕并没有表现出什么不高兴的地方，难道她同意了？

"河燕……你怎么看曲护士长说的事?"他斟词酌句地问。

黄河燕回头一看他,莞尔一笑说:"好事呗。"

谷木林感到太有些出乎意料了,往前赶了一步:"这么说,你……你真的愿意啦。"

"什么?我愿意什么?"黄河燕突然惊叫起来,"你看,那是什么,红彤彤的一片。"

山坡的树林边挨着杂草丛的地方一片殷红色的花朵盛开着,像一团燃烧着的火焰。

谷木林瞭望着说:"哦,那是山丹丹花。"

黄河燕高兴地说:"山丹丹花。我知道,在医院经常听他们唱山丹丹花开红艳艳。你等着,我去摘些。"她说着,便向花开的地方跑去。

谷木林看着黄河燕跑去的背影,默默地笑了。她那带有孩子气的天真烂漫的性格使他感到很是愉快,能和这样的人生活在一起他有一种心满意足的感觉,他从口袋里摸出一支烟抽了起来。

过了好一阵子,黄河燕两手捧着一束山丹丹花回来了,她边走边把花束放在鼻子前贪婪地嗅着。

"你看,这花真好看。"她说。

花朵的叶面狭长而尖,颇似柳叶,六片花瓣向外反卷,色泽艳红,花朵娇嫩,香气清幽。

"嗯,是好看,也很香。你喜欢花?"谷木林把鼻子探到花朵前闻了闻说。

黄河燕说:"喜欢,很喜欢。"

谷木林说:"这花在陕北这地方叫山丹丹,在我们大别山那地方叫百合。"

黄河燕说:"嗬,还有别的名字,百合。"她头一偏说:"不过,我还是喜欢山丹丹这个名字,丹就是红的意思,你看这花多红多艳。"

"你要是喜欢,到大别山我天天给你摘。"

"好啊。屋子里天天放上一束花,闻着花香,多好呀!"黄河燕又在花朵上嗅了几下,"我要是知道,早就上来摘了,放在咱的窑洞里,我敢肯定,你的伤一定比现在好得快。"

回到医院,谷木林就离开了黄河燕跑到曲护士长办公室里把门关上。曲护士长看着他神神秘秘的样子,眯着眼问:"怎么啦?"

谷木林急急地走到她的办公桌前,小心地回头朝门口望了望,问:"哎,你把河燕叫到你这办公室都跟她说什么啦?"

"我……说什么啦？我没说什么呀。"曲护士长皱着眉思索着说，"我说你马上就要升副师长了，还讲了你的历史。怎么啦？"

"没有说我俩那个事吧？"

"没有，怎么会呢？"曲护士长摆了一下手，笑吟吟地说，"你就放心吧。我这人遇事心是急了点，但口风还是很严的，不该说的话决不会从我嘴里蹦出一个字。不，不是一个字，是半个字。"

"真没有说？"

"真没有说！"

看着曲护士长千真万确的样子，谷木林长吁了一口气，心里感到轻松的同时又感到莫名的空虚和失落——与其听到曲护士长说她没有说那事，还不如听到她说她说了那事要感觉好得多。

"没说就好，没说就好，我还以为你说了呢。要注意保密，可不能说。"谷木林心口不一，怏怏地说着朝门口走去。

第三十二章

一切事情都按安排顺顺当当地进行。记者团在延安五天采访结束的时候，黄河燕和谷木林也已经做好了离开延安的准备。谷木林换上了一身当地农村汉子的衣服，白色的粗布上衣和黑色的粗布裤子，脚上是一双圆口布鞋。上衣和裤子是旧的，鞋是新的。衣服和鞋子都是曲护士长从医院附近的农村找来的。她说，衣服旧点不要紧，鞋子一定要是新的，走那么远的路没有一双好鞋不行。这身衣服一穿上，打眼一看谷木林俨然就是一个陕北汉子了。黄河燕的衣服是她从同官县来时穿的那身衣服，干净、整洁、合体，用皂荚水洗过的头发乌黑润泽，在脑后盘了一个髻，活脱脱的小媳妇打扮。

黄河燕把一个方格格的粗布布包拎到胳膊肘上，站在院子里，留恋地看了看窑洞和院子，对曲护士长嘱托道："一定记着给花浇水，那几个花苞再过两天就要开了。"

曲护士长说："记着呢，记着呢，你已经说了三四遍啦。"她又用埋怨的口

气笑着说:"你们看咱河燕,怎么年纪轻轻的就成絮絮叨叨的老太婆了。"她又欢快地说:"嗨,你别说,他俩往一块儿一站,还真像两口子,我看有夫妻缘。"

董兆平手里拍着电码本,说:"老谷啊,这个电码本给你带来了祸福机缘呀。如果没有这个电码本,你就不会碰到那几只狼,碰不上那几只狼你就住不上医院,住不上医院你就碰不上河燕这么好的媳妇,你真有艳福,我真羡慕你!要说呢,这个电码你应该留下做个纪念。这样吧,我替你保管好,等以后有机会再来延安了我给你。"他又说:"河燕,这一路可辛苦你啦,我和常院长、曲护士长可把老谷托付给你了。等我们再见面,我一定亲自敬酒向你表示感谢!"

常院长用标准的陕北地方话说:"你一定要把你的老汉送到大别山。"

黄河燕说:"好啊,我把谷旅长送到大别山回来后就去找你要酒喝,你把酒准备好吧。"

董兆平哈哈大笑起来:"好好好,一定。"他又说:"时间不早了,你们就上路吧。让曲护士长去送你们,我和常院长就不去了,人多眼杂影响太大。碰到有熟人问,就说是到外地看病,别的什么都不要说。"

黄河燕扶着腿还有点瘸的谷木林在路边等汽车。他们等了不大一会儿,汽车就像一个喝多酒的醉汉,在坑坑洼洼的土道上摇摇晃晃着过来了。这是一辆深绿色的箱式军用车,车的两侧各有一个四方小窗,后面有一个单开门。

车停下以后,门打开,一个穿着时尚三十岁上下的年轻女人跳了下来对他们说:"你们好,我是王亚琳,我已经和他们都说好了。"她向车里喊道:"李莲英,下来帮个忙。"

一个高鼻梁、深眼窝、黄头发、瘦削脸、细长脖颈的男青年探出半截身子,说着音调不准的汉语。

"王老师,你是叫我吗?"他说着从车上跳下来。

王亚琳说:"这位是我的法国朋友迈克,他给自己起了一个很特别的中文名字叫李莲英。"

迈克挓挲着胳膊耸了耸肩膀说:"我的中文名字叫李莲英,就是你们国家清朝的那个太监,我就是太监。王老师,这就是你的朋友吧,我能帮你做些什么?"

从车里又跳下来一个装束摩登的金发女郎,高颧骨,尖下巴,薄薄的嘴唇涂得猩红,高跟鞋落地时没有站稳,伴着惊叫声打了个趔趄,站稳后拢了一下曲曲卷卷的金黄色的披肩发,帮扶着谷木林上了车。

曲护士长两手插在衣袋里，看着汽车向前开去，长长地吁了一口气，便向医院走去。

黄河燕上车后看到车厢里还坐着两个外国人，那两个外国人看着他们微笑着点了点头，算是打了招呼。黄河燕和谷木林在空位的地方坐下，王亚琳坐在她的身旁，挨着她坐的是那个女记者，三个男记者坐在对面。王亚琳依次给黄河燕和谷木林介绍道："那个大胡子是美国人，叫威利斯；那个戴眼镜的是加拿大人，叫埃德加；这个小伙子是法国人，名字叫亨利，李莲英是他的中文名字；这位女士是英国人，叫凯瑞，中文名字叫牛鲜花。他们四个人都是国际友人，这次专门到延安实地采访，也是第一次到延安。"王亚琳说完，又叽里咕噜地说了一大通黄河燕和谷木林听不懂的外国话。四个外国记者听完，有的抻长脖子，有的张大眼睛，不约而同地发出了惊叫声并做着夸张的比画。

牛鲜花扶着车厢的扶手到了谷木林的跟前，用蹩脚的汉语说："谷，你和五只狼打架？你太勇敢了！"她指着自己："我知道，狼是特别凶厉害的动物，你比狼还凶厉害。"

王亚琳笑着说："牛鲜花，应该说狼是特别凶的动物，或者是特别厉害的动物，凶和厉害不能放在一起用。"

牛鲜花耸了一下肩，抱歉地说："对不起，我的中国话说得不好，可能大概说不明白。王亚琳是我拜的中文老师，我和李莲英正跟她学说中国话。"

汽车在坎坷、崎岖、蜿蜒的山路上像一头没有睡醒的老牛哼哼着，左右摇摆着，顺着沟壑，沿着山脊艰难地爬行着。黄河燕是第一次坐这样的车，车厢里散发着一股难闻的煤油味，加上左摇右晃，使她感到憋闷，头也有些晕沉。那四个记者和王亚琳看来很适应坐这样的车。牛鲜花很兴奋，反复唱着采访中学来的、还不熟练但又自我感觉良好的陕北民歌《走西口》，她总是唱跑调，这让黄河燕听着很不舒服。

王亚琳跟着唱歌的曲调不停地点着头，一副陶醉其中的样子。牛鲜花一唱完，她就热烈地鼓起掌来，夸赞着说："唱得好，唱得好，比前两天进步多了。"

牛鲜花高兴地叫了起来，拍着打瞌睡的李莲英的肩膀说："李莲英，我的歌唱得这么动听，王老师都表扬我了，你为什么不表示一下赞美，难道我唱的是催眠曲吗？"

李莲英拧了拧屁股叽里咕噜和牛鲜花说着话，王亚琳很快就打断了他的话头："不要这样，不要这样。你既然学说中国话，就要坚持说下去，利用一切场合说，不要难为情。"她又对黄河燕和谷木林说："李莲英现在努力学说中国话，

但他说得不好，怕你们笑他，他不好意思说。你们不会笑他吧？"

黄河燕和谷木林友好地摇头说："不会的，不会的。"

王亚琳又对李莲英解释道："他们说了，不会笑你的，你大胆说吧。"

李莲英受到鼓舞，一字一顿地说："你唱得非常好，只是我听不明白你唱的是什么，感觉你和延安这里的人唱得不一样。王老师，你的这两个朋友会唱《走西口》吗？当地人唱得非常美，非常漂……漂亮，非常……非常……我不会说啦。《走西口》是情歌，我喜欢听情歌。"

王亚琳问谷木林和黄河燕："李莲英想请你唱《走西口》，你会唱吧？河燕呢，你一定会唱吧？"

黄河燕没有推辞，爽快地说："我会。"

在大家的欢呼声中黄河燕唱开了：

哥哥你走西口，

小妹妹我实在难留；

手拉着那哥哥的手，

送哥送到大门口；

哥哥你出村口，

小妹妹我有句话儿留；

走路走那大路口，

人马多来解忧愁；

紧紧地拉着哥哥的袖，

汪汪的泪水肚里流；

只恨妹妹我不能跟你一起走，

只盼你哥哥早回家门口。

……

黄河燕刚一唱完四个记者就尖声高叫起来。李莲英拍着王亚琳的肩膀跷着大拇指叽里咕噜说开了，王亚琳听完朗声笑了起来。她问黄河燕："你知道他说的什么吗？他说你唱的才是真正的陕北民歌，味道纯正。牛鲜花唱得不纯正，牛排里面混进了奶油，奶油里面又掺进了啤酒，串味了。"

牛鲜花喊道："好，太好极了，美太极了，唱得真真……"她找不到合适的词语表达她的赞美之意，跷着大拇指又说了一长串英语。

王亚琳又纠正她的话说："不是'太好极了'，是太好了，或者好极了。不是'美太极了'，而是美极了。"

牛鲜花挖揎着两手抖动了一下肩头："唉，中国话太难说，我怎么老是学不会，我笨吗？我很聪明呀！"接着她哈哈大笑起来："我这是老牛卖瓜自卖自夸。"

王亚琳说："是老王卖瓜自卖自夸。"

牛鲜花争执着说："王老师这次说得不对。我姓牛，我叫牛鲜花，是我姓牛的卖瓜，不是你姓王的卖瓜，应该是'老牛卖瓜自卖自夸'。"

"好好好，"王亚琳和颜悦色地说，"不是老王卖瓜自卖自夸，是老牛卖瓜自卖自夸。牛鲜花为我们创造了一个新的歇后语。"

刚才还亮着的天，现在已是暮色苍茫。尽染秋色的山峦、沟壑、绿树、茂草、河流、石桥都被暮色包裹了起来，天和地混沌一片。汽车在苍茫的黄土高原的川道里、山梁上孤独地向前爬行着，经过一阵喧闹大家安静了下来。王亚琳似乎不喜欢安静，过了一阵，她拍了拍黄河燕的肩头。

"怎么？"黄河燕问。

王亚琳说："到西安这几个老外要参观几个景点，大概有一天半的停留时间。你们怎么安排？"

黄河燕说："我对西安不熟悉。"她问谷木林："咱们到西安咋办？"

谷木林按着董兆平的交代说："我们到西安找一家医院看病去……还要去潼关县，董说……你们也要去潼关县……"他看了看对面的三个人，埃德加和威利斯在嘀嘀咕咕交谈着什么，李莲英弓着腰，胳膊肘支在膝盖上，手掌托着下巴颏听他说话。谷木林犹豫着，没有把话说完。

王亚琳注意到他的顾忌，用下巴指了一下埃德加和威利斯说："没关系，他俩不懂中国话，根本听不懂。李莲英和牛鲜花只会说几句简单的中国话，你这带有地方口音的话他们也只能当天书听了。"

谷木林说："我们到医院随便看一下，就说这医院没有好的骨科医生，这只是个借口，然后再随你们的车去潼关县。到了潼关县，你们办你们的事情，我们赶我们的路，就这样。"

王亚琳说："我明白了，就按你们的安排，这边由我处理。"

李莲英翻着深眼窝里的灰眼珠，说："你们在说什么，我怎么一句都听不明白？"

牛鲜花也说："我也在听。好像……好像你们这个和狼打架的……英雄说的不像中国话。"

王亚琳跟她解释道："他说的是方言，就是中国某一个地方特有的语言。"

牛鲜花说:"噢,我明白了。就像我们英国的英格兰、苏格兰、北爱尔兰一样,他们各地说话是不一样的。我是苏格兰人,但我到了北爱尔兰就听不明白他们在说什么,好像到了另外一个国家。"

李莲英很有兴趣地问:"王老师,你给我翻译翻译他说的是什么,可以吗?"

王亚琳逗他说:"他问我,你为什么要叫李莲英,要当太监?"

李莲英高兴地说:"太监非常非常好,他可以穿着花袍子,天天跟着太后吃饭。中国好吃的太多,我很爱吃。太监和太后关系非常好,我就喜欢当太监。"

黄河燕问:"你为什么不当太后?"

李莲英摇着手说:"这个不行。我当不成太后,太后是女人,太监是男人,我只能当太监,这个道理我非常明白。"

牛鲜花恳切地说:"你们多说说话,我和李莲英也能练习一下听力,你们……说吧。"

"可以呀,"王亚琳高兴地说,"我这个人最害怕的就是寂寞,坐在车上没有人和我说话,我很快就想睡觉,睡觉吧又睡不踏实。河燕,咱们聊个什么事情呢?这个事情一定要有趣,有意思的,是吧?"她眼珠子一转:"咱们聊一聊坐花轿吧。牛鲜花,你愿不愿听我们讲坐花轿的故事?"

牛鲜花拍着手说:"我非常愿意。这是个非常浪漫的故事,我爱听。"

王亚琳问黄河燕:"哎,你说这坐汽车像什么?"

黄河燕说:"像什么?像坐轿呗。你看这一摇一晃的,我都有点头发晕。"

王亚琳热情洋溢地拍了拍她的肩头:"说对啦。这坐汽车呀就像是坐轿。那坐轿呀,就是这个感觉,左摇右摆,不同的是,那轿夫还要让你上下颠簸。"她回忆道:"我结婚那天临上轿前,娘家姐妹就跟我说,你少吃点东西,轿夫今天肯定要折腾你不可,他们会使出吃奶的劲把轿子悠得上下起伏左右摇摆,非折腾得你天旋地转,让你把苦胆都吐出来不可。还跟我说,实在受不住就求饶,给他们点赏钱,他们就会饶了你。你们猜,结果怎么样?"

李莲英忙说:"你一定把苦胆吐出来了。"

王亚琳一摆头说:"不——对。"

牛鲜花想了想说:"那一定是轿夫把苦胆吐出来了。"

王亚琳兴致勃勃地说:"差不多。"她继续说:"嘿,邪门儿,我是一点事都没有。我坐在轿子里,两只手紧紧抓住里面的横杆,脊背牢牢地贴在座背上,身子随着轿子上下起伏,左右摇摆。轿夫越颠我还越觉得舒服,那真叫腾云驾雾、飘飘欲仙。结果我一直没有喊求饶,倒是轿夫们累得半死,坐在地上起不来，像牛一样直喘气。我从轿子里下来，叫管事的过来，说，给轿夫一人半瓶酒，让他们喝完再接着颠，姑奶奶我就喜欢享受这个。轿夫们说，我的姑奶奶，我们不颠啦，我们实在颠不动了，酒我们不喝了，赏钱也不要了。河燕，你结婚的时候坐轿了吗？坐了。就是，坐轿真舒服，颠起来更舒服，颠得筋骨舒服。咱女人一辈子难得男人侍候这一次，剩下的时间就光侍候男人啦……"

黄河燕现在对说笑没有多大的兴致，她还有一件事闷在心里。她不知道车什么时候能到宜君县，那里有她的孩子。如果是白天多好，她可以找个借口去一趟苟家看一眼孩子。她想孩子一定长大了许多，也该牙牙学语了。可是现在外面一团漆黑，什么也看不见。她看不出现在到了什么地方，是快到宜君县了呢，还是已经过了宜君县，或许外面正是宜君县。

王亚琳仍然在热闹地讲着她的故事，这个女人很有演讲的才能，就连听不懂中国话的加拿大人埃德加和美国人威利斯也受到她绘声绘色演讲的感染，神情十分投入地听着。谷木林在车上很少说话，刚才一直在打瞌睡，现在睡意过去了，也在认真地听着，不时发出低声的笑。黄河燕支撑不住了，这几天为了准备出发，她做了不少的事情，干了不少的活。她是在那几个人叽叽喳喳的说笑声中进入梦乡的，说笑声就像一缕轻烟在她的意识里飘着，飘着，越飘越远，慢慢地消失了。她，进入了梦乡。

车过了金锁关的时候黄河燕醒了。车里的光线依然是那样的昏黄，汽灯发出细微的嘶嘶声，人们都睡着了。王亚琳低着头，随着车身的晃动，不时地撞在她的肩膀上。牛鲜花靠在角落里，仰面朝天，嘴唇不住地一张一合，无声地说着梦话。对面的三个人也歪斜着沉入梦乡，偶尔可以听到悠悠的鼾声和吱吱的磨牙声，单调而刺耳，就像半夜炕洞里的老鼠叫。

黄河燕觉得嗅到了一种特别熟悉的气息，家乡黄土地上散发出来的独有的气息。她猜想，现在汽车一定是行驶在同官县的土地上，她感觉到车进入了县城，她不由自主地念叨着："神水桥、市场、县政府、马车店、学校……"

"你在念叨什么呢？"黑暗中谷木林问。

"你没睡？我以为你睡了呢。"

"大家睡了，我更不能睡，我担心出什么意外。你念叨什么呢？"

黄河燕说："现在车到了同官县县城，刚才过去的是神水桥，又过了马车店、学校，还有市场、县政府……"

"喊，外面那么黑，你长的是猫眼呀。夜里还看得这么清楚，如数家珍似

的，你是想家想得痴迷了吧。"谷木林不相信地说。

"我不是想，而是真的。我闻到了一股气息，只有到同官县县城才有的气息。过去啦。"

"我不信！"

"是真的！"

汽车停了下来，司机敲着车厢喊道："喂，伙计们，这里有厕所，下来透透气吧。"

车上的人都跳了下来。外面夜风袭人，黑幕遮天，谷木林给司机递了一支烟，随口问他："刚过去的是什么地方？"

"同官县县城。"司机抽了一口烟说道，"这地方的路太难走了。"

半夜，车进了西安城，他们住在北门的一家旅社。一路上的颠簸劳累，大家都困得不得了，匆忙收拾了一下就赶快休息了。

第二天上午，汽车把黄河燕和谷木林送到一家医院，王亚琳带着四名外国记者到城里转悠去了。黄河燕和谷木林到医院给伤口换了药，从医院出来，两个人看着纵横交错的马路和条条胡同以及来来往往的行人，不知道该往哪里去。

谷木林说："王亚琳说咱们今天可以随便转，晚上回到旅社就可以。河燕，你说，咱俩去哪儿？"

黄河燕看着这个陌生的城市，担心地说："这么大个城市，咱们走丢找不到旅社咋办？"

谷木林笑着说："这个你不用担心，鼻子下面就是嘴，咱们可以问嘛。转够了回到北门就行了，你放心跟我走吧。"

谷木林带着黄河燕穿过北大街，在东西南北四条街的交会处看了钟楼，而后又去了小雁塔。走累了，他们在小雁塔外面的一个小饭馆里吃了饭，歇息了一会儿，他们又去了大雁塔。钟楼、小雁塔和大雁塔这些地方黄河燕以前都没有来过，都是从别人的言谈话语中听到的，现在能亲身登临感到十分高兴。站在大雁塔的最高层，俯瞰着西安城，心情十分畅快。古城墙虽说经年失修，历经战火，已经变得墙垣塌损、满目疮痍，但古风古韵尚存。放目远眺，绵延起伏的秦岭山脉，在迷蒙之中尚依稀可辨。

谷木林不无遗憾地说："如果不是行程赶得紧，真想把'关中八景'都看一遍。"

黄河燕说："关中八景？你知道关中八景？你说说，有哪八景？"

谷木林说:“关中八景，就是关中非常好看的八处景点。”他扳着指头数着:“华岳仙掌、太白积雪、咸阳古渡、雁塔晨钟、灞柳风雪……还有曲江流饮，还有……我记不全，就记了这几个。”

“你咋知道的?你来陕西的时间不长呀，就知道这么多。”黄河燕不解地问。她又补充道:“还有草堂烟雾和骊山晚照。”

谷木林眺望远方，解释道:“我小时候在家乡断断续续读过两年私塾。我父母虽说都不识字，但他们总是教诲我说不能当睁眼瞎，要读书识字。所以家里节衣缩食供我读书。后来参军到了部队，首长也教育我们要读书识字，我就坚持读书学习。后来上了抗大，抗大的老师讲课的时候，讲到陕西，讲到了陕西的关中八景，所以我就知道了。”

黄河燕说:“其实，我们同官县也有很好看的‘同官八景’。”

“噢，这我倒还真不清楚。你说说，同官八景都是什么。”谷木林饶有兴趣地问。

黄河燕伏在瞭望口的砖墙上，两手掬着脸颊，眺望着远方衔着秦岭山峰的柔和瑰丽的夕阳，说:“同官八景都在我们同官县境内，有炉山不夜、姜祠清风、仙洞朝霞、济阳夕照、灵泉福境、奇峰天堑、三山春雪、瀑泉飞雨。”

谷木林挠着头皮，笑着说:“有意思，看来我是孤陋寡闻了。我只知道陕西有关中八景，还真不知道你们同官县还有同官八景。看你说得有鼻子有眼的，一定是真的喽。”

黄河燕说:“我们同官八景很好看的，不过我也没有看全。等你有机会再来同官县，我带你去把这些景致都看一遍。”

谷木林高兴地说:“好啊。我想我一定还有机会来的，到时候你可不能说话不算数哟。”

第三十三章

翌日一早，谷木林和黄河燕乘着汽车离开西安城向东行驶，下午到了潼关县。在县城里黄河燕和谷木林告别了王亚琳他们。王亚琳跳下车向他俩交代道："风陵渡就在县城的东门外，离这儿不远。你们在那个地方找个客店先住下，然后到渡口看看船，再决定什么时候过渡口。后面的行程你们安排吧，我们就在这儿再见吧。"

李莲英和牛鲜花在车门口向他们招手："我们再到延安去你们家做客，你们要给我们做好吃的，唱好听的歌……"

黄河燕说："一定。"

潼关县县城坐落在黄河岸边，是出入陕西的东大门，过了黄河就进到河南的地界，风陵渡是过黄河的一个渡口。

谷木林和黄河燕在县城东门里找了一家客店安顿下来，随后黄河燕就提议去看黄河。出了东门就看到了黄河，滔滔黄河水顺北而下在这里折了一个弯向东滚滚而去。黄河的河道很宽，水面上盘着一个接一个的漩涡，岸边停泊着许多大大小小的船只，有两只船在湍急的水面上向对岸划去，哗哗的水声、吱吱的橹声和高亢的号子声响成一片。下河滩的路上推车的、骑马的、赶牲口的、荷担的、负囊的穿梭不息。

"这就是黄河呀，这么宽，我还是第一次看到呢。风还这么大。"黄河燕惊奇地拢着被河风吹散的头发叫道。

谷木林斜着脸看她，说："你叫黄河燕还没有见过黄河？"

黄河燕说："我这名字是我爸起的。那年他和我们村的一个人到黄河边亲戚家干活，回去的时候在一棵树下睡着了，结果几只燕子把他俩吵醒了，起来一看草丛里爬过来一条蛇，那条蛇有胳膊那么粗，吐着芯子在他俩跟前晃动。我爸说是那几只燕子救了他俩，回到家里我出生了，就给我起了这么个名字。"她又说："哎，你说，咱俩明天坐大船还是坐小船？我看咱坐小船吧。坐在小船上可以撩水，这么大的水，看着真美。"她没有看谷木林，眼睛盯着黄河水和水面上的船只。

谷木林的喉结滑动了几下，没有回答她的话，实际上他也没有听清楚她在说什么。他的脑子在想着另外一件事情，一个一路上没有想过的念头突然莫名其妙地从他脑子里冒出来，而且固执地左右着他的情绪，使他原本明快的心境倏然间变得忧郁和矛盾起来。

黄河燕没有听到他的回答，转过脸看着他凝重思虑的面孔，问："喂，你咋不说话，想啥呢？"

"嗯？"谷木林怔怔地看着黄河燕，"什么？"

"我问你想啥呢？"

"没……想啥。"谷木林挠着头皮掩饰着心事说，"肚子有点饿了，咱们该吃饭了吧。"他吁了一口气："走，看看这潼关城里有什么好吃的。今天轻轻松松地再吃一顿陕西饭，明天一过黄河就该吃河南饭了。"

走在县城的街道上，在熙熙攘攘的人群中穿行，谷木林的目光并没有在饭馆的招牌上停留，而是把黄河燕领进一家布店里，指着一匹匹赤橙黄绿青蓝紫花色纷呈的布料，说："河燕，给你看一身衣服。你挑，我给你参谋。"

黄河燕拒绝道："不不不。说是吃饭嘛，又扯衣服干啥？闲花钱。我身上的衣服就挺好。"她扯着他的胳膊就要向外走。

谷木林一动没动，坚持道："今天一定要听我的，这衣服是有用的，吃过饭我给你讲原因。掌柜，你看她穿什么衣服合适，你给参谋参谋，布料要好的。"

掌柜是一个精瘦、低矮的老头，戴着一顶黑缎瓜皮帽，一把木尺子在后衣领里插着。他用行家的眼光打量了一下黄河燕，搬过两匹布，用手掌来回摩挲着，说："你媳妇年轻俊俏，身架匀称，这个花色的布做件上衣，这个纯色的布做条裤子，一定不差。年轻人嘛，衣服还是要有讲究，过于花里胡哨不好看，色彩过暗给人一种老气横秋的感觉也不行。怎么样？老夫我开这个铺面几十年，虽说上了年纪，但眼睛不拙，保你穿上眉开眼笑、心花怒放。以后就是常客了。"

谷木林用询问的目光看着黄河燕，说："就这样吧？"

黄河燕眨着眼，把那布料看了又看，摇着头说："太贵。要买就买便宜一些的吧，咱们路上还要花钱呢。"

掌柜咧开缺了门牙的嘴，笑呵呵地说："多会持家过日子的媳妇，男人要买你还嫌贵。这两匹布料看上的女人可不少，都是女人想买男人嫌贵。你们是我第一次碰到的男人想买女人嫌贵的人。"他从后衣领抽出木尺攥在手里点着谷木林，视线对着黄河燕说："嫁给这样的男人是你一辈子的福气呀。"

黄河燕红着脸拉着谷木林的胳膊说："走吧，不买啦。"

谷木林对掌柜说："扯吧，就是它啦。"

"好嘞。"掌柜抖开布料用尺子量起来，在折叠处剪开一个小豁口，随着刺啦一声扯下一块布，刺啦一声又扯下一块布，利落地往一块儿折叠着。

黄河燕张大眼睛说："哎，你……你也不问问我扯多少，就这样扯开啦。够我做衣服不够呀？"

掌柜将两手摁在布上，笑吟吟地问："你上衣料子要多少？"

黄河燕说："三尺四。"

"裤子要多少？"

"三尺。"

掌柜把两块扯下来的布料抖开，重新量着："这是上衣料，多少？三尺四略有宽余，算三尺四。这是裤子料，多少？三尺也有余头，还算三尺。"他看着黄河燕吃惊的表情得意地说："老夫我不是自夸。九岁那年成为学徒，十七岁离开师傅单干，这碗饭吃了几十年了。"他边叠着布料边说："其实哪，我能看得出你从心里是看上我替你选的这两样布料，说贵只是个借口，哪个女人不想把自己打扮得光鲜亮丽？不想成为这条街上亮丽的风景？你不必为他省钱，尤其是现在。"他把卷好的布料递给黄河燕时，又用探询的眼光看了看他俩，最后停留在黄河燕的脸上，笑眯眯地说："不给你男人扯一身衣服？我给他选上一身合适的衣料成亲的时候穿，怎么样？两身布料合一起，价格优惠。"

黄河燕觉得好笑，怔怔地问："你咋知道我俩没成亲？你不是一直说我是他媳妇吗？"

掌柜身子依在柜台上，用食指指着自己的眼睛，说："我这是多年练就的火眼金睛，如果我说对了，你就给你男人扯身衣服，怎么样？"

谷木林说："你说吧。只要你说对，我就扯一身。"

"好嘞。"掌柜伸出一根指头说，"我敢肯定地说，你俩还没成亲。理由只有一点，只有成亲以前男人才捧女人，这时候的男人最大方，舍得给女人买东西。"他又笑着对黄河燕说："当然，这是一般情况。我给你说透，你这个男人打心底是爱你的，他看你的眼神很真实。你和他过一家不委屈你，从他的面相我能看出来，是一个厚道人。"

黄河燕红着脸问："那成亲以后呢？"

掌柜说："这还用说嘛。成亲以后肯定是女人捧男人，女人要把男人当作家里的顶梁柱，当作一生的依靠，宁可委屈自己，也不愿亏了男人。我说得对吧？扯吧，价格优惠。"

谷木林拎着捆扎好的两身衣料和黄河燕出了布店，他笑着说："这个老头生意做得真精明，咱买一身，他再给咱推销一身。"他挑着挂在小拇指上的布料继续说："给我买真是多余，我在部队上咋能穿这东西？可咱说出话了总不能失信于人。"

西斜的太阳辉映着县城高高低低的房屋和行人已经不多的街道，河风吹动着屋脊上茎叶瘦弱的茅草发出细微的沙沙声，小巧灵动的麻雀在屋脊和檐下叽叽喳喳地叫着。谷木林带着黄河燕又到一个铺子里给她买了一双鞋和一个花色很好看的头巾，一盒胭脂和一面小镜子，然后就到一家饭馆里吃饭。在吃饭的时候，黄河燕发现谷木林吃得很少，总是把菜往她碗里夹，并时不时地用一种异样的眼神看着她。

黄河燕说："你也吃嘛，那一阵你都说饿了，现在怎么不吃了？"

谷木林嘴角搐动了一下安然地笑了笑，说："可能是饿过头了吧，现在没有饿的感觉了。"

"你好像有心事？"黄河燕扒了一口饭说道，"给我买衣服买鞋又买头巾，是啥意思？"

谷木林抬脸看了看屋顶，长长吸了口气说道："没什么意思。"他看见黄河燕抿着嘴用不相信的眼神看着他，又说："你知道吗？我有个妹妹，十二岁就出嫁了，出嫁的时候她可想有一身新衣服。娘为了满足她的愿望把一头没有长大的猪给卖了，买回棉花纺线，织成布送到染房去染，终于在出嫁前为我妹妹做了一身新衣服，我妹妹穿上那身新衣服简直高兴得要命。到现在我还能想起她高兴的样子。"

"你妹妹长啥样？我像她吗？"

谷木林摇了摇头说："你不像她。她瘦，肤色没你白，像我这肤色。她的头发可好啦，黑油油的，总是扎着两根辫子，跑起来两根辫子在脊背上晃悠，像两条小黑蛇。"他笑了笑继续着他的回忆："我妹妹特别爱唱歌，她会唱许多我们家乡的山歌……嗓子很好，声音就像银铃一样清亮。"

"很多年没有见到她了吧？"

谷木林没有直接回答她的问话，说："吃好了吧？那咱们走吧。"

回到客店，已经黄昏了。黄河燕到自己住的屋子里把衣料披在肩上，对着墙面上的镜子，感受着做成衣服以后的样子。她试了一会儿，来到谷木林的房间。

谷木林坐在床沿上，肩上披着衣服，弓着脊背在那里抽闷烟。他见黄河燕进来，便坐直了身子，有些忧郁的神情立刻变得高兴起来。

黄河燕把衣料披在身上，转着身子笑盈盈开着玩笑说："老汉，你媳妇穿上这样的衣服好看吧？"

谷木林在一旁审视着，心里想，真是一个漂亮的女人。苗条的身材，俊俏的脸庞，墨汁染过一样的细眉，一双柔情似水的眼睛，两片薄薄的微微翘起的红得发艳的嘴唇，浑身上下都散发着成熟少妇的青春活力。

"好看，你真是山沟里的金凤凰，穿上啥都好看。"谷木林欣赏着说。

　　黄河燕边收好布料边关切地问："我看你今天有些不高兴,咋啦? 不舒服,病啦?"

　　"哦,没有,没有……"谷木林扭动着脖子,强颜欢笑地说。

　　"是不是肩膀疼啦,我给你揉揉吧。"

　　"不,不用,不疼。让我一个人坐一会儿吧……"

　　"明天啥时候过河?"

　　"好好睡一觉吧,这两天也累了,睡醒了就过河。"

　　天完全黑了,客店里静了下来,只有伙房里断断续续传来单调、沉重的风箱声和欢快的切菜声,风箱的拉杆可能好长时间没擦油了,发出尖细的吱啦声。黄河燕整理好床铺,正要睡觉,听到轻轻地叩门声。

　　"谁,谁呀?"她问。

　　"河燕,是我。睡了吗?"谷木林在门外问。

　　"没哪。等等,我给你开门。"

　　门开了,谷木林站在门槛外。

　　"进来吧。"黄河燕说。

　　谷木林迟疑了一下,没有进去。他吸了一口气,似乎在犹豫着什么,眼睛看着别的地方,随后说:"你到我房里来吧,我有话要跟你说。"

　　黄河燕应了一声,带上门,随谷木林来到他的房间。待黄河燕进去,他转身轻轻地把门关上,指着临窗桌子旁的一张椅子:"坐下吧。"他随后在床沿上坐下来,手有些哆嗦地点着了一支烟,狠狠地吸了两口,不说话,空气变得凝滞起来。

　　夜深人静,窗外传来黄河水拍击沙滩和燕子唧啾的声音,河风从窗缝挤进屋里,无声地盘旋着,摇曳着昏黄的灯光。谷木林的身影在背后的墙上形成了一个清晰的剪影,随着灯光的摇曳在不停地晃动着。一只苍蝇在房中毫无目的地飞来飞去,发出刺耳的令人不舒服的嗡嗡声,它突然落在房中的什么地方,嗡嗡声消失了。

　　谷木林弹掉烟头上的一长截烟灰,吐了一口气,仿佛下了很大决心似的抬起头,也不看黄河燕,用有些疲惫、沙哑的声音缓缓地说道:"河燕,明天……就要过黄河了……过了黄河就到河南境内,那边有我们的同志接应,很快就要到大别山了。我想了好长时间……有一件事情我要向你说清楚。这件事你到现在还可能不清楚。"他脸转向黄河燕,严肃而凝重。

　　"啥事?"凝滞沉闷的气氛被打破,黄河燕的心像被什么揪着似的紧张,声

276

音有些发颤，不知发生了什么事情。

谷木林又狠狠地抽了口烟，说："有件事情你到现在还被蒙在鼓里。组织上这次派你来送我，名义上说是我负的伤还没有痊愈，路上需要有人照顾……当然，这也是真实情况。其实还有一个意思就是组织上想让你留在我的身边，也就是说想让你给我当老婆，成为我的……生活伴侣，这一点你是不清楚的。到了大别山的部队上，组织上就会把你留在我身边工作，然后再撮合我们的婚姻。"他停了一下，又接着说："说心里话，我很感激组织对我个人事情的关心。再说心里话，在咱们相处的这段时间里，你给我留下了很好的印象，勤快、善良、热情、上进，我……真的从心里喜欢你。说实在的，在这一路上，我的心里……都不轻松，一直在想着这件事。可以说，车轮每向前转一圈，我的心里就增加一分沉重，总觉得这样做有点搞阴谋诡计，有点不光明正大，有点对不住你。我这个人不自私，我想了一路，下决心今天要把事情跟你挑明。你要同意呢，咱们明天就一同过黄河，你要是不同意，咱们就此打住，权当这件事情没有发生过。"他看着坐在那里有些拘谨的黄河燕说："情况就是这样，你表个态吧，现在也行，考虑考虑到明天早上再说也行。"

突如其来，从来没有思考过的问题突然摆在眼前，使黄河燕有些不知所措，一时间不知怎样回答。她踌躇了一会儿，说："我……我从来没有往这方面想，我一直把您当成首长。"

谷木林的喉结滑动了几下，仿佛在吞咽什么难以下咽的东西，艰难地说："我明白啦。"他费劲地解开了脖颈上的扣子，干咳了两声："河燕，曲护士长他们跟我介绍了你的婚姻情况，你的婚姻是不幸的，不幸的婚姻是你出走投奔延安的一个重要原因。我真不明白，你为什么还要死守着它呢？"

"我心里已经有人啦。"

"你是说你的……丈夫？"

黄河燕紧紧咬着下嘴唇，表情凄楚，说道："不，不是，我心里已经没有他啦。"

"那是谁？是……高二贵。"

黄河燕点了点头。

"唉，"谷木林叹了口气，站起身来踱着步子，"你呀，怎么这么糊涂呢？高二贵是有老婆有孩子的人，你插进去……这，这不符合传统道德嘛。"

"可是……可是，我已经离不开他了，我的心已经交给他啦，改变不了啦。"黄河燕说话的声音很低，但是在静静的夜里，谷木林还是听得清清楚楚。

"照这么说，你是不同意了。"

"你就忘了我吧。"

"怎么能呢？又不是砍柴火，一刀两断。"

黄河燕懵懵懂懂，她不知道怎么回到自己的房中，和衣倒在床上，在极度烦乱的情绪中睡着了。

晨光照进房中，黄河燕使劲睁开惺忪、疲惫的双眼，猛然一激灵坐了起来。在她的记忆中，昨夜回到房间躺在床上是没有盖被子的，现在身上却盖着被子，鞋也脱掉了，鞋的旁边还散落着烟头和烟灰，灯也熄灭了。她吃惊地想，昨天夜里谁进来了呢？看样子，这个人在床沿上坐了好大一阵。

她下床赶忙洗了把脸，梳理了一下散乱的头发，怀着惴惴不安的情绪走出房门。侧脸一看，谷木林的房门开了一道缝，虚掩着。她过去轻轻地推开房门，见谷木林坐在他昨天晚上坐的那个位置上，两肘支在膝盖上，两只手托着下巴，手指间夹的烟冒着轻飘飘的烟雾，脚下散落着烟灰和烟头。

"你一整夜都没有睡？"

"没有。"他抬头看着她的脸，显露着疲惫的笑意说，"你也太大意啦，回到房间门也不关，灯也不熄，被子也不盖就睡着了。我去厕所看到你的门没关，以为你还没有睡就进去了，你都没发现。"

"你在我房间待了好长时间，是吧？"

"是，好大一会儿。"

"我的睡相一定很难看吧？"黄河燕有些羞怯地说，她感到脸颊有些热烘烘的。

谷木林站起身，伸出大而有力的双手放在黄河燕的肩上，双眼直直地看着她说："河燕，我十六岁从军，心里一直想着行军打仗，原想一个军人的生活就应当是这样子的，从来没有想过感情方面的事情。自从认识你，我才发现，在我的心灵深处还有爱情的存在。河燕，你是我第一个敞开心扉爱恋的女人……可是……你让我失望了，我……我的心里确实很不是滋味……"他说话的声音哽咽起来，止不住的眼泪终于从眼眶里流了出来。

黄河燕的心情也很激动，看着眼前这个英武的男人为自己流下眼泪，心里感到有一种难以言表的愧疚感。她的脑子里突然闪过一个念头，如果自己的男人这样爱她该多好呀，要是那样即便是每天吃糠咽菜，干牛马活，再苦再累心里也是甘甜的。她鼻子酸了，眼圈红了，在那一刹那，她那善良的心真的被打动了，真想扑在眼前对自己钟爱有加的男人的怀里，痛痛快快地哭上一场，那里是一处可以为她遮风避雨的温情安全的港湾。也就在那一刹那，她没有放纵自己的感情，理性的堤坝束缚住了感情的潮水，她把这一切深深地压抑在心底。她伸出手来，轻轻地拭去谷木林脸膛上流淌着的热泪，哽咽着说："哥，我对不住你。"

谷木林的双手在她的肩上用力地按了一下，用手抹着眼泪，把脸转向一边，长出了一口气，说："好了，不说啦，一切都过去啦。你叫我哥，我谢谢你，你以后就是哥的妹子啦，亲妹子。哥以后不再是孤孤单单的一个人啦。我以后无论走到什么地方，心里都会有个惦记：在陕西的一个地方叫同官县，那里有我一个亲妹妹。"

黄河燕纠正道："不对呀，你应当有两个妹妹啦。我一个，老家还有一个，不是两个嘛。"

谷木林眼里泛出的亮光又消失了，说："我那个妹妹已经不在世多年了。父亲有病，欠下了驴打滚的阎王债，为了抵债，就把她卖给地主家当了童养媳。地主家那个儿子是个呆子，整天尿床。我妹子是个很爱干净的女孩，受不了那种窝囊气，一气之下就上吊自尽。那年她才十四岁。"接着他又叮嘱道："妹子，咱们今天就在这里分手了，这里离延安还有很远的路，回去的路上要多加小心。白天赶路，有车就坐车，晚上住宿，要注意安全。如果延安方面有人到大别山去，一定给哥捎个信，以免哥挂念。这是三个银圆，你带上，路上好用。"

收拾好行装，就要出门了，谷木林说："河燕，你坐好。"待黄河燕坐好后，他向她郑重地行了一个军礼，"我真心感谢你在我受伤期间对我的照顾。谢谢！"

中午，他们来到黄河边的风陵渡渡口，宽阔的河面上燕子斜着翅膀像黑色的箭一样周旋穿行，忽高忽低，不时掠过水面，发出清亮、婉转的鸣叫。艄公从对岸往这边划着船。

谷木林望着河面上飞翔的燕子说："黄河燕，这个名字将会永远留存在我的记忆中，每当看到它们时，我就会想起我妹子。船来了，我走了，再见吧！"上到船上，他又跳了下来叮嘱着："妹子，你在回去的路上要小心，要注意照顾自己，有车就坐车，千万不要一个人走夜路。我到部队就向延安报告我路上的情况，是我在潼关县执意让你回去的，你也不知道想让你给我当老婆的事，我为什么执意让你回去你也不清楚。你的任务完成得非常好。等有机会一定到大别山来，那儿满山遍野都是山丹丹花，我采花送给你。"他紧抿着嘴，扭头朝黄河水流来的方向看了一阵，又转过头来说："《走西口》那支歌你唱得很好听，到时候你再唱给我听。"

黄河燕使劲点了点头："嗯，我……我一定唱给你听。"

谷木林深情地看了她一眼，说："我走了。"转身上船去了。

"哥，等等。"黄河燕赶前几步，从脖颈上取下红线穿着的玉佛戴在谷木林的脖子上，"这是我妈留给我的，我妈说戴上它可以保佑平安，妹子把它戴在哥身上，这是妹子的一颗心啊！"

艄公用篙杆一点岸边，船离岸而去，缓缓地在其他船间绕行，向河的激流冲去。水波击打着船舷翻卷起朵朵黄色的水花，几只灵巧的燕子在船头船尾上下翻飞，发出呢喃的叫声。

黄河燕的眼泪止不住地溢出眼眶，顺着脸颊流到嘴角，泛出淡淡的热气和幽幽的咸味。她低声唱起《走西口》。

船到了河的对岸，黄河燕看到谷木林向她挥手，然后夹进人流向大道上走去，越走越远，越走越远，融化成一团烟，融化成一团雾，融化在山峦房舍树木之中。

第三十四章

黄河燕离开渡口回到客店，感到身心疲惫，在客店又住了一夜。第二天她向客店的伙计打听回家的路怎么走。

"老乡，去同官县的路咋走？"

伙计用不可理喻的眼神把她上下打量着："潼关县？你脚下就是潼关县嘛，这座县城就是潼关县嘛。咋走？不用走就到了。"

黄河燕愣了一下才明白是怎么回事，撵上他："我问的是同官县，同样的同，官兵的官，不是这个潼关。"

伙计摇了摇头："还有这个县名？不知道，没听说过。"

店掌柜正好走过来，问明了情况，说："你说的同官县我知道，我多年前去过一次，是吆着马车去的，走了好几天。现在有火车了，可以坐火车到西安，到了西安再看用什么法子去同官县。"

黄河燕问："到哪儿坐火车？"

店掌柜说:"出了县城不远就是火车站。不过坐人的火车不定时,你到火车站问一下就知道了。"

谢过店掌柜,黄河燕到火车站去问火车的情况。车站的人告诉她,他们也说不清火车来的具体时间,不过今天肯定没有,明天也说不准。那人又说,即便有火车来,在这站上也未必停,即便停了她也未必能上去。人太多,车厢里塞得实实的,一个挤着一个,都是逃难的。

站在月台上,望着向西延伸去的轨道,黄河燕想,与其在这人地两生的地方傻等,不如甩开步子向回走,走出一步就会离同官县近一步。顺着公路走,公路一定能把她带到西安,到了西安再考虑怎样回同官县。

她赶路心切,不知不觉已经到了傍晚时分,一轮模糊的夕阳,向西边天际坠落,旷野的晚风裹着浓浓的凉气向她袭来,她才意识到今天晚上还不知道在哪里住宿过夜。她站在道路旁,向四周观望,夜幕四合,坑洼不平的黄土路上已经阒无人迹。她想了想,继续向前赶路,希望在前面什么地方有一个村庄,到村庄里敲开一户人家的门,恳求主人让她住上一宿。

她正赶着路,隐约听到身后传来踢踏踢踏的牲口走动和吱吱扭扭的车轮转动的声音。她站在路旁,不一会儿,一头毛驴拉着一辆车子从夜幕中走出来到了她的跟前,她看到赶车的是一个男子,车板上坐着一个老太婆。

黄河燕欣喜地喊道:"大妈,大妈。"

车子在她跟前停住了,老太婆从瞌睡中睁开惺忪的眼睛:"闺女,你喊谁呀?"

黄河燕忙说:"大妈,大妈,我喊您哪。"

老太婆用掉了牙直漏气的嘴说:"有啥事?俺还得赶路哪。"

"大妈,我也是赶路的,走得太累啦,让我坐坐您的车吧。求您了大妈!"

"哎呀,俺这头毛驴跑了一天太累啦,再拉上你,非累死它不行。虎子,走。"老太婆催促着赶车的男子。

"大妈,您老人家行行好吧,带我一程,我给您出些钱。"黄河燕紧紧拉着车帮恳求道。

这话明显起了作用,老太婆松口了:"那……你就上来吧。"

老太婆往一边挪了挪身子,给黄河燕让出了一块地方,车轮又吱吱扭扭地向前滚动。

"闺女,你这是上哪儿去呀,听你这口音不像俺这当地人。"老太婆的身子随着车子的颠簸不停地晃动着,絮絮叨叨说着话。

"去西安。"

"咦——"老太婆惊叫起来，"西安，那远得很着哪。我活了这么大岁数啦，年轻的时候跟俺虎子他爸去过一趟，那可远啦。"

黄河燕附和道："是远得很。大妈，您这是干啥去了？"她竭力想博取老太婆的好感，热情地问着，和气地说着。

"和俺儿到大闺女家串门去了，去了两天。这车坐得俺浑身疼，腰也疼，背也疼，腿也疼，脖子也疼。唉，老啦，啥毛病都出来啦。"

黄河燕殷勤地给老太婆捶着背："这儿疼吧，我给您捶捶。"

老太婆感觉到舒服，不停地夸奖说："这闺女真好，真懂事。今天夜里你住哪儿呀？"

黄河燕说："大妈，我还没有找到住的地方呢，只顾赶路啦，走着走着天就黑啦。"

"闺女要是不嫌弃，就住俺家吧。"

"太好啦。大妈，谢谢您。"

车子在坑洼不平的道路上颠簸着，过了一片田野和树林，进到一座黑乎乎的村庄，在一处简陋的院落前停了下来。一条狗围着车子狂吠着。

"去去去，叫啥叫！"老太婆喝道。狗讨了个没趣，哼哼唧唧地跑了。

黄河燕搀扶着老太婆进到房中。老太婆缓慢地挪动着步子摸索到一盒火柴，颤颤巍巍地点着了炕头的油灯。

光线虽然昏暗，但可以看清屋子里的景物：熏得黑乎乎的墙壁和简易的桌椅板凳、锅灶、土炕。

老太婆对进来的儿子说："虎子，夜里你住隔壁，我和这姑娘住这屋。收拾收拾，跑了一天也累了，早早睡。"

黄河燕借着灯光，这才看清了虎子的面目：五大三粗，胡子拉碴，头发散乱，面目呆板，一只手不停地挠着肚皮，歪着脖子，斜眼看着黄河燕傻笑着向门口退去，直到脊背重重地撞在门框上，才回过神来，扭身出去了。

老太婆铺着炕，叹了口气道："这是俺儿子。俺有两女一男，老大老二都是闺女，快四十岁上得了个儿子。谁知道，小时候，也就是六岁得了一场病，差点要了命。后来命倒是保住了，可人变得又哑又傻。唉，不知道是哪辈子把香烧错了，落下这么个拖累。三十多啦，还是光棍一条，愁人哪……早早睡吧，你明早还要赶路的吧？"

"啊，是呀。"

"哟，你看俺都老糊涂啦，你还没吃饭吧？俺给你做点吃的。"老太婆突然想起来说。

"大妈，下午我在半道上吃过饭了，也不饿。我这布袋里有馍，吃一块就可以。"黄河燕不想给人家添麻烦，实际上她已是饥肠辘辘，又累又饿又渴。

老太婆从外面提进一个瓦罐放在炕边，说："闺女，你睡里面，大妈睡外面，这上了年纪夜里尿多。"

乡村的夜晚是静谧的，偶尔可以听到几声狗吠外，没有其他的声音。黄河燕这一天走了几十里的路，浑身累得像散了架。她庆幸在前无村后无店的地方遇到了好人，人家收留了她。要不是人家的收留，说不定今天夜里就会露宿野外。在野外会露宿在什么地方呢？麦秸垛旁，桥洞里，或者是野地里。如果半夜再来一只饿狼，或者遇到一个心存不良的坏人，那可怎么办呀！想想还真有些后怕。现在好啦，不用想这些危险的事情了。睡吧，明早还要赶路呢。她在舒心静气中，听着老太婆的磨牙声，睡着了。

不知过了多长时间，她恍恍惚惚进入了梦境，感觉身上压了一个沉重的东西，这个东西压得她喘不过气来。她使出力气想摆脱它，可怎么也摆不脱。她看到高二贵就在不远的地方，背对着她，她想喊，可喉咙像被什么东西卡住了，憋得浑身难受，就是发不出声音。猛地一下她惊醒了，梦境消失了。身上的被子已经被揭掉，一只粗壮有力的大手卡住了她的脖子，一个沉重的躯体散发着刺鼻的臭汗味压在她的身上，另一只手还在不停地撕扯着她的内衣。内衣刺啦一声被撕破，从领口直撕到胸前，那只大而粗糙的手在她乳房上肆意乱摸，使她产生了一种从来没有经受过的恐惧和厌恶。

黄河燕什么也顾不得了，抽出一只手，使足了力气，在那人的脸上狠劲地挠了一下。那人疼得哇哇地叫着，用双手捂住了脸，转身往炕边爬去。黄河燕照准他的屁股，一脚踹了过去。那人翻了个跟头，一头栽到炕下，打了个滚爬起来跌跌撞撞拉开门跑了出去。黄河燕看清，那人就是这家那个又哑又傻的呆子。

黄河燕摸着火柴，点着了油灯，发现老太婆不知在什么时候已经溜到不知什么地方去了。她恼恨地想，碰到坏人了，可恶的老太婆，竟敢纵子行奸。她在炕头上找衣服，衣服也不知道跑到哪里去了。看到炕头柜上有个针线筐，她从针线筐里摸出一把剪刀握在手里，披上被子，刚跳下炕，老太婆颤颤巍巍地进来了。

老太婆屈膝跪在地上，嘶哑着说："闺女啊，行行好吧，大妈给你磕头了。

俺这可怜的孩子三十多岁啦，还不知道女人是啥味哪。他姐回家，他半夜都往人家炕上摸，吓得两个闺女成年不敢回家过夜。他也是个人啊，我能把他咋办呀？他要是个鸡呀、鸭呀的，我一刀把他杀了也就算啦，可他是个人呀，啊……啊……"她伤心地哭诉着。

黄河燕的怒气并没有因为老太婆的哭诉而消减，气愤地说："不管咋样，也不能纵子行奸，你还有人性吗？"

"俺这也是没有办法呀。闺女，你行行好吧。俺看你也怪可怜的，想着你不是被人贩子拐卖，就是被相好的给甩啦。你要愿意就随了俺儿吧，俺老婆子甘愿一辈子给你当牛做马，俺这里还有祖上传下来的金镏子、玉镯子，可值钱啦，都给你。"老太婆跪在地上，两只干树枝一样的手臂在空中比画着，不停地絮叨着。

黄河燕又好气又好笑地喊道："胡说八道！我没有被人拐卖，也没有被人甩掉，我是送我哥去了。"

老太婆站起身，皱巴得像核桃皮一样的小脸上挤出了讥笑："啊呀，闺女！我老婆子活了几十年啦，啥样的事没经过，啥样的人没见过。送你哥？别蒙俺了，哪有妹子对哥这么亲的？哪有哥让妹子从潼关走着回西安的？大妈我又不是傻瓜，你肯定是被人贩子拐卖到谁家偷跑出来的。听大妈一句劝，别死心眼了，在这兵荒马乱的年月，有一个避风遮雨的家和一口热饭那可就是好造化了，还挑剔啥呢？"她翻着眼皮睃着黄河燕继续说："你有这副好身段，长得也俊俏，不管是让人甩了还是让人贩子拐卖，俺儿都不嫌弃，只要你……"

黄河燕生气地说："快闭住你的嘴！我的衣服呢？赶快把我的衣服拿来，要不我就喊人啦！"

老太婆摇着两手忙不迭地说："别喊，别喊。为一个来路不明的女人惹是非，俺可丢不起那人。街坊邻居听到了，俺这老脸往哪儿搁呀。俺儿以后还要找媳妇呢，别坏了俺家的名声。"她在墙角的筐子里把一卷衣服拿出来，使着气递给黄河燕。黄河燕把被子抢到炕上，赶忙把衣服穿上。老太婆缩着脖子，双臂夹着身子，咕嘟着嘴，翻着下垂的眼皮看着她。

"出去！"黄河燕厉声道。

"你，你要干啥？"

"到你傻瓜儿子房里睡去。"

看着老太婆磨磨蹭蹭地出了门，黄河燕把房门一关，用一根木棒把门顶死，喘了一口粗气，坐到炕上拥着被子睡了。

再次醒来的时候，天已经大亮了。黄河燕挎起包袱，打开门到了院子里。傻子看到她赶快把脸别到一边，老太婆用怨恨、漠然、犹豫的眼神乜斜着她。她恨恨地瞪了他们一眼，看到傻子半边脸上几道黑红的血印子，没有吱声，走出院子，赶路去了。

黄河燕来到火车站，到票房的窗口掏钱买票时，发现放在包袱里的钱不见了，这使她大为惊慌。她抖开了所有的衣物，摸遍了全身也没有找到钱的踪影，她成了身无分文的人了。她看了看候车的人们，都是陌生的面孔。她心里很清楚，在这个远离家乡的地方，不可能碰上熟悉的人。趁着天色还早，她决定沿着铁路线向西安的方向继续步行。

黄河燕是在一个阴云密布、刮着大风的下午走进渭南县县城的。在路上，她碰到一辆运货物的马车，在她的恳求下赶车的好心人允许她坐上了马车，这为她省了不少的力气。下起雨来了，开始是稀稀疏疏的雨点，打得地上飞起黄尘，接着是密集的雨幕。她躲在一家门楼下避雨，秋雨带来浓重的凉气，使她感到凉意袭人，她双臂交叉着抱住两肩，无奈地看着街道上哗哗啦啦的流水和灰蒙蒙的天。脚上的鞋已经破烂，露出了脏兮兮的脚趾，整身衣服都快看不出原来的颜色，完全是一副乞丐的模样。路途上，她看到路旁一片红薯地，她不顾过路人异样的眼光，扒出一个红薯在衣襟上胡乱擦了擦，就咔嚓咔嚓地吃起来。现在她又从包袱里摸出剩下的一块红薯吃了起来。她苦笑着想，在别人眼里，她一定被看成乞丐或者是一个疯子了。

雨下了一阵就停住了，阳光穿过灰白色云层的罅隙洒在山峰上、街道上、树梢上和房屋上。

黄河燕嘴里咀嚼着最后一口红薯，思忖着下一步该怎么办。身后的门吱扭一声打开了，她赶忙闪到一旁，一个胖女人踮着脚尖走了出来。

"去去去，站在这儿干啥？走远点。"胖女人皱着眉头用手掩着肉瘤一样的大鼻子，厌恶地驱赶着她。

"王妈，谁呀？你跟谁说话？"胖女人身后的一个女人问道。

"要饭的。"

后面出来的女人望着街道哗哗啦啦的流水，说："还有这么多的水，咋出去呀？"

"太太，叫辆车吧？"

"叫吧。"她说着打量了一下闪在一旁的黄河燕。"咦，这，这不是……河燕吗？"她惊异地眨着眼问。

闻声，正在茫然地想着心事的黄河燕把视线移到她身上。眼前这个女人微胖，一件花团锦簇的旗袍紧紧裹在她的身上，脸上涂着浓浓的脂粉，黑色的眉毛、猩红的嘴唇和粉白的脸颊，形成鲜明的色泽反差，卷曲的头发像葡萄串子似的一嘟噜一嘟噜披在肩上。

黄河燕疑惑地问："你是……"

"你是河燕，黄河燕，是吧？"那女人挑着眉毛，喜悦之情溢于言表。

"啊，是……"黄河燕回答道。

那女人拍着手说："这就对啦，我是秋燕呀，你不认识啦？"

"是你呀！"黄河燕在那女人脸上细细地看，迟疑地摇着头说，"真的认不出来啦。"

"哟，你咋变成这样了，像个要饭的，啊？"秋燕吃惊地说着，"快进家，快进家。王妈，招待客人。"

站在一旁的王妈提醒道："太太，你不打牌去啦？杨太太、卞太太、关太太可说好等你呢。"

秋燕嗔怪道："还打什么牌呀，打电话回了她们。这是我的好姐妹。"

秋燕把黄河燕拉进屋里，吩咐王妈烧水给她洗澡，又把自己的衣服拿出来让她换上。

当黄河燕穿上一身干净的衣服，把湿头发绾在头顶打成一个髻站在秋燕的面前时，秋燕又一次打量着这个昔日的女友，赞叹不已道："还是那副模样，一点没变的美人坯子，让我羡慕，只是衣服肥了点。还没吃饭吧？"

"没呢，饿坏啦。"黄河燕实在地回答道。

秋燕说："先吃点点心吧。"她又吩咐道："王妈，让厨子做饭，拣好的做，要快。"

黄河燕边吃饭边回答着秋燕的问话：到哪儿去了？发生了什么事情？从哪儿来？怎么落魄到这个境地？

听完了黄河燕的叙述，秋燕长吁了一口气，说："好妹子，你也太胆大啦，一个女人家没日没夜地跑这么远的路，要是我早吓死啦。要是碰到个坏男人，你这么年轻美貌的女人，他不活吃了你才怪呢。"

秋燕姓葛，是同官县县城大药房葛先生的二女儿，在小学、中学上学时和黄河燕是同学，在年龄上比黄河燕大两岁。由于两个人的名字都带"燕"字，被很多人误认为是姐妹，无形中两人的关系也处得和睦。

葛秋燕有个舅舅在省政府干事，在她十七岁那年，经舅舅介绍，给渭南县驻军一个叫邓志良的团参谋长当了填房。这以后两个人就失去了联系，这是在她出嫁后第一次和黄河燕相遇。

夜里，葛秋燕叫黄河燕和她睡到一个房间。

"你男人呢？他夜里不回来吗？"黄河燕问。

"唉，男人……"葛秋燕边脱着衣服边叹息道，"不瞒你说，我那个男人呀，只是个名义上的男人，和没有男人一个样。"

"咋回事？"黄河燕问着，拉开被子盖在身上。这是她几天来第一次在整洁、宽敞的房中，吃了可口的饭菜，盖上干净、暖和的被子。她感到一切都是那样的温馨和舒适。

"啥咋回事，只怪我自己的肚子不争气呗。结婚几年了就是不见动静，没生出个一男半女。所以，他就在外面偷吃野食。我知道，可从没有挑明过。他十天半月不回来一次，就这样过一天算一天吧！"

葛秋燕絮叨着爬上床，没有钻进王妈给她铺好的被窝，而是钻进了黄河燕散发着洗浴过后清爽香皂气息的被窝内。

黄河燕有些不习惯："别这样吧，我不习惯，两个女人睡在一起别扭。"

葛秋燕压了压被角，不在乎地说："有啥不习惯的。我一个人整天睡空被窝，寂寞死啦，这样多好。你搂住我吧，使劲地搂，就像男人一样。你的身子真光，像绸缎一样，摸着真舒服。"

第二天黄河燕要走，葛秋燕说什么也不让走，一定要她留下来住几天。

"住几天吧，陪我说说话。我一个人守着这么大个宅子，空荡荡的，连个说知心话的人都没有，整天就是几个女人聚在一起打牌，消磨消磨时光。说真的河燕，上学的时候，看到'行尸走肉'这个成语，我还真不理解，现在呀，现实生活让我理解啦，我就是过着行尸走肉的生活。"她可怜巴巴地说着。

几天后的下午，邓志良坐着一辆吉普车带着勤务兵急匆匆地回来。他从保险柜里抽出一叠文件放进公文包里又要走，说是要赶着参加一个重要的会议。在客厅里说话的时候，他的眼睛不时斜睨在黄河燕身上。这是一个戴着眼镜，长脸，前顶秃着，中等个子，说话不紧不慢，颇显儒雅气息的军官。他夹着公文包走的时候，葛秋燕很殷勤地送他出去。过了好长时间，葛秋燕脸上带着模糊的古怪表情回到客厅。

"他走啦？"黄河燕问。

"走啦。经常就是这样。"葛秋燕坐在客厅的圆桌旁，抿了一口茶，拖着长音说着，"开重要的会，呸！说不定又是跑到哪个狐狸精那里去了。"

黄河燕没有顺着她的话问下去，知道一旦问下去，一定会加剧她内心的痛苦。

两个人默默地坐了一会儿，葛秋燕说："河燕，在这儿住下吧，多住些日子。"她眼神里有一种诚恳和期待，还有一种让人捉摸不透的神秘。

"住下？我这不住下了吗？"黄河燕说。

葛秋燕向门外的院子里张望了一下，扯起黄河燕的手说："来，我有话和你说。"

黄河燕随着葛秋燕进到卧室，她把门关严实，两人一同坐在床沿上。

葛秋燕说："河燕，好妹子，我是个急性子人，这你是知道的，肚子里搁不住事。我跟你说实话吧，在别人眼里我是个官太太，过着令人羡慕的生活。可是我心里很苦。要不是我舅舅影响着他的仕途，我们这个家早就散啦。有时候呀，我还真羡慕《天仙配》那出戏中董永和七仙女男耕女织的生活。虽说清贫了些，可人家夫妻和睦、恩恩爱爱，多幸福呀！可我这是什么？同床异梦，隔心离肺，表面华贵掩盖的是，是，唉……"她说着唏嘘起来。

黄河燕同情地说："哪咋办呀？要是有个孩子就好啦，也能牵住他。"

葛秋燕用丝帕拭去脸颊上的泪水，叹了口气说："我也是这样想。才结婚的时候天天在一起也没有动静，现在成几个月不做一次那事，就更没有希望了。"她猛地一下抓住黄河燕的手："好妹妹，求你啦，帮帮姐姐吧！"

"我？"

"是啊！"

"我咋帮你？只要我能帮得上。"黄河燕说。

葛秋燕又往黄河燕近前挪了挪，说："刚才我送他，在外面他说他看上你啦，只要你愿意他就把你娶过来。"

"娶我？"黄河燕张大眼睛吃惊地说，"那你呢？"

葛秋燕说："我还是我呀，我当大房，你做二房，咱俩共侍一夫。你比我漂亮，男人见到漂亮的女人就走不动了。你一定能勾住他的，再生个孩子，这个家就安稳啦。我一定对你好，我这是甘愿的。"她一脸诚恳道。

"这不行。"黄河燕拒绝道。

"你不同意？你傻呀！在咱那个穷山沟，嫁给一个庄稼汉，缺吃少穿地过一辈子，多委屈自己。你看我，穿金戴银，走在街上哪个见了不是点头哈腰，礼让三分。只要你答应，马上就能过上和我一样的生活。虽说我心里有苦楚，可要让我放弃这样的生活，可是一百个不愿意。你别想不开了。原来，我也向往幸福的爱情，可爱情是什么呢？它可不是空洞的概念，它是需要许多物质的东西支撑着的，比如说地位呀，金钱呀，大宅院呀，小汽车呀，只有这些支撑着才能赢来别人的羡慕和尊敬呀。你说，没有这些咋能行呢？让一个穷光蛋天天搂着你，抱着你，亲着你，那能算是幸福吗？"

黄河燕把手轻轻地抽出来，站起身说："说到具体的爱情，我也真说不清楚，可能人对爱情的理解各不相同吧。我记得元朝有个诗人叫元好问，他在一首词里写道'问世间情为何物，直教生死相许'，我觉得，没有必要搞清楚爱情的真实含意，这恐怕谁也搞不清楚，但是有一点是最重要的，就是相爱的人能够心心相印，相濡以沫，生死相许，我牵挂着他的心，他牵挂着我的心。我昨天夜里跟你说了我对高二贵的感情，我也知道我们不会有什么结果。可是，他牵走了我的心。"

"可他是有家室的人，你这样下去怎么办呀？"葛秋燕对着穿衣镜，用丝帕轻轻地沾着脂粉很重的脸颊担忧地说。

黄河燕说："我也不想怎么办。我觉得只要我的感情有了归宿，有了牵挂就行了。"

葛秋燕伸出白净的手指头在黄河燕的肩头点了一下，嗔怪道："河燕，妹子，别那样天真地想事了，你那归宿和牵挂都是水中月镜中花，一点都不实际。元好问的那两句诗我也知道，上中学的时候我读到那两句诗也感动得哭鼻子抹眼泪的。现在想来，真不值。那就是他在进京赶考的路上看到一个人打死了一只大雁，另一只大雁就殉情撞死在石头上，触景生情随口胡诌了那么几句，害了多少纯情少女上当受骗呀。唉，这人生一世，草木一秋，一辈子很快就过去了。锦衣玉食是一辈子，贫困潦倒也是一辈子，谁不想把日子过得好一些，谁不想穿金戴银，嗯？你看看这院子，你看看这屋子，你看看这摆设，你再看看这铺的盖的。"她把两只手展到黄河燕的面前："你看看姐这十根手指头上就戴了六个戒指，还有一只玉镯。就这，我敢说无论他高二贵也罢还是马家骏也罢，他们一辈子都挣不来。"她缓了口气接着说："不是我跟你炫富，这可是真的。好妹子，你就留下吧。只要你留下，姐有的你也有，姐能得到的你也能得到，一样都不少你的。我跟你说实话，他早就想娶妾，我就是闹着不同意，为这还寻死觅活过，谁知道他娶回来一个什么样的狐狸精，和我合不来我的日子就更难过了。娶你我同意，知根知底的，我肯定不会受委屈。多好的机会，千载难逢，你就答应吧！"

黄河燕摇了摇头，态度坚定地说："不行，我过不了这样的日子。"

"你真的不同意?"

"我要爱一个人,一定要用我一生的感情,深深地爱着他,不为别的。"

葛秋燕无可奈何地咂着嘴摇了摇头,说:"我真不理解你,你太理想主义了。要知道贫贱夫妻可是百事哀哟。"

第二天上午,黄河燕离开了这座宅院。当她转过一条胡同走向大路的时候,葛秋燕从后面撵上了她。

"河燕,路上不安全,这把枪你带上。"

黄河燕打开包布,一支小巧的把柄上镂着花饰,样式新颖别致的手枪呈现在她的眼前。

"你的?"

葛秋燕点点头,说:"我那口子送我的生日礼物,这玩意对我没用。你会打枪吗?"

黄河燕说:"会!"

黄河燕在五天以后回到了同官县。

第三十五章

上午,张震山坐在办公室里,两脚搭在桌面上,剔着牙和乔参谋长、郭蛮子说着话。

"我说,军粮的事可是大事,抓紧时间催保安队给咱收缴。你俩也看到了,这形势一天比一天紧,这仗看来是非打不可。常言说得好,兵马未动粮草先行。这说不准哪一会儿命令就到,咱就得出征。"

郭蛮子坐在挨墙的一张椅子上,认真听完张震山的话,说道:"张司令,这个您放心,紧催着呢,误不了事。"他说着站起身向前走了几步,两只臂膀撑在桌子沿上,低着声音说:"张司令,我还得求您,吕志武那事您得多操心,他家里缠得我是一点办法也没有。您的路子比我宽多了……我这些年也是鞍前马后地跟您……"

张震山打了个手势制止住他说话:"你呀!不是我说你,简直像个娘儿们,

290

就这事快把我耳朵磨出茧子啦。你放心吧，我已经跟军法处的阎处长说了几次了，他也答应了，说是等有机会就把你那把兄弟保释出来，你就安心等信吧。"

"真的?"郭蛮子高兴地说，"要是这样咱不能等呀，说啥也得向人家表示表示吧。"

张震山眯着眼看着郭蛮子那张露着染着烟渍牙齿的脸，说:"你说得也是。听说这个阎处长好吸两口大烟，你留意弄上点，等再去省城咱俩一块儿去，给他送去。"

郭蛮子鸡啄米似的直点头，连声说:"是是是。我这就去想办法。"他转身正要离去，门外传来报告声。

"进来。"张震山喊道。

译电员进来，从文件夹里拿出一份电报双手呈到张震山的面前:"报告司令，军法处来电。"

"念——"张震山拖着长腔命令道。

"是。"译电员朗声念了起来。

张震山司令:

经查实，同官县保安队队长高大贵，在同官县境内截走不法商人携带的违禁品大烟三市斤。现令你部即刻着人查明大烟下落，并将情况迅速报来。

此令

西北军军法处

×年×月×日

张震山张大着眼睛听完了电文，大跨着步子绕过办公桌伸手一把把电报从译电员的手里扯过来，快速看了两遍掷到桌子上，骂道:"他娘的，军法处这帮龟孙子也太他娘的狗咬耗子多管闲事了。我们是他娘的正规军，是作战部队，走私贩烟的事与我们有屁相干，那是人家屈县令管的事。回电!"

"是。"译电员打了个立正，做好了记录的准备。

张震山抿着腰，说道:"军法处，来电收到。现复电如下:我部乃作战部队，只负责本地区的关防安全。走私贩烟是治安事宜，应责令同官县政府处置，我部不宜插手地方事宜。就这样发吧。"

译电员记好电文后递给张震山签了字，转身就要出去。乔参谋长赶忙拦住。

"司令，等一下。"

"咋?"张震山问。

　　乔参谋长从译电员的文件夹里取出文稿两根指头拈着抖搂着说："司令，千万不能这样发。这样发军法处那帮家伙们会不高兴的。他们会认为您这是在违抗军令，或者认为您根本不把他们放在眼里，何必为这点小事惹他们不愉快呢！"

　　张震山不满地说："他们这是把驴腿伸到马圈。人家屈鸿图的事让我们去管，这不明摆着让我们去得罪人嘛。天天喊着要精诚团结要精诚团结，这样还团结个屁，这简直是让我们精诚闹矛盾嘛。"

　　乔参谋长说："您消消气。其实军法处这样的命令并不是没有道理。您想，我们在金锁关设着卡子是干什么的？一是抓捕过往的共党，对吧？二是封锁一切物资进入延安，同时也不能让违禁品流入省城呀。您想，如果真是这么大量的大烟从我们的关卡顺利通过，这本身就是我们的失职。军法处给我们提供线索命令我们把这些东西缴回来，这是给我们提供了一个立功的好机会，怎么能不干呢？"

　　郭蛮子也帮着腔直白地说："参谋长说得对，咱们不能惹他们，吕志武的事还得求他们呢。您不是说阎处长好吸两口嘛，咱收回来给他送去……多好的事呀！"

　　张震山果然被乔参谋长的一番话说动了，刚才的火气瞬间熄灭了，说："照这么说……"

　　郭蛮子探出一只手在眼前狠狠地攥在一起，使着劲说："抓人，缴烟！"

　　张震山还有些顾虑，徐缓地说："是不是先跟屈县令透个气，要不这面子上……"

　　郭蛮子说："司令，您心太善了。俗话说人不亲行亲，这高大贵是屈鸿图手下的人，他们之间有着说不清道不明的关系。您能保证这事不是他俩合伙干的？大烟一卖，坐地分赃。您和他一通气，屈鸿图再跟高大贵一通气，两个人一串通，我们什么招都没有了。"

　　"好。"张震山一把扯过乔参谋长手中的文稿，两手交替着扯得粉碎。他命令译电员："回电。军法处，来电收到，我部立即执行命令。待查明情况，即刻上报。张——震——山。"

　　待译电员出了房门，乔参谋长舒了一口气，说："司令，高明。军法处那帮家伙看到这封电文心里一定很舒坦。"

　　张震山道："郭营长，我命令你即刻带人将保安队队长高大贵连同赃物一同缉拿归案，如有差池军法从事。"

"是!"郭蛮子应了一声,从张震山的办公室跑到营房点了五名士兵。

"弟兄们,带上家伙跟我走。"他挥舞着马鞭喊着。五名士兵挎着枪跟在郭蛮子的屁股后边朝保安队的队部走去。

"营长,咱们干啥去?"一个士兵挎着枪,枪托直拍打胯骨,撵上抢着马鞭在前面大步走着的郭蛮子,询问着。

郭蛮子将马鞭往前面一指:"目标保安队,逮捕队长高大贵。"

"抓高队长?他们……有人挡咋办?"一个士兵有顾虑地说。

郭蛮子狠狠地说:"挡?我看他娘的谁敢挡!弟兄们,子弹上膛,只要有人挡,就赏他一颗花生米。"

保安队的队部在城中的一个院子里。一个保安队队员在门前站岗,老远看到郭蛮子带了一队人雄赳赳地朝这边走过来,不知道他们要干什么,站在门楼外的石台阶旁等候着。等郭蛮子他们走到跟前,他哈着腰客气地问:"哟,郭营长,您来啦,您这可是大驾光临。"

郭蛮子用马鞭敲打着皮靴筒,用下巴指着院子问:"你们高队长在吗?"

"在在,刚从塬上回来。"

郭蛮子伸手指了一下院子说:"我找他有点事。"

"您请,您请。"

郭蛮子上台阶进院子,五个士兵紧随其后。前院空落落的,没有一个人。一只卧在墙根打瞌睡的花狗听到动静爬起来伸了一下懒腰,龇着牙朝他们狂吠起来。一个士兵端起枪对准了它。狗是见过枪的,也知道它的厉害,脖子一缩,尾巴紧夹,呜呜着掉头窜到柴堆后面躲了起来,片刻,伸出头来再叫一声,又赶忙缩回去。郭蛮子带着人来到高大贵的门前,撩起门帘子拥了进去。

高大贵前几天到西塬的各村去催军粮,今天回来刚进到办公室,沏茶泡水,坐在椅子上朝后仰着脑袋歇息着,突然拥进来一群人把他吓了一跳。当他认清是郭蛮子,便满脸堆着笑说:"郭营长,这是哪阵风把您吹来了。快请坐。"

郭蛮子叉着腿站着,马鞭在手掌上拍打着,阴笑着说:"不客气。"

高大贵拿起桌子上的烟,殷勤地递到他手里,赔着笑:"您……这是?"

郭蛮子抽着烟,斜睨着他:"不明白吗?我可是无事不登三宝殿,既然来了,就肯定有事。"

听着郭蛮子说话的语气,高大贵感到不是什么好兆头,试探着问:"您不会还是因为我弟弟二贵的事吧?我跟您说的都是实话,没有半点隐瞒。我真不知道他跑到哪儿去了,现在真是活不见人死不见尸。"

郭蛮子夹着烟的手挥舞着，嘴里喷着烟雾，说："不不，今天我到你这地盘上，不是因为高二贵的事，是因为你高大贵的事。"

高大贵吃惊地用手指头反指着自己，说："是因为我的事？郭营长，我可从来没有做过对不住您的事情呀。"

郭蛮子用鼻子哧了一下，说："我算他娘的个屁。因为我的事我也不会带领一帮子弟兄兴师动众到你这里来。我跟你说实话吧，你犯事啦，张司令命令我将你缉拿归案，我这也是奉命行事，对不住了。"他一挥手五个士兵一拥而上把高大贵的胳膊反剪着捆绑起来。

高大贵挣扎着喊道："这，这到底是咋回事呀？你们咋能随便跑到保安队抓人哪？"他的喊声很大，试图以此招来其他人的救助。

郭蛮子把马鞭抵到他的嘴上，阴着脸说："不准再喊，再喊我就把你的牙打掉。委屈你啦，带走！"

高大贵不肯走，嚷嚷道："你们这是翻了天啦！我要到屈县长那里去告你们。老子这些天跑到塬上累死累活地给你们催军粮，刚回来水没喝一口茶没沾一滴，你们就来抓我。你们还他娘的有良心没有，啊？我催的军粮就是喂狗它也不会咬我呀。"

郭蛮子听得恼羞成怒，回手就是一马鞭，正抽在高大贵的颧骨上。他咬着牙恶狠狠地说："再喊，再喊老子用枪把你的牙打掉。"

这一马鞭抽得既重又狠，高大贵的颧骨上登时起了一条血道子，嘴角也渗出了血，再也不敢吱声了。但他的喊叫声把后面住的保安队队员招了过来，七八个人聚在门口吵吵嚷嚷不知道发生了什么事情。

"咋回事？咋回事？"

"不知道嘛。"

"郭营长带人来抓高队长。"

郭蛮子出了房门，横眼一扫，朝聚集的人群拱了拱手，说："兄弟我受张司令的命令到这里来执行公务，冒犯了各位，请多海涵。让开路！"

郭蛮子刚迈开步，一个保安队队员壮着胆子在他后面问："我们高队长犯了啥事，说抓就抓走啦？"

郭蛮子回过头冲着他笑了一下："你说错了，我们这不是抓，是请。懂——吗？"

"有这样请的吗？把人脸上都打出血了。"

"我们在塬上征军粮遭老百姓骂，回来还要遭你们打，我们过得这是啥日子!"

"真不讲理,横行霸道……"

郭蛮子哼着鼻子狞笑着:"横行霸道?老子这也叫横行霸道?看来你们这群土鳖见识太短,根本就没见过啥子叫横行霸道。"他挥手抡鞭,向人群狠着劲抽了两鞭子,每抽一鞭,嚷道:"这叫横行霸道!这叫横行霸道!"他瞪着眼,用鞭子指着抱头跑出去老远的保安队队员,恶狠狠地说:"一群他妈的土鳖。再敢龇牙乱说,老子扛挺机关枪过来把你们都突突了。"

高大贵不敢再犟了,朝地上吐了一口血唾沫,苦着脸哀求道:"郭营长,您大人有大量,行行好,把这绳子解开,我跟你们走,保证不跑。这一条街上的人都看着呢,给我留点面子,求您啦!"

郭蛮子说:"行。绳子解开,给高队长留个面子。"他用皮鞭点着高大贵的鼻尖:"高队长,我不怕你跑。我这几个弟兄枪法不怎么样,但五杆枪一起开火总有一颗子弹能碰上你。"

高大贵用被绳子勒麻的手掌抹去了嘴角上的血线,配合地说:"不跑,绝对不跑。"

高大贵夹在五个士兵中间随着郭蛮子向北街军营方向走去。他到现在仍不清楚自己犯了什么事或者在什么事情上惹了四十六团,引得他们这样大动干戈。傍午的太阳暖融融地照在他的脸上,脸上的鞭伤火辣辣地疼,使他不停地搐动着嘴角。街面上的人不多,碰到几个熟人和他打招呼。

"哟,高队长呀,你这是去哪儿呢?"

"哈,到前面去。"高大贵尽量打起精神,强挤出笑意回答着。有时候郭蛮子替他做了回答,他阴阳怪气地说:"没有看见吗?张司令派我们几个弟兄来请高大队长赴宴。高大队长是同官县的大人物,出门得有个阵势。"

到了军营的院子里,郭蛮子径直进到张震山的办公室。

"报告司令,人抓到了。"

"抓到就去审呀,看他把东西藏到啥地方去了。"张震山吩咐道。在郭蛮子就要走出门的时候,张震山又把他喊了过去,伸出指头指点着:"审归审,不能上刑。"

郭蛮子瞪起眼睛:"这不行吧!不上刑他不会招的。张司令,您对他太客气了吧!"

张震山说:"你糊涂。那点大烟算个屁,军粮很重要。一上刑你把他打个腿断胳膊折谁去收军粮。你去,我去,还是让屈鸿图去?他只要把大烟交出来就

行。长点脑子！"

"得令。"郭蛮子来到院子里，指挥着士兵，"去，把高大队长请到审讯室。"

士兵们把高大贵连推带搡地拥进了审讯室。过了不大一会儿，郭蛮子一副悠闲自在的神态也来到审讯室。所谓的审讯室是马棚隔壁的两间空房子，原有的窗子都用砖头堵死了，只有门板上的缝隙可以透进来几缕散乱的光线。一盏马灯用铁丝吊在中央的木梁上闪烁着昏暗的光，一股刺鼻的焦煳和潮霉的混合味为房间增添了几许阴森。

郭蛮子进到房里，随手关上了房门，在靠墙的一张桌子后面坐下，两只穿着皮靴子的脚跷在桌面上。他两眼阴鸷地把高大贵凝视了一会儿，而后对士兵说："你们先出去，我和高大队长单独谈谈。"

士兵出去后，他放下跷在桌面上的两只脚走到高大贵跟前，从口袋里摸出一个很精致的金属烟盒，一摁机关烟盒弹开了，从烟盒里抠出一支烟，递到高大贵脸前。

"高大队长，抽支烟。"

高大贵神情紧张地翻着眼皮看了看他那似笑非笑的脸，颤抖着手接过烟噙在嘴里，对着火机燃着。

郭蛮子也燃着了一支烟叼着，说："高大队长，我看到你的手在哆嗦。嗨！哆嗦啥子哟，别怕嘛！"

高大贵嘴角抽搐着问："郭……营长，兄弟到底犯了什么错，值得您亲自带人把我抓到这里来。"

郭蛮子转回桌子后面叉开两臂撑在桌面上，撇着嘴说："错！高大队长，我不是把你抓来，而是请你过来帮助我们调查一宗案子。"

"啥案子？"

"我明白地跟你说吧。"郭蛮子又坐回到椅子上，两根指头夹着烟比画着，"有人举报，你前几个月从烟贩子手里截获了三斤大烟，我现在想知道这三斤大烟的去向。是上交了呢，还是私吞了？"

高大贵身子一震，连忙辩解道："没有呀，没有！我啥时候截获过三斤大烟？这真是天大的冤枉。"

郭蛮子徐徐地吐着烟说："先别把话说死嘛！高大队长，我这里如果没有十足的证据，能把你请到这里来吗？不要紧，我郭某有充分的耐性等你说实话。"

高大贵可怜兮兮地说："郭营长，您是长官，是包青天，不会冤枉好人的。您可要替我做主，说句公道话。这一定是有人陷害我。我对天起誓，我真的没有截获什么三斤大烟。我在保安队做事，每一次行动都有一帮弟兄跟着。再说啦，我是懂规矩的人，我咋会干那种违法犯禁的事？我真是冤枉，请郭营长为我做主……"

郭蛮子并没有被他那可怜兮兮的说辞所打动，而是淡淡一笑，说："看来你是不承认，是吧？"

"没有的事。冤枉，确实是冤枉。"

"好吧。"郭蛮子说着站起身，"你跟我来。"他推开一道门，进到另一间房子。房子中间竖着一根粗木桩子，木桩子跟前横着一条长凳子，旁边立着一个没有生火的炉子，炉子上横放着一把长柄烙铁，墙壁上挂着铁链、脚镣、皮鞭和拶子等刑具。高大贵以前听说四十六团有个审讯室，专门用来审讯、拷打那些被抓来的共产党、投奔延安的青年学生、抗拒缴粮纳税的农民和商人，还有逃兵，但他从来没有到过这个地方。

郭蛮子叉着腿站在房子中间狞笑着："高大队长，参观参观吧。"他指着竖木桩和长凳："这是老虎凳，把人绑在木桩上，用绳子捆住两条腿，在脚跟下开始垫砖。垫一块砖不说就垫两块，两块不说垫三块，三块不说垫四块，超过四块砖不开口的人还没有呢。"他又指着烙铁："这烙铁是干啥子用的知道不？不知道吧。这烙铁就是烧红以后用来烫人的。炉火烧旺，烙铁烧红，衣服扒开，往胸脯那块肥肉上使劲一摁，就听见刺啦一声，青烟直冒，肥油直流，皮开肉绽，啧啧，满屋子就会飘起燎猪毛的气味。你就能看到他的身子像蛇一样扭动，但不会发出一点声音。知道为啥子吗？因为提前把他的嘴堵上了。要是不堵上，那喊声太难听太瘆人，就像鬼哭狼嚎，甚至比鬼哭狼嚎还难听。"他又指着桌子上一堆毛栗子："你再看这是啥子？对，是毛栗子。干啥子用？你肯定也不知道。我来跟你讲，让你也开开眼界……"

郭蛮子今天很有耐性，把屋子里的刑具挨个跟高大贵讲了一遍，最后说："高大队长，咱们是熟人，我对熟人还是很讲情面的。我不做主，你随便挑两样试一试，如果你还能挺住不说大烟藏在啥子地方的话……我就可以放你回家。"

高大贵听得是毛骨悚然，额头上冒出了一层冷汗珠子，脸上没有一丝血色，牙齿不停地磕着，说："我……我说……"

"哎。"郭蛮子拍着高大贵的肩膀说，"你真是个聪明人，'识时务者为俊杰'，你就是俊杰呦。东西藏在哪里？"

高大贵垂头丧气地说："藏在……我办公室里间床下的砖下面，用个瓷罐

盛着。"

"实话？如果撒谎，可别怪我手下无情！"郭蛮子威胁道。

"实……话。"高大贵抹着脸上的汗珠子。

"来人！"郭蛮子厉声地向外喊道，守在外面的士兵应声而入。他命令道："去，带几个弟兄马上到高大队长办公室把床底下的砖扒开，把里面埋的瓷罐子完整带回来，不准打开。"

士兵走后，郭蛮子背着手绕着老虎凳一步一步地转着圈，说："高大队长，说完了这一件事，咱再说另外一件事。"

高大贵的视线一直没有离开郭蛮子的身影，听到这一句话他又紧张起来，愁眉苦脸着问："另外一件事？还……还有啥事？"

郭蛮子停下步子，用手在高大贵的脸上拍了两下，讪笑着说："高大队长是官不大僚不小，还有啥事你记不清啦，嗯？"他咬着牙说："我把兄弟的仇还没有报呢，你忘了我可没忘。说！你弟弟高二贵跑到啥子地方去了？这几个月回来过没有？我告诉你，你弟弟高二贵是个共党，我是饶不了他的！你今天不说，就别想囫囵着走出这个门！"他指着那些刑具示意给高大贵看。

高大贵还以为是别的什么麻烦事来了，听了郭蛮子的话，他紧张起来的心放下了，这是在他的预料之中的事情，早已做好了应对的准备。他脸一皱，嘴一歪，带着哭腔，可怜巴巴地摊着手说："郭……郭营长，冤枉哪！我对天发誓，真不知道他跑到哪儿去了，我要是说一句假话，天打雷劈不得好死。他现在是活不见人死不见尸，媳妇一气之下跑到香山寺出家了，孩子放到家里没人管。我爸和我妈整天为这事唉声叹气，还不断数落我，说我没本事，把亲弟弟都找不回来，我也是有一肚子的苦水没处倒呀。唉，他也把我害苦啦！你我本来都是好兄弟，现在闹得和有啥冤仇似的。"

郭蛮子眯着眼，思忖着高大贵说话的可信度。看着他那战战兢兢、骨软筋松、可怜巴巴的样子，不像是说假话。但是，他还想再敲诈他一下，抿着嘴摇了摇头。

"我可是听说你弟弟跑到延安投奔共产党了，我不信你不知道！"

高大贵抠挲着两只手，使劲摆着说："不会，绝对不会。"

"你怎么能这么肯定？"

高大贵说："好我的郭营长，好老哥，不可能。这一定是讹传。他在咱四十六团干得好好的，咋会和延安的共产党有瓜葛？延安又不是他的家，他想啥时候去就啥时候去。"他两手抹了一把脸，又说："不过我倒是听别人说，不一定真。说是有人在鄜县（今富县）县城里见到他了，说他在一个煤窑上干活，可不知道是真是假。"他继续说："您想呀，别人都说他是和我们邻家那个婊子一块儿跑的。他们两个勾搭的有日子啦。在咱们这里是被人戳脊梁骨羞先人的事情，共产党能要他们这号人？共产党讲的是一夫一妻，他们这是乱了人家的章法，人家会收留他们？不会，绝对不会！到煤窑上打工倒有可能。"他瞅了一眼郭蛮子，继续说："郭营长，我知道那件事上我弟弟做得不对，冒犯了您。您大人有大量，不要和他计较，等他回来，我摆席面让他亲自向您赔罪认错。"

郭蛮子觉得高大贵分析得不无道理，咧了咧嘴说："他能听你的？"

高大贵正色道："郭营长，在这件事情上我说了算，他不听也得听。他要是不听，我和他兄弟之间的情谊就一刀两断，决不含糊！"

郭蛮子的口气缓和了些，说："我说高队长，你这个弟弟也太他娘的狗拿耗子多管闲事了。真是不知天高地厚！"

高大贵看到郭蛮子的脸色平和了许多，说："这个不知天高地厚的东西，竟敢冒犯您郭营长的虎威，太狗胆包天啦。"又说："郭营长，不过话又说回来了。虽说我弟弟这个人性格直脾气犟，但还是知道个轻重的。他肯定不知道您和吕连长之间的关系，要是知道了，我敢说，就是再借给他个豹子胆，他也不敢冒犯您的虎威，在您跟前多翘。这是个误会。"

郭蛮子鼻子一哼，不屑地说："他要是知道了，我谅他也没有那个胆。"

高大贵眼睛一转，忽然想出一个缓解眼前危机的办法，叹着气说："郭营长啊，有句话我到现在也真不想瞒您了，您听完以后可真不能生气。您真不生气？好，不生气我就说了。实际上，这三斤大烟我是准备送给您的。"

"嗯？胡说！"

高大贵诚恳地说："郭营长，我真没有胡说。我说的每一句话，每一个字都是对老天爷发的誓！"

"那为啥子没见你给我送来？"

"郭营长，我原本是这样想的，等过上一段时间真正没有什么意外了，把这三斤大烟再送给您。我那二百五弟弟冒犯了您，这算是给他赎过呢。谁让我是他哥呢。为啥没有很快给您送过去呢，担心的就是风不平浪不静，害怕再给您招来啥麻烦。我就想先放一放吧，谁能想到麻烦来了……"

郭蛮子说："照你这么说，我还得感谢你？"

高大贵说："不，不用。我说的话您信也罢，不信也罢，权当我没说。现在

事情出来了，我全部承担后果。该咋处置我都接受。"

郭蛮子张着嘴，烟从口中悠悠地向外飘着，用怀疑的眼神看着神态恭顺的高大贵，不知道该说什么。

在郭蛮子审讯高大贵的时候，保安队有人把情况报告给了刘子良。刘子良急匆匆地来到屈鸿图的办公室，屈鸿图一看到他就不满地说："这个高大贵到塬上去催缴军粮怎么还没有回来？"

刘子良说："屈县长，出事啦。"

屈鸿图愣了一下，问："出什么事了？"

刘子良说："高队长上午就从塬上回来了，一回到保安队就被郭蛮子带了一帮人抓走了。"

"噢？"屈鸿图吃了一惊，"为什么？抓到哪里去了？"

刘子良摇着头说："现在还不知道他惹出了啥事，人是被带到军营里去了。其他的事情就不知道了。"他又愤愤地说："这郭蛮子也太嚣张了吧！抓您的人提前也不给您打个招呼，他们……也太不把您这个县长放在眼里了……"

屈鸿图阴着脸瞟了他一眼，哼了一声说："一群武夫，除了在这个小县城耀武扬威外，还有什么本事！"

老张头出现在门口，他欠着身子说："刘师爷，保安队来人找您。"

刘子良赶忙随着老张头出去。不大一会儿他又踅了回来，向屈鸿图报告说："屈县长，保安队来人说刚才四十六团又来了五六个当兵的在高大贵的床下挖出了一个瓷罐子带走了……"

屈鸿图骂道："这个王八蛋，一定是干了什么违法的事情，被四十六团抓住了把柄。"

刘子良问："那怎么办？"

屈鸿图冷笑一声，说："这有什么办法？人抓走了，赃物也起走了，人赃俱获，我们还能怎么办？"

刘子良支吾着说："咱们这样让四十六团的人给蒙在鼓里是不是有点太……窝囊了。"

屈鸿图以教训的口气说："你懂什么！该窝囊的时候就得窝囊。他究竟干了什么作奸犯科的事情，我们一点都不知道。我们能做什么？我们现在能做的一件事情就是等，时间和耐心会把一切都搞清楚。我倒要看看他们怎么收场。好啦，去忙你的吧，就当什么事情也没有发生。"他说完顺手从桌子上拿起一张报纸看了起来。

刘子良迈出了门槛又转了回来，屈鸿图翻着眼皮看着他，脸色是阴沉的，眼神是询问的。

刘子良咂着嘴，说："屈县长，我觉得吧，应该去找张震山问问情况。否则……"

"否则什么？你有话就利索点说，吞吞吐吐的……"屈鸿图放下手中的报纸。

"否则他们会觉得咱们太好欺负，到保安队抓走咱们的人，咱们连话都不敢说。"

"你的意思是我也带一帮子人过去兴师问罪？"

"不不不，我不是这个意思。"刘子良斟词酌句地说，"最起码让他们知道，您对这件事是很重视的。也让保安队的弟兄们知道，不管出了什么事情，屈县长都会站出来替弟兄们说话。这以后……"

屈鸿图敲着桌子说："我现在什么都不知道，不清楚，我说什么呀，啊？"

刘子良说："您消消气。正因为您现在什么都不知道，您才要过去了解情况。如果高大贵是蒙受冤屈，您就要为他洗冤，还他一个清白，以正视听。高大贵刚被抓走，您一得到消息就出面解决，他高大贵能不感激您？以后自然是鞍前马后为您效力，唯您马首是瞻。如果高大贵是作奸犯科，触犯了国法律条，您也可以尽快掌握到第一手资料，有了处理他的依据。"他又往屈鸿图跟前靠了靠，压低声音说："再者，他们有什么目的一定要尽快搞清楚，会不会抓高大贵是一个幌子，有没有针对您的什么企图。"

刘子良的最后一句话引起了屈鸿图的注意，他侧过脸说："对我的企图？对我能有什么企图？"

刘子良说："这俗话说得好，害人之心不可有，防人之心不可无。把情况摸清楚就是为了防人嘛。"

屈鸿图掐着下巴思索了一会儿："你说得有道理，现在咱俩就过去看看到底是什么情况。"他看着刘子良欲言又止的样子："你还有什么话说？"

刘子良说："咱们过去，虽说不是兴师问罪，但您要多少带点气，要显示出您对他们这种不讲规矩就随便到您的治下抓人的行径表示不满。如果惯出毛病，他们以后就会更加肆无忌惮，更加把您不放在眼里。"

屈鸿图愤愤地骂道："这群兵痞，简直是无法无天。走！"

屈鸿图带着刘子良来到军营门前，军营门口的岗哨挡住了他们。

"屈县长、刘师爷，有什么事情吗？"

刘子良搭腔说："屈县长要见你们张司令，麻烦你通报一下。"

岗哨跑进去一会儿又跑了出来，说："屈县长、刘师爷，张司令有请。"

屈鸿图和刘子良一前一后来到张震山的办公室，办公室里还有郭蛮子和乔参谋长。张震山坐在办公桌后面，看到屈鸿图和刘子良进来，急忙站了起来。

"哈，屈县令大驾光临，我这里是蓬荜生辉，不胜荣幸。郭营长，给二位看座，泡茶。"

屈鸿图干笑着在椅子上坐下，说："张司令客气，我这个七品芝麻小官，官微言轻，谁也不放在眼里。哪比得上张司令兵强马壮，军威显赫，想干什么就干什么。"

张震山往椅子背上一靠，手掌拍了两下宽大的额头，笑着说："看来屈县令今天是来兴师问罪的。"

屈鸿图欠了欠身子，说："岂敢，岂敢。我屈某哪有那么大的胆子，敢在老虎头上搔痒。"

张震山哈哈大笑起来，说："好啦，好啦。听手下的人说你来了，我就知道你来干什么。咱都不用揣着掖着，就打开窗子说亮话。我是把你们保安队的高队长逮起来了。"他打着手势说："你等等，别问我为啥，我会跟你说清楚。是这么回事，今天上午我们接到军法处的一封电令，说你们的高队长截获了三斤大烟私吞了，命令我部即刻捉拿高大贵归案，并追查三斤大烟的去向。你知道，军令如山，不是儿戏。我事前也没来得及跟你打招呼就派人到保安队把高大贵给逮起来了。还好，一审这小子就全招了，大烟就埋在他办公室的床底下，现在我们已经把赃物也起出来了，人赃俱获。喏，这是军法处的电令，你看一下。"

屈鸿图看了看电报，他心里暗自吃惊，心想，高大贵这王八蛋也太胆大了，竟然做出这么大的案子。他用手在大腿上拍了一下，愤愤地说："这个王八蛋真是吃了熊心豹子胆了，竟敢干出这种不要命的事情来。"他又一想，不解地问："张司令，我怎么搞不明白。这事情提前您不知道，我不知道，这军法处远在省城他们怎么能知道？"

张震山说："是啊，刚接到电报俺也和你一样迷糊。这军法处的人难道有千里眼顺风耳，在几百里外的西安城就能看到同官县发生的事情？我打电话一问，原来是几个做生意的家伙从山里收了六斤大烟被高大贵查获了，人家给高大贵分了三斤，堵住了他的嘴。这几个家伙在西安把剩下的大烟倒手给了军官俱乐部里的一个什么主任，这个什么主任在卖给军官们的时候被逮住了。结果一查，就查到高大贵这儿来了，就这样军法处给我们打了这份电报。电话里还训斥我，说我们金锁关的关卡稽查不严，如果再出现这类事情，还要追查我的责任。他娘的！"

屈鸿图知道了事情的原委，气也消了许多，挖挲了一下两手，做了一个无可奈何的动作，口气和缓地说："既然如此，我也没办法。现在人赃俱获了，犯法就要接受法律的惩处，天经地义，天王老子也救不了他。张司令就看着处置吧。"

张震山一摆手说："处置？我咋处置？高大贵又不是军人，即便我把他送到军法处，军法处肯定把他转送到省司法，结果一定是死罪。三斤哪，不是小数目。我想好了，人是你的人，还是交给你处置吧。赃物我们收缴了，我也得给军法处有个交代不是？"

屈鸿图问："现在人在哪儿？"

张震山说："还在审讯室关着。不过你放心，我们没有动他一指头。是吧，郭营长？"

郭蛮子随声附和着："是，没有动他一指头。"

张震山说："郭营长，你带几个人把高大贵押送到保安队交给他们的人。"

屈鸿图余气未消地说："这个败类，简直是胆大妄为。私吞大烟，数量巨大，按律这是要处以极刑的。我决不能轻饶他！"他又吩咐道："刘师爷你跟着去，到保安队要派人严加看管，下来咱们再量刑定罪。"他说完就悻悻地离开了军营。

第三十六章

高大贵被押到保安队后，关在后院的一间空房子里，日夜派人看守着。下午，刘子良过来看他。高大贵坐在草垫子上，一副愁眉苦脸的可怜相，看到刘子良进来，就像见到了亲人。

"兄弟，我求求你了，这事你一定得帮帮我，否则我这小命就完啦。"高大贵硬是在愁眉不展的脸上挤出比哭还难看的笑意来，加之凌乱的头发，显出一副前所未有的可怜相，把一支烟恭敬地递到刘子良的手上。

刘子良缓慢地抬起手接过烟，脸上是似笑非笑的样子。高大贵赶忙用有些哆嗦的手划着火柴，给刘子良把烟点着。刘子良眯缝着眼吸了一口，吐出浓浓的烟雾，烟雾在他的眼前散开。高大贵屈着腿好像要蹲下去的样子，身子缩得比刘子良矮了半头，微微咧着嘴，嘴角像抽风似的不停地搐动着，凝滞着笑意看着他。刘子良把视线移开，翘起下巴颏，心不在焉地看着墙角的一个地方，下意识地用小拇指长长的指甲挖了一下耳洞，悠悠地说："这事呀，要说难也难，要说容易也容易，就看你咋样处理了……"

高大贵心急火燎地等着下文，可刘子良却顿住了。

"我说兄弟，亲兄弟，你就别卖关子了，给我个痛快话吧，我已经两天两夜没合眼啦……"

刘子良被烟呛得咳嗽了两下，用力拍着高大贵的肩膀，提着嗓门胸有成竹地说："要说容易也容易，要说难也难是有道理的。先说难吧，这私贩大烟可是违法犯禁的事。往轻的说呢，判刑入狱，大刑伺候，打个皮开肉绽，腿断胳膊折，半生残废。这往重的说呢，五花大绑，脊背上插个犯由牌，推到山沟里，挨上几颗枪子儿，脑门上打出几个核桃大的血窟窿，脑壳迸裂，脑浆飞溅，头扎泥沟，屁股朝天，尸横荒野……啧啧。嘿，我跟你说这些干啥，这些你是都知道的，见过的。前年，枪毙那三个烟贩子……"

高大贵揩了一把额头上的汗珠子，咧着嘴，带着哭腔，说："兄弟呀，你就别说这些让我心惊肉跳的话了，我这心揪得难受呀，你再不救我，就给我找根绳，我就在这屋梁上上吊算了，我可不想死无全尸……"

刘子良眉头一横，厉声说道："既然知道后怕，当初为啥要干这寻死不能活的勾当，嗯？"

高大贵挖挲着手，眼泪巴巴地说："是我该死。我这是财迷心窍，财迷心窍……我可真不想死呀！"

刘子良咂了咂嘴，叹了一口气："事到如今，我当然也不能眼看着人家把你拉出去崩了。"他歪着头沉思了片刻说："你得想办法……"

"我想啥办法呀？我想了两天两夜，头发都想白了，没有办法呀。"

"办法嘛，会有的。常言说，活人不能让尿憋死，没有过不去的火焰山，还有船到桥头自然直，现在就看你怎么过了。"

"说吧，说吧，我的亲爷爷，你再不说我就跪下给您磕头了。"

刘子良摆了摆手："免了免了。男儿膝下有黄金，宁可站着死，决不跪着生。"

"可我……"

刘子良看着高大贵那副软骨头样，不想再难为他了，说："这自古以来，要想摆平一件难事，有两个无坚不摧的制胜法宝。"

"哪两个？"

"这第一个嘛，是这个……"刘子良做出手指头捏着银圆在嘴前吹了一下、又放在耳朵边细听的姿势。

"钱？"高大贵心领神会地说。

刘子良肯定着说："对，是钱。"他又继续说："钱是个好东西。西晋有个文人叫鲁褒，他写了一篇文章叫《钱神论》。他把钱写得可谓出神入化，无所不能，神采飞扬，美妙绝伦。他写道，无位而尊，无势而热。排朱门，入紫闼；钱之所在，危可使安，死可使活；钱之所去，贵可使贱，生可使杀。是故忿净辩讼，非钱不胜；孤弱幽滞，非钱不拔；怨仇嫌恨，非钱不解；令问笑谈，非钱不发……子夏云：'死生有命，富贵在天。'吾以死生无命，富贵在钱。何以明之？钱能转祸为福，因败为成，危者得安，死者得生。性命长短，相禄贵贱，皆在乎钱，天何与焉？天有所短，钱有所长。四时行焉，百物生焉，钱不如天；达穷开塞，赈贫济乏，天不如钱……所以呀，你只要用钱做开路先锋，它可以无坚不摧，无往不胜，可以势如破竹，可以摧枯拉朽，可以所向无敌。"

"这……那第二个呢？"

"这第二个就是色。"

"色？什么色？"

刘子良哼了一声，皱着眉头鄙夷地说道："你真是个榆木疙瘩不开窍，只知道为财拼命，没有一点心机。这色就是女色。有道是'英雄难过美人关'。只要让一个娇滴滴，羞答答，妖媚如花，柔情似水，秀色可餐的美人往他身上一贴，启樱桃小口，吐莲花妙语，抛顾盼流光，传脉脉含情。无论是那些心怀钢铁意志的英雄，还是道貌岸然的君子，甚或是那些杀人不眨眼的魔王，都会心旌摇动，心神不宁，心猿意马，骨软筋麻，头昏眼花，神思恍惚，舍生忘死，俯首听命。你在这两招中任选其一，就可保你消灾泯难，逢凶化吉，遇难呈祥，死里逃生。如果是双管齐下，就会阴阳协调，鬼神护佑，福星高照。怎么样？"

高大贵怀着满腔的希望，张大着两眼，全神贯注地听着，想从刘子良嘴里得到一道保命符，听完后马上泄了气。

"就……这？"他张着眼睛，咧了咧嘴说。

"是啊，难道这还不够吗？"

"哎呀，我的活祖宗呀。你这哪里是帮我出主意，你这是活活要把我逼死。说了这么一大堆，上挨不着天，下连不上地，一丁点用也没有。"

刘子良点着他的额头，咬着牙说："你呀，你呀，就是一个斧砍不烂、刀剁不断的榆木疙瘩。用孔夫子的话说，就是'朽木不可雕也'，用俗话说就是'稀泥抹不上墙'。我说了半天是对牛弹琴，屁用都没有。"

高大贵拍着手说："你别给我耍花腔了，我现在头都快疼炸了。别这样一会儿'钱神论'，一会儿孔夫子说，你跟我讲点具体的办法，我这就照章办理行不行？哎呀，我这儿……我这儿都急……我求求你啦！"

刘子良拧着脖子，侧着脸，睨着高大贵，心里暗暗骂道："这头蠢猪，看来是非要把话说明白才行。"他赌着气说："要想把这事儿摆平，一是破财消灾，给屈县长送钱，让他高抬贵手，大事化小，小事化了。能听懂不能？"

高大贵急忙点头说："能听懂。可我现在是个戴罪之人，咋给他送钱去？送钱去……他如果不要呢？"

"你还没送呢，咋知道他不要？"

高大贵忧愁地说："这送多少合适呢？"

刘子良出主意说："最少二百大洋。不能少，少了不顶用。我再帮你说说好话。"

高大贵惊叫起来："这么多？这不是要我的命嘛，我哪来那么多钱？"

刘子良气恼地拍着门框："借！破财保命。"

高大贵挠着粗脖颈说："就是借下钱，我也不敢去送呀。"

刘子良翻了他一眼说："叫你老婆去，你老婆伶牙俐齿能说会道。面对一个柔弱无骨、哭哭啼啼、悲悲切切的女人，屈县长怎么忍心刁难她，是吧？回头教教她，要会装可怜，该哭的时候要能哭，该悲的时候要能悲，只要能打动屈县长的心，就行！否则嘛，后果你是知道的。我能说的都说了，剩下的就看你喽，我还有事先走了。你自己好好想想吧。"

刘子良说着转身离开了高大贵，高大贵呆呆地望着他走出后院的背影，赶紧喊道："等等……"

刘子良停下脚步，问："还有啥事？"

高大贵说:"就是让我媳妇去求屈县长,我也得和她见个面跟她交代一下,她到现在还啥都不知道哪。"

刘子良说:"你们咋见面? 我把她叫来?"

高大贵:"最好让我回家一趟,我在家里当面跟她说清楚。这不是还得找钱嘛。"

刘子良不放心地说:"你要是跑了,我咋交代?"

高大贵:"不会,一定不会,我决不能做坑害你的事。我跟我媳妇说清楚,让她去。再说啦,我能跑到哪儿去呢?"

刘子良说:"你真不能跑,你要是跑了那肯定是死路一条。好好想想办法,保命应该是没有问题的,跑肯定是最愚蠢的做法。"

天黑的时候,刘子良把高大贵放回了家。他拖着疲惫不堪的身子到堂屋里转了一圈,强打精神和父母打了个招呼就回到自己住的房子。

娇艳一看见他就埋怨了起来:"你这是干啥去了? 一出去就是几天,连个照面也不打,你是有家还是没有家?"

高大贵面对媳妇的埋怨,也不吱声,坐在椅子上,弓着背,两手搓着脸面,不住地唉声叹气。

"咋啦,哪儿不舒服?"

苦闷的情绪一下憋不住了,他双手捂住脸,压低着声音,呜呜地哭了起来。

这一下可把娇艳吓了一跳,她扔下手中的扫炕笤帚,扯着男人的胳膊,焦躁地问:"咋啦,咋啦? 大男人家咋哭成这样子,嗯? 咋回事?"

高大贵摇着头,呜咽着说:"我……我遇到麻烦事了,唉……"

娇艳气咻咻地说:"啥麻烦事? 你说出来让我听听。大老爷们儿哭啥哭!"

高大贵猛地抓住媳妇的两只手,双膝一屈跪在她的面前,仰着脸,泪眼汪汪地说:"媳妇,媳妇,我遇到大麻烦了,你得救救我,要不我就完蛋啦。"

娇艳狠狠地把他的手甩脱,转身坐到炕边,斜着身子,说:"站起来! 大男人的膝盖咋那样软呢,动不动就下跪,羞死先人了。说,啥事? 头掉了也就是碗大个疤,能咋样?"

高大贵在媳妇的训斥下,从地上磨磨蹭蹭地站了起来,吃力地坐到椅子上,用手擦了一下眼泪,愁眉苦脸地说:"我干了犯法的事,屈县长现在要收拾我。"

"啥犯法的事,杀人了,放火了,还是抢劫了?"

"都不是……"

"那能是啥？你快说嘛，急死人啦！"

"我把大烟贩子的大烟截了，私吞了，现在让人家逮住了。"

"啥？"娇艳吃了一惊。"私吞大烟？你真是吃了熊心豹子胆了，你敢私吞大烟，这不是找死是干啥？多少？"她两眼盯着高大贵问道。

"有……三斤……"

娇艳用手费力地抹着脸，叹了口气说："你个高大贵，平日里看你蔫了吧唧的，谁敢想你还能干出这惊天动地砍头掉脑袋的事情。"

高大贵垂着头，嘟哝着说："现在也不是埋怨的时候了，要紧的是得想想办法。你总不能看着让人家把我拖出去枪崩了吧！"

"咋办？"娇艳缓了缓口气说，"找人说说情吧。大不了多花点钱，破财消灾吧。"她说着爬到炕上，打开炕头的柜子，从里面取出一个朱红色的小木匣子："这里面是我的全部积蓄和首饰，你都拿去吧。"

高大贵的头仍然垂着，嘟囔着："就那点……根本不够。"

"得多少？"

"刘师爷说了，不能少于二百块大洋。"

娇艳负气地把木匣往一旁一推，颓然地坐在那里，眼泪无声无息地往下流着，凄然地说："咱哪儿有那么多钱？去吧，跟爸妈说去，只有卖房子卖地了。"

高大贵哭丧着脸赶忙说："那不行。房子、地卖了以后的日子咋过？"他眼珠子转了两下说："要不……这样吧，你去求求屈县长吧，多说点好听的。他……总不至于难为女人吧。"

娇艳不相信地说："这么大的事，我的几句话就能让他改变主意？哼，你想得也太简单了吧。"

高大贵眼巴巴地看着她说："我实在没有别的办法了，你就试试吧。我不敢见他，他也根本不会见我。再说了现在我已经被关在保安队了，是刘师爷帮着把我放回家的，过一会儿还得回去。"

沉默了一会儿，娇艳下了决心，气呼呼地说："行。我去就我去，看他怎么说。啥时候去？"

终于把娇艳说动了，高大贵的心里有了些许的轻松："媳妇，你真是我的救命恩人，你的大恩大德我这一辈子都要记住。"他坐到炕边殷勤地给媳妇捶着腿："今天天黑去吧。"

"为啥白天不能去，偏要天黑去？"

"白天……县政府里来来往往的人太多，不好说话。再说啦，在办公室里那些当官的都爱打官腔。晚上到他住的地方去，说话方便。住的地方不是办公室，他就不好打官腔了，人情味就能多一点，事情就好办了。"高大贵给媳妇谋划着。

娇艳斜着眼盯着高大贵说："你这是早就想好了，才在这儿刘备哭荆州似的和我说话呀。"

"这不是有病乱投医，没办法嘛。"

"你手轻点。"

"遵命。老婆。"

第三十七章

暮色降临了。县城里的房屋、树木以及两边的山都在暮色的笼罩下变得影影绰绰、线条模糊，点点昏黄的灯光漫不经心地闪烁着，处于无精打采的昏睡状态。

娇艳换了一身干净的衣服，梳理了一下头发，在首饰匣子里挑了一件有挂坠的簪子别在发髻上，故意让一缕鬓发垂落下来；一副银手镯戴在腕子上，对着镜子往俊俏的脸上施了脂粉，描出一道细眉，涂上了口红。而后她又细细地端详了一阵子，觉得无可挑剔了，站起来抻了抻衣襟，说："走吧。"

在娇艳梳妆打扮的时候，高大贵一直皱着眉头阴着脸注视着她。她现在的一举一动都让他感到很不舒服，胸腔里沸腾着难以名状的酸楚，像脱缰的野马东奔西突，然而他只能容忍，没有胆量发作。权衡媳妇的付出和他的生死存亡，他还是很珍惜他的生命。他咬着腮帮子，心里恶狠狠地骂道："臭娘儿们，你这哪里是为我排忧解难，这分明是去会野男人的嘛。"

听到娇艳的催促，他很不情愿地随了一句："走吧。"

娇艳一只脚迈出门槛又缩了回来，从抽屉里摸出一把剪子掰了几下没有掰开，递给高大贵说："你把它掰开。"

高大贵不解地问："好好的剪子掰开干啥？掰成两片就用不成了。"

娇艳说:"你别管!"

高大贵顺从地咬着牙用两只大手使足了劲掰了几下仍然没有掰开。剪子上的铆钉太结实了。

"不行。"他说。

娇艳说:"插进门缝里掰。"

高大贵把剪子的一片手把插进门缝里,握住另一片手把使劲一拧,剪子分成了两片。

娇艳接过掰开的剪子,把一片扔进抽屉里,另一片掖进裤腰里。

"你这是干啥?"高大贵惊诧而不解地问道。

娇艳哼了一声,说:"你们这些臭男人,见了俊俏的女人,哪一个不是蝇子见了血,不咬一口就活不成。别说他是县长,他要是敢对老娘图谋不轨,居心叵测,老娘就用这东西在他身上戳上十个八个血窟窿,让他见识见识老娘的厉害。"

高大贵急忙挡在她的前面,乞求着说:"我的好姑奶奶,我求你啦,你可不敢胡折腾。我是叫你去求他高抬贵手放我一条生路,可不是叫你去杀人索命的。要是那样,不但我活不成,就连你也是死罪难逃啊。"

"你——害怕啦?"

"我真害怕。"高大贵怯懦地承认道。

"那要是他不怀好意,欺负你媳妇咋办?"

"这……"高大贵无言以对,但他又狡辩道,"害怕他欺负你,那你为啥还要把你打扮得像天仙一样,说不定他还会以为你想勾引他呢。"

"啥,我想勾引他?你也敢说这话!我实话告诉你吧,不是看你高家对我有养育之恩,就你这个既耕不了地又播不了种的东西,我早就拍拍屁股改嫁了。就老娘这副模样还不愁没人要。你要这样说,我还不伺候你了,你个大男人家敢做敢当,挨杀挨剐是你的命。我不去了!"她负气地坐到了椅子上,别过脸,不看他。

高大贵束手无策了,垂着手傻呆呆地站在门口,后悔自己言语唐突。顿了一会儿,他又脸上堆起笑,温言软语地说:"娇艳,媳妇,别生气,都怪我胡思乱想。我知道这事让你受罪了,算我不是人,我以后一定要好好对待你。"

娇艳瞥了他一眼,说:"我是个女人,我就是现在上刑场也要把自己打扮得漂漂亮亮的。你说去还是不去?"

"去,还得去。"

娇艳站起身来，睨着眼说："你真是个猪脑子。老娘要是想勾引男人，还能带把剪刀去。只要他规规矩矩，我就不会胡来。你说我去见人求情，不打扮一下行吗？我要是穿一身破烂衣裳，再披头散发着去，人家还以为来了个疯婆子呢，那才屁事也办不成哪。"

高大贵立刻附和着说："媳妇说得对，媳妇说得对。我是一时犯糊涂胡思乱想了。"

高大贵领着娇艳过了已经没有人迹静悄悄的街道后，把她带到一个土坡上，站在这里可以看到县政府的后院，后院里有一处单门独户的院子，院子里的一间房子亮着灯。高大贵指着亮灯的那间房子说："你看，亮灯的那间房子就是屈县长的房子。你进去以后多说好话，多求情。只要能打动他我就可以躲过这一劫，千万不敢动剪子。现在咱在人家的屋檐下，不能不低头。"

"这么晚了，大门一定关了。我咋进去？总不能让我飞进去吧。"

"你听我说嘛。刘师爷已经给看门的老张头打过招呼，咱现在过去一敲门，他就会放你进去。"

"你跟我一块儿去吧，我的心突突直跳。"

高大贵说："我不能和你一块儿去，我去了只能坏事。再说啦，我是刘师爷擅自做主偷偷放出来的，屈县长知道了，会给刘师爷带来麻烦。他要问起我，你就说还在保安队关着呢。我把你一送进去，就赶快回保安队。你就不要管我了。"

到了县政府门前，高大贵在门上有节奏地敲了几下，紧接着就听到院子里响起了拖沓的脚步声，脚步声到了门前停住了。

"谁呀？"老张头沙哑着声音问道。

"张大哥，是我，高大贵。"高大贵把嘴贴到门缝上低声回应着。

大门轻轻地开启了一道缝，老张头闪到一边，放娇艳进去。他犹豫着问："高队长，你也进来？"

"我，我就不进去了，我还得回保安队，让我媳妇进去——见到屈县长多说好话啊。"娇艳闪进门时高大贵在背后叮咛着说。

老张头把门关上，在前面引着娇艳向后院走去，边走还边嘟囔着："高队长好好的，咋能干出这招灾惹祸的事呢。真是人有三昏六迷，不知道啥时候就走到邪路上去了。"

过了月亮门，老张头指着亮灯的房子，对娇艳说："那就是屈县长的住房，你去吧，我就不过去了。"

娇艳向他道了一声谢，鼓了鼓勇气，就径直向亮灯的房子走了过去。门是虚掩着的，从门缝里可以看到屈鸿图坐在一个小矮凳子上埋头洗着一件衣服，嘴里哼哼着戏曲：

> 过一山，又一山，
>
> 她说是家有牡丹等我攀；
>
> 下了山，到池塘，
>
> 她说是水里鸳鸯配成双；
>
> 过池塘，见条河，
>
> 哎呀，山伯真是呆头鹅！
>
> ……

娇艳听着心里骂道："这个浑蛋。我家男人被你逼得走投无路，快要跳沟撞墙了，老娘黑灯瞎火还要跑来向你求情说好话，你在这里倒轻闲地唱戏。"她不由得心里涌起一团怒气，咬咬牙，摸了摸腰间的半片剪刀，捵了捵衣服推开了房门，用带着哭腔的声音叫道："屈县长……"

屈鸿图正唱在兴头上，吓得一哆嗦，像突然看到了鬼，惊问道："谁？你……是谁呀？"

娇艳泪眼婆娑，声音哽咽："我是高大贵的媳妇，求求您救救我家大贵吧！"

屈鸿图张大着眼睛看了她一阵子，长出了一口气，问道："是你，你怎么进来的？"

"我是求张大哥放我进来的。您大人不计小人过，就高抬贵手放过我家大贵吧。"

屈鸿图甩了两下手上的水珠，站起身来，从木盆架上扯过毛巾胡乱地把手擦了擦，转过脸道："高大贵呢？"

娇艳两手搭在髀间，低着头，怯懦而支吾着说道："他……他还关在保安队里，我只好来求屈县长了……"

屈鸿图把中山装披在肩上，从桌子上的烟盒里摸出一支烟点着，坐在椅子上，愤愤地说："你知道他犯的什么罪吗？他犯的是杀头之罪，根据民国法令私贩大烟是要枪毙的！"

"屈县长，下午我去看了他，他知错了，现在肠子都悔青了。您就看在他是您的手下，就高抬贵手，饶他这一遭吧。"娇艳往前趋了两步，双膝一屈跪在了屈鸿图的跟前，两手掩着脸，呜呜咽咽地哭了起来，两肩不停地抖动。

屈鸿图像被蝎子蜇了一下似的从椅子上跳起来，披在肩上的中山装滑落到地上。

"这这这，起来，起来。"屈鸿图伸手想扶她，但手到跟前又缩了回来。

娇艳扬起满是泪水的脸，可怜兮兮地看着他说："屈县长，您要是不放过大贵，我就不起来，我就跪死在这里。反正男人没命了，我活着也没有意思。"

屈鸿图说："他犯的是重罪，我也没有办法。"

"那我就跪死在这儿。"

屈鸿图想了一会儿，也没有想出什么好办法。面对一个两腮挂泪的柔弱女人，哭哭啼啼地跪在那里，他也不忍心让这种场面持续下去。

"好啦，好啦，起来吧。"他显得无可奈何地说。

"您答应啦？"娇艳转悲为喜地问。

屈鸿图伸出手托着娇艳的两臂把她扶起来，女人身体的温热在他被水浸凉的手掌上迅速地传递着，使他的浑身产生了一种说不出的异样感觉。他口气徐缓地说："我也正为这事犯愁呢。高大贵是我手下的人，他出了这么大的事情我也是难辞其咎的。从他犯的罪来说是重罪，是要杀头掉脑袋的。可是他又是初犯，又是帮我干事的人。要是为这事把他置于死地，我也于心不安。唉，我也是左右为难哪！"

听着屈鸿图的话，娇艳感到事情有转机，就又说："屈县长，只要您这次放过我家大贵，您就是我们两口子的再生父母，我们两口子今生来世就是做牛做马，也要报答您的大恩大德。"她说着，轻舒了一口气，走到洗衣盆前的矮凳子上坐下来，把两只袖子往上一捋，扯起水盆里的衣服就揉搓起来。

"这哪是你们男人家干的事呀。屈县长，您救了俺家大贵的命，只要您不嫌弃，以后我就是您的用人，洗洗涮涮的事我全包了。"她妩媚地冲着屈鸿图一笑，眼角的泪花闪出好看的光亮。

汽灯散射出来的灯光照得屋子里亮亮的。屈鸿图凝视着眼前为他洗衣服的这个女人。她的头发乌黑，脸盘俊俏，眼神妩媚，手臂白净而圆润，洗衣服的动作娴熟而灵巧，两只小耳朵上挂着的耳环不停地晃动着，辉映出闪闪烁烁的光泽。一时间，他感到胸中有一团热气不停地往上涌动，身心觉得烦躁而疲惫，眼神显得迷离而恍惚，思绪变得混乱而痴滞。他痴痴地问："你……刚才说什么？愿意做牛做马报答我的救命之恩？"

"是呀。"娇艳用湿手指往后撩了一下滑下来的鬓发，用胳膊拭了一下额头，"您不信？"

"信，信……你说的话我相信……"屈鸿图若有所思地说。

"我那口子呀，是个老实人，也是个实心眼。这次谁知道吃错了哪味药，干出了这么件蠢事来。我一听说魂都惊飞到天外去了。这一次幸亏是遇到屈县长您这尊活菩萨了，要是遇到个没情没面没肝没肺的人，我这会儿也就只有给他披麻戴孝搭灵棚了。您说，我这还年纪轻轻的要是成了寡妇，往后的日子该有多苦……"娇艳边洗着衣服，边絮絮叨叨地说着。她把洗净的衣服抖搂了几下搭在绳子上，用两只湿手把衣服上的皱褶抹平展，把洗衣服的水端出去泼在院子的地上，回到屋子看到零乱的床铺，就利落地整理起来。

"哎，屈县长，您来同官县当县长咋没带嫂子和孩子一块儿来呀？您的孩子多大了？有几个孩子？这身边没个女人照顾日子多不方便。"她边整理着床铺，边东拉西扯地问这问那。

"哦，她没有来，她——你不用收拾了。"屈鸿图走到娇艳身边试图阻挡她。女人身上散发出来的脂粉香味钻入他的鼻孔，沁入他的心脾，他有些魂不守舍。

"嫂子不在，我刚才说了，我就是您的用人。以后我就经常过来帮您收拾一下房间，洗一洗衣服，这是我们女人干的事。嗨，您看这枕巾都变颜色了，床单也该洗了。等明天我过来把床单、枕巾都给您洗一洗。哦……"娇艳突然急促地呻吟了一声。屈鸿图在她身后张开两臂，紧紧地揽住了她的腰。

"屈县长，你……我，不行……"娇艳惊慌失措而又语无伦次地低声抗拒着，试图掰开他的手。

屈鸿图也不搭话。娇艳的身子越是扭动，他就越是用力地拥抱，粗重的热烘烘的鼻息喷在她的脖颈上，像一股电流使她感到酥麻难忍。她不由自主地把头向后仰着，柔软的发丝在屈鸿图的脸上厮磨着，伤眼迷蒙，热血涌动，周身的筋骨都软作一团，缓缓地向下沉去。

"你要……干啥？"她如醉如痴地呢喃着。

屈鸿图不说话，使劲把娇艳的身子翻转过来，使她仰面躺在床上。她的脸颊上泛着淡淡的桃色红晕，艳红色的口唇微微张开，两侧有几颗雀斑的小巧玲珑的鼻翼轻轻地翕张着，两眼似睡非睡地闭着，乳峰高耸的胸脯起伏着，胳膊肘屈着，随意勾出的兰花指触着脸颊。屈鸿图的脑海里油然冒出了"沉鱼落雁，闭月羞花"的词语。他两手慌乱着向娇艳衣服下的裤腰摸去，突然停在那里，心里惊悸了一下，他的手触到了那半片剪刀。

"这……这是什么？"屈鸿图捏着剪刀的手不住地哆嗦起来，吃惊地问。经过磨砺的剪刀，刃口泛着青色的幽光。他好不容易酝酿起来的激情瞬间飞到九霄云外，禁不住打了一个冷战。

娇艳一动不动地躺在那里，梦呓般地呢喃着："我来的时候就想好啦，你要是不放过我男人，我就死给你看，明年的今天就是我的忌日。屈县长，你要记住，到我忌日这天给我烧卷纸，要不……我就来找你，还要到阎王爷那儿告你，是你让我成了寡妇，我不会饶你的……"

"这，这……嗨！你这不是要挟本官吗？"

"我不这样做，成了寡妇你要我呀？我以后的日子可咋过呀？只要你放过我男人，我就从你了。"娇艳微微睁开眼睛，眼神涣散地看着屈鸿图。

屈鸿图憋了憋劲，说："好，我答应你。"

在黎明前夜幕的遮掩下，屈鸿图牵着娇艳的手打开后院的小门送她离去。夜里的凉气正浓，凉气一袭，娇艳感到体温在急剧地下降，她缩着肩膀，用两手拢了拢头发，娇羞地说："屈县长，我是你的人了，可我不能忘记我的男人，你说话一定要算数。"

屈鸿图说："放心吧。可是放他也得等几天，我也得找一个放他的理由吧。咱俩的事都是黑暗中做的事，摆不到桌面上的。放心，我屈某绝对不会让你失望。"

树上的老鸹窝里睡醒过来的老鸹在窝里扇着翅膀发出清晰的抖动声。娇艳双臂揽住屈鸿图的腰，头埋在他的胸前说道："我出嫁五年了，今天夜里才知道真正的男人是啥样子。唉——我走啦。"

送走了娇艳，锁上了小门，屈鸿图拖着倒空了的、又注满甜言蜜语的疲倦身躯，轻飘飘地回到房间，虽然困乏却没有睡意。他坐在桌子前，点着一支烟抽起来，玩味着唇边残留的她嘴唇上的咸味。一夜缠绵的情景在他的脑际挥之不去，而她对自己身世的述说，更是让他感慨不已。

娇艳姓苏，娘家在秦岭山下的一个村落里。父亲早年参加北伐军，后来升任北伐军独立营的营长，高占魁是独立营三连的上尉排长。部队打下西安城以后清理战场，娇艳的父亲突然看到一个敌军军官摇摇晃晃着从地上爬起来，绰起一把军刀狠着劲向高占魁的背后刺去。娇艳的父亲是用眼角的余光看到这一幕的，他大喊一声"躲开"，奋力把高占魁推向一旁。高占魁化险为夷了，娇艳的父亲却被军刀刺中腹部。敌军军官十分狠毒，他刺中娇艳父亲的腹部后，又狠着劲向上挑了一下，锋利的军刀使娇艳的父亲在一瞬间被开膛破肚，没有多大工夫就气绝身亡。

屈鸿图问："后来呢？你怎么到了同官县进了高家？"

　　娇艳叹了口气，继续说："说起来我公公也是个重情重义的人，是他把我父亲的遗体和抚恤金送回到我们老家，并安葬了父亲。父亲死后，我和母亲相依为命，这中间我公公还去我们老家看过我们母女两次。我和娘的日子过得很艰难。记得，那是个冬天的夜里，天很冷，我和娘早早就上炕睡觉了。刚睡下没有多大一会儿，听到外面鸡窝里的鸡扑扑棱棱地乱叫。我娘当时以为是黄鼠狼又来偷吃鸡了。在之前不久，就有一只黄鼠狼钻进鸡窝里吃掉了一只鸡。我娘听到声音以后，就披了件衣服绰着顶门棍出去了。我当时胆小，没敢出去，而是把头钻进被窝里，我害怕黄鼠狼。过了好大一阵子，娘回来了。我从被窝钻出来，看到我娘披头散发，头发上还沾着麦秸秆，眼睛里噙着泪，像是刚哭过的样子，脸色很难看，和出去的时候判若两人。从那天夜里以后，我几次看到我娘不知道为啥偷偷地哭。夜里睡觉的时候，她不仅用棍子顶住门，还把桌子也拖过去顶到门上，还把我父亲留在家里的一把军刀放在枕头下面。后来，我还听到过几次外面鸡窝里的鸡受到惊吓扑棱的声音，但我娘再也没有出去过。有一次外面的鸡在窝里扑棱的声音很大，我娘再也听不下去，就从炕上爬起来，从枕头底下抽出军刀，面对窗子喝道：'畜生，奶奶也是有血性的人，要不是可怜孩子，奶奶早就和你这个畜生拼了。你再敢来欺负我孤儿寡母，奶奶我就一刀捅死你。'说着，就挥刀冲着窗户纸捅了过去，把窗户纸捅了个大洞。从那以后，那个声音再没有出现过。"

　　"后来呢？"

　　娇艳继续讲道。

　　"后来时间不长，我娘就经常熬药吃。我问她咋啦，她只是说身子不舒服。再后来到了夏天，我半夜醒来时看到娘用擀面杖使劲在肚子上压。我当时小，不知道发生了什么事情。我问娘咋啦，娘只是说肚子胀得难受，并让我在她那鼓起来的肚子上用脚踩。她很痛苦，但是强忍着，满头满脸都是汗。当时我还以为我是在帮娘治什么病，后来才明白，她一定是在那天夜里遭到村子里的坏蛋强暴了，她怀孕了。

　　"有一天，我娘杀了一只鸡炖了，吃饭的时候，把鸡肉使劲往我碗里放。那一天，我看到了好长时间没有看到的我娘脸上露出的笑容。吃饭的当间，我娘指着案板上放着的另一碗鸡肉说，让我吃过饭后，把那碗鸡肉给我叔叔家送去。后来想起来我那时真傻，一点也没有看出我娘要走上绝路的迹象，只是高高兴兴地吃着碗里的肉。我娘那一顿饭几乎没吃什么，只是用很忧郁的眼神看着我，即便是笑也很勉强，现在我还能很清楚地想起她那眼神。其实，在我父亲死后，我们家和我叔家处的关系并不好，我叔总是想要我们家靠河边的那块地。那是一块好地，很能收庄稼。为这事我叔到我家和我娘吵过好几次嘴，我都听到了。那天吃过饭后，我娘给我换了一身只有过年或走亲戚的时候才舍得让我穿的衣服，并把两张纸折好塞进我的衣袋里，嘱咐我到叔叔家记着把这两张纸交给他，还嘱咐我到叔叔家一定要听话，做个听话的乖孩子。我当时不明事理，只是顺从地答应着。在去叔叔家的路上，我好奇地把那两张纸从衣袋里掏出来看。我认得一张很旧的纸是地契，另外一张纸上是我娘写的字。我姥爷是个私塾先生，我娘是个识字的人，字写得很好，很秀气。在我懂事以后我娘也教我读书写字。我娘在那张纸上写着：艳儿她叔叔、婶婶，拜托你们两口子好好照看艳儿，河边那块地以后就归你们家了。

"到了叔叔家，我说我娘叫我来给你们送东西来了。他们两口子很吃惊地看着我，有些丈二和尚摸不着头脑的感觉，因为我们很长时间没有走动了。我叔叔端着那碗鸡肉，看看我再看看碗里的鸡肉，又看看我婶儿。问我，这是你娘让你送来的？我回答说是我娘让我送来的。他又问，你娘还说啥啦？我就把衣袋里的那两张纸掏出来递给他。我叔叔打开那两张纸一看，手像是被烙铁烫了一下，猛烈地哆嗦起来。'这是咋回事？这是咋回事？'他问我婶。我婶也说：'这是咋回事？'我叔叔突然叫道：'不好，快去看看嫂子。'说完就扯着我向我们家跑去。到了我们家看到的是我娘已经悬梁自尽了。安顿了我娘以后，我就在叔叔家住了下来。刚开始那一年，我叔婶对我还可以，后来慢慢就不好了。他们的孩子，他们不舍得让干活，家里的许多活都让我干，做饭、刷锅、洗衣服、喂猪、喂鸡、背柴火都是我的活。干不好还要挨打挨骂，骂我是累赘，是吃货。过了两年的冬天，我公公高占魁找到我叔叔家去看我。我到现在都忘不了他看到我的那个情景，他抚摸着我冻皴的脸和冻裂的手，眼泪一串串地往下流。他说：'孩子，让你受苦啦。'就是那一次，我公公把我带回了同官县他的家里，那年我十岁。现在算起来我到高家已经十三年了。十八岁那年，我嫁给大贵，现在已经五年了。要说起来我进到高家以后，公婆都对我挺好，把我当成自己的孩子看待。和大贵成亲的这五年里，公公倒也没有说什么，只是婆婆对我有些嫌弃，主要是五年来我没有给高家生下一男半女。有时候说一些指桑骂槐的话给我听。攥着鸡打，骂鸡光吃粮食不下蛋；攥着狗打，说狗光走窝子不养娃。他们家的那条狗是公狗，它养什么娃呀，她就是在骂我呗。她可不知道她儿子的那东西只是个银样镴枪头，根本不顶用。有时候凑凑合合应付两下吧，也没弄出个啥名堂。"

"没看看？"

娇艳叹着气说："看啦。看了好多医生，试了数不清的偏方，都不行。"

"那你婆婆不清楚是她儿子的毛病，还骂你？"

"开始她不知道。后来不骂了。"娇艳舒了口气，"有一次我婆婆又打鸡又骂狗来奚落我。我实在忍受不住了，就扯着大贵到她屋子里去。我说，妈，我知道你打鸡骂狗是指桑骂槐在骂我，骂我不会生孩子。女人生孩子靠什么？要靠男人。你问问你儿子行不行，他不行我咋生孩子呀？让我跟狗跟驴生孩子吗？我逼着大贵：'你跟妈说清楚。我替你背了几年的黑锅了，我不能再这样不清不白地挨骂了。要不信我再找个男人试试，要是再生不出孩子，我就离开你们高家。'"

"高大贵承认了吗？"

"他不承认咋办？他承认了。从那以后婆婆再没有责怪过我，反而对我好多了。你看，我的命有多苦，真是泡在黄连水里啦。"娇艳苦笑着说。

屈鸿图颇有感触地说："真是个苦命的女人哪。"

"哎，别光让我说，也说说你吧。你到同官县做县老爷，咋不带嫂子来呀？孩子呢，几个孩子？"

屈鸿图苦笑了一下，仰起脸看着房顶，说："你说你命苦，其实我也命苦哇。咱俩是同病相怜。"

"咦，咋了？你哭啦？"

"我媳妇和孩子都没啦。"

"咋回事？"

屈鸿图抽了两口烟，徐徐地说："我有两个孩子，一儿一女，由我媳妇带着在乡下。七年前的秋天，下了半个月的连阴雨。夜里，窑洞塌了，母子三人都埋在里面了，就这样。儿子六岁，女儿四岁。"

"是这样呀。"娇艳用同情的口吻说道，"七年来你再没有娶亲？"

屈鸿图说："没有。他们娘儿仨活着的样子总让我忘不了。你嫂子是我的表妹，小我五岁，我俩从小一起长大，忘不了呀。"

屈鸿图从柜子里拿出一个相框，相框里是屈鸿图和妻子儿女的合影。妻子胖胖的，圆脸，两条长辫子垂在胸前，两臂揽着儿子，笑脸贤淑而满足。小男孩嘟着嘴，张大着眼睛，扮着一副调皮相。一旁是屈鸿图，比现在略显胖些，留着偏分头，怀里抱着女儿，抿着的嘴掩饰不住幸福的心情。小女孩的小嘴里含着手指头，脸蛋上有两个很深的酒窝。女孩像她妈，男孩像屈鸿图。

"唉，"娇艳叹息道，"多好的一家人，真可惜！"

"是啊，一家人就这样散啦。我当时死的心都有了。"屈鸿图用手拭着相框，看着。

"再找一个吧，日子还是要过的。一个男人身边没有一个女人照顾生活就乱了套了。"娇艳劝说道。

"以后再说吧。"顿了一下，屈鸿图突然说道，"娇艳，你嫁给我吧！"

"我？"娇艳被屈鸿图突如其来的想法吓了一跳。

"我会想办法让高大贵提出和你离婚的。"屈鸿图眼神灼灼地看着她说。

娇艳摇了摇头拒绝道："不行。"

"为什么？他太监一样的男人还值得你留恋吗？"

"不行呀，"娇艳说道，"高家对我有救命和养育之恩，我不能辜负他们家。摊上这样的男人，我认命啦。人这一辈子讲究一命二运三风水。我就是这个命，老天注定的，认啦。我只想要一个属于我的孩子。"

屈鸿图不认同娇艳的说法，辩解道："高家对你有什么养育之恩？不是你父亲救了高占魁的命，他恐怕早就是黄泉路上的鬼了。他应当感恩于你才对，是你父亲的死换来他今天的生。别糊涂了！"

娇艳拢了拢头发，说："我父亲救我公公是我父亲和我公公之间的事。我父亲救我公公也算是救对了人，我公公是个很重情义的人。那年，他送我父亲的遗体回来，一进门就跪在我娘面前痛哭流涕，发誓要照顾我们娘儿俩一辈子，要我娘带我到同官县来和他家人一起住，只是我娘执意不肯。我公公要是个没有情义的人，我现在还不知道是个啥样呢。我得感谢高家。"

面对娇艳的固执，屈鸿图无言以对。

同官县县城的公鸡忠实地履行着命定的职责，发出了一声高亢的啼鸣，催促着黑夜的离去，呼唤着白昼的到来。

第三十八章

上午，娇艳腰里系了条围裙，操着一把扫帚打扫院子里凋零的树叶。她把落叶扫在一起，铲在铁锨上倒进猪圈里。刘子良推开院门进来，笑吟吟地说：

"忙着呢?"

娇艳把铁锹靠在猪圈的矮墙上,答应着:"啊,没啥事。"

刘子良用一根手指挠着发痒的眼眉,又问道:"家里就你一个人?"

娇艳撩起围裙擦了擦手,往堂屋指了一下,说:"我公公婆婆都在家。屋里坐吧。"

刘子良说:"不啦。我来呢……是要告诉你一件事。屈县长跟我说了,这个大贵嘛是初犯,大烟也没有倒出去……以前做事也不错,这次呢,就饶他一回。他可要珍惜这次机会,以后再不敢胡生邪念了。屈县长说了,如若再犯,新账老账一起算,决不——姑——息。"

娇艳欢喜地说:"这么说,大贵没事啦,可以放他回来啦?"她转身挓挲着两臂向堂屋跑去报信:"爸妈,大贵没事了,大贵没事了。"

娇艳的喊声惊动了公公和婆婆,他们俩同时出现在堂屋门口。

"哟,"高占魁叫道,"刘师爷大驾光临,有失远迎,恕罪恕罪。"他双手抱拳迎了出来:"屋里请,屋里请。"

刘子良也抱拳打拱道:"客气,客气。我就不进去了,还有公务在身。"他沉吟了一下说:"大贵回来以后,请您老好好地指教指教,这种关系身家性命的事是绝对不能干的。我和大贵媳妇这就去领人。走吧,大贵媳妇。"

娇艳忙不迭地答应着:"好,好,爸妈我去啦。"跟着刘子良就往门外走。

老太婆在后面喊住她:"围裙,围裙。"

娇艳止住步,把腰里的围裙解下来递给急忙跟过来的婆婆,就急匆匆地走了。

娇艳跟着刘子良来到保安队的院子里,刘子良向着隔壁的一间房子喊道:"喂,谁值班?"

从房子里应声跑出一个保安队队员,赔着笑脸:"刘师爷,我值班。"

刘子良努了一下嘴,说:"把门打开。"

保安队队员答应着,从腰带上解下钥匙打开了房门。

刘子良推开房门嚷道:"高大贵,出来吧!"

高大贵从房子里慢腾腾地走出来,明晃晃的阳光刺得他眯缝着眼,畏畏缩缩地叫了一声:"刘师爷,您……您来啦。"他看了看娇艳,咧了咧嘴想说什么又没有说,又把视线转移到刘子良身上。

刘子良一脸肃容,说:"高大贵,我是来传达屈县长的命令的。屈县长说,高大贵私吞大烟,行为恶劣,罪行严重,触犯了民国律条,应当严惩,以儆效尤。"他看着面色紧张的高大贵，故意顿了一阵，而后，语气转折了一下继续说："但，念其初犯，并在以往的工作中勤恳有加，此次罪责不予追究。尔须及时悔悟，洗心革面，重新做人。倘若以后不以此为戒，再生是非，定当两罪并罚，严惩不贷，决不姑息！高大贵你听到了吗？"

高大贵听到前半截的话语，心都提到嗓子眼了，紧张得不得了。听完以后，他拍着胸口长吁了一口气，哈着腰连忙说道："听到了听到了。我向屈县长起誓，向刘师爷起誓，以后洗心革面，脱胎换骨，重新做人。再不敢了，再不敢了。"

刘子良缓了缓口气，转出一副笑脸："回去吧。这些天受苦了，回去让媳妇做点好吃的补补身子。"

高大贵跟着刘子良走到了保安队的院门口，他支吾着问道："刘师爷，我以后干啥呀，还能在保安队待吗？"

刘子良停住了脚步，拧了拧脖颈，说："哦，把这事给忘了。"他用指头点着高大贵："屈县长还说，让你官复原职，还当你的保安队队长，戴罪立功。可要好好干哟。"

高大贵有些诚惶诚恐地拍了一下额头，说："哎呀，屈县长这大恩大德我可咋报答呀，是老天保佑了，谢谢老天爷。"

刘子良眯眼一笑，说："你别谢这个谢那个的，你好好谢谢你媳妇吧，是你媳妇给你求的情，没有你媳妇给你求情，还不知道是个什么结局呢。但有一点是肯定的，绝不是今天的结局。回去吧，我还有别的事。"他说完转身走了。

高大贵看着刘子良走远了，挠着头问："媳妇，你……你是咋跟屈县长说的？"

娇艳看着墙头两只斗嘴的麻雀，说："回家再说吧。"

他们回到家里，老太婆欢天喜地地叫起来："哎哟，菩萨保佑，菩萨保佑，可回来了，可回来了。你没有受罪吧，那些人没有打你吧？"

高大贵说："没有，没有。都是我的弟兄，他们没有为难我。"

高占魁阴着脸教训着说："你也太不知道天高地厚了，敢私吞烟贩子的私货，那是犯法的事，是要杀头的。你——唉！"

老太婆劝解道："好啦，好啦。儿子关起来的那几天，你是心急火燎，白天唉声叹气，夜里睡不着觉，现在回来了，你可又骂骂咧咧的。经过这一遭，他一定会吃一堑长一智的。娇艳，快去打盆水让他洗洗，我做饭去。儿啊，你想吃啥？妈去给你炒盘鸡蛋。儿子受罪了……"她唠叨着向灶房走去。

邻居听说高大贵被放出来了，都过来看望一下，说些安慰宽心的话。保安队的人听说高大贵不但被放出来了，还官复原职，都跑到家里死拉硬拽着他出去喝酒，说是要给他压压惊，再祝贺他官复原职。一天就这样过去了。高大贵回来的时候，已是天擦黑了。他是被两个保安队队员架着回来的，走路跟跟跄跄，浑身都是酒气，倒在炕上便沉睡过去。

半夜他醒来时，感到口干舌燥，心口火烧火燎地难受。他醉眼蒙眬地看着和衣睡在他身旁的媳妇，把她推醒："媳妇，媳妇，渴得要命，我要喝水，给我端碗水。要凉水，快……"

娇艳从炕上爬起来，给他端来了一碗凉水，帮着他坐起来，把碗递给他。高大贵一口气把那碗水咕嘟咕嘟地喝下去。一碗凉水下肚后，他顿时感到清爽了许多，抹了一把流到下巴上的水珠，抓住媳妇的手，说："媳妇呀，我这条命是你救的，我心里清楚。我这个队长也是你给的，我心里也清楚。我以后一定要报答你，做牛做马……"

娇艳用一只手挡在他的嘴上，动情地说："别说了，我知道你想说啥。咱们是夫妻，我救的是我的男人，就是上刀山下火海跳油锅也应该。以后别再干那些傻事了，平平安安过日子我心里才踏实。"

下午，高大贵和娇艳提了些礼品来到县政府感谢屈县长的不杀之恩。高大贵恭恭敬敬地鞠着躬，说道："谢谢屈县长，谢谢屈县长。我高大贵今生来世愿意为您当牛做马，如果有只言片语的谎言，甘受天诛地灭。"

屈鸿图吟吟一笑，说："好啦，好啦，客气话就不要说了。来，坐下聊聊。"

高大贵赶忙趋步到办公桌前，哈着腰，一脸诚恳地说："屈县长，我高大贵也是一条汉子，俗话说，滴水之恩，涌泉相报，您对我可是救命之恩，我可得永生相报才对。我说话是掷地有声，不但有声，还能把地砸个坑。今后我媳妇就是您的使唤丫头，我高大贵就是您的马夫，不对，是您的仆人，也不对，是……是……"他绞着脑汁想找一个最能表达自己心情的词语，抓挠着腮帮子，终于想出了一个合适的词："是您脚上的鞋，您愿意怎么踩就怎么踩，您愿意怎么穿就怎么穿。"

屈鸿图满意地点着头，说："高大贵呀，你真是这么想的？"

高大贵仍然哈着腰说："心里话，真真正正的心里话，没有半点虚言。"

屈鸿图站起身来，在办公桌后面踱着步子，说："只要是真心话就好。我也觉得你是一个实诚人，这次的事是个意外。人嘛，即便再精明也有个三昏六迷的时候，谁能保证他一辈子不办几件傻事，嗯？那他这一辈子也就太平淡乏味了，是吧？没有几件傻事的历练一个人是成熟不起来的，正所谓，吃一堑长一智。但是，一定要注意，无论如何不能和国家的法律较劲，和国家的法律较劲的后果一定是非常严重的，一定会把自己碰得头破血流。我这可是肺腑之言。"

"是是是，您说得是，那是拿着鸡蛋往石头上碰，那是螳臂当车自不量力。我一定记住您的话。"

屈鸿图打着手势说："要说感谢的话，你更应当感谢你媳妇，是她用诚心打动了我。"他说着，拉开抽屉取出那半片剪子放在桌子上："高大贵，这是你媳妇来找我为你求情时带来的剪子。你看这剪子的刃口是新磨过的，锋利得很嘞。她说，如果我不答应饶你这一遭，她就死在我面前。这是多好的媳妇！为了保全丈夫的性命，她敢赴汤蹈火以命相搏。"他继续说："你们同官县历史上出了个孟姜女，她千里寻夫感天动地，名载青史，被传为佳话。现今又出了一个苏娇艳，为了救夫，甘愿洒尽一腔热血，真是可钦可佩。我要把这件事写进县志，彪炳史册，教化后人。可以说，是你媳妇的精神感动了我，这才是你绝路逢生的关键，明白吧？你可要好好感谢你媳妇。"

高大贵眼睛觑了一下娇艳，又把视线转向屈鸿图，说："明白，明白。我一定好好感谢我媳妇。我媳妇说了，她为了报答您的恩德，愿意当您的用人，帮您料理生活。以后就让她来照顾您吧，您一定不要嫌弃。"

屈鸿图嗫着嘴沉吟了一下，说："那天，你媳妇来向我为你求情的时候也说过这样的话。当然，我知道，这也是你们感谢我的一种方式，我要是拒绝，的确有些不合情理。可我要是答应呢，她一个年轻女子经常出入县府，也不太方便，容易引起一些闲言碎语，无端猜测。这个……我看就算了吧。"他摇着手，缓缓地结束了自己的话语。

高大贵挺直了腰身，硬朗地说道："屈县长，您放心，我们两口子所做的一切都是知恩图报。我的命是您给的，我媳妇的命可以说也是您给的。即便是我媳妇在您面前用剪子戳脖子自杀了，她也是为她犯死罪的男人要挟您呀，您没有责任呀。是您救了我俩的命呀！命都是您给的，为您上刀山下火海都是应该的。帮您干点小事料理个生活算什么呀？就是有闲言碎语，您也不要往心里去，我们两口子更不会计较，权当放他娘的狗屁！"

屈鸿图故作勉为其难地说："话说到这个份上我再说什么也就不合适了。好吧，以后就有劳你们二位了。"他说这话的时候，眼睛不由自主地看了一眼娇艳。娇艳抿着嘴，垂着眼睑看着地面，脸颊泛着红晕，口唇富有柔情。他喉结上下滑动着，咽下一口唾沫，想起了那个夜晚急促地吮咂她那口唇的感受，真

是销魂摄魄。

从县政府出来，高大贵和娇艳向回家的方向走着。刚过石桥，听到背后传来呼喊声。他俩止住了步回身望去，只见老张头边向他们这边跑边招着手喊："高队长，高队长，等一下……"

老张头腿脚不利落，跑得很急，但步履很小，给人的感觉是在原地踏步。披在肩上的衣服向下滑脱，他左手搭在右肩上紧紧地抓着领口，好像一个人在背后勒着他的脖子，右手向前使劲地探着，仿佛要在虚空里抓到什么东西。等跑到他们跟前，他已经气喘吁吁了，手里攥着的是那半把剪子。

"屈……屈县长……说，让我把这给你们……"

谢过老张头，两人继续往前走。高大贵用食指在剪子刃上轻轻地划了一下，确实感到刃口很锋利。

"这是你磨的？"高大贵用怀疑的口气问媳妇。

"不是，我哪能磨这东西。"娇艳望着前面的路心不在焉地说，"钝了，送到铁匠铺让陈铁匠磨的。回头再让陈铁匠给铆到一块儿，还能用。"

高大贵担心地问："如果屈县长不答应放我，你真的要死在他面前？"

娇艳脸上泛起红晕，轻松地笑了笑，说："没那样想，我是担心他对我动手动脚起歹意，吓唬吓唬他。"

"他对你动手动脚了吗？"高大贵心里毛毛乱乱地追问着。

娇艳不自然地偏过头，看着墙头一只梳翎抖翅的麻雀，说："没，没有。"

"那，这个东西咋留在他那儿呢？"

娇艳嗫嚅着说："最后话说开了，这东西揣在腰里硌得肉疼，我就拿出来了。他问我带这干啥，我就随口说'你要是不放俺男人，我也不活了，就死给你看'，就这样。"

"啥时候出来的？"

"说完事就出来了呗。咦，听你这话像是在审问我？"娇艳转过脸看着高大贵那张多疑的脸问道。

高大贵连忙赔笑说："不不不，你多想啦。我媳妇为了救夫敢只身藏刀闯县衙，真可比关云长单刀赴会，我只是佩服你的胆量。你要是从军能演一出现代版的花木兰或梁红玉。"

"去你的吧！只要给我少惹点麻烦，让我多过几天安生的日子就行啦。唉……"娇艳心事重重地叹息道。

身后由远及近传来了急促的马蹄声。一个军人骑着一匹黑色的高头大马卷着一股风从他们身边疾驰而过。那匹马脚力很好，长脖子用力向前探着，尾巴和脊背一样平直，四蹄奋飞，刨起的土渣远远地抛向后边。军人脊背上的衣服兜着风，鼓起了个大包。马跑过去不远，军人扯了一下缰绳，喊了一声"吁——"那马便慢下步子来。军人再一抖缰绳，马在原地打了一个转，四蹄跳动着蹾了回来。高大贵认出了那个军人，他是郭蛮子。郭蛮子骑着马挺直着身子来到他们跟前，勒住了马。他把缰绳并到左手，右手捏着帽檐把帽子脱下来，当扇子扇着脸上的热气，皮笑肉不笑地说："嗬，高大队长，陪娘子遛弯呢？咋这么快就获得自由了，啥子时候出来的？"

高大贵压了压心中的火气，挤出个笑脸说："是郭营长啊，遛马呢？我和你不一样，我是在遛媳妇。我出来你不高兴吗？"

"哪里，哪里。"郭蛮子把帽子扣在头上，抹了一把额头上的汗，说，"出来当然好喽，谁愿意在那小黑屋里待一辈子。我是想，你犯的事罪不轻嘞，要是放在我身上就是挨枪子儿的下场。我不知道你是用了啥子魔法，这么快就跟没事人一样领着老婆在县城招摇过市了，佩服，佩服呀！再会！"他说着一抖缰绳，马掉转头顺着街道又跑了起来。

看着郭蛮子远去的背影，高大贵愤愤地骂道："这狗娘养的。"

娇艳说："这不是四十六团的那个郭营长吗？"

高大贵咬着腮帮子恨恨地说："不是他是谁？就是他带着一帮子兵痞去抓的我，对我又是打又是骂，非逼我说出大烟藏在啥地方。我开始不说，他就把我押到军营的审讯室，让我看老虎凳、烙铁、竹签、拶子、皮鞭……"

"让你看那些东西干啥？"

"那都是些刑具，专门折磨人用的，让我看就是为了吓唬我呗。那地方真是个阎罗殿，他就是阎罗殿里的恶鬼，把抓进去的人往死里折磨。那些刑具上粘着黑乎乎的血，整个屋子里臭烘烘阴森森的。"那天的经历给他留下了抹不去的记忆，想起来就心生畏惧。

娇艳关切地问："他咋对你的？"

高大贵说："他叫我看了一遍刑具，我心里确实害怕。太可怕了！我就说了。"他又恶狠狠地骂道："我迟早让他死在我的手里！"

娇艳劝道："算了吧。现在没事了，以后再别做傻事了。我跟你不求大富大贵，平平安安过日子比啥都好。"

高大贵说："平安不了。你刚才没看见他那阴阳怪气的样子。他看到我这么快出来是不会善罢甘休的。哼，这个畜生！"

第三十九章

高大贵说的话应验了。郭蛮子回到军营，从马背上跳下来，把缰绳扔给马夫，吩咐道："马跑得出汗了，好好洗洗，开小灶，上点好饲料。"

马夫答应着，便扯着缰绳往马棚走去。这是一匹蒙古马，外形俊朗，通体漆黑，没有一根杂毛，皮毛光鲜乌亮，像细软柔滑的绸缎。它反应敏捷，体力强，速度快，跨沟越涧如履平地，下沟上坡不喘粗气。郭蛮子很喜欢这匹马，每天下午或傍晚都会骑着它在县城外塬上的山道上奔跑一阵子：穿树林、越草地、跨沟渠、跳土坎，纵情地享受着马跑起来两耳生风、颠心撞肺、腾云驾雾的感觉。

郭蛮子手握马鞭，狠狠地击打着高筒皮靴，径直向张震山的办公室走去。

"报告。"郭蛮子喊道。

张震山端着一杯刚泡好的茶坐在逍遥椅上，眯着两眼，慢慢地呷着，品着其中的滋味。这茶是用屈鸿图派人送来的姜女泉水泡的，甘味悠长，香气扑鼻。郭蛮子的一声报告冲撞了他的雅兴，他手一哆嗦，晃出来的茶水洒到手腕上，烫得他直吸溜嘴，边摩挲着被烫疼的皮肉，边不满地喊道："进来。"

郭蛮子推门而入，走到屋子中间，高声嚷道："司令，这事干不成了！"

张震山徐徐地吹开漂在水面上的茶叶，翻了一下眼："咋啦？"

郭蛮子气咻咻地说："咱们整天捅马蜂窝得罪人，他倒去落人情当好人。司令，您说这事咋干嘛！"

"哎哟，"张震山用埋怨的口气说，"你这扯得是哪儿和哪儿呀？你说话得让我听明白嘛。谁捅马蜂窝了，又是谁落人情了，嗯？"

"您看吧，"郭蛮子挥着手里的马鞭子向门外指着，"我执行您的命令，带着弟兄闯到保安队把高大贵抓了回来，跟着就突审，撬开了那王八蛋的嘴，挖出了他私吞的大烟。私吞的又是那么大的量，那可是重罪，砍他的头都绰绰有余。这倒好，关了几天就没事了，放出来了，还官复原职，这不是拿我们弟兄当猴耍是啥子呦？"

张震山张开大嘴打了个哈欠，说："你听谁说放出来了，又听谁说官复原职了？不是还没有处理吗？"

郭蛮子把马鞭在手掌心使劲地击打着，发出叭叭的声音，说："还处理啥子嘛！人都放出来了，领着老婆逛街呢。我刚遛马回来，亲眼看见的。"他又紧着说："我在街上碰到保安队的人，人家说他还是队长。"

张震山把茶杯放在茶桌上，仰身靠在逍遥椅上，拍打着脑门："有这事？这屈县令葫芦里卖的是啥药？"

郭蛮子说："他还能卖啥药，就是对咱抓他的人不满意。他一定是这样想的。"他继续分析着："你能抓，我就能放，你有抓的本事，我就有放的胆量，看你们能怎么样！他一定是这样想的。就是要和您张司令对着干。"

张震山从逍遥椅上站起身，背着手踱着步子，徐缓地说："抓高大贵我本来就不情愿。我们是什么？我们是军人，是作战部队，不是他娘的保安队，天天管那些鸡零狗碎的事情。咱们把咱们的军人职责尽好就行啦。他娘的，军法处那帮龟孙子非要下令让咱们插手管这事情。咱们管了人家地方上的事情，人家屈鸿图肯定不高兴，这是一定的。"

郭蛮子愤愤地说："司令，这不是他高兴不高兴的事。他再不高兴也不能开这样的玩笑。咱的人犯了错，他屈鸿图就煽动一群人到军营来兴师问罪，他的人犯了错就不是错啦？他也太会袒护他们的人了。"他又说："当初把高大贵抓起来，人赃俱获，就不该把他交给屈鸿图，咱们把他拉出去枪毙了就算啦。"

想起他把兄弟吕志武，郭蛮子就气冲头顶，只要和高二贵有牵连的人都是他的仇人。

张震山瞪了他一眼，说："你懂个屁！收拾一个高大贵就像收拾一条狗，不费吹灰之力。可是要得罪了屈鸿图，在同官县很多事情就不好办了，我这也是给屈鸿图一个人情。"他又说："高大贵他也不傻，他知道他犯的是死罪，我们把他交给屈鸿图就是不想要他的命。你是担心高大贵记恨你？放心吧，高大贵不但不会记恨你，还一定会感谢你。信不？咱走着瞧。"他又说："不过呀，没想到这个屈县令这么快就把人给放了。那一天他还说要严肃处理，看来这两个人交情不浅呢。"

郭蛮子叹息着，咧嘴笑了笑，说："司令，您说啥子我就听啥子。您说抓人，我就去抓人；您说放人，我立马放人。我只是看着这事心里气不顺。"

张震山宽慰他说："这样吧，过两天我见屈鸿图问问他是咋回事。犯这么大的罪，不加处罚就放了，而且还官复原职，这里面到底有什么猫腻？"

郭蛮子往张震山跟前凑了凑，压低声音说："司令，您说他俩会不会这样。"

他把两个拇指勾着碰到一起示意着。

张震山托着下巴，思索着说："不会吧，屈鸿图他敢干这种事？这要是让上面知道了恐怕不会轻饶他。"

郭蛮子不屑地笑了一下："上面？上面的大烟鬼多着呢，说不准那些人就靠屈鸿图和高大贵给他们供货呢。刚一开始我就怀疑，这高大贵哪儿来那么大的胆子，敢一个人把三斤大烟给私吞了，现在我明白了，他是有人在背后撑腰。"

张震山说："你说这话只是猜测，又没有确凿的证据。"

郭蛮子说："怎么没有证据？对高大贵不加任何责罚就放出来最能说明问题，就是最好的证据。"他又说："要我说，咱现在就去找屈鸿图，让他给咱一个解释，看他怎么说。他要是说不清楚，就说明这里面一定有鬼。我再把高大贵抓起来，严刑拷打，要他说出背后的主谋。只要他说出来，咱们就把他们一窝端。"他在面前展开一只手掌，然后又把它紧紧地攥起来。

张震山坐到椅子上，手指叩着桌面，说："你说得热闹，把他们一窝端了与你我有他娘的啥好处，嗯？"

"怎么没有好处？您立功了，您在同官县抓获了一个贩毒团伙。胡长官一定会嘉奖您的，这不是好处是啥子？"

张震山想了想，觉得郭蛮子说得有道理，起身把帽子扣在头上，说："好，你跟我去，现在就去。"

两个人来到县政府。屈鸿图正帮着老张头给花浇水，看到他们，忙放下水壶，热情地说道："嗬，张司令，郭营长，快来快来，屋里坐屋里坐。老张头，给客人倒水。"

进到屋子里，屈鸿图和张震山在茶桌的两侧落座。张震山把帽子摘下放在办公桌上，说："屈县令，俺老张性子直，心里憋不住事，有啥话呢都想说出来，说得不周的地方你屈县令也不要往心里去。"

屈鸿图说："好啊！张司令有什么话尽管说，咱们彼此不必客气。"

张震山说："屈县令，我听人说你把高大贵给放了，有人看到他和老婆一起逛街，可有这事？"

屈鸿图说："人是放了，这是真的。说到他和老婆一起逛街这我还真不知道。好我的张司令，那是人家夫妻之间的事情，与你我没关系的，人家逛街又不犯法。"

张震山说："你说得对，他们逛街不逛街与你我确实没关系。"他手一摆："没关系就没关系吧。我还要问你，高大贵私吞大烟三斤，这可和你我有关系吧？这可是犯法的吧？你屈县令怎么不加任何处置就把人放了呢？我还听说他还官复原职了。"

屈鸿图瞅了一眼阴着脸的郭蛮子，微微一笑："呵呵，张司令是为这事来的？你看郭营长那脸黑的。我能猜出来，郭营长对这事也是深恶痛绝。喝茶，喝茶。"他又接着说："这人呢，是郭营长亲自抓的，我给放啦，这郭营长得罪人，我从中间落人情，于情于理都不合适，是吧，郭营长？郭营长一定是这样想的。"他一看郭蛮子想说话，就赶忙说："郭营长少安毋躁，听我慢慢道来。喝茶，喝茶。"他端起茶杯喝了一口，继续说："张司令是叫郭营长把人给我送来了，让我处置，这是张司令对我这七品芝麻官的信任，我非常感激张司令的这份情谊。如果说另外一个人坐在张司令这把交椅上，人家完全可以不把我这个七品县令放在眼里。人赃俱获，直接送给他的上司，一定能得到上司的嘉奖，这是多好的一个立功受奖的机会。张司令放弃了这么好的机会，就是想到在同官县还有我这么一个同甘苦共的兄弟，就这一点，我就非常敬佩张司令。张司令，哪天你公务不忙的时候，我请你和郭营长喝酒，当面向您敬酒致谢。"

张震山高兴地说："好好好。屈县令这么看得起俺老张，俺是随叫随到。"

屈鸿图握住张震山的手使劲摇着："张司令真够朋友。"他迟疑了一下，接着说："不过呀，张司令您够朋友的同时也给兄弟我出了一个难题呀。在高大贵这个事上，兄弟我头疼呀，疼得都快四分五裂啦。"

"哦，这话咋讲？"

"当着您张司令的面，我屈鸿图不打诳语。就拿高大贵这事来说，人赃俱获，您把他拉出去毙了，我只有佩服您执法如山，不会有丝毫怨言。对我来说就是少了一个保安队队长嘛，简单，再提一个就行，想当保安队队长的人多的是。"他顿了一下，"问题是……您把人交给我了。"

张震山不解地说："我把人交给你，你就把人放了？你不是说要'严惩不贷'吗？"

屈鸿图笑着说："我承认，这话我确实说过，不过兄弟我没办法'严惩不贷'。您想想，您只是把人给我送来了，说是私吞大烟。这私吞大烟是要人赃俱获的。您说他私吞三斤大烟，我到现在连个大烟毛也没见，这案子我怎么处理？处理这个案子我要向上面报材料，这材料里要有口供，要有犯罪事实，还要有物证。到时候上面问我要三斤大烟，您让我拿什么给人家？我总不能说赃物被张司令留下了，这岂不把您出卖了？我能这样做吗？这样做还够朋友吗？所以呀，我就把高大贵狠狠地训斥了一顿，指着鼻子跟他说：'你这是运气好，遇上张司令这个活菩萨了，遇到别人你死定了。你要一辈子记住张司令的大恩大德，如若再犯，两罪并罚，定斩不饶!'"

张震山眼睛映了半天，一时间弄不明白问题的症结怎么又绕到他这里来了，问："他……咋说?"

"他还能怎么说，他只有磕头谢恩了。"屈鸿图又说，"张司令，如果我没猜错的话，您留着那些大烟一定是有用的。当然，您干什么用我不问，也不想知道，您放心地用吧，这边有事我兜着。"最后一句话，他是拍着胸脯保证的。

张震山哈哈大笑起来，笑完点着屈鸿图说："屈县令，你们这些读书人真他娘的厉害，肚子里总藏着一本小九九。话说到这个份上了，我也跟你交个实底，那东西对我来说屁用都没有，我是坚决不染那东西，害人太深。"他伸出小拇指说："我只有这一点想法，要跟我的上司有个交代。有郭营长做证，军法处那边我已经打了电话说了，人也抓了，烟也缴了，人交给县政府处理去了。烟留下了，过两天他们就派人来取。"

屈鸿图说："张司令，您不够哥们儿义气，话没说完。"

张震山认真地说："说完了呀，还有啥话?"

屈鸿图说："军法处已经表扬了您，夸您事情办得好，是这样吧?"

"哈哈。"张震山又笑了起来，说，"你猜得太准了，确实是这样，哈哈。"

屈鸿图说："要说这高大贵也算做了件好事。这一呢，您立了功;这二呢，他有把柄在我手里抓着，以后只能老老实实做事。对他的处理……您看……"

"随你随你。"

屈鸿图沉吟了一下，说："张司令，我再给您出个主意……"

张震山把身子往前探着："你说。"

"我的意思呢，在他们没有派人来之前，您专程送过去，更显得您对这事的重视。他们一定会更高兴。"

张震山托着下巴想了想，说："你想得就是周到，我就照你说的办。明天，明天我就派郭营长亲自送过去。"他又赞叹道："屈县令你真是周瑜、诸葛亮式的人物，把你放在同官县屈才啦。"

回到军营，张震山对郭蛮子说："你明天带上那些大烟去军法处给阎处长送去，啥话都不要说。随后我打电话跟他说吕志武的事。"

第四十章

高大贵坐在炕沿上，两只胳膊撑在身子的两边，眯缝着眼凝视着正对着镜子梳妆打扮的妻子。她换了一身新做的衣服。这身衣服很合体，把她的细腰束得紧紧的，更衬出胸脯的丰满。小领口开着，露出白细的脖颈。头发用香料抿过，透着亮泽。她现在正在换着一副带坠的耳环，手腕子上的银手镯在换耳环时泛着熠熠的光亮。她侧着头照了照脸的左侧，又侧着头照了照脸的右侧，小心翼翼地把一绺溜下来的头发抹到耳根背后。她满意地转过脸，目光和高大贵凝视她的视线碰到了一起，脸颊顿时红了起来。

"看啥呢，没见过？"娇艳瞟着眼说着，用手掌抚了抚发烫的脸颊。

高大贵把视线冷冷地投到别的地方，闷声闷气地问："你又去那儿？"

高大贵说的"那儿"是屈鸿图的住处。自从他被放出来以后，每隔十天八天，娇艳就会把自己打扮得光鲜亮丽地去"那儿"一次。开始的时候，他觉得她去"那儿"是很应该的，因为"那儿"的那个人法外施恩救了他的命，对于救命恩人应当有所回报。这中间高大贵也随着媳妇到"那儿"去过几次，每一次当他提出陪她去的时候，她都欣然答应。到了屈鸿图的住处，屈鸿图总是热情地招呼着他们，好像到了亲戚家一样。每一次都是屈鸿图陪着高大贵聊天，娇艳就像这个房子的女主人一样系起围裙，收拾着床铺，擦拭着桌子、柜子，把零乱的东西摆放整齐，把该洗的衣服一件一件洗干净。

"真是个好媳妇呀！高大贵，你前世做了什么感天动地的好事，修来这么好个媳妇。"在他们闲聊的时候，屈鸿图不时会睃一眼正在忙碌着的娇艳，感慨地称赞道。

每当听到这话，娇艳就会回过脸或抬起头抿着嘴报以粲然的微笑，然后又继续做她的事情。

渐渐地高大贵发现，娇艳在每一次要去"那儿"的时候就愈加精细地打扮自己，施粉、描眉、涂唇，在镜子前长时间地左顾右盼，而且越来越张扬起来。刚开始当她走过街道，熟人问起她干什么时，她总是敷衍说去办点事，还有点遮遮掩掩的样子。后来就不一样了，当熟人问道："娇艳，打扮这么漂亮干

啥去呀?"她就会欢欢喜喜地回答说:"到县衙去。"

今天看到妻子的这身装束,高大贵心里不自觉地产生出一种难以名状的酸溜溜的感觉。

"你这不像是去干活,"他顿了一下,"像是去相亲。"

娇艳抻了抻衣襟,拈着袖口上的一个线头,瞟了他一眼怨艾地说:"相什么亲?这是去还债,你欠人家的债得让媳妇去还。还说呢!"

高大贵长吁了一口气,两手揽着后脑勺,仰面躺在炕上,目光涣散地看着顶棚。

"你说,一个像你一样漂亮的女人在一个过着和尚一样生活的光棍男人眼前晃来晃去……他会咋想,嗯?"

"你会咋想呢?"娇艳侧身躺在丈夫身边,挑着柳叶一样的细眉,用手拍着他的脸颊,笑眯眯地问。

"我呀,"高大贵握着媳妇的手,眯缝着眼悠悠地说,"我会像半个月没吃东西的狼一样,猛扑上去把她撕烂咬碎嚼成渣子,一根头发丝都不剩地吞到肚子里。"

他说着,猛然一翻身,把娇艳压到身子下面,两眼狠狠地盯着眼前这张俏丽、红润、像熟透的鲜桃一样的脸蛋。

"你这不是扑上来啦,撕吧,咬吧,随你……"她微微闭上两眼,睫毛在眼睑间形成一条清晰的黑弧线,薄如蝉翼的眼睑泛着若隐若现的青晕,努着嘴,胸脯有力地起伏着。

高大贵的喘息声很重,用短而粗的手指扯住她的小开领,往两边使劲一分,她的胸前的一排盘扣噗噗地全被扯开了。随着衣服迸开的声音,两团雪白的莲花一样的乳房一下子绽露出来,莲花的中心是殷红色的花蕊,花蕊随着莲花颤悠着。

高大贵盯着这张脸静静地凝视了一会儿,突然像泄了气的皮球从她的身上软蹋蹋地滚下来,两臂张着,仰面躺在炕上。

娇艳侧起身,用手掌支着脸颊,在他的脸上拍着:"狼,咋不吃啦,牙不行了吧?"她的手滑到他的裤裆抓了两把:"软得像摊泥。算啦,不逗你啦,我得赶快过去。"

她起身溜下炕,走了,随手关上了房门,屋子里的光线暗了下来。

这天下午,娇艳端着一盆衣服到河里去洗,老太婆站在堂屋的门口,看着她走出大门的背影,迈动小脚来到儿子的屋子里。高大贵正坐在桌子边的椅子上抽烟，老太婆回身把门关上。

高大贵吐着烟雾："您这是?"

老太婆脸上洋溢着喜色，神秘兮兮地问："你媳妇咋啦?"

高大贵茫然地说："咋啦? 不咋呀。下河洗衣服去啦。"

老太婆在儿子的肩膀上亲昵地拍了一下，瘪着嘴说："傻孩子，到现在还不跟妈说实话。你媳妇是不是怀上啦?"

高大贵眨着眼莫名其妙地问："怀上啦? 怀上……啥啦?"

"还跟我装傻卖乖。" 老太婆嗔怪着把身子靠在炕沿上，两手拢在腹前，"你妈活了这把年纪了啥没见过。你媳妇怀上孩子啦!"

"啊——"高大贵一脸惊愕地叫道，"怀上孩子啦，我咋不知道?"他又踟躇着说："不可能。你咋知道的?"

"嘻，这孩子，"老太婆把手掌在眼前扇了一下不屑地说，"这种事瞒天瞒地都瞒不过你妈这双眼睛。怀上孩子的女人从你妈眼前一过，你妈一眼就能看出来。昨天吃饭的时候我就觉察到了，你媳妇正吃着饭放下碗打着嗝跑出去过一次，回来的时候眼睛红红的，像是刚吐过，这就是怀孩子的征兆。她刚才出门的时候我就偷着看她，腰粗了，迈门槛的时候腿脚也吃力了，不像以往那样利落了。"她比画着高兴地说："妈可看清楚啦，她过门槛的时候先迈的是左腿，你媳妇怀的是男孩。"

高大贵感到头发蒙了，担心的事情终于发生了。他嘿嘿笑了两声，把头垂了下去。

老太婆咧着掉了门牙的嘴，拍着手掌，说："看把你高兴的。你是吃了啥灵丹妙药了? 不是说……不行吗?"

"啊，啥不行?" 高大贵眯着眼问。他的脑子里是混乱的，根本没听明白母亲说的是什么。

老太婆指点着儿子说："行! 咋能不行呢，好好的一个人咋能不行呢!" 她又叹息道："好啊，终于有孩子啦，这些年你妈都快愁死了。二贵吧是个女孩，高家这香火眼看着要断啦，你这要是个男孩高家就有救了。"她嘟囔着往屋外走，一条腿迈过门槛又扭转回身子，吩咐道："快去问问。哦，以后不要让她再干重活了，要小产可不得了。你下河去，帮她把洗的衣裳端回来，快去。"她缺了门牙的嘴露风，话语有些含糊不清。

高大贵穿过胡同，沿着地垄走向清水河。他站在地畔上，可以看到娇艳洗衣服的地方。这一段时间没有下雨，河水变得浅了些，水道也窄了许多，但水

却清澈见底，泛着亮光，缓缓地流淌着，发着咕咕畅快的声音。

娇艳洗衣服的地方是河道里的一块洼地，河水在那个地方打着旋。她蹲在那里，伏着身子用力在一块青石板上揉搓着衣服，袖子挽得高高的。揉搓了一会儿，她把衣服团在一起，用棒槌翻来覆去地捶着，发出叭叭的声响。她捶一阵再揉搓一阵，揉搓一阵再捶一阵，然后停下来，抬起光光的胳膊在额头上抹一下，喘一阵气。

高大贵站在那里看了一阵子，没有看出媳妇的身子有什么变化，但是他还是相信母亲的判断。

夜里。在这间熄灭灯的屋子里，整个被一团黑幕笼罩着。男人身边躺着个女人，女人身边躺着个男人，男人和女人都没有睡着，侧耳谛听着对方的气息。空气仿佛有了重力，凝重而沉闷，挤压得他们难以忍受。

高大贵打破了沉寂，他探出手去，在妻子的身上摩挲着。她的皮肤柔滑、温软，体态起伏有致。他的手摸索到她的腹部，多年来平坦的腹部有了明显的隆起感，他的手在隆起的地方停留了一会儿，喉结干涩地滑动着咽了口唾沫，心里空荡荡的。

"你怀孕啦?"他问。

黑暗中他明显地感觉到妻子的身子像触电一样颤了一下，但很快就平静了。

娇艳在知道自己怀孕的那一刻就陷入喜悦和忧虑相互纠结的感情中。喜悦的是终于有了一个自己的孩子，满足了日思夜想做母亲的夙愿;忧虑的是这个孩子不是正当的来路，她不知道该用什么样的方式跟丈夫挑明这事，更不知道他知道后会用什么样的态度对待她。这些日子她一直在苦闷地思索着这个事情，没想到丈夫已经觉察到并说了出来。

"我想要个孩子，我不能没有孩子。"她平静地说。

"是他的吧?"高大贵问。

娇艳猛然坐了起来，披上衣服，身子往后挪了挪靠在炕的边墙上，两手把散乱的头发拢起来。黑暗中高大贵感觉到妻子并没有畏怯，而是表现出一副早已准备好应对这种场面的样子。

"这个臭娘儿们，淫妇!"高大贵心里恨恨地骂道。他认为，按常理不守妇道的女人在丑行暴露以后应该是羞愧难当，会痛不欲生地表白自己的无辜，会哭哭啼啼地跪在地上求饶，会左右开弓扇自己的脸并责骂自己的无耻，会指天发誓一定会痛改前非。

高大贵光着身子坐起来，气咻咻地说："你这样做，这样做对得起你男人吗？"然而他在说这话时确实感到底气不足。

娇艳鼻子哼了一下，缓了口气说："大贵，咱俩谁对不起谁咱心里都清楚，再争就无聊了。我也知道这事你迟早都会知道的，早知道比晚知道好。今天既然知道了，咱就把这事说清楚。你说，想咋办吧？"

"我？"高大贵确实不知道该咋办，他把话推了过去，"你说咋办吧！"

"我说就我说。"娇艳吸了口气，"大贵，咱们结婚五年多了，我一直没有孩子。为这事我听够了别人的讥言讽语，也没少看咱妈的冷脸。可这是你的错，却让我背黑锅遭骂名。我背地里流了多少泪生了多少气你知道吗？我真的想要一个属于自己的孩子。现在怀上了，是谁的你应该知道，你看咋办吧！我想好了，孩子我要定了，我一定要把孩子生下来，我不能没有孩子。你要是接受，你要觉得咱们还能过，将来孩子出生了，喊你爸，喊我妈，他就是咱的亲骨肉，咱们好好过日子，将来咱俩老了，也有个照顾咱的人。你要觉得咱不能过，我也不怨你，咱就离婚，我带着孩子自己过。你表个态吧。"她在黑暗中目不转睛地看着高大贵，揣摩着他的心思。

屋子里静悄悄的，高大贵抽着烟，发出咝咝的声音。他的心里很乱，面对妻子的态度怎样表态他拿不定主意，心里没有谱。一只苍蝇在黑暗的空间里疲惫地穿梭着，发出单调烦人的嗡嗡声。

高大贵深深地吸了口气，把烟头掷向地上，烟头和地面发生了猛烈地碰撞，溅起一簇细小的火星，转瞬便熄灭了。

"你生吧，我听你的。"高大贵的口气显得很平静，仿佛说着一件与自己毫不相干的事情。说完，他扯起被头，滑进被窝，用被子把头蒙起来。

娇艳抿着嘴笑了。从发觉自己怀孕以后，多少天她都是过着提心吊胆的日子，捉摸不清丈夫知道以后会有什么样的反应，惊愕、怨恨、愤怒、破口大骂甚或大打出手。结果她猜测到的情况都没有出现，看来丈夫很理解她，也很清楚自己的缺陷。一切担惊受怕、忐忑不安的心绪都在平静中烟消云散了，这样的结果对她来说有些意想不到。

她抚摸着绷得紧紧的肚皮，这里面是她多年来魂牵梦萦、求之不得、准备用生命呵护的宝贝。她缓慢地挪动着身子钻进了被窝，一会儿时间便含着笑进入了梦乡。

高大贵并没有睡着，他紧蹙着眉头对事情进行着轻重权衡。

对于媳妇怀孕这件事，他似乎并不感到特别惊诧，所以也不会特别愤怒。

西风烈丛书

在他身陷囹圄、面临死亡威胁的时候，他的一切想法围绕的都是怎样保全性命，这时候活命对他来说是最重要的。在刘子良为他出谋划策去突破屈鸿图这个关口的时候，他是做了认真考虑的。出钱，在这个时候他不心疼，他不会因为吝啬钱把命送出去。但是刘子良说的数目让他无法承受，他根本没有能力拿出那么多的钱。再者，他也担心屈鸿图如果不接受，引发不满，事情就会更加对他不利。刘子良说让媳妇去说情，他觉得这也算是个办法，从心里讲，他没有对这个办法寄托什么希望，媳妇如果说情不成那就只剩下破财消灾了，到那时候，即使砸锅卖铁拆房子卖地也要保住性命。然而，事情的结果让他感到只有在梦中才有可能发生，不但没事了，还官复了原职。怎样才能得到这样的结果呢，仅凭媳妇那张嘴？鬼都不相信，他高大贵更不会信。

高大贵清楚，在这件事情上媳妇的任何付出都是为了他，他不应当埋怨她，所以从一开始他就没想过捅破这层窗户纸。

如果他们之间仅仅局限于背地里偷偷情也就罢了，他可以睁只眼闭只眼，视若无睹。他想她和屈鸿图之间顶多也只是一对偷鸡摸狗的露水鸳鸯，等他们折腾得精疲力竭、索然无趣、新鲜感殆尽的时候，她仍会回到他的身边。他从心里深爱着这个女人，只要不失去她，就心满意足了。但现在这对狗男女偷情已经到种子发芽结果的地步，这是他始料不及也是他难以接受的事情。他担心的是，一旦媳妇把那个孽种生出来，她和屈鸿图这个鳏夫之间就真正有了感情上的牵挂，到那时候她要向他提出离婚投入到屈鸿图的怀抱怎么办？那可真是赔了夫人又折兵。

怎样处理这个棘手的事情呢？高大贵继续谋划着。谋划了半天也没有想出一个满意的办法。但是他知道，就目前面临的形势而言，他是既不能得罪媳妇，更不能得罪屈鸿图。不能得罪媳妇的原因是这个女人从一踏进他们高家门他看到她的第一眼心就莫名其妙地跳了起来，从那一天起，他的眼神和心就无时无刻不在追逐着她思念着她，心里的空间都被她占据了。现在即便出了这样的事情，他也没有嫌弃她的念头，反而担心她会有什么非分的想法。

屈鸿图不能得罪，他是县长，是他的顶头上司，手里攥着他私吞大烟的犯罪事实，有着生杀予夺的权力。一旦得罪了屈鸿图，人家的鼻子哼一下，他不但保安队队长的帽子保不住，还会再度陷进水深火热的灾难之中。身陷囹圄受皮肉之苦，这还是轻的，砍头掉脑袋也是顺理成章的事情。

高大贵感到越想思绪越混乱，越想越觉得心烦意乱。他脑子里出现了一个声音：算了吧，高大贵，识时务者为俊杰，你是得罪不起媳妇的，你是斗不过屈鸿

图的，愤怒和抗争只能带来灾难，妥协方能天宽地阔。对于一个"阉人"来说女人也没有什么实际用处，是吧？这个声音刚一消失，又一个声音出现了：不能这样，不能这样。这样有很大的危险，这样下去你的媳妇随时都会离你而去。他仿佛看到娇艳喜眉笑眼地抱着一个长相和屈鸿图一模一样的孩子，屈鸿图揽着娇艳的腰，孩子夹在他俩中间，三个人都冲他笑着，笑着向远处飘去……

高大贵在被窝里重重地放了一个无声的屁，臭气把他熏得从被窝里探出头来，深深地吸了口气。他下定了决心，绝不能让她把这个孩子生下来，一定要斩断他们之间的牵挂。

在同官县县城的公鸡扯着脖子打出第一声鸣时，高大贵恨恨地咬着牙睡去了。

第四十一章

郭蛮子站在军营的院子里，叉开两腿，手里攥着马鞭叉着腰，等着马夫给他牵马，西斜的太阳在他的脚下投下了一道长长的影子。

"郭营长。"一个亲切友好而又低弱的声音从他的身后传来。

郭蛮子慢慢转动着脖颈，看到了哈着腰、圆脸上堆着谄笑的高大贵。

"你——"他乜斜着眼看着高大贵。从那一天骑马在路上和他碰到以后许多天过去了，他再没有看到过这个人，不知道他今天跑到军营里来干什么。

"郭营长，忙着呢？"高大贵用双手恭敬地给他递了一支烟。

郭蛮子缓慢地抬起手接过纸烟噙在嘴里，高大贵殷勤地给他点着。他吸了一口烟，喷出一团烟雾，说："高大队长，你来了，有啥子事？"

高大贵仍然笑着说："啊，有点事，想求郭营长帮忙融通融通。"

"融通融通，啥子事？说。"

高大贵咂了一下嘴："是这么回事。咱保安队有两匹马，不知是咋回事，这些天老是拉稀。我找了两三个看牲口的看了，也灌了十几服药，可总是没有好转。别人说咱军营的冯军医能治，我就过来想请冯军医过去看看。可我和冯军医不熟，不知道该咋说，也不知道人家肯不肯给面子，正在犯愁呢。这不一进门就看见您了，这不是遇见贵人了嘛。您看这……"

郭蛮子又抽了口烟，眯缝着眼睛："就这事？好说，我给你融通融通。跟我来。"

"哎，好！谢谢郭营长。"高大贵随着郭蛮子往前走，继续说，"郭营长，还有一件事我还没有向您表示感谢呢。我正思谋着哪一天请郭营长您喝几杯，表一表我的感谢之意。"

"感谢我啥子？"郭蛮子头也不回，用马鞭在皮靴子上拍击着，发出清亮的声音，在空旷的军营里显得格外响亮。

"嘿嘿，您是知道的。我不是犯了那个事嘛，那真是一时糊涂，幸亏郭营长您及时发现，才避免我在那条路上继续滑下去。要不是您，我继续再滑下去，那可真是走上绝路了。等您哪一天有空，我请您喝酒，多敬您几杯，感谢您的救命之恩。"高大贵点头哈腰地说。

郭蛮子停住脚步，转过头，也斜着眼不相信地说："还感谢我呢？只要你不记恨就谢天谢地喽。"

高大贵两只手使劲地摇摆着："不敢，不敢。我高大贵说的可是心里话，绝没有半句虚言。到时我来请您，您可一定要给我面子哟。"

"你要真是这么想，那是再好不过了。高大队长，抓你，是上峰的命令，我是个军人，执行命令是我的天职，我只是在履行我的职责而已。如果对你有啥子不敬和冒犯的话，还请高大队长多多海涵。"郭蛮子说。

"哦，这间屋子。"郭蛮子说着推开屋门，屋里对着门的桌子前坐着一个穿白大褂的军医，正在翻看着一本书。看到郭蛮子进来，他坐直了身子，拉了拉白大褂的衣襟。

"郭营长来啦。"他说。

"冯军医，"郭蛮子指着随他进来的高大贵，"这是保安队的队长高大贵高队长，他们保安队有两匹马老是拉稀，不知道是啥子原因，想请你过去看看。都是弟兄，帮个忙吧。"

冯军医推了推眼镜，爽快地说："可以，可以呀。有什么症状，你跟我描述一下。"他指着药柜前的椅子对高大贵说："坐下说。"

高大贵说："不坐了。郭营长，您坐。"他继续说："不知是咋回事，这两匹马老拉稀，拉了有快十天了，也不太吃饲料，膘都掉了两圈了。原来壮壮实实的，就这几天工夫就变得皮松毛乱的。请了几个人都没看好，药也没有少灌。"

"都吃的什么药？"冯军医胳膊肘顶在桌沿上支着下巴问。

高大贵皱巴着脸说："我也说不清都是些啥药，一大包一大包的。"他比画着。

冯军医搓着手说："草药?"

高大贵急忙接话说："是草药，一大包一大包的。熬出的药汤一大罐一大罐的，都灌下去了，就是不见好。"

冯军医思索着说："牲畜拉稀基本有这四种情况：一是病毒导致，二是细菌导致，三是寄生虫导致，四是饲料不洁导致。这几种情况有些在早期草药还能控制，到了后期严重起来草药就无能为力了，尤其是病毒和细菌，如多杀性巴氏杆菌，草药能起的作用就很小。如果这四种因素都有，草药就……"他摊开两手，做了一个无可奈何的动作。

郭蛮子站起身，说："我听不懂你说的这些乱七八糟的玩意，你赶快去帮人家治吧，再啰唆一会儿牲口就死啦。我还有事，我先走了。"

"喂喂喂，聊一会儿嘛!"听着郭蛮子的脚步声在院子里消失，冯军医失望地摇着头。他嘟囔了一句"武夫"，对高大贵说："走，咱们过去看看。"

高大贵在前面领路，两个人穿过街巷来到了保安队的院子。马棚在保安队后院的西墙角。冯军医老远就闻到一股刺鼻的臊臭味，他用手当扇子在鼻孔前扇着进到了马棚。一进马棚就看到了那两匹站在石槽前蔫头耷脑的病马。别的马都兴致勃勃地伸着长脸在石槽里欢快地打着鼻息，香喷喷地咀嚼着草料，那两匹马眯缝着泪眼，眼角上结着一团黏稠的眼屎，眼泪把眼角下的毛冲刷出一道明显的泪痕，皮毛干涩无光，肋条根根清晰，肚子干瘪下垂。

"就是这两匹吧?"冯军医指着问。

"是是，就是这两匹。冯军医真是火眼金睛，一眼就看出来了。"高大贵不失时机地恭维着。

冯军医用手捋了捋马的皮毛，张开马的眼皮看了看，又掰开马嘴瞧了瞧，而后在马棚里找了一根细木棒弯下腰拨开马的粪便察看了一番，直起身子说："眼结膜灰暗无光，鼻腔干燥，口腔黏膜呈灰白色，粪便有未消化凝块并混有血液。这已经不是病毒、细菌、寄生虫、饲料不洁某一种情况导致的了，而是综合性的病症。你看这马的喘息声很重，呼哧呼哧的，这是肺炎的症状。这样吧，你跟我过去拿药，吃上五六天药就会没事的。"

"真的?"高大贵惊愕地说，"我请了三个人来看，一个说是马吃了有毒的草中毒了，一个说是马受了风寒感冒了，一个说是马吃了不干净的东西闹肚子了。已经灌了十几服草药都没见好转，这才大着胆子去找您。您真是神医，一眼就看到病根上了!"

冯军医又用手当扇子在鼻孔前扇着走出马棚站在院子里："你们这马棚的卫生太差，臭气熏天，臊气刺鼻，赶快清理一下。再拌些石灰水往墙壁上墙根下洒一下，消消毒，再用干石灰粉在里里外外的墙根洒上。你跟我来。"

高大贵跟着冯军医回到军营的药房，冯军医打开药柜开始配药。他在药桌上摊开几张纸片，从药柜拿出药瓶倒出大大小小的白药片、黄药片、红药片和一些药粉放在纸片上。高大贵张大着眼睛站在乳白色的药柜前，仔细地看着药柜上面排列整齐的大大小小的药瓶和不同颜色的药片、药粉，脸上充满了好奇的神情。

"这都是些啥东西？"他问。

冯军医说："这都是药，是给人用的。"

"就这瓶子里的片片粉粉水水都能治病？这咋和咱街上大药房里的药不一样呢？"

"对，这都是西药，你说的那是草药。西药是化学药剂，很科学。草药是我们祖先在长期的探索中摸索出来的，是通过感性认识的，有许多我们自己也说不清的道理，但它确实能治病。西药和草药是两种不同的东西。"冯军医看着他好奇的神情，便细心地介绍起来。

"咦，这几个瓶子上咋还贴有死人头？这是啥药？看着怪怕人的。"高大贵伸手在瓶子上摸了一下。

冯军医说："什么死人头，应该说是骷髅头。那都是毒药，骷髅头是毒药的标志。"

高大贵听说瓶子里装的都是毒药，心里一惊，赶忙把手缩回来，像是触到烫手的烙铁，在裤腿上不停地擦拭着。

冯军医笑笑说："别紧张，毒药也是要有一定的量才能致人死亡的，摸一下是不要紧的。"

高大贵不好意思地咧嘴笑了笑说："冯军医，您真是个神人哪！"

"怎么讲？"

"您不但会给人看病，还会给牲口看病。有这么大的能耐，您不是神人是什么？"

冯军医淡淡一笑说："这有什么神的。我是个军医，原来只给人看病，后来部队的马有病了也找我试着给治一下，就慢慢学会了。实际上人吃的药马都能吃，不同的是马的体格比人大得多，药的剂量下大一点就可以了。"他把包好的几包药交给高大贵吩咐道："你把这几包药拿回去，按时按量给马喂。一天三次，早中晚各一次。回去把片状的碾成粉末，拌到豆饼或者油渣里喂它就可以了。"

"好嘞！"高大贵感叹道，"这两匹马也金贵了，吃上西药了。我高大贵长这么大还没有吃过西药呢。"

冯军医说："想吃？等你哪天有病就过来，我给你开些。这东西治病比草药快多了，人也好受些。"

"行啊，那就先谢谢冯军医啦。这得多少钱，贵吧？"高大贵问。

冯军医摆了摆手说："算了吧，第一次咱就不说这个了。还有，回去以后把病马隔离开，这病有一定传染性。"

果然如冯军医所言，药喂到第三天两匹马的精神状态就好多了。喂到第五天，两匹马就恢复了健康，大口大口地嚼着饲料，把肚子撑得滚圆，好像要把病中少吃的饲料补回去，皮毛的色泽也显得油润光亮起来。高大贵一高兴，在集市上买了两只大公鸡和两瓶烧酒，到军营去感谢冯军医。他推开冯军医的房门，兴冲冲地说："冯军医，我来感谢您来了。"

"感谢我？什么意思？"冯军医合上书，用食指尖把眼镜向上推了推。

"您忘啦？真是贵人多忘事。您给我的药把那两匹马都治好了，真是神极了！就那些药片片，我按您的吩咐把它碾碎拌进豆饼和油渣里。它们一吃，嗨，好啦！就像神仙一把抓。"高大贵兴奋地比画着，"冯军医，说实在话，刚开始我还真有些不相信，就那几个苞谷粒大小的药片，能把那两匹高头大马灌了十几服草药都治不好的病治好？这一次您可让我长见识了。也没啥好拿的，逮了两只鸡，拿了两瓶酒，不成敬意。"

冯军医抻着脖子看着被绑了腿躺在地上还你一来我一往地啄着对方的公鸡说："高队长，你太客气了，我这不过是举手之劳，不用感谢的。你拿来的鸡还是拿回去吧，我没办法处理。"

高大贵轻松地比画着说："这有啥难的，头一拧，毛一燎，抓把调料，抓把盐，放到锅里一煮，过半个小时就是一锅香喷喷的烧鸡，再配上二两酒一喝。嗨，神仙不过如此！"

冯军医摇了摇手说："我这人只救命，从不杀生。"

高大贵歪着头叫道："哟，您还是个大善人啊，真是让我佩服。"他想了一下："要不这样吧，不让您杀，咱俩到街上找个馆子，让馆子里的厨子给咱炖了，喝两杯，表表我的感谢之意。您可千万别跟我说您不吃鸡肉。"

"行吧！"冯军医答应道，"不过，我还得等一个病人，他到金锁关去了，这

时候也快回来了，我给他换药。"

高大贵说："这样的话，我先去收拾，您忙完事就来。我在鸿瑞饭店等您。"

"行。"

"您可一定要来！"

"没有问题。"

高大贵拎着两只鸡和两瓶酒出了军营顺着街道向鸿瑞饭店的方向走去。午后的同官县县城，旋着悠悠的小风，草芥和碎纸片溜着地面翻滚舞动着。一条花狗追逐着一只母鸡嬉戏，体态笨重的母鸡惊叫着扇动着翅膀飞起落下，又飞起又落下，一下飞到店铺门前摆的货架上，搅乱了货架上的瓶瓶罐罐。店里跳出来一个女人，扭动着肥胖的身躯操起一把笤帚撺着向母鸡扔过去，愤愤地骂道："畜生，打死你！"

飞出去的笤帚把母鸡砸得在地上翻了一个滚，它惊慌失措地爬起来，惊叫着飞走了。胖女人奔过去拾起笤帚又转回身来打那条惹事的花狗，花狗折回身颠颠地跑走了，边跑边不时回看一下收拾货架上东西的骂骂咧咧的胖女人。

郭蛮子骑着马从对面过来。高大贵满脸堆着笑闪到道边，在郭蛮子到他跟前时，他仰起脸客气地问："郭营长，遛马呢？"

郭蛮子扯了一下缰绳，马止住了步，嘴里嚼着铁嚼子，黑茸茸的嘴唇上挂着白色的泡沫，前蹄不安地捯动着。他握着马鞭顶了一下帽檐，撇着嘴问道："高大队长，你这拎着鸡提着酒干啥子嘛！是给谁送礼的吧？"

高大贵显得很兴奋地把鸡和酒擎得高高的，然后说："哈哈，郭营长真是能掐会算啊。您能掐算出我给谁送的礼吗？您一定算不出来的。我就是到军营里给您送礼去啦，别人说您出去遛马了，我就在这里恭候您了。"

"嗬！"郭蛮子感到意外，"你怎么想起给我送礼了？今天的太阳是从哪个方向出来了，肯定不是从东边出来的。"他说着还抬起头眯缝着眼看了看天。

高大贵听出郭蛮子话中的嘲讽意味，但他仍然乐呵呵地说道："为了感谢您呀！我感谢您有两个意思：一来您救了我的命，使我能及时改邪归正，脱胎换骨，重新做人；二来您大人有大量，给我介绍了冯军医，冯军医妙手回春，把我的两匹快要死的马都医好了。这么大的恩德不感谢感谢我夜里睡觉都不安生。我已经和冯军医约好了，咱们一块儿到前面的鸿瑞饭店让厨子把鸡炖了，畅快地喝几杯，我要多敬您几杯。"最后他做出十分诚恳的样子说："郭营长，您无论如何都要赏脸哟，上次咱们可是说好的。"

郭蛮子很难相信站在道边的这个人对抓他打他骂他逼他交出大烟的事不计

较。不但不计较，反而还以德报怨。不相信吧，在他的脸上怎么也看不出丝毫的虚情假意。他的脸膛油光发亮，鼻尖上渗着在柔和的光影中闪着亮光的汗珠。他的笑是诚恳的，从眉毛耸起的形状、眼睛流露的神情、嘴角上扬的弧度都表现出一种使任何人都无法拒绝的诚恳。

"你说你约好了冯军医？"郭蛮子的皮鞭在空里点着，似乎要以此来加重说话的语气和分量。

"是啊，是啊，约好啦。两匹马呢，那可是咱保安队的宝贝疙瘩。你俩都是它们的救命恩人。没有您给我介绍冯军医，就我这脸面，咋能请得动冯军医这尊大神？请不动冯军医，那两匹马肯定就呜呼哀哉了。即便冯军医看您的面肯帮忙，但他没有妙手回春的医术，那两匹马还是死路一条。这样说吧，没有您的热心帮忙马得死，没有冯军医的高超医术它还得死，是你俩救了它们的命啊！马是畜生不会说话，可是它们都有灵性呀。善有善报，不是不报，是时辰未到，您就等着好报吧。"高大贵就像一个遇到救自己于苦难的恩人，嘴里吐出的每一句话、每一个字都洋溢着感激的情意。郭蛮子听后心里感到十分满意和舒畅。

他从马上跳下来，摘下帽子，叉开指头向脑后胡乱地梳了几下头发，拍了拍高大贵的肩膀，爽快地答应着："好，盛情难却，恭敬不如从命。我把马送回去，一会儿和冯军医一同到。"

"好好好，"高大贵溢满感激之意的表情没有丝毫改变，"我这就去准备，恭候大驾光临！"

郭蛮子骑着马朝军营的方向走去，他在马背上闲逸地晃动着健壮的身躯。夕阳在地上照出一道长长的阴影，阴影随着马和他向前缓缓地移动着。高大贵紧盯着他远去的背影，脸上的笑意也随着他远去的背影而渐渐地消散，取而代之的是阴冷的嘲笑，牙齿间恨恨地挤出了一句压抑在心底的话："王八蛋，走着瞧，老子饶不了你！"

鸿瑞饭店的厨子是一个精瘦干练的中年汉子，做得一手好川菜，称得上是同官县县城的名厨。他让伙计把两只鸡拎到后院宰杀了，煺毛，开膛剖肚。鸡脯肉切丁，做了一盘宫保鸡丁；鸡皮爆炒，做了一盘凤锦炒香菇；鸡肝、鸡肺、鸡胗做了一盘麻辣鸡杂；鸡爪、鸡翅红烧出一盘凤凰展翅。其余的鸡骨架熬高汤，鸡肉汆丸子，做出一盆鸡丸汤，再加两盘素菜，一桌色香味俱全的菜肴就做成了。

高大贵请郭蛮子坐主位，郭蛮子很舒坦地落了座。高大贵又请冯军医坐陪

席，自己则坐在下首的位置上。

郭蛮子两只手按在桌沿上，指尖叩击着桌面，瞅着香气扑鼻的菜，喜笑颜开地说："啊呀，高大队长，让你这么破费我可真是于心不忍。"

高大贵赔着笑说："应该的，应该的。"

"好厨师的手艺就是非同凡响，看着这菜就让人馋涎欲滴。不过我还是很同情这两只鸡，刚才还是鲜活的生命，转眼间就成了桌上的菜肴，供人果腹充饥了。说到这儿，我就想发感叹：自然界什么动物最残忍呢？那就是人！残忍地宰杀自然界形形色色的动物，同时还在自相残杀。"冯军医有着很好的想象力和联想力，他可以将看似毫不相关的事物联想到一起，并发出感慨。

郭蛮子讪笑着说："冯军医，亏你还是个军人。军人是啥子？军人就是职业杀手，不打打杀杀，要我们军人干啥子嘛！是吧，高队长，哈哈哈……"

冯军医张着瘦削的手掌，细长白净的手指相互抵着，摇着头。

"不不不。"他否定着郭蛮子的观点，"我也是军人，但我只救命，不杀生。救死扶伤是我的天职，我忠实地履行着，这是我做人的基本准则。"他白净的脸面上始终挂着从容的微笑，即便是在争执的时候也是这样。

"啊呀，"郭蛮子挠着耳朵根发痒的地方叫道，"冯军医还真是个善人。'只救命，不杀生'？我看你不应该当军人，应该出家当和尚。今天你就只吃素，别吃肉吧。"

"不不不，我只是说不杀生，但并没有说不吃肉。"冯军医辩解着，拖着长腔，"肉——还是要吃的！"

高大贵始终保持着不参与他俩争论的和颜悦色的姿态，调和着说："这个俗话说得好，鸡羊鸡羊你别怪，你是人间一道菜。老天爷给鸡呀羊呀还有猪呀安排的命运就是为咱们服务的。来吧，二位长官，今天就让它们为咱们服务吧。"

三个人端起酒杯，觥筹交错地喝起来了。

酒过三巡菜过五味，三个人脸红耳热、血脉偾张，情绪都高涨了起来。

郭蛮子夹了一块鸡肉塞进嘴里，又喝了一大口酒，腮帮子鼓得圆圆的，口齿不清地说："哎，我说，高大队长，人家冯军医就是个细致人，夹菜每次就夹那么一点点，口不露齿，细嚼慢咽，真他娘的像个娘儿们。"

高大贵眯缝着眼，说："也就是，谁说不是呢！你看人家冯军医的手指头白净、细长，像水葱。你再看我这手指头，又黑又粗像是铁杵。郭营长，你的手指头和我的差不多。"

郭蛮子张开手掌，叉开五个手指头用力地晃了晃："咋的？这才是爷们儿的手指头，结实、有力。我不是跟你俩吹牛，当年我在家乡的时候和别人打赌我能撂翻一头牛，那时候我才十八九岁。树下拴头牛，那么大个儿，是我们村上最大的一头牛，我说我能把它撂翻，他们都不信。我就用这两只手扳住牛角，那牛拧着脖子和我较劲。嘿！我一憋气，一咬牙，一使力，就把那头牛给撂翻了。啥叫男人，嘿，这就叫男人。"

冯军医细细地啃着一个鸡爪，问："你杀过牛吗？"

郭蛮子说："倒是没杀过。"但他马上又兴奋起来，舔了一下嘴唇："我打死过牛。那一年，我和同伙到邻村偷了一头牛拉回村子藏起来，打算瞅空把它卖掉。谁知道丢牛的那家人总在我们村子里转悠，而且还报了案。我们害怕被他发现，就决定把牛杀掉。不敢找杀牛的屠夫，我们就自己干。结果牛没有杀死，满院子里乱冲乱撞，腔子里的血向外喷着，把我们的一个人用犄角穿过裤裆挑起来甩得老远。还没等他爬起来，牛又冲过去，用犄角在他身上乱抵。我一看要出人命，就撸拳捋袖，抓起一把镢头冲过去，抡圆砸在牛头上，一下就把牛头砸碎了，它哼都没哼一声栽到地上。嘿嘿，咋个样！"

冯军医摇着头，嘴里发着啧啧声，表示不能理解。

高大贵竖起大拇指说："佩服，佩服，这就叫英雄，这就是好汉。郭营长，你要是生在梁山好汉那个年代，就能坐上梁山第一把交椅。"

郭蛮子话头一转，说："咱也别在这儿'王婆卖瓜，自卖自夸'了。人家冯军医和咱不一样，人家是个读书人。他娘的，你看人家屋子里的书，像城墙上的砖头那么厚，我可看不懂。再看，人家把你的那两匹马治得多好，手到病除，妙手回春。我和人家不能比，整天就知道打打杀杀。嗨，高大队长，你该敬人家冯军医两杯酒，是不是？"

"对对对。"高大贵应承着，给酒杯里斟满了酒，双手端起来，"冯军医……冯军医我实心实意地敬您一杯酒。"

冯军医搓着手，接过酒杯，踟蹰着："太多了，太多了，我是不胜酒力了。"

高大贵劝说道："喝吧，喝吧。经过这件事，咱就成好伙计了，以后还少不了麻烦您呢。"看着冯军医慢慢喝下去，他接着说："去年，我弟媳妇和弟弟闹别扭，一时想不开就喝了老鼠药，人是口吐白沫，两眼上翻，神智昏迷，牙关紧咬，眼见是七魂出窍，三魄离身，把全家人急得团团转，没有一点办法。我爸跑到药房叫来了葛先生，葛先生到家里一看，就大呼小叫：'快到茅房舀一勺粪汤来，撬开牙灌下去，呛得她一吐就好啦。'听听，我们这里就是这样给人治病的。那时候要是认识冯军医就好啦。"他发挥着想象力，故意把事情讲

得惊心动魄、绘声绘色，为酒桌增添热闹的气氛。

冯军医张大眼睛听着，惊叫起来："啊，太不可思议了，一点科学道理都没有，也太不讲卫生啦。人在昏迷状态是绝对不能强灌流食的，一旦呛住，肺会被激坏的。"

郭蛮子争辩道："我们那里也是这样。啥子不科学了？卫生不卫生是小事，救人活命才是大事。"

冯军医把一根筷子翻过来，用筷子头在桌面上画着："这种做法太土。喝下老鼠药后及时驱吐是正确的，但一定要注意方式方法。合理的办法是撬开他的牙关，把指头探到喉咙里，强迫他把毒药吐出来。然后把生绿豆砸成粉，再用开水冲泡一下让他服下去，把余毒解掉。但一定不能强灌。"他接着说："老鼠药的主要成分是三氧化二砷。这个三氧化二砷呢是一种化学药剂，它的化学成分我就不说了，太过深奥。高队长，你在我的药柜里看到贴有骷髅头——你叫死人头的那三个瓶子里都是毒药。一个瓶子里装着的银白色液体是汞，就是通常说的水银；另一个瓶子里紫红色的块状物是二硫化二砷，也就是通常说的雄黄；再一个瓶子里的白色粉末就是三氧化二砷。这个东西无色无味，但毒性非常烈，往里面配些老鼠喜欢吃的食物就成了老鼠药。民间称它为砒霜，它也是最古老的毒药之一。"看到两个人很专心地听他说话，冯军医就继续着他的讲解："有一本小说叫作《水浒传》，知道吧？西门庆和潘金莲毒死武大郎用的就是砒霜，也就是三氧化二砷。说到这里我就觉得西门庆和潘金莲太歹毒了，太残忍了，应当千刀万剐。你看害得武大郎死得多惨，牙关紧咬哟，七窍流血哟，撕心裂肺地惨叫哟。"他用筷子把啃过的鸡爪聚拢在一起，继续说："他们要想让武大郎死，也要讲个文明嘛，也要讲个人道嘛，不要那么残忍嘛。结果害死别人自己也跟着完蛋了，还留下了千古骂名，很不划算的。我这个人就很讲人道，要是想害人，我一定会让他死得神不知鬼不觉，天衣无缝，含笑九泉。"

高大贵眨着眼，问："你有啥办法？"

冯军医说："啊呀，办法太多了。医学这门学科太伟大了，用于行善就能救人，用于作恶就能害人。明白吧！"

高大贵和郭蛮子对视了一眼，用一种复杂的、让人捉摸不定的眼神看着冯军医。

"咦？"冯军医看着他俩怪异的表情，疑惑地问，"你们怎么啦？怎么用这样的眼光看着我呀？我不是吹牛的，我说的是实话，真的。"

郭蛮子的嘴角抽动了几下，支吾着说："你们……医生是用啥子办法害人的？咋个神不知鬼不觉？咋个天衣无缝？"

冯军医说："害个人非常容易，但是神不知鬼不觉地害个人就非常不容易了。西门庆和潘金莲害武大郎，是十足的恶棍、泼妇的伎俩，手法十分拙劣，一点技术含量都没有。那种害人方式太残忍，那叫野蛮，按你们陕西话说那就是两个二屎嘛。我们当医生的想害个人，可以让他不知不觉，并且含笑而死。我要是潘金莲，想要武大郎的命，我就会给他配一种药。这种药无色无味，一天给他吃一点点，一天给他吃一点点，过不了多久他的心脏、肾脏、肝脏等器官和神经系统就会出现病变和衰竭，就会像害慢性病一样死掉，死得神不知鬼不觉。这样做外人是看不来的，武松回来也看不来，多好！害人不能害己，要是害人的同时把自己也害了还有什么意思！比如说吧，你俩都挎着枪，你俩谁想杀我都可以，拔出枪对准我的脑袋砰的一枪，我就完蛋了。但是枪一响把我脑袋打开花的同时，你们的犯罪事实也就形成了，迹象非常清楚。但是，我要想害你们两个人，没有人能发现的。咱们三个在这里说说笑笑，喝同样的酒，吃同样的菜，但是你们两个过几天轻则变成嘴歪眼斜、神经错乱、六亲不认的疯子光着屁股满街乱跑；重则得一种什么疾病死掉。从表象上看与我没有相干的，别人是怀疑不到我身上的。不要说周围的人发现不了，阎王爷都不会发现的。就是这样，所以说，聪明人用智慧害人，愚笨的人用暴力害人。"

听着冯军医的讲述，高大贵和郭蛮子感到喝进肚子里的烧酒很快就变成了凉水，顺着汗毛眼往外冒冷汗。

郭蛮子咧了咧嘴，说："你越说我心里越害怕，看着桌子上的酒和菜不敢吃不敢喝了。"

冯军医轻轻地笑着，宽慰道："啊哟，想到哪里去了。没事的，没事的，我只是顺便说个笑话而已。你们两个和我无冤无仇，我怎么能起那种歹意呢？再说啦，我这个人只救命，不杀生，更不要说杀人喽。吃吧，吃吧，来，再喝一杯。"

三个人又喝了一杯酒，高大贵用手抹了一下嘴唇，不解地问："冯军医，我就不明白，你又不害人，柜子里放几瓶毒药干啥用？"

冯军医说："不明白是吧？我跟你讲明白好啦。可以这么说，我那药柜的药说是良药都是良药，都可以治病救人的；说是毒药都是毒药，都可以杀生害命的。毒药和良药是相对而言的，它在一定条件下可以相互转变，就看你怎么用。"他继续说："黑格尔的哲学你读过吗？你一定没有读过的。郭营长也一定没有读过的。黑格尔是德国一位非常有名气的哲学家。他就讲了，任何事物都是辩证的。什么是辩证？也就是说，世界上的任何事物都有好和不好两面性，好和不好在一定条件下是可以相互转变的。就说我柜子里放的砷，也就是砒霜，汞，也就是水银，还有雄黄，说它是毒药它就是毒药，它都可以杀生害命。说它是良药，它也是良药，它都可以治病救人。比如说吧，治好你那两匹马，我给你的药里就有砷，也就是砒霜。你那两匹马吃了非但没有中毒，反而把病治好了，变得活蹦乱跳起来。很多毒药只要控制在一定的剂量内，它就变成了治病救人的良药。很多良药看似好东西，但它一过量，就会变成毒药。明白吧？"

郭蛮子长出了一口气，咂着嘴说："有意思，有意思！那砒霜、水银，还有雄黄都能干什么？"

"用处很多。"冯军医说，"砒霜可以用来医治恶疮，清除牲口肠道里的寄生虫，还可以让牲口的皮毛光亮。水银和其他药配在一起就可以做出紫药水，紫药水可是治伤口溃烂的良药，作用非常明显。雄黄的用处也很多，对神经有镇痉、止痛作用，对慢性气管炎和哮喘也有治疗作用。还有很多的……"他一挥手，中断了他的讲解："好啦，好啦，不说这个啦。我们要干些正事才对，喝酒才是正事。"

第四十二章

高大贵和颜悦色地接受了媳妇怀的孩子，他对娇艳显示着做丈夫的责任，对正在腹中成长的小生命显示着关怀。他亲自跑到屈鸿图的办公室里，兴高采烈地说："屈县长呀，我来向您报喜了。"

"噢，什么喜事？看把你高兴的。来，坐下说。"屈鸿图停下手中的事情，指着办公桌旁的一张椅子。

"不啦，不啦。"高大贵两只手快速地摆着，"娇艳有喜啦，怀孩子啦。"

"哦，我……"屈鸿图刚要脱口说出"我知道"，但马上截住了话头，眼神游移了一下，干咳了两声，脸堆笑容，"真的吗？这可是个好消息，祝贺你。

哎，几个月了？"

高大贵说："娇艳说三个多月了。"

"好嘛，好嘛。"屈鸿图站起身来，两手按在桌子上，指头叩着桌面，微仰着头，眯缝着眼，做出一副思索状，"也就是说……再过六七个月你就做爸爸喽。"

"是啊，是啊。"高大贵不停地搓着两只手，一副喜气洋洋的模样，"屈县长，我是这样想的，等孩子出生，劳您的大驾，给孩子起个名字吧。您读书多，有文化，您起的名字一定响亮、好听，孩子长大一定有出息，读像您一样多的书，做像您这么大的官。"

屈鸿图呵呵笑道："过奖了，过奖了。我这算什么官，七品官，七品芝麻官嘛。这个给孩子起名字嘛……我可不能越俎代庖，这是你们做父母的事情，应当由你们来起的。"

"不不不，"高大贵忙说，"我们这里有个风俗，给孩子起名字一定要找那些有名望有学问的人起。这样一来图个吉利，能给孩子带来好运；二来，有学问的人起的名字好听，一听就是有学问的人起的，这太重要了。像我爸给我兄弟俩起的名字，老大叫大贵，老二叫二贵，一听就没有学问，所以我们弟兄俩都没有啥出息。您有学问，又是县长，我们的孩子遇到福星了，我和娇艳可是高攀了，您可不能不给我和娇艳还有孩子面子呀。"

屈鸿图看着他恳切的样子，说："言重了，言重了。好吧，既然你说到这个份上，我也就不推辞了，学名由我来起，小名还是由你们做父母的起，这样可以吧？"

"太好啦，太好啦。"高大贵乐不可支地说，"那我就先替孩子谢谢您了。等孩子满月，请您喝喜酒，我和娇艳还有孩子每人敬您三大杯。"

"哟哟哟，"屈鸿图高兴地说，"我可没有酒量呀，那样会把我喝醉的。不过，这么喜的事，喝醉也是应当的。好吧，到时候一醉方休！酒的事你别管，由我来备。"

高大贵忙说："不敢，不敢，咋能让您破费呢。"

屈鸿图说："哎——你外气了吧，这算什么破费。娇艳这么长时间照顾我的生活，我应当好好感谢你们两口子。别外气，就这样说定了。"

"那就太感激不尽了。"高大贵应承着，"不过，屈县长，娇艳有三个多月的身孕了，就不能来帮您干活了。我担心，我担心不小心出……出意外，您看……"

屈鸿图一拍额头，自责道："你看我，你看我，怎么就没有想到这些呢？你说得对，是要好好照顾身子。这些日子就不要来了，你回去代我向她问好，让她好好照顾身子。"

"一定一定。"高大贵说着，"我一定把您的问候带到。"

屈鸿图一直把高大贵送出县政府的大门，这才折回办公室，沏上了一杯茶。他端着茶杯，轻轻地摇着，凝视着漂在水面上尖细的绿色茶叶渐渐地泡胀，缓缓地向下沉去。他轻轻地吹开仍悠悠地漂在水面上的茶叶，呷了一口。清香、绵柔、细腻的茶水在口腔里短暂地停留一下，顺着喉管滑入了肺腑。他双手掬着茶杯，眼神迷蒙地盯着书柜，咧着嘴无声地笑了起来。

娇艳怀孕的消息他一个多月前就知道了。当娇艳把这个消息告诉他时，他着实吃了一惊，娇艳却是喜上眉梢的样子。

"怎么啦？"她弯弯的细眉往上挑着，眼睛里流露着初为人母的娇羞、柔情、爱怜和喜不自胜。

"是……是谁的？"屈鸿图谨慎地问。

娇艳翘了一下薄薄的嘴唇，娇嗔地说："还用问吗？你的呀！他哪有这本事。"

"那，怎么办？"屈鸿图有些不知所措。

"怎么办？还需要怎么办？生呀。"娇艳直言不讳地表明了自己的态度。

"高大贵他……他知道了会愿意吗？"

娇艳慵懒而平静地说："他不愿意又能咋样。这块地撂荒五六年了，他既不能耕耘，更谈不上收获。我原来想着，我这一辈子恐怕都要背负不会下蛋母鸡的恶名了，这让一个女人的心里该有多苦啊，半夜三更有时都能哭醒。"她忽然又兴奋起来，白净的脸颊上漾起一层胭脂般的红晕："这下可好啦，我可以当妈了，有孩子张着甜甜的小嘴叫我妈了，叫我妈了。"她长吁了一口气，张开双臂，脑袋向后仰着，在屋子当中旋了两个圈，陶醉在幸福的喜悦之中。

屈鸿图的心里颇为纠结："他要问孩子是谁的，你怎么回答他？"

娇艳爽快地说："他不会问的，他不用猜都知道是谁的。"

屈鸿图可没有她那么乐观，担心地说："他要闹得满城风雨，怎么收场？"

娇艳撇着嘴说："瞧你个大老爷们儿，厩样子。干那事的时候，我看你像个饿了十天八天的老虎，一口想把人活吞下去，现在整出名堂就变成熊包软蛋啦，哼！我跟你说，这事我全担着。他要是不愿意我就和他离婚，他要是愿意我们就好好过。我也不想离开高家，更没有想过给你这县老爷当填房。我是个女人，只想有一个我自己的孩子，他没有造孩子的本事，哪个女人愿意和他厮守一辈子？我相信他不会舍弃我的。再说啦，你救过他的命，他有把柄抓在你手里，你又是他的现管，他怕着你呢，哪有胆量翻江倒海胡折腾。"

听了娇艳的一番话，屈鸿图突突跳的心总算平静了一些，尴尬地咳了两声后说："这样最好，这样最好。"

高大贵没有直接回家，他踅到饭馆要了一碟子花生米和一碗老酒，独自坐在角落的一张桌子前慢悠悠地喝起来。烈酒进入口腔，顺着喉管滚下去，所过之处有一股辛辣、苦涩的感觉，这种感觉既刺激又享受，既能使血脉偾张又能使意识模糊。

今天去见屈鸿图，他是怀着一种斩不断理还乱的矛盾情绪去的，他在以表面的兴高采烈掩饰着内心的痛苦煎熬。实际上，他好多天来都是在努力地做着这种事情。这些天来，他对媳妇倍加呵护，在家人面前喜不自胜，在旁人面前心情愉悦，似乎他多年的生活就是为了这一天的到来，他，高大贵，终于有孩子了。

他在做这些表面文章的同时，心里已经酝酿起了一个计划，他表面上的兴高采烈，就是为了他在实施计划时给所有人造成一个假象。他去见屈鸿图就是让屈鸿图知道，他是多么爱娇艳和她肚子里的孩子。只有这样，在神不知鬼不觉中处理掉孩子时，所有人才不会对他产生什么怀疑，只会以为那是天不遂人愿罢了。

"咋样才能神不知鬼不觉地把这个孩子处理掉呢？咋样才能做得天衣无缝呢？"他苦苦地想着办法。

他叹了一口气，端起酒碗，一口气把酒灌进肚子里。洒出来的酒顺着嘴角淌到脖颈上，他扯起袖口胡乱揩了一下，吆喝道："喂，来人……"

店小二应声而至，客气地问："高队长，您有吩咐?"

高大贵打着嗝，伸出一根手指头比画着："再来一碗酒……"

"好嘞，请稍等，这就来。"店小二像旋风一样旋了过去，随即又旋了回来，把一碗酒放在他的面前。

高大贵看着那碗酒并没有立即喝，他要在这碗酒喝完之前想出一个完整的、没有任何纰漏并能达到目的的办法来。他嘴上叼了一支烟，一口接一口地向外喷着烟雾。烟雾来不及消散，弥漫在眼前，他的整个脸面都被烟雾缭绕着。

"高队长，怎么一个人吃独食呢?"

高大贵闻声，张开被酒精刺激得微醉的眼睛，用手像扇扇子似的把眼前的烟雾驱散，咳嗽着看到了冯军医那张白净的脸。

"哟哟哟。"高大贵站起身来客气道，"快坐，快坐。来喝碗酒，我正一个人觉得没意思呢。"他招呼着："小二，再来一碗酒，加两个菜，拿双筷子。"

机灵的店小二已经站在冯军医的跟前，面对着高大贵，听到吩咐拉起长腔叫道："好嘞——再上一碗酒，加两个菜，送上一双筷子。您二位请坐，稍候，这就来。"

高大贵和冯军医坐下。高大贵说："你还没有吃饭吧，咋不在灶上吃？"

冯军医抱怨道："灶上那几个火头军越来越不像样子了，做的饭质量越来越差。那哪里是做饭给人吃，简直是喂猪。那几个家伙根本就不像炊事员，简直就是饲养员。昨天下午是萝卜炖豆腐，今天下午是白菜炖豆腐，缺鱼少肉。我一闻到那清汤寡水的味道就倒胃口，真叫人受不了。这不？我就转悠到这儿来了。"

酒菜端上来了，高大贵端起酒碗，喜笑颜开地说："这不正好嘛！你忙，平时难得碰到你，今天碰上了，这叫什么？这就叫缘分。来，为咱俩的缘分干上一大口。"他一仰脖颈喝下一大口。

冯军医抿了一口，把酒碗放下，说："别急，慢慢喝。酒这东西要慢慢喝，大口喝酒容易伤胃，还容易呛着，呛着不但容易伤气管，还容易伤肺。"

高大贵在嘴上抹了一把，摇手说："你们这些读书人，就是谨小慎微的，喝口酒还有那么多讲究。来，吃菜，这猪肚子不错。"

冯军医夹了一粒花生米，放进嘴里嘎巴嘎巴地嚼着，说："好吃你就多吃点。动物的脏器我是基本不吃的，我劝你也少吃点。动物的脏器里含有很高的胆固醇，容易引起血液黏稠。这个血液一旦黏稠就会生出诸多的并发症，比如说……"

"来来来，"高大贵嘴里嚼着肚子，打断冯军医的话头，"咱喝酒。你们这些读书人呀就是不爽快。吃几片肚子血就变稠了，我今天要是把这一盘肚子吃完，明天血就能变成糨糊不成？"

冯军医又抿了一口酒，说："抬杠，抬杠。这没有你说得那么快，需要一个循序渐进、由表及里、由浅入深的过程。明白吗？"

高大贵自我解嘲道："冯军医啊，你讲得太深奥，我听不懂。"

冯军医有很好的耐性，说："听不懂不要紧，我可以跟你慢慢讲。今天下午我没有什么事情，我就跟你慢慢地讲，尽量讲得深入浅出一些，这样你就可以听懂了。比如说……"

高大贵做了一个阻挡的手势:"别别别,冯军医,你就别比如了。我求教你一个问题可以不?"

冯军医很有兴致地应道:"可以,当然可以。你说吧,什么问题?"

高大贵说:"我听到这么一个说法——肉生瘤,鱼生炎,白菜豆腐保平安。意思是说,肉吃得多了容易生瘤子,鱼吃得多了容易生炎症,只有白菜豆腐才是最好的菜。这个说法对不对?"

冯军医不假思索地说:"对的,这话说得很对。老百姓中间蕴藏着无穷的智慧,有着非常丰富多彩的创造力,这就是他们对生活的总结,这个说法是很对的,我给予很高的评价。"

高大贵说:"那我问你啊,今天下午你们军营的灶上是白菜炖豆腐,这是难得的好菜呀,你为啥就不想吃呢?"

冯军医听完笑了,拈着筷子比画着:"高队长很幽默嘛。你这叫作'以其人之道,还治其人之身'。说真的,动物的脏器我也是吃的,只是吃得少一点罢了。我说这话只是想调节一下气氛。刚才我进来看你是一个人抬头喝闷酒,低头抽闷烟,搞得这房子里是乌烟瘴气的,我猜想你一定是遇到了什么不顺心的事情才成这样子的。现在你的情绪比刚才好多了。说吧,遇到什么麻烦的事了?咱们边吃边喝边聊。"他说着夹了一筷子肚子放进嘴里。

高大贵闻说吃了一惊,在心里暗暗地嘀咕道:"他奶奶的,这些读书人心眼就是多,察言观色的本事就是大。"他的脸上马上堆起笑来:"哈哈,冯军医真不愧是才高八斗、学富五车,有经天纬地之才、神机妙算之能,真让我佩服得五体投地呀。"

冯军医高兴地摆了摆手,谦逊地说:"过奖,过奖。这黑格尔的哲学讲,任何事物都具有一定的内容和一定的形式。事物的内容,就是构成事物的一切内在要素;事物的形式,就是这些内在要素的外在表现。没有没有内容的形式,也没有没有形式的内容,它们是相互关联的。比如说吧,当你看到一个人的脸上阴云密布的时候,他一定是心里有事,而且是烦恼的事情。当一个人遇到好事情的时候,他一定会在脸上表现出来,就会和颜悦色、喜气洋洋。你刚才的脸色就很不好看,表明你的心情很忧郁,一定是遇到了不好的事情。我说得对吧?"

冯军医的一番话让高大贵听得是云里雾里的,但后面的话他还是听明白了。他点头承认道:"冯军医,你说得对,我就是有心事。我告诉你吧,我老婆

怀孕啦。"他用两手在腹前比画出隆起的样子。

"是吗?"冯军医夹了一口菜刚要送进嘴里,又停了下来,"这可是天大的喜事呀。你跟你老婆结婚几年了?"

高大贵挓挲着五根手指头晃了晃:"五年啦。"

"噢,"冯军医意味深长地说,"五年了,够费劲的了,终于怀上孩子了。好事呀,真真正正的好事。我借花献佛向你表示祝贺,来,干一下。"

放下酒碗,冯军医翻着眼皮瞟了高大贵一眼,疑惑地问:"高队长,这我就不明白了。老婆怀孕是好事呀,应当高兴才对,怎么愁眉苦脸的?说说,怎么回事?"

此时,高大贵已经想出了掩饰自己真实心思的说法了。他说:"我和媳妇结婚五年啦。人家都说,这男人和女人一结婚孩子就在裤腰带上挂着,说来就来。可我和我媳妇正像你说的,够费劲的了。我媳妇那片地好像就是一片盐碱地,不管你咋样勤劳耕耘,不要说长庄稼了,连根草毛都不长。如果是你,你说你急不急,你说你烦不烦,嗯?"

冯军医一拍手掌笑起来:"高队长真幽默,比喻恰当、新颖、贴切。要是我,不但急,不但烦,而且是更急,更烦。说,后来呢?"

高大贵劝道:"来来来,说归说,再来一口。"他在搜肠刮肚地想着下面的话该怎么说。放下酒碗,他慢悠悠地继续着:"后来嘛,就找医生看,吃偏方,求神拜佛,烧香磕头,啥办法都想了。结果是药也没有少吃,神也没有少求,佛也没有少拜,香也没有少烧,头也没有少磕,最后也没有啥效果。我和媳妇都绝望了,想着我俩这一辈子恐怕要断子绝孙喽。嗨,谁知道,老天开眼了,现在来啦。可是怀上孩子吧,也让人愁。"

冯军医不解地问:"滑稽,这还愁什么呢?没有孩子愁,有了孩子愁什么?愁是男孩还是女孩吧?"

"不不不。"高大贵否认道,"想孩子想了五年了,你能理解我盼孩子的心情吗?你肯定不理解。可以这样说吧,我根本不在乎男孩还是女孩,只要有孩子就行。现在愁的是啥呢?跟你说实话吧。现在愁的是咋样能让这孩子平平安安地出生,不要出意外,不要发生小产啥的。这愁得我头发都白了许多。"

冯军医一仰身子,慵懒地靠在椅背上,说:"我听明白了。你这是没有孩子盼孩子,现在老婆怀上孩子了又怕出意外。我说得对吧?"

"对呀,太对啦!"

冯军医把身子探过来，说："高队长，你这问题太好解决了，你来问我呀，一切问题我都可以帮你解决，根本不需要你这样杞人忧天。如果你来考虑这个问题，别说你头发白了许多，即便是全白，甚至是掉完，也不会起到什么作用。但是我就不一样了，这事对我来讲就像喝一口酒、吃一粒花生米一样简单。这是我的专业。"

高大贵张着由于酒精作用有些充血的眼睛，吃惊地问："冯军医，怎么，你还知道咋样生孩子？你可是个老爷们儿，接生婆可都是女人呀。"

冯军医指点道："这你就不懂了。我是军医，医学院对军医的要求是非常高的。除了专业医学知识的学习外，还必须学习许多方面的知识。我在医学院学的是内科，但是还要对我们进行内科之外的许多学科的培训，比如说外科、药剂、妇产科知识的培训。就是让我们在碰到任何复杂的问题时都能用我们学过的知识去解决。明白吧？"

"你给女人接过生？"高大贵眨了下眼睛问道。

"接过。"冯军医不假思索地说，"其实呢，女人生孩子是一件很简单的事情。十月怀胎一朝分娩，瓜熟蒂落的事情嘛。在乡下，就连医学院的门朝哪个方向开都不清楚的接生婆都会，这就足以说明这件事是多么简单。但是，一旦遇到胎位不正、产妇大出血甚或引起什么并发症，这些接生婆就傻眼了，只能看着产妇或胎儿一命呜呼。然而这些对我们有着专业知识的医生来讲，都不是问题。怎么了？两只眼瞪得像是看到鬼了。"

高大贵嘿嘿一笑，说："吃惊，真吃惊。我长这么大还是第一次听说男人能当接生婆。"他接着又问："女人能让你这个大老爷们儿给她接生吗？她那东西不就让你看见啦。"

"什么东西？"冯军医一时没有弄清楚高大贵说的"那东西"指的是什么。

"那东西呀，就是裤裆里的那……东西……"高大贵使劲一眨眼抬高着声音，好像这样做冯军医就能理解似的。

冯军医终于明白了，说道："啊哈，你是说……你真有意思。"他两手一摊，轻松地说："那有什么！我们当医生的就是专门研究人体结构、人体器官的功能和作用的。比如说，男人由多少块骨头组成，女人由多少块骨头组成，骨骼与骨骼之间是什么关系，各个器官是如何分布的，它们的功能和作用是什么。我们在医学院学习解剖的时候，解剖室里排着一溜子尸体，男的、女的，胖的、瘦的，高的、矮的，老的、少的都有，我们就在那里做解剖试验，开膛剖肚，

挖心掏肺。"

"杀……猪呢?"

"胡扯!我们可不是屠夫,我们是医生,医生和屠夫是有本质上的区别的。我们做解剖的目的,就是为了细致地研究人体的每一个组成部分。在救治活人的时候能清楚他们是哪个器官出了问题,从什么地方下手去治。你刚才说的女人裤裆里的那个东西,我们在医学院学习的时候专门研究过,也见得多了。看你刚才那副样子,还神秘兮兮的。其实没有什么神秘的,那就是人体的一个器官罢了。你把一个女人裤裆里的那个东西搞清楚搞明白了,其他女人的也就清楚明白了。它们的结构、功能、形态都是一样的。哦,我不但把女人裤裆里那东西搞得很清楚、研究得很透彻,就连你裤裆里的那东西我也搞得很清楚、研究得很透彻。我问你,你裤裆里的那东西为什么能硬,又为什么能软,是什么样的结构。硬的时候心理因素是什么,生理因素是什么,是什么东西在起作用,你清楚吗?你肯定不清楚,但是我清楚。"

不知怎么回事,在冯军医说这些话的时候,高大贵不由自主地把劈开着的两腿紧紧地并拢在一起。

冯军医两眼盯着他,对他做着研究:"根据我对你的观察,高队长,恕我直言,你裤裆里的那东西就不行,往轻的说是举而不坚,坚而不硬,往重的说有阳痿之嫌。我敢断定你们结婚五年没有孩子的主要原因在你身上。"

"啥,啥?我的事?"高大贵伸出食指指向自己不服气地说,"咋可能?你看我这胳膊这么粗,身子这么壮实,二百斤的粮袋子扛起来就走。咋可能是我的事?"

冯军医笑着安慰道:"别心急上火嘛。实际上你心急上火,就更加说明我判断得正确。少安毋躁,听我慢慢道来。人体的各个器官是一个系统,这一个器官出了问题,就一定会影响到其他器官的作用。我对你的判断是有道理的,你即便在不喝酒的时候也是脸膛发红,表明你的血液黏稠度较高;嘴唇有些紫色,表明你的心脏有问题。血液黏稠度一高再加上心脏有问题,肯定就会影响到你裤裆里的那东西发挥应有的作用,明白了吧?当然,我姑妄言之,你姑妄听之。你媳妇现在怀孕了,说明你那东西还基本正常。如果有不正常的感觉就来找我,我给你治一治。啊,对啦,你老婆怀孕几个月啦?"

"三个多月了吧。咋,你想给我老婆接生呀?"

"怎么,不可以?有时间把你老婆领来,让我给她检查一下。孕妇要经常接受医生检查的。"

高大贵撇了一下嘴，说："去你的吧，没门儿！我老婆就是憋着十年不生，也不会让你看她裤裆里的那东西，死了这条心吧。"

冯军医说："封建！"

高大贵辩解道："这不是封建不封建的事。我老婆要是让一个老爷们儿给她接生，这事传出去，她在这同官县真没脸面活人了。"他话锋一转："咱还是说正经事吧，你给我说说我老婆怀孕了，咋样才能保证不出意外，比如说流产啥的。"

"这好办，"冯军医说，"一定要经常接受医生的孕期检查……"

高大贵立刻一摆手，说："不可能，死了你这条心吧！前面大药房的葛先生一把脉就能说得清清楚楚，根本不用看裤裆里的那东西。"

冯军医说："你是误解了。我说要接受医生的检查，并不是非要看裤裆里的那东西，而是要检查胎儿的发育情况和孕妇的身体状况是否正常。你怎么总是带着邪念想问题呢？"他一摆手说："好啦，好啦，咱们不说这个了，还是说你老婆在妊娠期应当注意的事项。"

高大贵一脸茫然地问："啥期？"

"妊娠期。哦，你不明白，也就是常说的怀孕期，这下明白了吧？这一段时间不能干过重的体力活，但也不能什么都不干，要力所能及地干点活。"

"这个我知道，不能干过重的活，但还要干点活。要吃好睡好，不能生气，不能受到惊吓，还有……"高大贵思索着说。

"你的经验很丰富嘛。"

高大贵咧嘴笑着说："我能有啥经验，这都是我妈唠唠叨叨说的。冯军医，你给我说一些只有你们医生知道、那些老娘儿们根本不清楚的事情。"

"好吧。"冯军医说，"首先在怀孕到生孩子这段时间里一定要注意孕妇的身体健康，不能受热或者受凉，不能吃也不能用不干净的东西。孕妇身体是否健康直接影响着胎儿的发育。其次，不能乱吃药，最好不吃药，包括补药也不能随便吃。这第三嘛，不能接触有毒物质。"

"哦，不能乱吃药，不能接触有毒物质。"高大贵重复说着，"那啥东西算是有毒物质？我们家又没有毒药。"

"你们家没有毒药，但是仍要注意，有些地方有。比如说你那一天在我药柜里看到的砷，也就是砒霜，还有汞、雄黄这些都属于有毒物质。汞呢，属于

液态金属，常温下即可蒸发到空气中，一般不会有什么影响；这个雄黄呢，在端午节的香包里就有，过后随手乱放乱扔，有一股臭鸡蛋的味道，要注意；还有这个砷，也就是砒霜，是个无色无味的东西，隐蔽性最强，不易被人发现。这些东西孕妇是绝对不能碰的，只要有一星点被孕妇不小心吃了，胎儿就危险了。"

高大贵吃惊地说："那么厉害，一星点是多少？"

"多少？"冯军医用大拇指尖抵住小拇指尖比画着，"非常少，有这么一点就会导致胎死腹中或流产。"

"胎儿不行了，大人不会有事吧？"

"一般情况大人不会有事的，剂量太小。但对胎儿来说就是致命的剂量了，胎儿这个小生命是非常娇嫩的。上一次我医治你的那两匹马，药里就放有砷，也就是砒霜。那个剂量要是给一个人吃了，这个人肯定七窍出血，呜呼哀哉，但给马吃了就没有事情，马的体重大。"冯军医用手掌拍着嘴打了个哈欠，"所以说呀，孕妇一定不能接触这些东西，如果接触了，你和你媳妇五年的折腾就白折腾了。"

"哦，我明白了。"高大贵眼珠子转了转，"毒药也是药，药量控制好了就能治病，控制不好就会要命，是这样吧？"

"这是你今天说的一句最聪明的话。"冯军医眼皮有些沉重，脑袋有些发晕。"这酒还行。"他打着饱嗝说。

"再来一碗，小二。"高大贵叫道。

店小二应声跑了过来："高队长，您吩咐。"

冯军医舌头发硬，呜呜啦啦地说道："吩咐什么呀，什么也不要吩咐了，我说了算，今天就到这儿，一口也不能再喝了。"

高大贵顺从地说："好好好，一口也不喝了，今天就到这儿。小二，把账记下。"

两人从饭馆出来，顺着街道向军营的方向走去。

"你去哪儿？"冯军医问。

"我把你送回去。"

"不用，没事，我清醒得很，这点酒算什么，再喝两碗我也没事。你没事吧？"

"我没事。"高大贵说。

"好，你没事，我更没事。你看我走路还是很正规的军人步伐，每一步肯定是七十五公分，不信你量。"冯军医自信地说。

高大贵说："我信，我信。一看您就是训练有素，哪像我们保安队的那帮家伙走起路来东摇西摆、步子散乱、衣装不整，像一群街痞二流子。"他又讨好着说："啥时候您有空，我把保安队的弟兄们集合起来，您去给他们讲讲课，学学走军步，咋样？"

"可……可以呀。"冯军医高兴地答应着，"不是我吹牛，在这个军营里讲军容军纪没有人能和我比，我可是军医学院科班出来的，他……们，一群乌合之众，不……行。"

他们到了军营门口。

高大贵殷勤地说："我把您送到家。"

"好吧。"冯军医答应着，"张司令前几天送给我了一包茶……叶，上好的毛尖，到我那儿喝茶去。"

进到冯军医的宿舍，冯军医提着水壶到灶房打水，打水回来以后到处找茶叶，可是没找着。他想了一阵，拍着后脑勺，说："嗨，忘啦，我这记性，茶叶在药柜子里锁着呢。我去取，你把茶壶茶杯用开水烫一下。"

高大贵赶忙挡住他："冯军医，你歇歇，你歇歇，我去取。"

冯军医说："这不行，你……是客人。你坐，我去取。"

高大贵拉着他不放："哎呀，冯军医呀，你太客气了。我算啥客人，咱们都是交心的朋友了，还讲这么多客套干啥。你看你的脸上都是汗，赶紧洗一洗。"

"好吧。"冯军医在一串钥匙里找出一把交给高大贵，"就是这把钥匙，在柜子的最上一层有一个绿色铁盒子，就是茶叶盒，别……拿错了。要把砒霜拿来咱俩都完蛋了。"

"不会，不会，我一定把茶叶拿来。"

从冯军医手里接过钥匙，高大贵的心就加速跳起来，连他自己都能感觉到心脏的振动，发出咚咚的响声。一下午苦思冥想的机会终于奇迹般地降临了。

他进到药房，用钥匙打开药柜，那三瓶贴着骷髅头的玻璃瓶就在触手可及的地方摆着。他来到窗子跟前，透过窗玻璃向外望了一眼，近处没有人。他赶忙把桌子上的纸笺扯了一张放到药柜前，拿出装砒霜的瓶子倒了些白色的粉末，包起来塞进口袋里，取下茶叶盒，锁上了柜子门。他稳定了一下紧张的情绪，回到冯军医的房间里喝茶去了。

第四十三章

娇艳怀孕四个多月了，明显隆起的肚子为她带来了莫大的慰藉。这些日子，她总是挺着她那隆起的肚子在县城挨着店铺转悠。她进店铺并不买什么东西，站在柜台前挑三拣四说些与婴儿有关的话题，诸如婴儿出生以后应当做什么样的衣服、用什么样的物品，其真实的目的就是要让人们都知道她怀孕了，她是一个正常的女人，具有正常女人所具有的功能。就像一只母鸡下蛋过后总要咯嗒咯嗒地叫一阵子，这是一种炫耀，这是将自己的能力向旁人展示。娇艳和母鸡的区别只是她用行动做无声的表明罢了。

这些年她承受的心理压力太大了，听到的冷嘲热讽、看到的阴阳怪气的脸面太多了。别人家的媳妇在结婚喜庆鞭炮的响声还萦绕在耳边的时候，在宴席的酒香还回味在舌尖的时候，在亲戚们还没有把新娘认准的时候，家里就传出了婴儿的啼哭声。而她，结婚了，一年过去无声无息，两年过去迹象不明，三年过去依然平静，四年过去一切照旧，五年过去仍然没有动静。前一两年还有真心关心和不真心关心的人不时以关心的口气问一下，后来人们连问的兴趣也没有了。碰面和她说话时也有意无意地回避怀孕、孩子之类的词语，但又不时地用一种说不清道不明的异样眼光在她的肚子上看来看去。

就连英英这个不懂事的孩子也扯住她的衣襟，仰着小脸，用一种祈盼的眼光看着她说："大妈，你也给我拾一个小弟弟小妹妹呗。我妈说我是她在河边洗衣服的时候拾回来的。你也去河边洗衣服，也给我拾一个吧。我可喜欢小弟弟小妹妹啦。"

大多时候她是无言以对，有时候也会问英英："你喜欢小弟弟小妹妹什么呀？"

英英这个时候就会高兴起来："我让小弟弟小妹妹和我玩过家家，我领着他去买糖……"她迅速从衣袋里摸出一张折叠得很整齐的小面额纸币，用两个小手指头拈着给她看。

水秀听到这话，就会慌乱地从屋子里跑出来，喝道："看，又跑到哪儿去玩脏东西了？手上脸上都是泥。走，妈给你洗洗去。"说完朝她挤出一丝难为情的笑，拉着孩子回屋子里去了。娇艳心里清楚，这不是水秀要给孩子洗手洗脸，而是要阻挡孩子和她继续探讨那个不该探讨的事情。

这些天她跑得有些累了，肚子一天比一天大了，行动也更不便利了。她坐在炕沿上，两手摩挲着紧绷得像鼓面一样的肚皮，感受着里面那个小生命不安分的活动，一种温馨愉悦的只有处在这种状况下的女人才能体验到的幸福感在血脉间流动。她展开整齐叠放在炕头板柜上的鲜艳花布做成的小衣服，有棉的有单的，还有剪成四方形的尿布片子。娇艳把尿布片子捧起来捂在脸上，贪婪地吸着上面散发出来的气息，感受着它的软绵和柔和，就连高大贵进来，她都没有发现。

"你……你这是干啥？"高大贵看着炕上一摊零乱的东西问。

"我好像在这上面闻到孩子身上的气味了。可好闻啦，甜丝丝的像蜂蜜，还有点像花的香味，还有点像糖的甜味，还有点……你也闻闻。"娇艳眯着眼睛喃喃道。

高大贵把脸贴在尿布片子上抽动了两下鼻子："哼，屁味也没有。要有也该是尿臊味、屎臭味……"

"呸——"娇艳不满地说道，"咦——你又喝酒啦，去哪儿喝酒啦？一身的酒气，到一边去，别熏着孩子。"

高大贵边脱衣服边说："我去见了屈县长。回来的路上碰到了冯军医，喝了几口。"他又说："这个冯军医真够朋友，前两次我请了他，这一次他非要请我……"

"冯军医，哪个冯军医？"

"就是四十六团的军医，姓冯。我不是跟你提过嘛，治好我们队上那两匹马的那个军医。"

娇艳边收拾衣物边说："给马治病应该叫马医嘛。"

"啥马医驴医的，人家就是给人看病的，捎带着也给马看病，可能干啦。还说让你去他那儿，他可以给你检查检查。"

"算了吧。"娇艳把叠摞整齐的衣物托着爬上炕又放在原来的位置，"他一糊涂把我当马当驴检查了咋办？"

高大贵挠着脊背上的痒痒笑着说："真是个糊涂娘儿们，说出来的话也带一股子糊涂味。人家是要看看你的身体咋样，肚子里的孩子咋样……"

"啊！"娇艳惊叫着，"咋，还要摸肚子呀，亏他想得出来。我的肚子只有我

男人能摸，再谁也不能让他摸……"她突然意识到了什么，抿了抿嘴，改变了话题："你到屈县长那儿干啥去了？"

高大贵枕着两手仰面躺在炕上，说："我问他给孩子起名字的事，我害怕他忘了。"

"嗯，他咋说？"

高大贵学着屈鸿图的腔调说："记着呢，记着呢，忘不了。这么大的事情我怎么能忘呢？我起的这名字一定保你两口子满意。我已经想好了六个名字，男孩女孩各三个，我要在里面选我最满意的。等孩子一降生，我就写个大红喜帖把名字送过去。"他又啧着嘴说："县长亲自给咱孩子起名字，你说咱这孩子该多有福气，你我脸上多有光，同官县能有几个人享受这样的荣耀？等孩子满月了，县长再来喝满月酒。真好！"

娇艳把柜子上的物品整理好，挪着身子到丈夫跟前，摩挲着他脸上的胡茬，喜眉笑眼地说："看把你美的。"她歪着头眯着眼思索着："也不知道他会给咱孩子起个啥样的名字。"

高大贵握住媳妇柔软、温热的手说："一定不会差，你就安心等待好消息吧。"

"好吧，那就等吧。"娇艳顺从地说着，把头枕在丈夫的胸脯上，感觉着他胸脯一起一伏，再一起再一伏。

日子如同清水河的流水，一天天地流淌着。院子里的那棵石榴树的花萼上长出了花苞，花苞绽放成鲜红的花朵，花朵的花蕊间吐出细长纤弱的花丝，花丝上挂满了茸茸的花粉，散发着淡淡的清香，引来了许多蜜蜂在绿叶间的花朵上嗡嗡地忙碌着。花儿谢了，花萼上冒出了圆圆的粉色的果实。

娇艳几乎每天都要站在庭院的这棵石榴树下，抚摸着肚子观赏着石榴树上的花开花谢，看着石榴一天比一天长大，掐算着孩子出生的日子，体验着即将做母亲的喜悦。

这天，高大贵劝媳妇去冯军医那里做个检查。

娇艳不假思索地就拒绝了："不去！又不疼不痒，查啥？"

高大贵劝道："人家冯军医也是一片好心嘛，说了几次啦，咱过去让他检查一下，没事咱不更放心了？"

"孩子可乖啦！哟哟哟，他又在肚子里踢腾呢。"娇艳抚摸着肚子，笑盈盈地嗔怪着，"乖孩子，别踢腾了，再踢腾就要把妈的肚子踢破了。"她又说："他还要全面检查，人家葛先生号号脉就啥都说清楚了。谁知道他安的啥心。"

高大贵说："你别瞎想，冯军医可是科班出身的医生，从医科大学毕业，人家啥都见过。人家能安啥心？好心呗。"

娇艳不高兴地说："啥叫'啥都见过'，我才不让他在我身上乱摸乱看呢。不去。"

高大贵用商量的口气说："要不，咱去找葛先生号号脉？"

"那行吧。"娇艳瞥了男人一眼，他的真切关怀深深地打动了她。

娇艳在丈夫的陪同下，沐浴着上午的骄阳，笨拙地挪动着步子向大药房走去。葛先生坐在柜台外的椅子上，怀里抱着一把二胡，微闭着眼睛，沉醉地拉着戏曲。指尖在胡弦上灵活地上下滑动着，弓弦在两根胡弦间忽而急促、忽而舒缓地穿梭着。曲声忽而高亢激越，忽而低回婉转，忽而苍郁悲苦，忽而清丽明快，忽而如苍鹰搏击长空穿云破雾，忽而如山间溪水潺潺流淌，忽而如春风醉月拂杨柳，忽而如金戈铁马驰疆场。

娇艳正要抬腿迈步跨进门槛，高大贵拉住了她，悄声说："你看人家葛先生二胡拉得多入迷，多好听。咱在这儿等一会儿，让咱的孩子也听听秦腔。"

葛先生拉完了一段戏曲，睁开眯着的眼睛看到了坐在门槛上的高大贵和娇艳。

"呦，"他叫道，赶忙收起二胡，"你俩来了，快进来，快进来。"

高大贵扶着娇艳进到大药房里。

"咋咧？"葛先生戴上花镜，打量着夫妻俩笑着问。

高大贵说："葛先生，我媳妇有身孕了，想让你看看有啥毛病没有。"

"好好，好嘛。"葛先生把一个棉布垫子推到娇艳面前，"给你号号脉，看气色还是不错的嘛。几个月了？"

娇艳说："五个月了。"

葛先生并拢指头放在娇艳的手腕子上屏气凝神号了一阵脉，说："总的来说还行，脉象也不错，只是脾胃有些虚，肝火有些旺。腿上有些浮肿吧？夜间睡觉有些不踏实吧？"

娇艳说："老叔说得真准，腿上是有些浮肿，夜里睡觉不踏实。"

"没事，不是啥大毛病，这是女人怀孕期间常有的事。我给你开个方子，抓些药，一吃就好。"葛先生拿起毛笔筹思了一下，很快写出了一个方子。他拿起写好的药方进到柜台里，提出一把戥子，打开药柜子上的小抽屉抓药称量，倒在黄麻纸上包起来，用纸绳绑扎好。

"这是六服药，一天两服，早上一服下午一服，一共吃三天。三天过后你

再来，我再给你号号脉，好了就行咧，如果不好，我再给你抓几服就会好的。"他絮絮叨叨地叮嘱着。

现在，浓重的草药味从灶房里飘出来，在庭院里丝丝缕缕地弥漫着。娇艳觉得很清香，闻着很舒适，翕动着鼻翼在空气中捕捉着这种好闻的气味。现在只要于胎儿有益的东西，她都会很高兴地接纳。

"来，药好了。"老太婆端着一碗药汤从灶房出来，"在这儿喝呢，还是回屋里喝？"她征求着娇艳的意思。

"就在这儿喝吧，我想在这儿多坐一会儿。"娇艳说着，在石榴树下青石桌跟前的木凳子上坐了下来。

老太婆把药汤放在青石桌上，叮咛着说："太烫，凉一下再喝。"

"嗯。"娇艳顺从地答应着。

高大贵端着药锅把药渣子倒在石榴树下的土坑里，用铁锨和土搅拌在一起。

"这样就可以变成肥料了，明年就可以多结几个石榴。这药能给人保胎，也一定能给石榴保胎。"他笑着说。

他从堂屋出来的时候，手里端了个小瓷碗，放在药碗的旁边，里面盛着些颗粒晶莹的白糖。他在石桌一角坐下，一副关切的样子："妈说喝完药后嘴里含些糖就不苦了。"

娇艳舒心地笑了一下，说道："知道了。你看孩子又踹我呢，肯定是个男孩，爱动。要是个女孩就会安静得多。"

高大贵说："孩子恐怕是听说糖来了，嘴馋了，就动起来了。你快吃上一口糖，他就会安稳的，真的。"

娇艳说："就你会瞎说，他现在要是能听懂咱俩的话也就太能了。"

"来，赶快把药喝了吧，已经凉了。"高大贵端起药碗递给了娇艳。娇艳接过药碗，慢慢地放在嘴边吮了一口，苦中带酸的药汁使她皱起了眉头。她哈了一口气，鼓了鼓劲，憋住气把一碗药汁喝了，伸出舌头，手在舌前扇着，仿佛这一扇就能把苦味扇跑。

高大贵催促道："快吃口糖，把苦味压下去。"

高大贵把大碗小碗都收拾起来端回灶房，出来又扶娇艳进屋。

娇艳柔声说："不用你扶，我能走。"话是这么说，待站起来的时候，她慵懒地依在丈夫的肩头，享受着他有力的胳膊揽着她的腰的感觉，进屋子里去了。

高大贵从屋子里出来坐在石桌上，长吁了一口气，放松了一下紧张的情绪。上午催促娇艳去冯军医那里检查实际上是一个幌子，他知道娇艳是不会去的，这样再说服她去葛先生的大药房号脉她就一定不会拒绝他的关怀。有了草药，就有了实施计划的机会。在灶房里，药快熬好的时候，他从口袋里摸出了准备好的砒霜，就在一刹那他犹豫起来了，他担心第一服药吃下去就把腹中的胎儿置于死地会引起娇艳对药的怀疑。不要紧，还有五服药呢，机会有的是。他要找一个最好的、最有把握的机会，不能露出一点他从中做手脚的蛛丝马迹。

真是天遂人愿，最好的机会在第三天突如其来地降临了。第三天的傍晚，吃过晚饭后，高大贵正在灶房熬药，突然传来了一声尖叫，高大贵跑进他们住的屋子里，看到媳妇蜷缩着身子，两手揽着肚子，痛苦地呻吟着。

"哎哟，哎哟……"

"咋啦，咋啦?"高大贵慌乱地叫道。

高占魁和老太婆闻声也跑了过来："这是……这是咋回事呀?"

"哎哟。"娇艳痛苦地说，"我想上炕躺一会儿，掉下来啦……哎哟……"

高占魁喊道："糊涂娘儿们，咋这样不小心!"

"别喊了，别喊了!"老太婆埋怨老头子说，"快，大贵，把你媳妇扶起来。"

高大贵和母亲把娇艳扶到炕上，他一副焦灼的样子，问："咋样?"

娇艳咧着嘴，额头上渗出大粒的汗珠："肚……肚子疼，孩子，孩子……"

老太婆有经验地安慰道："别怕，别怕，不会有事的，不会有事的，孩子不会有事的。那年我怀二贵……老天爷菩萨保佑，老天爷菩萨保佑。"

到天黑的时候，娇艳的惊吓、疼痛消失了，她恢复了平静。

"吓死我啦，吓死我啦，我还以为孩子保不住了呢。"

高大贵安慰道："别怕，别怕，没事的。妈一直祷告老天爷和菩萨保佑你和孩子呢。"

娇艳费劲地笑了笑说："没事就好，我想睡一会儿。"

"喝完药再睡吧。葛先生不是说他开的药还能安胎嘛!"高大贵劝说着。

"行吧，喝了再睡。"

高大贵到灶房把药放到炉子上热着。这次他没有再犹豫，打开纸包，从地上拈起一根席篾挑了一点白色的粉末扔进沸腾着的药汤里。他看到白色的粉末形成一个小团，在棕色的药汤里打了一个旋便消失了。而后又把纸包折叠好，塞进灶房一个隐蔽的砖缝里，端起药汤进到屋子。

　　娇艳艰难地坐起来，端起药碗，轻轻地吹去漂在上面的浮渣，慢慢地把药汤喝了下去，把空碗递给丈夫，躺下去，扯过被子盖在身上。高大贵端着空碗悄悄退了出去，到后墙下一甩手把碗从墙头上掷出了墙外。他听到碗带着呼啸飞出去和落地摔碎的声音，在黑暗中点了一支烟侧耳谛听着屋子里的动静。

　　高大贵把脊背靠在桐树粗壮的躯干上，感到浑身松软无力，口干舌燥。等待是一种痛苦，也是一种煎熬。他在等待中一支接一支地抽着烟。

　　他仰望星空，耳朵却在谛听着屋子里传出来的声音。砒霜，冯军医把它叫作砷，这种东西在高大贵以往的意识中是既实在又空泛的，实在的是他知道砒霜是一种能置人于死地的毒药，空泛的是他从来没有想到自己能和这个东西联系在一起。对砒霜的了解完全是从刘子良的父亲在集市上说的《水浒传》中得到的。刘子良的父亲说到潘金莲把砒霜放进药碗里哄骗着武大郎喝下去，须臾间便药性发作。说到武大郎毙命的那一刻，总是要用夸张的表情、惊心的语言和煽情的动作活灵活现地向听众们描摹那个场景：武大郎撕肝扯肺的疼痛有多难受，武大郎哀号之声有多惊心，武大郎七窍冒血有多恐怖。整个场景的描述令人魂飞魄散、不寒而栗而又咬牙切齿、怒火中烧。

　　高大贵没有想到的是，在今天，在同官县县城这一个静悄悄的夜里，他用同样的方式在这个家中重演着潘金莲害夫的那一幕。所不同的是，潘金莲谋害的是亲夫，他高大贵谋害的是发妻。

　　到这时，高大贵的心里产生了一种心惊肉跳的感觉。他想，如果自己下的砒霜过量，屋子里传出撕心裂肺、肝肠寸断的惨叫声怎么办？他是不是也要冲进去像潘金莲一样扯一床被子使劲捂压在媳妇的脸上，不能让她出声，直到她气绝身亡？她死后牙关紧咬，七窍冒血怎么办？是不是还需要烧一盆热水给她擦洗一下？到了明天死讯就会传出去，街坊邻居都会来吊唁，怎样向他们交代？还有，怎样向他们述说？得哭着述说吧，还要哭得像，要一把鼻涕一把泪地哭着说，那样才能让街坊邻居看出他高大贵失去妻子是多么悲伤。他又想到：哭不出来怎么办？眼泪流不出来怎么办？在又抽完一支烟的时候，他终于想出了办法。到时候捏上一撮子辣子面放在口袋里，需要哭的时候就把手伸进口袋里在指尖上沾点辣子面抹到眼睛上，那样即便是心里并不哀痛，眼睛里哗哗流出的泪水也会感动来人的。

　　高大贵又想到了屈鸿图，屈鸿图听到娇艳的死讯会做出什么反应呢？这个消息对他来说一定是太突然了，一定是他做梦都想不到的。他一定会来的，而且会带着刘子良一块儿来。他的脸色一定是阴沉的，也应当是有些哀痛的。他会握着他的手说:"高大贵同志,你的哀痛就是我的哀痛,你的不幸就是我的不幸。你要节哀顺变,化悲痛为力量,努力工作。"他会不会去看尸体呢?他不会去看的,他要保持县长的矜持。还有谁会来呢?张震山不会来,他和他没有什么来往,顶多会象征性地送一个花圈罢了。郭蛮子也不会来,这个家伙近来表面上看着对他挺和气,但是心里对他有着极深的成见。冯军医会来,冯军医这人虽然是个读书人,但没有读书人的架子,待人和气,助人热心。不过,这个人最好不要来,他太可怕了,他有两只可以洞察一切的眼睛和一个可以想透一切的脑袋。如果他去看一眼尸体,那就什么也隐瞒不住了,一切都会暴露无遗。如果他发现娇艳是中毒而死会怎么样呢?就凭和他喝几次酒的情分,根本不足以挡住他那张爱唠叨的嘴把事情的真相说出来。事情的真相揭开后又会怎么样呢?高大贵抽着烟,继续沿着这个思绪往下延伸着……这个不用做过多的猜测,结果是显而易见的:媳妇被他毒死了,再也不会为他临危解难了。他还能怎么样呢?只有一条路,引颈就戮,呜呼哀哉。这一切都是高大贵在抽了七支烟后,茫然地仰视着深邃的天空和天空中疏散的星星,在脑子里闪过的。

夜里的凉气已经很重,使他打了一个冷战。直到现在,屋子里并没有传出撕心裂肺的惨叫声。灯光从门缝挤出来,在地上投下一道细细的光影。每当屋子里的灯苗跳动一下,光影也会随之像受到惊吓似的颤动一下。寂静的气氛使高大贵无法再待下去,他把剩下的小半截烟摔在了脚下,狠狠地跐了一下,走到门口,推开虚掩着的门,像做贼似的进到屋子里。屋子里的一切和他出去时没有两样,炕上的媳妇并没有显现出被毒药折磨后挣扎的任何迹象,她侧身躺在那里,头枕着一只胳膊,身上盖着被子。

"娇艳,娇艳。"高大贵把脸探在媳妇的头前,轻声地唤着。

娇艳微微地动了动脑袋,微蹙着眉,鼻息柔和,张开眼睛说:"你去哪儿啦?"

"我……上茅房了。你没事吧?"高大贵掩饰着内心的不安问。

"没事,"娇艳气息柔弱地说,"不知道咋回事,喝过药后头有点晕,肚子也难受。"

高大贵吁了口气,安慰道:"没事的,可能是摔的那一跤引起的吧。"

"可能吧。"娇艳似睡非睡地喘息着,梦呓般地说,"唉,这孩子真折腾人……我要尿尿,你去把尿盆提进来吧。"

第二天上午,娇艳起不了炕了,她感觉头有些晕,肚子里一阵一阵翻搅着疼,想呕吐但什么也吐不出来,脸色蜡黄,眼圈和嘴唇泛着青灰色。

　　高大贵用试探的口气问："我去把葛先生请过来给你看看，再号号脉。"

　　"不用了，熬一熬就过去了。女人怀孩子就是这样，想当妈不受点罪是不行的，是吧？看你当爸多轻闲。"娇艳费劲地笑着说。

　　高大贵呲着嘴说："要不我把冯军医请过来，人家是学过西医的，对生孩子的事可懂啦。"

　　"你咋知道的？"娇艳把胳膊枕在头下，把身子挪动得舒服一些。

　　"那天，我们在一起喝酒的时候谝过呀。他说得头头是道，好些事情我从来就没有听说过。"高大贵伏在炕沿上，两手支着下巴颏，心疼地盯着妻子的脸，跟她说着宽心话。

　　娇艳脸上泛起了红晕，说："没正经，两个大男人家在一起说女人生孩子的事，咋说得出口。"

　　"是呀，"高大贵同意妻子的说法，"我也觉得难为情，可人家冯军医讲起来就跟喝凉水一样，一点也不觉得奇怪。我问他女人裤裆里那东西你见过吧？"

　　"嗯，他咋说？"

　　高大贵捏着嗓子学着冯军医说话的腔调："我们当医生的就是研究人体结构的，人体的每一块我们都要反复研究。不要说女人裤裆里的那东西我们要研究——他还指着我说：就连你裤裆里的那东西我们也要研究。为什么发情的时候能变粗变硬，为什么不发情的时候会变小变软……"

　　"羞死人啦。"娇艳捂着脸说。过了一会儿，她又按捺不住好奇心："咋不说啦？"

　　高大贵张大眼睛盯着她，问："你也爱听？"

　　娇艳扭转身子平躺着，用胳膊遮盖住眼睛咯咯地笑起来。

　　高大贵遗憾地说："只是我没好意思问下去，所以为啥能变粗变硬变小变软，我也说不出个道理来。这样吧，我现在和冯军医很熟了，等哪一天我再请他喝酒，就细细地问他，让他跟我讲清楚，我回来说给你听。"

　　娇艳又笑起来了："你咋问？"

　　高大贵不以为然地说："这还不好问。我就说我媳妇呀，她可想知道啦。"

　　娇艳笑得岔了气，咳嗽着说："胡扯！你这样说，传出去还让你媳妇咋见人。"

　　高大贵故意逗着她："那我咋说？"

　　一阵说笑，娇艳的情绪好了一些，她娇柔地叫道："大贵，我身上冷，你抱抱我。"

"哎!"高大贵答应着,把她揽到怀里,手慢慢地向她的腹部摸去,想感觉胎儿的情况。

又过了两天,娇艳流产了。她挣扎着看了一眼胎儿,惊叫了一声便昏厥过去。等醒过来时,她目光呆滞,神智混乱,整天抱着个枕头不放手。

第四十四章

黄河燕离开后,马家骏回过两次家,看着空荡荡的院子和冷清清的房屋,他的心里很难过。不知怎么回事,当他听到人们说妻子和高二贵一块儿私奔了,他确实恼恨了些日子,但恼恨过后更多的是对妻子的思念。他现在特别怀念过去的日子,怀念每一次回来时干净整洁充满生机的庭院:灶房的烟囱里冒着欢快的青烟,房屋的门上挂着绣着红花绿叶的白布门帘,窗子上贴着充满喜庆色彩的红窗花,院子里觅食的鸡和妻子喜悦的笑脸。然而这一切现在都不复存在了,院子里到处是飘零的草芥和枯叶,灶房的烟囱倒掉了半截,门帘上沾满了尘土,锁子被灰色的蜘蛛网罩着,墙根下的菜地早已荒芜……所有的一切都显出了破败的景象。每一次回来他都是带着模糊的希望回来的,他很想一进门看到妻子在整理院落或者做着什么别的事情。然而,每一次回来呈现在他面前的是比上一次更冷清的情景,这使他感到格外失落。

10月的一天,也就是黄河燕送谷木林到潼关县风陵渡站在黄河边看黄河的同一天,马家骏又回来了一次。家境如旧。这一次他在家里多待了几天,把河道里的庄稼地拾掇了一下,把倒塌的烟囱砌好,把炕洞里面的积灰都清理干净,把院子彻底打扫了一遍。他做的这一切都是为等妻子回来后好好过日子。他觉得把该干的家务活都干完了,第二天一早就回陈炉镇了。

马家骏走到窑场背面的山坡,山坡上已经是一片可爱的秋色。橘黄的叶子从白杨树上萧萧落下。一丛丛的野菊开着红色、黄色、紫色的花朵,点缀在稀疏的叶子中间,吸吮了大地的养分,显得朝气勃发,像小火舌似的闪耀着光彩。浓密有刺的黑莓藤条爬得满地都是,一串串的黑紫色的黑莓果巧妙地隐藏在爬得到处都是的蔓秧里。已经失去夏季光泽的衰草上还有露水珠。挂着露水

珠的蜘蛛网闪着银光。啄木鸟认真敲啄的笃笃声和画眉叽喳的叫声划破了山坡的宁静。

　　山坡上的美景使马家骏平静下来。他踏着地上厚厚的潮湿的落叶，嗅着腐烂霉湿的气息，悄悄地在灌木丛中走着。

　　一只花斑山鸡突然从灌木丛里飞出来，把马家骏吓得哆嗦了一下。他无目的地注视着斜身疾飞的山鸡，继续向前走去。出了灌木丛，他找了个地方坐下来。

　　一只白胸脯的灰兔子从不远的土洞里小心地钻出来，闪动着镶黑边的尾巴。灰兔站直了身子，用前爪将鼻梁骨很高的小脸反复揉搓着，尖尖的长耳朵向脑后倒着。随后出来的是一只母兔，身后跟着两只毛茸茸的小兔，做着同样的动作。这是睡了一夜的兔子出窝后洗脸的常态。洗过脸后，它们四散开去，寻觅着可吃的草啃起来。马家骏静静地坐在那里，目不斜视地看着这几只可爱的小生灵，看着它们那憨态可掬的模样，无声地笑了起来。突然兔子像是嗅到什么危险的信息，惊慌起来。母兔带着两只小兔疾速转身钻进土洞里，公兔先是匍匐在地，肚皮擦着地面向前爬了几步，站起身子，下垂着两只前爪向前察看着，而后又匍匐下身子，缩成一团。一片灰色的影子掠过沟坡，可以听见巨大的翅膀的沉重扇动声，一只鹰顺着山沟飞了过来，在上空盘旋。它发现了猎物，摆出一副俯冲的架势。兔子又向前蹦了几下，把身子蜷缩在一丛野刺玫的下面。鹰又盘旋了一个圈，调整好角度，张开铁钩子一样坚硬的利爪，像一支黑色的箭挟裹着凶狠向兔子藏身的地方扑去。马家骏看到兔子就要遭受灭顶之灾，赶忙站起身来，向空中拖挲着双臂，扯着嗓门吆喝起来。

　　"噢——唬，噢——唬……"

　　鹰被这突如其来的吆喝声吓得一惊，略微迟疑了一下，它的巨大的影子在草丛上无声地滑过，张开的利爪在草丛的梢头掠过，扇着翅膀飞向高空，斜着身子顺着山沟向沟外飞去，渐渐地变成了一个移动着的黑点，消失在天空。

　　鹰飞走了，兔子的危险解除了，然而它却一动不动地仍然蜷缩在草丛的下面。马家骏又拖挲起双臂"噢——唬，噢——唬"地吆喝了几声，兔子还是纹丝不动。马家骏猜想兔子可能被掠过头顶的鹰吓坏了，或者已经吓死了。他跳下土坎，向兔子奔去。脚步声惊动了兔子，它竖起尖尖的耳朵，惊恐地向两侧观察着，整个身子贴着地面向前艰难地挪动着。在马家骏快要接近它时，它一抖身子，顺着地垄向前蹦，一头扎进土崖下的草丛里。

　　马家骏顺着地垄跑到草丛跟前，想逮住那只兔子。他用脚踩倒茂盛的野草，在崖脚发现了一个洞，洞口很小，仅容一只兔子钻进去。他捋起袖子，伸出胳膊往里面探了探，一只胳膊探不到底。他本想离去，却又不甘心，在地上揪了一些枯草揉成一个团点燃塞进洞里，一股浓烟升腾起来。他蹲在洞口做好抓兔子的准备。这是捉藏身洞里野兔的绝好办法，野兔在洞里经受不住烟熏，就会拼命向外冲，守在洞口很容易把熏得晕头转向的兔子捉住。他等了一阵，仍不见野兔出来，失望地站起身来准备离去，忽然发现身后不远处的草丛中冒出了一股淡淡的烟雾。他心里骂道："这个狡猾的家伙。"他来到冒烟的地方察看，在草丛的隐蔽处还有一个洞口，他知道兔子一定从这里逃走了。他负气地在洞口上狠踏了一脚，脚下的土层塌陷了下去，他的腿也跟着陷了下去，清晰地听到脚下响起沉闷的瓷器的破裂声。马家骏感到很奇怪，把腿拉上来后，探身扒开土层，土层下现出踏碎的瓷片。他把瓷片捡上来，一片一片地拼着，拼出一个壶形的器物。

"这是什么东西？干啥用？咋会埋藏在这片荒地里？"一连串的疑问在马家骏的心中产生。他做了这么多年的瓷器活，还从没有见过这种造型的器物。不管怎么样，这东西发现得蹊跷，带回去让舅舅看看，只是被踏碎了使他感到很可惜。他用衣襟把瓷片兜起，顺着原路回到舅舅家。一进院子，舅妈正在收拾菜地的垄沟，见他进来，停下手中的活，高兴地说："娃回来了？你怀里抱的是啥？"

"到窑场后面的山坡上闲转，看见一只兔子，我就去撵，一直撵到它的窝里，一脚把窝踩塌了，听见脚下有响声，扒出来一看是个瓷器，可惜踩碎了。我把碎片抱回来，让舅舅看看是啥东西。我舅呢？"

舅妈说："你舅这两天中邪了，在屋子里犯病呢。"她叹息着走过来，扒着外甥兜着的碎瓷片看着，突然惊叫起来："我的娃呀，荒坡上哪来这东西？你怕是扒着谁家的老坟了吧！赶紧扔到外面去，阴地里的东西带回家会招灾的。快，快扔出去！"

马家骏恳切地说："让舅舅看看这是啥东西嘛。"

舅妈丝毫不让步，焦躁地说："不看，不看。把邪气带进家，咱家的窑就烧不好了。你舅每次烧窑前都要烧香拜一拜神灵和先人，你舅信这些。好娃嘞，这带阴气的东西说啥都不能往家里带。"

她拽着外甥的衣袖，不由分说把他推出院门，拉到远离院门的一条干沟前，扯开他的衣襟，把碎瓷片顺着沟坡倒了下去。马家骏无可奈何地看着碎瓷片叮当作响着在干沟的坡上向下翻滚。他回身要往院子里走，舅妈扯住他，说："等一等。"她跑到院墙下的麦秸堆上扯了一团麦秸，放在院门口的台阶下用火柴点着，对马家骏说："从火上迈过去，一迈过去就好了。"马家骏顺从地从火上迈过去。这是当地用来辟邪的方法，认为邪怪的东西见火就会消散。

往院子里走着，他问舅妈："我舅中啥邪了？"

舅妈说："我也说不清。前两天不知道在啥地方拿回来了几张纸片片，说是有个啥壶壶，痴迷上那个壶壶了。你舅说这东西只听老辈人说过，从来没有见过，失传多少年了。我也说不清，你去问你舅，他知道。"

马家骏进到窑洞里，看到舅舅一条腿蜷着坐在椅子上，正握着酒瓶子喝闷酒。见他进来，李德龙把酒瓶子放在桌子上，说："回来啦？"

没等马家骏接话，舅妈就嚷嚷开了："啥事情嘛！不就是一个破壶壶嘛，就把你烦成这个样子，一大早喝起闷酒了。等我没事给你捏一个。"

李德龙说："去去去。等你没事给我捏一个？说得轻巧。要是你都会捏，还能难住我？"他又自言自语道："这东西还真有些难。"

马家骏说："舅，啥事？"

李德龙长出了一口气，说："前两天我到镇长家去，在他家看到了这本《同官县志》，这上面记载说咱陈炉镇在历史上出过一件瓷器，叫作'倒装壶'。这个壶也就像家里平时喝茶的水壶，不一样的是，这个壶用的时候要把壶倒过来，水由壶底灌进去，这就叫倒装。水灌满以后，再把壶正着放，壶里的水滴水不漏，只能从壶嘴流出来。说是出于宋朝，后来不知啥原因失传了。我就想咱能不能把这个东西再烧出来，可是琢磨了几天也没有琢磨出名堂。你喜欢做些新玩意，你给咱琢磨琢磨。"舅舅把桌上的《同官县志》递给他："喏，县志上是这么记载的。"

马家骏接过县志，见上面记载着：倒装壶，产于宋。壶身圆鼓，虚设盖。顶部雕饰双层柿蒂，壶腹剔刻缠枝牡丹。下腹饰着仰开莲瓣，飞凤形提梁。哺乳狮壶嘴，底心雕戳梅花孔。使用时将壶倒置，水由底部梅花孔注入壶腹，注满水，放正壶，注孔处滴水不漏，水从嘴出。故名"倒装壶"。

马家骏看着沉思了一会儿，说："舅，看这上面的记载，它就是一个壶形的瓷器，外形和纹饰做起来并不难，难的是壶肚子里的结构，这个结构一定很巧妙。"

李德龙闻言高兴地对老伴说："家骏年轻人脑子就是好使，一下子就说到要点上了。我琢磨了两天也是这样想的，这可是技术难关。"

马家骏接着说："另外还有，是什么釉也没有说清楚。咱陈炉镇就有青釉、黑釉、白釉、茶叶末釉、黄釉、酱釉。它是哪一种釉呢？"

李德龙摊开手，说："不知道。"

马家骏翻来覆去看着县志，说："当然，具体是啥釉不重要，想上啥釉都能上，关键还是内部的机关。"

舅妈把手在脸前扇风似的摆了一下，嘟囔着："唉，费神。你爷儿俩琢磨去吧，我还去整我的菜地。"说完，扭着身子出去了。

马家骏静静地坐着，思索着如何破解眼前的难题。突然间他脑子里电光石火般地闪出个念头，起身跑出了院门，来到倒碎瓷片的干沟前，滑下去，在坡面上和草丛里寻找着那些瓷片。

李德龙走出窑洞，问老伴："家骏呢，上哪儿去了？"

老伴说："急急忙忙跑出去了，谁知道干啥去咧。"

李德龙出了院门，四下里张望，看到了干沟里的马家骏，不知道他在找寻什么，问道："你找啥呢？"

马家骏说："我在窑场背后山坡上的一个野兔窝里蹚破了一个瓷器，本想带回来让你看看是啥东西，舅妈说那是人家老坟里的阴物，不让我进家，非让我倒掉。听了你的话，我觉得那个瓷器和你说的壶很像，我想把它拼起来看看。"

舅妈也来了，她生气地喊道："家骏，你干啥呀？不能要，老坟里的东西带回家不吉利。你快住手！"

马家骏不听舅妈的吆喝，他一手抓着兜碎瓷片的衣襟，一手攀扶着沟坡爬了上来。

舅妈拍着手嗔怪道："这娃就是不听话。你一定是碰上了谁家的老坟，这阴地里的东西不干净，邪乎得很，你没有吃过亏……"

马家骏笑着不在乎地说："舅妈，你不要怕，我身上阳气重，阴气吓不住我。舅，你看，这一块像是壶的提梁，这几片像是壶的肚子，这上面刻的花饰像啥？还有这壶嘴。这几片……"

李德龙捏着外甥递给他的瓷片，眯着眼睛察看着，用手掌擦着结在表面的土垢。久历岁月，土垢已经紧紧地黏结在瓷片的表面，形成了很硬的结石，很难看出原来的釉色。

李德龙推测道："这可能是青釉，要不就是白釉……这东西年月久远得很了。走，拿回家看看。"

"不行，不能拿进院子，不干净。越是年久的阴物邪气越重。"舅妈嘟着满是褶皱的嘴，瞪着眼皮松弛的眼睛，坚定地说。

"哈，舅妈，你都成了迷信罐子啦。好好，我不进家，我拿到我的窑里去，把它粘起来，看看到底是啥东西。"马家骏和气地说。

李德龙说："用醋泡一泡，外面的土垢就可以泡掉，就可以辨清瓷的釉色了。"

马家骏兜着衣襟向他住的窑洞走去，舅妈在后面喊："记住，进门时点堆火，辟邪！"

马家骏按照舅舅的说法，打来了三斤醋倒进一个瓷盆里，把那些瓷片浸泡在里面。浸泡了一夜，瓷片上的土垢和釉面分离了，用手指轻轻一抠，土垢一片片脱落了下来。正如舅舅猜测的那样，是青釉瓷，在地下埋藏的年代久远，瓷片上已经没有了光泽，呈现青白色。马家骏向镇上的木匠要了些骨胶，试着把瓷片粘接起来以恢复它原来的样子。对那些无法恢复的残缺的地方，他用陶泥顺着纹理往一起拼接。经过几天的反复试验，终于把外形拼出来了。提梁、壶身、壶底结合在了一起，壶腹上剔刻的花饰虽不完整，但能大致看出线条的走势，隐约显示出缠枝牡丹的形态。尤其是顶部雕饰的双层柿蒂和壶底雕戳的梅花孔都和县志上的记载相吻合。马家骏赶忙叫舅舅来看，李德龙一看喜出望外，他弓着背，抻着脖子，嘴里噙着个旱烟袋，张大着两眼凝视着放在凳子上那个拼接起来的壶转了一圈又一圈。他用县志上的记载和眼前这个壶的形态与显露出来的花饰图案逐一进行对比，最后掩饰不住喜悦的心情，指点着说："就是它，就是它，和县志上记载的一模一样。家骏，你可帮舅破解了一个大难题。"他抖动着县志说："这些天为这事，把我折磨得是茶饭不思，睡不安枕。这下可好了，走，到家去，让你舅妈炒两个菜，咱爷儿俩好好喝两杯。"

两人走出窑洞。马家骏正要锁门，听到隔壁阎天明家院子里传来吵嘴声。阎天明训斥他的儿子，吼道："懂你娘的屁，老子穿开裆裤的时候就在窑上跟你爷爷学手艺，风风雨雨几十年，啥样子事没见过？吃的咸盐比你吃的粮多，过的桥比你走的路多，从我手里过的瓷器比你见的瓷器多，还轮到你来教训我？太嫩，不行！"

阎天明的儿子叫阎二喜，从县中学毕业后回家，在窑场帮着干活，和马家骏很熟。他争辩道："爸，你要讲理！我不是教训你，我说人家景德镇的瓷器名扬四海，就是人家把瓷器当事业做，不断出新东西。咱家这窑也烧了几辈子了，可老是守着盆盆罐罐不改进，这叫食古不化……"

"放——屁！"阎天明的声调更高了，似乎想用高声调镇住儿子的辩解，"人家景德镇是官窑，是专为宫廷烧瓷的，是做御用品的，皇宫大内是人家的衣食父母。咱这陈炉镇是民窑，民窑就是为百姓人家烧瓷的，老百姓是咱的衣食父母。我啥不知道，我清楚得很！"

李德龙叫着马家骏向阎天明家走去，说："走，去劝劝……"

两人进了阎家院子，阎天明和儿子的争辩仍在继续，一个窑工在两人中间劝说着，可谁也没有劝住。

阎二喜说："啥官窑民窑的，景德镇也不是天生的官窑，它最早也是民窑，只是人家的烧瓷工艺不断改进，花样不断翻新才被选为官窑。咱也得不断改进烧瓷工艺，出新品，让咱陈炉镇的瓷业兴旺发达，名扬四海……"

阎天明看到李德龙和马家骏进来，火气更大了。他对李德龙抱怨道："德龙老弟，你听听，你听听，这是正常人说的话不是？还要改进工艺，还要名扬四海，还要变民窑为官窑。我看这娃读了几本书读成'尽信书'了，干实事不行，吹牛倒是把好手。我看过不了几天，陈炉镇、同官县四塬八乡的人都得来找我算账，我儿子把人家的牛都吹死了，吹得像麻雀一样满天飞。嗨，他娘的！"

阎二喜并没有被父亲发脾气的气势和嘲讽的话语压制住，仍然坚持着自己的意见，抢着话头说："德龙叔，我爸说我吹牛，我不认为我是在吹牛。这一段时间我研究了咱陈炉镇的陶瓷发展史和制作工艺。咱陈炉镇在唐朝和宋朝的时候有过繁荣时期，曾经烧制出了一些精美的瓷器。听我老师讲，有一个叫倒装壶的瓷器，设计巧妙，造型生动，很受欢迎，后来不知什么缘故失传了。现在咱们制作的都是工艺简单、做工粗糙的器具，不是盛水的缸，就是和面的盆，再就是吃饭的碗，没有一件是精工巧做可登大雅之堂的东西。我就是想把咱这制瓷工艺改进改进，向人家景德镇学学，制作一些有观赏价值的艺术品，不能老是停留在实用上……"

"屁屁屁！"阎天明又听不下去了，截住儿子的话头紧着说，"说了半天，尽是一大堆屁话。还登大雅之堂呢！你看看，咱这周边四塬八乡有多少户人家，哪一家少得了盛水的缸，哪一家少得了和面的盆，又有哪一家少得了吃饭的碗？你说的那些东西制作费工费时，选料精细，过程复杂，最重要的是不实用。咱这地方都是实实在在的百姓，讲究的就是实惠。我问你，烧出登大雅之堂的瓷器卖给谁？同官县的大雅之堂在哪儿，从哪儿登？亏你想得出来！我跟你说，你做的那些花里胡哨的瓶瓶罐罐一个都不能进窑，老子可摊不起那些工料钱，祖上传下来的基业不能毁在你的手里。败家子，哼！"

阎二喜苦笑着摇了摇头，嘟囔着："老糊涂，听不进道理。"

　　"滚你娘的蛋！我老糊涂？我一点都不糊涂，清醒得很。祖上传下来的章法不能乱。人该吃哪碗饭是命中注定的，只要我不闭眼你就不能胡作非为。你看不上我这两下子，我还瞧不上你那半吊子——德龙，屋里坐，咱喝茶。"阎天明转身负气地回屋子去了。

　　李德龙边喝茶边给阎天明消着气，说："别和娃娃们生气，初生牛犊不惧虎，年轻人敢想敢干也是好事情，说不准将来还能干出一番事业。"

　　阎天明嘴一撇："常言说得好，从小看大，三岁见老，不踏实勤干，满肚子花花肠子的人永远不会有出息。"

　　阎二喜不服气地说："我爸就是不相信我，好像……"

　　李德龙担心他们父子再起争端，便使了眼色不让阎二喜说下去。

　　马家骏接过阎二喜递过来的茶水，问："二喜，你做了些啥花里胡哨的东西？"

　　阎二喜闻言又来了精神，说："等一下，我拿来让你看看。"他说着跑了出去，端来两个造型各异的坯胎进来，小心翼翼地放在桌子上，捧起一个介绍说："你看这个大肚长脖，我想在上面画上龙和凤的图案，就叫它龙凤呈祥，往屋子里一摆，端庄秀丽。你再看这个大肚小口的，我想把它的肚子镂空，啥都不画，保持原样的风貌，显得清俊洒脱。咋样？"他讲着自己的巧妙构思，不时用眼角觑着父亲，显得很得意。

　　马家骏听后很兴奋，对阎天明说："叔，二喜行呀！小小年纪就把活做得这么细致，还有这么多想法，真是不简单！"

　　阎天明低头只顾喝茶，置若罔闻。

　　李德龙也以赞赏的口气说："确实不错。我觉得咱干瓷器这一行，也就得琢磨出点新玩意，提高提高技艺。"

　　这话正中阎二喜下怀，他喜悦地说："叔说得对，还是叔开明。"

　　阎天明翻着眼瞪了儿子一下："你叔开明，就到你叔家窑里烧去。"

　　李德龙爽快地答应道："行嘛。"

　　李德龙和马家骏离开阎家，回到家里。李德龙吩咐老伴拿瓶酒，他要和外甥喝两杯。老伴听说外甥解了老头子心里的疙瘩，非常高兴，一张老脸笑得褶皱叠起。

　　"这就好，这就好嘛！我还以为是啥破烂货呢，原来还是个宝贝，我娃真有心计。"她边忙活边说老头子，"人老了心不老，又和壶壶较上劲了，年轻的时候也没见你这样过。这都是家骏把你引的。"

喝酒间，他们又扯到倒装壶上。马家骏说："舅，咱们也不要高兴得过早。这倒装壶的外形虽然清楚了，可是肚子里的机关还是一片迷茫，这可是一道不好迈过去的坎。"

李德龙说："我也在琢磨这事。把水从底口灌进去，然后倒过来滴水不漏，壶肚子里一定有常人摆弄不出的巧妙机关，要不咋能载入县志呢。慢慢琢磨吧，壶就那么大，肚子里就那么点地方，想必机关也不会复杂到哪里去，关键就在于一个巧。"

"舅，你真让二喜把他做的东西放咱家的窑里烧?"马家骏又扯起了这个话题。

李德龙说："那当然，红口白牙答应人家的事还能反悔不成? 不过他爸那人不会让二喜那样做的，那人要面子我知道。他爸那人和舅舅我一样，一辈子就守着祖上传的那点手艺过日子。多少年来，不分春夏秋冬，都是自己拉着那些坛坛罐罐四处叫卖，勤俭度日，从来没有过非分的想法。二喜这娃不错，对烧瓷这事还上心，肯动脑筋。不过，他比你还差得远。我们都老了，对干啥都没有心劲了。你们年轻，以后的日月长着呢，多学点东西没坏处。"

"刚才二喜也提到了倒装壶，看来这个倒装壶确实还是很有影响的。"马家骏看了舅一眼，"我一定要把它烧出来。"

李德龙抽着烟，说："好嘛，好嘛。"

第四十五章

屈鸿图陪着余参议来到陈炉镇。余参议名叫余志飞，是北京一所大学的历史学教授，国民政府的参议员，对瓷器文化颇有研究。他这次随着五个教授和七个社会名流一同到延安进行了十五天的参观访问，在返回西安的时候他留在了同官县，想考察陈炉镇的瓷器历史和制作工艺。

余志飞六十开外的年纪，胖墩墩的，梳着一个齐整的大背头，白净方额的大脸上架着一副闪着流光的金丝眼镜，短粗的脖子上挂着一个照相机。

他站在陈炉镇入街口的石坊前，饶有兴趣地念着石坊上镌刻的楹联，上联为：远思虞代，陶人职业；下联是：近想现时，巧匠能工。

"楹联题得不错，对仗工整。仰观历史，发思古之幽情，俯察现时，推雅品以明志，谈古论今，融古今为一体。这字写得很有功底，有柳公权的书法神韵，笔势精悍、骨力遒健，沉劲苍逸，圆厚中见挺秀，峻峭中见法度。在这个地方还有如此手笔不凡的人，不简单！谁的手笔呀？是你的吧？我见你的桌案上摆着柳公权的书帖。"

屈鸿图忙说："不不不，惭愧得很，卑职才疏学浅，可没这能耐。我书桌上摆着的书帖只是出于欣赏罢了，闲时也临摹几笔，距离这上面的字的功底还差得远。恐怕我这一辈子都达不到这个境界。"

余志飞托着下巴颏，凝视着字迹，说："也是，看这字的功底还真不是十年八载能达到的。能把柳公权书法的神韵拿捏到这种境地真不简单啊，可以说是炉火纯青了，即便是柳公权再生也不过如此。真令我老余望尘莫及呀！谁写的？"

屈鸿图笑着说："余参议，听您说的这几句评语，就知道您对书法也有精深的研究，没有精深的研究就不可能独具如此慧眼，也不可能有这么深的感悟。这上下联的一十六个字就是出自柳公权的手笔，是从他的字帖上集来的，然后投影放大，就是这样的效果。"

"啊，怪不得呢，难怪这么出神入化。在柳公权的家乡，就应当展示家乡名人的风采，要是把一个八竿子打不着的外省书法家的字展示在这上面，即便他的书法再好，也有不伦不类之嫌。这，看着亲切！"

屈鸿图说："参议说得是。"

余志飞扶了扶眼镜说："鸿图啊，不要总是参议参议的，不好听。虽说我这个人当参议多年，但对政治一直不感兴趣。我这一辈子就爱和书打交道，偏爱瓷器研究，书法也是我的爱好之一。把书教好再出些学术成果才是我一辈子的追求。还是叫我教授吧，这可是读书读出来的，可不是吹出来的，听人叫我教授我心里才感到踏实、舒坦。"

屈鸿图说："好好，我改口，就称您余教授。余教授，我听说您的书法造诣不同凡响，回到县府后，还敬请余教授赐墨宝，也好让卑职向同官县的文墨之士讨教讨教，长长见识。"

余志飞摆了摆手，婉拒道："这就不必了。余某虽说闲来无事也写写画画，但书法方面无论功底还是气蕴上都远逊色于柳公权老前辈，我写出的东西挂在你的房间会惹人耻笑的。"他又接着说："有柳公权这位老先生在同官县坐镇，谁跑到这里写写画画，都是孔夫子门前卖文章，关公门前耍大刀，自不量力哟。"

屈鸿图感叹道:"余教授太谦虚,太谦虚了。"

"不是,"余志飞边走边说,"书法这东西是个非要下苦功夫长期历练才能有所成就的。拿出手的东西,要对得起别人的慧眼,不行就不要强行,否则就是滥竽充数了,只是给别人增添笑谈而已。来,到这里看看。"

今天是陈炉镇的集市,这里的集市除过规模小一些外,其他方面和县城的集市没两样。街两旁摆满了粮食、蔬菜、农具,还有捆绑着两腿仍在不停地扇着翅膀试图起飞的公鸡,躺在地上扯着嗓门哼哼的猪娃,拴在树干上还在猛力抵架的山羊。有买的,有卖的,讨价还价,热闹异常。

余志飞在熙攘的人群中行走着,他对这个小镇上的一切都充满着好奇,不时端起照相机给感兴趣的人物、景物,还有动物拍照。他看到一个杂货店门前溜墙摆放着许多的陶瓷器具,大的有瓮、缸、坛、罐,小的有碗、盘、碟、盏,还有蒜臼、火罐、枕头。余志飞细细地看着这些器具,敲敲这个,摸摸那个,大大小小看了个遍,最后有些失望地说:"这些就是你们同官县陶瓷的品类?我来的时候还专门看了一下清代的《同官县志》,上面介绍陈炉镇的陶瓷是式样雅朴,刻画工巧,釉色精美,上裂冰纹。釉色有青釉、姜黄釉,还有什么酱色釉、茶色釉、白釉和黑釉。从釉色上看是所言不虚,但从器型上看有些过于民俗化,显得单调了一些。"

屈鸿图说:"是啊,陈炉镇的陶瓷业从历史上来看,主要以民窑为主,长期以来在这方面没有多大的变化。其主要原因嘛,其一可能是这个地方一直是个以农业为主的县城,对精细瓷器需求不大,没有这方面的带动。不像西安、北京那样的大都市,达官贵人多,有钱的人多,对欣赏性的精细瓷器需求多。这其二嘛,连年不断的战乱造成经济萧条,国力衰退,民力贫弱,谁还有推陈出新的心劲呀。民国二十四年,中委的张继、省主席邵力子谒黄帝陵的时候路过同官县还专程到这里来视察,看到这千年的瓷业在逐渐衰败很是可惜,专门拨钱买了十五台辘轳和三台石碾,试图再度振兴这里的瓷业……"

"情况怎么样?"

屈鸿图悲观地摇着头说:"靠那一点投入就想振兴这里的瓷业只能说是杯水车薪,不能从根本上解决问题。这里的瓷业就靠依此为生的民间工匠苦苦支撑。这个镇上有不少人家就靠烧瓷为生,他们有祖传的手艺世代传承,才使这里的窑火得以千年不灭。"

余志飞叹息了一声,说:"真是难为老百姓了。从鸦片战争以后国家日趋式

微，国将不国，百业俱废，陶瓷业也一样在劫难逃。我这些年到各地走了走看了看，瓷业都走向凋敝，也都是靠这些民间工匠在苦苦支撑，看得我这个陶瓷爱好者也是心灰意冷啊。宋朝是我们国家陶瓷业发展的巅峰时期，河南的钧窑、汝窑，河北的定窑，还有哥窑和官窑五大窑并驾齐驱，为我们国家的陶瓷业带来了繁荣，我们现在还不如那个时候啊，真是悲哀，令人心寒。"

一个中年汉子站在杂货店的门口喊道："二狗，你钻到里面不出来看啥？那头猪娃你还要不要，你不要人家别人就买走啦。"

一个小伙子应声从杂货店里跑出来，对中年汉子说："要要！你跟主家说一下我要呢。"

中年汉子急躁地说："要就快来，还有人等着买呢，不要耽误人家的生意。你在里面干啥？"

二狗说："叔，你也来看看，这个瓷壶神极咧，从壶底灌进水，从壶嘴流出来。我想给我爸买一个当酒壶，你也买一个当酒壶用嘛，好看还实用。"

中年汉子生气地说："走走，快走，有啥看的！买猪娃要紧。"

二狗不在乎地说："猪娃子多着呢，不急。你快进来看看，你肯定没见过，神奇得很。"

中年汉子向卖猪娃的主人招手喊道："喂，给我留下，我马上就过去。"他随着二狗向店里走去，边走边嘟囔着："啥东西，有啥神奇的……"

余志飞看着他们的背影问屈鸿图："什么瓷壶？"

屈鸿图一脸茫然："不清楚。"

余志飞说："走，进去看看。"

四五个人聚拢在柜台外，柜台上摆着一个瓷壶，柜台里的掌柜正做着演示。

他说："看，这是一个打不开盖的瓷壶。盖呢，它和壶身连在一起。伙计们可能会想，这有啥，一定是烧出的废品罢了。不对，这是一件正儿八经的正品，要的就是这个效果。要的是啥效果呢？就是打不开盖子还要把水给它装进去。这就奇妙了，打不开盖子的壶怎么装水呢？"他摊着手在壶的两侧，表情凝重，似乎面临着一个无法破解的难题。"怎么装水呢？"他把壶身摇了摇，"听，这里面没有水，是空的。这水怎么进去呢？"关子卖得差不多了，他开始揭谜底。他把壶底朝上一翻："瞧，这儿有个孔，水就是从这个孔里灌进去的。"他端起半碗水从孔灌了进去，巧妙地把壶一翻，壶正了过来，滴水不漏。提着壶梁倒水，水从壶嘴悠然流出，伴着流水，壶的腹内发出类似于蛙的咕咕的鸣声。

"嘿——有意思。"

"太奇妙了。"

"以前从没见过，这是哪里出的？"

"当个酒壶用好得很。"

"叫个啥名字吗？"

掌柜倚在柜台上，自得地说："有意思吧？奇妙吧？以前没见过吧？开眼界了吧？不知道哪里出的吧？"他双手撑在柜台上，用下巴指着瓷壶："我告诉伙计们，这个东西最早就出在咱陈炉镇，那时候咱陈炉镇还是官窑呢。这个东西都是进到宫里去的，是那些皇室贵族达官显宦文人雅士家里摆的物件。后来因为战乱，工匠都跑了，这个手艺也就失传了，失传了好长好长时间了。这些咱《同官县志》上都有记载，不信伙计们可以到县志上去查去看。现在，这个手艺又拾回来了。刚才这个伙计问是哪儿出的，我跟你说个明白，还是咱陈炉镇出的。昨天才给我送过来五个，让我今天在集上试着卖，一个十块钱。刚才这个伙计问这壶叫啥名字，《同官县志》上写着它的名字，如果谁现在能说出它的名字，我就送他一个，不要钱，咋个样？"

"我又不看县志，谁知道它叫啥名字。"

"我就觉得好玩、新鲜，给我拿一个。"

二狗说："我爸爱喝酒，当个酒壶又好看又好用。叔，给你也拿一个。"

被二狗称叔的中年汉子说："拿一个就拿一个。可连个名字都不知道叫啥，旁人问了我咋说。就叫'不知道'？掌柜，你把名字一说我就拿一个，县志上把这壶叫啥名字？"

掌柜摇着头，遗憾地说："唉，我想白送一个都送不出去，看来不想赚的钱都得赚呀，没办法。"

余志飞说："掌柜，不想赚的钱就不要赚了，白送一个给我吧。"

掌柜张大眼睛打量了余志飞，又看了看屈鸿图，他们的装束和神态让他感觉到不同寻常："这位老先生，听您的口音不是咱陕西人。您是……"

余志飞笑着说："你不要问我是哪儿的人，也不要管我是谁，我知道这个壶叫什么名字。如果我说出来，你可要白送的哟，不会因为我是外乡人就欺生吧？"

掌柜赶忙说："不不不，小店绝不敢欺生。打眼一看二位气度不凡，文质彬彬，知识一定渊博。只要先生说出这壶的名字，我一定奉送，决不食言。"

余志飞把壶托在手上，细细地看了看，兴奋地说："一样，一样，和我家的完全一样。"他对大家说："这个壶呀，正如掌柜说的，确实是同官县历史上的东西。我家就有个这玩意，是一个古玩行的朋友送给我的，还给我讲了它的奇巧之处。我问他这是哪里出的，他说是陕西省同官县陈炉镇出的，是五代时的产品。后来我察看了《同官县志》，上面对这个壶有专门的记载。你们这是仿品，但仿制的水平确实很高。这件瓷器的整体流线非常协调，花卉的雕刻工艺很是生动，这也足以说明工匠的技艺水平是很高的。这儿真是个藏龙卧虎之地呀，这回我可找到根上啦。"他继续欣赏着，说道："有一回呀，几个外国朋友来我家里，我就演示给他们看。结果怎么样？结果他们看得是目瞪口呆，百思不得其解，跷着大拇指，连声叫道：'奇妙，奇妙，太奇妙啦！'可惜呀，我只有那一个，要是多，我就每人送一个，让他们带回去好好'奇妙奇妙'。"

余志飞的一席话，尤其是惟妙惟肖、幽默风趣学他的外国朋友的那几句话惹得大家都哈哈大笑起来。

"到底它叫啥名字？你还没说呢。"

余志飞说："我跟你们说吧，它的名字叫倒——装——壶。我说得对不对呀，掌柜？"

掌柜说："对，对极了。昨天人家来给我送的时候就说是叫倒装壶。老先生，送给你了。"

余志飞说："我说出壶的名字了，这应当叫'有功受禄'，是吧，屈县长？"

"嗨，"掌柜叫道，"我说这个人咋这么面熟呢，原来是屈县长呀，我在县城里见过。今天突然出现在我这小店里，我还真不敢认了。"

屈鸿图说："余教授说得对，这应当叫'有功受禄'。"他又介绍道："这位老先生是从北京来的，是一位大学教授，还是政府的参议员，对瓷器非常有研究，这次是专程来考察我们陈炉镇瓷器的。"他又对掌柜说："这五个壶我全要了，让余教授带回北京去，多送几个朋友，也给我们同官县扬扬名。"

店掌柜有些忘乎所以地拍掌叫道："哟，这位先生是从京城来的呀！这五个壶我全送，您回京城要得多的话，和我们县长联系，我给您送货，要多少送多少。"

余志飞也乐了，指着掌柜说："嗬，掌柜真精明，会做生意，会做生意。好，一言为定。我在北京、西安有不少商界的朋友，如果他们有兴趣做这生意，我和你们屈县长联系。"

掌柜高兴地咧着嘴笑着说："谢谢关照，谢谢关照，我这就给您找盒子把这壶装起来。"

余志飞说:"免啦,免啦,说说罢了,我怎么能白要你的壶呢!这几位老乡不是还想要嘛,给他们好了。这壶的来历清楚了,名字也知道了,大家都为它扬扬名,这是你们同官县的文化遗产,你们要好好保护它。掌柜,我现在想知道这是谁家的窑出的,我想见见这个人。离这儿远吗?"

掌柜说:"不远,不远。出了街道往上走,有一条路拐进去下一个坡就到了。这个窑主叫李德龙,壶是他外甥送来的。"他又歉意地说:"这铺子里只有我一个人,离不开,要是能离开我就带你们去。"

余志飞说:"不用麻烦你了,鼻子下面就是嘴,问着就能找到。叫李德龙——屈县长咱们走。"

第四十六章

屈鸿图陪着余志飞出了陈炉镇的集市,顺着一条路向上走。在崖畔上,余志飞饶有兴趣地俯视着这座黄土高原上有着千年炉火不灭历史的古瓷镇。镇上的村子散落在沟梁间和坡岭上,一孔孔的窑洞和一间间的瓦房圈在一个个方形的土墙或匣钵垒起的院子里。院子里冒出的团团青烟在树的梢头盘桓,在沟梁的脊顶游走,在层叠的坡岭上弥漫,渐渐消散在广袤、明澈的天幕下。

屈鸿图指着冒烟的地方说:"那些冒烟的地方都是窑炉,这镇上的窑炉主要是煤烧和柴烧两种,产品的销法有三种:一种是自产自销,自家生产出来的瓷器用车拉上走村串乡吆喝着卖;另一种就是由捎客来收购,然后由他们销售;再一种就是出售给店铺,由店铺销售。"

他们走在废瓷罐和旧匣钵垒起的蜂窝状的院墙间的巷子里,脚下是碎瓷片铺砌的甬道。

"真是一座名不虚传的瓷都古镇,能形成这样的规模格局,没有漫长的历史积淀是不可能的。"余志飞被眼前的景况所吸引,由衷地抒发着感慨,"我们国家的许多名窑我都考察过,这样大面积的用瓷罐砌墙、以瓷片铺路的瓷镇陈炉镇还是第一家。这样好啊,把过往的历史都凝结在这一堵堵的墙上,凝结在这一条条的路上,走在这里,仿佛走进了陶瓷的世界,令人流连忘返,心旷神怡。"他边走边说："我们这个国家地域辽阔，南北方的文化差异也很大。你看，这黄土高原上的山是雄浑高峻，气势磅礴。这样的地域环境造就出来的人也自然是耿直豪爽—— 一方水土养一方人嘛。体现在瓷器的做工、风格上，是形式浑厚，线条粗犷，重实用而轻观赏。南方的地域特点是山峦风姿俏丽，流水清幽曼妙，人的性格也很是柔和灵秀，在瓷器制作上非常讲究细巧，在观赏性上下足了功夫。在这方面，我个人认为，我们北方的瓷器，尤其我们陈炉镇的瓷器还是要在工艺上下功夫，在创新上多琢磨，不要把产品销售对象局限在这个县城里，要有更宽更广的视野，从实用瓷的圈子里跳出来，开发出一些观赏性强的瓷器来。倒装壶就是个很好的例子嘛。"

屈鸿图说："余教授学识渊博，看问题一言中的，分析得是入木三分，鞭辟入里。鸿图才疏学浅，实难望其项背。"他叹息着说："只是现在国内局势不稳，国共两党互不相容，战争一触即发，天天都在为打仗做准备，陶瓷的事我想重视也重视不起来呀。余教授，您这次到延安参观访问有什么样的感受给卑职说一说。"

余志飞停下脚步想了一下，说："我无法满足你的好奇心。我这个人不关心政治，我就是一个学者，是一个大学教授。原本想，到延安也不会看到什么让我感兴趣的东西，但是在延安的这半个月里，我的思想还真出现了变化。多余的言辞我就不说了，我跟你老弟说上一句掏心窝子的话，你自己琢磨去吧。"虽然近前没人，他仍压低声音说："天要变了，民国的气数已尽，快要改朝换代喽。好啦，就这，我们不谈政治，继续谈我们的陶瓷文化……所有的王朝政治都是短暂的，而陶瓷文化却是永恒的。"

屈鸿图点头说："余教授一下说到本质上了，在这方面我和您有共同的看法。好，我们继续说陶瓷文化。您这边走。"

余志飞说："南北方文化有差异，这是客观存在的事实，但它们没有优劣之分，有的只是它们各自的特长。雄浑大气是我们北方瓷器的特点，精巧细致是南方瓷器的优势。景德镇瓷器给我的总体感觉也就是三个字：一个是'精'，一个是'细'，一个是'巧'。它不仅仅是一个器皿，还是一件耐人玩味、耐人观赏的艺术品，承载着人类的不凡智慧。从瓷器文化的发展史可以看出，早期重实用，中期是实用加观赏，而后期则上升到重观赏。这表面上看起来是瓷器文化的发展史，本质上是人类社会的心理发展史。瓷器的精、细、巧体现在把自然的社会的许多元素都揉进制作工艺中，把大自然的灵气和人的智慧都浸透到其中了，日月星辰、山川河流、人物鸟兽、草木虫鱼都在瓷器上有所体现。除过精、细、巧外，不断创新，不断推出新品、精品也很重要。所有的官窑都有一个共同点，就是在推新品、精品上下足了功夫。究其原因，就是官窑的竞争十分激烈。官窑如果几年没有新东西推出，就有被官家淘汰的危险。所以，为了保住官窑这块金字招牌，保住丰厚的收益，官窑的窑主就会绞尽脑汁、挖空心思去开发新产品，这样也就在很大程度上推进了瓷器业的发展。我们这里都是民窑，没有竞争的压力，也少了进步的驱动力。"

"听君一席话，胜读十年书，还是您高瞻远瞩呀！"

"哈哈，"余志飞爽朗地笑了起来，"过誉，过誉。我呢，姑妄言之，你呢，姑妄听之。如果稍有可借鉴之处，也不枉费我这些唾沫星子呀。"他边走边说："我的意思呢，咱们也要把瓷器当成工艺品来做，工艺品关键在于创新，切忌抱残守缺，墨守成规，一成不变。既要有历史的传承，也要有时代的创新，这两个方面要融合交汇，才能相辅相成、相得益彰。"

走过东绕西拐的甬道，在一棵大桐树下，屈鸿图看到阎二喜从对面走过来，问道："老乡，李德龙家在哪儿住？"

阎二喜打量着他们，回答道："就在这儿。"他旋身跑进院子里大声喊道："德龙叔，有人找你。"

李德龙嘴里噙着旱烟锅从窑洞里出来，黑色的烟荷包吊在烟杆上晃悠着，他张着眼睛问："二位，找谁？"

屈鸿图问："你就是李德龙吧？"

"是的。你们……是谁？"面对陌生人和陌生人身上不寻常的装束，李德龙显得很戒备。

马家骏和舅妈也从窑洞里出来，他扯着舅舅的衣袖低声说："舅，这个人我认识，这是咱县上的屈县长。"

舅妈惊奇地说："县长？县长到咱家干啥？"

李德龙也惊奇地说："真的？"

余志飞说："这就是你们县的屈鸿图屈县长。是真的，假了包换。"

李德龙使劲拍了一下大腿，端着烟袋叫道："哎呀，县长来了，快请，快请，屋里坐。"进到屋子里坐下，他指着余志飞问："这位是？"

没等屈鸿图介绍，余志飞抢先自我介绍说："李窑主，咱人不亲行亲，我和你可是同行哟。你呢，是瓷器制作家，我呢，是瓷器爱好者。你说咱们是不是同行？"他又说明了来意，"我俩在镇上看到了倒装壶，听说是你做出来的，所

以就慕名来看一看。"

屈鸿图补充说:"这位是北京来的大学教授,姓余,叫余志飞,对瓷器很有研究。你就叫他余教授吧。余教授这次到咱陈炉镇是专门考察瓷器的。"

李德龙吧嗒着烟说:"咱陈炉镇上的瓷器没有啥,一直就是民窑。烧出来的器物都是老百姓家用的坛坛罐罐、盆盆碗碗、钵钵臼臼,没有啥稀罕东西。"

余志飞笑着否认说:"哎——不能这么说。我在来之前看了同官县的县志,陈炉镇历史上虽然以民窑为主,但也有官窑的历史,出现过不少的能工巧匠,在瓷器的造型和釉色上研究出不少的成果。"

阎二喜说:"釉色是不少,但都是些传统色,多少年都没有改变了。造型上也是一样,固守着老传统。我家几代都是做瓷活的,可一直都是在坛坛罐罐、盆盆碗碗里转圈圈。我看着都别扭。"

李德龙在椅子腿上磕着烟锅说:"这些年轻人和我们这些老家伙想法不一样了,总想捏出些新鲜东西。哎,二喜,你不是烧了几个瓶呀罐呀的,拿来让屈县长和余教授看看。"

阎二喜应了一声就飞也似的跑了出去,一会儿工夫就气喘吁吁地进来了,一只胳膊揽着一个圆腹、长颈的瓷瓶,一只胳膊揽着一个鼓腹、短颈、口向外折的瓷罐。他把瓶和罐小心翼翼地放在桌子上,得意地说:"这是我做的,余教授、屈县长帮我看看。"

余志飞托起长颈瓷瓶仔细看了起来,白釉色的瓷瓶上刻画着夸张的人物造型,表现出一副喜气洋洋的生活场景。他问:"这些人像是在……"

阎二喜快嘴说道:"娶媳妇。这是一个娶媳妇的场面。抬轿子的、吹喇叭的、看热闹的都有。"

余志飞夸赞道:"嗯,很形象,很逼真,很有表现力嘛。"他又托起瓷罐看着。这是一个通体黑釉色的瓷罐,腹面上镂空着一个个菱角形。菱角排列合度,刀工精准细致,整体结构协调。余志飞夸道:"这个也不错嘛,很有创意。这是你的作品?"

阎二喜高兴地说:"我在别人家见过这种样子的罐子,是姜黄色的,上面画的是兰花,我觉得有些单调,就改成了这个样子。"

余志飞说:"鸿图呀,我的判断出问题喽,今天可有意外收获喽。"

屈鸿图问:"怎么……"

余志飞两根指头弹着发出清亮音韵的瓷罐说:"在来之前,我就觉得陈炉镇是个民窑，民窑出的产品不外乎就是坛坛罐罐、盆盆碗碗这一类的东西。没想到在镇上见到了倒装壶，在这里又见到了梅瓶。"他对二喜说："小伙子，你做的这两个物件有一个很好听的名字叫'梅瓶'，你在梅瓶上进行的创新我还是第一次见到，就是这个镂空和这个釉色，很新颖，很别致。黑釉展现出的是凝重大气，镂空展现出的是通透明快，它们组合在一起既凝重大气又通透明快，真是完美的结合。原来的梅瓶里面需要插上一枝梅，表现它的雅致，你的这种设计，即便不插梅也很好看。"他又问："小伙子，这一行你学了多少年了？"

阎二喜说："十几年了吧。我穿开裆裤的时候就爱玩这个，只要有时间就围在我爷和我爸跟前转，学拉坯，学剔花，学上釉，看装窑、烧窑，还学验货。反正与烧瓷有关的事我都喜欢。"他顿了一下又说："现在就想学着做些新花样。"

阎天明不知什么时候蹲在门口，脊背靠在土墙上，眯缝着眼睛看着墙外面树枝上一只蹦蹦跳跳的麻雀，抽着旱烟，听到儿子的最后一句话，为了表示他的不满，也为了让人知道他的存在，不屑地嘟囔着："新花样个屁。"

屈鸿图问李德龙说："这位是……"

阎二喜撇着嘴说："这是我爸，见我做这些东西他就上火，说我是瞎折腾。"

阎天明起身把烟锅子在翘起的鞋底子上使劲磕了两下，插在后脖颈的衣领里，进屋对屈鸿图和余志飞抱拳道："二位，恕我眼拙，你们是……"

阎二喜说："爸，这位是咱县的屈县长，这位是从京城来的大学教授余教授。"

阎天明听了儿子的介绍，脸面上很快漾起了惊诧和敬重的表情，说："县长？教授？我的妈呀！稀客，真真正正难得的稀客。"他埋怨起儿子："你咋不跟我说一声？你看让我在县长和教授面前出言不逊。对不起屈县长，对不起余教授。我看他急急火火地抱起那两个罐罐就往外跑，不知道他又要成啥精呢。原来是给县长和教授献丑来了。唉，真是……"

余志飞笑着说："老伙计，你说错了，这怎么能是献丑呢？你儿子的手艺不错嘛。他的这种勤奋钻研、推陈出新的精神是非常值得赞扬和非常值得鼓励的嘛。"

阎天明瞥了一眼听到赞扬的话满面喜色的儿子，从脖颈后面抽出烟袋锅子，思索着摁了一锅子烟，噙在嘴里点着，苦笑了一下，说："值得赞扬，值得鼓励？唉，不要嫌弃我这个粗人说话直。你二位都是吃皇粮的人，不会有柴米

油盐的忧愁，也不会有吃了上顿没下顿的担心。"他干咳了两声又接着说："我们这些都是小家小户的人家，不怕你们笑话，每天眼睛一睁开想的就是柴米油盐。起早贪黑拉坯、上釉、烧窑、出窑就是为了生计，哪有闲工夫去推陈出新？再说啦，烧这些只能看不能用的东西，既费工夫还没人要，那怎么能行？"

余志飞说："老伙计，你说得对。居家过日子首先考虑的是生计，这没有错。但是就我这多年的考察，在认识上和你不一样。我觉得瓷器这个行业，讲究的是要不断地出新的品类，不能总是停留在盆盆罐罐、坛坛碗碗上，要是这样，就永远出不了像汝窑、定窑和景德镇那样的好瓷了。即便是从生计的角度出发，也只有烧出好瓷，才能卖出好价钱，你的生活才能更好。"他看到了桌子上放着的一个倒装壶，问李德龙："李窑主，在镇上听说倒装壶是你烧的？"

李德龙说："不是我烧的，是我外甥烧的。"他指着马家骏："这就是我外甥。姓马，叫家骏。"

余志飞托着倒装壶看着问："小伙子，你这倒装壶是怎么烧的，有样品？"

马家骏说："有个残缺不全的样品。"接着他讲了倒装壶从发现到制作成功的过程，把碎瓷片复原起来的倒装壶拿出来让余志飞看。

余志飞细细地看了一阵子，由衷感叹地说："天意，天意，真正是天意。有道是'天道酬勤'，这一定是上天被你勤奋钻研瓷器的精神所感动，给你的褒奖。这个物件在土里埋得有年头了。"

马家骏说："我仿照着烧了六个，也搞不清楚应该卖多少钱。要是划算了我就继续烧，不划算了就不做了。"

舅妈说："我看肯定不划算，谁要那东西？和面不能用，盛水也不行，当茶壶吧还得从屁股后面往里灌水。屁股喝进去，嘴里吐出来，把乾坤都颠倒了。算是个啥嘛，还宝贝呢。"

李德龙打断了老伴的话："你说的那是啥话，嗯？倒装壶可是个好东西，在咱的县志上都有记载，这门手艺失传了，连我都没有见过。现在家骏能把它做得和原物一样真是不容易。不管怎么说，娃娃们有这个心劲是好事，就像余教授说的那样，值得鼓励。"

余志飞说："李窑主说得对。孩子们的这种精神是值得鼓励的。我可以负责任地告诉你们，家骏做的倒装壶和历史上的倒装壶一模一样，非常相像，而且做工更细致，釉色更鲜亮，更有美的感受。哦，具体说到它的价值，一个壶卖十块钱应当是物超所值，我觉得实际价值还应当更高。"

阎天明眯着眼吧嗒着旱烟，漫不经心地听着，当听到一只倒装壶能卖十块钱的时候，心里一怔，烟从嗓子里呛了出来，连着咳了几下。

"啥，啥？能卖十块钱？不会吧？"他张大眼睛比画着，"那么大一个缸才卖几个钱！这么一个小玩意就能卖十块钱？"

余志飞平静地说："老伙计，这就是生活品和工艺品之间的差别。别看工艺品体型小，人们看重的是它的艺术价值，而不是它的实用价值。在瓷器行当里艺术价值一定高出它的实用价值。这就是为什么景德镇、钧窑、汝窑的瓷器能卖出那么好的价钱的原因。"

正说话间，杂货店的掌柜兴冲冲地进来了。

"嗨，你们都在呀。"他扫了一眼屋子里的人说，"家骏，你给我的那五个壶都卖完了。一个十块钱，还可以吧？你再给咱烧些，我看生意还行。咱四六分成，这是三十块钱，给你。"

舅妈急切地问："这……这是真的？"

杂货店掌柜说："我把钱都给家骏了，还能是假？"他指着余志飞说："这位京城来的教授对倒装壶的根底可清楚了，他在铺子里一讲，大家一哄就买完了。"

阎天明看着那个倒装壶不好意思地搓着手，嘿嘿着笑了两声，说道："真是想不到，真是想不到，这个玩意还有人要，还能卖钱。余教授，余先生，你跟他们都讲了些啥，引起那些人对这玩意的兴趣？你跟我们也讲一讲，让我们也开开眼界，长长见识。"

余志飞指点着倒装壶说："这叫倒装壶，从考证上来看，最早出在五代，有悠久的历史。它没有多大的实用价值，但它有很高的艺术价值，是一件艺术珍品。大家看这壶，无论造型还是花饰都体现着工匠们深厚的艺术修养和高超的造型技术。"他看了一眼马家骏："家骏这小伙子很有灵性和执着精神，他能把破碎的瓷片复原，并能把它复制出来，而且惟妙惟肖，实在是不容易。甚至比我收藏的那一个倒装壶在器型上更显丰满、在雕刻工艺上更显细致、在釉色上更显清爽、在花饰的线条上更具表现力。"

阎天明讨好地说："余教授，余先生，你说……我儿子做的这两样东西也行？"

余志飞说："阎窑主，你儿子做的这两样物件不是也行，应该是非常的行，非常的好。这两个小伙子的钻研精神确实让我感动，有他们这样后辈人的存在，还愁陈炉镇的瓷器业振兴不起来？"他看着屈鸿图说："我在倒装壶的诞生地看到了失传多年的工艺又再现出来感到非常高兴,真是不虚此行。"他顿了一下又接着说:"我离开同官县以后,还要到几个地方去,我一定帮助你们推销这些新产品。等回到北京,我再收集一些制瓷方面的资料给你们寄来,年轻人多学多钻研是一件好事,我和屈县长一定支持你们。"他又激动地说:"这说明什么?这充分说明在我们劳动人民中间蕴藏着无限的创造力和孜孜以求的探索精神。我们国家优秀的民族文化能够走到今天,就是我们这些普通老百姓在起作用,而且是决定性的作用。"

李德龙出去和老伴在院子小声嘀咕着,老伴抿着皱巴巴的嘴想了想,指点着一只大公鸡。她在鸡窝上的罐子里抓出一把苞谷粒,咕咕叫了两声,把苞谷粒撒在了脚下。鸡听到呼唤,扑棱着翅膀,连飞带跑地奔过来热闹地抢食。李德龙蹑手蹑脚地走到埋头啄食的公鸡后面,往前一扑,机敏地抓住公鸡高翘的花尾巴。公鸡惊叫着,在他手中奋力扑棱着,其余的鸡惊吓得四散而去。李德龙把公鸡交给了老伴,老伴怜惜地抚摸着鸡脖颈进到厨房。李德龙拍着手上的鸡毛回到屋子。

屈鸿图问:"李窑主,你抓鸡干什么?"

李德龙显得过意不去地嘿嘿笑着说:"县长和京城的大教授来了,我们这穷乡僻壤也没有啥招待的,杀只鸡,不成敬意,不成敬意……"

屈鸿图赶忙止住他说:"不不不,县里已经安排好了,就不打扰你们了。"

李德龙有些着急地说:"这大老远地来了,就在我们农家院子里吃顿饭吧!我们家可从没有来过县老爷这么大的官呢!再说啦,还有京城来的大教授,这可是开天辟地的头一遭。"

余志飞说:"屈县长,咱就不到县上吃饭了,今天就在这农家小院吃一顿地地道道的农家饭。"

李德龙赶忙说:"对嘛,咱们就听余教授的。"

余志飞又说:"既然听我的,我就不客气地点饭了。这一,刀下留情,就不要杀鸡喽;这二,我来之前,听说咱陕西有个'八大怪',其中一怪是面条像裤带,今天咱们就吃裤带面,怎么样?"

李德龙高兴地说:"好哇!我老婆的裤带面做得可好了。面和得筋道,擀得柔软,白生生的面条上浇上红滋滋的辣子油,香气扑鼻,好吃又开胃。"他探身朝厨房里喊道:"老婆子,把鸡放了吧。擀裤带面,用头道面擀,把面揉到家。今天就看你的了。"

第四十七章

从省城方向开来的军队，车水马龙，浩浩荡荡，踏过同官县的川道，穿过金锁关的隘口，顺着盘山大道，逶迤而上，像一条巨大的蟒蛇，向北边的崇山峻岭里游去。

在军队过了一大半的时候，长官部的曹参谋长站在发动着的吉普车旁边对张震山、屈鸿图以命令的口气说着话。

"张司令、屈县长，长官部发来的命令接到了吗？"

张震山、屈鸿图连忙说："接到了，接到了。"

曹参谋长抻了一下挺阔军服的下摆，双手抔在黄铜扣的武装带上，说道："接到就好。兄弟我的任务就是对沿途各县的粮草筹措情况再进行一次确认。"他问屈鸿图："给你们县分派的粮草任务没有问题吧？"

屈鸿图说："没有问题，库存的再加上最近征收的已经够了，运输的车辆也已经差不多了，劳力、畜力也都具体到户到人。一共二十五辆马车。"

曹参谋长点了点头，说："好。"他又吩咐道："这一次运送粮草除民工外，由张司令带领二十五人押送。四十六团其余的人除安排金锁关守备外全部编入第二十一团参与剿匪。张司令，从明天算起，由你带领四十六团的二十五名弟兄，用三天时间把同官县筹集到的粮草运送到洛川县县城集结待命。不得有误！"

张震山立即表示道："是。明天，后天，到大后天的太阳落山前，我一定将粮草颗粒不少地押送到洛川县县城。"

曹参谋长满意地说："好，就这么办。"他举目向北边的山里望了一阵，指着身边走过的军队，踌躇满志地说："这一次可是决定性的战役。胡长官已乘飞机抵达洛川亲自指挥，二十万军队兵临延安，决意一举荡平延安。等凯旋路过同官县的时候，咱们喝杯庆功酒。屈县长，你可要尽地主之谊哟。"

屈鸿图高兴地说："好啊，好啊。明天送走张司令以后，我就着手准备庆功宴，恭候曹参谋长大驾光临。"

曹参谋长抱拳施礼道:"好,曹某先谢了。我这就赶路去,你们也回去各司其职吧。"他说着,便钻进吉普车一溜烟去了。

第二天上午,屈鸿图亲自指挥,带着刘子良和高大贵把征集来的二十五辆马车,装了二十车粮食,五车草料,一溜停在军营门前的道路上。那些心疼自家马车和牲口的主人怜惜地围在自家的马车或牲口跟前,眼神忧郁地看着这些就要离开自己又不知道什么时候回来,回来时又不知道会变成什么样子的家当唉声叹气。

高占魁家的一辆马车和一匹马也被征用了。昨天下午,当他得知今天运粮队就要出发时,跑到保安队找到儿子求情:"你再想想还有多余的牲口没有,车我就不计较了,如果有多余的牲口,就让我把咱家的那匹马牵回去。那马可是怀上驹了,那么远的路会把它累坏的。"

高大贵不耐烦地说:"爸,你把心放到肚子里去吧。去三天,回来三天,总共就六天时间,不会累坏的。"

高占魁忧虑地说:"这一路上吃不好,睡不好,照看不好,这牲口要遭多大的罪呀!"

正好刘子良来找高大贵说事,在一旁说:"老爷子,等牲口回来了,你让它吃好、睡好,把它照顾好不就行了。"说完就拉着高大贵的衣袖向外走去。

高占魁看着他俩走出的背影,气咻咻地骂道:"打仗,打仗,打你妈的个屁,让老百姓遭多少罪!"

高占魁不听家人的劝说,执意要参加运粮队,只有亲自照看自家的马他才放心。他负责的是第十一辆马车,让自家的马拉缰,让别人家的马驾辕。

辕马的主人也姓高,心疼自家的马,使劲跟高占魁套近乎:"高老哥,一笔写不出两个高字,五百年前咱都是一家人,在路上多关照关照咱家的马。"他说着把一包烟叶往高占魁的怀里塞。

徐一刀经常走村过县,对同官县周边几个县的路径很熟,被郭蛮子叫来为运粮队当向导。他老婆叶香草不放过任何挣钱的机会,一定要他把钉掌的用具带上,并悄悄地嘱咐道:"我刚才看了一遍,至少有八九匹牲口的掌该换了。记住,当向导给的钱不包括牲口换掌的钱,牲口换掌要另外算。郭蛮子这个龟孙子太抠,他不给钱咱就不给他换。记住没有?"

"知道了。"徐一刀回答着向前跑去。

郭蛮子领着一队士兵从军营里出来,他用马鞭指挥着:"快,各就各位。"

士兵们跑步到了分派给自己的马车跟前，驱开了围在车子跟前的主家。每辆车由两个民夫和一名士兵押送。张震山骑在枣红马上从军营出来，下了出发的命令。屈鸿图坚持着和刘子良、高大贵热情地把张震山他们送到金锁关，在关口拱手话别："张司令，此次出征，定能旗开得胜，马到成功。屈某回去就着手准备庆功宴，这次一定要大庆。我派刘师爷专程到省城请鲁菜大厨，做家乡菜，一定对您的金口。另外再宰两头牛，还有羊、猪、鸡，犒劳凯旋将士。"

张震山骑在马上，用手里握的马鞭把头上的大盖帽向上顶了顶，望了望前行的队伍，对屈鸿图说："杀鸡宰羊还有猪都可以，俺都不反对。牛嘛，就不要杀啦，牛这畜生拉犁拉车，是庄稼人的好帮手，庄稼人离不开它。"他又用马鞭在黑亮的靴筒子上拍打着，像下了决心似的说："牛就不要杀啦，不要杀牛！"说完，不等屈鸿图回话，扯了一下缰绳，夹了一下马肚子。皮色光亮的枣红马把头一仰，脖子一抻，喷着响鼻，撒开四蹄，从队伍旁边扬着尾巴向前奔去。

回到县府，屈鸿图端着紫砂茶壶，从容自在地坐在后院树下的藤椅上，徐徐地呷着茶水，眯缝着眼想着心事。刘子良进来，低声问：

"屈县长，真要买两头牛，还有羊、猪、鸡？这可得一大笔钱呢。"

屈鸿图懒散地翻着眼皮，拉着长腔问："谁叫你买啦，嗯？"

"这……"刘子良惑然不解地说，"您不是跟张司令说，要犒劳凯旋的将士吗？"

"是啊。"

"咱们不是还需要准备……"

屈鸿图撇了一下嘴，说："糊涂，那只是说说而已嘛，你怎么还来真格的啦，嗯？"

刘子良仍想把事情弄明白，说："如果他们真的像您说的'旗开得胜，马到成功'，咱们怎么迎接？"

屈鸿图站起身来，把茶壶放到青石桌上，拍着刘子良的肩膀，笑着说："刘师爷，都说你有破解天机之能、料事如神之才，你给算一下，看这场仗能打胜不能。"

刘子良很有把握地说："这还用算，事情不明摆着嘛，肯定能打胜。"

"谁能胜？"

"国军呀！"

"何以见得？"

"这不是秃子头上的虱子明摆着嘛。"

"嗯，"屈鸿图不置可否地翻了一下眼皮，"继续说。"

刘子良伸出三根手指头，说："这理由有三：其一，国军势力强大，武器精良，光这军队就过了快三天，军种有骑兵、炮兵和步兵，粮草多、弹药足；其二，胡长官亲临前线督战，声势浩大，肯定是所向披靡；这其三，国军将士训练有素、身经百战，都是打仗的行家里手。这几点延安的共产党都赶不上，国军肯定能胜。我说得对吧？听听您的高见。"

屈鸿图抿着嘴认真听着，绕着藤椅转了一个圈，又在藤椅上坐下来，身子向后仰着，跷起二郎腿，两手搭在腹上，悠闲地翻转着手指头，说："你很聪明，说的这三点不无道理，这也是多数人的观点。"他抿着嘴顿了一下，继续说："我和你的看法不一样，且只有一点，就是他们太相信这次攻打延安是胜券在握，认为共产党简直是不识时务，简直是螳臂当车。你看那些军官，骑在高头大马上，趾高气扬、目空一切的神态，哼，这哪里是去打仗，简直像是去娶亲，这样的军队能打胜仗？打仗嘛，讲究个天时、地利、人和，而又贵在人和。孙子云'上下同欲者胜'，讲的就是人和的重要性。延安的共产党取得长征的胜利，既不占天时，又不占地利，就是得了人和。盘踞延安十年靠的是什么？还是人和。你没进来前，我坐在这里想的是什么，你知道吗？你肯定不知道。我想的不是怎样敲锣打鼓放鞭炮，宰牛杀鸡摆宴席去迎接一个打胜仗的队伍，而是想怎样对付一群打了败仗溃不成军退下来、带着无处发泄怒气的败军。"

刘子良转着眼珠子小心翼翼地说："屈县长，您这样想是不是有些过于悲观了？"

"过于悲观？你怀疑？"屈鸿图前倾着身子，表情郑重，两眼直视着刘子良问。

刘子良急忙摇着两手，做着否定的表示："不不不，屈县长身居帷幄之中，决胜于千里之外，属下难以企及。佩服，佩服得五体投地。"

屈鸿图站起身，指点着刘子良，笑着说："拍马屁，拍马屁，言不由衷。你若不信，我也不强求，时间会告诉我们一个结果。"他压低声音，很肯定地说："半月之内，定见分晓。走，出去转转。按张司令的吩咐牛不杀啦，这个鸡呀、羊呀、酒之类的东西还是要准备的。不是庆功，而是消气。"

第四十八章

张震山带领着同官县的运粮队，经过两天的过山梁穿沟壑来到洛川县地面。他让卫兵牵着马，敞开着衣襟，用大盖帽在脸前扇着风，随着车队向前行走着，不时地观望着两边高峻而静寂的大山和深邃的沟壑。山间的黄土道上布满了层叠的车辙和马蹄踏过的杂乱印痕，草丛里和河道间散落着破碎的玻璃瓶和形状扭曲的罐头盒。

张震山停下脚步，眯着眼问："徐一刀，这个地方你来过没有？"

徐一刀说："来过，这条路我一年至少也得走两三趟。太熟了。"

郭蛮子问："一年两三趟？你老往这边跑干啥子？"

徐一刀说："过了咱同官县，越往北养牲口的就越多。牲口多，我的生意就好，挣得钱就……多呗。"

张震山说："你祖上给你传的这个手艺不错呀，你应当把你先人供起来，逢年过节好好拜拜。"

徐一刀赶忙说："司令说得是。我家里对祖先是常年上香，小的不敢忘记祖先的恩德。"

郭蛮子说："徐一刀，你常往这边跑不是抢了人家当地同行的生意嘛！"

徐一刀和气地一笑："回郭营长的话，不是我抢了他们的生意，关键是他们的手艺不行。他们做出的活多少都要给牲口留下点后遗症，我可从不失手。我们家祖传的药方太灵验了，可以说是药到伤好，就像神仙一把抓。牲口少遭罪，主家少担心，所以说他们都巴望我来干活。"

张震山问："徐一刀，从这儿到洛川县县城还有多远的路？今天咱们在哪儿过夜？"

徐一刀说："回张司令的话，从这儿到洛川县县城还有六七十里路，都是山路。顺着这条沟，再走上十里路就到一个村子，咱们就在那个村子过夜吧。"

张震山望着两旁的山，忧心地说："这沟越走越窄，山是越来越高。他娘的，如果这树林里埋伏上一哨人马，咱们非吃大亏不可。"

郭蛮子不在乎地说："司令多虑了。前面大军刚过，共匪早就吓得屁滚尿

流，逃得没了踪影。"

太阳落入西山，一抹瑰丽的余晖还在山尖盘桓，山沟里已显出苍茫的暮色。迷蒙的白雾锁在树林上方，河水在乱石间哗啦啦地流动，一只老鸹在土崖上一声接一声地鸣叫，叫声在这空旷、沉寂的山沟里回响，显得格外的单调、凄厉、阴森。

张震山皱起眉头，望着土崖说道："他奶奶的，这只老鸹叫得死难听，把它撵走。"

郭蛮子命令旁边的一个士兵："开枪，把它打下来。"

士兵端着枪拉动枪栓，抻长脖子向老鸹叫的方向望去，说："只听见叫声，看不清在哪儿。"

郭蛮子气呼呼地骂道："笨蛋。"他夺过长枪，对准老鸹叫的地方放了一枪。清脆的枪声在山沟里发出一声叠一声的回响，在深远的地方消散。随着枪响，老鸹无声地扇动着翅膀，像一个阴森的幽灵，从队伍的头顶悄然滑过。枪声也惊吓了不知情的牲口和人们，牲口嘶鸣起来，人们惊叫着不知所措。

郭蛮子喊道："慌啥子，慌啥子？一声枪响就把你们吓尿裤子啦！他奶奶的，一群怕死鬼。是老子开的枪！"

徐一刀也喊了一嗓子："伙计们，快走啊，离这儿不远就有一个村子。张司令说啦，今天就在村子过夜。"

队伍缓慢地行走着。不知怎么回事，这一声枪响过后，山沟里又重新归于静寂，张震山心中忽然间有一种空虚的感觉。他紧紧地跟在马的一侧，不停地用眼睛在沟的两旁左瞧瞧右看看，仿佛在那草丛中和树林间隐藏着什么突然可能降临到他们身上的灾难。

真是疑心生暗鬼，刚转过一道山弯，静寂的山腰间的杂树林中突然响起了两声清脆的枪声。响声还没消散，就听到有人扯着嗓门喊："国军弟兄们，我们是共产党的军队，你们已经进入我们的伏击圈里，前后都是我们的人。现在命令你们放下武器，举起手来，我们优待俘虏。"顿了一下又接着喊："如果有谁胆敢抵抗，就等你们家里来人收尸吧。机枪手，朝天打一梭子！"

话音刚落，树林里随即响起砰砰叭叭的一阵枪声。接着又是喊话声："再不投降，我们就用机枪扫啦。"跟着，前沟响起了一阵密集的枪声和沉闷的爆炸声，后沟的树林里也传来了零散的枪声。

车队停了下来，人们都慌乱地寻找着可以藏身的地方。郭蛮子躲在一辆马车的侧旁，说："司令，看来咱们真是被包围了。怎么办？"

张震山盯着树林看了一阵，说："命令弟兄们顶住，朝打枪的地方开火。"

郭蛮子喊道："弟兄们，不要怕，他们不敢下来，对着树林开火。"

一时间，山沟里枪声大作。枪声响过以后，山沟里又出现了短暂的平静。

树林里又有人喊话："看来你们是敬酒不吃吃罚酒，不到黄河心不死，不见棺材不落泪。看家伙！"

随着喊声，两颗手榴弹从树林间飞出，翻着跟头画着弧线，一颗落在一辆马车的粮袋子上，一颗落在河道里。飞来的子弹打在河道里的石头上，溅起耀眼的一闪即逝的火星。随着两声轰响，牲口的惊叫声、人们的哭喊声响成一片。受惊的马拉着车子夺路乱窜，冲进河道里，车子翻了，马四蹄朝天，狂乱地挣扎着。

高占魁歇斯底里地喊着："我的马，我的马……啊……啊，老天爷呀！"

树林里又传出喊话："投降吧！再不投降，我们就用炮轰啦！"

郭蛮子说："司令，队伍都乱了，看来咱们顶不住了。"

张震山气恼地骂道："他奶奶的，让这群龟孙子打老子的伏击。"他想了想说："骑上马，趁着天黑，冲出去。老子死也不能当俘虏。"

郭蛮子骑马在前，张震山骑马随后，顺着车辆旁边向沟外的方向飞驰而去。这边的树林里也响起了枪声，张震山看到郭蛮子的马打了一个趔趄卷着郭蛮子一起滚进河道里。张震山的马是擦着郭蛮子的马屁股一闪而过的。向前跑了一阵，在一个岔路口，张震山扯住缰绳让马停了下来，他想等一下他的部下。那边平静下来了，偶尔传来一两声枪响，这样的情况使他很心焦，不知道是个什么样的结局。就在他焦急等待的时候，枣红马喷着浓重的鼻息，焦躁不安地在原地打着转。张震山警觉地张大眼睛向四周巡视着，支棱起耳朵谛听着。他感觉到脚下的土地有隆隆的震颤感，判断出至少有五六匹马由沟外向他这边急奔而来。张震山赶忙翻身上马。马刚掉过头，冲过来的第一匹马就裹着一团气流从他身边呼啸而过，马上的人发现了他。

"谁？"那人惊叫了一声。后面的几匹马很快聚拢过来，有人问："怎么回事？"

"有个人骑马顺着这条路跑了。戴着大盖帽，肯定是个当官的。"

"站住！"

"再不站住我们就开枪啦！"

几个人喊着追了过来，张震山边跑边拔出手枪向身后盲目地射击。他骑着马跑上了山梁，可以听到仍有三匹马在身后追赶，并不停地向他开枪。子弹带

着流光与他擦身而过，那呼啸声在荒寂的夜幕里显得单调、刺耳、恐怖。一颗子弹紧擦着他的头皮飞了过去，瞬间的灼热像一股无形的压力迫使他缩起脖子。他反手挥鞭在马屁股上狠狠地抽了两下，马似乎理解主人所处的危险境地和急于逃生的心情，甩开四蹄奋力狂奔。然而，追赶的人显得异常顽强，紧追不舍。张震山把身子匍匐在马背上，听到马急促的喘息声和心脏剧烈的颤动声，但马驰骋的速度却没有降低，直到身后的追赶声渐渐消失，他才勒了一下缰绳，让马放慢了脚步。

张震山不知道跑了多远的路程，在这条不知道叫什么名字的山沟里举目四顾，四周是黑漆漆的一片，天上没有一颗星星，更没有月亮的影子。由于惊吓浑身冒出的热汗，经凉飕飕的山风一吹，使他冷得发抖，牙齿磕得咯咯响，但他仍然警觉地听着任何异常的声音。他继续向前走着，不久又渐渐沥沥地下起了雨，不大一会儿就浸透了衣服。风搅着雨，雨缠着风，风声飒飒，雨声凄凄，张震山骑在马上，腹内空空，感到又渴又饿又冷，马也已疲惫不堪。他突然觉得右臂上隐隐作痛，把右臂甩了一下，钻心的疼痛使他不由得痉挛了一下。他用手一摸，这才发现半个臂膀都是黏糊糊的血水，不知是什么时候中了枪弹。他下马从背包中取出一条毛巾紧紧地扎在受伤的地方，而后忍痛上马，继续赶路。身后传来了狼嚎声，在这空谷之中、夜深之时，这声音具有很强的穿透力，让人毛骨悚然。

行走在雨夜里，马的每一声嘶鸣都会使张震山的心惊得简直要从嗓子眼里蹦出来滚到下面的什么地方似的。嘶鸣过后，他就会停下来听一会儿，听听身后和前方是不是有马蹄声或什么异常的声音。

又是一声狼嚎。狼每嚎一声，张震山就能感觉到胯下的马哆嗦一下。狼嚎声由低沉到高亢，就在溪流那边的树林里。张震山循声望去，树林里闪烁着萤火虫般的幽蓝色的光，这光忽而移动，忽而停止，忽而再移动。他摸手枪，手枪套是空的，摸佩剑，只剩下了剑鞘。

有几只胆大的或是忍受不住饥饿或是被眼前这一个活人和一匹活马的肉腥味勾引得馋涎欲滴的狼跳出树林，蹚过溪流向他这边逼近。马似乎已经嗅到了死亡的气息，耳朵耷拉了下来，迈着沉重的步伐缓慢地在泥泞的山道上行走着。

张震山懊恼地想，我现在真正是个手无寸铁的人啦。唉，我张震山戎马倥偬大半生，没有死在枪林弹雨之中，难道要葬身狼腹不成？他忽然想到，一个滴水成冰的冬天，在冀北山区打完仗，第二天打扫战场时，看到那些没有掩埋的士兵的尸体，在一夜之间被野狼撕得七零八落，骨脱皮飞。从不知道害怕的张震山，这时平生第一次有了心惊胆战的感觉。

淅沥的雨仍然下着，呼啸的风依旧刮着，远处传来了鸡鸣声。身后的狼并没有离去的意思，紧紧地跟在后面，他甚至可以听到狼的喷嚏声、磨牙声和急不可耐的蹦蹿声。突然一个念头跳了出来，使他猛然兴奋起来：他听人说，狼很害怕金属的声音。他从马背上跳下来，扯过两个马镫哐哐地敲了起来。这脆响声果然把狼惊得四散而逃。然而不大的工夫，狼就又聚拢了过来。再敲，再跑，再聚拢。到后来，狼已经适应了金属发出的声音，听到声音以后，只是短暂地停顿一下，站在那里观望，而后再尾随过来。张震山想驱马快跑，摆脱狼的纠缠，然而马已经疲惫不堪，只象征性地跑几步，又缓步走起来。当他再次跳下马，准备敲马镫的时候，感觉到皮靴筒里有什么东西硌着了小腿肚子，伸手一摸，摸到的是以为已经跑丢的手枪，弹夹里还有两粒子弹。他用指肚搓着这两粒光滑的子弹，兴奋得无以言表。他把子弹推上膛，看着狼们高兴地骂道："他奶奶的，俺老张不是唐僧肉，谁想吃就能吃。"一甩手向距离他最近的狼开了一枪。随着枪响，那只狼猛然向上一蹿，惨烈地叫一声，便栽倒在地。其他的狼在短暂的惊慌后便蜂拥而上扑向了那只中枪的狼，用尖利的牙齿疯狂地撕咬，并发出互不相让的争斗声。

雨停了，黎明的微光为黄土高原起伏的山峦画出模糊的剪影。张震山解除狼群的威胁后，骑在马背上继续向前走，他渐渐地感到头有些眩晕，眼皮沉重地往一块儿粘。他索性闭上眼睛，信马由缰地顺着山路前行。马蹄发出的单调的踢踏声开始还清晰地传入他的耳朵，渐渐地这声音变得朦胧起来，最后彻底从他的意识中消失了。

不知过了多长时间，他感到一股温热的细流进到嘴里，顺着喉管流到肚子里。他缓慢地张开眼睛，眼前是一片明媚炫目的光亮，一张女人的白脸和一张男人的黑脸模糊地映入他的眼帘，就像他梦中看到的那两张脸一样。他以为进到了阴曹地府，赶紧把眼睛闭了起来。

耳朵里听到女人欣喜地说："醒啦，醒啦，恩人醒啦。"

张震山又使着劲把眼睛睁开，看清了眼前女人和男人的脸面，女人是何翠柳，男人是唐少骏。

"我这是在哪儿呀？"

"恩人，恩人，这是在我家呀。"何翠柳说。

张震山长出了一口气，支撑着坐起身来，虚弱地说："我咋会在这儿？"

何翠柳说："您受伤了，躺在路边的沟里。少骏早上出去看见的，把您背回家来啦。"

唐少骏说："司令，您躺下吧，躺下会好受些。"

何翠柳说："您一直喊渴，再喝些水吧。"

张震山又就着碗喝了两口水，感到舒服多了。他看了看自己身上已经换上了干净衣服，浑身有一种暖融融的舒服感，眼睛缓慢地巡视了一下窑洞："你们在这儿住？"

唐少骏说："是，我和翠柳离开您以后，就在这个村子落脚啦。"

一会儿何翠柳端来一碗荷包蛋，里面放着红糖，说："恩人，您一定饿了，趁热吃点东西吧。这里面有红糖，驱驱寒气。"

张震山的确感到饿了，一碗荷包蛋吃下去以后，精神马上好起来。他从炕上下到地上，在靠墙桌旁的椅子上坐下来，说："我咋穿你的衣服？"

唐少骏说："您的衣服湿透啦，还有血，翠柳都洗了。伤口也给您包扎了，不要紧，没伤到骨头。"

张震山边回忆边说："是这样……我的马呢？"

唐少骏说："马在院子里拴着呢。"

张震山感叹地说："唉，多亏你两口子，要不我这条命恐怕就交给阎王爷了。谢谢你们啦！"

紧张、担忧的时刻过去了。听了张震山感谢的话，唐少骏和何翠柳多少有些不好意思的感觉，说道："这都是应该的，我们该报答您才对，您是我们的恩人。"何翠柳对唐少骏说："少骏，你去打瓶酒吧，今天恩人到咱家了，也得让恩人喝杯酒。"她又抱歉地对张震山说："只是这穷乡僻壤的没有啥像样的酒。我去做两个菜。"

唐少骏答应着，从桌子旁拿起一个空瓶子向外走去，过了不大一会儿，他又折了回来。

何翠柳奇怪地问："这么快就回来啦？"

唐少骏神秘地说："我想起来了，咱家还有一瓶酒。"他打开柜子，从里面摸出一瓶酒打开，把一个瓷杯放在张震山面前，一手握着瓶颈，一手托着瓶底，缓缓地向瓷杯中斟酒。一束细流从瓶口流出，外面射进窑中的光线刚好照到这束细流上，显得绵软柔和，泛着淡淡的黄色。一时间，一股醇厚浓郁的酒香在窑中弥漫开来。张震山抽了抽鼻子，赞道："好酒，好酒，这味道真香。"

何翠柳端着两盘菜从外面进来，放到桌子上，在围裙上下意识地抹着手，歉意地说:"太仓促了,也没有准备,怠慢恩人啦。"

张震山忙说:"咱们都是一家人,再别说客气话了。少骏原来是我的卫兵,你……"他原想说"你是我的姨太太",但马上打住了话头,面色有些不自然地说:"嗨,那都是过去的事了,旧话不提啦。少骏呀,你再拿两个杯子,咱仨一块儿喝,我不能吃独食。"

唐少骏犹豫着:"这……"

张震山说:"你要是还认我这个司令……"他一挥手改了话语:"你要还认我这大哥,就按我说的去办……"

唐少骏连忙说:"我去,我去。"

唐少骏又拿了两只杯子,倒上酒,双手托杯说道:"司令,我先敬您。过去我和翠柳做了对不住您的事,您量大气宽,不但没有惩治我们,还放我们一条生路,成全了我们,这深情厚谊,我和翠柳念念不忘,无以为报!今天这杯酒是我和翠柳敬您的,您无论如何都要给我们这个面子。"

何翠柳在一旁帮衬着说:"是啊,是啊,这是我俩的一片心呀。"

看到唐少骏和何翠柳恳切的样子,张震山也为之动容,过去的怨恨已经被时间消磨掉了,便爽快地说:"好,我喝,我一定喝。"他接过酒杯,一仰脖把一杯酒全喝了下去,咂着嘴说:"好酒,真是好酒。甘香醇厚,柔绵可口,真是好酒!"

三个人高高兴兴地喝了一阵子,张震山问唐少骏:"你一大早出去刚好碰上我?真是太巧啦。"

何翠柳解释说:"少骏给前村一家干了些活,那家欠了些工钱,一直躲着不给。少骏想趁大早上在家堵住他,半道上就碰见恩人了。我跟少骏说了,欠的钱咱不要啦,哪一天再帮人家干点活谢谢人家。"

张震山把筷子重重地拍在桌面上:"为啥?帮他干活不给工钱就是他的不是了,为啥不要?要,一定要要!你跟我说是哪一家,我亲自去要。奶奶的,敢欺负咱的人,看他吃了熊心豹子胆啦!"

何翠柳执意说:"不要了,真不要了。不是怕他不给,是他这钱欠得好,欠得有功劳。您想啊,要不是他欠咱的钱,少骏也不会大早上出门,更不会往那条路上走。您浑身湿透躺在泥水里还不知道是个啥样呢。"

张震山心口一热,眼泪差一点掉下来,咂了咂嘴不说话了。

唐少骏问:"司令,您咋一个人摔在这半山路上,是发生了什么事了吗?"

何翠柳看了唐少骏一眼,附和着说:"是啊,这是咋回事呀?浑身淋得湿

透，泥糊糊的，胳膊上还受了伤……"

张震山抹了一把脸，叹着气说："唉……带着队伍往洛川县送粮食，结果在洛河川里遭了伏击。队伍打散了，我突围出来顺着山路往回跑，又困又饿又累，还受了伤淋了雨，结果就……来，咱们再干一杯。"他把空酒杯往桌子上一蹾，"他娘的，这仗打到啥时候才算是个头呀，兵荒马乱，国无宁日……还是你俩好，避到这小山村，生活过得安逸吧？"

何翠柳斟着酒说："托恩人的福，还算安逸。"

张震山摆着手说道："别一口一个恩人的，要说恩人你们才是我的恩人。嘿，少骏，你小子的日子过得不错呀，不光有翠柳这个好女人，还有这么好的酒。哪儿来的？"

唐少骏有些不好意思地说："我哪儿舍得喝这么好的酒。这还是您那时候送我们的礼物，我和翠柳总是铭记着司令的恩情，一直舍不得动，当宝贝一样留着，也是个念想，今天就……"

张震山咂着嘴，品味着酒的余香，眯起眼睛，细细地看着那个长脖圆肚的酒瓶，嘟囔着："我送的……是那天夜里你们离开……我送的那瓶酒？"他突然像是被蝎子蜇了一下似的面色大变，叫道："不好！"

唐少骏和何翠柳紧张地盯着他那突变的面孔，不知道发生了什么事情。

张震山用发颤的手指点着酒瓶紧张地问："这真是我送给你们的那瓶酒，真是的？"

唐少骏张大眼睛肯定地点着头，说："就是，我们一直保存着，不舍得……咋……啦？"

张震山用手啪啪地拍着额头，懊丧地说："完啦，完啦。天意呀，天意……"

唐少骏紧张地问："司令，发生了什么事情？这酒不能喝？"

张震山从椅子上跳起来，说："不能喝，不能喝！这酒里……有毒。"

"啊！"听到这话，唐少骏和何翠柳大惊失色，举止失措，"有毒？这好好的酒里咋能有毒，这咋办呢？"

张震山喊道："快，快吐出来。"

三个人跌跌撞撞地跑出窑洞，一人寻一块地方，蹲身弓背张大着嘴，哇哇地吐起来，恨不得把肚子里的五脏六腑全都吐出来。唐少骏吐了一阵，站起身来喘了口气，抹去眼眶里被呛出的眼泪，看到张震山还在把手指头伸进喉咙里使劲催吐，就过去在他的后背上轻轻地捶打着。

何翠柳没有吐几下，想到酒里的毒一定是张震山下的，然后送给她和唐少骏，这是想毒死他俩。她伤心地伏在门框上呜呜地哭了起来，泪眼婆娑地看到唐少骏在给张震山捶背，一腔怒火腾起，抹了一把眼泪，负气地走过去，一把推开唐少骏，恼怒着声嘶力竭地吼道："姓张的，这是咋回事，你咋知道这酒里有毒，是你放的吧？是你下毒想害死我和少骏吧？你咋这样阴险呀，啊？"

张震山浑身一震，停住了呕吐，翻着愁眉不展的眼睛，擤了一把清鼻涕。他眼睛看到的何翠柳的脸是一张陌生的、扭曲的、柳眉倒竖、充满怒气的脸。这个女人曾经是他的姨太太，在他面前说起话来从来都是低声下气小心翼翼温存柔和的，从来没有看到她这么一副刚烈愤怒的面孔。这副面孔使他感到心悸，也使他感到愧疚，双膝一软，跪在了地上，因呕吐变得胀紫的脸膛上流着浑浊的泪。

唐少骏赶忙拽住张震山的臂膀把他往起拉，冲着何翠柳喊道："你这是干什么，干什么，啊？"

何翠柳抓住袖口，抹着眼泪跑进了窑洞。

唐少骏拖起张震山，不解地问："司令，这是咋回事，咋回事呀？"

张震山站起身，两肩松垮地吊着，有气无力地说："这是天意，天意呀！咱们都完啦，都完啦！"

"什么都完啦，您说清楚呀。"

"少骏，这酒里有毒，有毒……是我……下的毒。"

"我没有啥感觉呀。我见过服毒的人，撕心裂肺地难受，我一点难受的感觉也没有啊。"

张震山摇着头，咧嘴惨淡地笑了一下。

唐少骏抚着他的胳膊安慰着说："是不是弄错了？咱进窑里说。"

坐在炕沿上的何翠柳见他们进来，一转身把脸扭过去。唐少骏扶着张震山在椅子上坐下，自己在另外一张椅子上坐下，用询问的眼神看着他，说："司令，这好好的酒里咋能有毒呢？有毒咱们喝了咋没有发作呢？这不咱仨都好端端地坐着嘛。"

张震山哀叹了一声，说："这毒是我下的。"他回忆道："在西安我还是副旅长的时候，咱旅的于旅长为了提拔他的一个亲戚就使劲排挤我，编造罪名陷害我。我想，他们陷害我，我也不让他们好过，我就在这酒里下了毒，准备送给于旅长。后来他调走了，这酒也就放起来了。你们那事惹得我很恼火，想当场杀了你们又于心不忍，可我又咽不下这口窝囊气，最后就把这瓶酒送给了你

们，把你们打发走，想着过后你们一高兴会把酒喝了。也就是说，不管你们死在哪儿，只要不死在我眼前就行。"他翻着眼看了一眼何翠柳和唐少骏："却不知道你们没喝今天咱们一块儿喝了。唉，天意呀！"

唐少骏说："这不是没事嘛。"

张震山摆了摆手，说："这个毒药是我花了十块大洋从一个外国传教士手里买的。他说，喝了这个毒药当时没反应，一般三五天以后才会发作，症状是急性心肌梗死。因为几天时间过去了，没有人会怀疑是喝酒死的，都会认为是发急症死的。唉，我这是活该！"

唐少骏听了这话，身上也打了个寒战，问："有解药没有？再则咱都吐出去了，想必不会有大事吧？"

张震山说："没有解药。"

唐少骏想了想说："我听老中医讲，绿豆汤可以解百毒，咱们把吃的东西都吐出去了，毒性该不会太大，咱们多喝些绿豆汤兴许就不会有事。翠柳，你赶快去给咱熬些绿豆汤，咱都喝。"他又嘱咐了一句："多放些绿豆。"

何翠柳也不吱声，眼睛里噙着泪花，悻悻地去灶房熬绿豆汤了。

灶房里的风箱发出单调而嘶哑的声音，一会儿缓慢，一会儿急促，中间还间隔着短暂的停顿。唐少骏能感觉到何翠柳现在是一种什么样的心情，他想去安慰她，但碍于张震山在那里坐着，没好意思离开。

张震山弓着身子，两只粗壮的大手抱住脑袋，反复揉搓着，不停地在叹息。过了一会儿，他直起身子，也不看唐少骏，说："少骏，听我说，是我做了亏心事，我对不住你两口子。今天这酒我喝得最多，要死也是我先死。"他又叹了一口气："要是大难不死，我一定报答你两口子……要是死了，这也是报应。只是……只是委屈了你俩啦。"

唐少骏赶忙说："司令，你别这么说……应该没事的。喝口水吧。"

何翠柳端着两碗绿豆汤进来了，她把一碗放在张震山的面前，一碗递给唐少骏，没说话，拧身出去了。

两人刚喝完绿豆汤，就听到马在院子里嘶叫起来。张震山一惊站起身子，对唐少骏说："快去，快去把马扯进窑洞里，马叫会招来人的。"

不大一会儿，窑洞外响起了杂乱的脚步声和嘈杂的说话声。

"这院子里没有马呀。"一个人说。

"我听到司令的马在这里叫，走，下去看看。"

张震山侧耳听着，高兴地说："是咱的人来了。"说着就跨出窑门。

过了四五天，运粮队的士兵陆续跑回来了，清点的结果是两死五伤，可是谁也说不清袭击他们的是一支什么样的队伍，有多少人，也不清楚粮草的去向。

郭蛮子也受伤了，他和马滚落到水潭里，呛了几口水，右胳膊脱臼，额头上蹭掉了一块皮，伤势不重。第九天的下午，高占魁一瘸一拐和五个运粮草的民夫来到军营找张震山，门口的岗哨不让他进，他就在门口大声嚷嚷。岗哨没办法，就去报告了郭蛮子，郭蛮子挎着受伤的胳膊、额头上缠着绷带气哼哼地过来。

"喊啥子喊，这是军营，你他娘的以为是你家的后院，嗯？"

高占魁愣着眼说："我……我为啥不喊？我的马摔死了，我也受伤了，我给你们干活，你们总不能不管吧？得赔我！"

"赔你？赔你个屁！"郭蛮子指着受伤的胳膊和额头，"老子的命都差一点搭进去，老子找谁赔？要想赔，找八路去。八路不扔手榴弹，你的马能跳到河里？冤有头，债有主，找八路去吧！"

高占魁讥讽着说："找八路？找屁八路，哪儿见到八路一根毛，就是二十来个土匪。还找九路呢！"他又加了一句："就那几个人都能把你们吓得屁滚尿流，真丢人！老子当年……"

张震山出现在了门口，问："咋回事？"

郭蛮子跑过去报告说："老高头领着几个刁民来滋事。"

张震山说："叫他们进来。"他转身进到了办公室坐到椅子上。他这几天是心神不宁、茶饭不思、寝食难安。喝了那瓶毒酒已经过去七八天了，每天都在担心毒性发作。他问过冯军医急性心肌梗死是怎么回事，有什么征兆。冯军医告诉他，急性心肌梗死是冠状动脉急性、持续性缺血缺氧所引起的病症，可引发休克或心力衰竭，常可危及生命。张震山说他总是感到胸口有疼痛感。冯军医给他做了一个检查，说没有发现什么问题。但他仍然不放心，总是有意无意地用手在心脏的部位揉搓着。他刚才正在闭着眼睛忧心忡忡地揉搓着胸口，听到了外面的吵嚷声。

"你刚才说什么？没有见到八路，你见到啥啦？"张震山盘问着高占魁。

高占魁说："哪里有八路，就是二十来个土匪。穿的啥样的衣服都有，有长袍有短褂，像是一群叫花子，还没有我们几个穿得好呢。"他又说："你们跑了以后，过了好长时间他们才从树林里钻出来，贼头贼脑地东瞅瞅西看看，还问我：'老乡，那些当兵的去哪儿了？'我说：'都跑了。'他们的胆子才大了。"

郭蛮子问："你们为啥子不跑？"

高占魁翻着眼气呼呼地说："说得轻巧。我们咋跑？我们跑了牲口咋办？车

子咋办，嗯？那可是我的半个家当呀！"

张震山问："那车上的粮草呢？"

高占魁说："粮草？你们跑了，就剩下我们这些小老百姓了，人家端着枪逼着我们走了半夜的路，把粮草送到深山沟的一个村子里去了。我也不知道那个村子叫啥名字，也……不敢问。"

郭蛮子问："是个啥子样的村子？村子里有八路没有？"

一个民夫说："没见八路。村子里的老老少少都跑出来，高兴得像过年一样。有个叫啥队长的站在石碾上，跟人们讲……讲……咋样……把你们吓跑的。他们顶多就是游击队。"

"都讲些啥子？"郭蛮子问。

高占魁说："那个队长说，他们放了两挂鞭炮，还放了几个雷子炮，扔了两个手榴弹，打了十来枪，结果……就把你们吓跑了。"

郭蛮子逼近高占魁揪住他的衣领，不相信地说："胡说！真是这样？"

高占魁竭力地摆脱着，梗着脖子："真是这样，不信你问问他们，我们不会一起编谎骗你吧。"

另外几个人怯怯懦懦地附和着："老高头说得对，老高头没有撒谎，是真的。"

张震山恼怒地拍了一下桌子，骂道："他奶奶的，丢人，丢……"话音未落，他两手紧紧揪住胸前的衣服，喉咙里咯咯了几声，嘴角抽搐，两眼翻白，身子向桌子下滑去。冯军医检查后得出的结论是急性心肌炎，发病原因是急火攻心。

第四十九章

10月的延安，秋高气爽。前几天罕见地下了两场秋雨，干燥的土地吸足了雨水，变得湿润了许多。秋草和树叶被雨水滋润后，显得生机勃勃。河道里的水面也变宽了许多，湍急而欢快地流动着。河边的柳树低垂着丝丝柳条，在秋阳的映照下，显得飘逸而多情。枣树林里传来了云雀倦怠而急促的叫声。

许子凌穿过一片庄稼地，撩开头顶的枣树枝来到抗大。学校里正在上课，他穿过空荡荡的校园径直走进教务处。教务处的边主任戴着一副度数很高、镜片很厚、一条腿已经折断了的近视镜，几乎把脸贴在一份文件上，专注地看着。听到脚步声他微微抬起头，使劲把脖颈向前抻着，似乎需要用拉长脖颈来弥补由于近视导致的视力不足，当他看清了来人面目时，高兴得叫了起来。

"哈哈，是你呀！哪阵风把你吹来了？有些日子没见你了。快坐，我给你倒水，这天热的，不下雨是干热，下过雨是闷热。"

边主任端一杯水放在许子凌面前，把凳子拉近他跟前坐下，说："你是无事不登三宝殿。这大热的天，不会是来串门的吧？说吧，有什么事？"

许子凌笑着端起水杯呷了一口，说："看你说得多外气，非要有事才来呀？你还真猜错了，我今天就是闲着没事专门来看你的。怎么样，有什么好招待的？"

边主任敲了一下桌子，说："真的？那算我小人之心度君子之腹啦。还别说，你还真有口福，今天上午杀了一头大肥猪，下午给学员们改善伙食，下午在这儿吃饭。我还藏了一瓶酒没舍得喝，今天也贡献出来。时间还早，咱俩先杀两盘，边杀边聊。我这样安排怎么样？"

许子凌说："算了吧，你既近视又色盲，红蓝子儿都分不清，不杀都知道结局了。"

边主任不服气地说："嘿，你小看人。古话说得好，士别三日，当刮目相看。现今，我的棋下得可谓是炉火纯青、登峰造极、无以复加、所向披靡，杀遍抗大无敌手喽。今天让你领教一下边某人的手段。"他说着起身打开柜子把象棋盒端出来："我虽然色盲，但我有分辨的办法，我给每个棋子上都刻了记号，一看记号就知道是红子还是蓝子。不信你看……"

许子凌摆手说："先放起来吧，今天我高挂免战牌，改日再战，到时候一定要把你自封的那几顶桂冠从你头上轻轻松松摘下来，稳稳当当戴在我的头上。眼下得麻烦你个事，劳驾去把高二贵叫来，我有事找他。"

边主任有些失望地说："看，看……唉，我说你是无事不登三宝殿，你还嘴硬，这不，事出来啦。等下课不行吗？"

许子凌犹豫了一下说："你还是现在叫他来吧，事情还真有点急。"

"噢，我明白了，这就去。"边主任把棋盒放回柜子里，扶了扶快要掉下来的眼镜出门去了。过了不大一会儿进来时，高二贵跟在他的后面。

许子凌对边主任说："边主任，高二贵下午就不上课了，我有些事情要和他谈，我们出去走走。"

边主任看着他们出了校园走远了，就回了办公室。

　　许子凌和高二贵并肩走到山脚处路边的一棵树冠很大的柿子树下停住，树枝上挂满了橙黄色的柿子，在肥厚的树叶间闪着好看的光亮。两只知了拉着长音嘶叫着，潜伏在草丛里的秋虫迎合着浅吟低唱。前面是一片茂盛的谷子地，谷子地里矗立着两个草人，裹着的破衣烂衫迎风飘摆，一群麻雀见惯了这些没有威胁的草人，在它们周边叽叽喳喳上下翻飞，还有两只喜鹊落在一个草人头上，翩飞起落，逗趣地啄着对方的长喙。

　　许子凌向周边扫了一眼，说："咱们就在这儿说说话吧。"

　　高二贵问："许老师，有什么事？"

　　许子凌点头说："有事，坐下说吧。"

　　两人在树荫下的沙石块上对面坐下，许子凌说："今天我找你，有一件很重要的事情和你谈。昨天上午我参加了一个会，会上安保处通报了一个情况，说是他们收到上海地下组织一份重要情报，有迹象表明，军统特务组织制定了一个针对延安的行动计划，这样的行动计划以前他们也实施过多次。你知道吧，军统从1937年到1942年在汉中办了几期特务训练班，那几期特务训练班就是针对延安而办的。他们把特务训练好以后潜入延安妄图制造爆炸、暗杀、投毒事件，然而他们的阴谋都没有得逞。组织上分析，这次他们虽然又是故技重演，但一定会吸取以前的教训，采取更狡猾、更隐蔽的手段来实施。"他皱起眉头，紧抿着嘴顿了一会儿，接着说："为什么说是有迹象表明呢，是因为这一次我们并没有掌握到详细的情报。就是说，目前这个行动计划已经开始实施还是正在准备实施，企图达到什么样的目的，有几个人，是男是女，这些都不清楚。他们的保密工作做得非常严密。"他缓了口气，继续说："为了确保中央领导的绝对安全，我们必须制订一套措施予以应对。一是从现在起对进入延安的所有人员进行严格审查，对嫌疑人员进行监控。二是选派得力的同志在特务可能进入延安的路线上进行堵截，最好是在外围就把他们解决掉，以减轻延安这边的压力。经过分析研究，我们认为同官县是特务进入延安必经之路中最有可能走的一条。组织上认为我对同官县的情况熟悉，征求我的意见，让我物色到同官县执行任务的人选。会后我写了一个报告报了上去，今天上午领导找我谈话，说是组织上同意我提交的人选，并要求尽快执行。我提交的人选就是你。领导专门听了安保处的汇报，认为确定同官县为重点路线很有道理，对派你到同官县开展这项工作给予了充分肯定。你的任务是尽快回到同官县，尽快发现这些特务，能就地解决就就地解决，不能就地解决就跟踪他们到延安，咱们在延安收拾他们。"

许子凌用郑重的口气把任务说完，站起身，眺望了一眼远山，问："有什么困难吗？"

许子凌说的每一句话，高二贵都认真地听着，听完对情况的介绍，他没有立刻表态，事情来得太突然，他没有一点思想准备。对高二贵来说，再困难的工作也不可怕，再艰巨的任务也不畏惧，而这个任务给他的感觉是虚幻的、空洞的、摸不着头绪的：特务在哪里，几个人，长得什么样，是男还是女，没有一点实在的内容。他紧咬着嘴唇，毫无目的地抬头望着天空，天空高远而辽阔，如烟似雾的白云轻柔而飘逸，他的心境和天一样的空。

树下的阴影随着太阳缓慢地移动着，高二贵完全曝晒在午后的阳光里，这种沉默使许子凌难以忍受。

"有什么困难你说说，我们可以商量解决嘛！"许子凌打破着沉默说。

高二贵一把抓下头上的帽子，胡乱擦去额头渗出的汗水。他知道，既然到延安来投身革命，对上级下达的任务是不能犹豫的。他抖擞一下精神，表态说："许老师，没有困难，我接受这个任务。"

许子凌拍着他的肩膀说："好！我想你一定会这样回答的。会后我想来想去觉得你是最合适的人选。咱们顺着这条路走走吧。"

他俩在雨水冲刷过的坑坑洼洼、洒落着许多羊粪蛋的小路上走着。许子凌伸着手在路边的草梢头上掠着，继续说着他要说的话："同官县是咱们的家乡，你对那里的一草一木都很熟悉，你到那里有很多便利条件。再者，还有一个重要因素，就是你胆大心细、做事果断，你去我放心。"他停下脚步："但是，还有一个问题，你离开同官县是因为揭发四十六团那几个浑蛋强奸郑掌柜女儿的事，为这事惹了郭蛮子，他现在还在同官县，一定会给你带来麻烦。怎么办？"

高二贵想了一下，说："具体办法我也说不上来。我想，车到山前必有路，船到桥头自然直，到时候会有办法解决的。"

站在山的半腰，眺望着宝塔山山顶的九级宝塔，山脚下如练的河水、似烟的绿柳、片状的庄稼和围墙内的校舍，许子凌尽可能详细地把知道的情况告诉高二贵："要说没有困难是假的，问题是现在还不知道困难在哪里。不是你说不出困难在哪里，实际上我也说不出困难在哪里。特务在暗处，又是训练有素，现在投奔延安来的各界人士很多，他们乔装打扮混迹其中，真面目很难识破。不过，不要紧，只要他们活动，总要留下蛛丝马迹，总要露出他们的狐狸尾巴。会上是这样分析的。一是虽然我们不清楚执行这次任务的特务有几个人，是男还是女，但是，根据以往的情况判断，人数不会超过三个。二是他们

是外地人，对金锁关的情况不了解，过金锁关是他们的一个难点。如果他们想要按正常渠道通过金锁关，就必须到西北军的军部拿到过金锁关的通行证。这样的话最好，我们在西北军潜伏的同志就会很快把消息传到延安来。但是同志们认为这种可能性不大，因为他们以前吃过这方面的亏。如果这些人不和西北军接触，那么他们就不敢贸然过金锁关，就一定会在同官县停留，寻找过金锁关的办法。针对这种情况，组织上有意放出虚假消息，说是近期我们的同志要带着重要的军用物资途经同官县到延安来。这样金锁关的守军就会加强戒备，对过往人员严加盘查，这样做的目的就是给特务过金锁关制造些麻烦，为你争取更多的时间。基于以上情况，你回到同官县以后，主要盯住各个客店，在住店的人群里进行排查。现在你的任务是马上回去简单准备一下，连夜赶回同官县，尽快开展工作。"他说着从腰间摸出一把手枪："这把枪给你。"

高二贵接过手枪，在手里掂量着。这是一把精巧崭新的手枪，泛着幽幽蓝光，还能闻到淡淡的枪油味。

"新枪！这是什么枪？"高大贵翻来覆去地看着。

"勃朗宁。"

"勃朗宁？我在马场的时候听老黑说过，但是没有见过。为啥叫勃朗宁？像是外国人的名字。"

许子凌介绍："它是由美国枪械设计师勃朗宁设计的，所以就以他的名字命名，是很有名的手枪。它的特点是射程远、威力大、准头高、杀伤力强，弹夹可以压十三发子弹，有效射程四十五米。这种枪在我们部队很少有人配，为了这次任务安保处专门向上级申请来的，可见这次任务的重要。哦，枪已经做了实弹射击，很好的。"他拍着高二贵的肩头说："事情就是这样啦，其余的事情全靠你自己把握了，你现在就回学校，简单收拾一下，吃过晚饭就上路。"

高二贵迟疑地说："许老师，我……想去跟河燕打个招呼。我从南泥湾回来后，学校警卫班的同志说前些日子医院来了一个女战士找我，我想一定是河燕。我想去跟她说一声。"

许子凌说："她不在延安。"

"不在延安，她去哪儿了？"

"她去执行任务了，组织上安排谷木林回大别山，他的伤还没有痊愈，医院派河燕护送他去了。如果顺利的话，她也该往回返了。昨天我写报告的时候就想到了她，如果你们俩一起去执行这项任务，那该多好啊！这样就多一个帮手。这个任务虽说艰巨，但人还不能多，人多容易打草惊蛇。派对咱们那里不熟悉的同志去，人地两生，诸多不便，也不好开展工作。"突然许子凌又高兴地说："说不定你回到同官县就能遇到河燕，要是那样你俩就一起执行这个任务。一定要把这次任务执行好。"

高二贵坚定地说："许老师，您放心吧。我保证，不管他们有几个人，也不管他们是男是女，只要他们踏上同官县的土地，我就不会让他们跨出同官县的地界。"

许子凌点着头拍了拍他的肩膀，说："学校的领导也由我打招呼。你回到学校要表现出什么事情也没有发生。吃过饭后不要和任何人打招呼，悄悄离开，星夜兼程，争取三天内回到同官县，绝对不能让别人看出你是出远门的。另外，还为你准备了一匹马。"他看了看表，向山下指着："你看，吃过饭后一小时，我就在那个路口等你。"他又指着高二贵身上的军装说："你的衣服得换一下。"

高二贵说："这个容易，我把来延安穿的那身衣服换上就行。"

高二贵和许子凌是踏着开饭的钟声回到学校的。高二贵回他的宿舍去了，许子凌去了边主任的办公室。边主任已经打好饭菜在等着他，一见他进来，就热情地说："快来，快坐，再等一会儿饭菜就凉了。闻着这味道可真香呀，口水都快流出来了，多少天都没见到肉花子了。你可真有口福，多长时间不来一次，来一次就碰上了改善伙食。"他唠唠叨叨地说着，往黑瓷碗里倒着酒。

许子凌也不客气，先操起筷子夹起一块肉放进嘴里香喷喷地嚼着，又端起酒碗和边主任碰了一下。

"有酒有肉，真是神仙过的日子呀！来，喝！"

边主任抹了一下嘴，品味着悠悠的酒香，说："这个高二贵你很熟吧，说什么呢？"

许子凌放下筷子，说："看我这人，见到酒肉就忘记了正事。边主任，是这样的，组织部最近事情多工作忙，人手不够，想抽调高二贵去帮几天忙。工作嘛，我刚才已经跟他交代了，需要几天时间还说不准，等他回来时我给你写个介绍信，你看怎么样？"

边主任把端起的酒碗又放下，两只手的指头相互抵在一起，说："其他部门来学校抽人帮忙也是常有的事，我这个人好说话，谁需要人我都放。但是这个高二贵情况有些特殊，他是学员，但他同时还兼着学校的马术教练，你把他抽走你的工作方便了，我的麻烦就来了，你让我的工作怎么开展？能不能换一个人？"

许子凌笑着说:"没想到他还是个宝贝疙瘩。"

边主任说:"我也跟你透露个消息,前些天学校的领导还在一起议过,想把高二贵留在学校工作。你不会也是听到这消息跑来挖墙脚的吧?"

许子凌说:"这个消息我是听说了,我向你保证,决不和你争人。那边的事情一结束,马上叫他回来。你得行个方便,换人不行,工作情况特殊。"

边主任用手帕擦着镜片,眍着深度的近视眼,看着许子凌模糊的脸面,说:"哎,这常言说呀,吃了人家的嘴短,拿了人家的手短,那年我过同官县的时候受了你的招待,欠着你的人情,既然你把话说到这个份上了,我就再不说什么啦,回头我贴着老脸去跟领导汇报。不过咱把丑话说在前头,学业不能耽搁,考试过不了关,别怪罪到我身上。对吧?"

许子凌说:"这个没问题,我会嘱咐他的。"

第五十章

高二贵吃过饭简单地收拾了一下就从学校的后门出去了。绕过一片庄稼地的时候,他看到地边有一个破窑洞,看了看前后没人,就闪进破窑洞里,从背包里取出来延安时穿的便装换上,把勃朗宁手枪掖在腰间,把军装包裹好藏起来。这身装束打眼一看,就是一个地道的百姓模样了。

在距离河滩不远的一片枣树林旁,一条大道伸向秋气横溢、夕霞氤氲、重峦叠嶂的山川里。大道两旁长满着一蓬蓬的黄蒿和缠绕在荆棘上的喇叭花的藤蔓;酸枣树挓挲着疏散的枝条,枝条上泛着紫红色光泽的酸枣在绿叶间害羞般地闪烁着,蒲公英白色的花绒在草和树的梢头悠悠地飞来飞去。许子凌站在路边等着高二贵,一匹马拴在枣树上。

高二贵从小路上绕过来,老远就看到了许子凌。他跑着来到许子凌跟前,路上走得急,他有些气喘吁吁,满脸是汗。

"许老师,让您久等啦。"高二贵用衣襟擦着额头上的汗说道。

许子凌轻轻一笑,说:"我也是刚到。歇一会儿,看把你跑得满头是汗。该带的东西都带上啦?"

"也没有什么带的，很简单。枪、子弹，就这些。"高二贵拍了拍腰间回答道。

许子凌用指头点了点他说："你呀，粗心！为什么不带些吃的？从这里到同官县有五百多里的路程，道路难走，少说也得跑三天。你吃什么，马吃什么，都喝西北风？"

高二贵说："也想啦，就是担心动静太大闹得别人都知道。您不是说要高度保密嘛。我吃的东西好解决，路过村子向人家要点就行了，即便饿上一两顿也没有问题。马吃的东西我看您都替我准备好了。"他指了指马背上驮的草料袋。

"你呀，我要是不准备你就让马喝西北风？"

"这您放心吧，有我吃的就有马吃的，我首先得照顾好它，我得靠它驮着赶路呢。"

"一个大小伙，牵着马沿村讨饭，你也真能想得出来。我不但给你的马准备了三天吃的，也给你准备了三天吃的，都在马背上驮着呢。"

"许老师，您还有什么要交代的？"

"没有了，你就赶路吧。"许子凌指着马说，"这可是一匹好马，是安保处专门从军马场调来的，受过很好的训练。"

高二贵拍着矫健的马背欣赏着，突然又想起了一件事，说："我不能骑着这匹马过金锁关，关卡上的人都认识我，到时候这马咋办？"

许子凌想了一下说："最好找一个老乡家寄养起来，等你完成任务后再骑回来嘛。这是匹好马，野放了怪可惜，实在没有办法就把它野放了吧。"

高二贵从枣树上解下缰绳，把马牵到路上。这是一匹只有四岁、漂亮的、总在不停地跳动的公马，它全身铁青色，白鼻梁，大粗尾巴，四条细腿像铁铸似的。它打着响鼻，直咬嚼子，脖子上突出一道道纵筋，闪光的粉红色鼻孔直哆嗦，宝石似的眼睛往外努着，严厉地、恶狠狠地斜睨着眼前这个陌生的新主人。

许子凌拍一拍他的后背："二贵，任务很重，一定要完成！我等待你的好消息。"

高二贵满怀信心地说："放心吧，许老师，还是我那句话，只要他们从同官县过，我就一定要把他们堵在那里，绝不让他们踏上延安的土地。"

许子凌赞许地点了点头，又眯着眼望着远山，说："河燕现在在哪儿呢？如果她回到同官县就好了。好啦，你赶路吧。"

高二贵翻身上马。他放马小跑起来，接着，就趴在鞍头，身子贴在马脖子

上。鞭子在马的头顶飞舞，催它使足劲跑，在它身后沿路滚出一团团如烟似雾的黄尘。

高二贵一到延安便全身心地投入到工作中去，这是一个火热的天地，是一个他长久向往并愿意与之融为一体的地方，在这里他可以放飞理想，在这里他看到、听到、学到了许多新鲜的事物。在马场，他跟着老黑学到了马术和射击，这为他在抗大学习带来了荣耀，原来那些马骑得好或者射击水平高的学员在他的面前逊色了，一听说他是老黑的徒弟也就由不服气变得服气了。

"没办法，真的没办法，名师出高徒嘛。"他们这样说。

在抗大学习，使他的眼界得到了前所未有的开阔。他在这里学到了哲学和社会学，聆听到许多革命家和社会名流的讲课，不但了解了中国，也了解了世界，更加坚定了可以为之抛洒一腔热血的理想和信念。

一天天忙忙碌碌的生活和工作使他无暇思念家乡和亲人，即便有时心里出现过思念的念头，也被紧张忙碌的工作所打断。今天踏上了归程，他的思绪像被一根无形的线牵回到家乡和亲人们的身上。一年来，他在这里没有得到过亲人们的消息，不知道在他匆忙离开同官县以后，家里会发生什么样的事情。他匆忙离开家时父亲那气愤而又慌乱的模样，母亲趄着小脚送他到大门口时撩着衣襟擦眼泪的情景，妻子颤抖着两手使劲把衣服和馍往他包袱里塞时忧郁的神情……在驰骋的马背上，在山风的呼啸间，这些情景纷至沓来。马嘶鸣了一声，斜着身子绕过一个山峁。前面的思绪中断了，新的思绪又涌了上来，他想起了黄河燕。他现在肩负的这个任务回到同官县能商量的人也只有黄河燕了，否则连一个商量的人都没有。他不知道黄河燕现在在哪里，是不是也像他这样急急忙忙地赶路程，如果她现在回到了同官县该多好。

马蹄在空寂的川道里发出清脆而急促的响声，更显出夜的深沉。道路两旁是黑黢黢的山，山顶是一道深蓝色的天幕，天幕上嵌着几颗亮晶晶的小星星。道路的一侧是河道，河道里幽幽地淌着水流，水面上闪着散碎的银光。他感到马跑得太快，胯下有一股温热的气息在向上升腾。他把缰绳扯了一下，马的步履放慢了许多，他挺直身子让马迈着小步轻松地向前跑着。在这样的山道里，在这样的暗夜中，他除了能判断出方向以外，没有判断时间的任何标志，他无法知道眼下是什么时候。又往前走了一阵，他感到眼皮沉重得无法支撑，马也显得疲惫不堪，它已经不是在自然地走路，而是利用头和脖颈一耸一耸的惯性带动着庞大的身躯往前运动。

"不能再这样跑了，再这样跑下去人和马都会累坏的。没有了马，后面的行程将会更加艰难。"

　　高二贵想应当停下来找个地方过夜，可在这前不着村后不着店的荒沟野岭，在哪里可以找一个栖身的地方呢？正当他犯愁的时候，马突然停了下来，打着响鼻不走了。他定睛一看，前面一堆从山上滑落下来的山石土块挡住了去路。高二贵从马背上跳下来，察看了一下前方的道路，道路完全被堵塞了，他只好牵着马从一处缓坡下到河滩里。河滩里清凉的水气使马变得异常兴奋起来，急躁地摇晃着脑袋。高二贵把马牵到水道边，放开了缰绳让马尽兴地饮水。马把脑袋探到凉爽的河水中，贪婪地吮吸起来，发出悦耳的咝咝声，前蹄在石砾上欢快地刨着，铁掌碰击着石块，发出铿锵的声音和一闪即逝的火星。高二贵蹲在一块石头上，双手掬起河水喝了几口，把脸和脖子洗了一下。刚才太渴了，喝了一肚子的水，水在肚子里咕噜咕噜响了一阵后，又激起了饿的感觉。他从马背上取下干粮和草料袋子，把草料袋子打开放在马的跟前，马又畅快地咀嚼起草料来。高二贵掰了一块发硬的、混合着马汗味的窝窝头，躺在河滩上一块干燥的沙石板上慢慢地咀嚼着。天幕上一道平直的银河把川道两旁高耸的山连在了一起。脊背下面的沙石板上还残存着白日太阳的温热。从北边顺沟吹来的干燥的夜风中掺和着潮湿的带有泥腥味的气息。他真想躺在这没有喧嚣、宁静而舒适的大地上好好地睡一觉。最终他还是抑制住了越来越强烈的睡意，从沙石板上爬起来，整理好草料袋，牵着马绕过滑坡地段拐上大道。吃饱喝足的马，不甘寂寞地咴儿咴儿地嘶鸣着，躁动不安地捯动着四蹄，仿佛在催促着主人赶快赶路。高二贵翻身上马，马四蹄翻飞，挟着凉风裹着夜气向前迅急而去。马一口气跑了有十多里路，脖子上已经渗出了汗，但是它仍然没有疲惫的感觉。高二贵也没有了睡意，他盘算着按这样的速度，两天多的时间就可以赶回同官县。然而，他在马背上正想着的时候，从他身后的旷谷间传来一声枪响。他一把勒住了马，马前蹄腾空在原地打了个转。高二贵警觉地望着枪响的方向。从枪响的声音他能判断出这是一支土枪，声音沉闷、松散，缺少子弹那种犀利、刺耳的啸声。他静听了一会儿，嗅到了从身后飘过来的顺沟风里有一股淡淡的如蛛丝般的火药味。他摸出了勃朗宁手枪擎在手里，脑子里判断着这一声枪响的意图是什么。是向他射击？应当不是。是猎人打猎，还是给前方报警？他一时间不能给出一个准确的答案。不管怎样，还是继续赶路要紧。高二贵放开缰绳让马缓慢地走了一阵，再也没有听到什么异常的动静，他一抖缰绳，两腿一夹马肚子，马又开始跑起来。突然他感觉到身子迅速地离开马鞍向空中飞去，翻了一个跟头，脊背着地重重地摔在路边的草丛中，铁青马也翻滚

着落入了河道。待他艰难地往起爬的时候，看到几支火把向他聚拢过来。

"活着呢，活着呢……"一支火把探到高二贵的脸前晃动着，零乱的火星飞溅着，一个尖细的嗓音欢快地叫道。

"不许动！敢动老子崩了你。"一个粗哑的声音恶狠狠命令着说。

高二贵没有再动弹。幸亏摔在了草丛里，右胳膊活动自如，左胳膊稍微一动就疼得钻心，脸颊被草丛的枝条戳伤，火辣辣地疼，右眼被草梢子划了一下，疼得睁不开眼皮，眼泪从眼缝里往外流。

"给老子站起来！"还是那个粗哑嗓门喊道。

高二贵顺从地从草丛里爬起来，艰难地用一只眼睛打量着面前的这群人。一共五个人。粗哑嗓门手里端着一把盒子枪，没有准星，看上去像人脸上没有了鼻子，很滑稽。另外几个人端的枪除了两支步枪外，其余都是土枪。这一伙人是土匪劫道，还是半夜出来打猎的猎人？高二贵一时分辨不清楚。

"你是干什么的？"端盒子枪的人恶狠狠地问。

高二贵活动了一下摔疼的胳膊，说："过路的。你们是干什么的？"

"嘿嘿，这小子说话还挺横，倒质问起我们来啦。"端盒子枪的说，"老子今天就是专门在这儿等你的。老子上会掐天，下会算地，早上一睁眼就掐算出你小子这个时辰要来自投罗网。怎么样，服不服？"他又用调侃的口气说："小子，不能怨天也不能怨地，只能怨你出门前没有在菩萨面前烧炷香。皇历上写着，今天不宜出行，你非要出行，这叫犯忌。我们把绊马绳都收了，准备回家睡觉，前面的弟兄传来消息说有人送礼来了。嘿，多巧，不收都不由我。"

高二贵明白他是遭遇上土匪了。这是盘踞在饮马川野狐岭上的一股土匪。端着没有准星盒子枪的是土匪的二首领姓米，叫米德良。

"米司令，米司令，这小子还带了一把枪。你看这枪。"一个搜查了粮袋和草料袋的土匪拿着勃朗宁手枪，在河水里叽叽叽叽跳着过来。

几支火把一起聚拢过来，土匪们抻着脖子探着头争相看着。

"哈，这把枪不错呀！"

"这是啥枪？这么精巧，还是新的……"

"他奶奶的，老子还没见过这么好的手枪，让老子也瞧瞧。"

米德良在伸过来的手上打了一巴掌："去去去。"他又冲着高二贵喝道："跟老子说实话，你到底是干什么的？"

高二贵心里已经憋起了一股怒火，心里想，这一下什么都暴露了，任务恐怕也完不成了，没想到栽到这群土匪手里。他咬着牙懊恼地说："过路的。"

"放屁，到底是干什么的？"米德良气哼哼地质问着，把盒子枪在高二贵眼前威胁地抖了抖。

"说！再不说实话就给你来点厉害的瞧瞧。"一个攥着火把、肋下夹着土枪的喽啰恶狠狠地喊道。

"我是做生意的。"高二贵和缓了些口气回答说。

米德良不相信地说："做生意的？做生意的不带货……带把枪，你做的什么生意？你以为老子傻呀。"

从一旁挤过一个说话有些结巴的喽啰使着劲说："米司令，这……匹马不错，肯……定是……一匹军马，反应……可机灵啦。我当……过骑兵，对马有……研究。"

高二贵听说，气恼着无声地拍了一下巴掌。

铁青马已经站立起来了，前腿的膝盖蹭破了一块皮，屁股的左侧划裂出一道口子，血液顺着后腿往下流着，疼痛使马的皮肉不停地痉挛着，两只耳朵无力地耷拉着，忧郁的眼睛一眨一眨的。

米德良在结巴喽啰火把的照映下，绕着铁青马转了一圈，扳着有些歪斜的马鞍子说："老子早就掐算到这是一匹军马，要是一般的马栽这么一下脖子就栽断了。这匹马肯定是受过专门训练的，这就叫作训练有素，懂吗？"

"是……训练……有素，米司令不愧是行家里手，明察……秋毫，洞若观……火。小的佩服。"结巴喽啰不失时机地恭维着。

米德良又拍着马脖子说："再说啦，如果是拉犁的马，这个地方会有马轭压出来的印痕，你看这马脖子上的鬃毛有多密多厚，就像秋草一样。"

"他从北边过来，应该是延安那边的……共党。"一个身架瘦削的喽啰插嘴道。

米德良伸着他那只又黑又硬、蒲扇一样的大巴掌在那个说话的喽啰肩膀上拍着，拍得喽啰单薄的身子直摇晃："你小子终于说对啦，他一定是共党。"而后吩咐道："给马止止血，这是匹好马，要是毁了，怪可惜的。"

喽啰得到了夸奖，有点受宠若惊的感觉，高兴地应了一声，举着火把在河边的草丛里寻找到几棵草，从草茎上捋下一把叶子，塞进嘴里嚼了一阵，吐出一团草泥，摁在马受伤的地方，向一旁的伙伴不无自豪地炫耀着说："就这，止血、消疼、长肉，可灵啦。"

米德良来到高二贵跟前，拍着他的肩膀肯定地说："你不是做生意的，你是从延安那边来的共党。从你骑的马和你拿的枪来看，你还应该是个当官的。小子，有出息，这奶气还没消呢就当官了。老子在国军队伍里干了十几年，出生入死，伤痕累累，打出去的子弹比这河滩里的石头都多，最后才捞了个中尉连长。你小子可比老子我强多了。我估摸没有团长的头衔是配不上这么漂亮的枪的。是新配的吧？还有枪油味呢。"他一指周边的喽啰们："我们这些都是穷弟兄，为了混口饭吃，在这里打家劫舍。不过你放心，我们也是有规矩的，只劫财不害命。我们把你带回寨子里，你给你们那边的人写封信让他们拿一百块大洋来赎你，不，二百块大洋。因为你是军官，值钱。我们见钱放人，爷们儿说话算数。从现在起不给你饭吃，只给水喝。造化深的话早早有人来送钱，我们早早放人，你也少受点罪；造化浅的话，没有人来送钱救你或者你等不到救你的人来就饿死了，我们也没有办法，这只能看你的造化。爷们儿这样做也算是仁至义尽了吧。带走！"

"停一下，"高二贵喊道，"既然你们是只图财不害命，说明你们还是有人性的善良土匪。我承认我是延安的共党，但是我现在有一件事情急着要办，这样吧，咱们达成一个君子协议，你们放了我，我在半个月内一定送二百块大洋给你们，决不食言。怎么样？"

"米司令，不能放他，他要是个逃兵怎么办？咱们一放他走就像鸟入林、鱼入水，咱们这深更半夜就瞎忙活了。这马还有枪咱都能派上用场。"一个喽啰凑到米德良跟前献计说。

高二贵说："这个你放心，我说话算数。我是同官县人，家就住在同官县县城。我叫高二贵，我哥叫高大贵，我父亲叫高占魁，到同官县县城一打听就可以找到我家，我一定把你们要的钱如数送来。我对天发誓。"

"啊哈，"米德良高兴地叫道，"这就更好了，谁他娘的不亲你，你父亲一定亲你，这可是十指连心的骨肉至亲。你写一封信，我天一亮就派人骑快马赶到同官县给你父亲把信送去。他只要把大洋交给我们的人带回来，爷们儿派弟兄把你护送回同官县，保你一路畅通，毫发无损。弟兄们，把马牵上回家，把绊马绳收了。"

高二贵在土匪的簇拥下，顺着山道向一条岔沟走去。山道越走越窄，崎岖蜿蜒。上山的路径隐没在看不到天幕和星光的树林里。土匪们在这条山径走习惯了，说说笑笑，走得轻松自在，高二贵夹在土匪中间深一脚浅一脚艰难地行走着。马被人牵着尾随在最后，不停地打着响鼻咬着嚼子。在树林里穿行了很长时间才又看到了黢黑的天幕和闪烁的星光。前面传来两声低沉的布谷鸟的鸣叫声，土匪同样回应了两声。路边土坡的草丛中钻出两个人。

"司令回来啦?"

米德良在前面答道:"回来啦。"

那两个人提着枪站在土坡上,看着一行人在他们的脚下穿过。

"咦,还有一匹马呢,看来今天收获不错。"

又绕过两个依山傍沟的小山峁,进到一座简陋的院子,院子里有五间土坯房,两间房里亮着灯。米德良指挥着把高二贵带到一间亮着灯的房子里,他径直推门进到另一间亮着灯的房子里。

高二贵被喽啰们推搡着进到房子里,他看到靠墙是一个大土炕,炕上横拉竖扯着几床新旧不一的被子,炕前有一张陈旧的方桌,桌面上摆着几碗盘菜,弥漫着肉的香气。一个喽啰把高二贵推到靠墙根横着的一条凳子跟前。

"老实坐在这里!"他横着眼喝道。

尖嗓门喽啰把枪往桌边一靠,两手撑在桌沿上,鼻子探到一个碗上,深深地吸着。

"他妈的,真香啊!"

结巴喽啰结巴着说:"还……闻呢,我不……闻就知道又是野……猪肉。"

"不对。"尖嗓门喽啰纠正着,"那一碗是野猪肉,这一碗是野鸡肉。"

"困死啦,想睡觉,没胃口。"一个喽啰斜身躺在炕上,蜷缩起身子睡了。

"行啊,今天的收获还不算小呢。"随着说话的声音,一个蓄着络腮胡子、黑脸膛、两眼神情坚毅、身板壮实的人在米德良的陪同下走了进来。这是他们的黄司令。

"弟兄们辛苦啦。"他粗着嗓子招呼说。

躺在炕上、坐在凳子上和蹲在地上拾掇枪的喽啰懒洋洋地说:"我们不辛苦,司令辛苦。"

"弟兄们半夜三更下沟上山地忙活才算辛苦,我在家里不辛苦。我听二兄弟说了,今天收获不错。大伙别急睡觉,好好庆贺一下,吃饱喝足了再睡。人呢?"他的眼睛在屋子里巡视着。

门旁站着的一个喽啰用下巴指着凳子上坐着的高二贵:"喏,那就是。"

黄司令背着手,前倾着身子站在高二贵面前审视着他,看到他脸上的伤痕和凝结的血迹,回转头不高兴地问米德良:"二兄弟,你们打他啦?"

米德良赶忙说:"没有,没有,我们把他的马绊翻摔下来的。这小子命大,从马背上一个跟头栽下来刚好栽到路边的草窝里,要是栽到路中间不死也得折骨断筋。"

"没打就好。"黄司令问,"你叫啥名字。"

"高二贵。"

"你是延安那边过来的?"

"是。"

"是逃兵?听说延安那边是很苦的……"

高二贵把头一摆,说:"不是。"

黄司令眯着眼上下打量着,用怀疑的口气说:"不是逃兵?那我问你,不是逃兵你夜半三更单枪匹马干什么去,嗯?"

"我,"高二贵顿了一下,"我要去执行任务。"

"执行什么任务?"

"找相好的睡觉的任务吧。"一个喽啰插嘴说,其他几个喽啰一起跟着笑了起来。

高二贵斜睨了他一眼,说:"这不能说。黄司令,听米司令说了,你们在这里打家劫舍,只图财不害命,是吧?"

"对,"黄司令说,"我带的这帮子弟兄,虽然落草为寇,但从来不伤人性命。过往的商客、路人只要放下财物,他们就尽可以放心地走。我们不但不伤害他们的性命,还要给他们留足回家的盘缠。就是这样。"

高二贵说:"像我这样身上没带财物的人咋办?"

米德良兴奋地说:"有呀,谁说你没带财物?你不是有一把枪和一匹马吗?这些东西我们都需要。"

黄司令说:"伙计,我刚看了你的枪,也看了你的马。你的枪是勃朗宁,是一把很好的手枪,膛线很新,打出的子弹不会超过五发,还有枪油的味。这种枪在国军部队里只有团级以上的长官才可以佩戴,在延安共产党的队伍里这可是个稀罕的东西。你能告诉我你是什么级别的军官吗?团长,旅长,还是……师长?"

"我不是军官,是战士。"

黄司令大笑起来:"哈哈,战士?你这简直是在戏耍傻瓜嘛。一个延安共党的战士骑这么好的一匹马、配这么好的一把枪,那可太让人不可思议了。"

炕上躺着睡觉的那个喽啰一滚身爬了起来,手在胸前挠着痒,叫道:"我猜,八成是这家伙把长官给干掉了,偷了长官的枪和马跑出来的。干脆和我们在这儿落草吧。有肉吃有酒喝,比梁山好汉还快活。"

黄司令摆了摆手,示意他不要插嘴,继续问高二贵:"听我们二兄弟说你答应赎你的身价是二百块大洋，可是真的？"

高二贵说："是真的。"

黄司令问："我们可是一手交钱一手放人。你怎么给我们赎金？"

高二贵说："我给你说实话，我要执行任务。你今天放了我，我在十五到二十天内给你们送二百块大洋。我说话算数，我对天发誓。"

"对天发誓？"黄司令在原地转了个圈，"对天发誓？如果我换成你，你换成我，你能相信我的话吗？"

高二贵无可奈何地摇了摇头说："你说怎么办？"

黄司令伸出一根指头比画着："我说的办法很简单。你写一封信，我立刻派人去取这笔赎金，人一回来，我马上放你走。怎么样？"他又说："我这个人不贪财，二百块大洋不是个小数目，一百块就行了。"

高二贵说："我就是写十封信也不行，我们家没有这么多钱。"

黄司令嘿嘿一笑，说："露馅了吧，你这不是在骗我们又是什么呢？"

高二贵说："我真不骗你，我保证在十五到二十天时间把这笔钱给你们送来。"

"你家在同官县什么地方住？"

"县城北街。"

"北街？"黄司令喃喃地说，"你姓高？我问你，县城北街有个叫黄河燕的你可认识？"

"那是我家的邻居。"

"哦，"黄司令愣了一下，他从桌子上端过油灯在高二贵的脸上照着端详着，"这么说你认识黄河燕？"

高二贵说："我跟你说了嘛，她是我们家的隔壁邻居。"

"是吗？"黄司令的眼神明显高兴起来，扳住高二贵的肩膀，"你认识她，她现在咋样？我是她哥。"

高二贵说："你是她哥？你是……黄天槐？"

黄司令说："是啊，是啊！我就是黄天槐。我妹子她还好吧？"

高二贵看了一眼周边的人，掩饰起实情说："她好着呢。"

黄天槐放下搭在高二贵肩上的手，怅然地长叹了一声，说："我妹子呀，我好多年没有见到她了。她现在可是我唯一的亲人喽。"

第二天吃过早饭，黄天槐领着高二贵在山路上转。

"看看我们这里的风景吧，很好看的。"黄天槐兴致勃勃地说，"我就觉得奇

怪，这四周都是黄土山，就这一座山是石头山，独峰奇岭。看着这路上的鹅卵石，有人说这地方原来是大海，是一汪无边无际的水，我说那是扯淡，咋会呢？不过这里的景色真的很好看，也很清静。我每天早上都要在这条路上转一转，看看朝霞，听听鸟叫，再练练拳脚。"他拍着一棵粗壮的橡树，转了话题："真没想到，我妹子已经到了延安……"

高二贵问："你这些年都干了些啥？"

黄天槐踢着石子，说："啥都干。东跑西颠，四处漂泊。啥都干，为了活命嘛。那年我在塬上惹下事跑了出去，先是跑到山西阎锡山的部队当了四年兵，第二年部队比武的时候，团长范东明看我有些功夫，就让我当他的卫兵，成了团长的心腹。我觉得也挺好，日子过得很自在。后来范团长让我去太原杀他的一个仇家，承诺回来给我一百个大洋作为酬谢，再在团里给我谋一个好差事。他说，仇家很有钱，我还可以顺手再发一笔财。范团长还给了我一把枪，和你的那把勃朗宁是一样的。我就去了。我到太原很快就找到了他说的那个仇家，这人是一个生意人，确实很有钱。可是，听人说那个人并不像范团长说得那样坏，是一个很开明的人。他和我们范团长结仇是由于日本鬼子进攻太原时范团长以加固城防的名义向他索要了一笔钱，后来这个人不知怎么知道范团长索要的那笔钱并没有用到城防上，而是私吞了，于是他就找到阎锡山告了我们范团长一状。阎锡山令人查明后严厉地处分了范团长，团长的头衔也差一点撤了，仇就这样结下了。一知道实情，我就下不去手了，但是又没办法回去交差，就这样离开了山西又跑回陕西。给人家打过短工，烧过砖窑，只要能养活自己啥活都干。后来有一个东家跟我说，这样流浪不行，让我投奔延安去。前年也是这个时候，我去延安路过你昨天夜里过的地方的时候，米德良，就是昨天夜里带人劫你的那个黑胖子，他带着五个人在劫你的地方截住了我，被我三下两下打翻了。米德良看我有些功夫，就求我留了下来，让我当了司令，他当副司令，就这样落草了。"他惭愧地笑了一下，叹息说："什么司令，这山上满打满算就三十三号人，还司令副司令呢。"

高二贵笑起来，说："这个米司令有意思，他拿的那把枪连个准星都没有，看得我直想笑。"

黄天槐说："你别笑，这你有所不知。他的枪法非常好，他拿的那把撸子跟他有年头了。他跟我说，刚从鬼子手里缴获来时是把新枪，别人都想要，为了断别人的念想，他把准星给敲掉了，他就用那没有准星的枪打啥中啥，别人根本不行。"他继续说："这个人不错。相貌给人感觉很粗鲁，但本质不坏，性子直，从不欺负弟兄们。"

"你当时为啥没去延安，留在了这里呢？"

黄天槐说："主要是对那里的情况不熟。我只是听东家说，他对那里的情况也说不清楚，说的都是道听途说，没有确切的消息，所以我就留在了这里。真没想到我妹子已经到了延安。她现在胖了还是瘦了？我跑出来以后还回塬上过一次，那是从山西回来以后。听村里人说，母亲过世了，妹子出嫁了。这一晃就是好几年了，时间过得可真快呀。"

到了山嘴，望着远近的山山岭岭沟沟壑壑，黄天槐说："这道川叫饮马川，这座山叫野狐岭，岭后面是山崖，只有一条道通到这里。地理位置不错，易守难攻，又是山高皇帝远的地方，还是北上南下的必经之路，时常有过往的客商。据说，这里在很早以前就是土匪出没的地方。你看，这满山满沟都是荒草野树，到处都是沟沟岔岔，别说这三十来个人，就是三百三千人往树林里一钻，往沟岔里一藏，那就像是针落大海一样无影无踪。"他用脚跺了跺地面："这地下还有几条不知哪个朝代人挖的暗道通到树林里。有官兵来围剿，他们顺着暗道就跑了。"

高二贵笑了笑说："黄大哥，你是不是对这里很留恋呀？土匪历来是官府和百姓痛恨的人，你总不能当一辈子土匪吧？"

黄天槐摇着头说："不瞒老弟说，我可从来没有这样想过。我一直觉得出力干活挣点钱过日子才心安理得，打家劫舍得来的财物总是让我感到心不安理不得，但是我又不知道该怎么办。"

高二贵劝说："去延安吧，参加共产党的队伍，为百姓做些事情。在那里你会感到活得很舒心。"

黄天槐说："是啊！昨天夜里你跟我说了这话以后，我好长时间没睡着觉，一直在想这个事。现在我想好了，等你走后我就离开这个地方，到延安去。想起到延安能见到我妹子，我心里真高兴。"

又过了一天，吃过午饭高二贵就急于赶路，黄天槐说什么也不让他走，再加上铁青马屁股上还有伤也需要缓缓劲。高二贵在山上住到第四天，他再也待不下去了，执意要离开。这一天天快黑的时候黄天槐送高二贵下山。

到了路口，高二贵接过缰绳。黄天槐说："你说的话我记住了，我一定会去延安的。不怕你笑，我太想我妹妹了，她在那里，我一定要去。"

"那你为啥这么多年不回去看你妹妹呢？"

"不瞒你说，太想回去了，也想捎信让她知道我在哪儿。可一想，她已经

成家了，让她安安稳稳地过日子吧，我就不要再给她添惦记了。"黄天槐把噙着泪水的眼睛移着去看别的地方，一只脚尖点着地不停地蹭着，好像要把地蹭出个洞来。

高二贵说："河燕也很想你，她时常提起你。我回同官县大概就是十来天时间，我的事一做完就回延安。黄大哥，咱们延安见。"

黄天槐好奇地问："你这次回去到底是啥事，能不能告诉我点？"

夜的薄暮就要笼罩住黄土高原上的这道山沟。风，轻柔；山，宁静；天，广袤；星，疏朗。

"等我回到延安一定告诉你。你记着拿好我给许老师的信，不要给别人看。你们这个窝子里的人虽说不多，但很复杂，当下不要暴露自己的去向。如果可信的人愿意去延安你都可以带上，如果不愿意去，就不要勉强。好啦，送行千里，终有一别，咱们就此别过。延安见！"

看着高二贵跃上马背，黄天槐在后面说了一声："我在袋子里搁了十个银圆，路上用。"

第五十一章

铁青马受过伤，高二贵没敢催促它奔驰，而是由它小跑着向前行进。翻过了三道山梁，穿过两道沟壑，进到一条更宽阔的川道。到了后半夜的时候，他感到睡意袭上来了，跑了大半夜的马也没有多少劲了，即使马背上的主人再加催促也只是略微跑上一阵子，很快就又松懈下来。高二贵也不忍心再催促马奔跑了。

过一道河的时候，让马饮了一阵子水，自己洗了一把脸，驱走了睡意。在这沉寂的山沟里，在这迷蒙的夜色中，他环顾了一下四周：河道的两岸是树木和成片的庄稼地，微弱的夜风吹拂着庄稼和树的叶片发出轻柔的沙沙声。前面不远的地方映出忽亮忽暗的光影，这光影忽而冲开暗夜，向四周弥漫，忽而又被暗夜吞噬，避影敛迹。疲惫不堪的高二贵决定到那里看一看，如果是个庄户人家，愿意收留他过夜，他就在那里歇息一下。他进到一道岔沟，在一片杂树林边找到通向坡上的小路，顺着小路向上行不远来到一个平阔的地面上。

地面上杂草丛生，从断墙处看进去，院子里有三孔窑洞和一间灶房。一孔窑洞已经塌落，塌落的土掩住了窑洞口。一孔窑洞的窑口处没有墙壁也没有门窗，黑洞洞的像是一只张着大嘴的怪兽，令人心悸。只有中间的那孔窑洞有墙壁、窗棂和门框，光亮就是从这孔窑洞的深处透出来的。随着光亮的透出，还能听到女人嘤嘤的哭泣声。

女人的哭泣引起了高二贵的愤怒，他下意识地联想到赵掌柜女儿遭受侮辱的情景，他断定一定是有土匪或者什么歹人在欺负女人。

高二贵把马拴在墙外的树干上，摸出勃朗宁手枪绕到侧面的断墙处轻手轻脚地跳进院子，蹚着结着露珠没过膝盖的荒草，越过那孔像张嘴怪兽的窑洞蹑手蹑脚地向有光亮的窑洞口摸去。从破窗口窥进去，看到空荡荡的窑洞里弥漫着烟雾，尽头燃着一堆柴火。围着火堆蹲坐着两男两女四个学生模样的青年，旁边的土地上还躺着一个人，身上盖着衣服，像是睡着了。一个女生双手掬着脸，抵在膝盖上嘤嘤地哭着，旁边另外一个女生在低声安慰她什么。两个男生都不说话，一个用一根干柴棍把柴火往一起聚拢着，另一个把柴草一点一点往火堆里添，腾起的火光映出他们稚气未脱而又充满忧郁的脸。

"这像是一群学生，肯定不是土匪或者什么坏人。"高二贵心里思忖着，"进去问问，这深更半夜聚在这荒山野岭废弃的窑洞里干什么。"

"喂，你们是干什么的？"高二贵握着手枪站在窑洞的门口问道。

四个人都惊慌地站起来，警惕地看着他。两个男生，一个瘦高一个矮胖，两个女生，一个短发，一个留着长可及腰的辫子。高个子男生往两个女生这边靠了靠，用身子挡住她们，慌乱地从腰间摸出一把刀子攥在手里。

"你……你是干什么的？"他壮着胆子问道，外省的口音里明显夹带着自控不住的颤抖。

"我？过路的。"高二贵往窑洞里走了两步。

"别过来！"高个子男生喊道。他一只臂膀遮挡着身后的女生，一只手攥着刀把子在空中挥舞着，做着威胁的动作。

窑洞里靠窗子土炕的炕面已经完全塌陷，断裂的土坯缝隙间长出一簇簇的乱草。窑壁上有很宽的裂缝，裂缝处挂着零乱的灰絮和被流烟带动的蜘蛛网。一只蜥蜴在缝隙间不慌不忙地爬进爬出，一只老鼠在炕角小心翼翼地探索着向前爬行的路径。

高二贵打量完了这一切后又问道："你们是从哪儿过来的？"

胖男生从地上抓起一个土块厉声回答道:"你管不着。"

"听你们的口音不是陕西人,你们是投奔延安的学生吧?"高二贵猜测着问,把手枪装进了衣袋。

"大叔,你是土匪还是国民党……还是共产党?"短发女生细声细气地问。

高二贵把两手一摊,说:"你们别害怕,我把枪收起来了。如果我没有猜错的话,你们应该是投奔延安的进步学生,像你们这样的学生我在延安见到很多。"

"就是的,我们是从别的城市来投奔革命圣地延安寻求革命真理、寻求马列主义的。大叔,你真是从延安来的吗?你不会骗我们吧?"还是那个细声细气的短发女生说。经过短时间的对峙,她的胆子似乎大了一些,说话的语速很快,也流畅了许多。

"你从延安来?"高个子男生并没有完全解除戒备,"你从延安来为什么突然出现在这里?"

"是啊,你说说,是为什么呀?"仍然是那个短发细声细气的女生问。

长辫子女生把高个子男生遮护她们的胳膊拨开向前跨了一步,说:"肖明英,让我问他。他是不是延安来的我一问就清楚了。我问你,三五九旅的旅长姓什么叫什么,这个旅的驻地在延安的什么地方?他们什么事情做的影响最大?你回答!"

"你这是在考我,是吧?"高二贵笑了笑说,"我跟你说吧,你出的这些考题太简单,延安那边的三岁小孩都能回答上来。能不能出几道难的?"

长辫子女生不屑地说:"简单的都答不上来,难的你怎么答呀?那我问你,马克思是哪个国家的人,他的主要著作是什么?"

"好吧,我先把简单的考题回答出来。"高二贵说,"三五九旅的旅长叫王震,三五九旅的驻地在南泥湾,他们做的影响最大的事情是大生产。上个月,我们抗大的学员还到那里参观学习劳动了呢。"

"你在抗大学习过?"

"是啊。"高二贵说,"我再回答你后面的考题。马克思是德国人,他的主要著作有《共产党宣言》和《资本论》。《共产党宣言》的开篇是:'一个幽灵,共产主义的幽灵,在欧洲徘徊。为了对这个幽灵进行神圣的围剿,旧欧洲的一切势力,教皇和沙皇、梅特涅和基佐、法国的激进派和德国的警察,都联合起来了……'怎么样,我的答案你们满意吗?"

"你会唱《南泥湾》那首歌吗?"短发女生问。

"当然会。"

"你给我们唱一遍吧，我可爱听啦。"

"好啊!"

高二贵说着就唱了起来：

> 花篮的花儿香，
>
> 听我来唱一唱，
>
> 唱呀一唱；
>
> ……

歌声融化了学生们对他的敌意，他们的情绪不再紧张，跟着他唱歌的曲调一起哼起来。

"他真是延安的革命同志。"高二贵把歌曲一唱完，长辫子女生就欣喜地叫起来，"大叔，过来吧，我们一起坐，跟我们讲讲延安。"

胖男生给火堆添了些柴火。高二贵走到躺在地上那个人跟前，那人身上盖着两件衣服，从蓬乱的头发可以看出是一个女生。

"她怎么啦?"他问。

短发女生说："她病啦。我们在这里都待了两天啦。她走不成路，我们得陪着她。"几个人的情绪又低落了下来。

"什么病?"

短发女生说："昨天我们请村子里的医生来看了看，医生说是伤寒。"

高二贵蹲下身看了看病人。病人的脸色殷红，眼窝深陷，两腮干瘪，神情萎靡，一副奄奄一息的样子。她沉重地张开眼睑，木木地看了一眼高二贵又慢慢地合上眼，翘着干皮的嘴唇吃力地翕动着，像是在说什么。

高二贵对那个短发女生说："她在说话，说什么呢?"

短发女生附耳在她嘴边听了听，说："她还是催我们几个走，不要管她。"

"你们为什么没有把她带到老乡家?"

长辫子女生眼泪巴巴地说："这样的病人谁家愿意收留呀? 我们真没办法，路费都花完了。"

"你们是从哪儿来的?"

长辫子女生指着病人说："我和她是从湖北来的，他们三个是从天津来的，我们是在西安认识的，都是去延安就结伴一起走。"

"怎么到这里来的?"

"走过来的，我们一起从西安走过来的。红军长征走了两万五千里，我们

427

也学着红军战士走到延安。没想到这几百里的路这么难走。我们走了四天，在这里待了两天，六天时间过去了。"胖男生一副垂头丧气的样子说。

"你们知道这是什么地方？"

胖男生说："我们大前天到了洛川县，前天又走了一天，这个地方大概是在……"他从口袋里掏出一张纸，纸上画的是他们行走的路线图："大概是在洛川县和鄜县的中间。"

高个子男生说："我们从西安出发时算好了时间，西安距离延安有六百里的路程，每天平均一百里，有六七天时间就到了，没想到我们已经走了六天了才走了过半的路程，这路太长了。"他叹了口气，顿了一下说："所以我们准备的干粮、钱都没有了。昨天我们从村子里请了一位医生，他来看了看，让我们在他家熬了些草药给她喝了，我们都没钱给人家。"

高二贵笑着说："你们算的是直线距离吧？"

高个子男生不好意思地笑了笑，承认说："我们是算的直线距离。没有想到这里有这么多的山这么多的沟，上了山就下沟，下了沟就又开始上山，唉……"他用拳头狠狠地在手掌心砸了一下。

高二贵说："我就说嘛。其实西安到延安的实际距离有七百多里，再加上这一路山高沟深，坡陡路险，就更费时间和体力，这就是你们走得慢的原因。"这时窑洞外已是晨光熹微，他指着病人说："天快亮了，等天亮咱们把她送到有人家的地方，赶紧治病要紧。村子离这里有多远？"

长辫子女生说："不远，顺着这道沟往里走不远就到了，有三五户人家。"

天大亮的时候，高二贵和学生们用马驮着病人来到了昨天给她看病的人家。这家人住在半山腰的一块依山傍坡的地方，土院墙里有三孔窑洞。在他们顺着坡路向上走的时候，一条黑狗站在坡上的老槐树下冲着他们这群陌生人使劲叫了起来，引得远处别家的狗也跟着叫，一片汪汪声此起彼伏，倒也为这静寂的山沟平添几分活力。

女主人出现在院门口，她头上顶着一片土灰色的粗布帕子，穿着一件袍子样的斜襟粗布上衣，宽松肥大的裤脚口扎着。她喝住了狗的狂吠，看着他们一行人。

短发女生向前赶了几步，叫道："李阿姨，您好。"

"你们干甚？"女主人警觉而冷冷地问。从神情上可以看出她对来人没有欢迎的意思，表情很是冷淡。

"阿姨，李大叔在家吗？我们想麻烦李大叔再给我们这位同学看看病。"短发女生说明了来意。

"他出门子了。"女主人站在院门的中间，挡住了他们进院子的道路，"我家掌柜说了，你们这个女娃娃得的是伤寒，会传染的，不好治。你们走吧，不要来啦，这两天的药钱饭钱我们也不要啦。"

学生们把病人从马背上扶下来帮她坐在土坎上。高二贵说："嫂子，这是几个外地来的学生娃，要到延安去路过这里，生病了怪可怜的，你就帮帮他们吧。"

"你是干甚的？我跟你说，我家掌柜出门去了不在家。"女人盯着高二贵坚持着说。

"哎，那不是李医生吗？"长辫子女生欢快地叫了起来。她说的李医生是这一带走乡串村给人行医看病的郎中，名叫李继贤。

土坡下，李继贤挑着一担水步履沉重地向坡上走来，扁担在他肩上颤悠着，水桶里溅出来的水花落在被雨水冲刷的坎坎坷坷的土道上。李继贤身材瘦小，担子压在身上难堪重负，身子佝偻着。在土坡的半道，他停下来把担子倒了个肩膀。

高二贵吩咐站在那里看的两个男生："快下去接一下。"

两个男生赶忙奔下坡去，不由分说一人提着一桶水朝坡上走来。看着水从桶里溅出来，女主人心疼地喊道："娃娃，慢些，水是从河里挑过来的，到门口洒了可惜。"

高二贵说："嫂子，不用心疼，今天有这两个小伙子，都是好劳力，让他们给你把缸里盆里瓮里锅里都挑满。"

女主人脸色平和了许多，赞叹着说："年轻人就是年轻人，提桶水比我空手走路还轻巧。"

李继贤慢腾腾地走到坡上，看了看坐在土坎上的病人，问："好些了没有？"

长辫子女生摇了摇头，说："没有多大起色。"

李继贤看了看马和高二贵，问长辫子女生："这是谁？"

高二贵截过话头说："我是半夜赶路路过这里，恰好碰上他们。几个学生想到延安去，半路病成这个样子怪可怜的。他们说你帮了他们两天了，很感激你和嫂子。我想你和嫂子都是好人，咱帮人帮到底，麻烦你把这女娃的病治好。"

李继贤盯着高二贵，嘴唇翕动了几下，想说什么，但忍住没有说，最后叹了口气："进窑里说吧，这外面风大，娃娃受不了。"

大家一起进到窑洞里，李继贤说："不是我不给治，我也是没法子的。说实话，我对治这种病没有把握，我没有多少医术。我是年轻的时候跟着一个野郎中跑了几年江湖学了些皮毛，看个简单的病还行，看这个病就吃力了。"

高二贵问："你咋知道这就是伤寒呢？"

李继贤翻动着筛子里的草药，笑了笑说："伤寒有的症状她都有，比如说高烧不退，说胡话，舌头发红，舌苔厚腻，玫瑰疹，不想吃东西。还有这里……"他手顶着自己的腰眼："脾大。这种病我见得多啦。"

高二贵问："有啥办法治？"

李继贤拍了拍沾在手上的药屑，说："治这个病我没有啥好办法。山那边有个叫单花荣的老郎中，行医几十年了，他能治伤寒，是我磕头拜的师傅。我曾经想用一头牛犊换他治伤寒的药方子，他一口就回绝了我。唉，这也难怪，谁都知道教会徒弟饿死师傅的道理。你们去找他吧，他能看好这个病。不过，根据我的经验，以静养为主，很多病不是药起作用，而是时间起作用。吃得好一些把身子调养好，再挨时间慢慢熬。伤寒这种病没有二十天到一个月是很难好利落的。你们去找我师傅吧，翻过山梁就到了，我这里没有办法。"

高二贵说："李大哥、嫂子，我想和你们商量一下，给你们添麻烦，把这个娃娃留在你们家，你们帮着把病给治好。行不行？"

女主人拍着手惊叫了起来："这怎么行？这怎么行？"

李继贤不让她说话："闭嘴，别瞎嚷嚷。"他对高二贵说："老弟，你是个过路人，和这几个娃娃也不认识，我呢，和他们不沾亲不带故。我也是看他们遇到难处怪可怜的，所以他们一来叫我，我就去了。这两天这几个娃娃的吃喝、病人熬药，我都做了。你想当好人，我也想当好人。可是……现在再把病人放在我的家里，我可真担当不起，这吃饭治病都是要花销的，这你应该知道。你……这不是难为我吗？"

高二贵说："李大哥、嫂子，我不难为你们……"

李继贤挥了一下手打断他的话："什么不难为我们？把人都驮到我们家来了还说不难为我们。我也把话跟你挑明，我只是一个山村郎中，走乡串户给人瞧个小疾小病混口饭罢了，娃娃们叫我医生那是高抬我。我知道病人的艰辛，这几个娃娃跑到这里不容易，我也不管他想当红军还是想当白军。"他顿了一下，接着又抱怨道："这地方国军来了要粮要钱，红军来了也要粮要钱，土匪来了也要粮要钱，这乱七八糟的世道，把我们这农家小户折腾得没有活路了。"他向院子里一指："你要是想当好人你就当到底，把你那匹马给我留下。我明天把它卖了换些钱，咱俩都当个好人，你出钱我出力，我保证把这个娃娃的病治好。

咋样？要是不行，你还把病人放到你的马背上驮走，爱上哪里上哪里。咋样？"他一口气表明了自己的态度，眼睛也不看高二贵，吧嗒吧嗒地抽着烟。窑洞里一片沉寂，辛辣、干涩的旱烟味和草药味混合在一起，在窑洞里弥漫着。

高二贵说："马我不能留给你，我还要赶路……"

"哈，"李继贤叫了起来，"说来说去，你还是凭一张嘴在这儿充善人的嘛。没有钱你让我咋给娃娃治病，咋给她吃饭？喝风啊？屙沫呀？"

学生们看看高二贵再看看李继贤，都不说话。

高二贵轻松地说："只要你答应让她住下给她治病，钱我出。"

李继贤伸出一只手，像端着什么东西："那行，拿来吧。"

高二贵到院子里从马背上卸下饲料袋，在里面摸出一个小布袋，打开取出五个银圆摞成一叠放在桌面上。

"这可以吧？"他问。

李继贤从椅子上跳下来，眼睛放出喜悦的光彩，看了看银圆又看了看高二贵，又在学生们的身上巡视了一遍，咬着黄铜烟嘴说："行，有这东西就行！这东西现在可不多见了，是真的假的？"他说着拈起一个银圆在噘起的嘴前使劲一吹，放在耳畔凝神听了一下："真的，是真的。"他又看着高二贵手里的布袋讨好地说："能不能再给一个？再给一个我保证把她的病治好，还保证把她养得白白胖胖的。"

高二贵爽快地又摸出一个银圆摞在那摞银圆上，说："李大哥、嫂子，你们的要求我满足了，下面就看你们了，一定要把她的病治好。我给你们说清楚，我就是从延安过来的，到外面办点事。我回来路过这里听消息，你们把她的病治好后想办法帮她去延安。"

"一定，一定，我们一定做到。你尽管放心办你的事吧。受人之托，办自身之事，这个道理我还是懂的。"李继贤显得有些歉意地说，"老弟，这也是没有办法，这两年收成不好，又赶上兵荒马乱的世道，日子很难过。老婆子快做饭。停一下，先把客人的马牵到槽上喂一下，快些！这个没眼色的肉婆娘。"

高二贵对那四个学生说："你们这个同学安顿好了，你们四个今天就可以继续赶路了。"他从布袋里摸出剩下的四个银圆，放在短头发女生的手里："给你们四个每人一个，路上用。"

短头发女生推辞说："不要，不要。我们不能要，这就很麻烦您了……只要把我们这位同学安顿好，我们的心里就安稳了。谢谢您，大叔。"

高二贵说："拿上吧，别推了，还有很长的路要走，路上没钱不行。哦，对了，往前面走有个地方叫饮马川，那儿有一伙土匪，碰到他们你们就说认识我，他们就会放过你们，我叫高二贵。到了延安，组织部有个人叫许子凌，是我的老师。你们把我们相遇的情况一说，他会给你们帮助的。好啦，就这些啦，你们留在这里吃饭，我要赶路，咱们在延安相会。"

出了院门，高二贵在路边的草丛里折了一株长着和菊花叶片样的植物，放在鼻子前闻了闻，一股苦涩的青草气息蹿入他的鼻孔。他问李继贤："李大哥，这就是艾蒿吧？"

李继贤回答说："是。"

高二贵思索着说："我听说艾蒿可以治伤寒，不知是真是假。我看你们家窑洞里晾了不少的艾蒿，常言说，家有三年艾，郎中不用来，你不妨试一试。你看这坡上和窑背上都是艾蒿，要是它能治伤寒，那伤寒病就太容易治啦。"

长辫子女生好奇地从高二贵手里拈过艾蒿，放在鼻子前嗅了嗅，看着灰色的叶面上白绒绒的柔毛，忽闪着好看的眼睫毛说："我闻到李医生这两天熬的药里也有这个味。李医生，您是不是用这药给我同学治病的？"

李继贤的心像被什么东西揪了一下，感到一阵欣喜的惊悸，他吸着气含糊着说："不会吧，我只知道艾蒿可以清热祛湿、健胃消食，可治湿热症和食欲不振，还没听说过它能治伤寒。这两天我给娃娃熬的药里主要就是清热解毒的药，艾蒿倒也放了些，不过是臣药。反正我想伤寒就是寒邪侵体，用驱寒散毒的药不会有错。"他摸着光光的尖下巴思索着说："要是到今天下午她的病能走轻不再严重，就说明艾蒿可以治伤寒。要是那样，我的先人呀，那可就太……太……我就找到治伤寒的办法了。"他又说："现在得伤寒的病人多得很，我师傅每天看的伤寒病人都有一二十号，屋里送的东西都成堆。老弟呀，你可太有才啦。你这一句话，惊醒梦中人呀！"

高二贵说："我也是随口说说。艾蒿能清热祛湿，就能排除人体内的湿毒，会有利于伤寒治疗的。你说是不是？"

李继贤欣喜地说："一看你就是个有学问的人。我这个人没上过学，也没读过书，识不了几个字。你这么一说，我倒觉得有些道理，这我可要试一试。我回去就把艾蒿当君药用，增大它的剂量。"

李继贤他们执意要把高二贵送到川道上。到了川道上，高二贵向他们挥手告别，翻身上马，顺着川道，一路向南飞驰而去。伴随着嗒嗒的马蹄声，他听到身后传来了呼唤声："大——叔，您叫什么名字？"

高二贵侧转身向后招了招手，没有回答他们的问话。

李继贤嗔怪着说："人家说过叫高二贵，我都记住了。嘿，毛毛躁躁的娃娃们……"

"高大叔，我叫肖——明——英——"高二贵听得出，这是那个高个子男生喊出的声音，他的嗓音有些尖，有些亮。

"我叫朱——华——群——"这是那个长辫子女生喊出的声音，她的嗓音有些细，有些娇。

"我叫贺——思——文——"这是那个短头发女生喊出的声音，她的嗓音有些脆，有些甜。

"我叫陈——英——杰——"这是那个胖男生喊出的声音，他的嗓音有些粗，有些哑。

他们报名字的声音比马跑得快，都追上了高二贵，并长久留在他的记忆里。后来高二贵回到延安，第一个登门谢他的是得病的那个女生，她的名字叫杜梅香。驱走了病魔，恢复了健康，她原来是一个眉清目秀、身条匀称、爱唱歌跳舞的漂亮姑娘。她和比她早到延安的朱华群、肖明英一块儿被分到了鲁迅艺术学院学习。

贺思文和陈英杰当了记者去了前线，高二贵没有见到他们，但在《解放日报》上经常可以看到署有他们名字的文章和拍摄的战地照片。

黄天槐也去了延安，他从野狐岭带走了十七个人，其中就有副司令米德良，剩下的十几个人也作鸟兽散，有的回家种地了，有的投奔他方。和黄天槐一起去延安的十七个人大多被分配到南泥湾的三五九旅。过了几个月，延安大比武，黄天槐连战连胜，夺得了大比武的武状元，去了中央警备团当了武术教练。

第二天上午，高二贵到了位于山梁上的宜君县县城。这一天县城里正是集市，秋日下的集贸市场人来人往，熙熙攘攘。吆喝声、叫卖声、讨价还价声此起彼伏。羊咩声、鸡啼声、牛哞声、马嘶声、猪叫声不绝于耳。铁青马几天来在寂寥的大山中踽踽而行，孤独、寂寞、惆怅、疲惫的情绪纠结在一起，使它困顿难挨，现在一下子进入到这个气氛喧嚣的环境中，又使它的情绪变得异常躁动，不安分地咧开大嘴，扯着长音嘶鸣起来。

在穿过集市时，高二贵朝苟先生的药房望了一阵，药房里有几个人等待着看病，苟先生在向病人询问着什么。平顺媳妇在门口逗着一个蹒跚学步的小男孩玩耍，脸上漾着初为人母的幸福的笑。高二贵想，这个小孩就是河燕的孩子吧。高二贵没有打扰这家人，他在集市的尽头找了一家客人不多的小饭馆吃了

顿饭。给他端饭的是一个年轻女人，当他和她的视线碰在一起的时候，她明显地愣了一下，神情不自然地把碗筷放到他的面前匆匆地进到了里间。高二贵觉得似在什么地方见过这个女人，但他一时又想不起来。待他吃过饭喊着付钱时，唐少骏从里间出来了。

"你……你咋在这儿？"高二贵感到奇怪地问，"不给张司令当卫兵了？"

唐少骏憨厚地一笑，说："不啦，我和翠柳成亲了，就在这儿开了个小饭馆。今天算我请客，不收钱。"他又支吾着说："这事你不要跟别人说，行吧？"

"啊……行啊。"高二贵答应着，他很快明白了是怎么回事。

下了山梁，他把马牵到一棵遮阴蔽日的核桃树下，打开饲料袋让马饱吃一顿。他知道这匹马他是无法带过金锁关的，他必须在快到金锁关的时候把它放掉，任它在这荒山野沟里寻找归宿。铁青马仿佛已经意识到和主人告别的时候快要到来了，它的眼神有些黯然，慢慢地咀嚼着饲料，一副无精打采的样子。在高二贵抚摸它脖颈上鬃毛的时候，它还多情地用它那光滑、湿润、细腻、如同绸缎般的嘴唇依偎在他的衣襟上厮磨着。在马吃饲料的时候，高二贵靠着树干酣然入睡，醒来时已经到了半下午，他睡时的树荫地已经被秋阳照得白花花的。铁青马也完全暴露在偏午的日照中，眯着眼恍惚也进入了梦境。

高二贵揉了揉惺忪的睡眼，起身拍打掉衣服上的草屑和尘土，把马牵到溪边，让它自由自在地吮吸着清幽的溪水。他坐在溪边的一块石头上望着金锁关的方向。一过金锁关就到同官县县城了，几天来的日夜兼程就是为了尽快回到这个地方。在饮马川被土匪围住的时候，他无比恼恨这群忙中添乱的家伙。在野狐岭的那几天，他的心早已飞回了同官县。然而，很快就要到县城了，他的心绪非但没有轻松反而变得越发沉重起来。他苦苦地想着要寻找的目标："他们会是什么样子的人呢？现在会到什么地方呢？"西安、耀县、同官、宜君，几个地方的画面在他脑海里交替出现着："会不会过宜君县县城的时候就已经和那几个人擦肩而过了呢？饭馆里吃饭的时候，隔壁桌子上三个人操着外地的口音在那里嘀嘀咕咕说话，会不会是他们呢？"突然一个令他心悸的念头跳了出来，他想起了那五个学生，他们都是从外地来、直奔延安去的。会不会是他们呢？要是他们，老天爷可真是和自己开了一个天大的玩笑。不但没有堵住他们，反而还给他们提供了帮助。想了一阵，他否定了这个念头。他们的年龄太小，稚气未脱，学生气十足，一定不是他要寻找的目标。想了半天，仍然没有一点头绪。

铁青马喝足了水，摇晃起脑袋来，大嘴巴上的水珠子在秋阳中洒脱地飞溅着，闪烁出珍珠般的晶莹。高二贵骑上马继续赶路，在离金锁关不远的地方，他从马背上跳下来，把马牵到一片隐蔽的树林里。马驯顺而无精打采地站在那里，再次用长脸温情地在他的肩臂上厮磨着，似乎在探询主人对它命运的安排。

高二贵犯愁了，真不忍心把马随意丢下，他向四野望去，透过树梢头看到有一缕青烟在半空消散。有烟的地方就一定有住家户，把马安顿在住家户吧，这样就可以安心而去了。他牵着马在树林里穿行着，终于找到了一条通往冒烟地方的路径。在山坳边的几棵大树下出现了几间房舍，院子是用荆条扎起来的，可以看到一个老头正在房舍的门前劈柴火，给了他一个背影。他牵着马进到院子里。

"老人家，老人家。"高二贵冲着老头喊道。

老头抬起佝偻的身子，干柴一样的手搭在眼眉上，沙哑地问："谁呀？"

高二贵牵着马来到他跟前："老人家，我是咱县上的人，到山里去，想把马寄养在你家，你先帮我照看上十天八天行不？"

"啥？"老头用手指头扯住耳朵侧着脸问。

"这是个老聋子。"高二贵想。他把嘴对着老头的耳朵大声地把话重复了一遍。

"啊呀！"老头扭曲着黪黑的满是皱纹的瘦脸不高兴地说，"小伙子，我老汉今年八十咧，就是耳朵背了些嘛，你喊啥呢喊，我能听得见。"他把小拇指塞进耳朵里拧着，张着凹陷下去的小眼睛，打量着来人和马："进山里……你不用马咧？不用马你拉匹马干啥？这不是脱裤子放屁嘛。"

高二贵撒谎说："我碰到熟人了，人家有车有马叫我和他们搭伙去。"

"噢，"老头说，"我明白了，这马是多余的。行啊，放在我这儿吧。"他又一字一顿地说："可话得说清楚，我喂养它不能白喂也不能白养，它得给我干活，干活可不能要工钱，知道不？你家在哪儿住？"

"县城北街。"

"好，北街好。小伙子，你姓啥，叫啥？记住回来可别忘了牵马。"

"忘不了。"高二贵说着把马缰绳递给他，爱怜地在马脖子上拍了两下，就匆匆离开了。

"小伙子，你还没有告诉我你姓啥叫啥。马干活可不能要工钱，我给你养好。"老头在背后沙哑地喊道。

高二贵回头向他招了招手，没有回他的话，很快回到道路上，顺着道路向

前走。他要趁天黑之前找到和黄河燕去延安时过金锁关的那条偏僻隐蔽的小径，在夜色的掩护下回到县城。

前方不远处一个人骑在毛驴上慢悠悠地向前走着，毛驴细碎的脚步声在空谷中显得十分清晰。高二贵加快脚步从毛驴身边走过，不由回头看了一眼骑在驴背上的人。那人也在看他，两人的视线碰在了一起，都认出了对方。

"二贵。"那人惊叫道。

说话的人是徐一刀。

第五十二章

延安方面得到的敌特情报是真实的。就在高二贵从延安出发十天前的一个下午，在上海黄浦江畔锦江饭店八楼的一套宽敞的客房里，军统局特派员张凤祥和上海站情报科的科长周书坤进行着谈话。

张特派员很直接地切入了谈话的主题："书坤哪，我和你们黄站长前两天跟你谈的事情，你考虑得怎么样了？"

周书坤说："张特派员，我不需要考虑，上峰的命令我坚决执行。"

张特派员满意地点了点头："好，党国就需要你这样的同志，你是党国的骄傲。这次派你深入龙潭虎穴完成这么重要的任务，对你来说是无上荣光的，也充分表明组织对你的信任。目前国际形势朝着有利于我们的方向发展，我们现在有条件腾出手来解决国内的问题。你这次去延安就是解决国内问题整个棋盘上的一个重要步骤。所以，你要站在一个战略的高度看待这次任务，对待这次任务。这次任务一旦完成，就能给延安方面以重创，为我们随后的军事行动创造良好的条件。任务不轻！"他看了一下手表，问："你来我这里没人知道吧？"

周书坤说："按照黄站长的吩咐，我谁也没有告诉。"

张特派员说："这就好。一定要高度保密，多一个人知道就多一分危险。现在中共地下党在上海的活动猖獗得很，我们这是为你的安全负责。书坤，你现在到楼下，在我的车里等我，我很快就下去，带你去见一个人。"

汽车顺着黄浦江的江堤路向南开去，外面下着淅淅沥沥的小雨，大大小小

436

的船只在烟雨迷蒙的江面上缓慢地航行,不时发出沉闷的令人窒息的笛声。绕过几条街道驶进一道铁门,穿过落满梧桐叶的夹道,在一座西式小楼前停下来,小楼的墙壁上爬满了被秋霜染成铁锈色和橘黄色的爬墙虎。

张特派员下车后神秘兮兮地对周书坤说:"书坤,你知道这是什么地方吗?"

周书坤看着西式洋楼和花园式的庭院,摇头说:"不知道。"

张特派员拍着他的肩头笑着说:"这是狄先生在上海的住处,狄先生你应该听说过吧?他要见你。机会难得,你可要把握好,他可是能让你一步登天的哟。"

周书坤听说狄先生要见他心里一震,这的确是他没有想到的。狄先生的名字如雷贯耳,然而在他进入军统的这一年多时间里,还没有见过这位大名鼎鼎的神秘人物,心里不免有些忐忑。他跟着张特派员上到二楼,来到楼道尽头一扇紧闭的厚重的暗红色门前。

张特派员站在门前,抻了抻前襟,正了正帽檐,提了提精神,朗声道:"报告。"

"进来。"里面传出低沉、疲惫、略带沙哑的声音。

张特派员轻轻推开房门,周书坤随其后进到室内。室内宽敞,由于阴雨天的缘故,光线显得些许幽暗,落地灯开着,泛出淡黄色的光。办公桌后面坐着一个穿着灰色中山装的男子,深色的皮肤,眉棱突出,面色沉稳,目光阴郁,线条分明的两唇紧紧地抿着。虽然穿着便装,却透着军人的威仪。

张特派员弓着身子说:"狄先生,他来了。"说完向侧边退了两步,对周书坤说:"这位就是狄先生,我们的上司。"

周书坤跨前一步,立正,行了个军礼:"您好,狄先生,周书坤向您报到。"

狄先生上下审视着周书坤,放下手中的一本册子,起身绕过办公桌,平和地说:"别说什么上司这一类的话,我们都是同志。周——书——坤,比我在照片上看到的周书坤还精神、干练,一看就是一个有信仰有毅力有胆识的人。嗯,比实际年龄显得年轻。张特派员把任务给你交代清楚了吗?"

周书坤说,"报告局长,张特派员把任务向卑职交代清楚了。"

狄先生说:"你给我复述一遍。"

"是。"周书坤说,"到延安去接近中共高层,实施破坏计划。"

狄先生点头说:"任务已经清楚了,你有什么想法和要求?"

周书坤说:"报效党国,不成功,便成仁。没有要求。"

狄先生又点了点头,赞赏地说:"很好。周书坤,我看了你的简历,你是陕

西同官县人，是吧？"

周书坤说："是，狄先生，卑职是陕西同官县人。"

狄先生问："你多大年龄离开家乡的？"

周书坤说："九岁多，不到十岁的时候。父亲母亲都是同官县学校的教员，母亲去世后，父亲的工作调到西安，我就随父亲到西安读书。"

"家乡话还会说吗？"

"会，这个忘不了。"

"你说几句我听听。"

周书坤流畅地说了几句家乡话，狄先生满意地点头说："很好，很好，很地道。谈一下你的履历。"

"是，狄先生。"周书坤说，"卑职出生在陕西省同官县，五岁上学，父亲母亲都是学校的教员。八岁那年母亲病逝，九岁随父亲到西安读书，十八岁考上国立上海医学院，参加过抗日杀奸团。三七年参加了淞沪保卫战，战斗中负了伤，被日本鬼子押送到东北修铁路。后来日本鬼子知道了我的医学院背景，让我当了劳工队的医生。过了两年，日本鬼子把我送到日本进行特工培训，培训了三年，四三年底回国。回国是要把我分派到东北的日军陆军司令部从事间谍工作。我一到东北就脱离了日本人的控制到了上海。到上海以后，在朋友的帮助下认识了黄站长，在黄站长的提携下，现在是军统上海站情报科的科长。报告完毕。"

狄先生问："为什么不给日本人做事？你在日本培训几年，难道对日本就没有感情吗？"

周书坤说："报告狄先生，卑职作为一个中国人，决不会对侵略我们国家的敌人产生感情的。即使在日本培训，也时刻不忘我是中国人，决不为日本人做任何损害我们国家和民族利益的事情，这是我做人的原则。"

狄先生说："好，这也正是我和张特派员赏识你的地方。在这方面我们已经对你做了认真的调查，你没有为日本人做过任何危害我们民族利益的事情，表明你是一个有良知的中国人。你在日本都接受了什么科目的培训？"

周书坤说："报告狄先生，卑职在日本接受的是全套的德式培训，系统培训了爆破、投毒、暗杀、机动车驾驶和马术，还有射击和格斗。"

"你这些经历平时和别人讲吗？比如说和朋友聊天时。"

"报告狄先生，从不讲。别人只知道我是学医的，没有人知道我在日本的经历。"

“你的培训成绩怎样？”

“报告狄先生，所有培训科目卑职的考核成绩都是优秀。”

“噢——全优？”

周书坤信心十足地回答道：“是，全优。”

狄先生两眼注视着他，中指轻轻地在办公桌上叩着，似乎在思考着什么。房间里很静，西墙角一架古雅的落地钟的钟摆节奏清晰地发出嚓嚓的走动声。过了一阵，又问道：“你各科目全优的基础是什么？”

“报告狄先生，卑职上大学时学的是医学，学业很好，原想一生致力于医学救国，没想到生不逢时，遇到日本鬼子侵略中国，于是卑职便毅然弃医从戎，舍身报国。即使在日本接受特工培训，卑职也没有忘记自己是一个中国人，并坚定一个信念，决心回国后一定要把学到的东西用在抗日救国上。”

狄先生说：“很好。有你这样的优秀青年，我相信我们的计划一定能实现。”他拿起桌面上的那本册子，抖了抖说：“你现在还缺少一门知识，就是这本书里写的。这本书是中共投诚人员专门为我们汉中特训班编写的教材。里面详细地介绍了延安的人文地理、风土人情、共产党军队的建制以及他们高层领导人的性格特点和所居地点，很有参考价值。你要尽快研究熟悉，为你到延安开展工作提供方便。”

“卑职一定努力，尽快掌握。”周书坤恭敬地接过册子，装进衣袋里。

狄先生告诉周书坤，为了摧毁延安共产党的组织，他听取了投诚人员的建议，在陕西汉中成立了一个特务训练班，然后让这些人装扮成亲共青年打入延安或从事情报收集或伺机实施破坏。可是由于这些人培训的时间太短专业水平有限，加之鱼龙混杂，没有报效党国的坚定信念，没有为党国尽忠成仁的高尚情操。他们到延安或变节投降或畏缩不前或落网被捕，没有取得任何成效。

狄先生继续说：“当着你小弟的面，我也不怕揭丑。办这个汉中训练班，后来想来也的确有些急功近利，犯了兵家‘欲速则不达’的禁忌。为期三个月的时间，培养一个打枪打炮挖战壕的战士尚且不足，想培养一个干大事的优秀特工是根本不行的。”他叹了口气说：“几十号人是有去无回，一点作为也没有。当然，话又说回来了，汉训班并不是一无是处。俗话说得好呀，福兮祸之所伏，祸兮福之所倚，事物总是一分为二的嘛。汉训班的覆没，在一定程度上起到了麻痹延安中共组织的作用。他们一定会认为，我们苦心孤诣经营的汉训班培养的不过是一群缺乏信仰、意志薄弱、技能低下、不堪一击的乌合之众而已。当然，我狄某也并没有因为汉训班的覆没而灰心丧气。总结经验教训，这

一年来我和张特派员一直在千方百计地物色优秀特工，赋予他改写历史的重任。你现在要明白，我们千方百计物色的优秀特工就是你呀，周老弟！张特派员和黄站长对你进行了半年多的考察，给予你很高的评价，认为你政治信仰坚定，专业知识全面，办事沉稳练达，是一个不可多得的人才。我们认为，选择你有这么几个方面的原因：一是因为你是学医的，有专业的医学知识和医学技能，到延安有条件接触到中共高层。中共方面非常器重有知识的青年。二是因为你有进步青年的经历，参加过抗日救国的活动和淞沪战役，容易通过他们的审查并得到信任。三是因为你是同官县人，和延安有着相近的地缘关系。我们当时把特训班办在汉中，就是从这个角度考虑的。四是因为你是经过专业培训的特工，有执行这次任务的能力。最后一点确实是难能可贵的，也是组织对你最欣赏的。具备这四项条件的人可以说是少之又少，是可遇不可求的。组织对你寄予了非常大的希望。"

周书坤仔细听着狄先生的话，有一种难以言表的激情在胸中涌动，他坚定地说："狄先生，张特派员，放心吧。卑职一定竭尽全力完成任务，不成功便成仁！"

狄先生点了点头："唉，像你这样的同志党国要是多一些就好了。"他对张特派员说："你给书坤配备的武器准备好了吗？"

张特派员说："准备好了。"他介绍说："书坤，这一次给你配备的武器是最精良的。有比利时制造的勃朗宁手枪，最优秀的大威力型，双排并列弹匣，十三发弹容。有勃朗宁袖珍手枪，比成年人的掌心还短，六发弹容特别适用于暗杀，也叫'掌心雷''对面笑'。还有美国制造的斯厅格尔钢笔枪，英国制造的微而微钢笔枪、安宾钢笔枪和达尔特本钢笔枪。这些武器供你随意选择。给你准备的服装从上数第二和第三枚扣子里全都装有高纯度的毒药。"

周书坤想了想说："我要六发弹容的勃朗宁袖珍手枪和美国的斯厅格尔钢笔手枪。"

张特派员问："为什么要这两把手枪？说说理由。"

周书坤说："这两把手枪都很小巧，使用方便，隐蔽性强，到延安后可以根据情况选择使用。"

狄先生说："好吧，我和张特派员尊重你的选择。"他又说："随你同去的还有一个人，他的名字叫邵文平，在西安等你。你是他的上级，他是你的助手。"他又对张特派员说："你把邵文平的情况向书坤介绍一下。"

张特派员说："邵文平现年二十七岁，陕西西安人，高中文化，在湖南临澧特训班受过为期一年的行动训练，具有刻苦、坚定、奉献、忍耐的品行。狄先生到临澧特训班视察，邵文平给狄先生留下了良好的印象，这次是狄先生亲自点的将。"

狄先生说："大致情况就是这样。但是我要说明一点，邵文平是我点的，只是我对他工作能力和品行的认可，没有别的意思。他就是你的助手，你就是他的领导。"他踱着步子继续说："干大事一定要选优秀的人才。你和邵文平都是我和张特派员反复甄选出来的人，对你们充满了信任。你和邵文平的具体联系方式由张特派员告诉你。"最后狄先生和颜悦色地拍着周书坤的肩膀说："书坤呀，任务很艰巨，使命很伟大，事关党国存亡大业，党国不会亏待你的。也就是说，你在完成使命以后，拥抱你的将是鲜花、荣誉和美好的未来。你就是党国的功臣，你和你的事迹将载入党国的史册而名扬千古。任务完成以后就马上撤离延安，只要撤出延安以外的地方，无论西安、北京、上海还是什么地方，我和张特派员要亲临你所在的城市为你举行盛大宴会接风洗尘，同时在宴会上将向你颁发嘉奖令和你意想不到级别的委任状。好男儿呀，好男儿就是要建功立业，就是要做出一些惊世骇俗的壮举才能立世扬名。"

面对狄先生的承诺，周书坤并没有表现出过度的热情，他知道大凡诱人承诺的背后都是要有高风险的代价做支撑的。这种承诺狄先生在各地的特工培训班上也说过多次，也有人为这一承诺铤而走险，甚至不惜以性命相搏。周书坤不想听这个承诺，他不想在狄先生和张特派员心目中留下这样的印象——他是由于这个承诺的存在，才会尽心尽力去干事的。

周书坤很有分寸地笑了笑说："狄先生，委任的事情先不说，我在做去执行这个任务的决定前并没有想这些。当年卑职在上大学期间就参加了抗日除奸团，那时候没有人给我许以高官厚禄，我和同学们有的就是爱国热情，有的就是对卖国求荣汉奸的仇恨。卑职现在是党国的一分子，愿意为党国的大业做出贡献，不计较个人得失。"

周书坤的这一番话是狄先生没有想到的，他抿着嘴把周书坤凝视了好一阵子，像是在打量着一个陌生人。他说："张特派员，听到了吗？听到了吗？这是我狄某多年以来听到的最让我感动的话。我能看得出来，他这不是在装腔作势，话是从内心说出来的。封官许愿的话我不知当着多少人的面说了多少次，我只知道当我说完以后，对方都是诚惶诚恐、感激涕零，还有更甚者，当即在我的面前跪下磕头，说我是他的再生爹娘。"他叹了口气，继续说："看到他们的那副嘴脸我从心底感到厌恶，这些人只是追名逐利的小人罢了，毫无气节可

言，毫无信念可讲。今天我才算看到了一个有真正气节的人，这个人就是周书坤。一见面，看到他冷静的面孔、满怀信心的神情，我就断定我们选对人了。"他又对周书坤说："周书坤，我这个人向别人做出过不少的承诺，有的兑现了，有的也没有兑现。今天我对你做出的承诺是一次郑重的承诺，只要你完成这次任务，我保证兑现我上面说过的一切，绝不食言！张特派员，你就是证人！"

周书坤坚定地说："谢谢狄先生，这次任务我一定完成！"

狄先生一只手拍着周书坤的肩膀，一只手握着他的手说："祝你成功！"他转身回到办公桌后面，两掌压在桌面上："一切就这样安排了。你今天回去以后要和平时一样工作，不能有丝毫不正常的显露，尽快熟悉那本册子上的内容并要熟记在心，再处理一下自己的事情。今天是星期三，下星期一的上午特务稽查处的人就会闯入你的办公室，当着众人的面以通共的罪名将你逮捕，你配合演戏就是了。星期二你经过化装之后就可登上开往西安方向的火车。还有一点我要向你交代清楚。前年，我们曾向延安派出三名很有希望的特工，为了保证他们的一路安全顺利，我提前通知了西北军，要求他们提供方便。结果，这三个人的脚刚一踏上延安的地界就被中共抓获。速度之快、目标之准令我吃惊。我分析这一定是西北军内部有中共的耳目。鉴于这个教训，这一次我决定谁也不通知，知道这事的只有你、我、张特派员、黄站长和邵文平五个人，高度保密。你从星期二一上火车就和我们完全脱离联系，一路上遇到的麻烦和困难全由你和邵文平两个人自行解决。但是，有一点必须注意，路上无论遇到什么样的麻烦和困难，都要迅速摆脱，时刻要提醒自己这次的使命是什么。"他想了一下又说："一路上难过的关卡不多，据我所知，同官县的金锁关由西北军把守，这也是你们最难的一道关卡，在那里恐怕要费些周折。你是同官县人，可以有很合理的借口在同官县停留几天，然后找到过关卡的办法。总之，将在外君命有所不受，你处理好就是了。"

星期一的上午，周书坤照常到站里上班，坐在桌子前边吃早点边翻看当天的报纸，和同事们嘻嘻哈哈地聊着报纸上刊登的娱乐圈里的花边新闻。快10点的时候，两辆汽车由远而近地呼啸而来，在楼下发出刺耳的急刹车声。特务稽查处的便衣蜂拥上楼，闯进办公室，不由分说就把周书坤抓了起来。黄站长也随即进来，他黑着脸，瞪着眼，手指头点着周书坤的额头呵斥道："周书坤呀周书坤，我看你是个厚道人，在你走投无路的时候把你安置下来，还有心栽培你。没想到你吃里爬外私通共党，你真是个卑鄙无耻的小人……"他说着抡圆了胳膊重重地在周书坤的脸上扇了一个响亮的耳光，把他的眼镜打得脱下来，挂在一侧的耳朵上晃荡着。

周书坤被特务稽查处的两名便衣反剪着双臂，满脸委屈和惊惧，喊道："黄站长，冤枉呀，确实冤枉。我没有通共！你……你们有什么证据？"

"住嘴！"黄站长吼道，"你还敢狡辩？你把我们当成傻瓜？我们不掌握铁证能把你抓起来？你真是个浑蛋！我……毙了你！"他吼着就要去腰间拔枪。

稽查处长忙拦住，劝道："黄站长，消消气，现在还不能让他死，我们还需要他的口供。"他朝围过来的人说："各位，周书坤私通共党，罪大恶极，实乃党国败类，我们已经掌握了确凿证据。带走！"

一切都按照原定计划行事，第二天晚上周书坤经过化装以后，顺利地登上了开往西安的列车。

他坐了两天两夜的火车，于黄昏时分抵达西安，在火车站的一家旅馆和邵文平接上了头。

第五十三章

赵老憨是一大早拉了一车青砖送到耀县县城来的。掌柜的姑姑去年翻修了房屋，今年又要翻修门楼，她几天前专程跑到同官县县城找到侄子又要了两车青砖。这个胖墩墩的老女人很会算账，在她侄子这里拉砖比在哪儿拉都划算。昨天送了一车，今天送的是第二车。赵老憨送完砖吆着马车走到街口时，掌柜的姑姑撵上了他，她挎着半篮子鸡蛋，扭着肥胖的身躯，跑得气喘吁吁。

"哎呀，老憨呀，你跑那么快干啥呀？让我好撵，快累死我啦。"她没有戴草帽，雨水把她的头发淋湿，贴在白面团一样的胖脸上。

"有啥事？"赵老憨刹住车闸，从辕座上跳下来。

"没啥事，这一篮子鸡蛋你给我侄子捎回去，让他补补身子，他经营这个砖场不容易，我这一次见他变黑变瘦了。快赶路吧，你看这雨下的。"

赵老憨答应着，接过篮子放到车上，心里笑着这个精明的胖女人竟大气不喘地把半篮子鸡蛋说成一篮子，然后跳上车准备赶路。

"老叔，你这车上哪儿去？"站在路边房檐下的周书坤过来问道。

"回同官县去，咋？"掌柜的姑姑抢着话头答道。

周书坤恳求着说："捎我们一程吧，我们也去同官县。"

掌柜的姑姑说："行是行，你给多少拉脚钱？"

周书坤指着房檐下的邵文平，笑容可掬地说："你说个价吧，两个人。"

掌柜的姑姑用看人下菜的眼神审视着眼前这个人：衣装整洁，头型讲究，白净的脸上架着一副黑边眼镜，一副读书人的扮相，还打着一把城里人的洋伞，像是个不缺钱的主儿。于是她使着劲说："两个人，二十块钱，咋样？"她担心对方嫌价高，紧接着说："下着雨路不好走。"

"行吧。"周书坤答应了。

掌柜的姑姑听到对方没有还价就答应了，心里顿生懊悔，心想，应该要二十五或者三十才对。但事已至此，没有办法再改口了。在周书坤招呼邵文平过来的时候，她悄声对赵老憨说："老憨兄弟，钱收了你拿着，回去不要提这事，我也不说。"

周书坤和邵文平坐到车上，他们继续赶路。下雨天路上显得空旷，赵老憨耐不住寂寞，边赶车边和乘客拉起话："你们去同官县做啥？"

周书坤正想了解同官县的情况，便热情地说："回老家看看。"

"回老家看看，你们是同官县人？"赵老憨回过头打量着周书坤那张陌生的脸问道。

"是啊！"周书坤直言答道。

"我咋不认识你，我可是从小在同官县长大的。你姓啥？"

周书坤说："姓周，你不认识我也对，我九岁那年就离开了这里。没有猜错的话，你姓赵，别人都叫你赵老憨，我应该叫你老憨叔，我上学的时候你在学校做校工。我父亲是学校的教务长，叫周云鹏。"

马迈着任劳任怨的步履，一直往前走着。秋凉袭来，树上的叶子泛出秋霜染过的橘黄，有的叶子已经从树枝上脱落，飘零到泥水里，任凭马蹄在上面踩踏。赵老憨掀掉草帽望着周书坤的脸，在陈年的记忆里搜寻着往昔的印象。

"像，就是像！"赵老憨回忆着说，"我记得你那时候留着个小分头，衣兜里总是别着一支钢笔，眉清目秀，穿得干干净净的。还有，胆子有点小，学习很用功，成绩总在年级一二名排着。那时候我们就说，这孩子长大有出息，要是进京赶考一定能中状元。你是那年你父亲调到省城就转走了。我记忆中是三年级吧，像是要收麦子的时候，对吧？"

周书坤高兴地说："老憨叔的记性真好，还能记住小侄的过去，我是在那个

444

时候随家父去西安的。这一晃二十多年过去了，岁月过得可真快呀。"

赵老憨挥鞭子在空中甩了一个响，马得到催促的指令，加快了行进的速度。

"是啊，岁月过得实在太快啦。你要是不说，我说啥也不敢认你，你说了，我才在你的脸上找到过去的印象。那眼睛、鼻子、嘴还有额头，仔细看还能看出你过去的模样。"他又不解地问，"你咋想起回来了？你走以后，可是从来没有回来过的。你父亲倒是回来过几次，都是回来给你爷爷奶奶还有你妈扫墓来着，匆匆来又匆匆走了。你父亲现在咋样，过得好吧？"

周书坤说："我父亲前三年就过世了。"

"是这样呀，真没想到。唉，他可是个好人哪。"赵老憨惋惜地说，"你这次回来有啥事吧？"

雨下得小了，是那种如烟似雾般的霏霏细雨。天空中的云彩也不像先前那么阴郁厚重，灰色的云团和白色的云团翻滚搅动着，天空显得高远起来。风却比刚才大了许多，扫得枯叶飞舞，扫得树梢头大粒的水珠纷纷下落，发出脆亮的噼噼啪啪的响声。

周书坤收起雨伞，眯缝着眼睛望着阔别已久的水墨色的远山和远山间纵横交错的沟壑。

"我现在回来，"他平静地说，"一来想祭扫一下爷爷奶奶和母亲的墓，二是想把父亲的棺木移回来和母亲葬在一起，这也是父亲临终前的嘱托。老憨叔，这事还想请您老帮忙，得找个风水先生看看，是把原来的墓扩大一些呢，还是另外再打一个。"

赵老憨爽快地应承着："这好办，到时候我帮你找一个道行深的风水先生来看看。风水很重要，一定要讲究。祖上有个好风水就能护佑子孙人丁兴旺、富裕安康，还能金榜题名、出将入相嘞。"

"这就先谢谢老憨叔了。"

"客气啥。就凭你说的这话，办的这事，就看得出你是一个知书达理、恪守孝道的孩子。"

"还有一件事，"周书坤说，"我这次回来就不走了，我上大学是学医的，想在县城开一家诊所，为百姓做点事。"

"哟，"赵老憨惊异地叫起来，"你说的是真的？这可是功德无量的事呀。不过，你有那么大的学问，回到咱这小县城开诊所不感到屈才吗？"

周书坤笑了笑说："不屈才，我父亲和母亲都是省城师范院校毕业的，他们不是都回来当教师了？"他从篮子里捏出一个鸡蛋随意看着："不知道我家那个宅子现在是什么样了。多年没人住，恐怕破败得不像样子了吧？"

赵老憨吆着马车说："还行。你们家搬走的时候借给学校用。那几年我在学校当校工，学校里杂七杂八不用的东西放在两间房子里，我住一间房子，还有一间房子空着。后来我离开学校去了砖场，那里就没人住了。多年没有翻修过了，房顶的瓦破了不少，用毛毡苫着，墙皮也脱落了不少。只要把房顶的破瓦一换，顶棚再重新一扎，墙重新泥一下，就会焕然一新。院子的门也不行了，也得换。院子里的那棵桐树长得又粗又壮。那几年你父亲差不多每年回来一次，都要去你家的宅院里看一看。"

周书坤说着他的计划："我把房子收拾一下，我住两间，留两间开诊所。我家那房子离学校近，离街面也不远，生意一定会不错的。"

"你说得对。"赵老憨说，"说了半天啦，就咱俩说话，这位小老弟是……"

周书坤说："这是我的一个朋友，听说我要回家乡开个诊所，就要来给我帮忙。"

马车和着车轴的咯吱声、马蹄的嘚嘚声从黄河燕家门前过去。到了同官客店的门前，周书坤和邵文平下了车。他们今天就住在客店。

进到客店，周书坤和邵文平要了两间相邻的客房，这样做的目的是，在一间房子里的人遭到麻烦时，另一个房间的人可以随时策应。

邵文平来到周书坤的房间："书坤，咱们打算在这儿待多长时间？"

周书坤双臂抱在胸前，斜倚在桌沿上，思索了一下，说："恐怕要待四五天或许更长时间。"

"这么长时间，需要吗？"邵文平不解地说。

周书坤在桌子边的椅子上坐下来，看着坐在床沿上的邵文平解释说："咱们在同官县要做三件事：这第一件事是要谋划一个万无一失过金锁关的办法，绝不能在这个关卡上出任何问题。这第二件事是要留心观察一下周边的动静，看看咱们这次行动的消息有没有泄露。如果消息已经泄露，那么延安方面一定会进行堵截，同官县就是一个很好的堵截的地方。如果有人在这个地方堵截，他们一定会把注意力放在对外来人员的排查上。在这方面我还真佩服狄先生的思维缜密，选派我来完成这个任务。"

邵文平问："为什么？"

周书坤说："说透了其实也很简单。我问你，如果没有我，你到了同官县下一步该怎么办，今天就过金锁关？"

邵文平说着自己的想法："不不不，今天绝对不会去过金锁关。因为我到现在根本不知道金锁关是个什么样子，有多少人在把守，除过关口以外还有没有别的路径。我要像这样在客店先安顿下来，然后再打听过金锁关的办法。"

"怎么打听？"

"这个嘛……"邵文平说，"我还真没有想出什么好办法。因为狄先生跟我发的电报说你是这次行动的负责人，我是你的助手，一切行动听你指挥。所以嘛，我就没有多想，一切听你安排好啦。"他又想了想说："也就是，如果是一个外地人，他对同官县人地两生，绝不敢贸然去过金锁关。如果住在这里四处打听过金锁关的办法，就很容易引起别人的怀疑。如果我们行动的消息已经泄露，就更容易被他们的人盯上。如果一旦盯上，想摆脱他们就很难了，什么事也办不成。"

"是啊，这也就是我说狄先生的英明之处。"周书坤说，"我是同官县人，有在这里生活的背景，如今回来想在这里待下去的一切说辞都是令人信服的。咱们即便在同官县待上十天半个月都不会有人对咱们的身份产生怀疑，而且待的时间越长越不会有人怀疑。我敢说，就是延安方面派来堵截的人坐在咱们对面，他都不会怀疑。咱们可以安心地考虑过金锁关的办法。"

邵文平问："第三件事呢？"

周书坤说："这第三件事是在离开上海之前，狄先生和我谈话时专门安排的一件事，叮嘱到这里以后一定要去趟香山，到寺里烧炷香，求菩萨保佑咱们平安到达延安，顺利完成任务。"

邵文平惊异地说："狄先生也信这个？有意思。他留给我的印象可是刚毅果敢、心狠手辣。他怎么……会有这样的想法？"

周书坤笑了笑说："其实人都有多面性。许多人看似刚毅果敢，其实内心很空虚，很脆弱，表面的刚毅果敢只是自我保护的手段。越是心狠手辣的人心里就越空虚，就越加敬畏神灵。狄先生也是人，他也不能脱俗，人有的正常心理他都会有，这有什么奇怪的。他不珍惜别人的生命，但是他非常珍惜自己的生命。再说了，神鬼之事不能全信，但也不能不信，咱们去香山寺虔诚地拜拜菩萨，也寻找一点心灵上的安慰吧。还有一点，这样做也可以麻痹周边的人。我也不瞒你老弟说，咱们这次执行的这个任务，我心里是一点底也没有。即使顺利得手，想全身而退谈何容易。"

邵文平说："是啊，我也意识到这次任务是很危险的。但是咱俩已经成了过河的卒子，只能进不能退喽。"

周书坤说:"不管怎样,既然接受了这个任务,为了党国大业就要将个人安危置之度外,不成功便成仁!"

邵文平点头说:"我也是这样想的。"

周书坤说:"现在,咱们就在这里安心住下,我明天就开始张罗修房子和开办诊所的事情。要给外界造成一个我要在同官县安营扎寨长期住下去的表象。你呢,这几天可以放心大胆地在县城里随便转,随便看,随便吃,随便喝。一是要注意有没有盯咱们的眼睛,二是要留心怎么样过金锁关。如果一切正常,咱们寻找一个合适的机会,突然神不知鬼不觉地离开这里。"

邵文平说:"你的意思是咱们来个'明修栈道,暗度陈仓'?"

周书坤打了个响指:"说得对。"

第二天上午,周书坤来到他曾经上过学的学校校园。校园里没有什么大的变化,几棵树比原来高大了许多,校舍比原来陈旧了许多。学生们正在上课,教室里传出稚气的读书声,整齐而清亮。这勾起了他对往昔校园生活的回忆。仿佛看到在第二间教室靠窗的课桌前,他穿着整齐的蓝布学生装站在那里,两手捧着课本领全班同学读书的情景。那时候,他是一个活泼欢快、学习成绩很好的小学生,走到哪里都能听到赞扬声。然而,时光荏苒,物是人非,他进到这个校园已经没有人认识他了。他推开校长的办公室,靠墙的一张桌子后面坐着一个中年男子,他就是现在的校长申明阳。

"您好。"周书坤礼貌地说。

"你找谁?"申明阳看着眼前这个陌生人,问道。

"我找校长,您就是吧?"

"我就是。"

"我叫周书坤,我父亲叫周云鹏,以前在这个学校当过教务长。"周书坤自我介绍着。看着申校长偏着头一副沉思的表情,他就知道周云鹏这个名字在他的记忆里一定是搜寻不到的。

"你等等。"申明阳走到门口向侧面的一间房子喊道,"马主任,马主任。"

随着答应的声音,一个比申校长年龄大一些的矮个子男人来到他的面前。

"什么事?"马主任问。

"咱们学校原来有个叫周云鹏的教务长,你知道吧?"

马主任抱拳在胸前,偏仰着脸,眼睛盯在墙壁上的某个地方。他的嘴很小,和四方脸极不协调,喃喃地说:"哦,想起来了,有这么个人,那已经是好多年前的事了。咱们学校还用着人家的房子。您这是?"

申校长用下巴指了一下周书坤，说："是他父亲。你来有什么事情？"

周书坤说："我们家的房子一直借给学校用，现在我要用房子，钥匙在你们这里吧。"

马主任说："在在，我给你拿钥匙。"

马主任很快把钥匙拿来了，他说："房子好长时间没住人了，学校的一些杂物在里面放着。哦，你不认识我我可认识你，我刚一调来，你就随你爸转走了，那时候你才这么高。我领你去！"

周书坤谢了他的好意，说："你忙吧，我自己过去看看。"

打开院门，院子里充满潮湿的气息。砖铺的地面有几处已经凹陷下去，砖缝里长出一簇簇野草。昨天的那一场秋雨打落了许多的树叶散落在地面，泛黄的叶面上聚积着清亮的雨水，一只青蛙在残叶上蹦跳着，一只喜鹊在阔大的树叶间欢快地叫着。墙面上白色的墙皮已经剥落殆尽，露出了青砖，蜘蛛网挂在房檐和墙壁的夹角处，一只黑色的蜘蛛在抖动着网。

周书坤打开四间房子的门。南侧顶头的那间房子里散乱地堆放着缺腿少面的桌椅板凳、皮面松弛的鼓、断裂的旗杆和水缸破罐之类的东西，两间房子的顶棚布满了酱色的水渍和片片霉斑。院子和屋子里的一切迹象都表明失去主人的眷顾与呵护而显露出来的破败与荒凉。当年主人在的时候，这可是一个很干净的庭院。母亲是一个很讲究整洁的女人，房间里窗明几净，庭院里整洁亮丽，处处都显示着女主人的勤快和能干。那时候，这棵桐树还没有这么高大茂盛，但树冠已经可以遮阳蔽日了。他经常在树荫下放一张小方桌坐在小矮凳上做作业或温习功课。阳光会透过稠密树叶的间隙在桌面上投下婆娑的光点，他会伸出小手掌让光点投到手心里，而后猛然一握拳头，光点就会在瞬间跳出手掌落在拳头上，再一张开手掌，光点又会回到手心里，这就是他童年乐趣的一个片断。现在他仿佛依然可以看到树下有张方桌，方桌前坐着一个小男孩，小男孩旁边站着一个年轻秀气的母亲，腰间系着一条花围裙，用白净的手指指点着他做作业。有时他会用小拳头支着脸颊，任凭婆娑的光点在眼前闪动，脑海里浮想联翩一些有趣的事情，母亲就会用她那修饰得很好的细长手指戳他的额头。

"又瞎想了。"她说。

母亲的嗓音很细、很柔和、很好听。他站在庭院里那一会儿时间里，感觉到母亲的音容笑貌在庭院的每一处存在着。

父亲是一个很严肃的人，不苟言笑，每天忙着学校的事务，对他要求很严格。每当他考出一个好成绩，那是父亲最高兴的事情，就会对他说上几句夸奖的话。父亲的夸奖有一个不变的模式，在说完夸奖的话之后，就会有一个短暂的停顿，而后用"但是"作为转折点向他提出更高的要求。后来他掌握住父亲说话的规律，在父亲说完夸奖的话做短暂的停顿时，他就会找一个很恰当的理由赶快离开，不给父亲留说"但是"的机会。看着父亲欲言又止的古怪表情他特别开心。

孩提时代真是有着无穷无尽的乐趣，那些情景深刻地烙在他的记忆里。许多年来无论他走到哪里，最美好、最有趣、最清晰的记忆就是在同官县这个小小的庭院里发生的事情。

现在，这里已经变得破败不堪，过去的事情已经化为过眼云烟，随着逝去的岁月一同消散。这次回到别离多年的家乡，他仍然是一个匆匆过客，命运不知将把他带往何方。面对纷乱的世事，他从内心感觉到家乡这片土地才是他心灵可以安歇的地方。然而，他已经卷入了这个纷乱的世事而无力自拔，只能接受命运的摆布，继续向前走，不能停留。

"啊呀，真是书坤回来啦。"一个沙哑的声音在院门口响起。高占魁拄着拐棍，一瘸一瘸地进到院子里。高占魁看着周书坤用陌生的眼神凝视着他，就自我介绍："小子，我是你占魁伯，咋，不认识咧？在外面干上大事了就认不得老伯了？"

"认得，认得。"周书坤扶了扶眼镜，欢喜地叫道。高占魁的瘸腿是一个无法改变的标志，这个标志在周书坤的记忆里留下明晰的烙印，追忆起来非常容易。岁月的利刃在高占魁的脸上镌刻下了沧桑的纹理，蚀磨掉了年轻、精干的性格特征。他头发花白，脸颊干瘪，皱褶深刻，两眼无光，嗓音沙哑，说话漏风。

"老伯，您快坐。"周书坤赶忙从屋里搬出一个方凳，擦去上面的尘土，热情地招呼着。他又抱歉地说："没有水给您老人家喝。"

"不用，不用。"高占魁在凳子上坐下来，用欣赏的眼光看着周书坤，用一只手比画着，"我在街上碰见老憨，他说你回来了，要把你父亲的坟迁回来，还要在县城里开诊所。我真不敢相信，就跑过来看来了。你变啦，长大了，年轻英俊了，一看就是饱读诗书的文化人。老憨说的是真的吗？"

"老伯，是真的。"周书坤说，"我要把家父的坟移回来，这也是家父临终的嘱托。这样我爷爷奶奶母亲父亲的坟墓都在这儿了。我是他们唯一的子孙，我要在这里守着他们，每年到坟上烧纸上香。我学的是医学，我要在县城开一家诊所。我打算好了，另两间房子我住，这两间房子就是诊所。"他向高占魁介绍着自己的设想，又遗憾道："只是这房子好多年没有修缮了，墙皮也脱落了，顶棚也被雨水沤坏了，屋顶的瓦也需要翻新，得折腾个十天半个月。"

"是啊，"高占魁不停地咬着腮帮子，嘴里好像有什么咀嚼不烂的食物，同意道，"是该好好收拾一下啦。原来是多好的一个院子呀，现在变成这个样子，真叫人心疼。房子这东西就怪，再好的房子没人住，很快就会变得破败不堪，房子需要人气养着才行。你打算啥时候拾掇，老伯现在上了年纪了，没有干劲了，但是可以给你张罗张罗。还有，给你父亲迁坟，我干不了，可以帮你指点指点。"

"那就先谢谢老伯了。"周书坤说，"我这多年没有回来了，再说我也干不了修房打墓的事情，还要多多仰仗你老人家费心。"

高占魁在几间房子里转悠着，看看房顶，敲敲门框，抠抠墙皮，说："修房打墓这种活都不是你们这些识文断字的人干的事。这墙皮都得铲掉，顶棚也得拆掉，房顶上的瓦都得揭掉，朽烂的檩条都要换掉，整个翻修一遍下来可是一笔不小的开销。没问题吧？"

周书坤很想尽快把自己在家乡安营扎寨的消息扩散出去，减少人们对他的猜测，面前这个老街坊正是一个消息传播的好渠道，要不失时机地把他利用起来。他信心十足地一笑，简单明了地说：

"没问题，我来之前已经做好了充分的准备。明天就去我爷爷奶奶母亲的坟上祭奠祭奠，向他们说说我的想法。我爷爷奶奶知道儿子要回来守在他们跟前一定会很高兴，我母亲知道我父亲就要回来和她团聚也一定会很高兴。我要在这里长期待下去，每年到他们坟前祭奠，烧纸上香磕头，他们一定会含笑九泉的。"

高占魁两眼闪着与他的年龄极不相称的神色，嘴唇哆嗦着赞叹地说："真是少有的孝子贤孙哪！现在这个世道已经很少有人读孔孟之书守孔孟之礼了，你讲的这些可都是孔孟的礼数呀。"说出这么一连串动听的话，连他自己都感到诧异。他稳了稳激动的情绪，挥手指着房屋和院子说："明天就开始干吧！"

"先不急。"周书坤说出了他的安排，"明天我要去爷爷奶奶母亲的坟上看一看，然后到香山去一趟，收拾房子打墓都是大事，也得挑个好日子吧。"

"去香山？进香吗？"高占魁问道。

周书坤走到桐树跟前，用手拍着被雨水打湿变得黢黑的粗壮的树干，仰头望着树冠上茂密的阔叶，声音有些暗哑地说："我父亲对家乡有着很深的感情，

临终前嘱咐我一定要把他的坟迁回家乡来。在迁坟之前一定要去香山烧香叩拜，告知家乡的神灵他要回来了，拜托神灵要护佑他的子孙平安。去香山是为了了却父亲的心愿。"

高占魁握着拐棍用力地戳着地面，发出咚咚的响声。

"好好，"他连声称赞着，"你父亲说得对，就照你父亲说的做，先去叩拜神灵，咱香山的神可灵啦。老伯这就去给你张罗，找最好的工匠来干活，找风水先生看风水。"他又恳切地说："老侄子，你多年不回来人都生疏了，也没啥亲戚，这些天就住在老伯家，热饭热菜的有个照应。再说啦，大贵现在是咱县上保安队队长，你们兄弟也见见面，增加增加感情，以后也有个照应。"

"哦？"周书坤很有兴趣地说，"大贵现在是保安队的队长了，这太好啦，以后少不了麻烦他。现在如果碰面肯定都认不出对方了，那时候我们都很小。"

高占魁说："是啊，这才更要见见面，你们兄弟也能叙叙旧。"

"老伯，谢谢您啦！"周书坤客气地说，"我还有一个朋友来给我帮忙，我俩都住在客店，就不打扰您了。等这几天忙过以后，我一定到家里去坐坐。"

高占魁看周书坤不愿随他回家，也就不再勉强，拄着拐棍瘸着腿告辞了。

第五十四章

周书坤在街上买了些上坟用的香、纸钱、果品就和邵文平到他家的坟地上去了。坟地在半山坡的一片杂树林旁，周边的萋萋荒草把坟茔都遮住了，一看就是多年没人祭奠过。他俩站在没膝的草丛里，周书坤指着那座大一点的坟茔说："这是我爷爷奶奶的合葬墓，那一座是我母亲的墓。我父亲在世的时候，每年都要回来祭奠一下，父亲去世后就没人来了。现在已经被荒草淹没了。"他苦笑着轻叹了一声："唉，这以后恐怕就要彻底荒了……"

邵文平安慰道："荒不了，等咱们的事成了，好好把这一块修一下。这块地方选得不错，背山面水，前面也很开阔。"

周书坤把果品摆在奠台上，把奠台前面的荒草用脚踏平，燃着纸钱和香，跪下对着坟茔磕了三个头。看着纸钱在火焰中变成灰烬随风飘散，就和邵文平顺着山路往香山的方向走去。

走在路上，邵文平问："香山是什么样，你去过吗？"

周书坤说："我九岁就离开了同官县，没去过香山。即便这次狄先生不说起去香山的事，我也想去一趟。"

邵文平问："为什么？"

"我也说不上来为什么，只是想去。"周书坤说，"据说，那里的香火很盛。咱们就要过金锁关了，金锁关是通往延安的最后一道关卡，就求菩萨保佑咱俩顺利通过吧。怎么，你不信这个？"

邵文平搔着头皮说："说不清，应该在两可之间吧。干我们这一行总是在刀光剑影里过日子，生死一线间，去拜一拜也好，求个心理上的安慰。"

周书坤边走边说："你说得对，也就是求个心理上的安慰。"接着他又说："这样做，看起来似乎很滑稽。说穿了也没什么，人都有趋利避害的心理嘛，祈求平安是人的本能。别说咱们这样的小兵小卒了，就是那些达官显宦对神灵也都是顶礼膜拜。就拿狄先生来说吧，他就是一个特别迷信的人。有一个算命先生给他算了一卦，说他命中缺水。结果他就把名字改了。"

邵文平说："哎，原来我以为达官显宦都是胸怀大志、光明磊落的人物，谁能想到他们也是神神道道的。"

下了陡峭的山坡，跳过清澈的河流，进入一道山沟里。中午，他们到了香山脚下。他俩在山脚下的小镇上找了一家饭馆吃了饭就开始登山，山路崎岖盘旋着向山顶延伸，偏午的秋阳毫不吝啬地把热量向大地挥洒，不大一会儿两个人就汗流浃背气喘吁吁了。

周书坤脱下外衣搭在胳膊上，手遮在额头上，眺望着香山的中峰，说道："俗话说，望山跑死马，这话真不假。在山脚下看着山上的寺院近在咫尺，走了这么长时间了还有那么远。"

邵文平说："看来求神拜佛保佑平安也得先付出点代价。"他停下脚步望了望四周："这里的景色不错，山势险峻，气势恢宏，不来看一看也算是人生一大遗憾吧。哎，前面那座院子是不是客店，咱到那里休息一会儿吧。入秋这么长时间了，太阳还是这么毒。"

周书坤和邵文平在路边就能看到青石台阶上面树林里的那个院子门楣上挂着一块红底黑字的匾额，上面写着"香山客店"四个字。邵文平说："果然是客店，咱们到里面歇上一会儿喝壶茶再往山上赶。"

周书坤同意地说："行啊，要不下山以后咱们就住在镇上，明天再回去。"

两人拾级而上，顺着小路进到树林子里。几株高大的白杨树遮天蔽日，林荫下是一座院子，院子里有四间瓦房。左边挨墙处有一间灶房，右边近墙处搭了一座席棚，棚下围着方桌坐着四个军人和两个农夫。一个中年女人提着一个热水壶从院子里过，看见他们便热情地打上了招呼。

"二位来啦，是住宿呀还是吃饭呢?"

周书坤说:"我俩是去寺院进香的香客，走累了，泡壶茶喝。"

中年女人殷勤地说:"好嘞，请屋里坐，我这就来。"她忙着去给席棚下的客人送水去了。

两人进到左边第二间屋子，屋子里是居家摆设，有炕，有桌子，有柜子，有洗脸盆，桌子上茶壶、茶碗一应俱全。

他俩刚坐下，中年女人就进来了，她热情地张罗着:"二位，到寺里上香呀。这天可真够热的，看把你俩热的。来，先洗把脸，消消热气。"她像陀螺一样在屋子里旋转着，端盆打水递毛巾。在周书坤和邵文平洗着的时候，她说开了:"咱们这个饭馆可吃可住，空气好，还清净，饭菜可口，价格公道，镇子上的馆子没有一家能赶上咱家。如果二位不嫌弃，从山上下来就住到咱家的店里来，保证你们吃好睡好。哪儿来的? 县城? 那今天回去就太晚了，急火火来急火火去多累人呀。说好了，你们下山来就住这间屋子，你看多宽敞，多干净，多清净，多凉爽，多像回到家里。下山回来，我把热水给你们烧好，烫烫脚解解乏。再炒上两个可口的菜，喝上二两酒，睡觉多舒服。咱家这店里被褥也干净，没虱子没跳蚤。你敢到镇上住一夜，少说也得丢半斤血，那虱子跳蚤多得你都数不清，啧啧，能把人吃了。二位喝啥茶，铁观音、碧螺春、毛尖、茉莉、大红袍随便挑，物美价廉，包您二位满意。"

邵文平问周书坤:"喝什么茶? 反正今天也不打算回了，咱干脆就消消停停地喝。"

中年女人忙插嘴道:"这就对了。向佛的人都有一个清净心，一看你俩慈眉善目的就是有佛缘的人。慢慢喝，下山以后就住到咱家这店里。"

周书坤说:"那就来壶碧螺春吧。"

中年女人又说:"这位客官一看就是喝茶的行家里手。现在正是秋燥的时候，碧螺春可以解秋燥、清心凉血、安神滋阴。稍等，马上就来。"

中年女人为了拢住周书坤和邵文平下山后住在这店里，忙前忙后地张罗着，一会儿就要跑过来添一次水。

屋子里很凉爽，喝着茶歇了一阵，身上的汗消了，热气退去了，人也感觉清爽了许多。

周书坤付了茶钱，中年女人攥着要找的钱殷勤地说："下山来就住这间屋子吧。晚饭想吃点啥我给你们准备好，杀只鸡吧？辛苦了一天也得犒劳一下自己吧。啧啧，戴眼镜别钢笔，一看就是文化人，菩萨见了你们这样的人就高兴。保你们求官来官，求财进财，求姻缘降仙女，求啥啥顺。"

邵文平说："就住这间屋子吧，挺清净的。"

周书坤赞同道："行吧。"他又对中年女人说："杀只鸡，把屋子再收拾一下。"

中年女人喜笑颜开："行，一定包您二位满意。这钱我就不找了，当押金，最后咱一并算。"

周书坤笑了笑和邵文平一起到了院子。四个军人和两个农夫还在席棚下坐着，见他俩出来，斜挎着盒子枪的军人喊了一声：

"喂，二位，是去寺院的吧？"

周书坤和邵文平愣了一下，知道是叫他们，但两人都没搭腔，继续往院子外走。

一个士兵端起长枪拉动枪栓，喝道："站住！聋子？我们马排长跟你俩说话呢。"

周书坤回过头推了一下眼镜，问："什么事？"

马排长长着一脸毛毛扎扎的胡子，在四十六团都叫他马胡子。马胡子绕过桌子走过来，抖动着眉毛，说："我们等你俩多时了，我们有耐心等你们，你俩也得给我们帮个忙，你说是吧？"

邵文平问："帮什么忙？"

马胡子搔着后脑勺说："是这样的，我们张司令前些日子到寺里进香在菩萨面前许了愿，许的啥愿我可不知道。今天他命令我带三个弟兄给寺里送八十斤大米、八十斤白面和五十个银圆来还愿。我呢，雇了两个人，一个背米一个背面。"他指着一个农夫说："他娘的，这个窝囊货上台阶的时候把脚脖子崴了，肿得像蒸馍。现在呢，劳你二位大驾，帮着把米和面扛到寺里去。兄弟我也不亏待你们，他俩的工钱归你们啦。请吧。"

周书坤说："这位长官，我们是香客有我们自己的事情。一个人脚崴了不还有一个人，还有你们四个人嘛，换着扛不就行了。"

马胡子眼睛一瞪，嚷道："嘿，你他娘的倒会安排。今天老子是王八吃秤锤铁了心啦，就让你俩扛！咋样，扛不扛？"

邵文平说:"不扛!怎么样?"

马胡子眼睛再一瞪:"嘿,他娘的,今天还碰上硬茬了,我就不信这猫不吃糍子……"他拔出盒子枪把大檐帽往上一抵:"李怀山、曹福贵、花金柱,操家伙!"

三个士兵听到命令端起枪瞄准了周书坤和邵文平。

马胡子挥着枪对那两个农夫喊:"你两个,给我滚!"

两个农夫一个搀扶着另一个,跌跌撞撞跑走了。

马胡子狞笑着:"背吧,不背是绝对不行的!就是我马胡子答应你,我手里这家伙也不会答应的。"

看起来不背是不行的。周书坤瞪了马胡子一眼,走到桌子跟前提起面袋子扛到肩上。他把面袋子在肩上抖了抖,说:"这哪儿是八十斤,足有一百斤。"

马胡子高兴地笑着把枪插进盒子里,说:"哈哈,戴眼镜的,真看不出来呀,你就是一杆秤啊。不是八十斤,是一百斤,你称得太准啦。"

邵文平气咻咻地嘟囔着:"真是'秀才遇到兵,有理说不清'。"他把一袋米抢到了肩上。

马胡子又冲他笑着说:"哎—— 一看你就是个读过书的人,啥道理都明白。不要紧,慢慢走,走不动就歇一会儿,菩萨不等这点米下锅。"他把手一挥,喊道:"弟兄们,走。"

山里的太阳落得快,山里的夜幕降得早。在山里,只要太阳一西侧,就飞也似的向西山坠去。

顺着蜿蜒崎岖的山路,周书坤和邵文平每人背负一百斤的粮食往山上艰难地行走着。两个人都受过专业的体能训练,周书坤还在铁路上做过劳工,背负这些东西在体力上还是能承受的,而心理上的承受力却随着每一步伐的迈进都在降低。三个士兵幸灾乐祸地说说笑笑,马胡子喋喋不休地唠唠叨叨更促使他俩的心理承受力降到最低点。

"你俩是县城的?"马胡子跟在后面喘着粗气问,"不对吧,我马胡子在县城待几年了,咋没见过你俩?你们是在撒谎。"他又想吓唬吓唬这两个书生气十足的劳力:"我看你两个一定是共匪。"他看两个人都不理他,就对三个士兵说:"奇了怪啦。咱空手走都累得直喘气,他们两个背一百斤粮食好像跟没背东西一样。我看这两个人不是一般人,肯定受过啥特殊训练。喂,你俩到底是干什么的?我为啥不认识你们?"

周书坤把面袋子从肩上卸下来,重重地蹾在地上,生气地说:"你嚷嚷什么？明天回县城我领你们到我家去看看，以后你就认识了。"他又对邵文平说："放下，歇一会儿。"

山里的凉风刮起来了，刚才还是一身热汗，歇了不大一会儿，周书坤和邵文平就有一种凉凉的感觉。马胡子从烟盒里抽出一支烟递给周书坤。

"抽烟。"他说。

周书坤拧了拧脖子："不抽。"

马胡子又把烟递给邵文平："你，抽烟。"

邵文平把脸扭向一边没理他。

马胡子看着他俩往后退了两步，阴笑着说："两个人都不吸烟，又有那么大的劲，你们绝对不是一般人。要不在少林寺待过，要不就受过什么特殊的训练。我猜得对吧？"

三个士兵听了这话，很警觉地把枪端了起来。

周书坤挠了挠耳朵，轻松地说："受过狗屁训练。你用枪逼着我俩背，我们有什么办法？有尿没尿也得撑着尿。"他咧了咧嘴，又说："如果我拿枪逼着你，你也能背得动。"

马胡子抹了一把胡子，朝地上吐了一口唾沫，轻蔑地说："就你俩这书生，一听枪响保准屁滚尿流。知道枪咋打吗？肯定不知道。要耍笔杆子老子不如你，要耍枪杆子老子可是行家里手。"

士兵中叫李怀山的突然叫道："咦——快看，流星。"

深邃广袤湛蓝的天空上星光闪烁，一颗星星偏离了命定的轨迹，拖着长长的如烟似雾的乳白色尾巴，匆匆划过长空向遥远的莽山奔去。

叫花金柱的仰起脸，张大嘴，说："听老人说，天上一颗星代表地上一个人，星星落地，就意味着一个人灵魂升天。"

曹福贵问："灵魂升天咋啦？"

李怀山说："灵魂升天都他奶奶的不知道，真笨。灵魂升天就是人死啦。说不定是你的灵魂要升天了。"

曹福贵生气地说："放屁，是你的灵魂才对。你看，你身上已经没有魂了，走路歪歪斜斜的。"

李怀山说："你才放屁呢，我身上咋没有魂了？我身上的魂稳着呢。你看，爷们儿给你来个正步走。一二一，一二一，咋样？"

花金柱喊道："看，这颗流星很大，不会是一个人，说不定是一伙人。"

马胡子说："老子看你们三个都他娘的没魂啦。李怀山，过来，帮老子把包

背上，这五十个银圆也够沉的。"

李怀山接过装银圆的包使劲抖了抖，挑在枪上，高兴地说："我早就说替你背，你还不愿意。一背上银圆我就浑身都是劲。我长这么大还没背过这么多的银圆，这响声真好听。我要是有这么多银圆就好了。"

马胡子问："小子，有这么多银圆你都想干些啥？"

"让我想想。"李怀山接着说，"先娶个漂亮的媳妇，盖上一座院子，再买上一头牛和一头骡子，再买上几亩好地。媳妇再给我生上几个娃娃。嘿嘿，美死啦！"

山里的气温白天和夜里有着很大的不同，白天的炎热被入夜的凉风一吹气温就急剧下降。现在是山风扑面，冷意袭人。

绕过两道弯路，爬过两个陡坡，在一段平坦的路上，周书坤加快了脚步撵上了走在前面的邵文平，悄声说："他们对咱俩的疑心太重，就是把这些东西送到，他们也不会轻易放过咱们。"

邵文平继续往前走着，问："你说怎么办？"

周书坤说："前面是个山嘴，路开始转弯了，转弯处一定是沟或者山崖，到那儿停下来，把这四个家伙处理掉，要不咱就脱不了身了。"他又接着说："把他们处理完以后咱就趁夜下山，到客店里把所有的人都要干掉，尤其那个多嘴多舌叽叽喳喳的女人知道咱们的情况，不能留后患。"

邵文平说："行，就这么办。"

走到山嘴转弯处，正如周书坤所料，道路正是傍在山崖边转的弯，崖壁下是黑漆漆的一团。山风比在前面的时候更烈了，鼓荡着衣服发出沉闷的颤音。周书坤把面袋子扔在脚下，说："休息一会儿，累死人啦！浑身都是汗，这儿的风吹着真舒服。"他从脚下摸起一块鹅卵石朝崖壁下扔去，过了一阵才传上来沉闷的着地声，沟很深。

邵文平也停了下来，坐在米袋子上冲着后面的四个人喊道："歇一会儿，抽支烟。"

马胡子在黑暗中骂骂咧咧地说："你这个人真他娘的怪，前面让你抽你不抽，现在要着抽。"

走在马胡子前面的三个士兵已经到了周书坤和邵文平跟前。李怀山把枪放在地上站到路边冲着崖下撒尿，周书坤闪到他背后一脚踹在他的后腰上，他两臂一张，惊叫一声，便向崖下扑去。周书坤回转身手法精准地拧住了花金柱的脖颈，只听咔嚓一声，花金柱哼都没哼一声就瘫在地上。同时，曹福贵的脖颈

458

也被邵文平拧断了。山里太静了，三个士兵的惊叫声和脖颈的折断声顺风清晰地传入马胡子的耳朵里。

"咋啦，咋啦？"马胡子嚷嚷着叫道。当看到一个黑影挟着一股煞气向他迎面扑过来的时候，他意识到了危险，哆嗦了一下掉转身子就跑，边跑边拔出手枪头也不回向后甩了两枪，慌乱中脚下踩到一块鹅卵石，身子打了个趔趄，沉闷地摔趴在地上。邵文平扑过去，用膝盖抵住他的腰，骂道："你他娘的，还敢开枪！"手起拳落重重地砸在他的颈骨上。

"好汉饶命。"这是马胡子从胸腔里吐出的人生最后一句话。

邵文平又在他已经弯曲的颈骨上砸了一拳，马胡子的脑袋猛然向上翘了一下便沉重地耷拉下去，两腿踢腾了几下就断气了。邵文平拖着马胡子的两条腿把他拖到沟沿上，发现周书坤坐在地上，一只手捂在锁骨的下方。

"怎么啦？"

"受伤啦。"

"怎么回事？"

"刚才有一枪打着我啦。"

"啊？"

周书坤忍着疼痛说："先别管我，把人和粮食都扔到沟里，把银圆留下。"

第五十五章

夜色降临，山上起了风，寺院里和周边的松林发出了翻江倒海般的松涛声，激荡着，咆哮着，回旋着，呜咽着，悲鸣着，长嘶着，短凄着，颤抖着，聚合着，碰撞着，爆裂着……冲荡着幽谷，撼动着山峰。

水秀在妙义的房子里做着针线，和妙义说着闲话。水秀到寺院已经快一年了，她已经适应了这里的生活并和妙义成了无话不说的姐妹。在妙义的开导下心境好了许多，没有那么多的悲肠愁绪了。听妙义讲了《心经》的许多好处，她渐渐地对这部经文产生了兴趣，现在可以流畅地背诵下来。慢慢地，她感觉到诵读经文是一种享受，在诵读的过程中内心深处会产生一种前所未有的、只

可意会无法言传的愉悦。每诵读一遍，心里的郁结就会少一点，心境就会豁然开朗一些，就像一坨冰放在暖融融的炉子边，在不知不觉中融化掉了。有时候她仍然会想起自己的丈夫和另一个女人私奔的事情，当这种不愉快的念头一跳出来，她就会赶快诵读一遍《心经》，立时就会感到有一股热流从身上流过，很快把不舒心的郁气驱走。现在她已经把那件让她不开心的事情忘掉了，她有时候会反省自己：当时为什么就把那件事情想不开呢？为什么会为那件事情寻死觅活呢？人生其实还有许多的快乐呀！

当水秀把自己的心得告诉妙义的时候，妙义高兴地告诉她："原来在你的心里有个魔障盘桓着，入了佛门，诵读了佛经，就有了驱魔逐障的法宝。魔障一旦驱逐，就会进入到一个天宽地阔的境界。"

水秀缝好了衣服上的最后一个扣子，咬断了线头，如释重负地松了口气说："好啦，这件衣服也成了。你看看吧。"

妙义说："你缝的衣服很细致，不用看了。"

水秀看到妙义整理桌子上的书，忽然想起了一件事，问："妙义姐，静淑是谁呀？你以前的俗名是不是叫静淑？"

妙义怔了一下，回头用一种疑惑的神情审视着她，好像在打量一个陌生人："你听谁说的？"

"哦，没听谁说。"水秀解释道，"那一天我随手翻看你的那些书，在书里看到的。喏，在这上面写着呢。"

妙义接过书，在书的一张插图的页角上写着"静淑"两个字，字迹已经褪色，显得很是模糊。

妙义的脸上倏然出现了不自然的表情，旋即暧昧着说："嗬，静淑呀……以前相识的一个熟人……"

水秀笑了笑说："我还以为是你的名字呢。你没入佛门时叫啥名字呀？听你说话有时候夹杂着外地的口音……"

水秀的话还没说完，两声清脆的枪响随风传了进来，两个人愣了一下，相互对视着。

水秀说："啥声音？放炮声？"

妙义摇了摇头，没有说话。她思索着，侧耳谛听着。

甬道上传来急促的脚步声，妙义说："徐监寺来了。"徐监寺正要敲门，妙义已经把门打开："进来吧。"

徐监寺匆匆进来，说："住持，听到了吗，刚才的枪声？"

460

妙义说:"听到了,怎么回事?"

徐监寺说:"不知道。我在前面那片地上练功,突然就听到了两声枪响,像是从半山腰上传来的。这个时候在那个地方咋能响枪呢?"

水秀猜测着说:"会不会是有人打猎?"

妙义说:"不会,这是手枪的声音,打猎的枪声不是这样的。什么人现在往山上来,土匪?"她思索着,果断地说:"一定出了什么事。走,去看看。"她抢步在前,上到大殿前的平台上,顺着墙根,朝山门方向疾步走去。她隐身在矮墙的土崖边,吸着山风裹着的夜气。

夜幕沉沉,星光熠熠,新月如钩,山风在暗夜中来去盘旋,忽强忽弱。偶有南去的雁群掠过茫茫的夜空,用警惕、悲凉的啼声标出自己的去向。除此之外,四周静悄悄的没有一丝的异声杂音。

徐监寺说:"什么动静也没有。枪声是怎么回事,谁打的?"

妙义说:"肯定有事。你跟大家说一下,夜里警觉点。明天一早,你到下面去看看。枪响在离山门这么近的地方,我总觉得不是什么好兆头。"

天一放亮,徐监寺趁着朝山的香客还没有上山的时候,只身顺着山路向山腰处查看了一番,由于判断不出响枪的具体位置,也没有找到异常的痕迹和特别的人,结果令他失望。往回走着,他再次回头望了一眼静静的山路和两旁的山林,突然看到斜坡下面的树林里有一个人影闪了一下,便又不见了。

徐监寺立时警觉起来,思忖道:"这是什么人,藏在树林里干什么?这人和昨天晚上的枪声有没有联系?"他要探个究竟,于是,他下到坡下人影出没的地方。那地方静静的,除了杂草和树木,没有人的踪影。

"奇怪,分明看到有人,怎么到这里却什么也没有发现,难道是看花了眼。不对,绝不是看花了眼,一定有人。那么人呢,他为什么要躲避?"

徐监寺仔细地向四周搜寻着,屏息静听着,脚下经年积攒的枯枝败叶上杂乱的脚印把他向前引导着。终于在一簇灌木丛后面发现了一个隐蔽的土洞,洞口上的蜘蛛网残破成缕絮,松弛地挂在草蔓上,表明有人藏在里面。他探头朝里看,里面黑乎乎的什么也看不清。他便喊道:"喂,里面有人吗?我是寺里的和尚。"里面静静的没有反应。刚要再次喊话,突然觉到一只手从背后搭在他的肩上。

徐监寺缓缓地转回身来,看到了脸面冷漠而戒备的邵文平。

徐监寺把邵文平打量了一下,口气平和地说:"施主,我是寺里的和尚,在上面看到这里有人,下来看看,没有恶意。施主是否遇到什么麻烦,需要我帮

助吗?"

邵文平感到这个和尚确实没有恶意,脸色变得柔和一些,说:"我和同伴昨天要到寺里进香,在山腰碰到几个劫路的向我们索要财物,我的同伴被他们开枪打伤了。"

徐监寺急切地问:"人在哪里?伤得重吗?"

邵文平指了指,说:"在洞里,已经昏迷了。我正准备到寺里求助,就看见了你。"

"快,进去看看。"

他们从窄狭的洞口钻进去。这是一个葫芦状的洞,洞口虽小,内里却宽敞。徐监寺吃惊地想,自己在寺里多年,采药时足迹遍布山上所有的沟沟岔岔,却没有发现这里还隐藏了这么一个洞。他不知道这两个人是怎么发现这里的。

两人把周书坤抬出洞。徐监寺两指放在周书坤的鼻孔前,只觉得气若游丝。他又把了把脉,脉象徐缓而滞重,面色蜡黄,看似流了不少的血。

徐监寺说:"伤势挺重的,得赶紧救治,否则很危险。最好的办法是到寺院里去治。"

邵文平说:"好吧,我来背。"

徐监寺看了一眼邵文平单薄的身子,说:"你背不动,还是我来背。"

邵文平先跑出林子向四周望了望,见通向寺院的道路上空寂无人,又回来帮着把周书坤放在徐监寺的背上,疾步向寺院走去,一直来到徐监寺住的房间。

徐监寺吩咐邵文平说:"你先给他喂些水,我去去就来。"说完赶忙出了房间,直奔妙义的住处。妙义也正在焦急地等待着消息。她坚信昨天夜里山上一定发生了什么不寻常的事情,事情搞不清楚,她心一直悬着。她手里捻着佛珠,双目微闭,默念着经文,耳朵却留心着外面的动静。水秀伫立在她身旁,陪着等待消息。

妙义停住手徐徐睁开眼睛,说:"他回来了。"

"徐师父?"水秀说。

"是,我听到了他的脚步声,杂乱而急促,一定发生了什么事情。"

水秀说:"我去看看。"

妙义说:"不用,你就静静地待在这里。是福不是祸,是祸躲不过,该发生的事情总是要发生的。这几天我就感到山上的气氛不对,煞气太重,就估摸着要发生什么不遂心的事情。阿弥陀佛!"

妙义的话音刚落,外面响起了敲门声。妙义说:"进来吧。"

徐监寺推门进来,抹了一把额头上的汗,把外面遇到的事情简单地说了一遍。最后他解释说:"我看那个人伤势太重,如果再耽搁,怕……"

妙义打断他的话:"不要再说啦,事已至此,咱们过去看看再说。"

三个人一同来到徐监寺的房间。邵文平正在抹去周书坤嘴角淌下来的水线,见他们进来,赶忙闪身站到一旁叹着气,说道:"半夜一直喊着要喝水,现在咬着牙喂不进去。"

妙义走到床前,看到周书坤那张没有血色的脸,心里猛然像是被一只无形的手揪了一下,但她很快恢复了平静,俯下身去,查看他的伤口。枪弹是从锁骨的下方打进去的,弹洞周边凝结着黑色的血块,一咳嗽,血就从弹洞冒着血泡涌出来,衣服被血洇湿了一大片。

妙义吩咐水秀浸了一条热毛巾,轻轻地擦拭着周书坤的伤口。由于疼痛的缘故,他的喉咙里不时发着梦呓般的呻吟。妙义说:"人不能放在这里,需要赶快做手术把子弹取出来,把他送到石洞里去,在那里给他做手术,水秀随我去取东西。"

在石洞里的油灯下,妙义给周书坤注射了麻药,用手术刀切开伤口,用镊子探了进去,将一颗沾着血迹泛着金属光泽的子弹头夹了出来,然后把伤口缝合好,上了些药,包扎起来。她擦去额头上的汗珠子,松了一口气,说:"好啦,没有伤到骨头。只是失血过多,导致脏器功能有些衰竭,恐怕要昏迷几天。不过,没有生命危险。"她对邵文平说:"你和他就待在这个洞里,这里很安全,不要外出,以免引起不必要的麻烦,由徐师父每天往这里送饭送药。"她又问:"你们是哪里人,到这里干什么?"

邵文平说:"我俩是同官县人,到这里来上香,结果遇到了劫匪,唉……"

水秀疑惑地打量着邵文平:"你们是同官县人?同官县哪儿的人?"

邵文平说:"县城。"

水秀说:"我也是县城的,咋没有见过你们?"

邵文平说:"哦,是这样的。我是西安人,和他是朋友。他叫周书坤,九岁以前就住在县城,父母都是教员。他母亲死后,他随父亲到了西安,已经许多年没有回来过。这一次他回来是给他父亲迁坟的,我是来帮忙的。回到家乡,他想到寺院拜拜菩萨……没想到发生了这事。"他又说:"真的感谢你们的救命之恩,给你们添麻烦啦。只要他的伤有好转,我们就离开这里……"

　　下午，水秀和几个居士把布拿出来裁过冬的棉衣，一直到夜里。她用拳头捶着有些疲惫的腰背回寝室，快到寝室的时候，忽然起了去见妙义的念头。妙义的房门虚掩着，里面有灯光。她推开房门，里面没有人，油灯孤寂地闪烁着昏黄的亮光。她退出来带上房门，心里琢磨，这个时候她会去干什么呢？上午发生的事情一定搅得她心绪不安，一定没有心情到别人的房里去聊天。她猜测也许去练功了吧。这样想着，就朝她练功的地方走去。站在石阶前，借着幽幽的夜光，朦胧中可以看到临崖的护栏前伫立着一个人。这人正是妙义。

　　水秀走下石阶的时候，妙义回转身默默地看着她。等她到了跟前，妙义问："这么晚了，还没有休息？"

　　水秀回答说："我和姐妹们裁了几件过冬的衣服，回去的时候到你的房里去，见房里没人，想着你可能在这里，果然在这里。"

　　妙义"哦"了一声，算是对她的回应，然后又转过身去，倚在护栏上，静静地望着苍茫黢黑的夜空。

　　山里的夜深邃而静谧，夜空高远而温馨，夜风聚散而无形。静夜里偶尔飞过一只萤火虫，在夜幕上画过一道黄绿色的流光，无声无息，渐行渐远，最后被渺茫的夜色所吞噬。高远的天空上，清晰可见一道银河，银河像一条仙女身上飘然若飞的彩带，华丽地系在广袤深邃的夜天上。

　　水秀觉得妙义独自一人在这里，又是心事重重的样子，一定在想什么事情。她猜测着问："姐，你想啥呢，还是上午的事情？"

　　妙义站直了倚在护栏上的身子，说："是啊，我在想这两个人怎么会跑到这里来，他们是为什么而来。"

　　水秀说："不是说来拜菩萨的吗？"

　　停了一会儿，妙义说："秀儿，你来了，我也不瞒你。这两个人中间有一个人我认识。"

　　水秀大感意外，吃惊地说："你认识？"

　　"是的。"妙义点了点头，对自己说的话做了进一步的肯定。

　　水秀猜测着问："是……受伤的那一个？"

　　"是。"妙义说，"这是一件隐藏在我心中十年的事情。我原想他已经被尘封在我的记忆里，谁知道鬼使神差，事隔多年他又出现了。"

　　在这迷蒙的暗夜里，在这似乎可以超尘脱俗远离人世间喧嚣的佛门寺院的藏经阁前，妙义梦呓般地叙述着一个恍如隔世的故事。

　　妙义的俗名叫柳静淑，出生在南方水乡小镇上一个殷实的书香家庭里。外公是晚清的一个举人，开明而多善举，在当地有着良好的口碑。母亲是一个端庄秀丽、能识文断字的大家闺秀，十八岁嫁给了当地一个军阀的独苗儿子，称得上是门当户对、珠联璧合的姻亲。小静淑出生了，望眼欲穿抱孙子的军阀等来了一个丫头片子，这使他大失所望，对于孙女不太喜爱。加之静淑从小有个爱哭的毛病，无论大小事情只要不顺心意就咧着小嘴有始无终地啼哭，这更惹得军阀爷爷不高兴。相反外公外婆却对小静淑格外疼爱，所以小静淑童年就是在外公外婆家长大的。她天姿聪慧，记忆力极强，《千字文》《百家姓》在外公的教诲下，背得是朗朗上口，毛笔字写得也是娟秀清丽。这年暮秋的一天，外婆在家里接待一个化缘的老尼姑，她听到书房里传出春莺啼秋燕鸣般童稚的读书声，便问外婆："这是谁家的孩子读书呀，小嘴儿读得多流畅。"

听到夸奖，外婆喜上眉梢地说："是外孙女，可爱读书识字啦。"

老尼姑来了兴致，说："能否让老尼见上一见。"

外婆忙叫家人把静淑领来。老尼姑爱怜地把静淑拉到跟前，细细地端详她的面容，沉吟了一下，对外婆施礼道："施主，老尼禅修多年，颇有心得，对相面也略知一二。看了这孩子的面相，有几句话，不知当讲不当讲。"

外婆忙说："大师慧眼，乃世外高人，有什么话直说无妨。"

老尼姑说："这孩子天资聪颖，悟性极佳，可……"

外婆心里一揪，说："说吧，有什么不合意的地方，也可以想法子禳一禳。"

老尼姑说："我也是这意思。那就直说了，不妥之处，多多见谅。"她又细细地端详了静淑的面容，觉得能把持住了，接着说："看这孩子的面相……颇有佛缘，而且命途多舛。如若皈依佛门，将会命途通达，不如让我收她为徒吧。"

外婆听了这话，心里很是不痛快，心想，我老婆子一辈子吃斋念佛，就是为了保佑全家平安福寿。你到我们家化缘我不吝啬地接济，已经是做了善事，积了善德。你不知答谢，反而说出这些让人不爱听的话。只怕是将我外孙女收为徒儿是假，想把我家当成你的摇钱树是真吧。叫我外孙女青灯孤影地去受那份罪，我是决然不会答应的。虽然她心里不痛快，并没有显露在脸上，淡淡地说："谢过大师的美意。人生的福是修来的，德是积来的。我老婆子虔心敬佛，老爷虽不信佛，但为人和善，睦结邻里，对我敬佛上香从不阻挠，我想孩子也一定会得到佛祖庇佑的。"

外婆虽然没有直接驳她的面子，老尼姑也能听出外婆话中的弦外之音，矜持一笑施礼道："施主，我也是随口说说，信则信，不信权当老尼姑妄言之罢了。"她接着又说："施主，能不能告诉老尼这孩子的生辰八字？"

外婆也想化解一下这尴尬的场面，就乐呵呵地说出了静淑的生辰八字。

老尼姑听罢，伸出手来，默默地掐算了一阵，没有言语。

外婆探着身子问："大师有什么话说？"

老尼姑起身施了个礼，满脸掬笑地说："今日登门搅扰了，施主大方施舍，老尼深为感激。时辰不早，老尼就此别过，后会有期，阿弥陀佛。"老尼姑离开堂屋，穿过曲径，朝院门口走去。

外婆忙不迭地撵了出来，唤道："大师，大师，你的话还没有说完呢，咋说走就走呀！这已到饭时了，吃过饭再赶路吧。"

老尼姑跨过院门的门槛停住了脚步，回身说道："施主，饭就不吃了。你说我的话没说完，这是实情。老尼刚掐算过，你这外孙女明年夏末会得一场病，如若言之有谬，老尼再来宝地化缘，决不登你家门槛。如若老尼言之而中，到时你务必到灵宝寺找德盛大师，他会捎信告诉我的，那时我无论在何方都一定星夜兼程，前来救治。记住是灵宝寺的德盛大师。告辞了。"老尼姑转身飘然而去。

老尼姑走远了，外婆缓过神来，呸呸地朝地上啐了两口涎沫，还用脚尖狠狠地跺了两下，嘟囔了一句"嗨，晦气"，转身回家去了。

"后来呢，那个老尼姑说得准不准呀？"水秀急切地问。

妙义说："准。第二年的夏末，我果然得了一场病，间断性发烧，头晕目眩，茶饭不思，身体日渐消瘦。我外婆想起了老尼姑的话，赶到灵宝寺找着德盛大师，把老尼姑说的话告诉他。"

"后来咋样啦？德盛大师说啥啦？老尼姑来了吗？"

"德盛大师听了哈哈一笑。说这老尼姑是他的同门师妹，在陕西省同官县的香山寺院，同官县距离我们那儿遥遥数千里，即便立刻给她寄信，她接到信就即刻起程，没有三两个月是赶不到的，那时候什么都晚了。我外婆听他这么一说，急得当时就哭了起来。德盛大师见状，说：'别急，别急。我师妹知道她赶不来，特意给我留下了三粒药丸，交代说你来了就把药丸交给你。'他取出一个匣子，把三粒药丸交给我外婆，说：'你外孙女吃了这三粒药丸就会药到病除，但会留下浑身乏力的后遗症。不过这不要紧，你把她交给我，四年之后我还给你，这病就会永远地消除了。'"

"后来呢？"

"我外婆接过药丸虔诚地在佛祖面前跪下磕了几个响头。"妙义继续回忆着往事，"外婆回家喂我吃了那三粒药丸，真是灵验，过了五天时间，我的病就明显好了起来，吃饭、睡觉都恢复了正常，就是感到浑身困乏无力。外婆外公和母亲父亲一同领着我，把我送到灵宝寺交给了德盛大师。"妙义抚着栏杆向前走了几步，接着说："到了灵宝寺也没有干什么，德盛大师每天给我喝一碗味道很独特的汤药，并教我练习武功。我的身体在德盛大师的关照下很快好了起来。我在寺院待了三年，我的武功就是在那个时候学的。从那时起，在我幼小的心里，就刻下了一道永远抹不去的记忆：在遥远的北方有一个县城叫同官，在这块灵秀宝地上有一座秀美的山叫香山，香山寺里有一个老尼姑是我的救命恩人。后来，我考取了国立上海医学院。有一次听地理课，老师讲到黄土高原。快下课时，老师问同学们有什么问题需要提。我就说：'老师，您讲一讲同官县和香山寺吧。'说真的，那时候在我的心灵深处总是觉得同官县、香山寺是我心中的圣地，那是世间最美好的地方。我有一种神往。老师听了我的话很茫然，问：'同官县、香山寺在什么地方？'原来他不知道。"

"不是说四年吗，怎么三年就离开灵宝寺了？"

"你呀，真是打破砂锅问到底。"妙义长长地吁了一口气，接着说，"离开灵宝寺也是事出偶然。我每次喝的汤药都是德盛大师亲手熬制，而且每次熬药时他都不许别人在跟前。听师父们说，这药喝了不但可以强筋健体，而且可以提高功力。在寺院里只有上了年纪的长者或体弱多病的僧尼才能享受这样的待遇。药方是秘密的，只有德盛大师一人知道。我呢，出于好奇，有时候跑到药房里玩耍时就捏上几片药材放在嘴里嚼一嚼，时间长了哪一种药是什么味我都记住了。有一天，德盛大师看着我喝药，我边喝边咂着嘴品味。德盛大师问我：'你咂嘴干什么？'我说我在品这药汤是由哪几味药熬的。德盛大师笑着问我：'你说说，都是用哪几味药熬的？'我随口说出了十多味药名。我记得很清楚，那一幕我永远也忘不了，德盛大师脸上的笑容在一瞬间僵住了。他几乎是把药碗从我手里夺走的。蹲下身子，抚着我的头说：'孩子，这话你跟谁说过，啊？'看着德盛大师着急的样子，我害怕起来，不知道自己做错了什么事。我说：'我对谁也没有说过。'德盛大师好像这才放了心，站起身来，眼睛仍盯着我自言自语地说：'你真是个人精呀！'继而，他又反复叮嘱我说这话不能跟任何人说。过了两天，我外婆外公就到寺院接我回家，说是德盛大师说我的病好啦。我就这样离开了寺院。后来回想起这事，十有八九是我破解了德盛大师的秘方，德盛大师担心我会传出去，这才让我离开那里。不过我的身体确实好啦。"

"你只顾讲你小时候的故事了，忘了讲你是咋样认识那个受伤的人的。"水秀说。

　　黑暗中妙义笑了笑。能听出，她笑得很舒心。显然童年有趣的回忆使她的心情开朗了许多。

　　妙义说："你这个妹子，心太急。故事嘛是有连续性的，下面自然会讲到这事上的。你不困吧？"

　　水秀急忙摇头说："不困，难得这样轻松地陪姐姐。"

　　"好，那我就接着讲。多少年啦，这些事一直压在我的心底，从没有向人诉说过，今天是第一次这样无拘无束地向别人敞开心扉。可是有一点，你要严守秘密，不许把姐姐说的心里话当新闻传哦。"

　　"一定的，一定的。"妙义的故事给水秀带来莫大的兴致，她从出生以来就在这个县城生活，外面的世界对她来说是陌生而好奇的。

　　妙义打开了尘封的记忆，悠悠往事，穿越时空，一幕一幕又清晰地展现在她的眼前。

　　离开寺院回到家中，柳静淑继续着读书生活，读完高中便以优异成绩考入国立上海医学院。大学读到第四年，八一三事件爆发。这时候她和同学周书坤相识相恋了。国难当头，激发起学生们的爱国热情，他们整天忙得不再是学业，而是上街游行，宣传爱国思想，到军营鼓励将士抗日杀敌。柳静淑、周书坤和同学们组成战地医疗救护队到了抗日前线救护伤员。许多热血沸腾的男生不甘心在后方做救护工作，纷纷脱下白大褂，扔下手术刀，拿起枪杆子到前线冲锋陷阵去了。周书坤没有去前线，救护队里除了女生和几个年纪偏大的教授以外，青年男性就只剩下他一个人了，开始受到嘴尖牙利女生的讥讽。

　　"他怎么不到前线去呀？一个大老爷们儿的。"

　　"贪恋女人呗……"

　　"怕死鬼……哼！"

　　"我要是有这样的男朋友，早一脚把他踹啦。没有一点男子汉的阳刚气，会不会被阉过呀……"

　　"哈哈……"

　　女同学们已经毫不掩饰她们的情绪了。这些话柳静淑听了心里很不是滋味。

　　入夜，打累了的敌我双方都停了下来。枪声、炮声、厮杀声以及战车的轰鸣声喧嚣了一天的城市终于安静了下来。柳静淑顾不上一天的劳累，拖着疲惫不堪的身子把周书坤叫出临时医院的院子，在一幢被炮弹炸得坍塌了一半、住户跑光了的空荡荡的房子里，说出了几天来积聚在心里的话。

"书坤，你为什么不到战场上去？"

"这个地方难道还不算是战场吗？子弹、炮弹就在我们的头顶呼啸，在身边爆炸……"

柳静淑竭力压住心中的火气，一挥手打断他的话："我说的是最前线，能和敌人枪对枪刀对刀拼杀的地方……你不要强词夺理偷换概念……"

"我……"

"你什么？你没有听到同学们怎么议论你的吗？"

周书坤憋着气恨恨地说："听到啦！"

"是怕死吗？"

"绝不是！"

"那是什么？你说出来我听听，有让别人信服的理由吗？"

周书坤低头沉默了一阵，然后抬起头来凝视着自己的恋人："静淑，我不是害怕上前线，也不是怕死，只是一想到离开你我心里就犹豫……我离不开你，我太爱你啦……"

柳静淑的心被软化了，憋在胸中的火气荡然消失。她伏在他的胸前喃喃地说："书坤，去吧，坚强地去吧！我心中爱的男人，我托付一生的男人应当是个轰轰烈烈的男人，在国难当头决不会受儿女之情羁绊的男人。无论怎样我也不愿意看到我的男人是个懦夫。"她的眼睛里闪烁着晶莹的泪花和炽热的光。

周书坤揽她入怀，亲吻着她那热辣辣的脸颊，缓着气说："静淑，我去，我听你的。可是，我要是在战斗中炸断了腿，炸飞了胳膊，你可决不能不爱我，抛弃我，要是那样，我……"生离死别，他的眼泪滴落在恋人的柔发上。

柳静淑一把推开了周书坤，热辣辣的眼光看着他，坚定地说："你对我不放心是吧？周——书——坤，我现在就明确告诉你：我是你的人，我这一辈子都是你的人；你是我的人，你这一辈子都是我的人。你牺牲了我披麻戴孝给你送葬，为你一辈子守寡；如果你炸断了胳膊炸飞了腿，我甘心情愿伺候你一辈子。今天晚上我们俩就在这里，在这间屋子里拜堂成亲，我做你的媳妇，做你真真正正名副其实的媳妇。"说着，柳静淑解开了衣扣。柔和清爽的月光像水一样滑过被炮弹炸得破烂不堪的窗洞洒落在房间里，柳静淑白净、细腻、丰腴的胴体完全展露在周书坤的眼前。

第二天，周书坤告别柳静淑上了前线，再没有回来。战斗结束后，柳静淑到战场上的死人堆里找了个遍也没有找到周书坤的影子，问遍了所有认识的和不认识的人，也没有打听到周书坤的消息。从此周书坤如泥牛入海，音讯杳然。

妙义眼神凄迷地对着夜空深深地吁了口气，仿佛郁结心间多年的心事讲出来之后，身心轻松了许多。水秀静静地听着，平时她看到的妙义为人和蔼、豁达、平静、沉着，怎么也想不到她还有如此坎坷的经历。

妙义接着说："我找了他很长时间都没有下落。后来有一个参加战斗的同学告诉我，在那一天的战斗中鬼子冲了过来，周书坤没来得及撤退被鬼子抓走了。我当时就想，这一下他肯定完了，被鬼子抓走那一定是九死一生。他死了，我一定要恪守诺言，不再嫁人。再后来，我回到了家乡的灵宝寺，找到了德盛大师表明皈依佛门的心愿。我这一辈子要为我的爱人、为我的诺言守清灯伴孤影，吃斋诵经。一来恪守我对周书坤的承诺，二来可以超度我亡夫的魂灵。也是机缘凑巧，我到灵宝寺没几个月，小时候救过我的老尼姑也到了灵宝寺。她说她早就算出我与佛门有缘，这都是命定的事。随后我就跟着老尼姑到了这香山寺。"她又说："你知道我为什么愿意来香山寺吗？因为周书坤就是你们同官县人。我做梦也想不到，时隔十年了，今天竟然在这里碰上了他。"

水秀说："姐姐，这是好事呀！有道是有缘千里来相会，有情人终成眷属。菩萨保佑着呢，让你们这对有情人终于又走到一起了。你应当高兴，应当相认才对呀。"

妙义说："岁月流逝，我与他相别已十年了。这些年里不知发生了多少事情，他的生活都有哪些变化我都不得而知。唉，贸然相认，说不定没有好的结果，还会引出无尽的烦恼。"

第五十六章

在周书坤受伤的第四天，高大贵带领了五名保安队队员，郭蛮子带领了五名士兵，在早上 10 点的时候，到了香山的半腰。

香山寺院的早课已经结束，妙义给僧尼们安排了事务，便和水秀站在大殿的石栏前向远处眺望。妙义这几天面容显得十分疲倦，眼睑有些浮肿泛青，皮肤也松弛了许多。困扰她的仍然是周书坤和邵文平的事情，对这两人的到来，她仍然是满腹狐疑。邵文平告诉她周书坤回来是为迁他父亲的坟，在迁坟之前到香山来给菩萨上炷香，拜拜神灵。可据她所知，周书坤以前是没有这些信仰的，他一直是个无神论者。又是什么样的变故使他改变了信仰呢？或者，会不会是他在什么地方得知了她在香山出家的消息，专门来找寻她呢？这个念头一出现，的确使妙义心跳加快，有些脸红耳热的感觉。但她很快就否定了这个荒唐的念头。如果他是为了这个目的，他的同伴不会不知道。在她和邵文平的交谈中，从未从话语中听出一丝一毫这方面的信息。就在妙义胡思乱想的时候，水秀突然喊道："姐姐，你看，山下上来一群人。"

妙义循她指的方向看去，顺着山道出现了一溜移动着的身影。过了一会儿，这一群人走出了阴坡出现在阳坡上，在秋阳的照耀下一个个轮廓清晰。五个穿黑制服的保安队队员走在前面，最后一个人骑在马上，他是高大贵。紧跟着的是五个穿黄军服的军人，后面两个人骑在马上，是郭蛮子和冯军医。保安队队员和士兵们肩上横扛着枪，像捆着一根扁担，枪筒在阳光下闪烁着亮光。

徐监寺也看到了这些，跑过来向妙义报告。妙义平静地说："看到了。"

"他们来干什么？是那张司令又来上香？他上次许给咱寺里一百斤面、一百斤米和五十个银圆还没有给送上来。会不会是给咱寺院送香火钱来了？"

妙义说："肯定不是。"

徐监寺不解地问："为什么？"

妙义说："上一次张震山来只带了五个人，他为示虔诚从山下步行上山，跟随他的五个人身上都不带武器。你看这帮子人，扛着枪，骑着马，这不是来敬神的，是来拆庙的。"

徐监寺和水秀惊问道："那怎么办？"

妙义往山下的路上看了看，吁了口气说："我想他们来一定与咱们藏的那两个不速之客有关。这是他们招来的。"

徐监寺焦躁地说："这怎么办？我去召集僧众把他们堵在山门外面。他们胆敢妄为，就和他们拼了。"

妙义说："少安毋躁！你去把那两个人安顿好，找不到人他们也没办法。水秀，你去让人把寺院的门打开。"

徐监寺和水秀去办自己的事情了。妙义仍然站在石栏前，眺望着远方。

邵文平坐在石洞的草垫子上，在灯光下随意翻看着一本佛经。听到外面急促的脚步声和忙乱的开锁声，警觉地站起来，顺手抓住灯盏，做好随时发出攻击的准备。当他看到是徐监寺进来，神情舒缓了一些，笑脸相迎着说："徐师父，你来啦。"眼睛在他的脸上捕捉着异常的信息。

徐监寺皱着眉头看着他，急切地问："那天夜里你们碰到的是四个什么样的劫匪？"

邵文平平静地说："怎么啦？不是跟你说过了嘛。"他心里在揣测着徐监寺这么急匆匆地来问他已经说过多遍的事情是出于什么目的。但有一点他是可以肯定的，寺院里一定发生了什么意外情况，这个情况与那天夜里发生的事情有着密切的联系。他看了看躺在草垫子上的周书坤。周书坤像睡着了一样一动不动。他的视线又回到徐监寺的脸上，佯装出一副思索的样子，慢吞吞地说："就是四个人，有一个长着一脸胡子，年纪大点，其他三个人都很年轻，也就是二十多岁。反正天已经大黑了，看得不太清楚。再说了，我和书坤也是第一次碰到这样的事情，害怕得不得了。怎么了，出什么事情了？"

徐监寺摆了一下手，说："别说了，没时间啦。山下上来十来个军人，已经快到山门了，看样子一定是冲着寺院来的，究竟为了啥事情现在也说不清楚。你赶快跟我走，咱们换一个更隐蔽的地方。"

邵文平用脚尖指着躺在草垫子上的周书坤："带他一起走？"

徐监寺说："不带他，用草垫子把他盖起来。"

他们两人匆忙用草垫子把周书坤遮住，就离开了石洞，顺着九龙柏旁边的一条小径上到山顶。这里草茂林密，透过树的间隙，可以看到寺院里的一切。

徐监寺指着近前一棵斜逸的柏树说："你在这里看着下面，如果他们到这上面来，你就顺树爬到那个石台上，那里有个石洞你钻进去。那个洞可以通到寺院外面，出口也很隐蔽，他们找不到你的。我这就下去和他们周旋，看他们是为啥事来的。"

保安队队员和士兵停留在寺院的大门外，散散乱乱地四处观望着。

郭蛮子、冯军医和高大贵来到大殿前，跟妙义、水秀和徐监寺说着话。还有一个中年女人畏葸地站在一旁，邵文平认出她就是他们在客店里喝茶时遇到的那个女人。他们说话的声音随着山风忽隐忽现地飘到山顶来。

高大贵看了一眼水秀，向妙义拱手道："住持，打搅了。"

妙义合掌施礼，说："阿弥陀佛，善哉，善哉。不知各位施主亲临寺院有何见教？"

郭蛮子跨前一步拨开高大贵，说："你就是住持？几天前我们有四个弟兄到你们寺里来送张司令许的香火钱，一百斤大米、一百斤白面和五十个银圆。你可收到这些东西，见到那四个人？"

徐监寺喊道："哪有这事？我昨天还说呢，张司令许的香火钱为啥还没送来，是不是张司令忘记了。"

郭蛮子喝道："闭住你的嘴，我问你们住持，不许你插话。"

妙义挡在满面怒色的徐监寺面前，说道："施主息怒，徐师父说得没错，我们确实没有见到有人来送香火钱。施主是不是什么地方搞错了。阿弥陀佛，善哉，善哉。"

郭蛮子鼻子哼了一下，说："我们搞错了？难道我们是来讹你的不成？"他指着那个中年女人说："这个人你认识吧？"

妙义说："认识，她是本寺的居士，经常到寺里进香，在山下开了一家客店。我们很熟悉的。"

郭蛮子说："你说我搞错了，可以，现在让她说，看是不是几天前有我们四个弟兄来给你们寺院送香火钱。那四个弟兄还在她的店里吃饭歇脚了呢。她说话你总相信吧？我告诉你，我昨天就派人来查了，现在认定问题就出在你们寺院。"他指着中年女人："你说，把你看到听到的照实说出来！"

中年女人苦凄着脸，颤颤巍巍地说："这是咋回事呀？到底发生了啥事情我真的一点都不知道呀。妙义住持，四天前的晌午天可热了，是吧？咱那店里来了四个军爷，还有两个雇来背粮食的人到店里吃饭。有一个大胡子的军爷还挎着一个盒子炮呢。他说他们是受长官的差遣往咱寺院送香火钱。我当时可高兴啦，我见到敬菩萨的人心里都可高兴，敬菩萨的人都是善人。我还跟那四个军爷说咱们香山寺多么好，香火多么旺盛，卦签有多灵，让他们上来一定要抽个签打个卦，保他们一家老小平安长寿。那个大胡子军爷还高兴地说上来一定要在菩萨面前烧香磕头抽签打卦。有一个背粮的把脚崴了，我还把家里的老药酒拿出来让他在脚脖子上擦了。那个大胡子军爷开始还骂他，我说：'您别骂了，他肯定不是故意的，脚崴了多难受呀，再找一个人背不就行了。再说了，你们到寺院还要在菩萨面前烧香磕头抽签打卦，现在已经离菩萨很近了，菩萨听到你骂人会不高兴的，要与人为善，善有善报。'他听我这样一说，还打了自己的嘴一巴掌，说：'我这臭嘴，不骂了不骂了。'他们吃完饭就在那里喝茶。这时候又进来了两个人，一个戴着眼镜，一个没有戴眼镜，看上去两个人都是斯斯文文的，像教书先生那种人。他们说也是到寺里来拜菩萨的，上山走累了，到店里歇歇脚喝壶茶。"中年女人不停地说着，口干舌燥，白色的唾沫挂在嘴角，她用手抹了一下嘴角，继续说："我问他们想喝啥茶，有铁观音、毛尖、碧螺春和茉莉。他们就挑了碧螺春。我说喝碧螺春好，碧螺春清火解热，现在正是秋燥，正是喝这茶的好时候。他俩在喝茶的中间，我就说：'现在上山下来就天黑了，回不了县城了，你们就住在我这店里吧。我这店里干净、清净还凉爽，没虱子没跳蚤，保证让你们睡一个舒服觉。'他俩就答应了，还给我留下了定金，让我杀一只鸡等他们。他们喝完茶出来的时候，那个大胡子军爷叫住他俩问他们是不是到寺里来的，他俩说是。大胡子军爷就说：'刚好帮我个忙。'那个没戴眼镜的问帮什么忙。大胡子军爷就说：'我们雇的背粮的人有一个把脚崴了，背不成了，你们两个顺路把粮食给我们背到寺里去。'还是那个没戴眼镜的一开始说不背，军爷就用盒子炮逼他俩背，说如果他们不背就出不了这个院门。菩萨保佑，吓死我啦！我想如果再顶下去打起来咋办呀，我这店不就完啦？我赶快跑进屋里跪在菩萨面前使劲祷告：'大慈大悲的菩萨呀，您老人家在哪儿呢？弟子现在有火急火燎的事情求您，弟子家的院子里有人要动枪动刀了，快要出人命了。您老人家无论在哪里一定要赶过来解脱他们的罪孽，化解他们的怨仇。'你别说，还真是灵，菩萨听到我的祷告就赶来化解他们的怨仇了，他们没打起来。我到院子里一看，院子里空空的没有一个人。我跑到院外一瞅，那两个斯斯文文的客人一个人扛着一袋粮食在前面走，四个军爷在他们的后面跟着，既不吵也不闹。阿弥陀佛，我佛法力无边，化解一切厄难。"她两手放在腰间，脖子缩在两肩里，可怜兮兮地觑了一眼郭蛮子又睃了一眼妙义，怯懦地说："就这些。我说的都是实话，在菩萨面前弟子不敢打诳语。"

郭蛮子挤着手关节，发出咯吧咯吧的声音，扫了一眼周边，徐徐地说："住持，我说的没错吧？她是你们寺院的居士，她不会撒谎吧？"他指着山下隐约可见的客店说："你看，从那里到你们寺里只需要转几个弯就到了，就在这一段路上人不见了，粮食、银圆也不见了。难道他们四个人和粮食、银圆都是草尖上的露水，一见太阳就蒸发了不成？"他又换了一副口气问："在这几天内，你们寺院来没来过她刚才说的一个戴眼镜的和一个不戴眼镜的客人，还是斯斯文文的样子，嗯？"

妙义摇了摇头说："没有，没有见过。"她又问水秀和徐监寺："你们见过没有？"

水秀摇了摇头，徐监寺也说没见过。

这时一个士兵跑了过来，用手遮着嘴在郭蛮子耳朵跟前低语了一阵。后面跟着过来的是两个士兵搀扶着一个走路闪闪晃晃的瘦老头，老头手里攥着一根赶羊的鞭子。

郭蛮子脸上瞬间现出了惊悸的神情，他徐徐地扭过脖颈，盯着那个士兵的脸，问："你，听谁说的？"

士兵指着老头回答道："刚听这个老头说的。"他勾着指头喊道："你过来。"

老头看来受到过度的惊吓，两条腿不听使唤，僵硬着身子，脸色灰白，稀疏的山羊胡须在尖尖的下巴上抖着，像盲人一样张着两眼，蹭着脚向郭蛮子走来。看到老头的神情，郭蛮子不由自主地向后退了两步，一个士兵赶忙拉了他一下，老头站住了。

郭蛮子问："老头，你看到啥子了？"

高大贵抽出一支烟递给老头，老头用抖动的手把烟点着。高大贵拍了拍他的肩膀安慰说："老人家，稳稳神，你看到啥了？慢慢说。"

老头机械地转动着身子，用羊鞭指着山门对着的山梁："我……放羊，我放羊……在沟里，有四个军爷都死了……躺在草窝子里……还有枪，还有粮食……吓死人咧。"他哆嗦着嘴唇蹲在地上哭了起来，口水鼻涕不断线地向下滴着。

郭蛮子感到脊背上嗖嗖地直冒凉气，问道："啥子地方……啥子地方有下沟的路？"

徐监寺指着山梁说："山梁背后就有下沟的路。"

高大贵说："徐师父，麻烦你给我们领一下路。"

一群人出了寺院，郭蛮子挥动着手枪冲着士兵和保安队队员喊："你们，你们跟我走。"带着他们向山梁背后拥去。

转过山梁，有一条窄窄的小路通往山下的沟里。郭蛮子对高大贵说："你们的人留下两个在这儿警戒，闲杂人一律不准下去。"

高大贵答应道："行。"

下山的时候，水秀不走了，她脸色苍白地对妙义说："我害怕，我不敢去。"

高大贵说："你就不要下去了。"他把水秀扯到一边，压低声说："抽时间回去看看吧，孩子没妈在跟前看着怪可怜的，你就不挂念？哦，我告诉你，咱隔壁那个邻居回来多天了。二贵前天夜里也回来啦。我想他俩不是人们谣传的那样一起私奔的。那天我看见河燕抱了一包东西去了葛先生家。过后我问了葛先生，他说河燕从潼关回来路过渭南碰到他家的秋燕，秋燕托她给他捎回来一身衣服和一些钱。这两天事多，我还没来得及问二贵，我得到的消息是，他很有可能就是跑到延安那边了。这一个去了北边，一个去了东边，根本挨不上嘛。"

水秀仍然有些疑虑地说："为啥他俩都在同一天走了？"

高大贵说："也许是巧合吧。"他看人们都快下到沟底了，就加快了语速："回去吧，回去看看。日子还是要好好过的。郭蛮子那个龟孙子为吕志武的事还嫉恨着二贵呢，要是知道二贵回来肯定又要找麻烦了……"说完他就匆匆地朝山下跑去。跑得太快，滑了两跤，但他很快又爬起来。水秀一直看着他跑到沟底，心乱如麻地叹了口气。

人们下到沟底向前走了不远，就看到高高的崖壁下撒落的白面把茂盛的秋草和灌木染成白花花的一片。四具尸体抛在草丛里，有两具仰面朝天躺着；一具尸体裤带解开着，头扎进潮湿的泥土里，两只手把肩膀跟前的湿土刨出了两个土坑；还有一具尸体斜趴着，头拧着，眼睛和嘴张着，仿佛对这个世界充满了留恋。蚂蚁在尸体的眼角眉梢耳孔鼻孔嘴里嘴外忙碌地爬着。一支步枪横躺着，两支步枪有半截戳进泥土里，盒子枪和米袋子挂在崖壁半腰的树杈上。

郭蛮子、冯军医和高大贵走到尸体跟前挨个查看了一遍，仰面朝天躺着的是花金柱和曹福贵，头扎进泥土里的是李怀山，斜趴着的是马胡子。

冯军医叉开拇指和食指抵着下巴推测着说："李怀山一定是被人用脚在背后端下来的，脊背上有一个脚印，头扎到土里还没有死，这两个土坑很能说明问题。裤子解开着，他可能是在沟沿撒尿时被人端下来的。可怜哪，临死一泡尿还没尿净，带着鼓胀的膀胱去见上帝了。花金柱和曹福贵这两个人的脖子是被拧断的。马胡子的脖子是被砸断的。可见对手是很专业的杀手，下手猛准狠，都是致命的招数，太厉害啦！"

郭蛮子叫人攀到树上把盒子枪扯下来，他端在手里察看，枪的机头张开着。他退下弹夹看了看，弹夹里少了两发子弹。他走到警戒线外站着的妙义跟前问："那天夜里你们听到枪声了吗？"

妙义回答说："听到了，听到了两声枪响。"

郭蛮子抖着枪对冯军医说："这马胡子临死前还开了两枪。"

冯军医说："种种迹象表明，马胡子他们碰上了非常残忍而又专业的杀手，没有给他们留下丝毫的还手机会。"

郭蛮子用指头叩着太阳穴，吃力地思索着："非常残忍而又专业的杀手？他们跑到这儿干啥子？"

高大贵猜测着说："这就很难说清楚了，但我想肯定有目的。说不定是马胡子他们打乱了人家的啥计划，或者发现了人家的啥秘密，才被灭口的。"

郭蛮子盯着高大贵看了一阵，点头肯定着说："高队长说得有道理。"他突然把话题转了个弯："高队长，会不会是你弟弟高二贵和啥子人干的？他们说的那个不戴眼镜的人我听着像是你弟弟。"

高大贵吓得浑身一哆嗦："郭营长，你可不敢这样说，这可是人命关天的事情。他哪有这个胆！人家冯军医说了，那可是很专业的杀手。"

郭蛮子阴笑着说："你弟弟跑到延安训练上一年，不就成了很专业的杀手了。"

高大贵翻了一下眼睛，嘟囔着："你就瞎说吧。"

冯军医沉吟着："我是这样推测的：马胡子他们四个人在客店里碰到了两个职业杀手，当然马胡子他们根本不知道这两个人是职业杀手，还以为这两个人是手无缚鸡之力的文弱书生。由于前面背粮的一个崴了脚，马胡子就逼着这两个人背粮食。当然，这两个人到寺院的目的不明……"他扫了一眼妙义和徐监寺，继续说："说不定和寺院里的什么人有着什么恩怨情仇，他们就是到寺院解决恩怨情仇来了。这两个人被无端逼着背粮食，心里肯定不痛快，由怨生恨。"他指着崖顶说："到了这里，趁马胡子他们不防备的时候就开了杀戒。为什么我这样推测呢？因为李怀山正在撒尿，他一定是站在崖边对着沟里尿的，所以那两个人中的一个就在他背后踹了他一脚，他应该是第一个受到袭击的。李怀山受到袭击后，那两个人又分别袭击了花金柱和曹福贵。马胡子肯定是最后一个受到袭击的，一定是他发现了别人受到袭击了，他就开了两枪。我判断他开的那两枪都白开了，没有击中目标。"

郭蛮子抠着鼻孔，提出了质疑："马胡子的枪法是很准的，我见过的。五十米的距离，他打吊在树上的苹果三枪三中。他的枪不可能白开。"

冯军医说："这不一样，那是死目标。那两个人可不是一般人，是受过专门训练的。再加上天黑，再加上突如其来的事变引起的惊慌，他没有打中目标也是能说得通的。我刚察看了他的脖颈，他的脖颈不是被拧断的，是用拳头砸断的。那两个斯文人手上的力道是很大的，一般人没有那么大的劲。"

高大贵说："郭营长，你不是说马胡子身上还带了五十个银圆吗？咋没有见银圆？"

郭蛮子拍了一下额头："我怎么把这给忘了。银圆呢，银圆呢？快找。"

冯军医挥了一下手，说："这就更好解释了，那两个家伙发现了马胡子身上带有五十个银圆，就心生歹念，这是典型的谋财害命。"他看了一眼端着枪拨着草丛寻找银圆的士兵："找什么呀，如果能找到那五十个银圆，我从崖上跳下来。"

郭蛮子眯着眼望了望四周高高低低盘盘旋旋的山，说："客店的那个女人说

那两个人家住在县城，县城里还有这么厉害的人？"他对高大贵说："高队长，你把客店的那个女人带回去，找人画像，张贴告示，悬赏捉拿那两个人。"他又指着妙义和徐监寺，斜着眼，恶狠狠地说："如果发现那两个人和你们寺院有勾结，我就把你们提着腿从这崖上扔下来摔死！把你这寺院一把火烧了！"

第五十七章

周书坤是在受伤后第五天的下午醒过来的。他费力地张开睡眠过度而浮肿的眼皮，打量着光线幽暗的石洞，咂了两下起干皮的嘴唇，艰难地吞咽了一口唾沫，用大病过后虚弱无力、沙哑、干涩的声音问守在他身边的邵文平："咱们这是在哪儿？"

邵文平说："你受伤以后，我把你藏到寺院外面的一个土洞里，第二天碰到寺里的一个和尚，他把咱们带到寺里来了。你流血过多，昏迷过去了。"

"哦，"周书坤的记忆恢复了，吃力地说，"想起来了，昨天晚上我受伤了，是吧？"

邵文平说："不是昨天晚上，你已经昏迷五天了，今天是第五天了。"

周书坤长吁了一口气，把眼睛闭上，喃喃地说："昏迷五天了。我还以为是昨天夜里的事呢。"他苦笑了一下，继续说："睁眼乍一看，我还以为进到阎王殿了，阴森森的。这是在寺院的什么地方？"

邵文平说："这是寺里和尚闭关修炼的地方。"

"是这样呀。"周书坤强忍着伤口的疼痛在邵文平的帮扶下从草垫子上坐起来，再一次打量了一遍有些潮霉味的石洞和昏黄的灯焰，"原来想着到寺院求神仙保佑平安，结果遭了一场灾难，真是人有旦夕祸福啊。"他又想起什么似的问："咱们收拾掉的那四个人，没给咱惹麻烦吧？"

邵文平说："他们已经发现了。昨天从山下上来了十几个当兵的，他们说有四个人来给寺院送香火钱，结果失踪。他们怀疑问题出在寺院，就来向寺院要人。结果有个放羊老头来报告说他在沟里放羊看到了四个人的尸体。他们就去沟里看了，后面的情况我就不知道了。"

478

周书坤静静地听完邵文平的话，问："你怎么知道这些的，是寺里的人告诉你的？"

邵文平说："不是，那些人上来后，寺里的和尚担心他们会搜查，就让我转移到山顶去了。在山顶的树林里可以听到他们在下面说的话。"他停顿了一下，又接着说："有一个问题很是让我费解。"

周书坤问："什么问题？说说。"

邵文平说："寺里有个徐监寺，也就是这个人发现了咱们并把咱俩带进寺院的。我当时跟他说，咱们头一天晚上在上山的路上碰到了四个劫匪，你是被劫匪开枪打伤的。昨天那十几个当兵的上来，还带着咱俩喝茶客店的那个女人，那个女人跟他们讲是马胡子那四个人逼着咱俩背粮食的。也就是说，干掉马胡子那四个人的事是咱俩干的，他们是知道的。但是他们没有说出咱们，而且徐监寺也没有问我什么，还是把好吃好喝的往这里送，好像那件事情根本与咱俩没关系。不知道他们在想什么。"

周书坤想了想说："会不会他们担心说出咱们会给他们寺里带来什么麻烦？他们肯定是有什么顾忌。"

邵文平点了点头："我也是这么想的。"

下午徐监寺往石洞里送过饭后，回来把周书坤醒过来的消息告诉妙义。妙义听完，说了声"孽障"，就闭起了眼睛，佛珠在她手指间一个一个缓缓地滑过，说："你去把水秀叫来，你也来。"

过了一会儿，水秀和徐监寺一同来到妙义的房间。

妙义的神情很是疲惫，有气无力地说："你们两个坐下，咱们商量一下这事。"

等他俩坐下，妙义说："水秀，徐师父说周书坤醒过来了，他已经生命无忧了，只是失血过多，身体还很虚，要养好还得些日子。你这两天下山回趟家吧。你回家住几天，和你大哥聊聊打听一下消息，看他们是怎样安排捉拿这两个人的。"她顿了一下继续说："如果他们查得不紧，你上山来告诉我。周书坤只要恢复得差不多，我就撵他们下山。他俩千万不能出事，一旦出事就不是他俩的事了，还会殃及寺院，给寺院带来不尽的灾难。"

徐监寺说："都是我做错了事，要是那天我不把他俩带进寺院，就不会给寺院惹出这么多的是非。"

妙义说："你也不必自责，出家人以善为本，对遭难之人施以援手是咱们的本分。只是这两个人手段残忍，不是良善之辈，所以，不能让他们在寺院多逗留，多一天难免会引出更多变数，徒增无谓的烦恼。"她叹了口气："唉，无论怎样，这两个人还是要保全的。一来是为了寺院的安全，二来我也有难言之隐。所生的罪责由我一人承担吧。阿弥陀佛。"她又说："等这两个人离开寺院后，咱们为那四个亡灵做一场法事，超度他们早登极乐重归轮回吧。也为这两个孽障做个忏法，让他们尽早脱胎换骨、洗心革面、重新做人。"她想了想："再者，周书坤醒了，他会提出见我，你就告诉他我下山化缘去了，我是绝对不会和他见面的。这两个人在离开寺院之前，绝对不能让他们离开石洞一步，别让他们身上的煞气玷污了寺院的圣洁，亵渎了神灵。"

徐监寺说："一定。"

又过了几天，周书坤的身体有了明显恢复。中午，徐监寺给他们送来了饭菜。等他们吃过饭，徐监寺给周书坤的伤口换药，揭开包扎的布带，拭净黑色的药膏，伤口已经长出了新的嫩粉色的肉芽，没有一点感染的迹象。

"好多了。伤口愈合得很好，再过几天就可以拆线了。"徐监寺说。

"这是什么药，黑乎乎的?"周书坤看着徐监寺用竹片往一张油纸上抹药的时候问。

徐监寺边抹边说："这是专治枪刀伤的药，是我们寺里自己配的，可灵验啦。你看你这伤口，一点都没有感染，原来有那么深的一个洞。"

周书坤低头看了一眼伤口，惊奇地问："你是医生?"

徐监寺随意地说："嗨，啥医生不医生的，寺院里很多人都多少懂些医理。一般的跌打损伤头疼脑热的病都会治。"

周书坤用疑惑的眼神送走了徐监寺，他揭去药贴仔细察看着伤口。伤口愈合得很好，缝合的针脚十分细致平整，没有娴熟专业技术的人是根本做不到这种程度的。

"取出的弹头呢?"他问邵文平。

邵文平从草垫子下面摸出弹头递给他。

"不对呀。"周书坤的拇指和食指搓着光滑的弹头吸了口气说。

"怎么?"

"你看这伤口，无论切口还是缝合都十分专业，这是一个医术十分娴熟的医生干的，土郎中不可能有这样的水平。这个徐师父是个什么人? 长相彪悍不像是个做医生的材料啊。"

"这不是徐师父做的，"邵文平说，"是一个尼姑做的。"

"尼姑? 一个会做外科手术的尼姑?"

邵文平不以为然地说:"这有什么稀奇的。寺院里什么样的人都可能有。顺治皇帝不是出家当了和尚嘛,李自成不是也出家当了和尚嘛。这些轰轰烈烈的人物都能看破红尘隐居山林做和尚,学医的出家又有什么值得大惊小怪的?"

"也就是。"周书坤又问,"这个尼姑长什么样?"

邵文平回忆着说:"没什么特点,徐娘半老,年纪嘛有三十来岁,有些文化气质,脸面冷峻,说话很少,和她没说几句话。那天把子弹取出来以后,就再也没有见过她。怎么啦?"

周书坤躺在草垫子上,扯了一根干草放在嘴里嚼着,过了一会儿他说:"我想见见这个尼姑。"

"我们出不去。"邵文平挥着手笑着说,"徐师父说外面风声紧,不让我们出去。你也看见啦,门锁着呢。我们被关禁闭了。"

第二天徐监寺又来送饭时,周书坤说出了他的想法。

"徐师父,我想见见给我做手术的那位师父,人家救了我的命,我得当面向她道谢!"

"你是说妙义住持吧?她不在山上,前两天下山化缘去了。"

"什么时候回来?"

"少则十天半月,多了就说不准了。"

"我想出去走走,这里憋闷得很。"周书坤见说不动徐监寺,就知趣地改变了话题。

徐监寺客气地说:"再坚持几天吧,等伤一好,就送你们下山。你俩在这里是寺里的秘密,很少有人知道。前几天有几个军爷来给寺里送香火钱不知被谁害死在后面的沟里了,军队和保安队到处查找凶手呢,而且他们怀疑是你们两人干的。这些天寺里常有形迹可疑的人转悠,你俩可不敢暴露,一旦暴露,不但你们会惹上麻烦,寺院也会受到牵连。再将就几天吧,等风声松一些了,你们就可以下山了。"

邵文平恳切地帮腔说:"夜里出去透透风总可以吧?"

徐监寺和言相劝着:"我得按住持的吩咐办呀!等她回来你们就可以走啦,再坚持几天吧。"

妙义听完徐监寺的报告后,手执佛珠走到门前,望着连绵起伏烟霞迷蒙的远山。

"他说要见我?"

徐监寺说:"是。我按照你的吩咐说你下山化缘去了,少则十天半月,多了就说不准了。"他又说:"现在他的伤已经好得差不多了,干脆就让他们下山算了。"

妙义说:"现在还不是时候。山下的情况现在不清楚,如果他们贸然下山遭遇不测,落到保安队或四十六团的手里就麻烦了。"

徐监寺觉得妙义把事情看得过于严重,说出了自己的疑惑:"我看这两个人书生气十足,就凭他们能杀死那四个当兵的?"他又不屑地笑了笑:"我看不像,他们恐怕没有那本事。"

妙义没有和他继续探讨这个问题,仍然眺望着远方,忧心忡忡地说:"水秀下山四天了,不知山下的情况怎么样。"

实际上徐监寺的疑惑妙义也有过。当年她和周书坤上街参加游行示威,军警冲过来挥舞着警棍打他们的时候,周书坤总是被打得抱头鼠窜,一副狼狈不堪的样子。这样子的人能徒手拧断别人的脖子,在她看来简直有些不可思议。

从看到周书坤那一刻起,她的心里就没有平静过。自己曾经发誓认定的丈夫近在咫尺却不能相认,这使她感到非常痛苦。

多年来,妙义不知道有多少次在睡梦中梦见他向她走来,还是走向战场时留恋地回望她的那副忧郁的神情,又有多少次从梦中惊醒,脑海里浮现的仍然是他的身影。听着窗外山风飒飒,看着床前月光幽幽,抚摸着枕头上泪水打湿的地方,她在心里不住地呼唤:亲人哪,你在哪里?我什么时候才能再见到你?

而今,他终于出现在她的视野里,她却没有勇气上前相认。毕竟他们之间隔了十年的时空,这十年他的生活一定出现了不少的变化。或许已经移情别恋、娶妻生子,行走在一条和她毫不相干的生活轨迹上。或许在他的记忆中已经把他们相识、相恋、相爱的历史尘封起来,过去的激情早已化为春水,付诸东流。

导致对周书坤在感情和认识上转折的是那天在山沟里看到的那四个士兵横趴竖卧的尸体,她怎么也不相信那副惨不忍睹场景的制造者会是周书坤。然而,所有的证据都指向了他们,除过他们还能有谁呢?即便这样,在她的内心深处对他的爱意仍然是那样顽固地存在着,她还是要尽最大的努力保护他。

第五十八章

高二贵是在夜幕的掩护下回到家中的。在金锁关他找了一个借口支走了徐一刀:"你先走吧,我在这里等一个人,我们说好在这里见面。"

"等人,等啥人?"徐一刀疑惑地问,"走吧,和我一路走吧,路上有个伴好说话。我都出来半个月了,走村串乡的只顾忙生意了,也没个熟人说话,一天光听牲畜挨刀的嚎叫声。这一年你到哪儿去了?有人说你和邻居那个女人私奔了,可是在那个女人回来后这个谣传也就不攻自破了。也有人说你到陕北投奔了共产党。你究竟到哪里去了?在路上跟我说说吧。你回来可要小心,郭蛮子可一直盯着你呢。"

"河燕回来了?她现在在哪儿?"

"在她家。我原来也以为你们是一块儿私奔的。"徐一刀笑着说,"你们不是一路出去的?"

"不是。"高二贵简单地回答着。听到黄河燕已经回来,他心里很高兴,掩饰起高兴问:"郭蛮子现在还在县城?"

"在县城。现在和你哥打得火热,经常见他们在一起喝酒。不过这个人心术很坏,他把吕连长的事记在你的账上。你回来他肯定和你过不去,你可得小心。"

他们聊了一会儿,徐一刀注意到高二贵不时地往一条山路上瞅,还真以为他在等人,于是就一个人骑上毛驴继续赶他的路了。直到看不到徐一刀的人影,高二贵凭着模糊的记忆找到了去年冬天的那天夜里偷越金锁关的小径,回到了县城。

家中依然如故。有变化的就是女儿的个子长高了也胖了。妹子出嫁了,怀孕了,两手拢在腹前,看着他矜持地笑着。嫂子站在堂屋的门口,痴痴地看着他发笑,头上插着一朵已经枯萎的小花,手指绞着衣角,呆滞的眼睛没有了往昔的神韵。

"嫂子!"高二贵松开揽在怀里的女儿,叫了一声。

"嫂……子！"娇艳痴痴地重复着，"你是二贵吧？嘻，我不是你嫂子。孩子没有啦。我不是你嫂子，我不是你嫂子！"她说着抹着眼泪快步回屋里去了。

"我嫂子怎么啦？咋成这个样子了？"

母亲叹了口气说："好不容易怀上个孩子，可生下来是个死胎，浑身乌青。是个男孩，真可惜！"

"没看看？"

"咋能不看，找了多少个郎中看了我也记不清了，吃了多少服药也记不清了，就是看不好。人家说这是神经错乱，是孩子没成受了刺激引起的。"

几天后的下午，水秀回来了，她扶着堂屋的门看着围着饭桌吃饭的一家人，心里百感交集，沉重的腿脚迈不过门槛。高二贵第一个认出了一身尼姑装束的妻子。

"你回来啦？"他说。

英英扔掉了手中的碗筷，哭叫着"妈妈"扑了过来。

就在家里人为水秀回来而高兴地说着离别后的思念话的时候，高大贵慌里慌张地进到院子。娇艳听到了脚步声，马上从屋里跑了出来，脚上没有穿鞋。

"大贵，大贵！"她急切地扯住丈夫的衣服，"找到孩子没有，找到孩子没有？啊！找到孩子没有？"

高大贵拨开她的手，安慰着说："等一等，还没有找到，快了快了。"匆忙向堂屋走去。

娇艳在他身后跺着脚，凄楚地喃喃着："还没找到！他能跑到哪儿去呢？真是个淘气的孩子，总让我惦记。"

高大贵急匆匆地说："二贵，不好了，郭蛮子知道你回来了。他跟张震山说你到延安投奔了共产党，可能马上就会带人来抓你。"

老太婆听说害怕起来："这可咋办呀，这可咋办呀？"

高二贵握住母亲的手："妈，别怕。"他问哥哥："你是从哪儿听到的消息？"

"是那个叫杜蛐蛐的过来说的。他说他在门口站岗听到郭蛮子说的这话。"高大贵恼怒地骂着，"这个狗日的郭蛮子，看来是和咱家做上对头了。咋办？你得出去躲一躲。"

高二贵说："躲？往哪儿躲？他又不是过路的，今天躲过他明天就不见了。他长年在这里住着，要躲他除非再远走高飞，等他离开同官县我再回来，那要等到猴年还是马月？"

"这也得想个办法呀，总不能站在这儿等他抓吧？"高占魁焦急地嚷嚷着。

"说的也是，这可咋办呢？"高大贵拳头击打着手掌，一时无计可施。"这样吧，你先躲出去，无论咋样人不能落在他们手里。他要是一口咬定你是共产党，你就是浑身是嘴也说不清。他不把你整死也得让你脱几层皮。赶快走吧，先躲起来再想办法。"

水秀用布兜从灶房里装了几个馍塞给丈夫，急切地说："把这个带上吧，再穿件衣服。安顿好了记着给家里带个信。"她以为丈夫还会像上次一样要躲出去个一年半载。刚一见面又要离别，她咧着嘴直想哭。

高二贵拎着衣服就往外走，高大贵拉住了他："不能从大门出去，外面人多。从后墙翻出去，先到河对面的树林子里，想想去哪儿，到天黑再找地方，不要走得太远，有住下的地方捎个信回来，我给咱盯住他们的动静。"

老太婆抽抽搭搭地用袖口抹着眼泪，摆着手叫儿子赶快走。

娇艳倚在门框上像看戏一样嘻嘻笑着，看到高二贵上到墙头上，拍着手叫道："狗急跳墙，狗急跳墙！二叔也跳墙了，真好玩……"

高大贵挥手在她的手背上拍了一巴掌，瞪着眼睛说："回屋去。"

娇艳愣了一下，随即咧着嘴干号了起来："你打我，你打我！"她扯住婆婆的衣袖哭丧着脸告状："妈，他打我，他打我。"

老太婆叹息着，扯着她的手把她领回了屋子。

"这是造了什么孽呀。"她说。

高占魁把高大贵叫到堂屋里，咳嗽着问："大贵呀，你说这事该咋办？看来这个郭蛮子是非和你弟弟过不去了，你得想个法子呀，咳咳咳……"

高大贵往地上一蹲，呆呆地盯着桌子腿，眉头紧蹙，一副苦思冥想的样子。过了一会儿，他说："爸，您别担心，我给咱想办法。"

老太婆说："你能想出啥办法？有办法没有？"

水秀把女儿揽到跟前，抚摸着孩子的小脑袋，愁眉苦脸地也不知道该怎么办。

外面传来门环的响动声，有人在敲门。屋子里的人仿佛心脏受到了击打紧张起来。高大贵神经质地一下子跳了起来，敲门声把他的视线紧紧地揪了过去。老太婆两手捂在胸口紧张地哆嗦着。高占魁闭上了眼睛无可奈何地摇着头。水秀迅速把女儿的头摁在怀里，把身子伏在孩子的身上，做着承受挨打的准备。娇艳猫一样从屋子里悄声走出来，张大着眼睛看了看所有的人，轻轻地嘘了一声："别喊叫，孩子睡着啦。我开门去。"

高大贵一把抓住她的胳膊把她拖进屋子，喝道："别动！"他对母亲说："妈，

你去开门，他们来啦。"

老太婆答应了一声，挪着小脚向院门口走去。高大贵出了屋门，面对砖墙紧闭眼一咬牙，把额头往墙上撞去，他忍着撕心裂肺般的疼痛，又挥拳头在鼻梁上砸了一下。顿时，额头上的鲜血顺着脸面流下来与鼻孔中涌出来的血会合在一起热烘烘地穿过嘴唇，流过下巴，欢快地滴答在脚下。

老太婆捂着怦怦跳的心，到了院门前怯生生地问："谁……谁呀？"

"大妈，是我。"

老太婆拿掉了门闩拉开了一扇院门看到了黄河燕，紧张的情绪一下松懈了下来，顿时感到天旋地转，扶着门身子就要往地上溜。

"你……"

黄河燕一步跳进来，挽住她的胳膊，惊愕地叫着："大妈，大妈你这是咋啦？"

老太婆稳住身子："你，你……吓死我了。"

娇艳嘻嘻地跑过来，看着黄河燕笑着说："你是来看我的孩子的吧？小声点。他睡啦，可乖啦，不哭……不闹。"

水秀出来第一眼看到的是高大贵蹲在地上，脚下淌着一摊血，她大吃一惊："哥……这是咋回事？"

高大贵一只手捂着额头，一只手捂着鼻孔，指缝里渗着血，气急败坏而又瓮声瓮气地说："快，给我打盆水拿条毛巾。"

黄河燕不知道这个院子里发生了什么事情，用迷惑的眼光看着这一家人。老太婆和水秀不知道在这短暂的时间里高大贵身上发生了什么事情，使他头破血流。高大贵心里恼恨着这个女人选择了一个很不恰当的时候敲门，使他筹思好的一出苦肉计演错了对象。精神失常的娇艳以精神失常的思维和眼光看着眼前的一切，茫然理不出个头绪来。

高大贵用水秀端来的清水洗着脸上的血迹。

"咋回事呀？刚才还好好的，一转眼就成这样子了。"看着额头上鼓起渗血的肿包和鼻孔里仍往外淌血的高大贵，水秀问着瞥了一眼黄河燕。

老太婆缓过劲来了，她把胳膊从黄河燕的手中抽出，表情冷淡地问："你有事？"

黄河燕在隔壁听到这边兄弟俩和老太婆还有水秀的说话声，觉得可能发生了什么事情才忍不住过来看看。她没看到高二贵又不好意思打探人家的家事，于是说："没啥事，上次蒸馍忘了留酵面，想借你家的酵面用用。"

老太婆快快地说:"秀儿,去把酵面给河燕拿来。"

水秀听到了,但她没吱声,佯装帮高大贵擦拭脸上的血,说:"没见你摔倒呀,咋碰成这样子?水都变成红的了。"

老太婆到灶房的面瓮里用两根指头捏了块酵面,给了这个惹得她心烦意乱的邻居。她心里清楚,这个邻居借酵面是假,来见二贵才是她的真正目的。

"你不用还了,还有一块呢。"老太婆在把酵面递到她手里时说。

黄河燕笑了笑:"要还的,我把面发起来就还。"

娇艳蹑手蹑脚地出现在她们中间,脸左歪歪右斜斜盯着酵面,一伸手把它抓过来,托在手上看着,自言自语地说:"糖,好吃。"放在嘴上就咬了一口,紧接着眉头一蹙"啊呸啊呸"地吐起来,手指头在舌头上抓挠着。

老太婆气恼地两手在大腿上拍打着:"哎呀,傻子!那是酵面不能吃。老天爷,我这是造了什么孽呀!"

高大贵顾不上伤痛,用毛巾在媳妇的脸上和嘴上擦着:"不能吃,不能吃,这不是糖。妈,你不能叫她傻子!"

院门哐当一声被踹开了,郭蛮子手里拎着枪跨进院子,身后跟了三个端着长枪的士兵。他把枪一挥,喊道:"高大队长,让你弟弟乖乖给我出来。"他将着袖子走到高大贵跟前:"我告诉你,你们家的院子已经被包围了,他插翅难飞。胆敢反抗,就地枪决!"

高大贵把鼻孔渗出来的血用手背一抹,半边脸又是一片血红,痛苦地抽搐着嘴角,说:"郭营长,你来得正好,你看看我这……"他指着额头上的血和肿胀的鼻梁。

郭蛮子把脸凑近看了看,问:"嘿,你这是咋了?和谁干架了?"

高大贵一脸委屈地说:"啊呀,郭营长呀,我弟弟一回来我就劝他去向您认错。我说郭营长人家是正规军的长官,心宽量大,只要你去给郭营长认个错,赔个不是,以后不再干那种傻事就行了,人家郭营长就会把你当弟兄看,不会再记前仇的。可他……非说我这是出卖他,不把他当弟兄看。刚才我又给他说,他不但不领情还和我吵……这不,还动手打了我。郭营长,您评评理,这不是把好心当成驴肝肺嘛。"

郭蛮子哼了一声,鄙夷地说:"你真是个窝囊废,让你弟弟把你打成这个样子。"

"郭营长,冤枉啊。"高大贵又把鼻子上的血抹了一下,辩解道,"我是没舍得下手。我要是舍得下手还能吃这样的亏。走着瞧,等他回来我非把他扭到您

那儿去。他要是不去向您赔礼道歉，我就和他撕开兄弟情面，打他个七窍出血！郭营长您不要不信，我这人说到就一定能做到！"

郭蛮子嚷嚷道："他人呢？"

高大贵说："他把我打晕了，肯定是怕我醒过来打他，吓得不知道跑到哪儿了。跑出去一阵了。"

老太婆看出儿子是在演戏，也噘嘴吊脸地说："郭营长，您是见过大世面的人，在哪儿见过兄弟俩这样打架的？简直就没有一点兄弟情分了。我这老婆子拉都拉不开。哎呀，这个老二呀，跑出去这一年多无亲可投无友可靠，没少吃苦受罪，实在混不下去了又跑回来了。郭营长，您是大官，常言说这宰相肚里能撑船，大人有大量，大人不计小人过。我家这老二年轻不懂事，您就别跟他一般见识了。他跑了，这媳妇孩子没人管没人看，日子过得可怜巴巴的……"

老太婆东拉西扯絮絮叨叨，郭蛮子听得是心烦意乱。他厌恶地挥了一下手，气哼哼地说："啥子乱七八糟的。"他知道今天再想抓住高二贵已经是没有希望了，对他跟前的一个士兵说："去跟外面的弟兄们说，收队。"

那个士兵挎着步枪向门外跑去，枪托直撞他的胯骨。

郭蛮子一只脚跨出了门槛。娇艳向前撵了几步，冲着他的背影怪声怪气地喊了一声："狗急跳墙。"

郭蛮子止住脚步回头看了看她，她也止住了脚步又喊了一声："狗急跳墙。"

高大贵忙过去把媳妇扯到身后，赔着笑说道："这是我媳妇，有点疯癫，胡说八道。"

郭蛮子把娇艳从头到脚打量着："这是你媳妇？你不是说你媳妇有孩子了吗？"

高大贵叹息了一下，说："孩子没成，媳妇想不开就成这样子了。"

郭蛮子表示同情地点了点头，说："好好照看你媳妇。等你弟弟回来让他见我，我有话跟他说，不会难为他的。"

高大贵赶忙赔着笑脸说："一定一定。您这样开恩，他一定得领情。"

送走了郭蛮子他们，老太婆赶快过去把院门关上并上了门闩："哎呀，老大呀，可让你遭罪了，你这是演了一出苦肉计呀。到底是亲兄弟。水秀，你哥他可真有心计。妈去给你炒俩鸡蛋补补。"

夜里，高大贵安顿好媳妇睡下，闷头在屋里抽着烟，一根接一根地抽，抽得屋子里烟雾缭绕，把睡着的娇艳呛得咳嗽了几声。他打开房门，来到院子里，望着夜幕下黑黢黢的西山，心里盘算着一件事情。

从今天下午家里发生的事情来看，郭蛮子是铁了心要和弟弟过不去。想起郭蛮子，埋藏在他心底的旧恨新仇一起涌上心头，恨得咬牙切齿，觉得只要郭蛮子在同官县一天，他们高家就难过上安生日子。他又联想到了那阴森可怖的审讯室。

高大贵咬着牙在心里恨恨地说："郭蛮子呀郭蛮子，你欺人太甚。你忘了'兔子急了还咬人'的道理，是你逼着我这只兔子咬人的。你不仁，别怪我不义!"

高大贵回到屋里，从炕洞里摸出了一团牛皮绳掖在腰带上，又摸出一把铁铲攥在手里。熄灭了灯，他悄悄地带上了房门从后院的墙上翻了出去，顺着河边往前走了一段路便绕上了上西山的山路。这条山路是郭蛮子每天下午到山上扬鞭策马兜风的必经之路。这里的地形高大贵很熟悉，他在从山顶往山下下的那段路上停了下来。这是一段带有转弯的缓坡路，他曾经看到郭蛮子下山冲过这段路时是不减速的。这段路是从一片林地中间开出来的，右侧临着一道坡陡沟深的山谷，整个山谷都被茂密的杂树和灌木覆盖着。

高大贵选择了沟边有一棵碗口粗的楸树、对面灌木丛生的地方，操起铁铲横着路面铲出了一道两指宽的土沟。他把皮绳的一头拴在楸树上，扯着皮绳到路的另一边，把横在路面的皮绳下到挖好的土沟里埋好，并把多余的土掬起来撒到山谷里，最后把两边的绳头用枯草遮盖起来。

他把整个过程重新检查了一遍，觉得一切都掩饰得很好，把铁铲别在腰上，拍了拍手上的土屑下山去了。

第五十九章

高二贵翻出墙外就一头钻进了苞谷地里。他蹲在密密匝匝的苞谷地里静听了一下四周的动静，没有什么异常的声音。他轻悄地拨着苞谷秆来到地的尽头，从地埂上跳下去，蹚过河水，隐身到树林里，踩着腐烂的草茎和树叶往山上攀去。然后在一个山峁上坐了下来，从这里越过树梢头可以看到自家的院子。他看到了母亲打开院门在看到黄河燕那一瞬间快要晕倒的情景以及过了一

阵郭蛮子撞门而入直到他离去的全过程。

他回来的这几天，没敢出门，就担心被郭蛮子发现，但是郭蛮子还是知道了他的行踪。他判断这一定是徐一刀或者是他那多嘴快舌的女人走漏了消息。

回来的这几天，他很想见黄河燕，想把他这次回同官县的任务告诉她，他们需要赶快行动起来。但他没有办法向家人打探黄河燕的情况，也没有办法去这个只有一墙之隔的邻居家。如果和马家骏碰到一起，难免又引起一场误会。现在看到黄河燕到他家里来了，虽然不知道她为什么事情，但已经给他传递了马家骏不在家的信息。他想，今天夜里一定要和这个邻居见一面。

高二贵揽着两膝坐在山峁上，山峁的周边杂树丛生芳草萋萋，山坡上不知是谁家因形就势开出了几片荒地，地里种的是土豆和绿豆。太阳已经落入远山，县城的上空氤氲着黄昏的云气，道路上行走的马车和寥落的行人已经变得模糊不清。

高二贵不停地抓挠着并不痒痒的头皮唉声叹气着，不停地眯着眼望着迷蒙的山和天边那一抹柔和而又惨淡的烟霞，心里充满了怅惘。在饮马川遇到土匪的时候，他曾很沮丧地想到，这下完了，任务是肯定完不成了，好在天无绝人之路，遇到了黄河燕失散多年的哥哥，使他得以摆脱困境。现在回到县城却又碰到了郭蛮子这个灾星，使他没有办法出门。自己都成了过河的泥菩萨，成了别人追捕的对象，又怎么完成任务，怎么去寻找要寻找的人？而且这些人又是无影无踪。

他坐在山峁上，等待着夜幕的降临，思索着下一步该怎么办。郭蛮子无疑现在是最大的障碍，这个人的存在不但使他的任务无法完成，就连自身的安危都难以保障。一旦落到他的手里，同官县的这道防线将彻底失去作用，延安方面就会增加许多的压力，而更让他担心的是延安那边还得不到及时的情报。要想没有障碍地去完成任务，最紧要的是要清除掉郭蛮子这个绊脚石。怎样把这个绊脚石清除掉呢？进到军营除掉他肯定不行，军营里戒备森严，即使把他除掉自己也很难脱身。在街道上偷袭他也不行，一旦被人发现，就无法在县城待下去，更不要说完成任务了。他绞尽脑汁地想着办法，想出来一个又否定一个。到天完全黑下来的时候，山风吹得他身上起了鸡皮疙瘩，望着模糊的山川和清冷的秋月，也没有想出一个可行的办法来。

高二贵摸索着下了山，涉过河，穿过庄稼地从后墙跳进了黄河燕家的院子里。就在他两脚落地的同时，传来了有人敲院门的声音。黄河燕披着一件衣服打开了房门，一道长长的人影投在院子的地上。高二贵赶紧躲到灶房和院墙构成的夹角里。

"谁呀?"她向院门走过去时问道。

"河燕,是我。"

高二贵听出了这是高大贵的声音,他正在疑惑哥哥来干什么时,黄河燕把院门打开了。

随着院门的打开,跳进来五六个士兵在院子里散开,端着枪对准房门。高大贵跟在郭蛮子的身后进来。

黄河燕问:"你们这是干啥?大贵,你们这是干啥?"

高大贵站在一旁一声不吭,郭蛮子口气强横地说:"干啥?既然来就有事干。"他把枪一挥喝道:"搜!"

士兵们不顾黄河燕的阻拦,冲进屋子里开始了搜查。搜遍了每一间屋子和灶房,没有搜到他们想要的东西。

高大贵舒了口气说:"他们找二贵。"

"找二贵?"黄河燕争辩道,"找二贵应该到你家去,为啥跑我家来搜?是你吃错药了还是他们吃错了药,分不清谁家是谁家了?"

郭蛮子拿枪点着黄河燕狞笑着说:"少他娘的跟老子咋呼。为啥子来你家搜你心里不清楚?你和高二贵一块儿跑到延安,你们都是共党分子,我现在就可以把你抓起来!"

黄河燕嚷道:"你说我是共党分子,你有啥证据?我看你才像个共党分子。"

郭蛮子拧着脖子恼怒地说:"你这一年跑哪儿去了?"

黄河燕喊道:"我跑哪儿去了,你说我跑哪儿去了?我到渭南走亲戚去了,不行?你要不信去问问葛先生,他女儿还让我给他捎回来了衣服和钱。你去问!"

郭蛮子说:"你不要嘴犟,我会去问的。警告你,只要有问题,我随时可以把你抓起来。"他向士兵们喊道:"走!"

黄河燕在他们出去之后,使着气把院门哐当一声关上,嘴里嘟嘟囔囔着气话向屋子里走去。

"河燕,河燕。"高二贵从墙角探出头,压低声音唤着。

黄河燕警觉地向门口望了一眼,颤抖着声音问道:"谁?"

"我,二贵……"

黄河燕过来:"你……你咋在这儿?"她关切地说:"我听说你回来了,急得不行,现在回来太不安全,郭蛮子一直盯着你呢。你突然回来有啥事?快进屋

子里去吧。"

高二贵说："不进去了。我过来找你，刚从墙上跳过来，就碰上他们敲门。好险，早一会儿就和他们撞上了。"他又说："我回来有个很重要的任务，许老师安排的，让咱俩一块儿完成，急着和你商量。我现在是毫无头绪。"

"啥任务？"

这时，又传来了敲门声。两个人都惊了一下。高二贵判断着说："他们又来了。"

黄河燕说："你躲起来，我去看看。"她到了门口问道："谁呀？"

"河燕，是我。"回答的人是马家骏。

"你回来了？"黄河燕打开门像问一个来家串门的邻居一样问着丈夫。马家骏应了一声，站在一旁看着妻子把院门关上。她扯了扯滑脱的衣服在前面走，马家骏默默地跟着进了屋子。屋门关上了，投在地上的光影顿时消失了，院子里又变成一片漆黑。

高二贵在黑暗中好笑了一下，轻手轻脚地攀上墙头，跳到墙外的草地上，正好踩在一只夜里出来觅食的老鼠尾巴上，老鼠惊慌失措吱吱乱叫，挣脱了尾巴从他的另一只脚面上跳过去，遁入草丛。高二贵缩了一下脚，定了定神，站在原地想了一阵，便向砖场的方向走去。他知道夜里只有赵老憨在那里看守着，今天夜里就睡在他那里，明天再做下一步的打算。

砖场黑灯瞎火，棚架下是一排排整齐的砖坯，场子尽头的两座砖窑已经封火，窑顶散发着白蒙蒙的蒸汽。他来到赵老憨住的窑门口，谛听了一下里面的动静。赵老憨已经入睡，发出单调、沉闷而又疲惫的鼾声。

高二贵在窗棂上敲了几下，里面鼾声依旧没有反应。他又加重了力度敲了几下，鼾声像被刀斩断一样中止了，静了一阵子。

"谁呀？"赵老憨睡眼蒙眬地问。

"老憨叔，是我，二贵。"

"你等等，我把灯点着。"

高二贵赶忙说："老憨叔，不要点灯。"

赵老憨应承着，在黑暗中摸索着打开了窑门。高二贵闪身进去。

赵老憨说："听说你回来了，可我没有碰见过你。你咋半夜三更跑到这儿来啦，有啥事？"

高二贵说："去年我揭发了吕志武，为这事郭蛮子那个浑蛋一直和我过不去。听说我回来了，今天下午他带了一帮子人到家里去抓我，我跳墙跑了。"

他又问:"你咋知道我回来了?"

赵老憨说:"我听砖场干活的几个婆娘说的,她们是听徐一刀那个快嘴老婆说的。说你这一年在北山贩山货发财了,骑着高头大马,带回来多少多少的金银珠宝。说得是扯旗放炮、天花乱坠的。那个女人说话你又不是不知道,听风是雨,屎没出来屁一溜,能把芝麻说成西瓜,也能把西瓜说成芝麻——你是想在我这儿躲躲?"

"是这样想的。"高二贵直爽地说。

"躲躲倒是没有啥难的,夜里还行。可是一到白天人来人去的遮挡不住眼呀,传出去又会惹出麻烦。"赵老憨思忖着说,"要不,你回家里去吧。我和彩凤成亲啦,她带着孩子在家里。咱那儿正好是单门独院的,你只要不出门就不会有人知道。你嫂子那人你也知道,从来就不多嘴多舌。"

高二贵笑着说:"好啊!那我应该把彩凤叫婶子了。"

赵老憨穿着衣服说:"还是叫嫂子吧,她大不了你几岁。女人都爱年轻,叫婶子她嫌老,她也不好意思答应。"

高二贵说:"不合适吧?叫你叔,叫彩凤嫂子,这样就乱套了。"

赵老憨一摆手:"咱俩这狗皮袜子没反正,就叫哥吧。我也想年轻,我降辈。"

赵老憨领着高二贵顺着小路来到他家的门口叫开了门。朱彩凤睡得迷迷糊糊揉着眼睛问:"咋三更半夜跑回来了……"她一眼看到了赵老憨身后的高二贵:"呦,这不是二贵兄弟吗?你是啥时候回来的?"

高二贵说:"回来几天了……"

赵老憨说:"那个郭蛮子还为去年的事和二贵计较着呢,今天就带着人到家里抓他去了。那个畜生心狠手辣,落到他手里就等于进了阎罗殿。二贵到咱家躲上几天,白天不要让他出门,你出去不要向任何人提这事。"

"知道啦,这还用你瞎操心,好像我比你还憨似的。"朱彩凤边应承着边不服气地说道。

"好好好,你不憨,我憨。你聪明,你能气死周瑜难死诸葛亮,行了吧。"赵老憨谦让着说,"你看,她就爱听别人说她能,你只要一说她能,她能在梦里笑醒。二贵就睡到隔壁的窑里吧。"

朱彩凤对着赵老憨笑了一下,到隔壁窑里把炕收拾好。赵老憨把家里的事情安顿好又回砖场去了。

第二天的上午吃过早饭,朱彩凤领着女儿小青打算出门,她对高二贵说:

"二贵兄弟，你在家里待着，我和孩子到街上转转，看看那帮子坏蛋是不是还在到处找你。"

高二贵逗着小青玩了一阵，说："行啊。"他又说："嫂子，你出去帮我办件事，跟我家的人说一声，就说我在你家待着呢，别让他们操心。还有，跟我们家的邻居河燕捎个信，让她来一下，我有事找她。你跟她说的时候避开她男人。"

朱彩凤的眼神里显出一种莫名其妙的复杂成分，颇为勉强地说："行吧。"就领着女儿出了门并给门上落了锁。

朱彩凤领着女儿先到高二贵家去了一趟。老太婆听了朱彩凤带来的消息，一颗忐忑不安的心总算安稳了下来。

"哎呀，可让人操心了。我昨天夜里一夜都没有睡着觉，担惊受怕的，不知道他这一夜在哪儿挨冷受冻了。这就好，可谢谢你啦。"

朱彩凤从高二贵家出来，侧脸看了看黄河燕家的院门。院门是虚掩着的，她没有过去，而是扯着女儿来到了砖场，一脸不高兴地把赵老憨叫到一排砖坯的后面，说："你回去跟高二贵说让他到别处躲吧，我不想让他在咱家里待。"

赵老憨吃惊地问："咋回事？昨天夜里不是说得好好的，今天咋突然就变卦了？他这不是碰到难缠的事情了吗？"

朱彩凤鼻子哼了一声，鄙夷地说："啥东西！我要不是看在许老师和他给咱做媒的分上，他跟我说那话的时候我就把他从咱家撵出去了。我最瞧不上这种吃着碗里看着锅里的男人。看着人模狗样的，一肚子花花肠子。"愤懑的话语更加剧了她的不满情绪，把脸别到了一边。

赵老憨紧张地向四周看了看，那边几个翻砖坯子的工人正向他们这边看着，窃窃私语地说着什么，他们可能以为这两口子在因为什么事情吵架。

"有啥话好好说。小声点，别让旁人听见。"赵老憨缓了缓口气问，"他说啥啦，惹得你生这么大的气？"

朱彩凤瞪了赵老憨一眼："他还能说啥？你们这些男人没有一个好东西！人家水秀是多好的一个媳妇，孝顺公婆，体贴男人，呵护孩子，哪一点对不起他高二贵。他和他家隔壁那个女人明来暗去勾勾搭搭，私奔出去一年多，活生生把一个好媳妇气得跑到香山出了家。现在回来了，不说反省思过好好和媳妇过日子，还让我去给河燕送信说他在咱家，让那个骚女人到咱家去一趟说他有事找人家，还专门叮嘱我不要当着那个骚女人男人的面说。我问你，一个狗男一个猪女在一块儿能干啥好事？到咱家？哼，他做梦去吧！咱家又不是开窑子养婊子招嫖客的地方。要想野合就到野地里去呀，野山沟里、破窑洞里、苞谷地里、麦秸垛里，还有狗窝里、猪圈里哪儿不行？你现在就回去，赶快让他离开咱家，别让他脏了我的褥子被子，那可是我前些天才拆洗过的。"她说完，气咻咻地扯起女儿就要走。

赵老憨一把扯住媳妇："别急着走呀。"

"还有啥事？"朱彩凤气呼呼地翻着眼问。

赵老憨挡在她的面前，劝说道："你先别生气嘛。依我看二贵不是那样的人。二贵和河燕都跟许老师走得近，许老师是共产党，人们都说他现在去了延安。我猜他俩八成也是共产党。再说啦，二贵去年能站出来揭发糟蹋赵掌柜女儿的那几个坏蛋，说明他也是一个正直的人。我看你是把人看走眼了。再说啦，他们大白天在咱家，你又在家，他们能做出啥出格的事情？要是他们真有啥正事，咱给人家耽误了咋办？这样吧，你先别生气，就照二贵说的做，把话给河燕带到。她要去，她就去，她要是不去，你也管不着。她要是去了，你亲眼看到他们做出格的事情，你就把他们撵走，我支持你！你看这样行不行？"他最后咂着嘴笑了笑说："二贵和许老师给咱做过媒，我真的从心里感激人家，要不是人家，我咋能娶到你这么好个媳妇。"

朱彩凤转着眼睛想了想，扯起孩子就往前走，赵老憨撵着问："嘿，你说句话呀，你咋想的？"

朱彩凤止住步，瞪了他一眼："咋想，还能咋想？按你说的想。"

"这就对了！"赵老憨放心地咧着嘴笑了，"小青，下午爸回去给你捎块牛肉。"他讨好地说。

小青边扯着妈妈的手快步走着，边扭过脸向赵老憨招着手："哎，我知道啦，你别忘了。"

第六十章

高大贵这一天都处于心神不宁的状态。他上午领着媳妇到大药房找葛先生给看了看病，葛先生又给抓了几包安神的药。在他从家里出门的时候，母亲神情疑惑地问儿子："前两天才去看过，药还没有吃完，这咋又去看呢？"

高大贵也说不出个理由，只是含糊地说："今天没事，我带她去外面转转，顺路再看看。"

娇艳很顺从地跟着丈夫，怀里抱着婆婆为安慰她做的布娃娃，边走边亲昵地哄着："噢噢，好孩子，别哭了。是妈妈不好，是妈妈不好，妈妈打疼你的小屁股了。咦——大贵，你看，你快看咱的孩子不哭了。孩子是饿了吧，是要吃奶的吧？你别走啦，让我给孩子喂喂奶。"她说着坐在店铺门前的青石台阶上，扯开衣襟露出皮肉松弛的乳房，把布娃娃摁在胸脯上，脸上漾着傻痴痴的幸福的笑。

高大贵眯缝着眼茫无目的地向四周瞅着。娇艳到这一步他是无论如何也没有想到的，当时他只是想以那种方法斩断她和屈鸿图之间的情感纽带，怎么也没有想到能把她害到这种境地，他真的感到后悔和内疚。

今天下午他就要去做一件大事，他不清楚这件事情的结果会怎样，但是，他一定要去做。在做这件事情之前，他想再带媳妇去看一次病。如果事情顺利达到目的，他以后还会有机会带媳妇去看病，如果事情出现意外，今后媳妇的一切他就再也管不着了。他，高大贵，和这个女人的恩怨情仇就会像过眼云烟一样随之飘散。

娇艳还在那里嘟嘟囔囔着喜不自胜地用手指头刮着"孩子"的鼻子逗着他玩。他看着她，不忍心打搅她那痴情的、善良的、真切的欢快，屈鸿图什么时候走到他跟前他都不知道，直到屈鸿图的手拍在他的肩上。

"大贵，你这是……"

"哦，屈县长……"高大贵用下巴指了指坐在青石台阶上的娇艳，苦笑了一下，"我带媳妇去看看病，您这是去哪儿？"

屈鸿图心不在焉地说："我去找张震山有些事情。"他走到娇艳跟前，轻轻地唤了一声："娇艳。"

娇艳停下逗孩子的动作，缓缓地抬起她那头发干枯、散乱的脑袋。一张令屈鸿图感到陌生的脸呈现在他的眼前，他把这张脸和铭刻在他记忆中的那张脸做着对比，简直判若两人，那张脸红润、娇媚、舒展、欢快、羞涩，这张脸是肤色焦黄、两颊干瘪、目光呆滞、紫斑成片。

"娇艳，你认识我吗？我是屈鸿图……"他感到心里苦楚楚的。

娇艳露着塞满饭渣子的牙齿眯缝着眼冲他笑着，嘴唇颤抖着喃喃地说："屈……鸿……图，嘿嘿！"她站起身，双手捧着孩子递到他的面前，流着口水说："孩子吃饱啦，睡着啦，不闹啦……"她突然神经质地把孩子紧紧地揽在怀里，缩着脖颈夹着两肩，仿佛受到什么惊吓似的张大眼睛狠狠地瞪着屈鸿图看了一阵，疾步从他身旁绕过躲到高大贵的背后。

屈鸿图紧拧着眉头问："怎么成了这个样子？"

高大贵苦笑着叹了口气，挽着媳妇的胳膊向前走去。

屈鸿图感到心里涌起一阵难言的酸楚，喉结滑动了几下，咽了一口气。

"等等。"他快步赶上他们，从衣袋里掏出钱夹，手哆嗦着取出一叠钱塞给高大贵。

"好好给她看看病。"他神情忧郁地说。

高大贵双手推挡着："屈县长，我不能要你的钱，不能要……"

屈鸿图使劲抓住高大贵的手，把钱拍在手掌里，嘱咐着说："别推辞了，找医生好好看看，有什么需要我帮助的不要客气。"说完转身离去了。

下午高大贵来到西山。他查看了一下埋在山路间的皮绳，皮绳还是原来的那个样子，没有丝毫的变动。他看看四周没人，便把靠楸树一端的绳头从草里拉出来绑在树干上，把挨着灌木丛一端的皮绳扯到灌木丛的后边。做完这一切，他钻过树林上到坡上，从这里可以俯瞰到整个同官县县城和贯穿县城的那条道路。往日，郭蛮子就经常骑着他那匹黑色的高头大马驰出县城冲上山坡，在山顶上挥鞭呼啸来回驰骋，一直到暮色氤氲、景物模糊的时候再冲下山去。

高大贵坐在盘曲在外的树根上，守株待兔般地等待着山下道路上郭蛮子的出现。

军营那边伙房的烟囱里向外喷吐着黑乎乎的浓烟，在半空中弥漫开来，形成一片黑色的雾霾，在夕阳的辉映下显得格外清晰。这个迹象表明军营里还没有开晚饭。郭蛮子经常是在吃过晚饭以后才出来遛马的，看来还需要等待一些时间。等待本是一件令人难受令人烦心的事情，而高大贵觉得今天的等待既不难受也不心烦，他感到很轻松，在享受着等待的快乐。

高大贵觉得这是一个天衣无缝的计划，是多少天来经过观察、思考制订出来的。今天，他要一笔清算掉和郭蛮子的积怨，只有这样才能释放出压抑在心头的恶气，也只有这样才能使弟弟摆脱被抓的危险，才能使这一大家人平安度日。

等郭蛮子骑着马顺着山道从山上飞驰下来的时候，他把那根横埋在路上的皮绳用力拉直绊住马蹄，那匹马就会带着强大的冲势翻起跟头，骑在马背上的郭蛮子就会随着惯性和马一同滚下山坡去，高大贵会下到山坡下看到一个被摔得血肉模糊气绝身亡的仇人。如果郭蛮子还没有死，他就用腰里别着的剪子毫

不犹豫地把他置于死地。过上一两天，郭蛮子的尸体就会被发现，人们一定会认为那是马失前蹄造成的意外，绝不会把这件事和他联系起来。

在高大贵断断续续地想这些事的时候，他的视线一直没有离开延伸出县城的那条道路，那条道路上不时有人和车辆慢悠悠地穿过，人和车都显得又矮又小，像是小虫子在爬行。

"如果郭蛮子今天有事不出来咋办？"高大贵的脑子里突然冒出了这个念头，这个念头的出现还真让他的心咯噔了一下。然而很快他的心情就平静了下来，毅然坚定信念，即使他今天不来，明天还要到这里等他，直到把这个冤家对头收拾掉。很快，高大贵就知道自己的想法是多余的，山下的那条道路上出现了一匹快速飞奔的马，马背上的人挥着马鞭向山道这边迅速移动过来，一会儿便驰入视线看不到的地方。人和马再穿过一片庄稼地，绕过一个小山峁，迂回两道弯道就会出现在他埋皮绳的地方，这需要大约半袋烟的工夫。

高大贵没有忘记向四周巡视一下。四周静悄无声，阒无一人。夕阳像一个黄澄澄的大蛋黄溜圆明丽，正在向西边的天际滑行。寒鸦和秋燕像黑色的箭镞在玫瑰色的空中穿梭，偶尔发出尖利短促的鸣叫。高大贵掖了掖腰间那半把剪子，从土坡上跳下来，猫着腰拨开树枝和灌木条，穿过密实的杂树林，潜到埋皮绳的地方。这里正好有一簇足可以藏一头牛的野桃树和红柳，上面爬满了喇叭花的茎蔓，开着黄色的粉色的紫色的喇叭花，花枝柔弱，花叶碧绿，花色艳丽，纤细的花蕊上挂着毛茸茸的花粉。一簇簇刺玫椭圆形的叶子间绽放着黄色的花朵，一丛丛的黄蒿开始结实，一株株的芦苇在风中摇曳着绒絮。

高大贵隐身在野桃树和红柳的后面，屏息凝气静听着道路上的动静。过了一会儿，他听到马蹄声像鼓槌击打鼓面，有节奏的颤音传了过来，越来越近，越来越清晰，已经可以听到马急促的鼻息声。马矫健的身影伴着铿锵有力的蹄声从红柳的缝隙间一闪就过去了。马冲上了山顶的平原，郭蛮子像野狼追逐猎物一样亢奋，长号声在空旷的原野回荡。

高大贵知道通常郭蛮子骑马在塬上的土道上奔驰两圈后就下山。他听着郭蛮子的号声由近及远，又由远及近，一个来回已经结束。当号声又一次飘向远处的时候，他知道第二个来回开始了。高大贵暗暗地想，该行动了。他把皮绳攥在手里，从埋的土里提了起来，皮绳在离地一尺的距离形成了一道黑线。光线黯淡，黑线模糊，不仔细看是看不见的。号声再一次从远处飘了过来，高大贵用袖子抹了一下从额头上渗出的汗水，把手掌沁出的汗水在裤子上擦了一下。这时候他脑子里闪出了一个颇为遗憾的念头，如果他待的这个地方再有一

498

棵树就好了，这样就可以把皮绳的这一端也绑在树干上，他就可以躲得远远的静听这里的动静，也就不会这么紧张。然而事已至此，多想无益，遗憾也无补，一切都听天由命吧！

"驾——嚯——驾——嚯——呦——呦……"郭蛮子的号声还是那么亢奋，声音洪亮，马的蹄声还是那么劲健，奋飞有力。高大贵坐在草地上伸直两腿，上身后倾，牙关狠咬，双眼紧闭，把皮绳绷得像弓弦一样直，脑子处于空白状态。

一切都在高大贵的预料之中。黑马驮着郭蛮子风驰电掣带着强大的冲击力被皮绳绊住了蹄子，庞大的身躯随着惯性撞在一棵碗口粗的橡树上，橡树咔嚓一声拦腰断成两截。马连嘶叫一声都没有来得及，便轰隆着翻滚到沟里去了，郭蛮子的两脚套在马镫上，也随着马翻滚下去。皮绳随着冲力拽得高大贵撞歪野桃树和红柳连滚带爬着到了路中间。他爬起来顾不上皮绳把手勒得疼痛，慌慌张张向四周看着把皮绳挽了起来，揣进怀里，迅速用脚把埋皮绳的土印抹平。他从马翻滚下沟的地方向沟里望着：茂密的秋草和丛生的灌木被马滚出了一道陡坡，在快到沟底的地方被一棵粗壮的老核桃树挡住了。高大贵攀着树干和灌木的枝条到了核桃树跟前，看到马侧躺着，滚圆的肚子上破了一个大洞，黑红的血伴着热气向外冒着血泡，前面的一条腿被折断，后腿不停地抽搐着，铁嚼子把马嘴扯出一道豁口，牙齿被血沫子染成红色，鼓出的黑眼睛弥漫着垂死前的哀光。郭蛮子的身子被马沉重的躯体压着，头在马脖子的地方露出来，脸上沾满血迹和草叶，鼻孔和嘴唇随着呼吸向外冒着血泡，还发出血泡爆裂的扑哧声。

高大贵看着他那张狰狞扭曲的面孔，心惊肉跳地想，他还没死？

郭蛮子艰难地睁开一只眼，模模糊糊地看到眼前一个人影，他挣扎着咳了两声，气若游丝地说道："救，救……我。"他支撑着说完，脑袋便像折断了的树枝一样耷拉下去。

天上还映着残阳迷蒙的余晖，沟下的树丛中却显得幽冥而阴森。

高大贵心想，不能在这个地方待下去，一旦被人发现就完蛋了。但他在离开这里之前必须结束郭蛮子的性命。他哆嗦着手往腰里摸去，登时冒出一身的冷汗，剪子不知什么时候不见了。他心想，坏了，这个东西可不能留在这里，一旦被人发现就会惹出大麻烦。他急忙顺着下来的地方往上找，刚走没几步，就听到山坡上有人说话的声音。

"咦，这树咋断了？"有人惊奇地问。

"啥东西从这儿蹿下去了。"另一个声音说。

"喂，伙计们，快来看呀。这儿出事了!"

"下面是啥东西?"

"看不清楚。"

接着响起了嘈杂的询问声和散乱的脚步声。

高大贵哆嗦了一下，像狐狸看到了猎人一样紧张起来。他听出了这是保安队的征粮队到塬上各村去征粮回来路过这里。他蜷缩着身子警惕地往上瞅着，顾不上剪子的下落和郭蛮子的死活，弓着身子，两手摁着地，一步步向谷底退去。谷底是一道干沟，下雨的时候山坡上的雨水汇集到干沟里流向清水河。他退到谷底，并没有顺着干沟向外走，谷口就是上山的道路，碰到熟人就会引起怀疑。而是向另一面的山坡上爬去，坐在半山坡的树丛中喘息，紧张地观察着对面山坡上的动静。山坡上已经有人下到坡下并发现了马和郭蛮子。

"喂，再下来几个人，是四十六团郭营长的马。郭营长被马压住了，拉不出来。"

"人咋样?"

"人活着，还出气呢。"

"伤得重不重? 哪儿受的伤?"

"反正不轻。现在看不出哪儿受伤啦，满脸都是血。"

"马呢?"

"马是不行啦。腿断了，肚子上戳了个大洞，肠子都流出来了。快下来吧。"

听着对面的说话声，高大贵心里有着无限的懊恼和担忧。懊恼的是，他已经到郭蛮子跟前了，却没有狠下心尽快把他置于死地。担忧的是，他不知道郭蛮子睁开眼睛的那一瞬间，是不是认出了他。如果郭蛮子认出了他并活了下来，是绝对不会善罢甘休的。还有，丢在那里的剪子一旦被发现，肯定会落到屈鸿图的手里，那么是谁制造出的这个事故他马上就能清楚。但事已至此，没有一点挽回的余地了。唯一能做的就是祈求老天爷保佑他，保佑剪子不要被发现，保佑郭蛮子没有认出他。

第六十一章

吃过饭后，黄河燕收拾好锅灶，又把丈夫脱下的脏衣服洗净。灶房墙上的墙皮脱落了，马家骏和了一堆麦秸泥，把墙皮该铲掉的地方铲掉，把麦秸泥抹在了墙面上。他干这种粗活的时候也和做瓷器活一样细致。他抹一阵就会退后几步端详一阵，而后对不满意的地方进行修补，直到满意为止。他回来以后，很想和一年不见的妻子多说说话，但是妻子并没有对他表现出过多的热情，只是默默地做着该做的事情。

吃饭的时候马家骏终于找到说话的机会了。

"你这一年去哪儿啦？"

"我去哪儿你操心吗？我出去一年你找过我吗？"

"听人说你和……他，跑到延安去了。"

黄河燕默默地吃着饭，没有接他的话。

"河燕，咱们还是好好过日子吧。"马家骏放下碗，用指甲扯着嘴唇上的干皮。

黄河燕停住吃饭，低着头沉默了一会儿，当她抬起头时眼眶里噙着泪水。她盯着马家骏，长叹了一口气。

"你现在想起来好好和我过日子啦，以前你干啥去了？我可是从嫁到你家的那一天起就死心塌地地要和你好好过日子的，过一辈子日子！没想到结婚的第一天夜里就被你打得半死不活。人家都说，新婚之夜洞房花烛是夫妻一辈子幸福生活的开始。可我呢？我是噩梦的开始。家骏，你是我男人，我是你媳妇，咱们结婚这几年你打了我多少次你知道吗？你知道吗？"

马家骏把头偏向一边，嘟囔着："谁记那呀。"

黄河燕嘴唇哆嗦着说："你不记得，可我记着呢。一共十七次，有三次打得我几天都下不了炕。我找男人是想找个家，是想找个依靠，是想找个疼我爱我的人。做梦也没有想到找了一个不知疼我爱我，只知道打我骂我的人。这日子叫我咋和你过……"

马家骏小声辩解着说："那都是以前的事情了，我说的是以后。"

黄河燕抹了一把眼泪苦笑了一下："以后，还会有以后吗？我的心已经被你伤透啦。真没有勇气再想以后还会有啥好事情落在我身上。"

"你变啦，变得越来越会说了。"

"家骏，也许命里咱俩没有缘分，就是阴差阳错聚到一起的一对冤家。过去你打我，我也恨过你，有时候恨得咬牙切齿，恨得我半夜三更忍着疼从炕上爬起来，看着你不疼不痒地呼呼大睡，就想拿刀把你砍死。可是……我下不去手。你，终归是我的男人，是我从嫁给你那一天起就铁了心想依赖一辈子的大树，我在这棵大树下能避风，能挡雨，能厮守一辈子。可是呀，可是呀……"她哽咽着，心绪慌乱眼神游移地看着屋顶，"咱们的缘分算是走到头了，你再找个中意的女人过日子吧。"

黄河燕把屋里的一切都收拾好了，套了一件衣服准备出门，往门口走去的时候，马家骏问："你这是去哪儿？"

"我出去一会儿。"她平静地说。

"是去……找他的吧？"他咳嗽着问。

"是。"她承认着回答。

穿过空旷寂静的街道，在漆黑的地方，黄河燕闪身躲在一堵断墙的后面，静静地停了一会儿，感到身后没有异样的动静时，她摸黑来到赵老憨家的院门前。来开门的是朱彩凤，寒暄了几句，朱彩凤就把她领到高二贵住的那孔窑洞里。赵老憨正在比画着跟高二贵说话，见黄河燕进来，冲她笑了笑算是打过招呼，继续着他们的说话。

"我刚好走到那儿，看见保安队的人用车子拉着过来。"赵老憨神情激动地讲述着，"太可怕啦，满脸都是血，就像个血葫芦，躺在车板上就像个死人。他们说还有气还没有死。他们说一条腿断了，肋骨也折了好几根，一只眼睛瞎了。这狗日的真是报应，在县城横行霸道谁都欺负。这叫现世报！老天开眼，惩治了这个害人精。"他愤愤地又抱怨起来："保安队这帮龟孙子也是一群十足的狗性子，记吃不记打。那个家伙没少欺负他们，他们要是视而不见就过去，隔一夜他就死硬了。"

朱彩凤接嘴说："隔一夜还能留着他呀，早让饿狼啃光了。"

"对。"赵老憨满意媳妇的说法。

"咋啦，说谁呢？"黄河燕问。

赵老憨奇怪地问："你还不知道？天擦黑的时候就从你们家门口过。全县城的人都知道了。郭蛮子骑马栽到沟里去了，差一点就摔死了。"

黄河燕惊奇地说："是真的？我真的不知道。"

赵老憨又扯了几句闲话，向媳妇使了个眼色就出去了。朱彩凤出门时随手把门关上，她站在门的一侧，把脸贴在门缝上向里窥探着。赵老憨在背后拉了她一把，她嗔怪着把他的手打掉，做了一个想看看里面动静的手势。赵老憨负气走了。

"这一下好啦，真是天助我们！"高二贵吁了口气如释重负地说。

黄河燕急切地问："咋回事呀？你咋从延安跑回来了？有啥任务？"

高二贵说："你坐下，听我跟你慢慢说。我是受许老师的指派才从延安回来的。他交给我们一个很重要的任务，要咱俩来完成。"

"嗯，你说说。"黄河燕坐在了炕沿上。

"是这样的，延安方面得到一个消息，有几个特务要到延安实施破坏，谋害咱党的领导人。但是咱们这边得到的仅仅是个消息，没有更多的内容。来几个人，这几个人叫什么名字，是男是女，长得什么样，都不清楚。判断他们很有可能经过咱这里。咱俩的任务就是找着这几个人，绝不能让他们进延安。"

黄河燕忧虑地说："是这样啊。咱咋找这几个人？"

高二贵说："是啊。我急着找你就是想和你商量办法。有一点许老师说得很明确，这几个人到咱这里人生地不熟，当天肯定不敢过金锁关，一定会在客店住下来。结果我一回来就被郭蛮子盯上了，把我急得一点办法也没有。这下好了，老憨叔带回来了好消息，郭蛮子不用再操心了。我是这样想的，从明天起，咱俩就盯住所有的客店，细细地排查，决不能让他们溜过去。"

"发现了咋办？咱俩把他们逮起来，怎么发落呀？"

"你真糊涂。这又不是延安，把他们逮起来送给谁，送给屈鸿图？张震山？只有一个办法，把他们消灭掉。我离开延安的时候许老师给了我一把枪和二十发子弹，足够用了。"

黄河燕说："我也有一把枪。"

"噢？哪儿来的？"

黄河燕讲了枪的来历。

朱彩凤站在外面，听了他们的谈话，惊得脊背直冒冷汗。她缩着脖子，像猫一样退回到她住的窑洞里。

正蹲在椅子上吸烟的赵老憨瞥了媳妇一眼，只见她神情惊恐、脸色苍白，畏冷似的磕着牙齿，愣了一下，从椅子上跳下来："咋啦，碰见鬼啦？咋成这副

样子啦？"

朱彩凤握住两个拳头交叉着捂在胸前，结巴着说："吓死我啦，吓死我啦，他们要杀人。"

"嗯？谁要杀人，要杀谁？咋回事？"

朱彩凤哆嗦着把偷听到的话说给赵老憨。赵老憨听完后又坐回椅子上，吧嗒着烟沉思了一阵自言自语地说："他们果然是从延安回来的。"他咬着烟嘴，抓住媳妇的肩膀："彩凤，我和你成了家，啥都听你的，这回你可要听我的。这可是个天大的秘密，咱们只能帮他们，决不能坏他们的事。我早就断定他们是好人，绝不会是干那些偷鸡摸狗坏事的人。你要把听到的话烂在肚子里，决不能向任何人吐露一个字！半个字也不行，听清楚了吗？"他在说最后几句话的时候使劲把媳妇的肩膀晃了几下。

"听……听清楚啦。我半个字都不说，我也不敢说……"朱彩凤带着哭腔，六神无主地答应着。

赵老憨和媳妇正嘀嘀咕咕地说着，高二贵和黄河燕推门进来了。朱彩凤看到他们一转身躲到赵老憨的背后，两手紧紧抓住他的胳膊，神色惶恐地看着他们。赵老憨拍了拍她的手，宽慰着说："别怕，别害怕，他们是好人。"

高二贵笑着说："嫂子，别害怕。我俩刚才在窑里说话，知道你在外面听。想听就听吧，我们也愿意让你们两口子知道我们的底细。从延安回来的时候，许老师专门找我谈过一次话，说你两口子都是实在人，是靠得住值得信赖的人。我俩的底细你们清楚了，也就不要再疑神疑鬼了。我和河燕去延安了一年，可真开了眼界，共产党的队伍才真正是咱老百姓的队伍，他们将来得了天下，一定会让咱老百姓过上好日子。"最后，他轻松地说："现在郭蛮子出事了，我也就没事了，也可以安生回家了。"

从赵老憨家里出来，走在夜色沉沉高低不平的土路上，高二贵和黄河燕心里都感到前所未有的轻松。黄河燕在黑暗中用热切的眼神不时地看着高二贵，这种幽静的拂着秋季凉爽微风的没有旁人扰搅的环境真好。

黄河燕抬头看着湛蓝的天幕和枝丫模糊的大树，畅快地说："二贵，你知道我把谷旅长送到哪儿了？医院为啥要派我去送他？"她看了他一眼，继续说："实际上呀，医院说谷旅长有伤身体弱，派我路上照顾他只是一个原因，还有一个原因……你想知道吗？"她喜滋滋地伸出一根手指头比画着。一来是能和高二贵漫步行走在这空旷无人秋风拂面又月色迷蒙星光黯淡的道路上，心情非常好；二来想起谷木林对她的爱慕也使她产生了一种虚荣的满足。

高二贵说:"我只是从许老师那里听说医院安排你去送谷旅长了,其他的就不清楚了。"

黄河燕俏皮地问:"想听吗?"

高二贵坦诚地表露着自己的心迹:"当然,在延安我天天都想知道你的消息。"

"真的?"黄河燕相信他说的是实话,但还是要问一句。

"施主,出家人不打诳语。阿弥陀佛,善哉善哉。"

黄河燕拍了一下手掌,在原地轻盈地转了一个圈,兴奋地说:"哈,有两个男人惦记着我,真让我陶醉。"

"什么?"高二贵惊愕地问。

"我跟你说吧,医院派我去送谷旅长只是面子上的事,实际上是谷旅长看上我了,他想让我给他做老婆。"

"噢,有这事,你是咋知道的?"

"我把谷旅长送到风陵渡,晚上在风陵渡客店里他把实情跟我说了。他问我愿意不愿意。"

"你怎么说?"

"我也跟他说了实话。我说我心里有人了,他就让我回来啦。"黄河燕有些消沉地说,"不过,我看得出,他心里很不好受。我也觉得怪对不起人家的。唉,也不知道他现在到哪儿了,按说应该早到大别山了。他真是个好人!"

"他不知道你结婚有家?"

"当然知道,不过他说那是封建包办婚姻,鼓励我要打破封建枷锁,敢于追求婚姻自主。"

"那……那你说你心里有人是咋回事?"

黑暗中她的手碰到了他的手,两只手自然地握在了一起,都感觉到对方的手是热烘烘颤巍巍的。黄河燕一旋身展臂抱住了高二贵的腰,脸颊贴在他的胸前厮磨着,梦呓般地喃喃着:"二贵,你是真傻呀还是装傻?我心里的人就是你呀!你不知道我有多想你。抱抱我,抱紧点。"

高二贵双臂揽住黄河燕。他不傻,只是他有牵挂。他仰脸望着漫漫夜空,长长地吁了口气。

"河燕,我不傻,我能看出你的心事。只是,只是我们都有家,都有了责任。这一年来水秀为了我已经很难为了,有了很多的误解,喝过药,出过家。她真心爱着我,爱着我们的家。对她,我时常感到内疚。有时候我真想把实情

告诉她，但又不能那样做。"

黄河燕说："这些我都能看出来。我也想过我这样做不会有啥结果，可我……可我真的管不住自己的心，它要这样想的。"她的心在快速地跳动着，柔和的热烘烘的鼻息穿透他的衣服，把他的胸脯烘得痒酥酥的。

"嗨，河燕，有件事我还没有告诉你。"

"啥事？"黄河燕松开手，长长地叹了一口气，抹着湿润的眼睛问。

"好消息，对你可绝对是个好消息。我见到你哥啦！"

这消息把黄河燕给惊住了，整个人像一尊雕塑凝在那里，她不敢相信地问："真……的？在哪儿？"

"在饮马川的野狐岭。"高二贵跟她叙说着，"离开延安的那天夜里，我骑马急急忙忙往回赶路。下半夜的时候到了饮马川，几个土匪在路边打劫，拉了一根绊马绳把我的马绊翻了，我一头从马上栽下来，幸亏栽到路边的草窝子里，要不非摔残不可。我当时气得一点办法都没有，他们要是不放我，我怎么完成任务呀？后来土匪们把我带到野狐岭上去见他们的司令。他们的司令问我是哪儿的人，我说是同官县人。他又问我家在同官县啥地方，我说在县城北街。他把我看了半天，又问我认识不认识一个叫黄河燕的，我说我们两家是邻居。他好像不相信我说的话，就又问我黄河燕长得啥样子。我说这我太清楚啦，她的样子是这样的：青面獠牙红眼睛，绿头发，舌头二尺三寸长，罗圈腿，水桶腰，走起路来像只大肥鹅。那个司令高兴极啦，紧紧握住我的手说：'兄弟，你真是我妹子的邻居，我妹子就是你说的那样。黄河燕是我妹子，我是她哥，我叫黄天槐。'"说完，他开心地笑了起来。

黄河燕皱着眉头跺着脚说："你到底说的是真的还是假的呀？你可不要骗我。"

高二贵止住了笑，抚着她的肩正色说道："对天发誓，我说的是真的。真见到你哥了，是他救了我，是他把我送下山，还在草料袋子里放了十个银圆。我还真得感谢你哥呢，不是他救了我我现在还不知道是啥样子。"

"你是说我哥他当土匪啦？"

"是的，他是土匪的头儿，是司令。"

黄河燕终于有了哥哥的消息了，他在干什么不重要，重要的是她知道哥哥仍然活着，在她的感情世界里还有一个思念她的亲人存在。喜极而泣，她捂着嘴嘤嘤地哭了起来，单薄的两肩抖得像风中的树叶。

高二贵没有立刻去安慰她。他能理解一个失去了父母、哥哥多年没有踪迹、又遭到丈夫苛待、感情没有归宿的女人得知亲人健在的消息应该是一种什么样的心情。

等她的哭声转为啜泣的时候,高二贵说:"我告诉你哥说你到延安参加了革命,在医院当护士,他非常高兴。我劝他也去延安,他爽快地答应了。河燕,等我们这次任务完成以后,你到延安就会看到一个当八路军的哥哥站在你的面前。"

黄河燕抹着眼泪哽咽着说:"我真想他。要是我哥哥在跟前,我哪能遭那么多的罪呀。"

高二贵有意识把话题转了一下,说:"我把好消息告诉你了,你也得帮我想想咱们的任务咋完成。这些天我夜里根本睡不着觉。"

黄河燕想了一下说:"在延安的时候,听谷旅长跟我讲过他们那里抓特务的故事。他说,凡是特务都把自己伪装得很好,很狡猾。被挖出来以后,周围的人都大吃一惊,觉得他们都是很好的同志。他总结过,特务大多有这么几个方面的特点:一是年轻,他说他们部队抓住的几个特务年龄都在二十五到三十岁之间;这二嘛,就是经过专业训练,有一技之长做掩护;三就是都受过很好的文化教育,他们抓的几个特务中有两个上过大学,三个上过专科学校;四是这些人平日里都很低调,从不惹是生非,工作上表现得很积极肯干、吃苦耐劳、上进心很强,和周围的同志关系也都处得很好。他们抓的那几个特务有三个还都入了党。"

高二贵仔细听完,想了一阵,说:"是啊,再狡猾的狐狸最后都会露出尾巴的。任何一个特务在一个地方总是要有所行动的,只要他行动了就难免出破绽,就难免被人发现。可是咱们要逮的特务,只是过客,同官县不是他们的目的地,只不过是他们的一个驿站罢了。他们在这个地方说不定就是吃顿饭歇歇脚,或者睡一夜的觉,第二天起床拍拍屁股就又赶路了。在这么短的时间里咱们咋样才能发现他们的踪迹,咋样才能揪住他们的狐狸尾巴呢?"

"哦,对啦。"黄河燕又说,"谷旅长说了,他们破获的特务有两个带有电台。这一次来的特务要是也带电台就好了,他们就不好过金锁关,他们一定会在县城的客店里住下来寻找过金锁关的办法,那咱们就有时间了。"

高二贵摇了摇头,说:"未必。根据许老师说的情况,这一次来的特务是专门实施破坏的,不是情报特务。带枪倒有可能,带电台的可能性不大。他们只要完成破坏任务就会很快撤离延安,要电台没有啥用。"他停了一下又说:"不过你刚才说的对我还是很有启发的。咱就盯住客店,盯住年龄在二十出头到三

十岁之间、外地口音、读过书的人身上。人数应当是一个或两个，顶多是三个人。明天就开始，咱俩分头去，三个客店很容易查清的。"

"人家要问咋说？"

"就说找熟人。"

秋天的夜，清爽，通透。微风夹裹着庄稼成熟前的香甜味在空气中弥漫，青蛙在草丛的深处欢快地吟唱，萤火虫闪着翡翠般的荧光四处寻找着配偶，一只斑鸠找不到窝，在夜空中踽踽飞行，发出凄婉的鸣叫。

黄河燕推开院门进到屋子里，桌子上放着一张字条，上面写着三个字：我走了。

高二贵猜测院门一定锁上了，他翻墙进到院子，高大贵一个人坐在石榴树下的石凳上想着心事，看见了他。

"你咋回来啦？"高大贵惊诧地问。

第六十二章

"你现在回来得可不是时候。"高大贵见到弟弟就忧心忡忡地说了这么一句话。

高二贵却轻松地说："哥，现在没事啦，郭蛮子在山上遛马马失前蹄连人带马栽到沟里去了。马摔死了，人也摔得离死不远了。老憨叔亲眼看见你们保安队的人把他送到军营去了。我不就……"

堂屋的门吱的一声响，母亲披着衣服出来了。

"二贵，你可回来啦。这下没事了，那龟孙子听说快摔死了。他再也不会舞枪弄棒地来磨难你了。老天有眼，坏人就是不得好报。你吃饭了没有？"她絮絮叨叨地说着来到儿子跟前，关切地问。

"在老憨叔家吃过了。"高二贵扶着母亲的胳膊在石凳上坐下，"水秀呢，英英去哪儿啦？"

母亲说："她爸病了，秀儿回去看看。巧云把英英带到她家去了。"她又说："说起这老憨人家可一点都不憨，心里精着呢，一个钱掰两半花，可会过日子啦。老天爷讲公道，不亏欠厚道人。你看人家熬了个多好的媳妇，勤快、本分、模样俊俏，还会过日子，细腰大屁股，来年准能生对双胞胎，还有……"

高大贵做贼似的向黑洞洞的四周看了看，压低着嗓门说："妈，小声点，小声点……"

老太婆听不进去，生气地拍着石桌："咋，我在我家院子里说话惹着谁啦？这院子姓高。只要阎王不来叫小鬼不来缠我谁都不怕。明天把咱家的鸡蛋拿上十米个给老憨家送去，人家会过日子，别让人家说咱小气。"

"知道了。"高二贵答应着。他已经感觉到哥哥的紧张情绪，虽然还不知道这情绪是什么原因引起的。他说："妈，夜深了，石凳上凉，你睡去吧，有话明天说。"

"好，我不打扰你兄弟俩说话了。记住，鸡蛋在炕头上那个坛子里。昨天两个鸡蛋都叫老鼠偷吃了。你说这个该死的猫就知道卧在炕上睡觉，一点都不操心，我明天就把它杀吃了。哼，我说话算数。"

兄弟俩目送着母亲回到堂屋里，院子里又归于静寂。

"哥，你有心事？"

高大贵进屋摸了一包烟塞进口袋里："这儿不是说话的地方，咱到外面去。"他拉着弟弟到他跳墙进来的地方，高大贵跃上墙头跳了出去。

"你这是？"高二贵不解地问。

"快出来。"哥哥不由分说地催促着。

高二贵跳到墙外，跟着哥哥穿过庄稼地，涉过清水河到了河对面树林子边的一条小路上。去年的这个时候，高二贵和黄河燕去苞谷地里逮獾就是从这条路上过去又从这条路上回来被套进网子里吊到树上的。触景生情，他在黑暗中不禁哑然失笑。高大贵却没有他那么轻松，向四周警觉地看过来看过去，像是一个猎人在寻找猎物，又像一只受惊吓的野兽在瞄着猎人。

"你找啥？找野猪？我去年就是在前面的地里和河燕碰上野猪的。"高二贵往里面指着说。

高大贵说："野猪有啥害怕的，我看看有没有人盯着咱俩。"

"哥，你咋啦？郭蛮子出事了，他不会再给咱找麻烦的。"

高大贵忧心地说："出事我知道，现在是他出事比不出事更可怕。"

高二贵把一只脚踏在路边的土坎上，不解地说："我咋没听明白你说的啥意思，能不能跟我说清楚点。这大半夜的有啥话在家不能说，非要跑到这荒坡野地里……"

　　高大贵哆嗦着手摸出一支烟，用衣襟遮住火光，点着狠狠地抽了一口，说："在家里能说的事，我拉你跑到这儿干啥。一旦四十六团的人把咱家的院子包围了，你我是上天无路入地无门，只能做瓮中鳖等着人家抓吧。"

　　高二贵吃了一惊，他张大两只眼睛："咋回事？"

　　高大贵狠狠地咂了一下嘴："郭蛮子不是自己出的事，是我下了绊马绳，他和马就一块儿滚到沟里去了。我想一定能摔死他，没想到这兔崽子命大。我下到沟里看到他还能喘气，张着一只眼睛叫我救救他。我去的时候就想，这一次非整死他，他不死，你我还有咱全家都不能过安生日子。我还特意带了一把剪子，想着他要是摔不死我就用剪子戳死他。他妈的！"他懊恼地骂了一句，又继续说："没想到，我往坡下溜的时候剪子不知道掉到啥地方了。这畜生命不该绝，我找剪子的时候，正赶上保安队那帮子浑蛋从塬上回来路过那里，看见出事了就喊叫起来。我没有找到剪子，也没有来得及戳死那个畜生，赶快跑了。"

　　"保安队的人看见你啦？"

　　"肯定没有。那地方的树和草很多，天也有些黑了。我在下面看不清上面的人，他们也肯定看不到我。"

　　"你说郭蛮子叫你救他，他看清楚你没有？喊你的名字没有？"

　　高大贵回忆着当时的情景："他没喊我的名字。他满脸都是血。一只眼睛被啥东西戳破了，另一只眼睛也是血糊糊的。到现在我也不知道他看清我了没有。我担心如果他看清了我，把这事说出来，四十六团的人就肯定来抓我。这就是我急于把你叫出来不能在家里待的原因。"

　　高二贵也感到事态严重，劝说着："那你也得躲一躲，听听风声再说。"

　　高大贵拧着脖子，哼哼着说："躲？如果他认出我，咬定这事是我干的，就是躲到天边也不行。再说啦，爸、妈，还有你嫂子都在家，如果抓不到我，就会把气撒到他们身上，我不能让他们替我受罪。反正我也出了这口恶气了，也把那畜生折腾惨了，死了也不亏。你回来的时候也看见啦，我就在院子里坐着，等他们来抓呢。妈那阵子还催我去老憨叔家叫你回来，她不清楚是咋回事，我心里可太清楚了。我不能叫你回来，我看见你的时候真是心惊肉跳，真想一脚把你从院里踢到墙外去。"

　　高二贵拍着他的肩膀，嗓子眼有些发热："哥，真难为你啦！为了我……"

　　高大贵长吁了一口气，把烟头扔到地上跳灭："不说这个啦，哦，我还有一件事要跟你说。"他转过头向家望了一眼："他们如果来抓我，咱们在这儿就能听到动静。你躲起来，一定不能回去，是杀是剐我一个人顶着。我走以后……

就把你嫂子托付给你，你替哥好好照看她。她命苦，我对不住她，她跟我遭罪啦……"他说着动情起来，用手捂着脸哭了起来。

高二贵宽慰着说："哥，你放心吧，我一定把嫂子照看好。说不定郭蛮子根本就没认出你，咱也是虚惊一场。"

高大贵狠狠地擤了一把鼻涕，用手搓了一下脸："那可真的感谢老天爷保佑了。哦，还有一件事。"

"哥，你说吧，我听着。"

高大贵点了点头，说："我再跟你交代一句，我要是被他们抓走，你和家里的人尤其是你，绝对不能去看我。这你一定要记住！他们可以随便找个借口把你也抓进去。要是那样，咱们这个家就彻底完了。我只要被他们抓进去肯定是死路一条。终归是死，再看也没有用，干脆就别去看，免得你们难受，我也难受。"

高二贵突然笑着说："哥，你别那么悲观，好像咱们就要生死离别似的。现在已经是后半夜了，我看今天夜里一定没有事啦。我听老憨叔说，他看见郭蛮子躺在车板上，血肉模糊得跟死人一样，说不定他昏迷不醒，说不定已经死啦。你也不要把事情想得那么严重。要是有事，早就闹腾起来了，你看现在多静。要不咱们回去睡觉，等明天一早去军营打听打听消息。"他看着哥，等着答复。

高大贵想了一下，断然地说："绝对不能回去！要回去也是我回去，你不能回。不怕一万，就防万一，一旦有事你跑都来不及。不过现在……"他踌躇着："你到哪儿去呢？"

高二贵提议说："要不咱俩趁着夜深人静去找剪子吧，找着心就静了。再说啦，他们没有证据，单凭郭蛮子一句话就抓呀杀呀的，恐怕也不行吧。"

高大贵觉得弟弟说得有道理，就说："行吧，咱们现在就去找。"

他们两人没有顺着大路上山，而是沿着谷口的干沟在坎坷崎岖的沟道上拨撩着横生斜长的杂草树枝往里进。两人正艰难地走着，高二贵猛然抓住哥哥的胳膊，在他耳边轻轻地嘘了一声："别动。有人！"

高大贵蹲在草地上侧耳静静地听了听，悄声说："没有呀，这时候咋会有人呢？你是不是听错了？要有就是鬼。"

"别动，再听听。"高二贵也有点不确定地说。

山谷里的风是盘旋着刮的，忽而盘过来，忽而旋过去，没有一个确定的方向。他俩静听了一会儿，果然可以听到随风飘过来的若有若无的说话声。

"是谁呀，他们在干啥？"高大贵紧张而又感到不可思议地说。

高二贵判断着说:"是不是有人发现了什么……再走近一点,千万不要闹出声响。"

两个人匍匐着往前悄悄移动,草丛上浓重的露水打湿了他们的衣服,凉丝丝的,两只在草丛中过夜的野鸡受到了扰动,惊叫着飞了出去。

"谁?"有人慌乱地大声叫着,"老子开枪啦。"拉枪栓的铁器撞击声格外刺耳。

"咋啦?"有人问。

"刚才有野鸡从沟里飞起来,一定是啥东西惊动了它们。"

"不会是狼吧?狼闻见血腥味了,那家伙的鼻子可尖啦。"

"一定是。"

"好啦,好啦!徐一刀,差不多就行啦,啥时候了。为了吃这口马肉折腾得一夜没睡成觉,瞌睡死我啦。"有人打着哈欠说。

"就是,你也行行善吧,给狼剩点肉,等在路上碰到你就不会吃你了。"

"要不是狼是鬼呢?你拉枪栓也不顶用,说不定已经附到你身上啦。"

"快闭上你那臭嘴!快走吧,已经不少啦。"

"再稍等一会儿,这匹马的膘可真肥。郭蛮子喂它可舍得粮食。"

"咱们从沟里走吧。"

"沟里没有路。"

"顺着干沟很快就能走出去。"

"算了吧,要不是狼惊动野鸡是蛇咋办?蛇吃不上马肉喝上人血也高兴着呢。"

"我害怕蛇,还是从上面的大路回去吧。"

"郭蛮子不知道死了没有。那狗日的死了就好啦,上次他抽我那一马鞭现在还疼呢,我恨死他啦。老天开眼,恶有恶报。"

"你那算啥,高队长知道这消息一定高兴得要喝酒庆贺了。"

五六个人顺着马滚下来的地方爬到坡上,声音渐渐地消失了,一切重新归于静谧。

"这都是你们保安队的人吧?"注视着离去的几个人,高二贵问哥哥。

"是,"高大贵肯定地说,"是我们保安队的人,张小四、许二娃、杨石头、贺家宝、李三财还有徐一刀。这帮家伙是想吃马肉。"

高大贵和高二贵来到马跌落的地方。那匹马已经被分割得七零八落,散发着浓重的腥臭气味。

"你都在哪儿待过？咱顺着你待过的地方找。"

高大贵比画着把当时的情景说给弟弟："我是从那边下来的，马是这样躺着，我从马屁股后面绕过来，看见郭蛮子在马的身子下压着，头从马脖子那边露出来。我看他的时候，他看见了我。这时候我找剪子就找不着了。"

两个人正找着，突然高二贵压低着声音说道："不好。"

"咋啦？"高大贵忙问。

"这儿有杆枪。"

高大贵一看，骂道："一定是这几个龟孙子忘下的，这帮龟孙子光忙着吃啦。"

高二贵说："咱还得躲起来，他们肯定会找回来的。"

果然，坡上面传来了两个人说话的声音。一个说："你下去吧，我在这儿等你。"

另一个恳求着说："你和我一块儿下去吧，这黑灯瞎火的我害怕。"

"你害怕我也害怕，说不定蛇已经爬到你放枪的地方了，吐着长长的芯子等你呢。"

"你个王八蛋真不够朋友，你要吓死我呀！"

"你他娘的还敢骂我？我走啦，关我屁事！"

"好兄弟，好兄弟，你不能走。这样吧，你陪我下去，我明天送你一瓶好酒。"

"这可是你说的，不能反悔。"

"决不反悔，谁要是反悔就像郭蛮子一样从这儿栽下去，咋样？"

"来，咱俩一人点根烟抽着下去，蛇怕烟。"

两点烟光闪闪晃晃着向山坡下缓缓移动，移动到放枪的地方挎起枪，两个人手脚并用着爬到山坡上，走了。

高二贵跟着哥在他指的地方搜寻了两遍，结果使他们失望，那把剪子就像被太阳晒过的朝露一样消失得无影无踪。

"它能跑到哪儿去呢？"高大贵站在山坡上，抔着腰茫然地望着沉寂无声的山谷百思不得其解地嘟囔着。

第六十三章

天亮的时候，阴云密布的天空淅淅沥沥地下起了小雨。高家兄弟是在下雨前回到家的。

娇艳偎在炕上，正在给"孩子"喂奶，一脸的柔情蜜意。她看到疲惫不堪的男人走进屋，便说："你跑到哪儿去啦？娃叫了一夜的爸你都不答应，他一不高兴就尿到炕上啦。你看，你看。"

高大贵掀开被子一看，褥子上果然有一大片湿漉漉的尿渍。他恼怒地抓起枕头向媳妇砸去："这是咋回事呀？你咋尿起炕来了！"

娇艳脖子一缩，折起胳膊肘挡住砸过来的枕头，哭着辩解道："不是我尿的，是你娃尿的，不是我尿的，是你娃尿的。你冤枉好人。"她把"孩子"扔到一边，抓起枕头又向高大贵甩了过来。

高大贵生了一会儿气，想着还有正事要办，就不敢继续生气了。他抬眼看了看苦凄着脸盯着他的媳妇，心里又感到不安和懊悔。他爬到炕上。娇艳惊恐地把两臂抱在胸前缩成一团，躲避着他，可怜兮兮地说："不是我尿的，是娃尿的，不是我尿的，是娃尿的。"

高大贵叹了口气，把湿褥子揭掉卷成一个卷放到一边，从炕柜上取下一床干净褥子铺好，把媳妇的湿裤子脱下来换上一条干净裤子。

"再不敢尿炕了，听见没有？"他指着下雨的院子，"外面下雨，连晒的地方都没有。再尿炕就打你的屁股。"

娇艳缩着脖子点头应承着："不尿了，不尿了。"

高大贵用手掌抹去媳妇脸上的眼泪，扯过被子盖在她的腿上。他来到弟弟的屋子，看到弟弟坐在炕沿上一条腿奓拉着，用一块布擦着手枪。

"嘿，你有枪？哪儿来的？"他惊异地问。

"别人送的，看看咋样？"

高大贵接过手枪在手里掂量着反复端详了一阵："是把好枪，我还是第一次看到。不过这么小口径的枪射程顶多五十米，防身可以。谁送的？"

高二贵含糊着说："出去碰到一个做生意的朋友送的。"

高大贵诡秘地笑了笑，把枪还给了弟弟："你在家机灵点，我出去打听一下郭蛮子的消息。"当他要出门的时候，又回身叮嘱着："一有动静你就赶快跑。把枪收好，在家绝对不能用枪，一开枪咱这个家就彻底完蛋了。"他沉吟了一下："要不这样吧，你现在就出去躲一躲，躲到老憨叔家。如果没啥意外，我就过去告诉你。"他说着戴上草帽走了。

下着细雨，街道上的路面有些泥泞。店铺的门洞开着，显得冷冷清清的。掌柜们阴郁着脸，斜着肩靠在门框上，百无聊赖地和他打着招呼。高大贵踟蹰着向前走，他思索着通过什么人和怎样的渠道才能打听到可靠的消息。最后他还是想到了冯军医，冯军医一定会给郭蛮子看伤，一定是最了解情况的人。现在他必须想一个合适的借口去找冯军医，直截了当地去问郭蛮子受伤的情况搞不好会引起他们的疑心。找个什么样的借口呢？他搜肠刮肚地想着。快走到军营的门口了，门口的岗哨穿着雨衣孤零零地站在那里，他仍然没有想出一个既能使人信服又不会出任何破绽的理由。车到山前必有路，他终于想到了一个办法。他踅进一家烟酒铺子里，买了两包烟揣进怀里，朝军营的门口走去。门口的岗哨认识他。

"高队长，你这是上哪儿去？"

"哦，轮你站岗啦。这下雨天也不说待在屋子里，冷吧？"高大贵关切地说。

"这算啥，大雪天也是这样，我们当兵的都习惯啦。"

"来，抽支烟。"高大贵摸出一包烟打开，抽出一支递给岗哨，点着。又摸出另一包塞到他的手里："喏，这儿还有一包，给你装上。冷了抽一支，暖和暖和。"

"哈，高队长真客气。你这是干啥去？"

"嗨，这两天的烦心事是一件接一件。我老婆病啦，就是经常在街上乱说乱喊的那个傻女人。"高大贵指着自己的脑袋瓜子，"这儿出毛病啦。生了个孩子没成，想不开就成那样了，现在又在家里闹腾呢。冯军医跟我说过，这病他能治，让我有事过来找他，我就是过来找他的。"

岗哨说："你来得真不巧。昨天天快黑的时候我们的郭营长在山上骑马不知道咋回事连人带马翻到沟里去了。这事你知道吧？还是你们保安队的弟兄从那儿路过发现后给送过来的。冯军医连夜跟车送郭营长到省城的大医院去了。"

高大贵关心地说："我听说啦。这些天我老婆的病常犯，我在家里照看她。

只是听说，不知道实际情况咋样，听说摔得挺重的。"

岗哨猛吸了两口烟，说："是摔得挺重的，我还去看了，这只胳膊断了，这只眼瞎啦，肋骨说是也断了几根，够惨的。"

"还能说话吗？他没说是咋出的事？"

岗哨摇了摇头说："还说啥呀，人都昏死过去了，只有出的气没有进的气。冯军医这儿听听那儿摸摸，最后也是直摇头，说不知道能坚持到省城不能。"

高大贵心里轻松了许多，表面上仍然唉声叹气地摇着头："真是'天有不测风云，人有旦夕祸福'啊。郭营长扬鞭策马兜风那劲多威风。这说来事就是要命的事。比起郭营长的事我媳妇的病就是小事了，等冯军医回来我再来找他吧。"他往前走了两步又停了下来，"张司令最近咋样？他的病好些了吧？"

岗哨说："好利落了。冯军医说是情绪太激动引起的，要他遇事不要太激动，再激动还有可能犯。"他又神秘地说："后来我听说是上一次往洛川送军粮遭伏击，他在跑回来的路上碰到了二姨太，原来他的二姨太是和他的卫兵唐少骏私奔了。都说八成是因为那事引起的，我想也是，绿帽子是最让男人上火窝心的事。"

离开了军营，高大贵悬着的心总算轻松下来了。郭蛮子对他对弟弟的威胁基本上可以解除了，其余的只有等冯军医回来得到实情再说。雨比出来时下得更大了些，可以听到雨线下落时冲裂空气的淅沥声。路面上已经出现了积水，树枝上的叶子已经被秋气染成了枯黄，风一刮发出扑扑簌簌的声音，飘飘摇摇地落到地上。屋顶上的瓦片被雨水冲刷得很干净。

高大贵在水洼里叭叭叭叭地踩着，来到了保安队的院子。一进院子就能听到从屋子里传出来乱哄哄的嘈杂声。他推开屋门，烟草的辛辣味、烈酒的刺鼻味、马肉的肉香味搅和着汗湿的酸臭味迎面向他扑来。

"嗬，高队长来啦，快请，快请。"张小四喊道。

许二娃畅快地叫着："嗨，真是说曹操曹操就到。我们正说你呢，来得正是时候。"

杨石头打着饱嗝嚷道："高队长光顾着陪嫂夫人了，把我们弟兄们都忘记了。是吧，弟兄们？"

"是——"李三财舌头不灵活地叫喊着。

在酒精的作用下每个人都处在亢奋状态，吵闹得不亦乐乎。

"你们这是在干啥？"高大贵故作诧异地问。

许二娃热情地把高大贵拉到桌子跟前摁在板凳上坐下。他打着酒嗝，热烘烘的酒气喷到高大贵的脸上："高队长，弟兄们聚在这里喜庆喜庆。你一定会问我们喜庆啥吧？我告诉你高队长，有一个天大的好消息。昨天天刚擦黑的时候，我们弟兄几个从塬上回来，走到下山拐弯的地方，我看到路边一棵树齐茬断了，一看就是新茬。我当时心想，这是咋回事吗？我们前几天上塬去的时候还是好好的嘛。这是哪个孬种干的事情！可是往沟里再一看我就傻眼了，山坡上的树呀草呀都被折断顺着陡坡趴下了，我猜一定是啥东西从这个地方滚下去了。我和张小四就溜下沟去看，你猜发生了啥事情？"他两手抱在胸前，脸向上仰着，望着屋顶，做出一副极度夸张的表情："谁以后再敢说老天爷不长眼，我一定使劲抽他的嘴，把他的嘴抽得稀巴烂为止。原来是那一天抽我一马鞭的郭蛮子和他的马一起滚下了山坡。郭蛮子被死死地压在马肚子下面。真没想到马活着的时候郭蛮子一直骑着它，马死的时候却骑在他的身上去了西天。"

一屋人都笑了起来。

"也就是。"贺家宝瓮声瓮气地说，"郭蛮子平时骑马总是把马骑得大汗淋漓嘴喷白沫，四条腿直哆嗦。马骑在他身上去西天，他咋能驮得动？那匹马足有五六百斤重。马会不会也挥着鞭子吆喝他呀？喔喔喔吁吁吁。郭兄，快跑呀，像你狗日的这样慢慢腾腾磨磨蹭蹭老子啥时候才能到阎王爷那儿报到呀，嗯？我还等着投胎呢！"

"你就瞎扯吧。马又没有长手长指头，它咋握鞭子嘛。"

"是啊，你就瞎喷吧。"

贺家宝说："马要是不会挥鞭子那郭蛮子就更惨了，它就会用蹄子踢郭蛮子的屁股，郭蛮子一定会疼得嗷嗷乱叫：'马兄弟，马兄弟，你饶了我吧。'好不容易到了阎王殿前，一群鬼卒就会把他们带到阎王爷的大堂上。阎王爷一看肯定会怪叫一声：'呔，老爷我只见过人骑马，从来没有见过马骑人，真乃咄咄怪事。'阎王爷翻开生死簿一看，惊堂木一拍，两指并拢指着郭蛮子大喝一声：'你这个大胆狂徒，在阳间恃强凌弱、杀人放火，抢人家的财物、占人家的良妇也就罢了，怎敢闯到同官县保安队用马鞭抽打队长高大贵和队员贺家宝，辱骂保安队的众弟兄。你可知晓高大贵和贺家宝是什么人吗？不知道？谅你小小蟊贼也不知道。我老阎告诉于你，那高大贵是我家大表哥，那贺家宝是我家二表哥，都是我老阎的本家亲戚。我老阎的本家亲戚你这个狗日的也敢冲犯，真他娘的吃了熊心豹子胆啦！来人，把郭蛮子拉下去扔进油锅干炸半个月，再塞进笼里蒸上半个月，再挂到太阳地里晒上半个月，再泡到盐水池里腌上半个月，再摁在茅坑里用石碾压上半个月。下一个轮回打入畜生道，转为鼋犬驴马

骡子牛，一辈子的主人是高大贵，再一辈子的主人是贺家宝，再下一辈子的主人是……保安队的弟兄轮着当，世世轮转，不得为人。说到马嘛，只因错跟了主人而死于非命，念其勤劳一生，厚道为马，转世为人吧。'怎么样，兄弟们？"

"哈哈哈，笑死我啦。"

"你就吹吧，怪不得天下雨了呢，你把天都吹破了。"

"高队长是阎王爷的大表哥，贺家宝是阎王爷的二表哥，和阎王爷攀上亲戚了。弟兄们，以后谁还敢惹咱们呀？"

"贺家宝你还有啥吹的？继续吹。这样喝酒热闹有意思。"大家笑成一团，有个队员提议说。

贺家宝看了看桌子上的碗碟，叫道："你们这群没良心的家伙，光逗着老子吹啦，你们却闷着头吃肉喝酒。不行，老子也得喝碗酒吃块肉，这嗓子眼都吹得冒青烟啦。"

贺家宝往嘴里灌了半碗酒，又塞了一块肉，腮帮子鼓着说："昨天夜里回家呀，我老婆把我臭骂了一顿。不光臭骂了一顿，还一脚把我从她肚皮上端到炕下，刚好摔到尿罐子上硌住了尾巴骨，现在还疼呢。"他说着就解开裤带要脱裤子："不信你们看看，我看不着，肯定发紫啦。"

"去去去，谁看你那臭屁股。"

贺家宝逗趣地说："你们看看嘛，都是自家弟兄，关心关心我嘛。我保证不放屁，不蹿稀，保证弟兄们的安全……"

"为啥把你端到炕下，一定是没有把老婆伺候好吧？"

"阳痿啦？一定是。多吃点马肉壮壮阳。"

"不是，不是，"贺家宝摆着手否定道，"咱们把郭蛮子从沟里抬上来又送到军营里，又去割马肉，回到家都快三更了。我老婆睡得可香啦，还打呼噜呢。我钻进被窝和她亲热。她迷迷糊糊问我：'啥时候了才回来。'我就跟她讲郭蛮子骑马栽到沟里去了，我们从塬上回来路过正好碰上，赶忙把他从沟里抬上来送到军营去了。我老婆一直是闭着眼睛听呢，突然张开眼睛直瞪瞪地看着我说：'你说的是谁？'我说：'我说的是郭营长呀，咋啦？'她把眼睛又一瞪，比牛眼还要大，一使劲就把我从她身上掀下来，跟着一脚就把我踹到炕下了。"

"咋回事？"

"是啊！"贺家宝摊开两手，显出一副百思不得其解的样子，"这他娘的是咋回事呀？把尿罐子也砸烂了，溅得我一身都是尿，臊哄哄可难闻了。"

一个队员把鼻子探到贺家宝的身上闻了闻，说："就是的，现在还有尿臊味。去去去，离我远点。"

贺家宝说："没有啦，洗过了。"

"别打岔，继续说。"

"我还弄不清是咋回事的时候，媳妇指着我骂开了：'你真是个狗记性，记吃不记打。那天那个畜生因为你多说了一句话，就抽了你一鞭子。那一鞭子要使多大劲？隔着几层衣服把皮都打开了。伤疤没好，疼就忘啦？你就是把那匹马救上来也比救他强，救活他让他还害人嘞？你真是个狗脑子、猪脑子、驴脑子，就不是人脑子。滚，少来骚扰我。老娘今天就是让狗日，也不让你日。'"

贺家宝讲完了。他觉得他讲的故事很好笑，一定会有一个更热闹的场面出现。然而现场很寂静，不但没有笑声，就连说话声也没有了，他感到很诧异。

"咦，咋啦？"他扫视了一眼大家，莫名其妙地问。

沉默了一阵，杨石头徐徐地说："我回家以后，我老婆倒没有把我踹到炕下。听我讲完事情以后，也把我训斥了一顿，说：'你要救人就去救好人，救好人是积德行善，救恶人就是积冤行恶，就是……帮狗吃屎。那一天他抽你的那一鞭子，狗还记着呢，你都忘啦？'把我气的，唉，没话说。"

李三财也跟着说："就是。我爸好一顿训我嘞。他老汉说：'恶人作恶多了就要遭天谴，郭蛮子作恶太多，他遭灾是老天爷惩罚他。你们救他是逆了天意，不该救这恶人。'"

"咱们做错事啦？"

"当时也没多想呀，看到他那个惨样怪可怜的。"

"是啊。"

院子里响起了杂乱的脚步声和乱哄哄的说话声。屋子里的人不知发生了什么事情，都把疑惑的目光投向门口的竹帘子上。

"报告。"一个人影映在竹帘子上。

"进来。"高大贵回应道。

竹帘子撩开了，四十六团的一个士兵跨步进来，立正，行了个军礼。

"报告高队长，我们张司令为褒奖保安队的弟兄救我们郭营长的义举，特派我们送来一头猪、两只羊、两坛好酒以示感谢。请高队长和各位弟兄笑纳。不胜感激！"

第六十四章

后半夜，邵文平被周书坤的一声惊叫惊醒，他张开眼睛看到黑暗里周书坤坐在那里不停地大口喘气。

他赶紧从草垫子上爬起来，惊愕地问："怎么回事？发生什么事情了？"

周书坤长出着气，用手揉搓着胸口说："刚才做了个梦，看见狄先生焦急地向我挥手。我还没弄清他挥手的意思，不知道从什么地方钻出来一个凶神恶煞的家伙骑在我身上，使劲掐我的脖子，憋得我喘不上来气，就醒啦。现在心还怦怦乱跳。这不是什么好兆头。"他顿了一下又说："不行，这个鬼地方不能再待了，不知道他们在想什么。咱们不能再听他们摆布了，得赶快下山去，明天就走。"

邵文平说："门上上着锁，咱们出不去。把门撬开？"

周书坤说："不用，明天上午徐师父来送饭时，把他捆起来锁在这里，咱们走。夜长梦多，赶紧离开这个是非之地！"

邵文平问："咱们下山以后怎么办？回去？"

周书坤叹了口气，说："回去？回哪儿去？"他盘腿坐在草垫子上，两手抚在腿上："我的好兄弟，从接受任务的那一刻起，咱俩就成了过河的卒子，只有进路没有退路了。虽然咱们到延安执行任务有风险，但狄先生不是对咱们也有承诺嘛，只要完成任务对咱们的奖赏也是很丰厚的。"黑暗中他映着眼睛："什么样的奖赏我不在意，我的决心已定，无论有多么艰难，我都要把两脚踏到延安的土地上。不成功便成仁！下山以后，咱们在县城是待不住了，赶紧找机会过金锁关。"

"疾风知劲草，乱世识忠臣。"邵文平跷着大拇指夸赞着说，"狄先生真是慧眼识人，有你这样的忠臣良将为党国效力，真乃党国之大幸。"

周书坤想了想说："现在还有一个难题，把徐师父控制住以后咱俩怎样离开这个寺院？从哪里可以下山？穿过寺院碰上人怎么办？"

邵文平说："这不是问题。那天保安队和四十六团的人上来，徐师父把我领到山顶让我躲藏在树林里，他告诉我，如果他们搜查寺院我就躲在树林里别出来。如果他们往树林里搜，他给我指了一个洞，说那个洞可以通到寺院的外面，出口的地方也很隐蔽。咱到时候就从那个洞出去。"

周书坤说："太好了！还有这暗道机关，这真是天助咱们。"他歪着头笑了笑："真是不可思议，怎么会有这么巧的事情，打瞌睡就来枕头。我想这一定是天助咱们。这一次就不说了，没有机会了。等咱们从延安胜利归来我一定要再来这里，在神灵面前三拜九叩，感谢神灵的保佑。你也一起来吧。"

邵文平说："当然要来，不但要在神灵面前三拜九叩，我还要给寺院捐上一百个银圆的香火钱。你捐不捐？"

周书坤说："捐，一定要捐。不行，要捐一千个，一百个太少了。"他突然想起什么事："那五十个银圆哪儿去了。"

邵文平说："嗬，你不说我都忘记了。我把你背到那个洞里，洞里有个老鼠洞，我就把那包银圆塞进老鼠洞里了，肯定不会有人发现的。这次咱们恐怕带不走了。"

周书坤说："没关系，等咱俩完成任务，狄先生兑现了他的承诺，你我就身居高官。到那时候咱就风风光光来香山寺，好好到这里朝山拜佛烧香磕头。到那时候咱们当着众人的面把银圆取出来，更有意义。"

邵文平说："你别说，那天徐师父把我领到山顶，我向四周望去，这里的景色还真是不错。青峰耸立，绝壁千仞，松林如海，云蒸霞蔚，大有一览众山小的气势。我就在那里想，要是在这里出家当个和尚也是不错的选择。"

周书坤说："别想入非非了，出家当和尚不是你我该想的事情。皈依佛门是要清心寡欲的，你我都是在名利场上行走的人，是根本做不了佛门弟子的。"

第二天上午，周书坤和邵文平做好了一切准备，等着徐监寺的到来。当听到石台阶上熟悉的脚步声，周书坤给邵文平使了个眼色，邵文平会意地点了点头。开锁声响动，门打开，徐监寺和往常一样提着个篮子进来，并随手把门关紧。

"伙计们，开饭喽。"他说着从篮子里拎出一个瓷罐，罐子里盛的是稀饭。又拿出两只碗、两双筷子、馍、咸菜和两个鸡蛋。他刚站起身，邵文平就在背后反剪住他的双臂。

徐监寺惊异地咦了一声，问："你们，你们这是要干什么？"

周书坤说："徐师父，我们不想干什么。我俩在这洞里待了好多天了，也给寺里添了不少的麻烦，现在我们想离开这里，你看怎么样？当然，我非常感谢

你们的救命之恩，现在就不说了，来日一定相报。"

徐监寺说："不行，你俩杀了人家四个人，人家到处找你们，现在下山等于自投罗网。你们不能走，要走等我向住持报告了再说。"

周书坤说："向住持报告了再说？我就不明白了，我们闯了祸，你们和我们萍水相逢，既不沾亲又不带故，为什么要保我们，这里面到底有什么隐秘？"

徐监寺说："这个我也不清楚。我们住持有交代，她同意你们走我才能放你们走。再说了，这两天我看你们两个印堂灰暗，煞气很重，这就更不宜出行了。我们住持已经派人下山打探消息，如果山下风声松动，她就会上山来向住持报告，到那时你们再下山不迟。"

邵文平说："我们现在就要走，你能把我们怎么样？"

徐监寺有些气恼地说："在我们寺里，不能你们想干啥就干啥。你俩应该懂得'城门失火，殃及池鱼'的道理，如果你们出了问题，寺院就会跟着遭殃。你放开我，我不想和你动手。就你们两个，哼……"

周书坤用手指头反指着自己，说："就我们两个？你的意思是说我们两个不是你的对手，是吧？"他口气平和地说："徐师父，你救过我的命，我非常感激，但是你要是要挟我们，这就是不明智的作为了。我把话也给你挑明，我们今天一定要离开这里，只能委屈徐师父你了。"

"你们想干什么？"徐监寺说着扭动起身子，这时候他才发现反剪他双臂的邵文平并不像他想象的手无缚鸡之力的文弱书生。邵文平的手指扣在他的手指间，反背着他的手掌，他的胳膊已经使不上劲了。这一情况的出现使徐监寺大为恼火，他决定使出点手段制服他们，要让这两个不知天高地厚的家伙服服帖帖地待在这里。徐监寺抬起一只脚，用脚后跟使足劲在邵文平的脚面上猛踩了一下，抽出胳膊转身用铁杵似的食指抵在他的喉管上。

"老实点，再动我就不客气了。"他狠狠地说。但他话音未落，周书坤拎起瓷罐狠劲砸在他的后脑勺上，一声闷响，瓷罐破碎，稀饭飞溅。徐监寺哼都没来得及哼一声，身子向前一倾，匍匐在地上。

邵文平擦去溅到身上的稀饭，两指放在徐监寺的鼻孔前，对周书坤说："还有气，怎么办？整死算了。"

周书坤说："留他一条命吧。用绑腿把手脚捆起来，把包馍布塞进嘴里。他就是醒过来喊不成也出不去，等别人发现了，咱们已经走远了。"

两人从石洞出来，把门锁上。听听四周没有动静，邵文平领着周书坤从九龙柏旁的小道上到山顶，攀着柏树钻进洞里。周书坤在进洞之前，向四周眺望了一下，秋天香山的景色让他感到震撼，火红的秋叶和绿色的松林相互交映，美不胜收。自然天成的千仞绝壁和万丈幽壑触目惊心。他在树干上重重地拍了一掌，叹了口气钻进洞去了。

邵文平问："怎么了，唉声叹气的？"

周书坤说："真他娘的晦气，要不是碰上那几个兵痞，咱们可以在菩萨面前好好烧上几炷香磕上几个头，安安生生来安安生生去。现在闹得恓恓惶惶像丧家之犬一样，连看景致的机会都没有了。"

邵文平摸着凸凹不平的石壁在前面探着路说："别懊悔，有的是机会。等从延安回来，功成名就了，就可以风风光光地来。到那时候……哎，小心，这个地方有个坑。"

外面的阳光从窄狭的石洞口投进来，给洞里洒出一些光影。但往洞的深处越走就越黑，最后是伸手不见五指的漆黑一团，他们只能摸索着前行。洞的走向是下行的，有着简易的台阶。蜿蜿蜒蜒走了好一阵子，他们进到一个墓室里。邵文平的手触到了冷森森腐朽的棺木，浑身一哆嗦，惊叫了一声。

跟在后面的周书坤停下脚步，问："怎么啦？"

邵文平抹了一把额头上的冷汗："进到坟墓里了，这儿有个棺材。"

周书坤说："这就好了，说明到头了。出口一定在这里面。"

他俩贴着棺材和墓壁在墓室的一侧找到了出口，出口用枣刺塞着。邵文平小心地把枣刺向外推了推，没有推动。周书坤碰到了一根歪歪扭扭的木棍，他立刻就发现了木棍的用途。

"用这个木棍向外顶。"

邵文平把木棍插在枣刺中间使劲一推，一捆枣刺便缓缓向外移动，推倒了堵在外面的石块，随即亮光透了进来，一个仅容一人出入的圆洞呈现在眼前。他们从洞口爬了出来，发现真的出了寺院，处在一片茂密的杂树林里。坟头荒草萋萋，石块掩饰的洞口非常隐蔽，枯草败叶和蔓茎长枝把石块遮盖得严严实实，根本看不出有洞口的迹象。寺院赭红色的高墙矗立在背后的岩石上。

他俩把洞口重新遮盖好，拍去身上的尘土和蛛丝，蹚着没膝的杂草到了树林边一条淹没在草丛中的蜿蜒小径上，谛听一下四周的动静，辨识着去县城的方向。

两人正走着，突然听到一声喊："站住。"这喊声回响在寂静的树林中，格外的响亮，如同平地滚雷。两人浑身一哆嗦，循声望去，看到一簇密匝匝的灌木丛后面露出一张黝黑的脸膛。那人头上戴着一顶杂草编织的草帽，肩上披着

蓑衣，五十上下的年纪。那人从灌木丛后面闪了出来，劝阻道："干啥的？不要向前走。"

他们看到那人手里端着一杆猎枪，像是打猎的，紧张的情绪松弛了下来。

"怎么啦？"邵文平问。

猎人往下走了两步，奇怪地问："你们跑到这儿干啥？"

周书坤连忙说："我们是从外地来的，到寺院进香的。看到这个地方山清水秀，景色宜人，就顺着山坡下来随便转转，看看景致。"

猎人说："你们也太胆大，敢在这山林里随便转。这山上有成群结队的野猪和狼，你们这样赤手空拳碰上它们就没命了。"

两人听说，面显惊惧，不约而同地向四周瞅着。仿佛野猪和狼就潜藏在他们周围的树丛中，随时都可能出现，张着獠牙大嘴向他们发起进攻。

"这……我们……真不知道。"

猎人说："我喊你们站住，是因为前面再走几步就有一个陷坑，坑里下着铁夹子，掉进去不是腿断就是胳膊折。我白天在这里守着，就是担心有人在这里过路。我守了三天才碰到你们两个人。"

周书坤忙不迭地道谢，说："我们怎么走出去呀？"

"你们到哪儿去？"

"到……同官县县城。"

"你们把路走反了，这是进山的路。"猎人指点着说，"顺着这条路往回走，绕过一个山嘴，就可以下到山下，山下就是镇子。镇子上有去县城的路。"

"这一路上还有陷坑和铁夹子没有？"邵文平担心地问。

猎人说："没有了。那边路上人多是不能下那些东西的。"

两人道了谢，顺着猎人指点的路径走去。回到县城已经是夜幕四合时分，他们在饭馆吃了饭，就回到客店的房子。

邵文平说："现在他们一定发现徐师父了吧。不知道徐师父是死是活，他们会干些什么。会不会到处找咱？我想一定会的。"

周书坤擦着脸说："找是会找的，但他们一时还摸不清咱们的去向。明天一定要离开这里。只要一离开这个是非之地，他们连个屁也找不着。"

邵文平托着下巴皱着眉说："徐师父说咱俩印堂灰暗，煞气很重，不宜出行，是不是真的？我看你的印堂没有什么不对的地方。"

周书坤一摆手，哼了一声："你相信他说的话？他那就是不想让咱离开寺院的说辞罢了。他要是能看相知凶吉，就应当先看看他的印堂，不要给咱送饭就对了。不过，话说回来，他要是老老实实配合，让咱们离开寺院顺利下山，我还真不想难为他。他可能是有点武功，就目中无人了。这也算是给他个教训吧，等咱们再上香山，向他表示一下歉意，做些补偿，他就理解了。"

第六十五章

　　早上，妙义安排完寺院的事务，就回到房里诵读经文，可总是感到心里乱糟糟的。水秀下山已经十天了，没有一点山下的消息。水秀走的时候她给水秀交代，山下如果风声紧，就不要急于上山，等风声松缓一些再回来，到那时就可以安排周书坤他们下山。

　　想到周书坤，妙义的心里更乱了，自从那天认出他以后，这个人的音容笑貌总是在她面前晃悠，搅得她彻夜难眠。她怎么也想不明白他为什么会突然出现在这里。难道是得知她在这里的消息专门来找她？但她很快否定了这种想法。那么，这两个人是从哪里来又打算到哪里去呢？她非常想解开这个谜团。有几次她按捺不住想见他的心情来到石洞前，在那里伫立、徘徊，想推开那扇木门和他坐在一起长谈一次，可她鼓不起这个勇气。她并不是惧怕什么，而是担心在逝去的那些岁月里，他一定又有了自己的生活，那些生活里并没有她。一旦她出现了，他的生活会不会受到影响，会不会伤害到别的什么人？这些天，她盼望着水秀的出现，水秀只要回来就表明周书坤可以安然下山了。他一旦离开这里，这些天所发生的事情和以前所发生的事情一样都只存留在记忆之中，对她尤其对他都不会有什么影响。然而，她又害怕水秀突然出现在她的面前。他一旦离开这个寺院，此生此世再想相见恐怕只是一种奢望了。听徐监寺说周书坤的伤已经痊愈了，这也表明，他在山上逗留的时间不多了，这就为她见到他更增添了几分紧迫感。

　　妙义推开经书，从椅子上站起身来，但她很快又坐下，最后还是两脚不由自主地走出了房门，一步一步来到了石洞前。石洞的门仍然和往常一样紧闭着，一把铜锁在门鼻上锁着，秋风在门前盘旋，凋零的树叶在风中飞舞，明媚的秋阳亲吻着草草木木和悄然无声的土地。一门之隔石洞里的那个男人，是她平生唯一用真情爱恋过的男人。在那个年月，是她把恋情抛到一边，催促他为

了国家、为了民族用拿手术刀的手拿起了武器上了战场，从此生死两茫茫。他现在神差鬼使地来到这里，她却对他避而不见，是不是有些过于铁石心肠了？

妙义这样想着，便快步来到徐监寺的房间，她要向徐监寺要钥匙，打开那道门。徐监寺的房门虚掩着，屋里没有他的人影。她又来到大殿，大殿里一个尼姑正在清扫殿堂，妙义问尼姑见到徐监寺没有，尼姑摇着头说没有。

寺院里午饭的钟声敲响了，妙义来到斋堂，问了所有的人，都说没有见到徐监寺。徐监寺能上哪儿去呢？她站在斋堂的门外想着。

僧尼们吃完了饭，陆续离开了斋堂，仍然没有见到徐监寺的踪影。妙义又来到石洞前，石洞的门依然锁着，看不出有人进出的迹象。她看了看四周没人，在石洞的门上敲了两个，里面没有任何声息，她又敲了两下，里面仍然寂静无声。

"有人吗？"她问。把耳朵贴在门缝上屏息听着，里面是死一般的静寂。她鼓了鼓劲，对着门缝提高了嗓门喊着："书坤，书坤，我是静淑。"

除了自己的喊声外，她没有听到石洞里传出任何的声音。

妙义警觉地意识到石洞里一定发生了什么事情，她心慌意乱，跌跌撞撞地跑到斋堂叫了两个僧人带着一把斧头把石洞门上的锁砸开。冲进去一看，眼前的情景使她目瞪口呆。

只见徐监寺蜷缩在地上，手腕和脚踝都用绑腿牢牢地捆着，嘴里塞着一团布，头上脸上沾满了稀饭和血渍，两眼紧闭，气若游丝。破碎的瓷罐散落一地。根据现场的情景十分容易做出判断，这是周书坤和邵文平趁徐监寺送饭的时候对他下了毒手。

"这……这是怎么回事？是谁打伤了徐师父？"两个僧人问。

妙义咬着牙，双眼充满了怒火："我知道。你们先把徐师父抬回去救治。这两个披着人皮的畜生丧尽天良，我决不会轻饶他们。"

妙义说完就旋风般地离开石洞回到她的房间，换了一身便装，谁也没有告诉，就下山去了。不久前才燃起的对周书坤的那点热情现在全部化成难以遏制的怒火。她一定要找到周书坤和邵文平，要质问他们是不是人，为什么要对徐监寺下毒手，为什么要恩将仇报。

天黑的时候她进了县城。看到夜幕笼罩下的县城，她茫然了，不知道该去哪里找她要找的人。她想了一下，决定先找一个落脚的地方，等明天再查找他们的踪迹。她想起已经回家的水秀，水秀在县城里的情况比她熟，说不定能帮上什么忙。

水秀看到她不寻常的神情先是一惊："妙义姐，你咋来啦？"

妙义说："这里不是说话的地方，进屋里说吧。"

水秀把她领进房中。高二贵正铺被褥准备睡觉，看到媳妇领进一个陌生女人，便停住手。水秀跟他们做了介绍。

"二贵，这是我跟你说的寺里的妙义姐姐。他就是二贵，我男人。"

妙义说："我听水秀说起过你。"

高二贵说："我也听水秀说起过你。"

水秀问妙义："还没吃饭吧？我去给你弄点吃的去。"

妙义说："我不饿，给我倒碗水吧。"她的肚子气鼓鼓的，根本没有一点食欲。

水秀端来一碗热水递给妙义，她喝了两口，放在桌子上。

水秀看她一脸的愁容，关切地问："姐，你赶夜下山，有啥事情吧？"

妙义气咻咻地说："那两个畜生打伤了徐监寺，跑啦。"

"啊，啥时候？"水秀惊异地问。

妙义把事情的经过简单说了一遍。

水秀说："那现在咋办呀？"

妙义说："我下山来就是要找到他们，看他们到底是干什么的。我想周书坤这次回同官县，绝不是给他父亲迁坟那么简单。如果仅仅是为他父亲迁坟，他们不会对那几个当兵的下那么狠的手，更不会对徐监寺下这么狠的手。哼，不管他们是干什么的，我一定要找到他们，问问他们为什么恩将仇报打伤徐监寺。"

水秀气愤地说："他们也太坏啦！他们受了伤，徐师哥把他们背进寺院，照看了十多天，好吃好喝地养着他们。他们……他们咋能下得去手，这人……"

妙义说："是啊，他们越是这样，我就越怀疑他们有什么阴谋。他们这样急于下山，说明一定是有什么事情在催着他们，而且是大事。"她顿了一下："现在看来，我是小看这个周书坤了。现在的周书坤已经不是过去的周书坤了。"

高二贵在一旁静静地听着，警觉起来，插嘴说："这是两个啥样的人？"

妙义问水秀："这事你没对你丈夫说？"

水秀支吾着说："还没有……我回来那天看到县城里到处贴着对他们的悬赏告示，我担心走漏风声，惹出麻烦，对谁也没说。"

"哦，"妙义说，"你是水秀的丈夫，不是外人，我也不瞒你。"接着他把周书坤他们上山受伤、养伤的情况简要地说了一遍。

水秀接过话头："妙义姐这么操心，是因为周书坤原来是妙义姐的相好。"

桌子上油灯的灯苗跳动了几下，光亮变得弱小了，这是油灯里的油将要燃尽的前兆。水秀赶忙从桌子下面拎出一个油瓶子，给油灯添上了油，用针把灯捻子挑大些，房间里随之亮堂了许多。她对丈夫说："你到哥嫂的屋里睡吧，我和妙义姐在这屋里睡。妙义姐走了山路也累了，早早睡吧，明天还有事情要做。"

高二贵答应了一声，就到哥嫂的屋子里去了。

水秀关上了房门，对妙义述说起回到家的情况：一回到家就碰到郭蛮子带人来抓我男人，男人四处躲避，全家人惶惶不可终日。嫂子的孩子没成，一下子变得疯疯癫癫，大哥也是整天愁眉苦脸。前天县长叫着大哥一块儿到省城去看郭蛮子了，刚好带着嫂子去看看病。她歉意地说："啥也没有打听到。可是，街上到处贴着悬赏告示，看来查得很紧。"

妙义说："这个现在已经不重要了。重要的是我现在要找到他们，问问他们为什么要恩将仇报打伤徐监寺。我想了一路也想不明白。这两个畜生，气死我啦！"

高二贵坐在哥嫂的房间，对这个尼姑说的情况进行着分析、判断，看能不能和自己执行的任务联系起来。高大贵那天从香山回来，跟他说过四十六团的四个士兵在香山被遇到的两个身份不明的人给打死了，这个消息也引起过他的注意，感觉到这两个人的形迹可疑。然而高大贵又说不清这两个人的来龙去脉，再加上郭蛮子从中搅乱，事情就这样过去了。现在这个尼姑说的情况，使他再次对这两个人重视起来。他决定找黄河燕商量一下。他透过窗子朝对面的房子望过去，对面房中的灯已经熄灭。他摸黑轻轻地打开房门，蹑手蹑脚地从墙上翻过去。他知道马家骏这些天不在家，只有黄河燕一个人在家。他在黄河燕住房的窗棂上轻轻地敲了两下。屋子里寂静无声，没有反应，他又敲了两下。

"谁?"屋子里有人问道。这是黄河燕的声音。

"我，二贵，别点灯。"高二贵压低声说道。

第六十六章

水秀和妙义一大早就起床。妙义匆匆吃了点东西就离开了高家，到两家客店以找人为借口询问着周书坤和邵文平的踪迹，结果都令她失望，她把最后的希望寄托在同官客店。

同官客店的肖掌柜愁眉苦脸地端着一壶茶坐在柜台前慢慢地抿着，昨天天黑时发生的惊心动魄的一幕令他到现在仍然心有余悸。

昨天天黑时，肖掌柜正在柜台上盘点一天的收入，周书坤和邵文平突然出现在他的面前，这使肖掌柜大惊失色。

"你，你，你们……"

邵文平说："我们？我们怎么啦？"他笑眯眯地把在客店门口揭下来通缉他俩的告示在肖掌柜面前抖着："你说的是这个吧？你看这上面画的像我俩不像？举报了就有二百块大洋的奖赏。你——想要吗？"

肖掌柜两手摇得像抽风，惊恐地说："不不不，我不想要。"又担心他们不相信，加重语气表示说："我真的不想要！"

周书坤推了一下眼镜，指头在柜台上有节奏地敲着："识相。识相就好，识相就能长寿，不识相就会招灾，我们不会和识相人为难的。我们收拾的那四个家伙就是该识相的时候不识相。"

肖掌柜头点得像鸡啄米，哭丧着脸："识相，识相，我一定识相。我想长寿，不想招灾。"

邵文平问："说说，这些天他们是怎样找我们的。"

肖掌柜说："刚开始那几天查得紧，差不多每天白天夜里都要到客店搜查，保安队来查，四十六团的人也来查。这些天就没人查了，说是你们早跑了，不会待在这里的。"他又讨好着说："我说也是，有谁杀了人住在客店等他们来抓？那伙家伙就没长脑子。"

邵文平又问："他们去我俩住的房子没有？"

肖掌柜忙说："没有，没有，他们没有去你们住的房子。"他顿了一下，又说："我，我害怕惹事，我就跟他们说这是空房没客人住。他们看到上面有锁，就没有查。不信，你们上去一看就知道了。"

周书坤点了点头："这就好。"他又说："你放心，房费一天都不会欠你的。"他掏出钱："这是这些天的房费，再预付五天的房费。再给你加五十块钱的识相费。"

肖掌柜推着递给他的钱，像要避开什么可怕的东西："二位客官，这钱我不要，这钱我不要。你们随便住。"

周书坤说："拿上吧，不要害怕。我们不是强盗，也不是土匪，只要你管住自己的嘴就行，如果他们来查替我们遮掩就行。再住上几天我们就离开这里。"

直到妙义出现在他面前，他才从昨天的思绪中回过神来。看到妙义，他认识："仙姑，你要住店？"看着她一身常人装束，奇怪地问："你……这是，还俗啦？"

妙义心急火燎，没工夫和他啰唆："我不住店，向你打听两个人。就这两个人。"她把通缉告示给他看。

肖掌柜咧着嘴笑了笑："这不是那两个杀人犯吗？保安队和那些当兵的把县城都翻遍了也没找见。咋，他们是你的亲戚？"他摆了摆手："你到别处找吧，我没见过。不信，你挨房子看。"

妙义出了客店，在街面上转了两圈，也没有看到周书坤和邵文平的影子。日上三竿，街上的人渐渐多了起来，她的心里也不禁焦灼起来，对自己的判断产生着怀疑，一时不知道该怎么办。然而，她的行动已经被周书坤发现了。周书坤化了装等着邵文平去街上吃早饭。他站在窗前向街面上张望，不经意间，凭着他特工特有的敏锐，发现客店门口有个女人来回走动。那个女人和其他过往行人的神情不同，显得很是不安。他定眼相看，那女人身形爽利，骨骼健朗，潜藏着练武人特有的气质，眉宇间凝着一股愤然之气。他仔细地看着那女人的脸，惊异地发现那张脸似曾相识。他点起一支烟，皱着眉头，细细地在记忆中搜寻着。他终于想起来了，这个女人正是他十年前的恋人——柳静淑。

"果然是她！"周书坤自言自语地说了一句。

"谁？你说谁？"邵文平边穿衣服边问，"你说果然是谁？"

周书坤猛抽了两口烟，把烟头在烟灰缸里狠狠地摁灭，用生硬的口气说："报仇的来啦！"

"在哪儿？"邵文平向窗外看。

"你看，就是门口走动的那个女人。"他指着妙义说，"你不认识她？"

"我？"邵文平指着自己的鼻子，诧异地说，"我不可能认识她，我在这县城里无亲无……"他又探着身子透过窗子凝视着妙义，"这个女人好面熟啊！嘿，想起来啦，像是寺院那个给你做手术的尼姑。"他鼻子哼了一声，轻蔑地说："就她，来报仇？她能是咱俩的对手？"

周书坤拍着邵文平的肩头咧嘴一笑："你小看这个女人了。就凭你这身板两三个都不是她的对手。这个女人可不简单，巾帼不让须眉，她有一身好武功，飞起脚能让你连滚带爬，劈起掌能让你筋断骨折。"

"嗬，看来你对她是很了解的。你怎么知道的，她是你的什么人？"邵文平满脸疑惑地问。

周书坤平静地说:"我是对她很了解,她曾经是我的恋人。"

"恋人?我怎么没有听你说起过?"

周书坤挥了一下手:"你记得吧,在寺里,我第一次看到伤口的时候问过你,是谁给我取的子弹。你说是一个尼姑。我当时就感到很奇怪,这一定是一个很专业的外科医生所为,寺院的尼姑怎么会是一个外科医生呢?你说,遁入空门有形形色色的人,医生出家也没有什么可奇怪的,所以也就没有再往深处想。可怎么也没有想到竟然是她。"他追忆起往事来:"她叫柳静淑,是我大学时的同学。那个时候我还是一个不谙世事的毛头小伙,面对灾难深重的国家,凭着一腔热血经常到街上示威游行。记得有一次在街上示威游行时,招来了一群警察镇压。我被四个警察追到一条死胡同里,他们围着我棍棒相加把我暴打了一顿,拖起来就走。拖到胡同口,正好碰到她。她挽着袖子站在路中间,挡住了警察的去路。肯定是那四个警察看她是个弱女子,没有把她放在眼里,把我扔到地上,就去抓她。她却毫不畏惧地站在那里。四个警察冲到她跟前,我还没有反应过来是怎么回事,只见她身旋体转,飞拳舞脚,眨眼工夫那四个警察便倒在她的脚下缩成一团,哭爹喊娘地叫起来。"

邵文平不以为然地转动了两下脖颈:"嗬,她还这么厉害。我们现在怎么办?"

周书坤说:"咱俩打伤了她寺院里的人,看来她是找咱兴师问罪来了。"他顿了一下,眼现狠光,咬着牙说:"我下去会会她,把她领上来,见机行事。她一旦不念旧情,给咱们制造麻烦,那就不能客气了。咱们得赶快离开这个是非之地。"

妙义挨个客店寻找周书坤他们的时候,高二贵和黄河燕一直跟踪着她。昨天夜里高二贵和黄河燕商量了一下,根据妙义说的情况,认为从寺院跑出来的那两个人非常可疑,很有可能就是他们要找的人。现在他俩躲在一道斜巷子口,远远地观察着这边的动静。

周书坤从客店里出来,两手插在口袋里,帽檐压得很低,径直向街中心的方向走去。妙义看见了他,尾随了一段路,疾步向前,一闪身挡住了他的去路。

"周书坤!"

周书坤抬眼打量着妙义,完全是一副审视陌生人的眼神;装迷惑地问:"你是谁?我不认识你。"

妙义强压怒火:"我是谁?你仔细看看!"

　　周书坤蹙起眉头，又把妙义仔细地打量了一阵子，面露惊诧地叫道："你……你是柳——静——淑。哎呀，你怎么在这儿？你怎么在这儿？我不是做梦吧？这太意外啦，啊！十年了，我无时无刻不在想你、念你，到处找你。怎么能在这儿碰见你？"他欣喜地介绍起自己的情况："我到这里做一笔生意，就住在客店，走，到我房里去。'他乡遇故知'人生一大喜呀，咱们可得好好叙叙。"

　　妙义的一腔怒气被他这一团热情洋溢的话说得心里发软。她本想劈头盖脸骂他几句忘恩负义的畜生之类的话，可这话在喉头咕噜了两下子又被咽了回去。她想甩掉他扯她衣袖的手，却身不由己地随着他的扯动跟着进了客店。

　　一进房门，周书坤就冲着邵文平显出一副无比兴奋的情绪叫道："文平，文平。快来看，看谁来了。"

　　邵文平配合演戏，装模作样地问："谁来啦？"

　　周书坤兴奋地搓着手掌："谁？你准嫂子。我大学的同学、恋人。在上海一别十年啦。做梦也没想到，昔日南国相别，今天却在这北国黄土高原的同官县县城里重逢。真是喜从天降，喜从天降啊！"

　　邵文平喜气洋洋地重复着周书坤的话："准嫂子、大学同学、恋人。咦——奇怪啊。"

　　周书坤疑惑地问："奇怪什么？"

　　邵文平说："这不是香山寺院的住持吗？怎么成了你大学同学、恋人呢？你受伤后，我把你背进寺院，是她给你做的手术，取的子弹。她叫妙义。"

　　周书坤看了看邵文平，又看了看妙义，不解地问："这，这是怎么回事？"

　　妙义冷冷地说："他说得对。十年前是我把你送到战场上去的，从此你就没有了音信，我总以为你为国捐躯了，就下决心守你一辈子，到香山寺院皈依了佛门。这次你在香山受了枪伤命悬一线，是寺院里的徐监寺发现了你们，他发慈悲之心把你背到寺里，是我给你做的手术，救了你的命。没想到，你却恩将仇报，残忍地把徐监寺打成重伤。现在你却在这里装腔作势地和我叙旧……"

　　周书坤一顿脚，拍了一下额头，懊丧十足地说："啊呀，误会，误会，全是误会。静淑，你消消气，消消气，听我解释……"他说着，指了指门口："文平，把门关上，让我把事情的原委跟静淑说清楚。这真是天大的误会……"

　　妙义哼了一声，向前逼了一步，双目直视着周书坤："有什么好解释的。徐监寺救了你，你不念救命之恩打伤他，他和你有仇吗？那四个当兵的你们也杀了，下手之狠令人发指，这是做生意人干的事情吗？你们到底是干什么的？这些年没见你，你怎么变得这么残忍，这么没有人性！还有什么可解释的？"

周书坤两手抚在胸前，一副深受委屈的样子，辩解道："静淑，你不要这么高声大喊好不好，你也容我给你解释一下嘛。解释不通再问罪也不迟嘛……"

邵文平关闭了房门，从腰间拔出手枪，悄悄走到妙义背后。妙义正厉声质问着周书坤，一步一步向他逼去，没有注意到邵文平的举动。邵文平用枪把狠狠地向她的头上砸去。妙义感到一股恶风向脑后压来，没等她反应过来，瞬间剧痛伴随着眩晕，周书坤不停辩解的嘴脸在她眼前变得模糊起来，声音渐渐遥远、消失。她像被抽去了筋，无力支撑自己的身体，瘫倒在地上。

周书坤冷笑着看了看倒在地上的妙义："愚蠢的女人，不识相。"

邵文平蹲下身，并着两指贴在她的鼻孔上，抬脸说："还有气，没死。咋办？掐死算了，免留后患。"说着张开两掌，叉开虎口，就要掐妙义的脖颈。

周书坤摆了一下手止住他说："算了吧，留她一条活命。她救了我一命，我也不能把事做绝。咱们现在赶快脱身要紧。捆起来，把她塞到床下去。"

邵文平扯开单子，把妙义的手脚捆起来，毛巾塞进她的嘴里，拍着她没了血色的脸颊讥笑着："武功高强身手不凡的女人，我一枪把就叫你半死不活了。几十年的武功，白练喽。"说着拖着她软绵绵的身体，塞进了床下，喘息未定："现在我们怎么办？看来不走不行了。"

周书坤果断地说："赶快离开这里，向金锁关的方向去。你去向掌柜租两匹脚力好的马，就说咱们出去闲转一下，给足押金，沉住气，别露出什么破绽。"

邵文平担心地问："金锁关怎么过？"

"到跟前看情况行事，关卡不好过，就从别处绕。反正咱们也没带什么东西。现在只能这样了。"

邵文平指了指床下的妙义："她就扔在这里？"

"不扔在这里还能带走不成？她不是皈依佛门了吗？佛祖自然会对她有个安排。去吧。"

高二贵和黄河燕看见妙义随着周书坤进了客店，就移到距离客店更近的一棵树冠很大的核桃树下。树下有一个老汉摆了个红薯摊子，炉火烤出的红薯浓郁诱人的香气向四面飘散着，不时吸引过路的人来买。高二贵买了两个炙热烫手的烤红薯，给了黄河燕一个，两人边吃边盯着客店的门口，焦灼地等待着。

"他们认识？看着关系不一般。"黄河燕把烫手的红薯不时在两手间倒换着。

高二贵解释说："是认识，那个男的在香山寺养过伤。"

"会不会是一伙的？那个尼姑很顺从地就跟他进去了。"黄河燕咬了一口红

薯，烫着了舌头，说话的声音呜噜呜噜的，显得口齿不清。

"不会的，尼姑说他们打伤了寺院的一个和尚，她是撵下山来报仇的。"

"她是个女人，对手可是两个大男人呀。"

"不要紧，她会武功，身手不凡，打起架来他们不是对手。"

太阳越升越高，街道上的人越来越多，气氛越来越热闹。树冠下的树荫随着太阳的升高向相反的方向缓慢地移动着，老汉的红薯摊子完全暴露在阳光下。这时他们看到周书坤和邵文平一人骑了一匹马出了客店，向城北方向驰去。

黄河燕惊叫一声，指着："他们出来啦！"

高二贵赶紧在她伸出的胳膊上拍了一下，压低嗓门说："别指，让他们看见啦。"

"咱们快跟上吧，要不他们就跑掉啦。"黄河燕焦急地说。

高二贵没有动，感觉奇怪地说："不对呀，尼姑呢？她咋没出来，她在里面干啥？是不是这两个人？走，先找尼姑问问。"

高二贵拉了黄河燕一把，快步向客店跑去。店小二笑脸相迎："哟，二位，住店呀？里面请。"

高二贵一把抓住店小二急切地问："伙计，刚才骑马的那两个人要去哪儿？尼姑呢？"

店小二被这突如其来的问话问得懵懵懂懂不知所措，有些不高兴地甩开高二贵的手："啥这个那个的，咋回事吗？"

高二贵这才意识到自己的唐突，连忙表示歉意道："对不起，对不起，我想知道刚才出去的那两个人干啥去了，尼姑呢？"

他们的说话惊动了肖掌柜，他腆着肚子一摇一晃地过来："咋回事，咋回事？咦——这不是二贵吗？多长日子不见你了，到哪儿发财去了？咦——这不是家骏媳妇吗？嘻嘻，有意思。你俩……这是，开房住店？"

高二贵顾不上和他纠缠，恳切地说："肖掌柜，我有些急事。刚才骑马出去的那两个人干啥去了？"

肖掌柜手里攥着邵文平给的远超出想象的租金，高兴劲还没有过去，盯着高二贵看了一阵说："问这呀，他们欠了你的钱了吧，讨债呢？急成这样。他们是做生意的，没有来过同官县，想出去游玩游玩看景致。下午就回来，有事情下午过来。"说着话，他的眼神在黄河燕身上瞟来瞟去。

肖掌柜的老婆——一个涂着很浓脂粉的精干女人，一把把他拨到一边，满脸堆笑着对黄河燕说："你俩有啥事，跟嫂子说。"

高二贵说:"嫂子,进来一个尼姑,一直没有见出去,我俩找她有事。"

肖掌柜的老婆说:"尼姑?我没看见呀。"

店小二说:"哪有啥尼姑?那一阵子有个女人上去了。没有尼姑。"

肖掌柜一怔,问:"啥女人,女人上去干啥?"

店小二说:"你出去了,我看见那个戴眼镜的领一个女人上去了。他说那是他的熟人。可能还在屋里,没见下来。"

高二贵又问:"他们在哪间屋子住?"

店小二朝楼上指了指:"南头第一间和第二间。"

高二贵跑上楼去,到了屋门前,门上上着锁,他对店小二喊:"把门打开。"

店小二说:"钥匙客人带着呢,下午就回来了。"

高二贵闪身向后退了一步,抬起腿一脚把第二间房门踹开,冲了进去。

肖掌柜在后面喊着:"你疯啦,你疯啦,抢人呢?"他随着也进到房里。

冲进房子,高二贵一眼就看到了床下被牢牢捆绑着的妙义。他把妙义从床下拖出来,她仍然处于昏迷状态,脸色苍白,鼻息微弱,脑后流出的鲜血在地板上拖出一道殷红的血迹。

眼前的情景使肖掌柜大惊失色,浑身颤抖:"这……这……杀人啦……"他杀猪般地号叫着就要向外跑。

高二贵赶前一步揪住肖掌柜的衣领,吼道:"喊啥喊,人没死,快救人!"

高二贵向黄河燕使了个眼色,两人一前一后跑下楼。他们来到牲口棚,把两匹眯眼打盹的马牵出棚子,备上鞍子,翻身上马,冲出客店,向城北方向追去。冲出客店的大门时,还能听到肖掌柜声嘶力竭的号叫声:"这狗日的,害死我了,亏先人咧,啊——啊——"

肖掌柜的号叫声惊动了正从窗下过的曹方兴曹营长。曹营长骑着一匹高头大马,穿着一身簇新的便装,身后跟着四个士兵,抬着一个沉甸甸的朱红描金箱子。今天是曹营长的喜庆日子,他在城南定了一门亲,今天去给亲家过聘礼。他在马上得意地哼着小调,突然听到客店里飞出肖掌柜的号叫声。

曹营长一怔,勒住了马,仰头朝楼上的窗口观望:"怎么回事,杀猪呢?走,进去看看。"

曹营长带着两个士兵进到客店,拨开叽叽喳喳围观的人群,上到楼上。他的皮鞋踩得木梯咯吱咯吱地响,跨步进到房间,嚷道:"怎么回事,怎么回事!嗯?"

肖掌柜一见到曹营长,好像遇到了救星,抹着眼泪哆哆嗦嗦地诉说着:"曹

营长，您可来啦。我正要去给您报案。你们前些天贴的那些通缉告示上的那两个人……不知道咋进到我这店里来了，他们打伤了这个女人，抢走了两匹马，跑啦。哎呀，我的马呀！那可是两匹好马，是花大价钱买来的，这下可完啦！"

曹营长吓了一跳，揪住肖掌柜的衣领："你说的是真的？"

肖掌柜带着哭腔说："长官，我可不敢撒谎，"他指着房顶："千真万确，我对天发誓。"

肖掌柜的老婆坐在地上，把妙义揽到她的怀里，用指甲掐着她的人中，揉搓着她的胸口，急切地唤着："妹子，妹子，你醒醒……"

妙义痛苦地呻吟起来，笨拙地摇动着脖颈。

曹营长问："打到哪儿了？"

肖掌柜的老婆指了指后脑勺说："这里。"

看到妙义醒过来了，肖掌柜的情绪稳定了一些，接着说："那两个人抢走我的马以后，高家的二小子就来啦，说是要找那两个人，结果砸开了房门，就看到她被捆着塞在床下……唉，我的马完啦。"

曹营长忙问："你说的高家二小子是不是高二贵？"

肖掌柜点头说："是他，还有和他一块儿私奔的那个女人，叫黄河燕。他们都是一伙的。"

曹营长问："人呢？"

店小二说："也骑马跑了。"

曹营长愣着眼："前些天逮他没逮住，他又钻出来了。他们一定是一伙的，打死了我们四个弟兄，这次一定不能让他们跑掉。"他对两个士兵命令道："去，多带几个弟兄，骑上马，追！"

两个士兵答应着，转身去执行命令了。

第六十七章

周书坤和邵文平骑马出了县城，顺着大道向金锁关的方向奔去。放马跑了一阵子，周书坤看到路边有一个中年汉子站在独轮车旁歇息，车上放着两袋子粮食。他收了一下缰绳，马的速度慢了下来。

"老乡，"他骑在马上向中年汉子打听前行的道路，"金锁关离这儿还有多远的路？"

那汉子撩起脖子上的毛巾擦了把汗，往前一指："往前走，转过那个山嘴就可以看到金锁关了。"

周书坤向汉子道了谢，继续策马前行，绕过山嘴，果然看到在蓝天白云下，两座对峙的山峰突兀而起，直插云霄。他对邵文平感叹地说："真是一座名副其实的雄关！"

邵文平附和道："是啊，在地图上看得出，这是连接西北唯一的一条通道。"

他俩边说边策马前行。金锁关的关隘渐渐地显现，比远观更显一番雄伟气势。但他们很快就发现了意外的情况，关口处一溜停了四辆军车，车上装着货物，车下或站或坐着押车的军人，把关口堵得死死的。

看到这情景，周书坤勒住马缰绳，气哼哼地骂道："真他娘的背运，这要是去闯关，无疑等于送死。这些兵痞一开枪还不把咱俩打成筛子。"

邵文平说："怎么办？前进不成，后退也不成，走到绝路上啦。"

周书坤低声斥道："闭住你的臭嘴。什么到绝路上啦，天无绝人之路！走，再向前看看。"

他俩放马缓步向前行着，过了神水桥，惊异地看到有一条岔路向另外一条沟里延伸。周书坤扬了扬下巴："这一条路通到哪儿？"

邵文平站在马镫上探起身子望了望，那条路向沟里延伸不远，便消失在山背后，无法判断它的去向，模糊说："不清楚。"

周书坤说："山里的路有一个特点，就是山有多深，路就有多长。这条路不是羊肠小道，里面一定有村庄，现在咱们也只有往这条路上走了。"

就在他俩商量的时候，一个押车的士兵敞着衣襟，手里摇着帽子，扯着嗓门向他俩招呼："喂，骑马的，过来！"

周书坤赶忙说："快走，别让这些兵痞缠住。"他说着，双手一抖缰绳，两腿一夹马肚子，马侧着身子，迅速顺着岔路向沟里奔驰而去。

太阳到了中天。他俩从早上到现在还没有顾上吃东西，已是饥肠辘辘，路边有一个村子，他们想到村子里找点食物。看到院子的门前坐着一个老汉，老汉捉了一只母鸡，把母鸡夹在怀里，指头抠着鸡屁股。

周书坤和邵文平牵着马朝老汉走过去。周书坤对老汉的举动很熟悉，小时候经常看到奶奶捉住一只老母鸡，嘟着皱巴巴的嘴，用手指头抠鸡屁股。快下蛋的鸡屁股夹着鸡蛋，这时就要把鸡圈起来，以防把鸡蛋下到别人家的鸡窝里。

"老人家，摸鸡蛋呢？"周书坤和气地问。

老汉在鸡头上拍了一巴掌，把它扔在地上，骂道："这龟孙子，又把蛋跑丢了。"受到惊吓的母鸡咯咯地叫着，扑棱着翅膀跑走了。老汉把抠鸡屁股的手指头在大腿上抹了两下，眯缝着眼："客人哪儿来的？"

周书坤说："老人家，我俩是过路的，肚子饿啦，你给我们弄点吃的吧。我们给钱。"

老汉咧着缺牙的嘴满口应道："行啊，行啊，到院子里坐吧，我给你们拿馍去。"

周书坤和邵文平牵着马进到院子里，把马拴在挨墙的一棵枣树上。老汉热情地端出几个馍和一碟咸菜放在石桌上，两人坐在石凳上大口大口地吃起来。

周书坤边吃边询问道："老人家，高寿？"

老汉侧着耳朵听着，回答道："七十八啦。"

周书坤啧啧夸赞道："七十八啦，身板真硬朗，说六十我都信。"

老汉高兴起来："哈，没那么年轻啦。身板还行，就是耳朵有些背。"

周书坤问："往沟里去能到啥地方？"

"进沟里呀。你们是外乡人吧？进沟里就到玉华山啦，进到玉华山就到玉华宫啦。你们是到玉华宫看景的吧？"

"玉华宫是什么地方？"邵文平咽了一口馍问道。

"哈，你们真是外乡人。"老汉咧嘴笑着说，他的情绪高涨起来，"这玉华宫可是唐朝皇帝避暑的地方，那里的夏天凉爽得很。"他用刚才抠鸡屁股的手，抹了一把流到胡须上的涎水，接着说："那时候，皇帝进山避暑就从我家门前这条道上过，那气派大着呢，锣鼓喧天，扯旗放炮，可热闹啦！"

邵文平止不住地笑道："嘻，说得热闹，好像您亲眼见过似的。老人家，那可是一千多年前的事喽，你怎么能说清楚？"两个馍下肚，劲头大增，他也有了谈笑的兴致。

老汉笑着说："能说清楚，虽然年月久远，可是口口相传，咋能说不清楚？"他抠着鼻孔继续说："我也是识文断字的人，这事史书上都有记载，你看看就知道了，我不会给你瞎编的。这都是我们家的事情。"

"怎么是你们家的事情？"周书坤咽下了最后一口馍，不解地问道。

"当然是喽，我就姓李，唐朝那可是李家的天下，三百年的基业，自然也是我们家的事情喽。那玉华宫……”

周书坤和邵文平匆匆吃了饭，付了钱。李老汉握着远远超出几个馍价的钱，喜笑颜开地把他俩送出院门，看他们翻身上马，热情地招呼道:“回来了再来这儿歇脚。”

高二贵和黄河燕骑马撵到金锁关前的神水桥，那几辆军车还停在金锁关的关口。他们猜测在这种情况下那两个人是不敢闯关的，一路上又没见到他们的踪影，他们一定进到神水桥那边的山沟里去了。他俩把马头一拨，便冲进了山沟。

李老汉蹲在路边的树桩子上，不时朝沟里的方向张望着，他在耐心地等待周书坤和邵文平两人回来路过时再留他们吃顿饭。这是两个好人，说话和气，出手大方，他企盼着能从他们手里再赚上几个零花钱。

高二贵和黄河燕骑马过来，看到了李老汉，便勒马问道:“老人家，你看没看到有两人骑马进去？一个戴眼镜，一个没戴眼镜。”

李老汉兴奋地挓挲着手说:“看到了，看到了。那两个人可好啦。我就在这里等他们回来吃饭呢。”

黄河燕问:“他们说要回来?”

李老汉说:“没说，没说。他们到玉华宫看景去了，他们不会住在那里的，一定会回来的。”

高二贵和黄河燕为他们的正确判断而欣喜，不再搭李老汉的话，策马向前奔去。

“你们是一伙的吧？回来我给你们炒鸡蛋，可好吃咧。”李老汉喊话的声音被锵锵的马蹄声震得支离破碎，消失在山间。

高二贵和黄河燕冲到山冈上，凭高眺望，对面的玉华山山峰叠起，山色如黛，一片开阔的庄稼地平铺于川道。夕阳最后一抹玫瑰色的余晖轻纱薄雾般笼罩在山峦、树木、河流和庄稼上，一切都显得那么宁静。在庄稼地间的土道上，可以看到周书坤一个人骑在马上向对面的玉华山方向奔去。

黄河燕说:“咋会是一个人？另一个人呢?”

高二贵也向四周巡视着，果断地说:“河燕，你跟在我后面，机灵点，小心有埋伏。追!”

他们顺着坡道向下奔，快到坡道底的时候，突然看到草丛里有一匹马斜卧在土坎下。他俩跳下马，手握着枪，警惕地向四周察看，慢慢地移到马的跟前。那马挣扎着试图站起来，但没有成功。过去一看，马的一条前腿折断了，就像折断的苞谷秆，可怜地耷拉着。不远处一个人头抵着核桃树的树干，屁股高高地翘着，这个人是邵文平。他冲下坡道时，马踏进了路边草丛中的黄鼠洞折断了前腿，他则带着冲力，从马背上飞了出去，一头撞在树干上。高二贵和黄河燕把他翻过身平躺着，擦去额头上的血迹。额头被树干撞得陷下去一块凹坑，疼痛使邵文平脸面扭曲龇牙咧嘴地呻吟着，眼神迷离直瞪瞪地看着暮色苍茫的天空，手臂使劲朝上伸着。

"救……救我。"他艰难地祈求着说。

黄河燕握住他的手说："你把手放下吧，这样会更疼的。"

高二贵扳着他的肩膀问："你们这次来同官县的任务是什么？几个人？"

邵文平费力地摇了摇头，断续着说："就我们两个人。在同官县……没任务，是路过。去延安……"

高二贵说："你们是去延安搞破坏，是吧？"

邵文平眼神一直，泄气地说："是，你们……都……知道啦？"他费力地咧嘴一笑："唉，秘密又泄露啦……"他急促地喘起来，随着一阵剧烈的咳嗽，鲜血像泉涌般从口中喷了出来，身子抽搐了几下，便挺直不动了，眼睛微张。

高二贵用两根手指在他的鼻孔前探了探，站起身叹了口气："他死啦。"

黄河燕用手在他的眼皮上抹了一下，邵文平闭上了眼。

高二贵和黄河燕放马去追赶周书坤。在接近玉华山、穿过道路两旁叶子已经泛黄的苞谷地时，他们的背后响起了枪声，子弹是从苞谷地里射出来贴着高二贵的耳畔飞过去的。高二贵和黄河燕赶忙翻身下马，躲在马的一侧，观察着苞谷地里的动静，并向枪响的地方还击。

周书坤骑马到这里的时候，看到茂密的成片连接的苞谷地心生一计，跳下马背，把缰绳绕在马的脖颈上，在马的屁股上狠劲拍了一巴掌。马受惊般撒开四蹄顺着土道向前奔去，他闪身潜伏在苞谷地的隐蔽处，在这里等待着打追赶者一个伏击。他想，不把这两个人消灭掉，他在这陌生的地方是很难逃出去的。

冲下坡道时，周书坤听到背后邵文平从马背上飞出那一瞬间发出的惊叫声。他急忙跳下马向邵文平落马的地方跑去，正在这时，坡顶上出现了两个骑马的人，他们手中的枪在残阳下闪着亮光。他心里一惊，顾不上同伴的伤情，迅速返回自己的马跟前，飞身上马，顺着土道向前奔去。对面就是树木茂密的大山，一旦进到那里面形势就会好转。

透过苞谷秆的间隙，周书坤看到一男一女骑着马飞奔而来，料定是来追赶他的人。他把枪瞄向前面那个男的，只要把男的打死，女的要好对付得多。当高二贵催马在他面前驰过去后，他在背后开了一枪。周书坤发现枪打空了，顾不上开第二枪，便跌跌撞撞向苞谷地的深处跑去。

高二贵弓身跑到黄河燕跟前，说："出了苞谷地就是树林，他要跑进树林就不好找了。你跟在我身后，注意观察。他只要一动苞谷秆就会晃动，哪儿动我就朝哪儿开枪。他只要还击，你就向还击的地方开枪。咱两把枪打他一把枪，占优势。"他又叮咛说："一开枪，马上换地方。不换地方很容易成为对方的靶子。"

他们弓着腰顺着地垄沟向苞谷地里面缓缓前行，警觉地谛听着异常的动静。暮色四合，山风袭来，苞谷地里发出一片沙沙拉拉的响声。就在他们在苞谷地里四处搜寻周书坤的时候，突然，外面土道上马声嘶鸣，火把辉映，响起一片嘈杂声。

"看，这儿有两匹马，他们一定藏在这里面。"

"弟兄们，搜！"

"他们在暗处，我们在明处……"

"怕什么，我们有枪……"

曹方兴带了七个人追了过来，他在外面高声喊道：

"高二贵，你跑不了啦，我们已经把你们包围啦，出来投降吧！"

"对，出来投降吧，爷们儿给你发赏钱。"

"再不出来，我们就放火烧死你们。"

黄河燕气恼地骂道："这群畜生也跑来捣乱。"她咬牙甩手向火光聚集的地方开了一枪。一个士兵腿被击伤，疼得嗷嗷叫起来。外面短暂的嘈杂过后，他们噼噼啪啪向苞谷地里放起枪来。子弹穿飞，打得苞谷秆发出一片扑扑簌簌的断折声。枪声过后，一切又归于沉寂。

高二贵扯着黄河燕的衣袖悄声说："现在顾不上和他们计较，尽快干掉那家伙，离开这里。他们知道咱们有枪，不敢贸然进来。"

他俩小心地寻找着周书坤的踪迹，然而除了风吹苞谷叶沙沙的响声和小溪水流的呢喃声外，一切都静默无息。越是这样，越使人感到心里紧张。

突然，高二贵看到溪流边的一丛苇草晃动了一下，他对着晃动的苇草开了一枪。苇草的晃动是周书坤制造的假象，他从苇草的一旁跳起来，对着这边迅速还了一枪。就在他身子暴露出来的同时，黄河燕一枪击中了他的胸脯。周书坤挓挲起两只胳膊像是要飞起来似的在空中挥舞了两下，便一头栽进了溪水

里，露在水面的一只胳膊痉挛着拍打着水面，发出沉闷单调的声响。枪声暴露了高二贵和黄河燕藏身的地方，外面一阵乱枪打来，高二贵看到黄河燕的身子像被什么东西击打了一下，向前扑倒。她受伤了。

"河燕，河燕……"高二贵抱起黄河燕低声而急促地唤道。不顾子弹在身边呼啸，背起她跳过溪流穿过另一片苞谷地，钻进树林里。

曹营长带着他手下的人在苞谷地外面虚张声势地喊了一阵，没有听到什么反应，便举着火把畏畏缩缩地进到苞谷地里，边走边咋咋呼呼地喊："你们跑不了啦，我们看见你们啦，再不出来我们就要开枪了！"

"曹营长，这里有一个死的。"一个士兵叫喊着。

其他的人闻声都朝溪流跑去，踩踏着生命走向终结的苞谷秆，发出哗啦哗啦的响声。

"曹营长，他不是高二贵。"一个士兵肯定地说。

曹营长命令着："快散开，高二贵和那个女的没有跑远，搜！"

高二贵没有停留，背着黄河燕顺着小路向前跑去，进到一个山谷里。苞谷地里的喊叫声渐渐消失。

第六十八章

夜色沉沉，山风飒飒。湛蓝色的天幕上，闪烁着点点星光，一弯新月悬在天空，朦胧的山峦显得非常静寂。谷中的小径窄狭而曲折，在坍塌的岩石间穿行，在陡坡峭壁上起伏，在乱树草丛中延伸。黄河燕伤口的血浸透了高二贵的衣服，她一声没哼，呼吸却越来越急促。到了谷内，高二贵看到半崖有一排黑黢黢的破窑洞，他顺着坡路攀着树木把黄河燕背进窑洞里。窑洞的一角铺着一摊麦秸，他把黄河燕平放在麦秸上察看了一下伤口。子弹是从背后射进去的，伤口向外吐着带有热气的血泡，血泡发出轻微的破裂声，在这静夜里听着格外刺耳。

"河燕，河燕。"高二贵轻声地呼唤着。

黄河燕艰难地长吸了一口气，气息微弱地问："咱们这是在哪儿呀？"

"河燕，你受伤了。咱们这是在玉华山的一个山谷里，可能就是玉华宫吧。你咋样？"高二贵关切地问。

"我……"黄河燕轻咳了两声，眼睛游移着看了看，说："就是玉华宫，我以前来过。"她停了一下，又说："二贵，我渴得很，想喝水。"

高二贵说："好，你等一下，我给你拿水去。"

高二贵顺着坡路滑下去，到小溪边用两手掬起一捧水，转身又往上爬去。但没走几步，水就顺着指缝流尽了。他脱掉上衣，把衣服浸进溪水里，双手托着衣服回到了窑洞，把水滴进黄河燕的嘴里。

高二贵抹去洒在黄河燕脸上的水珠，把她揽在怀里，手摁在她的伤口上。

黄河燕费力地笑了一下，说："不用摁啦，血恐怕都快流完了。身子冷得很，把我抱紧点。"她的脸在他的胸前厮磨着嘤嘤地哭了起来。

"河燕，河燕，你咋啦？"高二贵急切地问，"天一亮我就到村子里找医生……找车……咱回家。"

黄河燕抽泣着说："回家？我还想跟你去延安，去见我哥。我可真想他……他这些年为我吃了不少的苦。"

高二贵答应着："好，咱们一块儿去延安，去见你哥。"

黄河燕的手紧紧地抓着高二贵的胳膊，高二贵感到她的指甲都要抠进他肉里去了，身子也在用劲抗拒着什么。

高二贵忍着疼痛，把脸贴在她的脸上，焦虑地唤着："河燕，河燕。"

黄河燕耗尽了气力，手松开了，说话已经不连贯了："伤口疼得厉害……就像有人在撕我的肉……火烧火燎的……现在，现在……就剩下疼啦……"过了一会儿，她艰难地咽了一口唾沫，惨淡地笑了笑："二贵，我恐怕去不了延安啦……咱俩没丢人……总算把这两个人堵在了同官县……完成了任务。"

高二贵说："别这样想，你不会有事的。我一定带你去延安，去见你哥，去见许老师……咱还到河边骑马。医院里的病人还盼你给他们打针呢，你的针打得太好啦。"

黄河燕说："二贵，我有个事还要托付给你，你一定要记住。"

高二贵说："你说吧。"

黄河燕说："我生在苟家的那个孩子，你抽空去看看，给孩子带上两身衣服……"她叹了口气："唉……我这个当妈的没有尽到责任……我……对不住孩子。当时只顾了自己，还要把孩子打掉……是苟家救了孩子一条命……一条命……"她说着又哭了起来。

高二贵说:"等你的伤好了咱们一块儿去,还有家骏。"

"家骏……就不要给他说这事了。孩子已经送给人家啦,是不能要回来的。"她吃力地舔了舔嘴唇,"家骏也是个好人,就是脾气太坏,把我的心都打凉啦……你见到家骏跟他说让他再找个媳妇吧……好好和人家过日子……把我……忘了吧。"

高二贵唏嘘着说:"河燕,不要说这些了。咱们一块儿回家。"

黄河燕勉强地笑了笑:"你哭啦?不要哭。二贵,你知道我从啥时候心里有你的吗?去年秋上的那一天夜里,咱俩一块儿到我家的地里去逮獾,回来过河的时候我把脚崴了……你没忘吧?你扶我回去的时候我就在想,这回去以后咋办呀,脚尖点着地都疼得钻心。真没有想到……你给我用热水敷了脚,又用酒擦了擦。唉——我看着你给我洗脚的样子心里真感动……真感动。家骏从来没有给我洗过脚。我有第一个孩子的时候,腿肿脚肿,都走不成路了,叫他给我洗一下脚他都不答应。他说男人不能给女人洗脚……咳咳咳……"

高二贵说:"河燕,别说了,等回去了我再给你洗脚。你的伤口还疼吗?"

黄河燕说:"这一阵好些了,刚躺下的时候疼得很,这一阵不疼了。是半夜了吧,我有些瞌睡,睡着了就不疼啦。今天夜里我就躺在你的怀里好好睡一觉……这一辈子就知足了。"

黄河燕躺在高二贵的怀里睡着了,她睡得是那样安然。高二贵端详着她那苍白的没有血色的脸,心里油然生出凄楚的感觉。他抚着她的脸颊,撩去散乱的头发,眼泪止不住地流了下来。他靠在窑壁上,实在太疲倦了,渐渐地迷迷糊糊睡着了。待他醒过来时,看到她两眼微闭,面色平静,已经没了呼吸。

"河燕,河燕。"他摇着她的身子呼唤着,黄河燕再也没有回声。他站起身来长长地叹了口气,心里想,找个地方把她埋了吧。

高二贵来到窑洞口,站在回廊处。只见夜空沉沉,月色幽幽,星光寂寂。山风吹着松林掠过阵阵涛声,溪流偎着岩石诉着浅浅细语,瀑布飞入水潭轰鸣之声可闻。

他迎着夜气,借着幽幽的月光在杂乱嶙峋的乱石中沿着小径出了山谷,在谷口他停下脚步谛听着四周的动静。温柔、亲热、静穆的夜色笼罩在沟壑纵横层峦叠嶂的黄土高原的上空。微风把山林中腐质秋草衰败、干涩的混合气味送到他的鼻中。偶尔听到几声野鸡的咕咕声和癞蛤蟆单调而懒散的叫声,接着就是一片寂静。

高二贵顺着杂草丛生的小径继续向前走,看到前面的地头有一间孤零零的简易小屋子，他知道这是农村人看护成熟的庄稼用的，这里时常放一些简单的农具。他打开铁丝拧着的屋门，果然在里面找到一把铁锨、一把镢头、一盏马灯，还有火镰、火石和火绒。

高二贵带着这些用具回到山谷，在一片干燥的土坡上选了一块地方挖了起来。挖到一米深的地方，镢头碰在石块上，溅起了点点火星，把他的虎口震得发麻。他铲除石块上的土，拎起马灯照了照，见是一块平整光滑的青石板。他使劲撬起青石板，露出一个洞口，一股久经岁月生成的气味弥漫上来。他猜想一定是挖到什么人的墓穴了。他暗自说道："晦气。"可转念一想，也好，不管是谁家的墓，就把河燕安葬在这里吧，在阴间有个伴她也不孤单。他提着马灯向洞里探了探，看到的不是墓室，而是一条窄窄的墓道。他下到墓道往前走了丈余的距离推开一道石门，便进到墓室。这是一个在红沙岩上打出的穹形墓室，墓室很宽敞，中间雕花石台上厝着一具他从未见到过的大棺木。棺木显得很气派，擦去表面的尘灰，朱红的颜色泛着幽光，用手指叩击，发出清亮悠长的声响。

墓室的四角竖着四个莲花底座的长明灯，灯盏里剩着燃烧了大半截的蜡烛。高二贵把蜡烛点着，墓室里立刻通亮起来。墓壁上绘制着色彩斑斓的彩绘，描摹的是一些生活场景：第一幅彩绘绘制的是一座硕大的庄园，门楼巍峨，红墙绿瓦，古木参天。门前的楹柱上挂着红纱罩面的灯笼，朱红大门上金钉排列，流光溢彩，狮头环佩威严肃穆。石台阶下停着一辆华丽的轿车，拉车的四匹马高大健壮、精神抖擞。三匹拉缰的马通身白色，一匹昂首长嘶，一匹探首嗅地，一匹勾脖回望。驾辕的是匹红马，如一团燃烧着的火焰，前蹄不安分地捯动着。第二幅彩绘绘制的是庄园里面的情景，有绿茵茵的草坪、争奇斗艳的花卉、如烟似雾的垂柳、蜿蜒通幽的曲径、钩心斗角的亭台楼榭、水波潋滟的荷花池塘。第三幅彩绘绘制的是一座雕梁画栋的屋宇，屋宇中央的雕花紫木椅子上端坐着一个身披五彩霞衣、体态丰腴的少妇，一群穿红扎绿、环佩叮当的丫鬟围绕周边。第四幅彩绘绘制的是披五彩霞衣的少妇扯着一个衣着锦绣少女的手，身后跟着一群情态各异的丫鬟在游春。

顺墙摆着五个拱状盖子的箱笼，箱笼上都没有上锁。高二贵大着胆子打开箱笼。第一个箱笼里面放着各色衣物，衣物都是丝织品，做工精细，色彩华丽。第二个箱笼里放着一个雕着缠枝花卉、紫铜锁扣的匣子。打开匣子，里面盛着的是各种饰物：有成串的晶莹剔透的彩珠，有光泽圆润的玉石手镯，有金光灿灿的簪子和步摇，还有一面泛着幽暗光泽的铜镜。第三个箱笼里放着十几

个画轴，高二贵没有打开。第四个箱笼里放着一把剑和一本剑谱。高二贵左手握着剑鞘，右手握住剑柄，轻轻一抽就把剑抽了出来，在灯光的辉映下，剑面泛起耀眼的青光，寒气逼人。最后一个箱笼里叠放着绸缎被褥。

高二贵明白他现在置身在一个有着悠久岁月的古墓里。他从墓道里出来，把黄河燕从窑洞里抱进墓室，在盛被褥的箱子里取出褥子，顺着棺木铺在地上，让她躺在上面，慢慢脱去她血迹已经发干变硬的衣服。伤口的周边已经变成了绀紫色，血迹凝结了一个痂。他不知道她在受伤的时候是用多大的毅力承受着伤痛的折磨，流了那么多的血，但她始终没有喊一声。他想，她一定知道，一旦发出叫声，就会暴露他们的行踪，就会给他们带来危险。

"真是一个坚强的女人，什么样的艰难都能顶得住。"他想着，深深地叹了一口气。

高二贵为黄河燕换上一套锦绣服饰，从箱笼里取出一条丝绸手帕，到外面的溪水里浸湿，回到墓室里，把她的双手叠放在胸前，拢整齐散乱的头发，拭去脸上的灰土和眼角的泪痕，而后又把她的双脚擦洗干净，最后给她盖上了缎被。

高二贵跪了下去，想要最后一次仔细地看看她，记住这个为自己倾注深深感情的女人。她像睡熟一样，稍显清瘦的脸庞显得那么安详，细长的眉毛舒展着，嘴角凝着浅浅的笑意，过量失血使她的肤色显得有些苍白，鼻翼两侧的雀斑被白色的肤色衬得更明显。她的眼睛微闭着，黑色的眼睫毛间透着眸子的光亮，仿佛仍对这个世界充满着无限的眷恋。

他的脑海里浮现出一些他们过往的生活片断，想起这一切，他感到揪心地难受，一股热气从胸腔油然而生，眼泪止不住地涌出眼眶，失声痛哭起来。

他俯下身子，在她那微微翘起、凝着浅浅笑意的嘴唇上轻轻地亲吻了一下。这是永别的亲吻，从此他们将阴阳两隔，相见也只能在梦中。

高二贵从墓道里出来。山谷被团团白雾充塞着，树木、岩石、窑洞、山峰都被白色的雾气严严实实遮蔽着，只有溪流声、飞瀑声、鸟鸣声穿透浓雾飘了过来。他把洞口封好，铲了些草皮盖在土层上，感到一切都满意了，来到潭边把铁锹、镢头还有马灯投进水潭里。铁锹、镢头破开水面瞬间消失在水中，马灯在水面上晃晃悠悠了一阵，直到潭水浸了进去熄灭了灯焰，冒出一股白烟，才沉下去。

谷中风卷雾绕，白雾贴着周边的红沙崖壁向上翻卷，雾气消散以后，整个谷里清朗起来。晨光在树林间洒下了玫瑰色的光影，草梢头挂满了晶莹的露珠，高崖上飞溅下白练一样的瀑布。崖壁上的孔孔窑洞由一道长廊连接着，显得破败而萧瑟。

这里曾经是唐朝皇帝的避暑山庄，久经岁月的销蚀已经无法寻觅到当年的灿烂与恢宏。

高二贵在水潭边的一块突兀的石头上坐下来，抽着烟，静静地看着周围的一切，想着心事。他想，县城看来是不能回去了，唯一可走的路就是再回到延安。那里才是他可以安身立命的地方。

决心已定，他把烟头狠狠地扔到水潭里，望了一眼黄河燕长眠的地方，踏着草丛中的一条小径上到了山崖上，顺着山梁向北边走去。

第六十九章

巧云是捧着怀孕的肚子、脸上挂着泪珠，一溜歪斜着跑进院子里来的。高占魁上火害牙痛，心里烦躁，看什么都不顺眼，刚才踢一只从跟前过的花公鸡时，把脚踢到了石台阶的沿上，疼得直哼哼。在堂屋里和面准备蒸馍的老太婆嘟着嘴乜斜了他一眼没吱声。

水秀心不在焉地把一块布摊在炕上比着给女儿裁衣服。昨天她听到了消息，妙义去找周书坤时被他们打伤了，寺院来人把她接走了。周书坤和邵文平骑马跑了。她到现在也弄不明白丈夫和黄河燕为什么也掺和了进去，骑着马去撵他们了，到现在也没有一点消息。英英趴在炕沿上，很快就要有新衣服穿了，这使她很高兴。

看到女儿风风火火的样子，正找地方撒气的高占魁口齿不清地训斥道："疯啦？天塌啦还是地陷啦？没一点规矩的东西，就你这身子还跑？"

巧云没有理会父亲，她在院子里停了一下，便跑进了堂屋。

"妈，出事啦！"巧云气喘吁吁哆嗦着嘴唇比画着说，"外面……外面的人都在说……二哥和河燕被四十六团的人打死在玉华川的苞谷地里。还说，还说，他俩……都是共产党……"她边说边向院里和水秀的房门口看了一眼。

"谁说的，谁说的？啊！"堂屋里传出来老太婆的声音，声调里带着明显的

惊慌不安。

高占魁一惊，立刻就往屋子里走去，问："出啥事啦？"

巧云抹了一把脸上的泪痕，脸色苍白，站在桌子的旁边，把听到的消息完整地述说了出来。

"我到街上买头绳……在路上走着，好多人都用奇怪的眼神看着我，慌慌张张说几句话就像躲鬼似的走开了。我也觉得奇怪，我把浑身上下前前后后都看了看，没有啥呀！我就进了店里。胡掌柜问我：'丫头，你买点啥？'我说：'我买头绳。'他说：'对对，头绳是该换啦。要白颜色的还是黑颜色的？'我心里就觉得怪怪的，我说：'我要红颜色的。''红的？'他说着，眼睛瞪得这么大，就像牛眼睛一样。他以往的眼睛可没有这么大呀。"

高占魁恼怒着，脸上的肌肉不停地抖动："就为这点屁事，疯疯癫癫地跑回来，大呼小叫，你要气死老子呀……"他用手捂着腮帮子，咝咝地吸着凉气。

巧云着急地说："不是，不是。"

高占魁拍着膝盖喊："是啥？你快说！"

巧云边抽泣边说："胡掌柜说：'孩子，你是还不知道吧？你家里出大事啦。你二哥，被四十六团的曹营长带人撵到玉华川在苞谷地里打死了，还有河燕。一共四个人，另外两个人不知道是谁，总之他们是一伙的，都是共产党。'妈，我当时就吓傻啦……"

站在门口的水秀扑到巧云跟前，脸扭曲得非常难看，两手抓着她的胳膊，直瞪瞪地盯着她："是真的吗，是真的吗？是你二哥出事了吗？"她好像因为这一声喊叫，耗尽了力气，瘫坐在凳子上，抚摸着哆哆嗦嗦的双腿。

高占魁颤巍巍地扶着桌子站起来，像瞎子一样摸索着走出堂屋来到院子，用粗糙的大手捂住眼睛，浑浊的泪水从指缝间一滴一滴渗了出来。老太婆脸色苍白，一时间显得更苍老了，她茫然不知所措地坐在老头子刚才坐过的凳子上，怔怔地凝视着墙角的一个地方。

突然降临的噩耗，把水秀压得喘不过气来，她两手掩面，弓着腰跑回自己的房子，趴在炕上。房间里立时传出撕心裂肺的哭号声。英英弄不明白发生了什么事情，恐惧地依偎在奶奶跟前。

过了一会儿，老太婆用粗糙的手撩起围裙的一角，抹了一下干枯的眼睛，长长地叹了口气，对呆呆地站在门槛上的巧云说："去，把英英送到她姥姥家住几天，咱们这儿该办事了，别吓着孩子……"

巧云哄着英英走了。高占魁和老伴来到水秀的房间，安慰儿媳妇。水秀已经止住了哭号，但悲痛仍然压得她浑身不停地颤抖。

老太婆坐在炕沿上，抚着儿媳妇的肩背，慢声细语又少气无力地唠叨着：

"孩子，别伤心啦，事情已经到了这一步，别再把你哭坏了身子。孩子已经没爸啦，总还要有个妈疼吧。咱们今后的日子还要过吧！咱们还得想想办法，给他把后事办了吧……"

高占魁还不愿意相信女儿说的是真的："让我去问问大贵，这事……"他说着就向门外走去。

老太婆叫住他："大贵还在西安，你去哪儿寻他？"

高占魁恼火地喊道："咋回事，咋回事？用着他的时候就找不见人了，气死我啦！"

他的话音未落，陈金柱出现在门口。高占魁完全失去了当岳父的形象，像看到救星一样急迫地叫道："金柱金柱，听说你二哥的事了吧？到底是咋回事？到底是咋回事？啊！"

陈金柱沮丧地叹了口气，蹲在地上不说话了。也就是这一声叹气，高占魁就全明白了。

水秀从炕上爬起来，拢了一下头发，抹去眼泪，问："金柱，他们在哪儿把二贵打死的？"

陈金柱说："在玉华山的川道里，一共四个人。二哥、河燕……还有……两个不知道是哪儿来的人。"

水秀问："为啥要打死他们？他们犯了哪条王法啦？"

陈金柱说："我这些天在金锁关，上午有人到那儿送东西才悄悄跟我说的，我就赶快回来了。他们说这四个人是一伙的，就是他们打死了马胡子他们。曹营长他们在客店里发现了他们的踪迹，就带人撵到玉华山的川道里，把他们堵在苞谷地里打死了。"

老太婆焦急地问："他们人呢？埋了没有？埋在哪儿啦？"

陈金柱不确定地说："听说埋了，具体埋在啥地方我就不清楚了。"他又说："我是偷着跑回来报信的，我还得赶紧回金锁关。"

水秀擦着眼泪，抽噎着说："妈，爸，总得把他找回来吧……总不能就那样草草埋在荒山野地里吧……"

高占魁坐在石凳上垂着头，挓挲着五根指头在头顶晃了晃，使劲地拍在石桌上，有气无力地说："缓两天吧……等大贵回来了再说吧。"

老太婆愁眉不展地说："我和你爸年纪都大了，又帮不上啥忙。就听你爸

的，再等两天吧，等大贵回来咱们再想办法……"

水秀坚持着说："爸，妈，不能等，他们要是草草埋了，让野兽扒出来咋办？我明天一早就去玉华川，把他找着，再到跟前的村子里找人帮忙，把他拉回来。"她说着又掩着嘴呜呜地哭起来。

老太婆看到她坚决的态度，大为感动："秀儿，我的孩子，你让妈说啥好呢。"她把水秀揽到怀里，扯着衣袖给她擦拭眼泪。

"他们……他们……"高占魁抬起头，犹豫着说，"要埋，说不定把他们几个都埋在一个坑里了。二贵拉回来……河燕咋办？就把她扔在那儿？"

老太婆皱起眉头瞪了老头子一眼，吃惊地叫道："你咋想起她啦，你这是怎么啦？是老糊涂了吧！她有男人，用得着你瞎操心？"她不安地用眼角斜睨着水秀，在心里埋怨老头子不该在这个时候说出刺伤儿媳妇的不合时宜的话。

水秀用牙齿咬住发卡，拢了拢散乱的头发，把发卡别在拢好的头发上，抻了抻起皱褶的前襟，平静地说："妈，别这样，人都没了还计较啥。如果他俩真的埋在一起，就都拉回来。河燕也是个苦命的女人，咱们就行行好吧，别把她一个人扔在那儿。拉回来我就去陈炉镇找马家骏，他管他就管，他要不管咱就把后事给她办了。就把她当成我的一个妹子吧……"

院门响了起来，水秀的母亲用手绢掩着嘴，泪眼婆娑地进了门槛，她谁也没有看，迈着细碎的脚步来到女儿面前，抓住女儿的手。

"孩子，你咋就这么命苦呀，碰上了这么多不顺心的事呀，这可咋办呀？"她把额头抵在女儿的肩上，抹鼻涕擦眼泪，絮絮叨叨地嘟囔着。

第二天，天麻麻亮，水秀穿了一身素服，挎着个小包袱出了家门，向玉华川的方向走去。到了玉华川的山坡上，站在那一天高二贵和黄河燕驻马眺望川道的地方。天高地阔，秋色穆然，庄稼地里看不到一个人影。水秀顺着坡路下到川道里，穿行在田野间，四处寻觅着新立起的坟头。直到偏午，她失望地坐在一棵柿子树下歇息，从包袱里取出一块饼子吃了，到溪流边掬起水喝了几口，用手抹着嘴巴，茫然地望着长满苞谷、豆子、谷子的田野，心里思忖着："庄稼地里找遍了，什么迹象也没有找到，他们会埋在哪儿呢？"

庄稼地里没有找到，她决定到山林里去寻找。宽阔的川道两侧是起伏的山峦和茂密的山林。她从一座小桥上走过，进到树林里，被秋霜染成令人感伤的橘黄色的树叶子从树的枝头脱落，悄然无声地翻着滚、打着旋，飘落在地上。一丛丛山楂树疏散的叶片间点缀着圆圆的红色果实，在秋阳下闪耀着宝石般的红光。腐烂的松针浓烈的松油气味充满了整个树林。土坡的衰草上还有露水珠，挂着露水珠的蜘蛛网闪着银光，啄木鸟敲啄树干的笃笃声和画眉吱喳的哨声划破了树林的宁静。沉默、肃穆、凉爽的秋景使水秀镇静下来，她踏在多年沉积的松软的腐质土地上，在灌木丛遮蔽的小径上走着，寻觅着，心想，他们会被埋在什么地方呢？一定是浅浅地挖一个坑，草草地埋掉了吧。要不赶快找到他们，说不定就会被什么野兽扒出来……

想到这里，她不敢再往下想了，感到一股寒气从脚底冒了上来，不寒而栗。她停下脚步，谛听着树林里的动静。树林里的静谧是异乎寻常的，她这一生中从来没有经历过这样的静谧，静谧使她的耳朵里发出一种嗡嗡的回响。

她在被雨水冲刷过、裸露着硬质土块、散落着兽粪的干硬的小径上走着，眼睛张得大大的向四周察看着，时而呼喊一声丈夫的名字或者黄河燕的名字。亲人的名字在这种环境下对她有一种说不出的亲切感，仿佛他们没有死，他们只是躲藏在哪一丛灌木或者哪一棵树干的后面，含着笑，悄声不语地等待她去发现，就像孩童时代玩的藏猫猫。

她继续寻找着，就像一个母亲在寻找迷失的孩子，心情是急切的，感情是真挚的。丈夫和黄河燕现在已经躺在这个川道里某一片荒草丛中冰冷的土地下，没了知觉，没了生命，而留给她的却是无尽的思念。

过去一切恼人的争吵、纠葛、嫉恨都化作过眼烟云飘逝得无影无踪，现在他们留在她脑海里的印象是那样的温和、欢快。

一只山鸡突然从灌木丛里扇动着翅膀飞了出来，把水秀吓得哆嗦了一下。

山风刮了起来，树林中响起了沙沙的声音。夕阳已经隐到山的背后，树林中的光线阴暗了下来，黄昏降临了。水秀的身上有了冷的感觉，她把滑下来的包袱往肩上背了背，双手揽住两肩。回望川道，迷蒙的村庄笼罩在一片昏暗的烟霞之中。她不知道今天夜里在哪里栖身过夜，孤独、凄凉、悲悯的情绪突然在胸间涌动。她坐在一棵橡树下失声痛哭起来，哭了一阵，迷迷糊糊地睡着了。

就在水秀身单影孤蹲在玉华川的溪流前喝完水，站在那里，面对旷野和山林彷徨四顾的时候，高占魁家的院子里进来了四个香山寺院的僧人——智圆、智觉、慧英和慧明。智圆年纪较大，是其他三人的师兄。

水秀走后，家里只剩下高占魁和老伴两个人，院落里显得静静的。老太婆心里堵得难受，一直躺在炕上。高占魁愁眉苦脸地在牲口棚里整理着草料，听到了声音，从牲口棚里钻出来，头发和肩膀上挂着细碎的草料屑，眯缝着昏花的眼睛看着他们。

智圆走向前，问道："请问，这是高施主家吗？"

高占魁搓着粗糙的手回答说："是。你们是？"

智圆说："我们四人是从香山寺院来的。我们得到消息，说你儿子遭遇不测。水秀是我们的姊妹，住持吩咐我们四个人过来帮忙料理……"

高占魁听明白了来人的意思，把他们让进堂屋。老太婆从炕上爬起来，把家里发生的事情断断续续地说了一遍。她用少气无力的手掌拍着炕面，神情萎靡地说："我一点忙也帮不上。她一个女人家到山里去，真叫人操心哪！"

智圆忙说："施主不要心急，我们这就到玉华川找她去。我们走吧。"

他们在客店租下一辆马车，径直向玉华山方向赶去。夜幕降临的时候，马车载着四个人到了玉华川。川野里，山风呼啸，树声盈耳。天幕上，繁星点点，秋月如钩。他们把马车停在土道上寻找着水秀的踪迹。

"她能在哪儿呢？"

"我们喊一喊吧。"

呼喊声高低起伏长短更迭伴随着秋风穿透夜幕向四野扩散开去，在旷野和山林间回响。

"水——秀——"

"喂——喂——"

"水秀，你在哪里？"

"噢——嗳——"

喊声惊动了村子里的狗，狗狂吠起来。喊声惊动了归巢的鸟，鸟扑棱着翅膀在树林的上空盘旋。

水秀在睡梦中不时地抽咽着。喊声进入了她的梦境，她的意识仍然在梦境中徘徊，时而清晰，时而模糊，时而近前，时而幽远。待她的意识完全清醒过来时，她知道这不是在做梦。她站起身来，向发出喊声的方向回应道：

"哎——我在这里，我在这里……"

他们在四周找了些干柴，点起一堆篝火，五个人围着火堆，听着水秀叙述一天的经历。

"啥也没有找到，无影无踪，不知道埋在啥地方了。"艰难困苦的经历把水秀折磨得疲惫不堪，她声音沙哑地说着。见到有人来帮忙，她心里宽慰了许多。

智圆抿着嘴沉思默想了一阵，说："这样吧，咱们现在只能等到天亮，天亮以后到村子里去问一下，出这么大的事情村子里应当有人知道。我前年到这个村子里化过缘，村里的保长到寺里为他老母亲进过香，在我那里求过平安符，我们认识，他会帮我们的。住持安排我们来帮你，我们一定要帮你把这件事情处理好。"

水秀深为感激地问："妙义姐的伤咋样了？好些了吗？徐师父咋样？"

智圆说："住持的伤好些了，要不是有伤，她会亲自来的。徐监寺的伤还有些重，人是一会儿清醒一会儿昏迷。"

在公鸡的啼鸣声中，东方的天际不知不觉泛起了一抹淡淡的青晕，青晕渐渐地变成了金黄色的光辉。肃穆、沉静的山林热闹起来，鹌鹑在树林中唧啾，燕子在天空中穿梭，村子的上空响起了人们开始一天忙碌的声音。智圆让慧英、慧明留在村口等他们，他和智觉、水秀一同进到村子里打听消息。

保长是个胖墩墩的中年汉子，见到智圆显得很高兴，也感到很意外。

"哟，这不是智圆师父吗？哪阵风把您吹来啦？太稀罕啦……屋里请。"

智圆打了个揖，说道："有劳施主。是这样的……"

保长认真听完智圆的来意，搔着乱蓬蓬的头发，爽快地说："这事呀，我知道。是三天前吧，天黑的时候，听到庄稼地里传来了枪声。后来，来了三个当兵的，还扛着枪，要我在村子里找几个人去帮他们埋人。结果我就叫村西头的刘二保带着两个人去了。咱去问问他。"

保长在前面领路，进到一个简陋的院落。刘二保捂着正害牙疼的腮帮子，不停地吸着凉气，苦着脸肯定地说："不是四个，是两个。一个是枪打死的，一个是从马上摔下来撞在树上撞死的，额头陷下去这么大个窝子。"他张开手比画着。

水秀说："县城里传遍了，说是四个人。有女人吗？"

"没有女人，两个男人。哎哟……嘘……这牙……是你的啥人？"

水秀说："有一个是我男人，女人是我家邻居……"

刘二保仍然肯定地说："我说过，没有女人，只有两个男人。"

智圆问："人埋在啥地方？"

刘二保指着对面的山林说："就在那边树林里的一个土坎下，进到树林里就能看见。"

水秀恳请着说："领我们过去看看吧。"

刘二保借故推辞着："我牙疼得揪心……实在疼……"

那天刘二保夜里去埋人，是在保长找上门还有三个当兵的扛着枪的威慑下无奈去的。保长许他两瓶酒的承诺还没有兑现，今天又叫他把埋下的人挖出

来，没有一点好处，他觉得晦气。

水秀琢磨出他的心思，也清楚乡村里的讲究，从口袋里摸出一卷钱塞进他的手中，恳切地说："求求您啦，我是来找男人的。他埋在这里咋办呀……"

昨天，一天山路间的奔波，一夜荒山野外的苦熬，已经折磨得她面容憔悴，神情萎靡，声音中充满着凄婉。

心思被别人琢磨透了，使刘二保感到难堪，他把钱攥在手里，仍然表明自己并不是为了钱。他皱着眉头说："我不是……我真的是牙疼……唉——"

保长也帮着说话："去吧，去吧，这几位师父都是从香山寺来的，他们是在做善事，你这也是做善事，菩萨会保佑你的。我答应你的事不会忘的，不就是两瓶酒嘛。"

智圆说："刘施主不是牙疼嘛，来，贫僧帮你治一下。"他掐住刘二保的合谷穴和颊车穴捻了几下，说："使劲吸气！"

刘二保狠劲吸了两口气，觉得疼痛感有明显的缓解："咦，神，神，真神！"

刘二保扛着铁锹带着他们来到树林里，土坎下出现了一个新的坟茔。坟墓里只挖出了两个人，水秀认出这两个人是周书坤和邵文平。她拧着眉不放心地问："就这两个人吗？"。

刘二保被她不相信的口气惹得有些不高兴，怏怏地说："枪声响起的时候天都黑了。我也不知道发生了啥事情，还以为是土匪抢劫来了，不过听枪声离村子还远。后来听到有人敲我家的门，出来一看，保长领着三个当兵的站在门口，还背着枪。保长说他们打死了两个人，让我和其他两个人去把人埋了，我们就过来把人埋了，就是这样。就这两个人！"他最后还加重语气专门强调了一下。

"那两个人呢？"水秀环视着川道和山林，一时间破不开这个谜。

慧英指着躺在墓穴里的周书坤和邵文平，问智圆："师兄，这两个人怎么办？就这样埋了吧？"

智觉带气地说："不这样埋还能咋样埋，难道说还给他们做水陆道场不成？忘恩负义、恩将仇报的东西，打伤了住持和师兄，师兄到现在还昏迷着。他是多仁厚的人呀！"

智圆长叹道："这两人罪孽深重，但已得到报应。出家人慈悲为怀，切不可以恶向恶。无论他们来自何方，去往何处，既然踏上同官县的土地，咱们都要以佛心相待，超度他们的亡灵，教化从善，切不可使他们成为孤魂野鬼，走投无路，飘移无方，再生孽端。他们的遗身也应善待安置。智觉，你和慧英、慧明到村子里置备两口棺木和灵幡、纸钱。阿弥陀佛，善哉，善哉！"

水秀站在树林边，望着秋色浓郁的山林和连片的庄稼，忧虑地想，他俩在哪儿呢？她带着哭腔扯开嗓门喊："二——贵，河——燕，你们在哪儿？"

第七十章

这年的冬天，入冬不久就下了一场雪。雪天过后，天虽然晴了，可是气温太低，雪丝毫没有融化的迹象，人们都冻得缩在家里，街面上的人很少。

中午，一辆马车碾着冰雪停在高占魁家的院门口。三只闲得无聊的狗看到了生人，便从胡同里蹿出来，紧跟在马车的后面蹦蹦跳跳，欢快地叫着，一直把从马车上下来的一个年轻人和一个中年人送进高占魁家的院子，才互相追逐着离去。

高占魁正偎在热炕上抽着烟，透过窗子看见院子里进来了两个陌生人，他赶忙从热炕上跳下来，忙乱趿拉上棉鞋走到门口。

"你们找谁？"他边系着衣扣边问眼前这两个陌生人。

"老人家，您好啊！"中年人很客气地说，"您就是高占魁吧？"他操的是很浓重的河南口音。

"是我。"高占魁回答道。

"我们可以进去吗？"

"进去？你们找谁？"高占魁警觉地问着。

中年人乐呵呵地说："您要是高占魁我们就找您。"

"进来吧……"高占魁站到门旁，让开了路。

两个人进到堂屋后，摘掉了棉帽。中年人问："老人家，高二贵是您儿子吧？"

听到这句话，高占魁有一种心惊肉跳的惊骇，他简直不敢相信自己的耳朵，大张着嘴，干涩浑浊的眼睛眨了半天。

自从两年前的那个秋天水秀从玉华川回来叙说了看到的情况，二儿子的生死就成了他这一家人的一块心病。老夫妻经常在夜半三更的时候醒来就这个事情探讨到天亮,说他死了吧,没有见尸,说他活着吧,可又见不到人。现在他们已经失去探讨这个事情的心劲了,突然有了儿子的消息,怎能不使他吃惊。

高占魁的嘴唇哆嗦了半天:"二……贵? 他……还活着?"

"活着! 当然活着。"来人相视一笑,"他现在在我们部队里当营长,让我们给家里捎信来啦。"

年轻人从棉衣里掏出一封折叠起的信递给了高占魁。高占魁颤抖着手打开了信,张大着眼翻来覆去看了一阵子。

老太婆说:"你这是看啥呢? 它认识你,你又不认识它,快让水秀念吧。"

高占魁遗憾地笑着说:"不认识,就是不认识。你念念吧。"他把信递给了水秀。

信写得很短,有一半是向亲人问候的话,只在信末写道,他,高二贵,很快就要回家了。老太婆高兴得半天说不出话来,眼泪从她那满是皱纹的脸上滚落下来。她低下头,用衣袖和粗糙的手擦着眼泪,语无伦次地嘟囔着:"还活着,想不到他还活着。也不说早早给家里带个信来,哪怕是个口信也好呀,让这一家人为他流了多少眼泪,唉……"

信在水秀的手里抖动着,她含着眼泪把信看了一遍又一遍,直到公公的喊叫声把她惊醒。

高占魁佝偻着腰,两只手拍打着大腿,喊道:"还愣着干啥,像傻子一样! 这是天大的好事呀,咋哭鼻子抹眼泪的。快做饭,杀只鸡……哎呀,咋都不知道招呼客人呢! 巧云,快给客人倒杯热水。"他这时候才想起来问:"你们二位咋称呼? 你们是专门来送信的吧? 刚才你说二贵当了啥长? 营长,是吧?"

中年人喝了一口热水,笑着说:"看把您老高兴的,一下就提了三个问题,我得一个一个给您回答。"他说:"我呢,姓姜,您就叫我姜同志好啦。他呢,姓孙,您就叫他孙同志好啦。我俩这一次是路过同官县,这不全国快要解放了嘛,我们是组织派到南方去工作的,这一次捎信是顺路。二贵同志现在在我们部队里当了营长。"他又说:"老人家,我们还有一件事情要办,你们有个邻居叫黄河燕吧?"

高占魁提着准备杀鸡的菜刀,愣了一下,回答说:"有……有啊。"他匆忙睨了一下正在拾掇炉火的水秀。水秀听到了这话,她没有转身,但是手里的动作迟缓下来。

姜同志说:"黄河燕也是我们的一位好同志,可惜她在和二贵一起到玉华川追赶敌特的战斗中英勇牺牲了。边区政府已经追认她为革命烈士，我们要给她的丈夫通知。对烈士的表彰和抚恤很快就到。她丈夫在吧？"

高占魁动作缓慢地把菜刀放在灶台上，伸着指头指着隔壁的院落，用不相信的口气问："你是说……我们家的邻居……河燕……她……死啦？"

孙同志纠正道："不是死，是牺牲，是为革命牺牲了。"

姜同志又问："她丈夫在吗？"

高占魁说："在……在，我昨天看见他回来了。"他急忙催促着女儿："巧云，快去，快去把你家骏哥叫来。"

巧云应了一声，便旋风般敏捷地跑了出去。

"回来，回来。"高占魁喊道。

巧云踅了回来，手扶着门框："啥事？"

高占魁嘱咐说："你过去对家骏说，让他来家坐一坐，就说我有事情找他商量，不要多说，过来再告诉他实情。"

巧云点头应承着："知道了。"

老太婆加了一句："慢点走，小心路滑。"

"知道了。"从院门口飘来了巧云的回答。

高占魁点着烟锅子里的烟丝吧嗒着抽了两口，像是自言自语又像在给客人说话："家骏现在见了我们像仇人，连话都不说。这一下疙瘩就解开了。"

过了一会儿巧云回来了，她是一个人回来的。

高占魁拧着眉头问："咋你一个人，家骏呢？"

巧云噘着嘴说："他不来，一个人在屋里喝闷酒呢。"

"你没跟他说清楚，嗯？"高占魁拍着手生气地说。

"说清楚了。我说，家骏哥，我爸叫你有事情商量。他憋了半天，就憋出两个字……"

"嗯？两个字，两个啥字？"他咬着烟嘴，眯缝着眼，等待下文。

"不——去。"巧云说。

高占魁叫了起来："嘿，有他这样说话的吗？"

孙同志说："他们家不就在隔壁嘛，咱们一块儿过去看看吧。"

高占魁领着姜同志和孙同志进到院门大开的院子里，推开虚掩的房门。屋子里一股阴冷、潮霉和白酒混合的甜丝丝的气味扑了出来。屋子里光线不好，显得很暗。

"家骏，家骏。人呢？在家吗？"

"有啥事？"马家骏冷冷地回答。

"我是你占魁叔。"

"啊。"

巧云点着桌子上的灯盏，屋子里亮堂了起来。马家骏坐在桌子的一侧。许多日子不见了，一个好好的年轻人完全变了样子，他脸颊瘦削，眼窝深陷，眼睛比以前大了许多，头发蓬乱，胡子拉碴。

"大侄子，你这是咋回事呀，是病啦？"看到马家骏失魂落魄的样子，高占魁心里的气顿然消散了许多。

马家骏缩着肩膀挪动了一下身子，用手抹着眼睛，冷冷地问："找我干啥？"

"这孩子，大冷的天，也不把炕烧起来。"高占魁嘟囔着。他又对巧云说："巧云，快去院里抱捆柴火来，帮家骏把炕烧起来。"

巧云答应了一声，重重地打了一个喷嚏，跑到院子抱柴火去了。

姜同志和孙同志打量着屋子：炕上的被子揉成一个团堆在炕角，吃过饭的碗筷还在桌子上摆着，灶台上蒙着一层灰尘，一切都显现出缺少操持家务女人的散乱的生活状态。

高占魁弓着身子，两臂撑在膝盖上，侧着的脸几乎挨近马家骏的脸，和气地说："大侄子，这二位……这二位是从延安过来的，来说……河燕的事情。"

这确实是个意外的消息，马家骏很想知道媳妇的下落。这两年多的时间，媳妇踪迹全无、生死不明，这是他感到难以忍受的苦恼。他用失神而疑惑的目光看着面前的两个陌生人。

孙同志用求证的口气问："马家骏，黄河燕是你的妻子吧？"

马家骏木讷地点了点头，回道："是。你们……"

姜同志说："是这样的，我俩是从延安过来的，专门为黄河燕的事情来的……"

马家骏仿佛才醒悟了过来，站起身，急切地问："河燕！她在哪儿？"

孙同志遗憾地说："她牺牲啦……"

马家骏刚提起的精神又被这不幸的消息击碎了，他颓丧地坐在椅子上，喃喃地说："死啦？我一直在等她回家呢。"他哀叹了一声："白等啦。"

孙同志表情肃穆，安慰着说："家骏，你妻子黄河燕同志是好样的，她是一名优秀的共产党员，是一名优秀的战士，她为人民的利益而死，比泰山还重。"

马家骏直瞪瞪地看着孙同志："你……你说啥？我媳妇她……是共产党员，是战士？"他顿了一下，像在艰难地思索什么："这不可能，你们搞错了吧？她

558

咋能是共产党呢？她要是共产党我能不知道？你们一定搞错了。"

炉火着起来了，屋子里弥漫起淡淡的柴草燃烧的干热的的烟味，温度升起了许多，整个屋子也暖和了许多。巧云蹲在炉子前，看着炉膛里发出呼呼响的火苗，边不时地往里面添着柴火，边听着他们的谈话。

姜同志拍着马家骏的肩膀，平和地说："我们没有搞错，我们也一定不会搞错。家骏，你媳妇黄河燕同志确实是共产党员，不但她是，还有高二贵同志、许子凌同志都是共产党员，而且是很坚强很优秀的共产党员。黄河燕同志和高二贵同志从延安回来是为了执行一项很重要的任务。国民党派遣特务到延安去搞破坏，黄河燕和高二贵就是为了粉碎敌人的阴谋才回到同官县堵截他们的。这两位同志没有辜负组织的重托，摸清了敌人的踪迹并把他们消灭在了玉华山的川道里，很好地完成了组织交给他们的光荣而艰巨的任务。但不幸的是，黄河燕同志在那次战斗中光荣地牺牲了，她用生命保卫了延安。她是一位好同志！"

马家骏急切地问："那……我媳妇……她埋在哪儿？"

姜同志说："具体埋在什么地方我也不清楚，等高二贵同志回来以后他会给你一个交代的。"

马家骏默默地听完了姜同志说的话，头埋在两腿间，失声哭了起来，哭得是那样的哀伤，散乱的头发不停地抖动。

"河燕啊，你是共产党，你是共产党……你咋不跟我说呀？我是你男人哪！我还以为你……我冤枉了你呀，我冤枉了你呀，啊啊……"

孙同志想安慰他，姜同志扯了他一下，说："让他哭一下吧，这样他心里会好受一些。"

高占魁看到桌子上挨墙的地方有一尊瓷像。他好奇地张着眼睛往跟前凑了凑，当他看清那尊瓷像的面孔时，心不禁猛跳了几下，慌乱地触了一下孙同志的胳膊，又触了一下姜同志的肩膀，用下巴指了一下那尊瓷像，低声地告诉他们："河燕，他媳妇。"

孙同志和姜同志凝视着那尊瓷像：瓷像有尺许高，通体白色，晶莹如玉。右臂下垂微蜷，衣袖向上挽着，手里攥着一把镰刀，左手上抬手掌压着头顶的草帽，草帽的前檐向上微微地翻卷着，似有风迎面吹来。单衣迎风而动，双乳峰挺，显露出结实而丰满的身段。圆润的脸庞上两眸神情洋溢，薄薄的双唇微闭着，嘴角挂着欢悦的笑意，两颊上现着深深的笑靥。

"太像啦！"孙同志啧啧赞赏地说，"在延安她给我打过针，我现在还能想起

她的模样。真的太像啦！"

姜同志说："传神地像，和我见到的真人一样逼真。"

巧云看到瓷像，惊讶得差点叫出声来，赶忙用手捂在嘴上。

姜同志动情地说："家骏兄弟，我们理解你失去妻子的悲伤心情，看到这尊瓷像我们就更加理解你对妻子的感情……"

孙同志抚着马家骏的肩膀，安慰着说："是啊，你要化悲痛为力量，为有这样的妻子而感到骄傲。她为革命事业做出了贡献，付出了宝贵的生命，党和人民是不会忘记她的！"

马家骏唏嘘着说："这是我们结婚的第二年夏天，我从陈炉镇回来帮助家里收麦子。天要下雨了，起风了，我在路上碰到她，就是这个样子，我清楚地记得。"他愧疚地说："以前，我真不知道她是共产党，我总觉得她是个……坏女人。是我冤枉了她，是我害死了她，我打她骂她，我真不该……"

高占魁用手拍着自己的头，叹息道："唉，我也是老糊涂了，一点都没有看出这里面的事情。我也冤枉了河燕，我向她赔不是。"他对着瓷像说道："河燕啊河燕，我的好侄媳妇，老叔我白活了这一大把年纪，眼睛让牛粪糊住了，认不清好赖人，冤枉了你。老叔在这儿向你赔不是了，在九泉之下不要恨老叔。老叔跪下给你磕个头吧。"他眼睛里流出了两行浑浊的眼泪，就要屈膝下跪。

马家骏忙不迭地架住高占魁的胳膊："大叔，不要这样，不要这样。常言说，不知者不为过，您老给她赔个不是就行啦。您这样河燕也不会安心的。"

孙同志说："是啊，家骏兄弟说得对。原来你们不知道情况，出现误解他们的事情也是可以理解的。他们在敌占区工作，就像身处在龙潭虎穴，非常危险。要想保护好自己就必须严守纪律，严守秘密。他们这样做是对的，是恪守了组织原则的。"

姜同志想转换一下话题，平息一下马家骏心里的伤痛，说："家骏兄弟，这个瓷像是你烧的吧？"

马家骏点了点头，说："是。"

姜同志说："这个瓷像烧得太好啦，简直就是一件难得的艺术精品。"他又说："瓷器讲究的内六品，气、势、情、韵、灵、神，你这里都有了；还讲究个外六相，型、质、声、色、纹、境，除了纹以外，你这里都全了。你看这胎型简洁，釉色温和饱满，人物形象生动，情态表现得活灵活现。家骏兄弟，你这不是用火烧出来的，是用心烧出来的。手艺真是不错！"

姜同志一番发自内心的赞扬的话，果然转移了马家骏的悲伤情绪。他打量着姜同志说:"你,你懂瓷器?"

孙同志说:"你说准啦。他不是懂瓷器,而且是非常懂瓷器,他可是生长在瓷器世家。"

马家骏感到有些意外地说:"瓷器世家? 真的?"

姜同志说:"是真的,咱们可是同行。" 他说:"我的老家在河南禹州。我们家是钧瓷世家,烧的仿宋钧瓷几可乱真。" 他看着瓷像,继续说:"你看这瓷像玉润冰莹,光洁如玛瑙一般,似玉非玉胜似玉,有一种温润优雅的美感,色纯而不杂,这一定是用柴烧出来的。只有柴烧出来的瓷器才有着清丽淡雅、俊秀飘逸的艺术风格,煤烧出来的瓷器是那种热烈奔放、生气勃发的艺术风格。家骏兄弟,中国革命很快就要有结果了,共产党取得胜利已成定局。我就想了,等我们过上和平的日子,我就解甲回老家继续烧瓷,我想咱们两个一定能成为同行知己的。陈炉镇的情况我听高二贵同志说过,到时候我一定到同官县来,到陈炉镇好好看看你们这里的烧瓷技艺。"

马家骏说:"宋朝有五大名窑,河南就占了两个,一个是汝窑,一个是钧窑。这两个地方的烧瓷技艺名扬天下,我一定要去那里看看,学习学习。"

姜同志说:"好。到时候我一定来同官县找你,然后带你到我们禹州,把我的全部本领都教给你。"

2014 年 8 月初稿完成于铜川
2015 年 3 月二稿完成于铜川
2015 年 7 月修订于铜川

后　记

　　同官县是今铜川市的前身，地处黄土高原南缘，是一个物华天宝、人杰地灵的地方。这里有着悠久的历史、深厚的文化底蕴、迷人的自然风光、秀丽的人文景观和勤劳朴实的人民。《同官县》这部作品就是在这样的基础上形成的。

　　在写这部作品期间，为了对作品中所涉及的自然景观和人文景观有更深切的体会，我多次去香山寺听松涛探求佛法妙义，临玉华宫抚今追昔思索历史变迁，攀金锁关登高俯瞰追怀已逝岁月，瞻姜女祠觅踪寻迹感慨世道沧桑，走陈炉镇观山望岭品察瓷业兴衰领略千年传统相承。我时常漫步于老县城的街道，从街头行至街尾，再从街尾走向街头，看那里的日出日落、云聚云散、风起风消；流连于那里的飞檐斗拱、陈墙旧瓦、雕门镂窗、石狮石鼓；聆听那里热闹的叫卖声、喊喊喳喳的讨价还价声和鸡的鸣声、狗的吠声、羊的咩声、牛的哞声及骡马的嘶叫声。从心灵上感受、体味、描摹着半个世纪以前这片土地上勤劳智慧的人们的生活场景。

　　《同官县》是一部历史小说，披阅史料是自然的事情。我在写作的过程中查阅了不同版本的《同官县志》，在其中寻觅与本作品有关联的历史踪迹。延安是革命圣地，中国革命在那里有十三年的历史，为新中国的建立奠定了基础。这期间，有许多革命者途经同官县投奔延安，有许多物资也是经过这片土地运向延安的。同官县人民为护送革命者和物资做了许多工作。

　　这部作品对自然景观和人文景观做了大量的描写，这是因为书中涉及的许多自然景观和人文景观不但真实存在而且值得描写。在现今喧嚣的社会生活中，人们更加乐意亲近自然、融入自然，这片土地上旖旎的自然景观和人文景观为本作品增添了风采，使人赏心悦目。

这部作品的写成历经了三年又八个月的时间，但它绝不仅仅属于作者一个人，它也属于这片土地上创造了生活奇迹的人民。我衷心感谢孕育了这部作品的土地和人民，衷心感谢为之诞生付出辛勤劳动的编辑同志。

最后，我要向这部作品的读者朋友致以问候，并期待着你们的爱和帮助。

2015 年 12 月